GUTKiND

DAVID McCLOSKEY

DAMASKUS STATION

Ein Spionage-Thriller

Aus dem amerikanischen Englisch
von Michael Benthack

GUTKiND

*Für Abby, meine Liebe und
Mitverschwörerin*

*Und für Syrien und sein Volk,
für eine Zukunft, die heller ist
als die Vergangenheit*

Damaskus hat alles gesehen, was je auf Erden geschehen ist, und die Stadt lebt immer noch. Sie hat auf die trockenen Gebeine tausender Weltreiche geschaut und wird die Gräber von tausend mehr sehen, bevor sie stirbt.

               Mark Twain
               Die Arglosen im Ausland, 1869

DAMASCUS

N

0 ½ 1
kilometers

1. The People's Palace
2. U. S. Embassy
3. Umayyad Square
4. Abbassin Square
5. Mount Qasioun

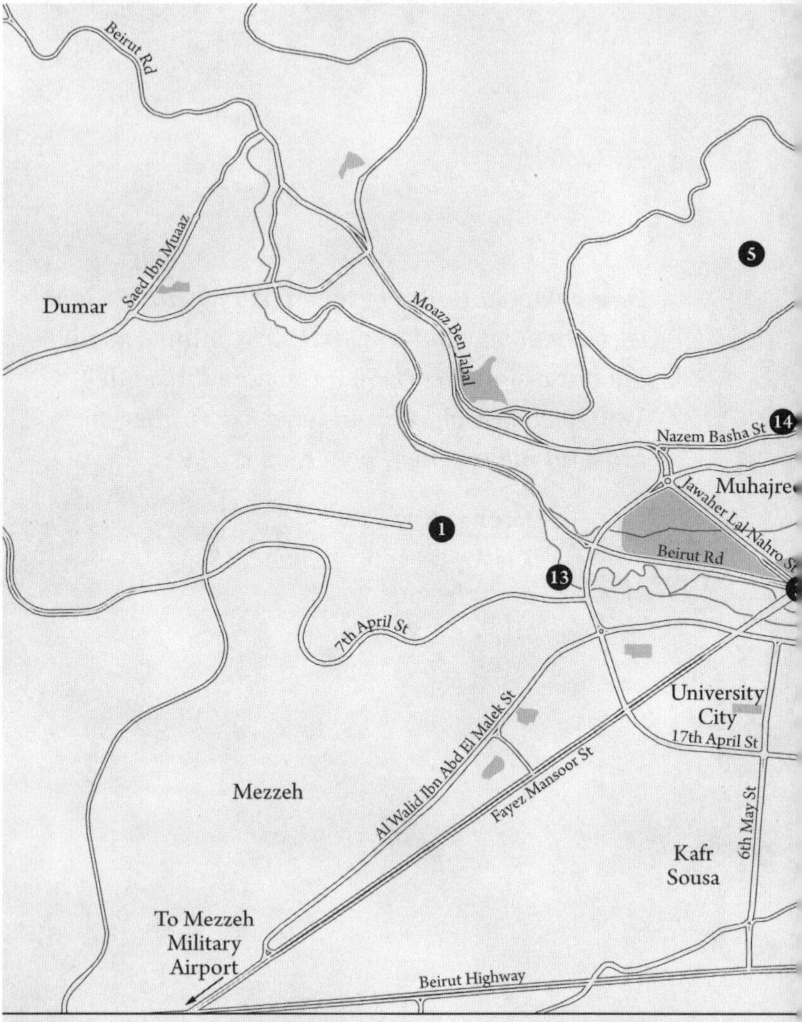

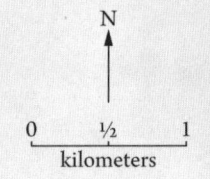

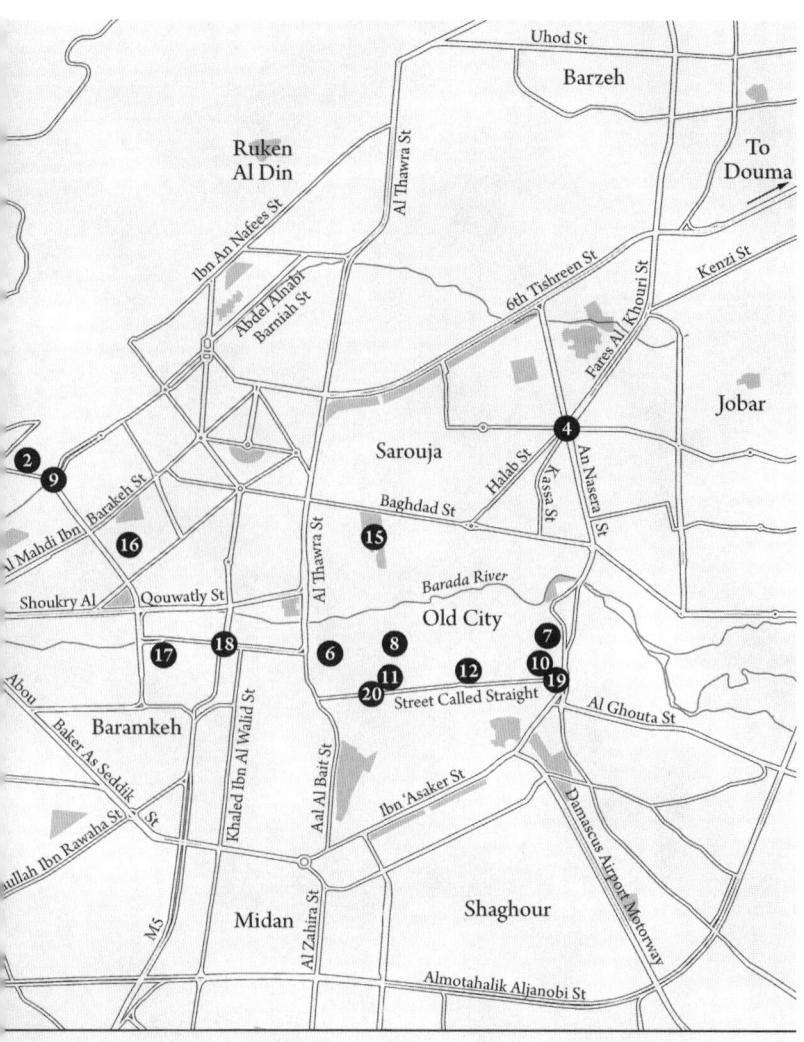

- ❻ Souq Al-Hamadiya
- ❼ Ananias Chapel
- ❽ Umayyad Mosque
- ❾ Al Rawda Square
- ❿ Bab Touma
- ⓫ Souq Al-Bzouriye
- ⓬ Mariamite Cathedral
- ⓭ Art House Restaurant
- ⓮ Presidential Residence
- ⓯ Dahdah Cemetery
- ⓰ Sha'alan
- ⓱ Damascus University
- ⓲ Hijaz Square
- ⓳ Bab Sharqi
- ⓴ Souq Midhat Basha

TEIL I

– Morde –

1

Die frühen Jahre des syrischen Aufstands
Nach acht Stunden auf seiner Überwachungserkennungsroute (SDR) umfasste Sam das Lenkrad nicht mehr ganz so fest, und sein Puls beruhigte sich langsam. Er hatte in und um Damaskus drei Stopps eingelegt und die geplanten Wendemanöver absolviert, wobei er jedes Mal mit wechselnden Blicken in Rück- und Außenspiegel nach Spähern Ausschau gehalten hatte. Bei jedem Stopp war er langsamer gefahren, um so die gegnerische Überwachung aus der Reserve zu locken. Die Sonne knallte auf die Frontscheibe, und die Klimaanlage hatte Mühe, das Wageninnere zu kühlen. Sein Rücken schmerzte, seine Schultern fühlten sich an, als würde er sie nie mehr hochziehen können. An einer Kreuzung, die zum Glück im Schatten von Palmen und Kiefern lag, musste er anhalten. Während die Ampel weiter auf Rot stand, trommelte Sam mit den Fingern aufs Lenkrad. Dabei blickte er immer wieder in die Spiegel und glich jedes Fahrzeug mit der mentalen Liste jener Autos ab, die er an diesem Tag bereits gesehen hatte. Die Ampel sprang auf Grün. Ein mit einer Lederjacke bekleideter Offizier des *Muchabarat* trat mit erhobener Hand auf die Straße und bedeutete dem ersten Fahrzeug in der Reihe, stehen zu bleiben. Ein Wagen hinter dem Polizisten hupte. Jetzt zog ein anderer *Muchabarat*-Offizier einen Sägebock voller Aufkleber, die Präsident Baschar al-Assad zeigten, auf die Straße, und winkte das vorderste Auto zu sich heran. Irgendjemand rief: Das hier ist ein Checkpoint.

Es war zwar schon der sechste an diesem Tag, trotzdem schlug Sams Herz jetzt wieder schneller. Er operierte undercover, ohne offizielle Verbindung zur CIA, was bedeutete, dass alles auf dem Spiel stand. Sollte er auffliegen, würde er keine diplomatische Immunität genießen. Es würde auch keinen Gefangenenaustausch geben. Vielmehr würde er in einem Kellergefängnis verschwinden. Wer nicht nervös war, wenn er auf sich allein gestellt in einem feindlichen Land herumfuhr, war vermutlich ein Soziopath.

Er zog seinen Pass aus der Brusttasche und legte ihn aufs Armaturenbrett. Ein kanadisches Dokument, dunkelblau (Touristenausgabe), darin das Foto eines gewissen James Hansen. Dieses zeigte Sam, auch das Geburtsdatum entsprach seinem. Er hatte den Pass beim Kanadischen Sicherheitsnachrichtendienst abgeholt, an einem nasskalten Frühlingstag in Ottawa, nachdem er die Büroräume der kurz zuvor gegründeten, jedoch nicht bestehenden Orion Real Estate Investments, LLC, aufgesucht hatte. Die Tarnung war vollständig abgesichert – reale Personen gingen ans Telefon und beantworteten E-Mails; außerdem kooperierten die Kanadier liebend gern, wenn sie im Gegenzug dafür einen Platz am Nachbesprechungstisch bekamen, sobald KOMODO in Langley in Sicherheit war. Denn selbst befreundete Nachrichtendienste offerieren Hilfestellungen nicht gratis, sondern handeln damit.

KOMODO war einer der produktivsten Spione im Stall der Damaskus Station. Er war mittleren Alters, einsam, den Depeschen zufolge ein wenig gruselig, und arbeitete als Wissenschaftler beim syrischen Zentrum für Wissenschaftliche Studien und Forschung, (SSCR), der Einrichtung, die für Assads Chemiewaffen verantwortlich war. Weil die NSA glaubte, dass die Syrer KOMODOS verdecktes Kommunikationssystem geknackt hatten, hatte die CIA in Langley im Laufe eines hektischen Tages einen Plan zur Exfiltration ausgeheckt, zu dem unter anderem gehörte, dass Sam, als Geschäftsmann getarnt, nach Syrien fahren und den syrischen Agenten ausschleusen sollte. Darüber hinaus hatte Langley entschieden, auch Case Officer Val Owens, die als Handler KOMODO betreute, nach Hause zu holen. Sam und Val hatten gemeinsam im Irak gedient, ihr erster Auslandseinsatz, sein dritter. Dabei waren sie sich nähergekommen, wie Geschwister. Val war eine gute Freundin, und das Leben eines Agenten stand auf dem Spiel. Sobald Sam an diese beiden Dinge dachte, schlug sein Herz wieder schneller. Derweil winkte ihm ein Soldat, er solle ein Stück weiter vorfahren.

Ein junger Soldat mit entschlossenem Blick und fusseligem Oberlippenbart näherte sich dem Fahrerfenster und bat um die Ausweispapiere. Sam hielt eine respektvolle Sekunde lang Blickkontakt, dann reichte er ihm seinen Reisepass – bereits aufgeschlagen auf der Seite mit dem 90-Tage-Visum für Syrien – und starrte durch die Windschutzscheibe in Richtung Schnellstraße. Der Soldat blätterte in dem Pass, blickte um sich, als überlegte er, seinen Vorgesetzten hinzuziehen, dann sah er Sam prüfend an.

»Warum sind Sie in Syrien?«, fragte er auf Englisch, mit starkem Akzent.

»Geschäfte«, antwortete Sam auf Arabisch.

Der Soldat nickte einem seiner herankommenden Kameraden zu, die die geparkten Autos und umliegenden Gebäude nicht aus den Augen ließen. Das Regime kontrollierte zwar diesen Teil der Stadt, aber manchmal verübten Rebellen und Dschihadisten Anschläge auf Checkpoints. Selbstmordattentate, Granatwerfer, diese Im-Lauf-schießen-Taktiken hatte Sam bereits während seines Einsatzes in Bagdad erlebt – und immer häufiger gab es sie auch in Damaskus. Der Soldat presste die Zähne aufeinander und schlug den Reisepass mit Wucht auf seine Handfläche.

»Machen Sie den Kofferraum auf«, befahl er.

Sam drückte die entsprechende Taste, um die Hecktür zu entriegeln. Ein weiterer Soldat zog die Tür auf, schnappte sich Sams Koffer und stellte ihn reichlich unsanft auf die Straße.

»Ist der Koffer verschlossen?«, fragte der Soldat.

»Nein«, antwortete Sam. Er hörte, wie Reißverschlüsse aufgezogen wurden, und das dumpfe Geräusch, als Kleidungsstücke ins Auto zurückgeworfen wurden.

»Warum sind die Sachen nicht gefaltet?«, fragte der andere Soldat.

»Weil ich heute bereits an mehreren Checkpoints gestoppt worden bin«, erwiderte Sam.

»Mietwagen?«, fragte der erste Soldat und schlug mit dem Kolben seiner AK-47 gegen die Fahrertür.

Sam nickte.

»Papiere.«

Sam öffnete das Handschuhfach und reichte dem Soldaten eine Reihe von Dokumenten, die den Wagen als Eigentum von Rainbow Rentals in Amman, Jordanien, auswiesen. Während der Soldat die Versicherungsunterlagen prüfte, unterdrückte Sam die Erinnerung daran, wie ihm ein technischer Mitarbeiter in der Station von Amman an einer Gliederpuppe mit der gleichen Körpergröße und dem gleichen Gewicht (165 cm, 66 kg) wie KOMODO demonstriert hatte, wie man einen Menschen in den speziell präparierten Kofferraum hinein »faltete«.

Der Soldat reichte die Papiere zurück. »Was für Geschäfte, Mr. Hansen?«

»Immobilieninvestitionen. Villen hier draußen, vielleicht ein paar Häuser in der Altstadt.«

»Die Einfamilienhäuser sind zurzeit billig.«
»Ja.« Sam lächelte. »Ja, das sind sie.«
»Der Koffer ist in Ordnung«, sagte der Mann hinter dem Wagen.
Der Soldat reichte den Reisepass zurück und sagte unwirsch: »Weiterfahren.«

In sicherer Entfernung vom Kontrollpunkt lenkte Sam den Wagen langsam auf die Schnellstraße M1 und in Richtung historische Altstadt. Die Muezzins in den Moscheen riefen derweil zum *Maghrib*, dem Abendgebet. Es herrschte leichter abendlicher Berufsverkehr. Jetzt, in der Abenddämmerung, eilten die Syrer nach Hause, um nicht in den gegenseitigen Steilfeuerbeschuss der Vertreter des Regimes und der Rebellen zu geraten.

Die Sonne versank hinter dem Horizont. Inzwischen fühlte auch Sams Körper, was sein Geist bereits entschieden hatte: Er war »black«, also: frei von Überwachung. Einen Moment lang war er erleichtert. Dann aber startete er die nachträgliche Selbstbefragung, die routinemäßige SDR-Nachbereitung, so wie es jeder Case Officer der CIA seit den ersten Trainingseinheiten auf der Farm gelernt hatte. Das war das Schwierige an seinem Auftrag: Die nackte Tatsache, dass man sich nie sicher sein konnte, es stets leichter war, die Operation abzubrechen, wenn man undercover war, als sie zu Ende zu führen, wohlwissend, dass man sich geirrt haben könnte.

Also stellte er sich den Fragen.

War ihm in der Region Yafour der schwarze Lexus mit der verschrammten Beifahrertür hinterhergefahren? Hatte er das staubige gelbe Taxi, das ihm jetzt folgte, schon einmal gesehen, unmittelbar nach seinem zweiten Stopp, unweit der protzigen Villa mit dem Pool in Form einer Sanduhr? Hatte es beim letzten

Checkpoint am Fenster eines Miethauses gefunkelt, weil dort ein fester Überwachungsposten installiert war? Sam schob sich einen Streifen Pfefferminzkaugummi in den Mund. Langsam kauend blickte er durch die schlierige Frontscheibe. Damaskus kam näher. Bei SDRs mit dem Auto war es wahnsinnig schwierig, Wiederholungssituationen zu erkennen. Am liebsten wäre Sam ausgestiegen, aber dafür gab es keinen Grund. Mittlerweile galten die Außenbezirke von Damaskus als Kriegsgebiet, und er war James Hansen, Immobilieninvestor. Und ein James Hansen würde in einer Kriegszone nicht einfach so anhalten und aus dem Auto aussteigen. James Hansen würde sich beeilen, in seine Wohnung in der Altstadt zu kommen, sich schlafen legen und am Morgen nach Amman zurückkehren.

Zwei Häuserblocks entfernt vom Safe House parkte er den SUV. Legte einen vergilbten Straßenatlas aufs Dach und tat so, als suchte er die Fahrtroute in den gewundenen Gassen bis zum Ziel. Jetzt war die letzte Gelegenheit, die Operation abzubrechen. Sam holte tief Luft, spürte die kühle Abendluft auf der Haut. Er hatte nicht das Gefühl, beschattet zu werden. Er sah sich um und nahm den Straßenatlas zur Hand wie ein dummer Tourist: ein letzter Versuch, nach Spähern Ausschau zu halten. Nach einem Blick in die richtige Richtung legte er den Atlas auf den Beifahrersitz.

Er stellte den Mercedes vor einem Haus direkt außerhalb des Christenviertels Bab Touma ab. Die Kanadier hatten einen idealen Ort am Rande der Altstadt ausgewählt: Vom Safe House ARCHIMEDES hatte man leichten Zugang zu den gewundenen Gassen und schmalen Sträßchen im Stadtzentrum – ideal, um eine Beschattung aufzuspüren – wie auch zu den breiteren Straßen, die um die Altstadt herumführten. Bei dem Gebäude handelte es sich um einen dreistöckigen Palast aus osmanischer

Zeit, der sich Sams Ansicht nach über einen halben Häuserblock erstreckte. Garagen waren unüblich in Damaskus und galten als unansehnlich in einem herrschaftlichen alten Gebäude wie diesem. Um die Funktionalität zu gewährleisten, ohne die Ästhetik zu opfern, hatte der Besitzer – ein befreundeter kanadischer Agent – ein aufwendiges Garagentor einbauen lassen, bei dem es sich augenscheinlich um eine der straßenseitigen Mauern handelte.

Sam drückte einen neben einer Gaslaterne in der nördlichen Mauer versteckten Knopf. Das Tor öffnete sich knarrend, und er fuhr den Wagen rückwärts in die Garage. Ungeachtet der Größe des Prachtbaus war der Flur dahinter schmal. An dessen Ende führte der Marmorboden bis zu einer doppelflügeligen, fünf Meter hohen Tür; das Gitterwerk bestand aus gusseisernen Koranversen, die kunstvoll Dutzende Glasscheiben einfassten. Sam öffnete die Tür zum Innenhof. In dessen Mitte plätscherte ein Springbrunnen, umstanden von Grüppchen von Orangen- und Zitronenbäumen. Unsichtbare Krähen krächzten Warnungen, als er den Hof betrat. Im Osten ertönte Mörserhagel. Instinktiv fuhr er zusammen, ehe er sich in den Flur zurückzog und die Tür schloss.

Die Kanadier hatten in ihren geheimdienstlichen Nachrichten einen Gebäudeplan beigefügt, sodass Sam ohne Mühe durch die verwinkelten Flure in die Küche kam. In einem muffig riechenden Schrank fand er die Dinge vor, die er angefordert hatte: eine Packung kalorienreicher Granola-Riegel, ein Tütchen mit zehn Xanax-Tabletten à zehn Milligramm, ein tragbarer Sauerstoffkonzentrator, ein Trinkrucksack sowie Erwachsenenwindeln. Er füllte den Trinkrucksack mit Wasser und zog eine Windel aus der Verpackung. Verstaute alles in einem schwarzen Rucksack und zog den Reißverschluss zu.

Nachdem er in die Garage zurückgegangen war, öffnete er die Heckklappe des Geländewagens. Er schob das in einer Mulde unter dem Kofferraum verborgene Fach auf, indem er mehrere verdeckte Nummernscheiben exakt in der ihm in Amman gezeigten Reihenfolge drehte. Dann strich er mit der Hand an der dünnen Auskleidung des Fachs entlang. Diese bestand aus schwarzem Silikon, war im Gepäck eines Diplomaten aus einem Keller in Langley zur Station in Amman befördert worden und dazu gedacht, Hitze zu absorbieren, damit Wärme abstrahlende Objekte im Fach für Infrarotsensoren unsichtbar waren. Er warf den Rucksack hinein und wünschte, die CIA würde Zyankalikapseln in diese Go-Bags stecken, so wie die Russen das für ihre Agenten taten. Ein CIA-Agent, der in Syrien erwischt wurde, hatte mit monatelangen Verhören und Folterungen zu rechnen. Wäre Sam anstelle von KOMODO, er würde die Kapseln haben wollen.

Um den Stress abzubauen, machte Sam eine halbe Stunde lang Push-ups und Sit-ups. Anschließend nahm er eine heiße Dusche. Val war seit einer Viertelstunde überfällig. Um das zu wissen, musste er nicht mehr auf eine Wand- oder Armbanduhr schauen: Dafür hatte die Ausbildung auf der Farm gesorgt.

Er zog ein frisches weißes Hemd und einen hellgrauen Anzug an und kehrte in die Küche zurück, um nachzusehen, ob es irgendwo Kaffee gab. Er machte eine alte French Press ausfindig, dazu einen elektrischen Teekessel und eine Dose mit gemahlenem Kaffee. Das Ablaufdatum interessierte ihn nicht. Er brauchte das Koffein.

Er ließ den Kaffee ziehen, wartete, bis er abgekühlt war, und leerte den Becher mit drei großen Schlucken. Er füllte den Becher nach und betrachtete den aufsteigenden Dampf. Dann wählte er

eine auswendig gelernte Telefonnummer und bat um ein Update hinsichtlich des Ankaufs in Dubai. Die Stimme am anderen Ende, ein befreundeter syrischer Geheimdienstler, der die wahre Bedeutung der vereinbarten Codes nicht kannte, antwortete, dass die Transaktion auf Eis läge. Sam bat ihn, das zu bestätigen.
»Die Transaktion liegt auf Eis, Mr. Hansen.«
Mit zwei großen Schlucken trank Sam auch den zweiten Kaffee aus und schmiss den leeren Becher zu Boden, sodass er in tausend Stücke zersprang.

Dass KOMODOS Festnahme unmittelbar bevorstehen und die Sicherheitslage in Syrien sich verschlechtern könnte, bedeutete, dass die CIA das übliche Szenario zum Herausschleusen aufgeben musste, das heißt, den Agenten wochenlang zwischen Safe Houses hin- und herschicken, dafür sorgen, dass die Lage sich beruhigte, und ihn schließlich über die Grenze schmuggeln. KOMODO wurde seit Wochen überwacht. Alle drei, Sam, Val und KOMODO, würden Syrien direkt vom Safe House ausgehend verlassen müssen.
Sam lag im Anzug auf dem Bett, das Koffein und das Adrenalin sorgten dafür, dass sein Herz hämmerte. Sollte der *Muchabarat* KOMODO geschnappt haben, würden sie als Nächstes Val festnehmen. Und Sam blieb nur eins übrig: auf Val zu warten. Allerdings erzeugte dieses Warten eine solche Anspannung, dass er am liebsten eine halbe Flasche Whisky geleert oder ein paar von KOMODOS Xanax-Pillen eingeworfen hätte. Manche Agenten versuchten, die psychische Belastung mit Alkohol, Drogen oder Frauen zu bekämpfen. So etwas führte allerdings regelmäßig in die Gosse, zur Entlassung aus dem Dienst oder zu Schlimmerem. Einen Klassenkameraden von der Farm – ein Geheimagent, der in Belarus operierte – hatte man an einem

freiliegenden Deckenbalken in seiner Minsker Wohnung baumelnd vorgefunden, Tabletten und Injektionsnadeln und leere Wodkaflaschen auf dem Boden.

Ein Auftrag wie dieser konnte einen ganz schön schlauchen.

Es war fast zwei Uhr morgens. Irgendwo im Haus hatte eine Tür geknarrt, danach hatte er von einem der Flure her Schritte gehört.

Er fand Val in der Küche vor; sie klopfte mit einem Fuß auf dem Fußboden und gab mit zitternder Hand Kaffee in die French Press. Als sie einen Löffel voll davon verschüttete, schlug sie mit der Hand auf den Küchentresen.

»Fuck, fuck, fuck«, schrie sie. »Drei Treffpunkte. Er ist zu drei Treffpunkten nicht aufgetaucht.«

Mehrmals holte sie tief Luft, um sich zu beruhigen. Schließlich schaltete sie den Wasserkessel ein und ließ sich, mit dem Rücken am Küchenschrank, zu Boden gleiten. Sam setzte sich neben sie. Sie schwiegen, während das Wasser im Kessel zu kochen begann. Val war rank und schlank, sie hatte sich seit Bagdad kaum verändert, allerdings trug sie das blonde Haar jetzt schulterlang. Er nahm sie in den Arm. Sie legte den Kopf auf seine Schulter.

Nach einigen Minuten stand er auf und holte einen kleinen roten Rucksack aus dem Geheimfach im Mercedes-SUV. Wieder zurück in der Küche, warf er Val den Rucksack zu. Er enthielt einen kanadischen Pass, der, so wie Sams, mit ihrem eigenen Foto und einem falschen Namen versehen war. Val musterte die Sachen für die Verkleidung – Perücke, Brille, Schaumstoffbauch, der die Trägerin fünfzehn Kilo schwerer aussehen ließ –, die dazu dienten, damit sie dem Foto entspräche. »Oje, ich seh ja schrecklich aus als übergewichtige Brünette.«

»Ich weiß. Darum habe ich das Kostüm ja auch ausgesucht.«

Sie lächelte, dann verdüsterten sich ihre Gesichtszüge. »Wir müssen ihm noch ein paar Stunden Zeit geben, damit er das Notfallsignal absetzen kann. Wenn er dann immer noch nicht auftaucht, verschwinden wir.«

Val und Sam saßen in der Küche auf dem Fußboden, warteten auf das Signal, dass KOMODO wieder aufgetaucht war, auf das Tageslicht, darauf, dass Leute vom *Muchabarat* die Tür eintraten. Sie hielten abwechselnd Wache, während der andere schlief, doch keiner fand Schlaf, sodass sich jetzt beide die müden Augen rieben, als von der Straße her ein metallisches Kreischen zu ihnen drang. Als der Demonstrant mit dem Megafon *Selmiyyeh, selmiyyeh – Friedlich, friedlich –* rief, war das Gemurmel der Menschenmenge bis ins Haus zu hören.

»Die Freitagsdemonstrationen beginnen«, sagte Sam.

»Der Abassin-Platz liegt nur ein paar Häuserblocks nördlich von hier«, erwiderte Val verschlafen. »Die großen Widerstandsorganisationen und Facebook-Seiten haben für heute zu einer Demo aufgerufen. Die Leute wollen bis zum Sturz des Regimes weitermachen. Aber sie fangen früh an. Wir sollten bald von hier verschwinden.«

Sam schaute aus einem der Fenster auf eine große Menschenansammlung, die durch die unter ihnen befindliche Straße zog.

»Scheint die größte Demonstration zu werden, die es bislang in Damaskus gegeben hat«, sagte Val. »Es könnte zu Blutvergießen kommen.« Sie setzte sich wieder an den Tisch und legte die Arme darauf. »Ich glaube, wir haben ihn verloren.«

»Vermutlich«, sagte Sam und stand auf. »Aber reden wir über alles Mögliche, nur nicht diesen vergeigten Einsatz. Wir sollten verschwinden.«

Val wollte gerade etwas darauf antworten, als draußen Krähen krächzten. Sams Nackenhaare sträubten sich. Val schloss den Mund, und Sam las in ihrem Blick, dass auch sie das Geräusch wahrgenommen hatte.

Selmiyyeh, selmiyyeh.

Sie standen auf. Sams Stuhl knarrte in der stickigen Stille.

Selmiyyeh, selmiyyeh. Plötzlich splitterte die uralte Tür des Gebäudes und wurde aus den Angeln gerissen.

2

Nur als kleines Mädchen hatte Mariam so große Menschenansammlungen in Syrien gesehen. Eingezwängt zwischen den Demonstranten näherte sie sich mit der skandierenden Menge dem Abassin-Platz. Die Menschen trugen selbst gemachte Plakate. Viele hatten sich das Gesicht grün-weiß-schwarz angemalt, einige trugen Kühltaschen, als ob sie zu einem Picknick aufbrächen. Links von ihr schleppte ein stämmiger Mann einen Klappstuhl und eine kleine grün-weiß-schwarze Flagge mit drei roten Sternen, dem Symbol der Rebellion. Jedes Mal, wenn einer der Protestanführer etwas durchs Megafon rief, reckte der Mann die Flagge hoch über seinen Kopf. Eine Frau rechts von Mariam hielt ein kleines Mädchen an der Hand, auf dessen rosafarbenem T-Shirt in großen Lettern das Wort FREEDOM prangte. Mariam erwiderte den Blick des Mädchens, während es raschen Schrittes mit der Mutter vorbeiging. Das Mädchen machte noch das Victory-Zeichen und verschwand dann in der Menge. Unter den Leuten herrschte eine pulsierende Spannung, Mariam dagegen spürte nichts als aufsteigende Angst. Weil sie im Präsidenten-Palast arbeitete, war ihr klar, dass die Regierung dies nicht lange dulden würde. Bis dahin hatte sie noch einiges zu tun.

Sie hörte, wie jemand auf dem Platz *Selmiyyeh, selmiyyeh* durch ein Megafon rief.

Am südlichen Rand stehend, sah Mariam, dass der Platz – streng genommen ein Kreisverkehr – unter der Menschenmenge nicht mehr zu erkennen war. Ein Meer von Köpfen, Schultern, Flaggen und Plakaten anstatt der Straßen und Gehsteige. Mariam war hier, um ihre geliebte Cousine Razan zu beschützen. Razan war sorglos, leichtsinnig. Mariam konnte ihr mühelos folgen. Die Flagge der Rebellion um die Schulter gelegt, marschierte Razan, vermutlich leicht high, zum Abassin, unter Pappschildern, die Freiheit, das Ende der Notstandsgesetze sowie Neuwahlen forderten. Alles vernünftige Forderungen. Alle bedeuteten, juristisch gesehen, Hochverrat. Mariam wusste das – und drängelte sich weiter vor. Dabei unterdrückte sie den Impuls, ihrer Cousine zuzurufen, sie solle nach Hause gehen. Geh nicht auf den Platz, verlass die Demo. Geh und betrink dich. Wie in alten Zeiten. Aber Razan lief weiter, bis in die Mitte des Platzes, auf eine Bühne zu, gezimmert aus den Brettern und Möbeln, die man aus den Wohnungen und Häusern derer ausgeliehen hatte, die der Opposition freundlich gesinnt waren. Mariam sah sich nach *Muchabarat*-Offizieren um und positionierte sich gerade so weit entfernt von der Bühne, dass sie sich als unschuldige Passantin ausgeben konnte. *Ich wollte nur zum Bäcker, und da bin ich zufällig in diese landesverräterische Demonstration geraten,* probte sie im Stillen ihre Antwort. Hab für die Esel vom *Muchabarat* immer irgendeine Geschichte parat, wie Razan gern sagte.

Mariam blieb vor einem Süßigkeitenladen stehen, der direkt an den Platz grenzte. Inzwischen herrschte dort ein ohrenbetäubender Lärm, eine Art Ausgelassenheit, wie Mariam sie in Syrien noch nie erlebt hatte. Große Menschenansammlungen waren bislang nur für jene inszenierten, verpflichtenden Kundgebungen zugelassen, die der alte Präsident, der Vater des derzeitigen Präsidenten, im unmittelbar neben dem Platz gelegenen Sportstadion abgehalten hatte. Mariam, damals noch ein kleines Mädchen, hatte, eingeschlossen in der Menge, den Präsidenten in ihrem Sprechgesang zum obersten Apotheker erklärt. »Syriens edler Ritter!« hatten Regierungsvertreter sie gedrängt zu skandieren. »Der Löwe von Damaskus!« Ist er, der Präsident, wirklich ein guter Apotheker?, hatte Mariam hinterher den Vater gefragt, denn sie war alt genug, um zu begreifen, dass man solche Fragen – wenn überhaupt – nur im privaten Kreis stellte. Er hatte nur gelächelt: Er ist ein guter Lügner, *Habibti*.

Zwei gut aussehende, drahtige Jungs betraten die Bühne. Sie forderten den Präsidenten zum Rücktritt auf, worauf die Menge ihnen zujubelte. Mariam erblickte einen *Muchabarat*-Mann in Lederjacke, der die Demonstranten filmte. Einer von vermutlich Hunderten solcher Männer. Inzwischen machte ihr die Größe der Versammlung, zunächst ein Trost, Angst. Wieder schweifte ihr Blick zu ihrer Cousine, die vor der Bühne stand. Ein gesichtsloser Protestler reichte Razan ein Megafon. Mariam setzte sich in Bewegung. Zeit, diese *Bint Mbarih*, dieses naive Weib, von der Bühne wegzureißen, bevor man sie umbrachte.

Während Mariam vortrat, tauchte vor ihr auf dem Boden ein Schatten auf; wie im Staub verschüttete Tinte.

Sie blieb stehen, schaute hoch und sah einen ganz in Schwarz gekleideten Mann auf dem Dach des Süßigkeitenladens. Er hatte sich einen Schal über Nase und Mund gebunden und hielt ein Gewehr in der Hand; legte eine Hand an den Kopf, als hörte er etwas über Funk; blickte über die Straße zu einem anderen Häuserdach, wo ein ähnlich gekleideter Mann ein Gewehr auf ein Dreibein montierte. Einer der jungen Männer hielt ein Megafon in der Hand und forderte Präsident Assad – streng genommen Mariams Chef – auf, neue politische Parteien zuzulassen. Doch Mariam blieb hinter dem Süßigkeitenladen stehen. Ein Plakat zog an ihr vorbei: FREIHEIT BEGINNT MIT DER GEBURT. IN SYRIEN BEGINNT SIE MIT DEM TOD. Sie sah, wie sich ein junges Paar in der Menge küsste, eine rundliche Frau mit ungemein großen Brüsten tanzte vor einem Schild mit der Aufschrift: WACH AUF, ASSAD, DEINE ZEIT IST GEKOMMEN.

Mariam beobachtete ihre Cousine, wie sie mit dem Megafon in der Hand die Bühne betrat. Die Menge jubelte. Mariam schaute hoch, konnte die Männer auf den Hausdächern aber nicht mehr sehen. Razan trug eine handbemalte Jeans und ein mit der Drei-Sterne-Flagge bedrucktes T-Shirt. Sie hob die Hand, verlangte Freiheit, erklärte, dass das Volk den Sturz des Regimes wolle. Dann sagte sie, *Selmiyyeh, selmiyyeh*, worauf die Menge die Forderung wiederholte.

»Er ist ein Schlächter, ein Tyrann«, schrie Razan. »Assad muss abtreten, er muss sein Amt niederlegen.«

Und nun wollte sich Mariam mit aller Macht zur Bühne vordrängeln – aber stattdessen wurde sie an die Wand des Süßigkeitenladens gedrückt. Kurz darauf spürte sie einen Windzug, als die *Muchabarat*-Mitarbeiter an ihr vorbeiliefen. Mariam begriff, welch eine irrsinnige Forderung Razan da eben lauthals gestellt hatte, und hatte das Gefühl, neben sich zu stehen und zu hören, wie sie selbst eine Reihe von Verwünschungen gegen ihre mutige, törichte Cousine ausstieß.

Sie sah, wie ein *Muchabarat*-Mann in der Menge etwas in sein Funkgerät flüsterte. Plötzlich ein Schuss. Noch einer. Noch einer. Einer der drahtigen Jungs auf der Bühne brach zusammen, um ihn herum rote und rosafarbene Wölkchen. Mariam drückte sich an die Hauswand, und obwohl die Wand extrem heiß war, fühlte sich ihr Rücken kalt an. Urplötzlich herrschte Stille, die Plakate wurden zu Boden geworfen, die Menschen flohen.

Dann schossen die Leute vom *Muchabarat* in die Menge, zunächst sporadisch und zögernd, dann aber, als die Schützen mutiger wurden, in regelmäßigen Abständen. Eine junge Frau im weißen Hidschab hob die Arme, um Schläge mit einem Knüppel abzuwehren. Ein *Muchabarat*-Mann schwang seinen Stock gegen den Kopf eines Mannes, einmal, zweimal, dreimal, bis dessen Schädel platzte. Der Mann versuchte, sich auf den Beinen zu halten, sackte jedoch zusammen, während der *Muchabarat*-Mann ihn zu Boden drücke und abermals zuschlug.

»Verschwinde, schnell!«, rief Mariam Razan zu. Aber ihre Cousine konnte sie nicht hören – und hätte sowieso nicht auf sie gehört.

»Freiheit«, rief Razan. »Freiheit! Freiheit!«

Jetzt feuerten auf den Hausdächern die Gewehre, die großkalibrigen Kugeln zerfetzten menschliche Leiber, die Plakate und Flaggen. Irgendetwas spritzte Mariam ins Gesicht, sie blickte nach unten, blinzelte und verfluchte ihre Cousine, während sie es sich aus den Augen wischte. Das war Blut, aber sie wusste nicht, woher es gekommen war. Sie tastete ihren Kopf ab, ihre Beine, ihre Brust. Alles unverletzt. Die Menge lief an ihr vorbei, die Gewehre ratterten. Razan blieb trotzig auf der Bühne stehen, das Megafon in der Hand, während die Demonstranten fluchtartig das Weite suchten.

Ein bulliger *Muchabarat*-Mann sprang auf die Bühne und wedelte mit seinem Knüppel herum.

»Freiheit!«, hörte Mariam ihre Cousine durchs Megafon rufen. »Wir wollen Freiheit.« Dann legte Razan das Megafon auf den Boden, der Mann näherte sich ihr. Razan schaute zum Himmel, zum Dschabal Quasyun, und schloss die Augen. Dann schlug ihr der Mann mit dem Knüppel auf den Kopf.

3

»Sam, ich pass da nicht rein«, hatte ihm Val zugezischt. »Das ist viel zu eng. KOMODO ist klein, aber ich bin über einen Meter achtzig groß, verdammt noch mal.« Sam hatte seine Hand auf eine von Vals Hüften gelegt und drückte, während sie ihre Beine in das Geheimfach des SUVs zu zwängen versuchte. Sie fluchte, zuckte vor Schmerzen zusammen, als er ihre Gliedmaßen »faltete«, als mache er Origami. Er hörte Rufe im Haus, die Schritte kamen näher. Die Männer riefen Vals Namen, blickten in die Zimmer. Sie suchten nach ihr.

Val stieß ein verzweifeltes Lachen aus, eines, das er aus Bagdad kannte und das bedeutete: *Das hier läuft total schief.* Sie schwang sich aus dem geheimen Raum. Sam hatte ein ganz schlechtes Gefühl, was die Sache anging, und fragte Val noch einmal, ob sie das Risiko eingehen wollte, obwohl er die Antwort bereits kannte. »Vielleicht setzt du dich einfach auf den Beifahrersitz?«

»Nein, auf gar keinen Fall – du hast doch gehört, was die da draußen rufen. Ich besitze einen Diplomatenpass. Und genieße Immunität. Mir wird nichts passieren. *Du* bist am Arsch, wenn wir erwischt werden.«

Er nickte. Er hatte es ihr anbieten müssen, aber sie waren Profis und wussten, was getan werden musste. Er küsste sie auf die Wange. Sie lächelte schwach und drückte den Knopf in der Wand. Das Garagentor öffnete sich, langsam und knarrend.

In ein paar Wochen trinken wir zu Hause was zusammen, sagte sie und ging zurück ins Safe House.

[Undeutliche Stimmen und Geraschel von Papier]
Ist das angeschaltet? [Leise Antwort, Geräusche]
Besser? Okay. Dies ist die zweite gemeinsame Spionageabwehr- und Sicherheitsbefragung von Samuel Joseph, Operations Officer der Gehaltsstufe 12, nach seiner Rückkehr aus Damaskus. Wir befinden uns zurzeit in der Amman Station. Es ist der 26. März, 13 Uhr Ortszeit. Für die erste Hälfte von Mr. Josephs Aussage, in der er die Operation zur Herausschleusung in Syrien schildert, siehe Kabel 2345.
Befragende Beamte Tim McManus von der Abteilung für Spionageabwehr und Lloyd -
[Gehuste] *Reichen Sie mir bitte ... danke* [Unbekannte Geräusche]
Lloyd Craig von der Security. Wir werden ein paar Fragen durchgehen, auf Grundlage unseres Verständnisses der Operation.
F. *Bitte nennen Sie Ihren Namen.*
A. *Samuel Joseph.*
F. *Valerie Owens hat Ihnen gesagt, dass der Agent, KOMODO, drei Treffpunkte verpasst habe?*
A. *Das sind wir doch schon mal durchgegangen, Tim. Ja. Sie hat mir gesagt, dass er alle drei verpasst hat.*
F. *Und die SDR wies in dieselbe Richtung? Miss Owens sollte zusammen mit Ihnen Syrien verlassen?*
A. *Tim, ich habe das Gefühl, wir drehen uns im Kreis.*
[Raschelgeräusche von Papier, undeutliches Gespräch]
F. *Sie hat nicht über die SDR gesprochen, nachdem sie im Safe House angekommen war?*
A. *Nein.*
F. *Ist das ungewöhnlich?*

A. Nicht, wenn die SDR erfolgreich gewesen ist. Sollte Val geglaubt haben, dass sie beschattet wird, hätte sie die SDR nicht beendet. Sie hätte abgebrochen und wäre nach Hause gegangen.

F. Woher wissen Sie das?

A. Ich habe schon mal mit ihr zusammengearbeitet, in Bagdad. Verdammt, Lloyd, wir haben ...

F. Sam, wir müssen die Fragen durchgehen, die Zentrale hat vor einer Stunde noch mehr geschickt.

A. Na gut. Okay. Val war ein herausragender Case Officer. Wir haben unsere Ausbildung für geheime Operationen in feindlichen Einsatzumgebungen gemeinsam absolviert. Nur wenn sie absolut sicher wäre, nicht beschattet zu werden, würde sie ein Safe House betreten; sie wurde nicht observiert.

F. Sie haben sie gut gekannt?

A. Ja, wir standen uns nahe.

[Leise Stimmen, Gehuste]

A. *Fragen Sie doch einfach.*

F. Es ist ... ähm ... [Gehuste]

A. *Fragen Sie doch einfach, Tim.*

F. Waren Sie zu irgendeinem Zeitpunkt mit Miss Owens liiert?

A. Nein.

F. Danke. Und Sie persönlich haben zu keiner Zeit, während Sie in Syrien waren, Überwachungsaktivitäten wahrgenommen?

A. Nein.

F. [Geraschel Papier] Das hier ist ein Grundriss des Safe House. Können Sie uns zeigen, wo die Männer den Eingang aufgebrochen haben?

A. Sie sind durch die Haustür gekommen. Hier. Dabei haben sie eine Ramme benutzt, glaube ich. Sie sind außerdem durch mindestens eines der Fenster zur Straße hin reingekommen. Hier. Danach zu urteilen, wie schnell sie bis zur Garage gelangt sind, *würde ich sagen, dass ein paar von ihnen über eine der Mauern in den Innenhof gesprungen sind, aber da bin ich mir nicht ganz sicher. Sie sind ausgeschwärmt. Wir sind zum Auto gelaufen. Durch diesen Flur, dann in den Innenhof. Und da habe ich wohl gehört, dass einige von ihnen über die Mauern gestiegen sind. Wir gelangten in die Garage und ...*

F. *Einen Moment mal, Sam, die Leute von der Zentrale haben hier eine spezielle Frage.* [Rascheln von Papier] *Warum sind Sie nicht einfach weggefahren, mit Miss Owens auf dem Beifahrersitz, und haben sie nach Hause zurückgebracht?*

A. *Val und ich sprechen beide fließend Arabisch. Wir haben gehört, wie die Muchabarat-Leute immer wieder denselben Satz gerufen haben, als sie die Zimmer durchsuchten: Sie ist nicht hier. Dabei haben sie Vals Namen benutzt. Sie waren hinter ihr her, nicht mir. Wir konnten es einfach nicht riskieren, zusammen gesehen zu werden.*

F. *Und darum haben Sie es dann mit dem geheimen Raum in dem SUV probiert?*

A. *Ja. Aber Miss Owens hat da nicht hineingepasst.*

F. *Was haben Sie danach unternommen?*

A. *Wir haben eine Entscheidung getroffen. Sie bleibt und stellt sich, weil sie diplomatische Immunität genießt. Man wird ihr Fragen stellen und sie zur Persona non grata erklären, anschließend kehrt sie nach Hause zurück.*

F. *Und wenn Sie erwischt werden?*

A. *Wenn ich erwischt werde, verschwinde ich für immer in einem syrischen Kerker, weil ich nur einen kanadischen Touristenpass besitze. Es war die richtige operative Entscheidung, jeder Untersuchungsausschuss wird das bestätigen.*

F. *Das bestreiten wir ja nicht, Sam. Also, Ihr Koffer befindet sich bereits im Wagen. Was ist anschließend passiert?*

A. Miss Owens öffnet das Garagentor, und ich fahre los in Richtung Grenze.
F. Die Leute vom Muchabarat haben Sie nicht gesehen?
A. Die dürften weder gewusst haben, dass das Haus über eine Garage verfügt, noch, dass es an der Seite einen Ausgang gibt. Soweit ich weiß, haben sie nicht einmal den Wagen gesehen.
F. Sie haben dem Leiter des Büros in Amman gegenüber erwähnt, dass Sie etwas gehört hätten, als Sie wegfuhren.
A. Ja.
F. Können Sie uns sagen, was Sie gehört haben?
A. Vals gellende Schreie.

Sam klickte Stopp auf dem Tonsymbol des Computers. Als er merkte, dass er mit den Fingern auf den Tisch trommelte, faltete er die Hände im Schoß. Dann starrte er die Wand an, während Vals Schreie in seinem Kopf hallten. Anders als bei den meisten seiner Kollegen im Direktorium für geheimdienstliche Operationen war die »Ego-Wand« des Leiters der Abteilung für den Nahen Osten und Afrika, kurz C/NE, Ed Bradley, leer. Auf dem Bücherregal hinter dem Schreibtisch standen ein paar Geschenke von besonderen Freunden, darunter ein halb gefalteter australischer Cowboyhut und die AK-47 von Khalid Scheich Mohammed. Auf einem anderen Regal stand Bradleys Ein und Alles – ein funktionsunfähiger Lenkflugkörper, ein Geschenk, weil er das Stinger-Programm gegen die Sowjets in Afghanistan geleitet hatte. Es ging das Gerücht, dass die schultergestützte Flugabwehrrakete nicht regelgerecht ausgemustert worden war. Ein Besucher hatte einmal den Abzug betätigt, woraufhin die Rakete wie ein Weihnachtsbaum blinkte. In Schussrichtung vor Bradleys Bürotisch saß Procter, Station

Chief in Damaskus, die nach Langley zurückgekehrt war, um sich der Folgen der Festnahme von Val Owens anzunehmen.

Sam sollte nach diesem ersten Treffen mit Artemis Aphrodite Procter, Tochter eines von der griechischen Mythologie förmlich besessenen Vaters, zu dem Schluss kommen, dass sie sich eher dem Geist ihres Vornamens als dem ihres Mittelnamens verpflichtet fühlte.

Procter war vieles – unter anderem war sie klein von Statur. Kaum größer als einen Meter fünfzig. Die schwarzen Haare, die ihr vom Kopf abstanden, als stünden sie unter Strom, kontrastierten mit ihrem blassen, sommersprossigen Gesicht. Alles an ihr war straff und gespannt. Unter der Bluse zeichneten sich die Umrisse ihrer muskulösen Arme und die ausgeprägte Schulterpartie ab. Sam fiel ein, was ihm einer ihrer Case Officer in Moskau erzählt hatte. »Die ist ein total geladenes Duracell-Häschen, Mann. Sie wird nicht umsonst die Proktologin genannt. Die geht zur Sache. Und wenn du langsamer machst, frisst sie dich bei lebendigem Leib.« Außerdem hatte der Kollege Sam von einem operativen Plan erzählt, den er entworfen hatte und den Procter in einer Depesche als »Hundekacke« bezeichnet hatte. »Und diese Depesche hat sie dann einfach zurück zum Sekretariat im Russia House geschickt«, hatte er gesagt. »Und weißt du was: Sie hatte recht gehabt. Ich habe viel von ihr gelernt.«

Procter stocherte in ihren Zähnen. Bradley packte Sam an der Schulter, nahm eine Thermoskanne mit Kaffee vom Schreibtisch und setzte sich an den Tisch. Bradley war einen Meter fünfundachtzig groß, ein ehemaliger Linebacker im Team der Universität von Texas, der sich viel Mühe gegeben hatte, den Texas-Akzent seiner Jugend abzuschütteln – bis er es schließlich aufgegeben hatte. Hinter der schieren physischen Präsenz verbargen sich ein feines Gespür für Menschen und die Cleverness im Operativen.

Doch mittlerweile pendelte Bradley zwischen Krisen in Nahost, ungeduldigen politischen Vorgesetzten und wichtigtuerischen Aufpassern im Kongress. Er wirkte gestresst.

»Die Schreie«, durchbrach Procter die Stille. »Was haben die ausgedrückt?«

»Schmerz. Die haben sie grün und blau geschlagen.«

Sam wandte den Blick von der Wand ab und sah Procter an. »Haben wir irgendwelche Hinweise, wo sie sich befindet?«

»Einen«, sagte Procter. »Ist gestern Abend reingekommen. Wir haben ein Gespräch abgefangen, wonach ein *Muchabarat*-Geheimdienst namens ›Sicherheitsamt‹ kürzlich eine Amerikanerin festgenommen hat. Bislang nicht bestätigt, scheint aber glaubwürdig.«

»Von einem ›Sicherheitsamt‹ habe ich noch nie was gehört«, sagte Sam.

»Wir auch nicht, ehrlich gesagt«, antwortete Procter. »Aber wir haben ein bisschen recherchiert und ein paar Erwähnungen in gestohlenen Dokumenten aus dem vorigen Jahr gefunden. Assad wollte anscheinend, dass jemand den restlichen *Muchabarat* im Auge behält, er hat einen General, Ali Hassan, damit beauftragt und ihn mit extrem viel Macht innerhalb der Palastbürokratie ausgestattet. Der Mann ist ein wahrer Sohn des Regimes. Sein Bruder ist Rustum Hassan, der Kommandeur der Republikanischen Garde.«

»Es wäre eine gute Nachricht, wenn die Syrer sie in Gewahrsam hätten«, sagte Bradley. »Dann könnten wir wenigstens von Regierung zu Regierung Druck auf sie ausüben.«

»Wir haben Assad auf inoffiziellem Wege gewarnt, dass wir das Regime zur Rechenschaft ziehen, sollte Miss Owens etwas zustoßen«, sagte Procter. »Aber die bestreiten immer noch, dass sie sie haben. Kann sein, dass es für das Weiße Haus und diese

Trottel im Kapitol okay ist, wenn unsere Leute wochenlang im Gefängnis sitzen, aber für mich ist es das nicht. Wenn ich Ali Hassans Telefonnummer herausfinde, rufe ich ihn direkt an, Ed. Sende ihm eine Botschaft.«

»Wir wollen denen nicht drohen?«, fragte Sam. Er befingerte seinen Krawattenknoten, lockerte ihn unbewusst. »Das ist doch Mist. Val wird widerrechtlich in Gewahrsam gehalten.«

Bradley blickte ihn wütend an. »Der Präsident muss eine breiter aufgestellte Syrienpolitik betreiben, die über die Interessenlage von einem von uns hinausgeht, Sam. Val besitzt einen Diplomatenpass. Wir bekommen sie bestimmt bald zurück.«

»Und bis dahin warnen wir die Syrer wieder aufs Neue, ohne Sanktionen zu verhängen?«, wandte Sam ein.

Bradley schenkte Kaffee aus der Thermoskanne nach. »Ich stimme dir ja zu, aber das ist aktuell nun mal die Politik des Weißen Hauses. Wir warten ab. Wir kriegen Val zurück, es braucht nur eben seine Zeit. Die Syrer wären verrückt, wenn sie irgendetwas anderes täten, als sie in eine Zelle zu stecken und höflich Fragen zu stellen. Am Ende werden die Val freilassen. Und ja, Artemis, wenn die NSA uns eine Telefonnummer geben kann, sollten wir uns mal mit General Hassan unterhalten.«

Bradley blickte zur Wanduhr. »Ich muss los, mein Fahrer wartet. Ein ganzer Nachmittag mit Gesprächen im Kapitol.«

»Im SSCI?«, fragte Sam Bradley und sprach das Akronym für den Sonderausschuss für Geheimdienste des US-Senats richtig, nämlich wie *Sissy*, Feigling, aus.

»Ja, bei den Feiglingen höchstpersönlich«, sagte Bradley und ballte die rechte Faust. »Die wollen mich dort wegen Val befragen.«

Sam gab Procter die Hand, die Leiterin der Damaskus Station verließ den Raum. Sam blieb noch sitzen, betrachtete die

Stinger-Rakete, während Bradley seine Aktentasche mit Schloss für die Befragung im Kapitol packte.

»Ich habe gehört, sie ist ein bisschen durchgeknallt.«

»Procter?«

»Ja.«

»Sie ist 'ne echte Type. Übrigens – hast du schon Essenspläne für heute Abend?«

»Ich habe ein ganzes Grillhähnchen und ein Sixpack Bier in meinem ansonsten leeren Kühlschrank«, antwortete Sam.

»Gut. Bring das Bier mit. Kannst du heute Abend zu uns auf die Farm kommen und mit Angela und mir essen? Ich habe da was für dich.«

»Und zwar?«

»Etwas, das dich ablenkt.«

Im Rushhour-Verkehr auf der 267 und der Greenway Route benötigte Sam fast zwei Stunden bis zur Bradley-Farm, was ungefähr so anstrengend war wie seine Fahrt durch das vom Bürgerkrieg geprägte Damaskus.

Er bog auf die Kieszufahrt des Farmhauses. Am Horizont ragten die Ausläufer der Blue Ridge Mountains auf, der Sonnenuntergang dahinter glich einem orangefarbenen Band, das hinter den Bergen verschwand. Entlang der Natursteinmauer kauten drei Pferde Gras; als Sam aus dem Wagen stieg, fiel ihm ein, dass er das Bier vergessen hatte. Er überlegte noch, ob er noch welches besorgen sollte, als Angela Bradley die Haustür öffnete.

»Hallo, Sam!« Sie umarmte ihn und ging mit ihm in die Küche. »Ed ist unten in der ›Box‹« – ihre Bezeichnung für die Sensitive Compartmented Information Facility (SCIF) im Kellerraum, die es Bradley ermöglichte, sensible berufliche Telefonate anzunehmen und diplomatische Depeschen von Zuhause aus zu lesen.

Angela hasste die Box. Eine ihrer Bedingungen, als Ed die Stelle als Leiter der Nahost-Abteilung angenommen hatte, war die Pferdefarm am ländlichen Rand des städtischen Außenbezirks von Washington D. C. gewesen. Bradley musste deshalb eine Stunde länger pendeln, aber als er sich zunächst geweigert hatte, antwortete sie nur: »Das interessiert mich nicht, Ed.«

Ohne zu fragen, öffnete sie ein Coors Light und schob die Dose Sam auf der Küchentheke hin. Dann öffnete sie eine Dose für sich, setzte sich wie ein Schulmädchen auf der Theke und startete die Befragung.

»Wie geht's der Familie?«

»Gut, alle wohlauf.«

»Freundinnen?«

»Im Moment keine.«

»Verstehe. Tut mir leid für dich. Wohin geht's als Nächstes?«

»Das entscheiden die da oben.«

»Ed muss eine gottverdammte Entscheidung treffen, richtig?«

»Ja, so sieht's aus.«

Nach beendeter Befragung nickte Angela – auch wenn Sam keine Ahnung hatte, wozu oder warum. Sie wischte sich die Hände an einem Küchenhandtuch ab und erklärte, dass es Steaks geben werde. Schon bald zischte die gusseiserne Pfanne, und zwei weitere Dosen Coors wurden geöffnet, als sie Eds Schritte auf der Treppe hörten.

Mit der einen Hand warf Angela Ed eine Bierdose hin, mit der anderen wendete sie die Steaks. Er wollte etwas sagen, aber Angela stoppte ihn.

»Hört zu, Jungs, ihr kennt die Regeln«, sagte Angela. »Ich bekomme eine halbe Stunde, ohne dass ihr euch über die Arbeit unterhaltet.«

»Jaaa«, ahmte Sam, so gut er konnte, ihre gedehnte Sprechweise nach.

Worauf sie ihm den Mittelfinger zeigte.

Wie sich herausstellte, bekam sie eine dreiviertel Stunde. Dann räumten Sam und Ed den Tisch ab, machten den Abwasch und begaben sich, wie es ihr Brauch war, mit sechs Bierdosen in einer Styropor-Kühltasche auf die hintere Terrasse. Stechmücken umschwirrten die Außenlampen.

Jeder trank schweigend eine halbe Dose. Dann erzählten sie sich Geschichten aus der gemeinsamen Zeit in Kairo, die Weißt-du-noch-Erzählungen langjähriger Freunde.

Angela öffnete die Fliegengittertür, gerade als Sam noch eine Bierdose leerte. »Ich geh jetzt zu Bett. Sam, schläfst du heute Nacht hier?«

»Würde es euch etwas ausmachen?«

»Natürlich nicht«, sagte Ed. »Wir können morgen früh in Kolonne in die Stadt fahren.«

»Ja«, sagte Angela. »Du kannst das Zimmer neben der Box haben. Bettzeug liegt im Schrank. Nacht, Lieber.« Sie küsste Bradley auf die Stirn und entschwand ins Haus.

Sam zog die Lasche von seiner leeren Bierdose und sah zu den schemenhaften Bergen. Holte die letzten beiden Dosen aus der Kühltasche und warf Ed eine hin.

»Du musst etwas für mich erledigen«, sagte Bradley schließlich. »Könnte dich ein bisschen aufmuntern nach der hässlichen Geschichte mit Val.«

»Worum geht's?«

»Um eine Rekrutierung, in Paris. Eine Delegation hochrangiger Beamter der syrischen Regierung trifft mit einigen der Oppositionspolitikern im Exil zusammen. Weil syrische Regierungsvertreter Damaskus nicht mehr oft verlassen, lohnt ein Versuch. Du bist der ideale Kandidat: ein Top-Anwerber in der Nahostabteilung, du sprichst fließend Arabisch, und du hast schon einmal Syrer rekrutiert. In der Gruppe befinden sich mehrere syrische Regierungsbeamte; du musst den Richtigen für einen Anwerbungsversuch herausfinden.« Noch bevor Ed weitersprach, wusste Sam, dass er allem, was der ihm vorschlagen würde, zustimmen würde. Aber er wollte weiter das wohlig-warme Gefühl genießen, das sich in ihm ausgebreitet hatte, weshalb er unnötige Fragen stellte, deren Antworten er bereits ausnahmslos kannte.

»Ist das Büro in Paris nicht interessiert?«

»Wir versuchen, die Franzosen aus der Sache herauszuhalten, deshalb wollen wir keine lokalen Talente einsetzen, von denen sie vielleicht wissen.«

»Du schickst mich sonst nie an schöne Orte. Der Einsatz wird eine willkommene Abwechslung sein, nach den üblichen Drecklöchern. Kann ich die BANDITOs mitnehmen? Sie kennen Paris, und wir werden Gegenüberwachung brauchen.«

BANDITOs, das war der Deckname für die Kassab-Drillinge: Elias, Yusuf und Rami. Alle waren CIA-Spitzel. Die Brüder besaßen die syrische sowie die US-amerikanische Staatsbürgerschaft und stammten aus einer reichen christlichen Familie, der Autohäuser überall in Syrien und im Libanon gehörten. Die Familie lebte größtenteils in Beirut und Istanbul, weil sie es vorzog, die Vertretungen aus der Ferne zu leiten. Sam hatte sich mit einem der Brüder angefreundet, was in seiner Zeit in Istanbul schließlich zur Anwerbung führte. Die Brüder beschafften Fahrzeuge, Safe Houses und führten einfache Überwachungsaufgaben für die Beirut Station durch. Gelegentlich las Sam die Kabelberichte und erfuhr dadurch, dass alle drei den Lügendetektortest bestanden hatten.

»Ja, nimm sie mit.« Bradley hielt inne, um eine Stechmücke zu verscheuchen. »Ich habe mir außerdem erlaubt, einige Analysten abzukommandieren, die du fragen kannst. Sie können dich auf den neuesten Stand bringen, was Syrien betrifft, und dir helfen, die Anwerbung vorzubereiten. Also, ich muss jetzt ins Bett – ich hatte eine Sechs-Tage-Woche und leide nach meiner Kairo-Reise immer noch unter Jetlag.« Bradley stand auf und wollte gerade die Tür zum Haus öffnen, als er stehen blieb und zu Sam zurückblickte.

»Überleg dir, ob du die Operation durchführen willst, okay? Ein Vertreter des Palasts wäre ein großer Fisch. Wir befinden uns zurzeit praktisch im Blindflug in Syrien.«

»Natürlich«, sagte Sam. »Und Ed, noch etwas.« Bradley wandte den Kopf, hielt die Tür einen Spaltbreit offen. »Mein nächster Einsatz ... ich hätte da einen Vorschlag.«

»Ja?« Bradley schloss die Tür und drehte sich zu Sam um.

»Wie wär's mit Damaskus?«

Bradley lächelte matt und schaute zu den Bergen.

»Du brauchst dort gute Leute«, fuhr Sam fort. »Das ist inzwischen ein Posten mit vielen Unannehmlichkeiten, familiärer Anhang unerwünscht. Bei mir gibt's diese Komplikationen nicht. Ich kann da aushelfen. Ich kann dir und Procter helfen.«

»Ist das hier ein Art Rachefeldzug oder so was? Willst du es den Syrern heimzahlen – wegen Val?«

»Sag du mir, wo ich sinnvoller eingesetzt werden könnte. Du hast es selbst gesagt: Wir fliegen blind in Syrien. Mein levantinisches Arabisch ist ziemlich gut, du musst mich nicht für ein Jahr auf die Sprachschule in Rosslyn schicken, ich bin allzeit bereit. Außerdem: Wenn ich einen dieser Syrer einspanne, bevor er Paris verlässt und nach Damaskus zurückfliegt, kann ich die Operation dort fortführen.«

»Procter ist eine harte Nuss.«

»Und?«

Bradley zuckte die Achseln. »Und es könnte dich unglücklich machen, wenn ihr nicht miteinander auskommt.«

»In Syrien herrscht Bürgerkrieg«, sagte Sam. »Es wird kein leichter Einsatz sein, ganz abgesehen von Procter.«

Bradley grinste.

»Es ist mir ernst, Ed. Ich will die Versetzung. Und ich habe dich noch nie um etwas gebeten.«

»Gut. Abgemacht. Du fliegst nach Damaskus. Morgen veranlassen wir alles Nötige.« Bradley zog die knarrende Pendeltür auf und verschwand im Haus. Sam ging zum Kühlschrank, um sich noch ein Bier zu holen. Er öffnete die Dose auf der Terrasse, und schloss die Augen. Wieder kam ihm Vals gellender Schrei in den Sinn, ehe er in der warmen Abendluft verklang.

Tags darauf ging Sam zu Fuß zu den Arbeitsplätzen der Analysten im Neuen Gebäude der Zentrale in Langley – einem Kubus aus Stahl und Glas, der direkt gegenüber dem Ursprünglichen Hauptquartier aus Beton lag. In der Mitte des Konferenzzimmers des Sekretariats stand ein Tisch aus Holzimitat, umringt von regierungseigenen Drehstühlen: Manche waren neu und ergonomisch, das Knarren und Quietschen anderer dagegen wies darauf hin, dass sie zur Zeit der Carter-Regierung angeschafft worden waren. An der Wand hingen vier Uhren, sie zeigten die Uhrzeit in Washington, D. C., Rabat, Tel Aviv, Bagdad – ungefähr die Wirkungsorte der Analyse-Abteilung für den Nahen Osten und Nordafrika. Lustigerweise ging jede Wanduhr zwischen vier und sieben Minuten nach. An einer Wand wahllos gehängte Auszeichnungen und Gedenkurkunden, viele davon ziemlich veraltet (»Erwähnung als Ehrenvolle Einheit – Camp David-Abkommen«,

»Teamleiter des Jahres – Erin Yazgall«), andere eher klein und für einen Besucher wenig aussagekräftig (»Übersichtsartikel des Monats zu den Nachrichtendiensten der Welt – James Debman«).

Drinnen saßen zwei Analysten und flachsten. Sie standen auf und begrüßten Sam, als er den Raum betrat.

Zelda Zaydan war mager und trug ihr pechschwarzes Haar schulterlang. Sie hatte eine römische Hakennase und war mit einem schlecht sitzenden Hosenanzug bekleidet, dazu einem rosafarbenen Halstuch.

James Debman war übergewichtig, er trug ein kurzärmeliges weißes Hemd und eine grellbunte Fliege. Er streckte seine feuchte Hand Sam entgegen, dem nichts anderes überblieb, als sie zu schütteln, und bat ihn, Platz zu nehmen. Zelda schob einen riesigen Packen Unterlagen und Mappen über den Tisch. »Das ist die Produktion unseres Teams im vergangenen halben Jahr, Sie sollten das lesen«, sagte Debman. Er setzte sich zurück und fummelte an der abblätternden Kunststoffhülle, die den blauen, an seinem Hals baumelnden Dienstausweis schützte. Zelda musterte Sam und sagte dann: »Wir wissen, dass Sie mehrfach im Nahen Osten im Einsatz waren, aber noch nie in Syrien. Was wäre für Sie am hilfreichsten zu wissen?«

»Das typische Briefing, die Sie einem Case Officer zukommen lassen«, erwiderte Sam. Er hatte einen hohen Kenntnisstand in Bezug auf Syrien, hauptsächlich wegen seiner Zeit im Irak, und den Analysen der CIA bislang noch nie große Beachtung geschenkt.

Debman war ganz aufgeregt. Er schob die Mappe mit den vorbereiteten Kernpunkten beiseite und murmelte *übergenau und verwässert* in Zeldas Richtung. Er räusperte sich, trank einen Schluck Wasser aus einer großen Flasche und knackte mit den Fingerknöcheln.

»Unsere Geschichte beginnt im Jahr 1930.«
Zelda verdrehte die Augen.

Das war das Geburtsjahr von Hafez al-Assad, dem Vater des derzeitigen Präsidenten, und, wie Sam fand, ein wenig zu früh in der Chronologie.

Zelda pflichtete ihm bei. »Herrgott noch mal, Debman, das machst du immer.« Sie hatte ihre Stimme gehoben. »Fangen wir mit dem Krieg an. Den relevanten Sachen.«

»Also, darum geht's.« Zelda strich sich eine Strähne aus dem Gesicht. »In der Zeit vor dem Krieg war Syrien instabil geworden. Es herrschten zwar einigermaßen geordnete Verhältnisse,« – diesen Worten fügte Debman Anführungszeichen mit den Händen hinzu – »aber der Staat selbst war ausgehöhlt. Syrien besitzt keine Ölvorkommen, weshalb Assad der Bevölkerung das Leben nicht erleichtern und mit Geldzuwendungen ruhigstellen kann. Die Unterstützung, die es gab, ging an eine kleine Gruppe von Personen, hauptsächlich Angehörige der Assad-Familie. Das stank den Leuten. So gehören zum Beispiel sämtliche Telekommunikationsgesellschaften den Cousins des Präsidenten. Wegen einer große Dürre im Norden und Osten zogen mehr als eine Million Menschen nach Westen, in Slums außerhalb der großen Städte. Das wirkte destabilisierend. Die Sicherheitsbehörden gehen brutal vor, sind allgegenwärtig: man benötigt ihre Zustimmung, um dem Eigenheim ein Stockwerk hinzufügen, um zu heiraten. Normale Sachen. Hat alle Leute total verärgert.«

»Alltägliche Brutalität«, sagte Debman. »Absolut banal.« Es schien, als wollte Zelda ihn mit dem Band, an dem seine Dienstmarke hing, erwürgen. Sam hätte sich mit der orangefarbenen Fliege zufriedengegeben.

Jemand öffnete die Tür zum Konferenzzimmer, schloss sie aber rasch wieder. »Wo war ich stehen geblieben?«, sagte Zelda. »Ach ja.« Sie trank einen Schluck Wasser. »In Tunesien und Ägypten gibt es Aufstände. Einige Syrer denken: Warum nicht auch bei uns? Der Zunder ist knochentrocken, wir brauchen einfach nur einen Funken. In Damaskus kommt es zu einigen kleineren Protesten. Nichts Besonderes. Eine Demonstration im Süden, in einer Stadt namens Daraa. Ich bin mal da gewesen. Keine besonders glückliche Stadt. Der *Muchabarat* foltert ein paar Jugendliche. Bumm! Proteste, Morde, Begräbnisse, Morde. Endlose Wiederholungen. Auch in anderen Städten kommt es zu Protesten. Eine landesweite Bewegung entsteht. Die Demonstrationen werden groß, wirklich groß. Zehntausende an einem Freitag in Hama. Die Satellitenbilder sind irre. Und das Regime hat keinen Schimmer, was es machen soll. Ich meine, denken Sie mal drüber nach. Assad hätte die Sicherheitskräfte einfach in die Menge feuern lassen, die Demonstranten niedermähen können. Wie es sein alter Herr 1982 getan hatte, der den Großteil der Stadt dem Erdboden gleichmachte, um die Rebellion zu unterdrücken.«

»Mehr als zehntausend Tote, aber die echte Zahl ist nicht bekannt«, fügte Debman hinzu und machte eine geschmacklose Geste quer über den Hals.

Zelda krauste die Stirn. »Was soll das, Debman? Benimm dich. Wie auch immer, das Regime hat nichts in der Art getan. Stattdessen zaudert es. Zu Beginn hat es sich in mancher Hinsicht zurückgehalten, auch wenn es in den Zeitungen ganz anders stand. Gelegentlich hat man einen Demonstranten absichtlich erschossen, dann wieder war's ein Zufall, manchmal wurde gar nicht geschossen, und die Proteste wurden gestattet. Schließlich wechselte das Regime zu einer Politik der verbrannten Erde, weil ihm die Optionen ausgingen. Also: Alle umbringen.«

»Verwirrend, Sam, es war verwirrend«, sagte Debman und wischte sich die Brille am Hemd ab. »Am Ende hatte das Regime alle Brücken hinter sich abgebrochen. Kein Weg zurück, es musste weiterkämpfen.« Er trank noch einen Schluck und wischte sich den Mund mit der Hand ab.

»Was wurde also damit erreicht?«, fragte Zelda rhetorisch. Debman begann zu antworten, sie schnitt ihm mit einer Handbewegung das Wort ab. »Erstens wurde die Opposition nicht unterdrückt. Sondern gestärkt, vor allem die radikaleren islamistischen und dschihadistischen Gruppierungen. Die Gewalttätigkeit half ihnen, zu begründen, dass sie Waffen brauchten, um sich gegen das Regime wehren zu können. Zweitens polarisierte die Gewalt das Land entlang der konfessionellen und ethnischen Grenzen. Im Großen und Ganzen neigten die Minderheiten – Christen, Alawiten, Drusen – dem Regime zu. Die sunnitische Mehrheit war gegen die Assads. Die Assads sind Alawiten, vergessen Sie das nicht. Syrien ist wirklich divers, Sam. Christen und Alawiten machen beispielsweise je zehn Prozent der Gesamtbevölkerung aus. Dem Regime ist es gelungen, die meisten Minderheiten – und ehrlich gesagt viele der wohlhabenden sunnitischen Araber – an sich zu binden. Es hat keine anderen Möglichkeiten. Drittens wurde der Regierungsapparat in eine einzige große, radikalisierte Miliz verwandelt.«

»Außer, dass diese Leute nicht mehr Allah anbeteten, sondern Baschar«, sagte Debman.

»Es besteht eine riesige Kluft zwischen den Gemeinschaften, die die Opposition unterstützen, und der regierungsfreundlichen Seite«, sagte Zelda.

Debman lachte. »Ja, zum Beispiel stehen der regimetreuen Seite Strom und Lebensmittel zur Verfügung, der Opposition nicht.«

»Die politischen Entscheidungsträger sind wirklich interessiert an einigen Institutionen Syriens«, sagte Zelda. »Zunächst ist da der Palast. Streng genommen ist er Baschars Büro, er umfasst seine leitenden Berater und die Verbindungsleute zu allen großen Regierungsbehörden. Zum Beispiel hat er erst kürzlich diesen Geheimdienst namens Sicherheitsamt gegründet, das seine heikelsten Aufträge des *Muchabarat* ausführt. Dessen Leiter ist Ali Hassan. Baschar führt das Land vom Palast aus. Zweitens ist da die Republikanische Garde. Syriens oberste militärische Macht, geleitet von General Rustum Hassan, Alis Bruder. Rustum ist die Spitze der militärischen Pyramide und fungiert als Baschars Stellvertreter innerhalb des Zentrums für Wissenschaftliche Studien und Forschung (SSRC). Konsolidiert und zentralisiert wurde Baschars Herrschaft dadurch, dass die staatlichen Institutionen immer schwächer werden. Fahnenflucht, Attentate der Rebellen. Das alles fordert seinen Tribut.«

»Nun ... wohin führen aus Ihrer Sicht die gewalttätigen Auseinandersetzungen?«, fragte Sam.

Inzwischen stand Zelda. Die Hände auf dem Rücken verschränkt, blickte sie aus dem Fenster.

»Das Regime sitzt fest im Sattel. Denn es reicht tiefer als die Assad-Familie, als die alawitische Gemeinde, ja selbst als der Repressionsapparat. Es hat die Nation und die Staatsorgane so sehr vereinnahmt, dass es stärker geworden ist, als wir alle glaubten. Es verfügt über die notwendigen Ressourcen, die Loyalität und die Skrupellosigkeit. Und was die Zukunft angeht: die Proteste, die Hoffnung, all das ist verschwunden. Zerschossen. Die Verhandlungen sind reine Fassade, denn es besteht keine Aussicht auf Verständigung. Beide Seiten glauben, dass sie siegen müssen.«

»Und beide Seiten glauben, dass sie es können«, fügte Debman an. »Die Dschihadisten, die die Rebellion vor Ort vorantreiben, und die Assad-Anhänger, die Miliz, die sich als Regierung ausgibt. Die Außenstehenden, die Leute, die versuchen, über die Runden zu kommen, die den Kopf unten halten, müssen sich entscheiden.«

Jemand steckte den Kopf durch die Tür und sagte mit piepsiger, insistierender Stimme, dass man den Raum reserviert habe, dass sie bereits fünf Minuten überzogen hätten.

»Es ist ein Kampf bis auf den Tod.« Zelda sammelte ihre Mappen zusammen. »Es ist der finale Fight.«

Am Nachmittag half Zelda Sam dabei, Biografien zu recherchieren und herauszufinden, wer zusammen mit der Palast-Delegation nach Paris reiste.

Die Ergebnisse der Nachforschungen des Mitarbeiters, der für die Operationen in Syrien zuständig war, kamen am späten Abend desselben Tages rein. Sam und Zelda aßen Hotdogs aus dem Verkaufsautomaten im Gebäude der alten Zentrale. Die CIA war der einzige Ort, an dem Sam jemals einen Hotdog-Automaten gesehen hatte. Er hatte immer ein Foto davon machen wollen, doch das Fotografieren war in dem Gebäude nicht gestattet.

Neben Zelda im Großraumbüro der Analysten sitzend, biss Sam vom Hotdog ab und las die Ergebnisse der Nachforschungen in Bezug auf die Staatsbeamtin, Mariam Haddad.

1. RECHERCHE-ERGEBNISSE (1 VON 2) BETREFF PERSON: SYRISCHE STAATSANGEHÖRIGE IST POLITISCHE BERATERIN UND DER PRÄSIDENTENBERATERIN BOUTHAINA NAJJAR UNTERSTELLT. REFERENZ A ZUSÄTZLICH: PERSON IST VERMUTLICH 35 JAHRE ALT UND

SYRISCHE CHRISTIN. REFERENZ B ZUSÄTZLICH: HAT VERMUTLICH REGELMÄSSIGEN KONTAKT MIT LEITENDEN BEAMTEN DES PALASTS, DARUNTER PRÄSIDENT ASSAD UND SEINEN BERATER JAMIL ATIYAH.

2. RECHERCHE-ERGEBNISSE (2 VON 2) REFERENZ C: MUTTER DER GESUCHTEN PERSON WAR VOR DER PENSIONIERUNG VERMUTLICH DIPLOMATIN IN PARIS. VATER DER GESUCHTEN PERSON, GENERALMAJOR GEORGES HADDAD, BEFEHLIGT DAS III. CORPS DES SYRISCHEN HEERES; ZURZEIT IN ALEPPO. REFERENZ D: ONKEL VÄTERLICHERSEITS DER GESUCHTEN PERSON DAOUD HADDAD IST OBERST IN DER ABTEILUNG 450 DES SSRC.

3. ABTEILUNG SPIONAGEABWEHR UNTERSTÜTZT ANBAHNUNG VON KONTAKT MIT GESUCHTER PERSON UNTER VORAUSSETZUNG DER ZUSTIMMUNG DER NAHOSTABTEILUNG.

»Sie hat gute Verbindungen«, sagte Sam.

»Eine wahre Tochter des Regimes«, sagte Zelda und kaute auf ihrem Stift. »Man muss so eine Familie haben, um einen Job im Palast zu bekommen.«

Sam wandte sich auf seinem Stuhl um und blickte die Analystin an.

»Mariam könnte von Interesse sein.«

»Regierungsbeamte auf mittlerer Ebene verfügen in der Regel über einen ziemlich guten Zugang zum Regime, stehen diesem aber weniger nah. Und wenn sie ihrem Onkel beiläufig Informationen entlocken kann, könnten wir gleichzeitig etwas über das Chemiewaffenprogramm erfahren. Können Sie die REFERENZ-Berichte hochladen?«

Zelda nickte und begann damit, die unzähligen Datenbanken der CIA anzuzapfen. In allen fand sich eine Mischung von sich überlappenden und exklusiven Berichten. Ein Bild voller Venn-Diagramme, wie ein Schuss aus der Schrotflinte. Das Gesicht dicht am Bildschirm, tippte Zelda weiter.

»Ich habe da was gefunden«, sagte sie nach ein paar Minuten. Sam blickte ihr über die Schulter. Es handelte sich um einen gestohlenen *Muchabarat*-Bericht, der Bericht über eine Demonstration in Damaskus. Sam sah sich das Datum an. 25. März. Der Tag, an dem sie Val geschnappt hatten. In dem Bericht hieß es, der *Muchabarat* habe eine junge Frau namens Razan Haddad festgenommen. Er hörte auf zu lesen.

»Das ist ein verbreiteter Nachname«, sagte er. »Wie Smith.«

»Ich weiß, aber sehen Sie sich mal an, was ganz hinten in dem Bericht steht. Ein Kommentar des Autors.«

Sam las: »Gefangene wurde entlassen aufgrund eines Ersuchens, das auf einen Offizier der Geheimpolizei zurückverfolgt werden konnte, der mit dem III. Corps in Verbindung steht.«

»Der Einheit von Mariams Vater.«

»Ja. Ich kann mir keinen guten Grund vorstellen, warum jemand, der in Aleppo kämpft, eine *Muchabarat*-Einheit in Damaskus anrufen sollte und um jemandes Entlassung bittet.«

»Verhaftete Familienangehörige bieten gute Möglichkeiten für eine Rekrutierung«, sagte Sam. »Ich hatte einmal einen Informanten in Saudi-Arabien, dessen Bruder gefoltert worden war. Er hat geschwiegen, aber mehr als fünfzehn Jahre lang für uns spioniert. Stille Vergeltung.«

Er aß den Hotdog auf. »Wir haben unser Mädchen gefunden.«

4

Mariam betrachtete das Foto von Fatimah Wael, das an den vergilbten Schnellhefter geklippt war, der auf dem Tisch lag. Mittlerweile war das *Muchabarat*-Foto, das zu Beginn von Fatimahs letzter Festnahme aufgenommen worden war, abgenutzt. Mariam fuhr mit den Fingerspitzen an den Rändern entlang und betrachtete Fatimahs verängstigten Blick. Normalerweise wirkten die Augen in diesen *Muchabarat*-Alben wie tot. Doch Fatimahs Gesichtsausdruck zeigte eine Frau, die ihr Leben lang verprügelt worden war, aber sich immer noch aufrecht hielt. Mariam legte das Foto beiseite und überflog das Dossier noch einmal, während ihre Chefin telefonierte.

Die erste Seite: eine zusammenfassende Darstellung von Fatimahs Verhaftungen. Die meisten aufgrund jahrzehntealter Notstandsgesetze, die dem Staat weitreichende Befugnisse verliehen, nicht näher bestimmte Vergehen strafrechtlich zu verfolgen, darunter »Aufwiegelung« (Übersetzung: Teilnahme an friedlichen Protesten) und »Schädliche Kooperation mit einer ausländischen Macht« (Übersetzung: politische Diskussionen mit dem französischen Botschafter in Damaskus). Die Akte war mindestens zwölf Zentimeter dick. Sie enthielt sämtliche, bis in die frühen 1990er zurückreichenden Berichte über Fatimah, die als 22-Jährige unklugerweise einen Artikel bei einer Zeitung eingereicht hatte, in dem sie den Rücktritt des älteren Assads forderte. Ergebnis: Fünf Jahre im Gefängnis, von 2003 bis 2008.

Anklage: Volksverhetzung. Inzwischen lebte Fatimah im Exil und pendelte zwischen Frankreich und Italien. Eine mutige Syrerin, die die ausländische Opposition anführte, hoch angesehen bei vielen der Gruppen, die in Syrien gegen das Regime kämpften. Ein ständiger Stachel in Assads Fleisch.

Mariam legte die Akte beiseite, gleichzeitig beendete ihre Chefin, die politische Beraterin des Präsidenten, Bouthaina Najjar, ihr Telefonat. Bouthaina hatte Mariam die Leitung der Verhandlungen mit den im Ausland lebenden Oppositionellen übertragen, also dem Nationalrat, der Dachorganisation, die behauptete, die Kämpfer vor Ort zu vertreten. Mariam verfolgte dabei ein einfaches Ziel: den Nationalrat davon zu überzeugen, sich von den islamischen Kämpfern, die inzwischen den Bürgerkrieg anführten, zu distanzieren, die anderen Exilanten zu verurteilen und schließlich nach Hause zurückzukehren, wo Sicherheit und Begnadigung im Austausch gegen politische Nichteinmischung garantiert sein würden. Es handelte sich um Mariams bislang wichtigsten Auftrag, der versprach, ein Sprungbrett für höhere Aufgaben zu werden.

Bouthaina setzte sich zu Mariam an den Tisch, öffnete *ihre* Akte über Fatimah und begann, so wie sie es immer tat, wenn sie sich konzentrierte, an den Bügeln ihrer Gucci-Sonnenbrille zu kauen. »Also, Mariam, was halten Sie von Fatimah? Wie sollten wir in Paris vorgehen?«

Mariam strich ihren beigefarbenen Rock glatt und zog einen Bericht aus der Akte. »Die vom Iran abgefangenen Nachrichten aus Fatimahs Pariser Wohnung und der toskanischen Villa waren ausgezeichnet. Und sie machen deutlich, dass ihr Syrien fehlt. Sie führt ein komfortables Leben im Ausland, aber Damaskus ist ihre Heimat. Sie wird verhandeln wollen.« Mariam trank einen Schluck Kaffee. »Der Preis sollte allerdings hoch sein.«

Sie blätterte in dem Stapel mit den Berichten. Sie stoppte an einer Seite, die sie am Vorabend, als sie mit gekreuzten Beinen im langen T-Shirt auf ihrem Bett saß und sich auf dieses Gespräch vorbereitete, mit einem Eselsohr versehen hatte. Sie hatte ihren vierten Kaffee getrunken.

»Da sind sie ja: drei Berichte von oppositionellen Quellen: Paris, Rom, Istanbul. Alle unterstellen Korruption und den Missbrauch von Geldern. Hier, das ist ein amüsanter Fall.« Sie schob den Bericht Bouthaina hin, die ihre Brille aufsetzte und las.

»Das ist eine Rechnung, die der Nationalrat dem französischen Außenministerium für mehrere Zimmer im Hotel Bristol vorzulegen versucht hat. Eine Delegation aus Istanbul war dort abgestiegen.«

»Nur das Beste.« Bouthaina schnalzte mit der Zunge.

»Die Zimmer kosten 1200 Euro pro Nacht. Offenbar hat jeder Delegierte ein eigenes Zimmer verlangt.«

»Natürlich.« Bouthaina grinste und biss das Horn ihres Croissants ab.

»Die Franzosen haben die Rechnung zurückgewiesen, sodass der Nationalrat für die Kosten aufkommen musste. Es gibt ein Dutzend weiterer Beispiele. In den Berichten ist außerdem nachzulesen, dass es wegen der verschwenderischen Ausgaben zwischen einigen führenden Leuten zum Zerwürfnis gekommen ist. Fatimah gehört dazu. Sie verachtet Verschwendung.«

»Wieso glauben diese Trottel eigentlich, dass sie irgendetwas bewirken können?«, sagte Bouthaina. »Wir kämpfen gegen Terroristen. Und diese Idioten feiern in Paris.«

Mariam schob Bouthaina einen Bericht hin. »Mein Vorschlag: Sichere Rückkehr nach Damaskus im Austausch gegen die öffentliche Verurteilung der Aufständischen als Terroristen und keine politische Einmischung nach Fatimahs Rückkehr.«

»Sie wird Sie zunächst abweisen. Sie ist dickköpfig.«

Dafür respektierte Mariam Fatimah. In einem anderen Leben wären wir Schwestern, dachte sie, in einer Welt, die es nicht gibt.

»Das stimmt. Aber Fatimah ist die zentrale Figur im Nationalrat. Wenn sie ihn verlässt, zerbricht er. Wenn sie nicht kooperiert, sollten wir weniger angenehme Methoden anwenden.« Mariam schob ein weiteres Dokument über den Tisch. Ein einzelnes Blatt. Dasjenige, das ihr Sorgen bereitet hatte, als sie den Inhalt auf ihrem Bett tippte.

»Das ist die Liste mit Fatimahs Verwandten, die sich noch in Syrien befinden, in der Reihenfolge, wer ihr am nächsten steht. Wenn sie unseren Bedingungen nicht zustimmt, schlage ich vor, dass wir mit den Verhaftungen der oben auf der Liste genannten Personen beginnen, bis sie einwilligt. Ich werde ihr die Liste in Paris aushändigen.«

Bouthaina lächelte, sie genoss den Kampf. »Einverstanden. Ich glaube auch, dass diese Art von Überredung nötig sein dürfte, leider.« Sie nahm die Brille ab, legte sie auf den Tisch und sah zur Tür, um festzustellen, ob sie geschlossen war.

»Bevor Sie nach Paris fliegen, sollten Sie wissen«, fuhr Bouthaina fort, »dass eine meiner Quellen in Jamil Atiyahs Büro mir gesagt hat, dass der alte Lüstling gegen uns konspiriert. Er will, dass unser Trip ein Misserfolg wird.«

Jamil Atiyah war ein weiterer Berater des Präsidenten. Er und Bouthaina konnten einander nicht ausstehen und fochten einen ewigen Kampf um Einfluss im Palast aus. Atiyahs Vorliebe für minderjährige Mädchen, die ihm in aller Regel auf diplomatischen Reisen nach Fernost zugeführt wurden, war weithin bekannt. Allerdings hatte das nicht ausgereicht, ihn auszubooten. Bouthaina suchte immer noch nach der geeigneten bürokratischen Waffe.

»Was plant er Ihrer Meinung nach?«, fragte Mariam. Atiyah hatte auch andere Mitarbeiter in Bouthainas Büro ins Visier genommen, um Angst und Schrecken zu verbreiten, und aus der Fassung gebracht. So hatte Adnan, ein geistlicher Berater, einmal nach einem Besuch von Atiyahs Schlägern drei Tage im Krankenhaus verbracht.

»Ich weiß es nicht. Passen Sie einfach auf sich auf«, sagte Bouthaina. »Atiyah ist ein schlauer, skrupelloser alter Dreckskerl.«

Mariam Haddads Familie glaubte vor allem daran, dass man Feste feiern sollte. Jetzt, da sich eine Cousine endlich verlobt hatte, bot sich der Familie ein erneuter Anlass. Und so mietete man im Christenviertel von Damaskus den Innenhof eines Nobelrestaurants an, ehemals eine osmanische Villa.

Die Tische standen um den Springbrunnen verteilt im marmornen Innenhof. Ein Kellner, ein Eiskübel mit einer Flasche Champagner in Händen, ging an Mariam vorbei. Mariam hatte sich für den Anlass für ein eng anliegendes schwarzes Seidenkleid entschieden und fühlte sich ebenso schön wie einflussreich, als sie durch den Innenhof zu ihrer Mutter ging und ihr einen Kuss auf die dick geschminkte Wange drückte. Instinktiv blickte sie sich nach ihrem Vater und ihrem Bruder um. Eine Gewohnheit, die sich nur schwer ablegen ließ. Aber beide waren Artillerieoffiziere in Aleppo und seit fast einem halben Jahr nicht mehr in Damaskus gewesen. Es ist das syrische Stalingrad, hatte der Bruder während eines Telefonats gesagt. Mariam nahm ein Glas Champagner entgegen und sprach mit ihrer Mutter über Belangloses: Kleidung, Shopping, den langweiligen Verlobten ihrer Cousine.

Man hatte keine Kosten gescheut. Gefüllte Weinblätter, Taboulé, Za'atar und Baba Ghanoush wurden herbeigerollt und ebenso schnell von den Clanmitgliedern verspeist. Es gab Gänge mit Daoud Basha – syrische Fleischbällchen –, Kibbeh, Kebabs aller Arten, frittierten Weißfisch mit Peperoni, Eintöpfe mit Lauch, Tomaten und Okra und Platten mit Desserts von einem renommierten Konditor aus dem Suq Al-Hamadiya. In einer Ecke des mit Lichterketten dekorierten Innenhofs spielte eine Musikgruppe.

An einem der größeren Tische hielt Mariams Onkel Daoud Hof. Mariam hatte gerade einen ungelenken Tanz mit einem sehr betrunkenen Cousin beendet, als ihr Onkel sie zu sich winkte.

»Uns allen fehlen dein Vater und dein Bruder«, sagte Daoud. »Ich musste das sagen, aber wir wollen nicht mehr über das Thema sprechen. Wir werden sie ja bald sehen.«

Mariam nickte, lächelte schmallippig. »Danke, Onkel.«

Onkel Daoud schwenkte den Champagner in seinem vollen Glas, hielt das Glas in die Höhe und blickte in die Bläschen.

»Wie geht es eigentlich Razan?«

»Schon besser. Sie meint es nicht so, sie will dich nicht missachten, Onkel, sie ist einfach nur ...«

Daoud hob die Hand. »Wie ich höre, möchte sie nicht mit mir in der Öffentlichkeit gesehen werden. Richte ihr bitte aus, sie soll ihren Vater anrufen.«

»Gerne, Onkel. Sie ist einfach nur traurig. Aber es geht ihr schon besser. Das Ganze ist ihr peinlich.«

»Sie ist zornig«, sagte er abschließend. »So wie ich.« Er stellte sein Champagnerglas ab. »Trotzdem hätte ich mir gewünscht, sie wäre heute Abend gekommen. Danke, dass du sie bei dir aufgenommen hast, Mariam. Das bedeutet mir sehr viel. Sie liebt dich. Und seit Mona nicht mehr ist ...« Er hielt kurz inne. Den Namen von Tante Mona zu erwähnen, fiel ihm immer noch schwer, obwohl sie schon seit über zehn Jahren tot war.

»Ich meine nur: Wenn das Haus leer ist und der Vater ganz in seiner Arbeit aufgeht, ist es kein guter Ort für sie. Ich weiß, dass Razan es sehr zu schätzen weiß, bei dir wohnen zu können.«

»Wir haben uns immer nahegestanden, wie Schwestern.«

»Ich weiß. Dein Vater und ich hatten Glück, im Abstand von zwei Monaten Töchter zu bekommen.«

Mariam wollte das Thema wechseln, aber Onkel Daoud wollte reden. Sie winkte einen Kellner herbei und bat um Whisky. Der Kellner hob die Brauen und trottete davon.

»Richte ihr bitte aus, wir suchen weiter nach dem *Muchabarat*-Schläger, der das getan hat. Wir haben Hinweise, aber noch keinen Namen«, sagte Onkel Daoud.

»Mach ich. Es bedeutet ihr sehr viel, dass du und Vater Nachforschungen anstellen.«

Er nickte. Der Kellner kam mit einem Glas Whisky zurück. Mariam nahm die Sektflöte, trank den Champagner aus und ersetzte ihn durch ein wenig von dem Hochprozentigen. Onkel Daoud lächelte.

»Du warst immer eine von uns, Mariam, schon als kleines Mädchen.« Er trank einen Schluck. »Ein Mitglied des Kriegsrats.« Er blickte auf, als ein Paar über die Tanzfläche schwebte. Grüppchen von Zuschauern jubelten den beiden zu.

»Dein Vater und ich bekleiden unsere Ämter, um *das hier* zu schützen«, sagte er und machte eine weit ausholende Geste in Richtung des Innenhofs voll feiernder Gäste. »Damit unsere große christliche Familie in Syrien in Sicherheit leben kann. Aber schau, was wir erreicht haben. Dein Vater ist beim Militär, in Aleppo. Ich ...« Er lächelte matt und verstummte.

Sie sprachen niemals über Daouds Arbeit. Im Zentrum für wissenschaftliche Studien und Forschung, Abteilung 450. Zuständig für die Sicherheit und den Transport von Chemiewaffen.

Daoud trank noch einen Schluck. »Unsere Familie hat getan, worum sie gebeten wurde. Wir sind loyal, verschwiegen und wohlgefällig im Austausch gegen Sicherheit. Wir sind Vorzeige-Syrer. Das Regime hat seinen Teil der Abmachung nicht eingehalten. Schau dir doch an, was mit Razan passiert ist. Und wir haben nichts in der Hand. Wir sitzen in der Falle.« Noch ein Schluck Whisky. Irgendetwas glitzerte in Daouds Blick, als ahnte er, dass er ihr zu viel anvertraut hatte. Er wandte den Blick ab und schaute zur Tanzfläche.

»Razan ist immer rebellisch gewesen, Onkel«, sagte Mariam – und hasste sich dafür. Als hätte ihre hitzköpfige Cousine es verdient, verhaftet zu werden. »Aber sie wird es überleben.«

Er deutete mit einem Nicken zur Tanzfläche. »Wollen wir?«

Kurz vor Morgengrauen kehrte Mariam in ihre Wohnung zurück und stellte fest, dass Razan immer noch wach war: Im zerknitterten Seidenpyjama saß sie auf dem Sofa und schaute sich das Interview eines Al Jazeera-Moderators mit Fatimah Wael an. Mariam schaltete den Fernseher aus, schob die Beine ihrer Cousine weg und setzte sich neben sie. Auf dem Tisch stand eine leere Flasche Weißwein.

»Du riechst gut«, sagte Razan, das linke Auge auf den dunklen Fernsehbildschirm gerichtet. Das rechte Auge war nach wie vor verbunden. Ich sehe aus wie eine Piratin, hatte Razan in einem ihrer unbeschwerteren Momente gesagt. Durch den Schlag ins Gesicht war der Augapfel eingesunken. Sie konnte mit dem Auge noch immer nicht sehen. Ob sie es je wieder können würde, wussten die Ärzte nicht.

»Du fehlst deinem Vater«, sagte Mariam. »Um Himmels willen, ruf ihn an. Es ist nicht seine Schuld.«

»Ich weiß. Hast du dich gut amüsiert?«

»Ja.« Mariam erzählte ihr von der Familie, dem Restaurant, der Tanzerei. Razans Auge machte ihr ein schlechtes Gewissen.

»Warum versteckst du dich vor ihm?«, fragte Mariam.

»Vor Papa?«

»Ja.«

»Ich weiß es nicht.«

»Hasst du mich denn auch?«, fragte Mariam. »Ich arbeite schließlich im Palast. Ich bin nicht besser als dein Vater.«

Razan zog die Knie an die Brust und ließ den Kopf sinken. »Ich hasse weder dich noch Vater.«

Eine Träne quoll aus Razans linkem Auge. Sie wischte sie ab. »Ich hasse den Mann, der das getan hat. Ich hasse das Gefängnis.« Sie lehnte sich an Mariams Schulter, schob ihre Hand vorsichtig unter den Verband. Schniefend sagte sie: »Der Arzt sagt, ich soll nicht weinen. Es verlangsame den Heilungsprozess.«

Mariam ließ Razan auf dem Sofa zurück und ging in ihr Schlafzimmer. Sie legte ihr Kleid ab und stellte sich in Unterwäsche neben das Bett. Schwer atmend ballte sie die Hände zu Fäusten, löste die Hände, wiederholte alles.

Sie fing an mit Fußtritten nach vorn und wechselte zu Tritten nach rechts und links, dann bewegte sie sich schneller, packte die Wut in ihrem Inneren und wischte sie mit jedem Schlag weg. Bei jeder Bewegung hörte sie ein Sausen in der Luft, sie spürte, dass sich auf ihrem Rücken und ihrer Stirn Schweißperlen bildeten. Sie ließ sich zu Boden fallen, machte Push-ups, streckte und beugte die Arme, bis ihr die Muskeln wehtaten. Sie stand auf, wechselte zu Handflächenstößen und stellte sich dabei vor, wie ihre Hiebe die Nase des *Muchabarat*-Mannes, der Razan angegriffen hatte, zertrümmertem. Schneller, Mariam, schneller, hatte ihr Krav Maga-Trainer sie vor vielen Jahren in Paris ermahnt, nicht aufhören. Beweg dich schneller.

5

General Ali Hassan war der Tod nicht fremd, hatte er doch seine Mutter während seiner ersten Stunden auf dieser Welt und viele weitere Menschen in den vier Jahrzehnten seither getötet. Und jetzt, in der Hitze des syrischen Bürgerkriegs, forderte er erneut den Tod heraus, während er eine Klinge in den linken Daumen des CIA-Spions Marwan Ghazali bohrte. Der Mann schrie auf, als Ali das Messer herauszog, es an einem Lappen abwischte und in seine Hemdtasche zurücksteckte.

»Widersprüche in deiner Aussage können wir nicht dulden«, sagte Ali und nahm vor dem Gefangenen Platz. »Das habe ich dir erklärt.«

An einen wackligen Stuhl neben einem Tisch gefesselt, saß Ghazali nackt da. Hinter ihm spendeten Halogenstrahler ein grelles Licht. Oberst Saleh Kanaan, einer von Alis Untergebenen, breitete mehrere Schriftstücke auf dem Tisch aus, um den bestmöglichen Effekt zu erzielen. Ali ahnte bereits, was drinstand.

»In der dritten Vernehmung, Marwan, hast du gesagt, dass du deine CIA-Agentenführerin, Valerie Owens, nur in Damaskus getroffen hast.« Ali griff nach einem weiteren Blatt und schob es dem Gefangenen hin, der es lesen wollte – sich aber offenbar nur auf seinen verletzten Daumen konzentrieren konnte.

»Ich will es dir vorlesen«, fuhr Ali fort. »Im vierten Verhör hast du ein Treffen mit Owens in Abu Dhabi erwähnt.« Er wechselte zu einem anderen Blatt. »Aber in deiner fünften

Vernehmung fehlt das Treffen in Abu Dhabi. Da sprichst du nur von Damaskus.«

Ali zündete sich eine Zigarette an und lehnte sich in seinem Stuhl zurück. »Erkläre mir also bitte: Was ist in Abu Dhabi geschehen?«

»Ich habe einen Fehler gemacht«, flehte Ghazali. »Ich hatte seit Tagen nicht geschlafen, ich war wie im Rausch. Das habe ich Ihrem Mann bereits erklärt.« Ghazali zeigte auf Kanaan. Wegen der Kälte klapperte er hörbar mit den Zähnen.

»Du lügst«, widersprach Ali und rückte näher mit seinem Stuhl. »Sag mir die Wahrheit, dann kannst du dir weiteren Ärger ersparen. Was ist in Abu Dhabi passiert?«

Ghazali senkte den Kopf und wimmerte: »Ich habe dort niemanden getroffen.«

Ali seufzte. Er hatte bei der Kriminalpolizei gearbeitet, bevor er sich dem *Muchabarat* anschloss. Er hatte in Fällen von Mord, Raub und einmal einer abscheulichen Kreuzigung ermittelt, die ihm dauernd vor Augen stand. Allerdings stellte das Zufügen körperlicher Schmerzen nicht die effizienteste Art dar, um einem Spion die Wahrheit zu entlocken: Am besten war es, so jemanden während mehrerer Monate der Isolationshaft und der ständigen Verhöre zu zermürben. Am Ende verlor der verwirrte Gefangene schließlich den Willen beziehungsweise die Fähigkeit, seine Tarnung aufrechtzuerhalten, und gab den Widerstand auf. Und dann packte er aus.

Aber es musste Konsequenzen haben, wenn ein Gefangener log. Das war eine von Alis Regeln.

Ali zog das Messer aus seiner Hemdtasche. Ghazali schrie auf.

Ali wusch sein Hemd aus und säuberte die Klinge in einem der Waschbecken in der Toilette im Keller. Er trocknete das Messer, steckte es in seine Hemdtasche zurück und steckte sich die nächste Marlboro an. Der Rauch hing auch noch in dem Raum ohne Lüftung, als er das Hemd auswrang.

Erwartungsgemäß hatte Ghazali Owens einmal in Abu Dhabi getroffen. Bei dieser Zusammenkunft hatte er ihr die gestohlenen Dokumente übergeben.

Ali drückte die Zigarette aus und ging nach oben in sein Büro. Um nicht von der Morgensonne geblendet zu werden, die durch die Fenster schien, kniff er die Augen zusammen. Er trat ans Fenster und verfolgte, wie ein syrisches Kampfflugzeug – eine von den Russen gekaufte MiG – durch den frühen Morgen flog und seine Last auf einen von den Aufständischen gehaltenen Vorort abwarf. Die Fenster wackelten. Aus den Trümmern, die kurz zuvor noch Wohngebäude gewesen waren, stieg Rauch auf.

Wieder steckte er sich eine Zigarette an und schaute hinauf zu dem Porträtfoto von Präsident Baschar al-Assad über der Tür. In jedem Amtszimmer eines jeden Bürokraten und Sicherheitsbeamten hing so eines.

Ali war schmächtig; aber er hatte einen Schmerbauch, Folge von fast zwei Jahrzehnten voller Nachtarbeit und dem nachwirkenden Stress der polizeilichen Ermittlungen, der nachrichtendienstlichen Tätigkeit und, jetzt, des Bürgerkriegs. Die glatten schwarzen Haare waren nach hinten gekämmt, er hatte einen stechenden Blick, eine nach rechts schiefe Nase und ein markantes Kinn. An der linken Halsseite verlief eine aufgeworfene Narbe bis zur Wange. Manchmal juckte sie.

Ali blickte auf die labyrinthischen Betonabsperrungen vor dem zehnstöckigen Gebäude hinunter. Auf einem abblätternden Schild stand MINISTERIUM FÜR LANDWIRTSCHAFT UND AGRARREFORM DER SYRISCH-ARABISCHEN REPUBLIK.

Eine Lüge, aber keine absichtliche. Nur hatte sich eben keiner die Mühe gemacht, es abzunehmen.

Inzwischen beherbergte das Gebäude das »Sicherheitsamt«, einen Dienst, der dem Präsidentenpalast angegliedert war. Es handelte sich um einen der vielen Geheimdienste Syriens. Nach Alis Zählung gab es im Syrien zur Zeit des Bürgerkriegs siebzehn unterschiedliche Nachrichtendienste. Diese Sicherheitsbehörde – die unter dem Oberbegriff *Muchabarat* zusammengefasst wurden – stellte ein byzantinisches Durcheinander von sich überschneidenden Geheimdiensten, einander bekämpfenden Egos und unsichtbarer Vetternwirtschaft dar. Selbst leitenden Beamten wie Ali fiel es schwer, die Grenzen und jeweiligen Zuständigkeiten zu begreifen. Der Präsident hatte das alles, ähnlich wie der Vater, absichtlich so entworfen – um den einen Geheimdienst gegen den anderen auszuspielen. Doch als der Bürgerkrieg auf dem Höhepunkt war und die Aufständischen, die *Irhabium*, die Terroristen, sich verschanzt hatten, gründete der Präsident das »Sicherheitsamt«, das die geheimsten Jagden auf Spione seitens der Regierung durchführte. An die Spitze dieses Geheimdienstes hatte der Präsident Ali berufen.

Ali drückte seine Zigarette aus und sah auf die Uhr. Es war an der Zeit, mit Valerie Owens zu sprechen. Er nahm seine Packung Marlboro und stieg wieder die Treppe zurück ins Untergeschoss.

Das Untergeschoss des Sicherheitsamts bestand aus zahlreichen feuchten Räumen, Reihen von Aktenschränken und Stapeln von Kartons, die randvoll mit landwirtschaftlichen Studien aus den 1970er-Jahren waren. Ali und seine Mannschaft hatten den Keller in ein Labyrinth aus Zellen und Verhörzimmern verwandelt. Diese waren schallisoliert, mit Überwachungskameras und

Mikrofonen versehen und mit Pritschen aus Betonplatten und Toilettenkübeln ausgestattet. Die Fußböden waren teilweise gefliest und zur Aufnahme der Rückstände der Verhöre mit kleinen Abflüssen versehen.

Kanaan machte die Zellentür auf; Ali betrat den Raum. Owens lag auf der Betonliege und vertrieb sich die Zeit, indem sie an die Decke starrte. Noch immer trug sie einen Verband am Kopf, der die Spuren der Gewaltanwendung während ihrer Festnahme verdeckte. Ali hatte den Befehl erteilt, ihr keine Verletzungen zuzufügen, und in einem Anfall von Wut den idiotischen Geheimdienstler, der Owens geschlagen hatte, entlassen.

Ali setzte sich Owens zu Füßen. Sie unterhielten sich auf Arabisch.

»General, ich habe Sie gebeten, hier drin nicht zu rauchen.«

»Natürlich, Miss Owens.« Er drückte die Zigarette auf dem Boden aus. Dann steckte er sich lächelnd die nächste an und pustete Owens den Qualm ins Gesicht. Sie blickte ihn wütend an. »Ich wollte Sie noch einmal fragen, wie Sie hier in Damaskus mit Marwan Ghazali kommuniziert haben.« Er betrachtete ihre Augen, um zu prüfen, ob seine Frage ein Wiedererkennen ausgelöst hatte – und erblickte stattdessen Hass. Die hier war gut geschult. Zwei Wochen Kälte und Unbequemlichkeit, aber sie hatte ihnen noch immer nichts Wertvolles geliefert.

Owens setzte sich auf und fuhr sich durch die verfilzten, fettigen blonden Haare. Das Kopfende der Betonpritsche, dort, wo ihre Haare gewesen waren, glänzte vor Fett. »Darüber haben wir doch schon gesprochen, General. Ich kenne keinen Marwan Ghazali. Ich arbeite als Zweite Sekretärin ...«

»Ja, ja«, sagte Ali. »Als Zweite Sekretärin an der US-amerikanischen Botschaft. Ich weiß. Soll ich Ihnen die Bilder der Überwachungskameras von Ihrem Auto – mit dem Diplomaten-

Kennzeichen – noch mal vorspielen, wie er an dem Ort vorbeifährt, der nach Ghazalis Worten für seine Ausschleusung vereinbart worden war. Wollen wir uns die Aufnahmen noch einmal anschauen, Miss Owens?«

Valerie stand auf und streckte sich. Sie hatte abgenommen, wie er feststellte, als ihr Hemd etwas hochrutschte und der untere Rippenbereich zum Vorschein kam.

»Wir haben uns das Material schon einmal angesehen, General. Ich habe Besorgungen gemacht. Ich habe Ihnen auf Ihrem hübschen Stadtplan die Geschäfte gezeigt, die ich besucht habe. Und jetzt lassen Sie mich bitte mit der Botschaft sprechen. Meine Inhaftierung ist illegal.«

Ali ignorierte ihr Ersuchen, so wie er das jeden Tag in den vergangenen zwei Wochen getan hatte. »Ghazali hat uns viel erzählt. Mehr noch: Wir haben soeben von einem Treffen in Abu Dhabi erfahren. Ziemlich interessant, welche Dokumente Ghazali gestohlen hat. Aber, Miss Owens, was ich wirklich wissen möchte: Auf welche Weise hat er mit Ihnen kommuniziert? Gab es da ein besonderes technisches Gerät? Wenn Sie mir verraten, worum es sich bei diesem Gerät handelt und wo es sich befindet, lasse ich Sie möglicherweise mit der Botschaft telefonieren. Ist doch ein vernünftiges Angebot, oder?«

Owens legte sich wieder auf das Pritschenbett. »Ich kenne keinen Marwan Ghazali. Ich bin US-amerikanische Diplomatin, Zweite Sekretärin ...«

Es war 22 Uhr, als Alis Fahrer ihn vor seiner Wohnung absetzte. Die Zwillinge schliefen bereits. Layla lag auf dem Sofa, las und trank Wein. Ihrer Gewohnheit entsprechend fragte sie ihn nicht, wie sein Tag gewesen war, und auch er sagte nichts von sich aus. Er schenkte sich ein Glas Wein ein und setzte sich neben ihre

Füße, die er zu massieren begann. Sie legte ihr Buch beiseite und schloss die Augen.

»Was hast du heute mit den Jungs unternommen?«, fragte er.

»Mund halten und weiter massieren.«

Er gehorchte, nährte seinen eingeübten Instinkt, Anordnungen zu befolgen.

Nach einigen Minuten hatte sich Ali ihre Antwort verdient.

»Wir haben eingekauft – die Schlangen vor den Geschäften waren schrecklich lang, übrigens, es hat diese Woche kaum Fleisch gegeben –, anschließend haben wir hier gespielt. Ein schöner Tag. Ah ... ein bisschen sanfter.« Sie zuckte zusammen, als er einen Druckpunkt an ihrer rechten Ferse massierte.

Er blickte auf die Couch hinunter. Laylas schwarze Haare lagen ausgebreitet auf der Armlehne, der offene, seidene Hausmantel gab ihre Beine frei, die Zehennägel waren frisch lackiert. Langsam glitt seine Hand ihr unbedecktes, rechtes Bein hinauf, da klingelte das Wohnungstelefon. Wer es verdiente, dass er seinen Anruf entgegennahm, rief ihn auf dem Handy an, also ignorierte Ali das Klingeln und widmete sich wieder Laylas Fuß, nachdem sie sein Vorrücken nordwärts mit spielerischer Geste blockiert hatte.

Plötzlich klopfte es an der Tür. Erst ein einzelnes Klopfen, dann eine rasche Folge, gefolgt von lauten Rufen im Flur. An der Tür erblickte er durch den Spion Mrs. Ghraoui, Witwe, direkte Nachbarin und einzige Bewohnerin von Wohnung 46. Sie war ungekämmt, das klumpige Make-up von Tränenflecken durchzogen. Ali winkte Layla heran, die die Tür öffnete und die Nachbarin in die Wohnung bat. »Er ist weg, er ist verschwunden, sie haben ihn mitgenommen, irgendwo hingebracht.« Mehr brachte Mrs. Ghraoui in den ersten Minuten nicht heraus. Sie brauchte erst einmal eine Tasse Tee, bis sie schließlich Folgendes erklärte: Ihr Sohn war an einem Checkpoint der Regierung verhaftet worden. Vielleicht gestern, vielleicht vorgestern, sie hatte keine Ahnung. Sie hatte es gerade erst von einem Neffen erfahren, der bei der Polizei arbeitete und den Namen auf einer Liste mit kürzlich in Damaskus erfolgten Festnahmen entdeckt hatte. Die Republikanische Garde habe ihn, mehr können sie nicht sagen.

Während sie schluchzte, sehnte sich Ali nach einer weiteren Zigarette. Auch ohne die Details zu kennen, war ihm klar, dass der Junge den üblichen Weg durch das System nehmen würde. Zuerst würde man ihn in ein behelfsmäßiges Untersuchungsgefängnis bringen und wegen Hochverrats anklagen. Dann ein grobes Verhör und stärkere Schmerzen, während sich das Ganze in einer Endlosschleife wiederholte. Danach, wenn das Geständnis erpresst worden war, würde man den jungen Mann ins Saidnaya abtransportieren, zum Zeitvertreib foltern und anschließend hängen. Die Toten wurden in Massengräber vor dem Gefängnis geworfen. Das Bauministerium hatte mehrere Baggerführer fest angestellt, damit sie das Ausheben der Gräber unterstützten.

Natürlich gab es zwei mögliche Auswege. Entweder hatte der Häftling das Glück, einem der wenigen *Muchabarat*-Leute zu begegnen, die echte Ermittler waren und fähig, die Hinweise zu beurteilen, oder er kannte jemanden mit *wasta*, Einfluss, der sich für ihn verbürgen konnte. Und darum hatte die Nachbarin sich an Ali gewandt. Sie wusste, dass er den Rang eines Generals bekleidete, und sein Bruder Rustum ein einflussreicher Kommandeur der Republikanischen Garde war.

»Können Sie mir helfen, General? Ich möchte nur wissen, wo sich mein Sohn befindet.« Sie rieb sich die Augen, wodurch sie ihr Make-up auf Wangen und Nase verteilte.

Ali wusste nicht, weswegen der Junge verhaftet worden war, aber er ahnte es. Auf dem Personalausweis würde gestanden haben, dass er in einem Dorf nördlich von Homs zur Welt gekommen war, das derzeit von einem aufständischen Emir kontrolliert wurde, der in der Stadt das Kalifat ausgerufen hatte. Man mische das mit Alkohol oder einem aggressiven Leutnant der Republikanischen Garde, und plötzlich geriet man in das System der Verhaftungen und Inhaftierungen.

Nicht dass es Ali interessierte, warum man den Jungen mitgenommen hatte. Ali kannte ihn seit dem fünften Lebensjahr. Der Junge hatte mit den Zwillingen gespielt. Er war kein Dschihadist, kein Krimineller oder Aufständischer. Auch hatte Ali das provisorische Gefängnis von innen gesehen, das sein Bruder am Stadion hatte bauen lassen: die ausgemergelten Gestalten, die sich an den Stacheldrahtzaun drängten, die gesichtslose Symphonie der Schmerzensschreie, die durch die Rohrleitungen im Kellergeschoss hallten, der Desinfektionsgeruch des Raums – der Abfluss in der Mitte, der mit gestaltloser Materie verstopft war. Er war schon einmal dort gewesen, um den übel zusammengeschlagenen Sohn seines Arztes herauszuholen. Doch selbst er war nicht so einflussreich, dass er da einfach so hereinspazieren und den Jungen mitnehmen konnte. Er war gezwungen worden, sich Rustum zu unterwerfen, was an sich schon eine Folter darstellte. Am Ende hatte er den Jungen, den er in einer Pfütze alten Bluts angekettet an ein Abflussrohr vorfand, aber doch mitnehmen dürfen. Ali hatte sich in jener Nacht in den Schlaf getrunken.

Er nickte. »Ich finde Ihren Sohn. Warten Sie zu Hause, bis ich Sie anrufe.«

Sie nickte, dann schaute sie zu Layla, die sehr müde wirkte. Ali fürchtete, die Nachbarin würde fragen, ob sie über Nacht bleiben könne, aber zum Glück stand sie auf. Layla begleitete sie zur Tür. Ali trottete ins Wohnzimmer, griff nach seiner Schachtel Marlboro und zündete sich die nächste Zigarette an; ob er bis morgen früh mit dem Anruf bei Rustum warten sollte? Er entschloss sich, zu handeln. Es konnte jederzeit passieren, dass der Junge verlegt wurde, dann wäre er verloren. Er wählte die Nummer. Dreimaliges Klingeln; schließlich eine Stimme: »Hallo, kleiner Bruder.«

Ali biss sich in die Wange. »Wie geht's dir, großer Bruder?«
»Beende gerade irgendwelchen Papierkram. Was willst du?«
»Du hast einen Jungen in Gewahrsam. Ich würde gerne nach ihm sehen.«

Rustum raschelte laut mit irgendwelchen Unterlagen, um seiner Verärgerung Ausdruck zu verleihen. »Nicht schon wieder, Ali. Du musst das Rechtssystem seine Arbeit machen lassen, wir können nicht in jedem Fall intervenieren.«

Ach ja, dasselbe System, das den Sohn meines Arztes in einem Gefängnis an ein Abflussrohr gekettet hat, weil er sich einer Facebook-Gruppe angeschlossen hatte, die der Regierung kritisch gegenüberstand?, wollte Ali entgegnen, verkniff sich die Antwort aber. Denn: Wenn er sagte, was er dachte, wäre das Gespräch beendet und das Schicksal des Jungen besiegelt. Er wählte seine Worte sorgfältig.

»Der Häftling kommt aus einer guten Familie. Layla und ich kennen ihn gut. Ich verbürge mich für ihn.«

»Du denkst zu sehr wie ein Ermittler«, entgegnete Rustum verärgert. »Ein schwerer Stoff aus Angst sorgt für stabile Verhältnisse, und deine Detektivarbeit reißt Löcher in diesen Stoff. Aber gut. Ich bin müde, und es ist schon spät. Wie heißt er?«

»Ghraoui. Danke, großer Bruder.«

»Ich rufe dich in ein paar Minuten wieder an, teile dir den Ort mit und treffe die nötigen Vorkehrungen.« Pause, das Geräusch raschelnder Papiere. »Ach, noch etwas, Ali – hat der Verräter oder diese CIA-Frau schon gesagt, um was für ein Gerät es sich handelt?«

Es hatte endlose Befragungen gegeben, was das Gerät betraf, mit dem Marzan Ghazali mit Valerie Owens kommuniziert hatte. Ghazali hatte gestanden, dass er mit der CIA über geheime Websites kommuniziert hatte. Ali wusste, dass das stimmte, weil sie Ghazali dabei erwischt hatten, nachdem er von seinen iranischen technischen Beratern etwas Hilfe erhalten hatte. Zudem wusste Ali, warum Rustum ein CIA-Gerät haben wollte – die technische Leitung des iranischen Ministeriums für Nachrichtendienste und Sicherheit hatte ihnen beiden die Gründe erläutert. Die Perser glaubten, sie könnten ein solches Gerät verwenden, um eine Cyberwaffe, ähnlich dem israelischen Stuxnet-Virus, gegen eine der Satellitenplattformen der CIA einzusetzen. Dies könnte Damaskus und Teheran ermöglichen, verdeckte Kommunikationen zu lesen und weitere Spione zu entlarven.

»Ghazali erzählt immer noch das Gleiche, was die Websites betrifft.«

»Wie intensiv waren eure Verhöre?«

»Dunkelheit, Kälte, Essensentzug, Schnittwunden, er ist bei seiner Geschichte geblieben, großer Bruder. Seine Antworten sind enttäuschend, aber der Mann lügt nicht. Da bin ich sicher.«

»Was hat die CIA-Agentin gesagt?«, fragte Rustum.

»Sie bestreitet, für die CIA zu arbeiten. Sie hat nichts von Wert geliefert.«

»Wir sollten sie nicht mit Samthandschuhen anfassen.«

»Befehl des Präsidenten, großer Bruder. Wir halten die Amerikaner da raus. Vorerst nur Befragungen. Nichts Körperliches.«

»Ich arbeite daran, das zu ändern, kleiner Bruder. Ich hätte gern ein regelgerechtes Verhör von beiden, der CIA-Frau und Ghazali. Es ist überfällig.«

Ali kratzte sich an der Narbe, öffnete den Kühlschrank und holte sich einen Snack heraus. Er sah einen Beutel Karotten, und zum ersten Mal seit der Rückkehr in die Wohnung dachte er an Marwan Ghazalis linken Daumen und das Risiko, dass er einging, wenn er eine CIA-Agentin auf Anordnung des Präsidenten in Gewahrsam hielt. Unverrichteter Dinge schloss er die Kühlschranktür.

»Wieso plötzlich dein Interesse, noch mehr Spione zu finden, großer Bruder?«

»Du stellst zu viele Fragen, Ali. Immer ein Ermittler, nie ein Soldat.«

»Es ist mein Job, die Spione aufzuspüren. Was geht hier vor, Rustum?«, fragte Ali noch einmal.

»Das Leben ist voller unbeantwortbarer Fragen«, antwortete Rustum. »Ich finde den Jungen.« Er legte auf.

Layla kam aus dem Wohnzimmer. »Gehst du heute Abend noch weg?«

Er nickte. Sie gab ihm einen Kuss auf die Wange, griff nach ihrem Buch und entschwand ins Schlafzimmer.

Der Nachbarsjunge befand sich in einem alten Lagerhaus, das kürzlich in ein Gefangenenlager umgewandelt worden war. Alis Ankunft wurde, dank Rustum, erwartet, der diensttuende Hauptmann der Einrichtung eskortierte ihn sofort zur Zelle des Jungen. Als der Hauptmann die rostige Tür öffnete, drang ein unaussprechlicher Geruch aus der Zelle. Als der Wärter einen Schritt zurücktrat, blickte Ali in den Raum – und in die verängstigten Augen von ungefähr fünfundsiebzig Männern, die in eine Zelle von der Größe seines Wohnzimmers gezwängt worden waren. Der Hauptmann rief nach dem Jungen, hier und da bewegte sich die Menge, bis ein blutverschmierter Jugendlicher herbei humpelte. Ali nickte dem Diensthabenden zu. »Ich lasse ihn von meinen Wärtern rausschaffen, solange wir uns um den Papierkram kümmern«, sagte der Mann kühl und schloss dann die Tür.

Im Büro des Hauptmanns sah sich Ali die Unterlagen an. Der Junge war geschlagen und, laut dem diensthabenden Hauptmann, »untersucht« worden.

»Wie lautet die Anklage?«, fragte Ali, nachdem er die Papiere unterzeichnet hatte.

»Regierungsfeindliche Gesinnung.«

»Was heißt das, Hauptmann?«

Der Hauptmann legte die Hände auf den Rücken. »Er hat sich gegenüber einem unserer Offiziere respektlos verhalten.«

»Verstehe. Hatte er getrunken?«

»Ja.«

»Hatten Sie vor, ihn freizulassen, nachdem Sie ihm eine Lektion erteilt hatten?«

Der Hauptmann schwieg.

»Was haben Sie untersucht?«, fragte Ali. »Und warum?«

»Wir haben eine Ganzkörperuntersuchung vorgenommen, um uns zu vergewissern, dass er keine Waffe besitzt.« Der Hauptmann lächelte gezwungen. »Als Vorsichtsmaßnahme.«

Aus einem Hinterzimmer erschien ein Oberst der Republikanischen Garde, er hielt den Jungen an der Schulter. Das Gesicht des Jungen war übersät mit Blutergüssen und gerötet vom Weinen. Sofort erfüllte der Geruch von Exkrementen den Raum.

»Er hat sich während der Untersuchung in die Hosen gemacht«, sagte der Hauptmann achselzuckend.

Er zeigte auf das aufgedunsene Gesicht des Jungen, als enthüllte er ein Gemälde, packte ihn am Kragen und schaute ihm ins Gesicht: »Wenn ich dich hier noch ein einziges Mal sehe, kommst du hier nie wieder raus – verstanden?«

Der Junge nickte.

»Er gehört Ihnen.« Der Oberst stieß den Jungen in Alis Richtung. Er stürzte.

Ali fuhr mit dem Jungen zum Mehrfamilienhaus zurück. Um den Gestank nach Fäzes zu mindern, fuhren sie bei offenen Fenstern. Sie redeten erst miteinander, als Ali das Auto auf dem Bürgersteig abstellte. Es gab keine freien Parkplätze.

»Sag, du seiest ausgeraubt und zusammengeschlagen worden. Dass sie dir die Geldbörse weggenommen hätten. Geh nie wieder dorthin zurück, wo man dich festgenommen hat.«

Der Junge nickte, starrte zu Boden. Wieder hatte das System einen Menschen auf seine Seite gezogen. »Ich werde niemandem davon erzählen«, sagte Ali.

Der Junge ließ den Kopf aufs Armaturenbrett fallen und weinte.

Rustum und Basil Mahkluf, der Lieblingsadjutant seines Bruders, trafen früh am nächsten Morgen im Sicherheitsamt ein, mit Unterlagen, auf denen das wächserne Präsidentensiegel mit dem Habicht des *Quraisch* aufgeprägt war. Ali überflog das Schriftstück und warf die Papiere auf den Schreibtisch, nachdem er die ersten Zeilen gelesen hatte. »*Auf Anordnung des Präsidenten und per Vollmacht aufgrund des Notstandsgesetzes aus dem Jahr 1963 werden die Ermittlungen gegen den Verräter Marwan Ghazali hiermit unverzüglich vom Sicherheitsamt auf die Republikanischen Garde übertragen ...*« Ali schob weitere Unterlagen beiseite, setzte sich an den Schreibtisch und zündete sich eine Zigarette an, ohne seinen Gästen eine anzubieten.

Basil, Rustums Henker – was der kleine Bruder Ali nicht war und nie sein würde – nahm sich einen Stuhl und setzte sich neben Ali. Basil war drahtig, seine Gesichtsfarbe aschfarben und blass. Der dünne Haarschopf stand im Gegensatz zum dicken Saddam Hussein-Schnauzbart, über den er häufig und, wie Ali glaubte, unbewusst mit der Zunge leckte. Die Füße waren riesig, ohne jede Proportion zum übrigen Körper. Zwei Merkmale waren an Basil besonders: seine ausdruckslosen, irgendwie verwaschenen Augen und seine leise, kratzige Stimme. Erstere waren das vollkommene Spiegelbild seiner seelenlosen inneren Leere. Letztere die Folge einer zerfetzten Luftröhre, die er dem letzten Aufstand der Muslimbruderschaft im Winter 1982 zu verdanken hatte.

Rustum vertraute Basil seine schwierigsten Aufgaben an. Offiziell leitete Basil die Geschoss- und Raketen-Abteilung der Republikanischen Garde und war für sämtliche strategische Waffen in Assads Arsenal verantwortlich.

Ali hatte zudem die psychologischen Gutachten über Basil gelesen, die die Ärzte der Republikanischen Garde verfasst hatten. Er hatte die Unterlagen von Kanaan aus dem Archiv stehlen lassen. *Basil Makhluf neigt zu Dämmerzuständen*, hatte der Psychologe nach einem von Basils Besuchen geschrieben. *Es gibt Zeiten, in denen er sich von seiner Umgebung dissoziiert, möglicherweise traumatische Ereignisse neu durchlebt. Er spricht häufig von Hama, so als würde er dort immer noch kämpfen. Manchmal spricht er von sich in der dritten Person. Er bezeichnet sich als Comanchen. Anscheinend ist das ein Volk der amerikanischen Ureinwohner. Er sagt dieses Wort auf Englisch während unserer Visiten.*

Basil hatte sich den Spitznamen Comanche während des Winters in Hama verdient. Ali hatte die Geschichten gehört, so wie jeder im Regime.

»Basil«, sagte Ali, »ich freue mich, dass Sie sich die Zeit nehmen konnten, neben der Leitung der Geschoss- und Raketen-Streitkräfte, eine unbedeutende Befragung durchzuführen. Sie sind wirklich ein Experte auf vielen Gebieten.«

»Die persönliche Note ist mir wichtig«, sagte Basil in seinem knurrenden Tonfall. Nicht einmal zu einem sarkastischen Lächeln ließ er sich herab.

»Haben Sie einen Transporter mitgebracht, oder soll *ich* einen für den Häftling besorgen?«, sagte Ali.

Rustum stand am Fenster, er lächelte. »Wir dachten, wir erledigen das hier.«

»Und vergewissern uns, dass der Raum in der Mitte einen Abfluss hat«, sagte Basil. »Ich will Ihnen ja keinen Dreckstall hinterlassen.«

»Großer Bruder, das ist nicht ...«

Rustum hob die Hand. »Ich bin nicht mehr zuständig für diese Ermittlung, kleiner Bruder. Bring Ghazali in den großen Verhörraum und sorg dafür, dass Basil alles bekommt, was er benötigt.«

»Und holen Sie Valerie Owens«, sagte Basil. »Ich habe auch Fragen an sie.« Dabei leckte er sich über den Schnauzbart.

6

Nach einer schlaflosen Nacht auf einem Mittelplatz in der Economy Class – ohne funktionierendes Entertainmentsystem –, zwischen einem fülligen Mann aus Montana und einem Knirps, der es amüsant gefunden hatte, ihn während des gesamten Fluges immer wieder am Arm zu zupfen, fuhr der unter Jetlag leidende Sam vom Flughafen Charles de Gaulle direkt zur Paris Station. Das Taxi setzte ihn an der Botschaft ab, einer cremefarbenen Villa an einer baumbestandenen Ecke der Place de la Concorde. Selbst zu dieser frühen Stunde musste sich Sam anstellen und seine Dienstmarke und seinen schwarzen Pass zeigen. Nach nichts sehnte er sich so sehr wie nach einer heißen Dusche und einem kurzen morgendlichen Schlaf im Hotelzimmer; aber erst musste er sich ins Netzwerk der Agency einloggen, um festzustellen, ob über Nacht Nachrichten zur Haddad-Rekrutierungsoperation reingekommen waren.

Eine Mitarbeiterin kam auf Sam zu, als dieser aus der Schlange trat, und begleitete ihn eine vierstöckige, gewundene Marmortreppe hinauf. Er deponierte sein Smartphone in einem der Schließfächer und folgte der Mitarbeiterin in den abhörsicheren Raum der Residentur, nachdem sie den Code eingegeben hatte und die Tür mit einem Klicken aufgesprungen war.

»Fenster?«, sagte er und blickte sich ungläubig in dem geräumigen Zimmer um.

»Ja, in Europa haben unsere Büros Fenster. Wir haben auch guten Kaffee.« Sie deutete auf die Kitchenette. Er nahm ein TDY-Kit, TDY stand für »Vorübergehende Dienstreise«, steckte es in einen Computer und las die verschlüsselten E-Mails. Gott sei Dank, da war die Bestätigung, dass das BANDITO-Überwachungsteam in Paris eingetroffen war. Sie wollten sich am Nachmittag mit ihm treffen und Probeläufe durchführen. Er sah sich noch einmal die Stadtpläne an, die das Hotel zeigten, in denen die syrische Delegation abgestiegen war, sowie die Strecken, die die Syrer vermutlich laufen würden. Prägte sich erneut das einzige Foto von Mariam Haddad ein, das die CIA besaß. Es war für ihren Palast-Ausweis aufgenommen worden, bevor das gesamte digitale Namensverzeichnis von einem CIA-Dokumentendieb kopiert worden war. Fasziniert von dem Foto saß er einen Augenblick einfach nur da.

»Keine schlechten Aussichten, was?«, sagte jemand hinter ihm.

Sam drehte sich um – und sah Peter Shipley, den Station Chief von Paris. Shipley lächelte. Sam war Shipley noch nie begegnet, wusste aber über seinen Ruf und seine Freundschaft mit Ed Bradley Bescheid. Shipley war in der Anfangszeit des Afghanistan-Kriegs Büroleiter in Kabul gewesen und hatte den afghanischen Präsidenten während einer ihrer Treffen vor einem Attentatsversuch gerettet. So wie bei vielen leitenden Agenten geriet Shipleys Ehe in eine Krise, sodass seine Ehefrau, eine Französin, mit den Kindern nach Paris geflogen war. Shipley hatte um die Stelle gebeten, um der Familie nahe zu sein und die Ehe wieder ins Lot zu bringen.

»Freut mich, Sie kennenzulernen.« Sam schüttelte Shipley die Hand. Zustimmend stellte er fest, dass Shipley seinen Kaffee schwarz trank.

»Ist das die Syrerin, wegen der Sie hier sind?«

»Ja. Sie arbeitet im Präsidentenpalast. Mariam Haddad. Unsere Chancen stehen schlecht. Ich glaube, wir haben in den vergangenen zwei Jahren keinen Syrer, keine Syrerin mehr rekrutiert.«

»Aber wir versuchen es immer wieder, oder?« Shipley deutete mit einem Nicken zu seinem Büro. »Es gibt Neuigkeiten aus Damaskus. Die NSA hat den Festnetzanschluss von Ali Hassans Büro gefunden.«

»Wann?«

»Gestern Abend. Bradley hat der Operation gerade eben zugestimmt. Procter ruft in ein paar Minuten hier an. Sie hat gebeten, dass Sie dabei sind.«

In Shipleys Büro blickte Sam aus dem Fenster auf die Place de la Concorde. Shipley wählte. Procters unverkennbare Stimme antwortete. »Peter? Ist er bei dir?« Shipley und Procter kannten sich aus Afghanistan.

»Ja, Artemis. Er kommt gerade vom Flieger – und sieht auch so aus.« Shipley machte Sam Zeichen, sich an den Tisch zu setzen, und reichte ihm ein Blatt Papier. Es handelte sich um eine ausgedruckte Depesche bezüglich der Operation, die von der NSA an die Damaskus Station geschickt worden war und die Telefonnummer enthielt.

»Es ist kurz vor Mittag hier in Damaskus, darum wollen wir versuchen, ihn jetzt zu erwischen«, sagte Procter. »Ich habe einen unserer Kommunikationsexperten hier bei mir, er kann den Ursprung des Anrufs manipulieren. Falls Hassan eine Ruferkennung hat, wird es so aussehen, als würde er von einer anderen Nummer des Palasts angerufen. Wir werden ein paar von diesen merkwürdigen Robotern einsetzen, damit meine Stimme wie die eines Mannes klingt. Sam, du springst ein, wenn ich das Arabische vergeige. Wir werden alle gleich klingen, richtig, Stapp?«

»Ja, Chief«, sagte Stapp, der Kommunikationsexperte. »Wir haben das im Prinzip als Telefonkonferenz aufgerüstet, aber jedes Wort von unserer Seite wird einen Modulator durchlaufen. Es wird klingen, als spräche *eine einzige* tiefe männliche Stimme.«

»Der Textentwurf ist der Depesche beigefügt«, sagte Procter.

»Artemis, die Depesche hat keinen Anhang«, sagte Shipley. »Von was für einem Text sprichst du?«

Das Telefon klingelte. Procter verstummte, sie ging nicht ran.

Das Telefon klingelte fünfmal. »General Ali Hassan«, sagte eine Stimme auf Arabisch.

»Hören Sie gut zu, General«, sagte Procter in derselben Sprache. »Sie bekommen *eine* Warnung.«

Im syrischen Regime konnte nur derjenige Erfolg haben, der paranoid war. Selbst der angepassteste, scheinbar tiefenentspannteste Bürokrat war paranoid. Immer war da diese nagende Angst, ein Rivale könnte ihn ersetzen. Dass es in der Nacht an der Tür klopfte. Dass der Ehefrau und den Kindern gedroht wurde. Ali hielt sich nicht für übermäßig paranoid, auch wenn er seine Gespräche am Bürotelefon zum großen Teil aufzeichnete. Das war eine Frage der Klugheit und des Selbstschutzes. Allerdings war ihm durchaus bewusst, dass der Luftwaffen-Geheimdienst das Telefon überwachen ließ, ein Umstand, den er ironischerweise entdeckt hatte, weil sein eigener Geheimdienst mehrere Telefonleitungen der Schwesterorganisation verwanzt hatte. Eine halbe Sekunde nach Beginn des Telefonats, sobald er die tiefe Roboterstimme vernommen hatte, hatte Ali das Aufnahmegerät eingeschaltet.

Ali hatte in Moskau einige Monate Englisch studiert. Zwar nicht bei den besten Lehrern, wie er selbst als Erster einräumen würde, doch hatte er eine gewisse Vertrautheit mit der Ausdrucksweise entwickelt und hielt sich für bewandert in der Sprache. Der Anruf, den er soeben erhalten hatte – ihm im Grunde aufgezwungen worden war – war größtenteils auf Arabisch geführt worden, an einigen Stellen allerdings in ein umgangssprachliches Englisch gewechselt, das er nicht verstand. Kanaan hatte in den Neunzigern an der Universität von North Dakota studiert, als die Friedensverhandlungen zwischen Syrien und Israel ein gewisses Maß an Goodwill zwischen der syrischen und der US-amerikanischen Regierung geschaffen hatten. Kanaans Familie hatte das genutzt und ihn zum Studium in die USA geschickt. Als er zurückkehrte, sprach er fließend Englisch, wenngleich in einem unerklärlichen Tonfall, der ganz anders klang als die amerikanischen Akzente, die Ali gehört hatte.

Ali drückte Stopp auf dem Rekorder und wandte sich vom Tisch ab, um zu niesen. Kanaan saß ihm gegenüber am Tisch. Ali zündete sich eine Zigarette an und trat ans Fenster. Kanaan hatte dem Anruf amüsiert gelauscht, doch jetzt blickte er starr in die mittlere Distanz, während er über die Implikationen nachdachte. Ali sah aus dem Fenster, rauchte schweigend seine Zigarette auf. Über Duma war ein Hubschrauber im Einsatz. Er verfolgte, wie etwas, vermutlich eine Fassbombe, aus dem Rumpf zu Boden fiel. Dann wandte er sich ab.

»Lass das Band noch einmal durchlaufen. Ich will das noch mal hören.«

BRIGADEGENERAL (BG) ALI HASSAN: *Wer spricht da?*
UNBEKANNTER ANRUFER: *Das spielt keine Rolle. Wir wissen, dass Sie Valerie Owens in Gewahrsam halten. Wir möchten,*

dass Sie sie heute freilassen und in die Botschaft der Vereinigten Staaten zurückbringen.
BG ALI HASSAN: *Wer spricht da?*
UNBEKANNTER ANRUFER: *Wie gesagt, das spielt keine Rolle. Und lassen Sie es mich klar und deutlich sagen: Wir wissen, dass Sie Miss Owens im Sicherheitsamt festhalten, General. Wir machen Sie persönlich für Miss Owens' Sicherheit verantwortlich.*
[Geräusch, wie das Klicken eines Feuerzeugs]
UNBEKANNTER ANRUFER: *Hallo?*
BG ALI HASSAN: *Ich kenne keine Valerie Owens. Sind Sie von der CIA?*
UNBEKANNTER ANRUFER: *Ich dachte mir, dass du das sagen würdest, du Arschgeige.*

»Drücken Sie auf Pause«, sagte Ali. Er sah Kanaan an, der schwer schluckte.

»Was bedeutet das Wort, das da am Ende des Gesprächs gefallen ist?«

Kanaan kniff nachdenklich die Augen zusammen. »Das ist ein vulgärer Slangausdruck für einen dummen, einfältigen Menschen.«

»Warum Geige?«

»Meint wohl irgendwas Sexuelles.«

»Wie in ›Fideln‹?«

»Ja.«

Ali runzelte die Stirn. »Lassen Sie's noch mal durchlaufen.«

BG ALI HASSAN: *Sie sind von der CIA, ja? Ich werde dem Präsidenten Bericht über diesem Anruf erstatten.*

UNBEKANNTER ANRUFER: *Wir machen Sie persönlich haftbar, General, haben Sie mich verstanden? Lassen Sie sie umgehend frei.*
BG ALI HASSAN: *Ich habe Ihnen doch gesagt, ich weiß nicht, wovon Sie sprechen. Auf Wiederhören.*
UNBEKANNTER ANRUFER: *Legen Sie nicht auf.* [Unverständliches Gemurmel und Geschrei]. *Sie sind verantwortlich. Und falls ihr irgendetwas zustößt, kümmere ich mich persönlich um dich, Ali. Wenn du ihr auch nur ein Haar krümmst, reiß ich dir die Eier ab und stopf sie dir in den Mund. Ich ...*
[BG ALI HASSAN beendet den Anruf]

»Das da zum Schluss«, sagte Ali. »Ich nehme an, das war alles auf Englisch, diese Person ist ja ganz wütend geworden. Ich habe mitbekommen, dass ich nicht auflegen soll, aber den Rest habe ich nicht verstanden. Die Person hat sehr schnell gesprochen.«

Kanaan fasste zusammen.

»Meine Eier? Das hat der Mann gesagt?«

Kanaan nickte.

»Und der Teil mit dem Haar?«

»Der Ausdruck bedeutet, dass sie uns, wenn wir ihr nur ein wenig wehtun, ihr also ein Haar krümmen, bestrafen werden.«

Kanaan griff sich zur Betonung ins Haar.

Ali runzelte erneut die Stirn, stand auf, nahm sich vom Schreibtisch eine weitere Marlboro, stellte sich ans Fenster und zündete sich die Zigarette an. »Danke, das ist erst einmal alles.«

Kanaan blieb im Türrahmen stehen. »General, ein Adjutant aus dem Büro Ihres Bruders hat angerufen und gefragt, wann der Schlussbericht über die CIA-Frau fertig ist. Er hat gesagt, Ihr Bruder erwartet den Bericht noch heute.«

Ali nickte. »Lassen Sie ihn mich noch ein letztes Mal durchlesen. Warten Sie hier.«

Er griff nach dem kurzen Bericht, den er für den Präsidenten geschrieben hatte und in dem er die Geschehnisse schilderte, die sich in dem Verhörraum zwei Tage zuvor zugetragen hatten. Er und Rustum waren darüber in Streit geraten, wer den Bericht schreiben solle. Der Comanche hatte Kanaan ein Messer an die Kehle gesetzt und damit die Entscheidung einfach gemacht. »Du schreibst ihn, kleiner Bruder«, hatte Rustum gesagt. Ali klappte die Aktenmappe auf und las den Bericht noch einmal. Er legte die Mappe ab und betrachtete die zweite Seite, die auch das Foto zeigte.

Er winkte Kanaan zu sich und reichte ihm die Mappe. »Machen Sie Kopien davon, dann legen Sie sie vor. Die Originale behalten wir.« Kanaan tat, wie ihm geheißen, und kehrte mit dem Paket in Alis Büro zurück.

Ali nahm die Mappe und stieg die Treppe in den Keller hinunter. Durch die Dunkelheit zu einem besonderen Aktenschrank gehend, zündete er sich eine Zigarette an. So wie jeder leitende Beamte im Regime besaß auch Ali einen Tresor in seinem Büro, der aber bei einer politischen oder Antikorruptions-Razzia in der Regel als Erstes mitgenommen wurde. Auch seine Wohnung konnte durchsucht werden, zudem verfügte Ali nicht über die Freigabe für die Eröffnung eines Schweizer Nummernkontos, wenigstens noch nicht. Vorerst nutzte er deshalb die Aktenschränke des Landwirtschaftsministeriums als Schließfächer. In die Aktenmappe, die er jetzt aufklappte und die den Titel »Pegelstand des Assad-Sees, Berichte und Analysen, 1988–1992« trug, legte er das Foto, neben die Hülle des Videobands mit dem Verhör. Dann schloss er den Aktenschrank.

In sein Büro zurückgekehrt, steckte er sich wieder eine Zigarette an und rief zu Hause an. »*Habibti*, hast du schon mit den Jungs gegessen?«

In der Wohnung warf Ali Sami in die Kissen auf dem Bett. Der Junge kreischte vor Vergnügen, während er durch die Luft flog. Dann heulte Ali wie ein Wolf und jagte Bassam aus dem Schlafzimmer ins Wohnzimmer. Er schnappte ihn sich in der Nähe der Küche, wo Layla ein spätes Abendessen zubereitete. Ali hob Bassam hoch, drückte die Lippen gegen seinen Bauch und tat so, als blase er Luftbläschen. Der Junge kicherte, gleichzeitig spürte Ali, wie Sami sich an seine Beine klammerte, auf seine Schuhe stieg und zusammen mit ihm durchs Wohnzimmer ging. Sie fielen aufs Sofa. Klebrige Hände bedeckten Alis Augen, dann sagte Sami: »Wer bin ich, Papa, wer bin ich?« Ali strubbelte Sami das Haar, schwang ihn um sich herum nach vorn und kitzelte seinen gewölbten Kleinkind-Bauch. Juchzend vor Vergnügen ließ sich Bassam aufs Sofa fallen. Ali jagte ihn ins Schlafzimmer der Jungs, fing ihn, warf ihn sich über die Schulter und brachte den Jungen zum Sofa zu seinem Zwillingsbruder zurück. Die Jungs hopsten gemeinsam auf dem Sofa herum; Ali ging zu Layla in der Küche, um ihr bei den letzten Arbeiten fürs Abendessen zu helfen.

»Es ist eine schöne Überraschung, dass du früh zu Hause bist.« Er blieb im Türrahmen stehen, schwieg und sah ihr dabei zu, wie sie die Paprika schnitt – akkurat, aber so heftig, dass die Klinge sich ins Schneidebrett bohrte. Sie zerkleinerte eine lange gelbe Paprika, legte die Scheiben zur Seite und ging zu einer grünen über. Hack, hack, hack. Sie legte die Paprikascheiben auf die Teller der Jungs und gab mit einem Löffel ein wenig Hummus dazu.

»Ich mach dir auch ein paar Schnitze, bevor du zurück ins Büro gehst.« Sie nahm eine weitere gelbe Paprika aus der Packung und schnitt sie klein. Mit einem letzten Hieb trennte sie den Stängel ab und legte das Messer schwungvoll beiseite.

Ali, im Türrahmen, lächelte Layla zu. Sie reichte ihm zwei Teller. Er stellte sie auf den Küchentisch, holte zwei der kleinen *Toy Story*-Becher, füllte sie mit Wasser und blieb an der Spüle stehen. Layla umarmte ihn von hinten, sie sagte: »Ich freue mich, dass du zu Hause bist.« Ihr Haar fiel ihm auf die Schulter, als sie ihn auf den Nacken küsste.

Wenn ihr auch nur ein Haar gekrümmt wird ...

Das Wasser rann ihm über die zittrige Hand; der erste Becher lief über. Leise fluchend schüttete er einen Teil des Wassers weg und trocknete sich die Hände ab.

»Alles in Ordnung?«

»Natürlich, *Habibti*.« Er wandte sich um und küsste sie auf die Stirn.

Dann wandte er sich in Richtung Wohnzimmer um und rief: »Jungs, das Essen ist fertig.«

TEIL II

– Rekrutierung –

7

Die Gegenüberwachungsoperation Mariam Haddad hatte an zwei Tagen im Wohnzimmer eines Safe Houses der Paris Station nahe der Place des Vosges im trendigen Marais-Viertel Gestalt angenommen. Sam, der an die schmuddeligen Unterkünfte in Nahost gewöhnt war, stellte verwundert fest, dass es sich um eine elegante kleine Wohnung hinter einer dicken Holztür im fünften Stock eines cremefarbenen Natursteingebäudes handelte. Aus den Fenstern sah man auf den darunter befindlichen Platz. Hob man den Blick, sah man Dächer und Schornsteine: ein Meer aus Schiefergrau-, Bernstein- und Ockertönen. Jetzt lagen in dem geschmackvoll eingerichteten Wohnzimmer überall Karten, Satellitenbilder, Pizzaschachteln und leere Kartons mit chinesischem Essen.

Nachts fuhren sie die Routen ab und probten, wie sie die Person im Überwachungsteam, die Mariam im Augen behalten sollte, auswechselten. Die BANDITOs – die Kassab-Drillinge – hatten sich ihren Decknamen auf den Straßen Beiruts verdient, wo sie ähnliche Operationen durchgeführt hatten, um festzustellen, ob die Hisbollah die Agenten der CIA-Residentur observierte. Aber die Franzosen hatten nicht so viel Geld in Überwachungskameras investiert wie die Briten. Zudem hatten Etatkürzungen der französischen Sicherheitsdienste laut eines Berichts, den Sam gelesen hatte, zur kompletten Streichung der inländischen Überwachung geführt – außer, wenn es um Belange der

Terrorismusbekämpfung ging. Die Wahrscheinlichkeit, dass die Franzosen sie auf den Straßen in Verlegenheit brachten, war gering. »Ich bitte dich, Sam«, sagte Rami. »Diese Operation, Paris, das ist doch wie ein schöner Urlaub.« Das Trio beugte sich über ein Satellitenbild der Straßen rings um das Hotel der syrischen Delegation, während jeder vorsichtig in eine kleine Menübox mit Peking-Ente blies. Sam lachte.

»Was ist denn so komisch?«, hatte Rami gefragt. Alle drei Brüder blickten zu Sam.

»Ihr seht zwar nicht aus wie Brüder. Aber ihr habt alle den gleichen Spleen.«

»Drillinge, die eine Überwachung durchführen, spinnst du, Sam?«, hatte Bradley gesagt, als er hörte, dass Sam das Trio rekrutieren wollte. »Der ganze Sinn einer Überwachungsoperation besteht darin, nicht entdeckt zu werden, nicht darin, möglicherweise dreimal den gleichen Typ zu entdecken.« Seiner nächsten Depesche hatte Sam Fotos beigefügt, um sein Argument zu verteidigen. Rami: untersetzt, mit Hängebacken. Yusuf: rank und schlank. Elias: genau dazwischen.

Rami verspeiste ein Stück Ente und verdrehte die Augen.

»Aber egal«, sagte Sam. »Für euch könnte das ein Urlaub werden, aber ich bin derjenige, der bei einer Syrerin eine Warmakquise auf der Straße durchführen muss. Eine derartige »Akquise« – warm, nicht kalt, denn die CIA besaß ja Hintergrundinformationen über Haddad – war die wohl schwierigste und unsicherste Rekrutierungsform des Metiers. Sam würde die Syrerin auf der Straße ansprechen und versuchen, sie, binnen Sekunden, davon zu überzeugen, sich mit ihm an einem geheimen Ort zu treffen. Die CIA konnte nie sicher sein, wie die Zielperson reagieren würde. Ein Case Officer, den Sam in Istanbul kannte, war eine Treppe runtergestoßen worden, nachdem er einen russischen GRU-Offizier am Eingang zur Metro hatte anwerben wollen. Versuche immer, auf ebener Fläche zu rekrutieren, hatte er Sam geraten.

Sam stand über der Karte und zeigte auf eine steinerne Treppe am Ufer der Seine, einige Häuserblocks entfernt von Mariams Hotel. Einer der Brüder hatte die Treppe mit rotem Filzstift umkringelt. »Lasst es uns nicht hier machen.«

Am Morgen herrschte strahlendes Frühlingswetter und die Monotonie des Wartens: der erste, wichtigste und langweiligste Akt jeder Überwachungsoperation. Sam hatte schon zwei Becher Kaffee getrunken und war etwas hibbelig wegen des Koffeins, als die zweiflügelige Tür des Hotels aufschwang und Mariam Haddad die von Luxusshops, lebhaften Cafés unter Markisen und exklusiven Modegeschäften gesäumten Rue Tivoli betrat.

»Sie ist draußen«, sagte Sam in das verschlüsselte Funkgerät, das er im Ohr trug. In der Bäckerei gegenüber trank er seinen dritten Kaffee und aß den letzten Bissen des Schokocroissants.

Er legte ein paar Münzen auf den Tisch und stand auf. Zeit, den Tanz zu beginnen. Würden die Syrer ihr folgen, ihr den ganzen Tag dicht auf den Fersen bleiben, nur um sie zu überprüfen? Würden die Jungs im La Piscine, dem DGSE, dem französischen Auslandsgeheimdienst, versuchen, sie zu rekrutieren? Dieser Tag der Beobachtung würde eine erste Antwort liefern.

»Verstanden«, antworteten die Kassab-Drillinge unisono von ihren Positionen entlang der Hauptstraßen im Viertel: Das Team hatte sich so aufgestellt, dass sie der Zielperson folgen konnten, wohin diese auch ging.

»Sie trägt Sportbekleidung, sieht nach einem Morgenlauf aus«, sagte Sam. »Wir haben Glück.«

Mariam würde mit an Sicherheit grenzender Wahrscheinlichkeit eine Strecke laufen, die niemand außer ihr kannte. Das bedeutete, dass sich ein gegnerisches Überwachungsteam stark auf mobile Agenten – Fußgänger, Auto-Insassen, Motorradfahrer – stützen müsste, um Mariam im Auge zu behalten. Dadurch würde sie Spuren hinterlassen, denen Sam und die BANDITOs folgen könnten. Die festen Posten – geparkte Autos, im Voraus installierte Kameras, Menschen in Cafés – würden Sam und sein Team auf fremden Boden nur schwer ausmachen können. Mobile Teams würden sich bewegen. Und Bewegungen ließen sich erkennen.

Mariam stand auf dem Bürgersteig vor dem Hotel, streckte sich und atmete die Frühlingsluft ein.

Sie sah immer noch aus wie auf dem einen gestohlenen Foto, das die CIA besaß. Und so wie er es bei jenem Foto getan hatte, blickte Sam eine Sekunde länger hin, als berufsbedingt nötig war. Mariam Haddad hatte kastanienbraunes Haar, das ihr halb bis auf den Rücken fiel, ausgeprägte Wangenknochen und eine wohlgeformte Nase. Auf die schönheitschirurgischen Maßnahmen, die bei so vielen Syrerinnen der Oberschicht üblich waren, hatte sie offenbar verzichtet.

Sie knotete sich die Haare zu einem Pferdeschwanz und blickte sich um, als überlegte sie, welche Strecke sie laufen wollte.

Ein vorbeigehender junger Geschäftsmann durchbrach den Pariser Brauch und lächelte ihr zu, worauf sie mit einem ungezwungenen Lächeln reagierte, das ihr Grübchen zum Vorschein brachte.

In lockerem Tempo lief sie in Richtung Tuilerien.

»Deine Richtung, Rami«, sagte Sam. »Südlich auf der Castiglione.« Er lief zum gemieteten Vespa-Roller, den er auf dem Bürgersteig abgestellt hatte.

»Verstanden. Sie läuft zur Kreuzung.« Rami würde ihre Strecke markieren und ihr entweder folgen oder Sam beziehungsweise einen seiner Brüder in die richtige Richtung schicken. Sie mussten ihr folgen, durften sie aber nicht verschrecken, was bedeutete, dass sie ständig die Rollen wechseln mussten, damit ihre Präsenz unentdeckt blieb.

Sam fuhr mit der Vespa, bis er an der Place de la Concorde ankam, wo er Ramis Position einnehmen wollte. Nachdem er den Obelisken in der Mitte umrundet hatte, musste er an einer roten Ampel unmittelbar vor der Seine stoppen.

»Sie ist, ähm, nicht das typische Überwachungsziel, Sam«, sagte Rami. »Sie ist eher, wie sagt man ...«

»Schön?«, sagte Sam. Yusuf kicherte über Funk.

»Schön rund, wollte ich sagen.«

»So wie die Zielperson, die wir in Istanbul ausgespäht haben«, sagte Sam. »Nur dass es sich hier um eine Frau handelt, nicht um einen saudi-arabischen General. Außerdem scheint sie weit weniger als 130 Kilo zu wiegen. Betrachte dich als Glückspilz.«

»Sie läuft durch den Garten zum Fluss«, sagte Rami schnaufend ins Funkgerät. »Da ist ein jüngerer Typ, vielleicht einen Meter Achtzig groß, schwarzes Sportshirt und Shorts, er läuft hinter ihr. Hat wahrscheinlich nichts zu bedeuten. Er sieht allerdings levantinisch aus.«

»Verstanden«, sagten alle.

»Rami, ich stehe an einer Ampel an der Concorde«, sagte Sam. »Kannst du so weit in den Garten gehen, dass du siehst, in welche Richtung sie läuft, sobald sie unten am Fluss ist?«

»Ja«, antwortete Rami, schwer atmend. Sam wartete kurz. »Sie läuft in deine Richtung. Der Typ ist in ihre Richtung abgebogen. Er befindet sich rund sieben Meter hinter ihr.«

Einmal unerwartet abgebogen. Nichts, worüber man sich Gedanken machen musste. Gegenüberwachungen erforderten Zeit. Die Beobachtung über einen Zeitraum von zwei Stunden erbrachte meist kein eindeutiges Ergebnis. Aber zehn, zwölf Stunden, ein ganzer Tag – dann wusste man normalerweise Bescheid. Die Ampel stand noch immer auf Rot. Sam schob sich ein Stück Kaugummi in den Mund. Die Observation machte ihn nervös. Fünf Autos weiter vorn war ein Zebrastreifen. Sam sah die Zielperson über die Straße laufen. Der Jogger behielt sie weiter im Blick.

Irgendetwas kam Sam merkwürdig vor. Er bog nach rechts ab und folgte dem unterhalb des Straßenniveaus liegenden Fluss. Von der Straße aus war Mariam nicht mehr zu sehen. Er hörte die Schiffssirene eines der Bateaux Mouches. Über ihm stob ein Schwarm Tauben auseinander.

Er wollte den Jogger, dessen Anwesenheit eine gewisse Nervosität bei ihm hervorrief, unter die Lupe nehmen. Das Gefühl kannte er seit der Ausbildung auf der sogenannten Farm, es signalisierte ihm, dass ganz in der Nähe Späher lauerten. Ein Solo-Verfolger musste extrem fähig sein, wenn er seine Präsenz über einen längeren Zeitraum geheim halten wollte. Selbst wer keine Ausbildung in Überwachung und Gegenüberwachung hatte, bemerkte so jemanden am Ende. Und die Leute vom französischen DGSE – die würden einen Mann, der sich so auffällig verhielt, nicht in ihrem Fußvolk einsetzen. Als Sam die nächste Treppe erreichte, die zur Promenade am Flussufer hinabführte, gab er kurz Gas und lenkte die Vespa auf den Gehweg.

»Ich folge ihr zu Fuß.« Er rannte die Treppe hinunter und kam mit fünfunddreißig Metern Abstand hinter Mariams Verfolger unten am Fluss an. Er lief ihm hinterher. Jetzt konnte er nach Details Ausschau halten: Laufgeschwindigkeit, Sichtachsen, subtile

Hinweise auf ein verstecktes Team, das mit Ohrmuschel-Funkgeräten operierte, so wie Sam jetzt. Jetzt lief Mariam schneller. Sie besaß eine gute Ausdauer. Mittlerweile klebten ihm Jeans und T-Shirt am schweißnassen Körper. Lange würde er hier wahrscheinlich nicht unbemerkt joggen können.

»Der Kerl folgt ihr weiter«, sagte er. »Ich gehe hoch zur Straße. Von da laufe ich weiter. Yusuf, du übernimmst sie, wenn ich abgehängt werde.«

»Verstanden.«

An der nächsten Brücke lief Sam eine steinerne Treppe hinauf, hinein in eine Grünanlage voller Glasflaschen und Zigaretten. Dem Fluss folgend, wich er Grüppchen schlendernder Spaziergänger, Flaneuren und Pariser Hundeausführern aus, deren Leinen den Weg kreuzten, als wären sie Stolperdraht. Ein alter Mann, der eine dickliche Bulldogge ausführte, erschrak, als Sam über die Leine sprang.

Als er die Alma-Brücke erreichte, glaubte Sam, die Antwort zu kennen: Der schwarz gekleidete Jogger lief hinter Mariam die Treppe hinauf, kam oben an und wechselte einige Worte mit einem anderen jungen Mann in Sportbekleidung. Der frische Jogger, dieser trug weite rote Shorts, setzte sich in Bewegung und lief hinter Mariam her.

»Sie wird beschattet, Jungs«, sagte Sam. »Der Jogger hat gerade eben den Staffelstab an den nächsten Läufer übergeben.«

Jetzt, wo er sicher war, dass Mariam beschattet wurde, machten Sam und die BANDITOs sich daran, die Identität der Läufer herauszufinden. Sie zogen sich von Mariam zurück und konzentrierten sich auf die Verfolger, die sie schon bald als Drei-Mann-Team identifizierten. Alles Syrer oder Libanesen, wie die BANDITOs übereinstimmend feststellten. Zwei jüngere

Männer, beide sportlich, und ein dritter, ein älterer, korpulenter Mann – »definitiv Syrer«, sagte Elias, »der hat dieses *Muchabarat*-Aussehen, diese Steinzeit-Sensibilität, diesen primitiven Schnauzbart« –, der sich dadurch verriet, dass er sich mit roten Shorts vor einer Buchladenauslage mithilfe überdeutlicher Handzeichen verständigte.

Die syrischen Beschatter blieben Mariam auf den Fersen, bis sie zu ihrem Hotel zurückkehrte, dann wieder herauskam, und folgten ihr auf ihrem Einkaufsbummel im Les Galleries Lafayette. Zu keinem Zeitpunkt versuchten sie, Überwacher zu entdecken oder aus ihren Verstecken hervorzulocken.

Die Überwachung setzte sich fort, bis Mariam sich mit Freunden aus dem Präsidentenpalast zu einem Abendessen in der Rue Saint-Honoré traf. Später, als sie wohlbehalten in ihr Hotelzimmer zurückgekehrt war, trafen sich Sam und die BANDITOs zur Einsatznachbesprechung im Safe House im Marais-Viertel. In die elegante Wohnung brachte Yusuf zwei Peperoni-Pizzen von Pizza Hut und zwölf Flaschen billiges französisches Bier.

Sam runzelte die Stirn. »Oh Mann, Yusuf, wir sind hier in der Hauptstadt des guten Essens, und du schleppst dieses Fast Food an? Seit zwei Tagen gibt's nichts als ungenießbares Essen zum Mitnehmen.«

Yusuf zuckte mit den Schultern. »Wir beschatten, wir essen Pizza aus Kartons.«

»Aber nur dann, wenn die noch keiner aufgemacht hat«, sagte Elias.

Sie legten die Pizzen auf den Sofatisch – ein Mitarbeiter der Paris Station mit einem Auge für gute Secondhand-Möbel hatte ihn auf einem Flohmarkt gekauft – und stellten fest, dass es in der Wohnung keinen Flaschenöffner gab. Weil sie während der

Planungsphase einer Operation traditionsgemäß keinen Alkohol tranken, war es ihnen bislang nicht aufgefallen.

»Unglaublich«, sagte Sam.

Da niemand ein Feuerzeug besaß, holte Sam ein Messer aus der Küche und versuchte die Kronkorken von den Flaschen zu hebeln. Die Klinge brach fast augenblicklich ab. Als sie den Kronkorken mit der Tischkante von der Bierflasche hebelten, platzte nur ein wenig Holz ab. Sam wischte die Teaksplitter beiseite und trank einen großen Schluck.

»Französische Mitarbeiter?«, fragte Rami, als sie zum Thema kamen.

»Eher unwahrscheinlich«, sagte Sam. »Die Franzosen sind nicht so nachlässig. Das waren Syrer.«

Sam nahm sich ein Stück und hob es an den Mund – bis er merkte, dass es noch durch einen langen Käsefaden mit der restlichen Pizza verbunden war. »Wollt ihr mich mit diesem Essen ärgern? Könnt ihr nicht etwas Besseres besorgen?«

Das syrische Team machte die Operation komplizierter. Sam musste Mariam persönlich rekrutieren, das konnte nicht auf der Straße geschehen. Er konnte versuchen, eine Lücke in der Überwachung des syrischen Teams zu nutzen, was jedoch riskant wäre. Sollten die mitbekommen, dass Mariam sich auf der Straße mit einem Amerikaner unterhielt, und wenn auch nur wie nebenbei, könnten sie Nachfragen stellen. Er könnte Mariam damit in Gefahr bringen. Nein, er brauchte einige Minuten mit ihr, an einem Ort, an dem es normal wäre, kurz mit einem Amerikaner zu sprechen.

Also fuhr er zur Paris Station, um SIGINT – geheime Nachrichten, die der Erfassung und Analyse elektronischer Kommunikationen entstammten – zu lesen und den Plan neu aufzubauen.

Eine Technikexpertin namens Lisa, die von der NSA ausgeliehen war, half bei der Zusammenstellung der relevanten Aufzeichnungen: Einige Anrufe von Bouthaina Najjar bei einem noch nicht identifizierten Geliebten – »Die sollte man wohl überspringen«, sagte die Technikexpertin errötend, »sind ein bisschen explizit.« – sowie ein aufgezeichnetes Telefonat zwischen Mariam und ihrem Vater. Sam merkte, dass er Mariams arabischen Singsang und ihr Lachen gern hörte. Als sie auf die Kämpfe in Aleppo zu sprechen kamen (Kommentar der NSA: Die dritte Heeresabteilung unter Georges Haddad ist seit Oktober in Aleppo stationiert), klang Mariams Stimme gepresst, und ihr Vater reagierte ausweichend. »Schalten Sie ab«, sagte Sam mürrisch. »Lassen wir den beiden ihre Privatsphäre.«

Die IT-Expertin klickte auf Stopp.

»Irgendwas von Belang im Terminplan der Delegation?«, fragte Sam.

»Eine Sache«, antwortete sie. Er rollte mit seinem Stuhl zu seinem Rechner und lud einen kurzen NSA-Bericht hoch, der auf sechs Tage zuvor datiert war. Es handelte sich um ein abgefangenes Gespräch zwischen dem französischen Botschafter in Damaskus und dem stellvertretenden französischen Außenminister. Darin erklärte der Botschafter, dass es bei aller problematischer PR für das Verhältnis des Außenministers zu Bouthaina hilfreich wäre, wenn irgendwann während ihres Besuchs ein Empfang stattfinden könnte. Der Vize-Außenminister pflichtete dem bei, wollte an einer derartigen sozialen Veranstaltung aber nicht teilnehmen. Es wäre wichtig, mehrere ausländische Partner dabeizuhaben, vor allem die Amerikaner, sagte der Botschafter abschließend, ehe er abrupt auflegte.

Sam schnappte sich den Bericht und ging damit zu Peter Shipleys Büro. Zögernd blieb er stehen, denn der Pariser

Station Chief und seine Ex-Frau führten gerade ein angespanntes Telefongespräch über die letzte Mathearbeit ihres Sohnes. Nicht gerade der beste Zeitpunkt, den Bären zu reizen, aber Sam hatte keine Wahl. Der diplomatische Empfang wäre die beste Gelegenheit, Mariam anzusprechen. Als er hörte, dass Shipley den Hörer in der offenen Leitung auflegte, klopfte Sam an. Shipley winkte ihn ins Zimmer und setzte eine Lesebrille auf, um sich den Bericht durchzulesen. Nach ein paar Sekunden warf er den Bericht auf den Schreibtisch. »Herrgott noch mal.« Er lehnte sich in seinem Stuhl zurück und klemmte einen Daumen hinter den linken Hosenträger. »Ständig enthält uns der Botschafter diesen Scheißdreck vor. Sind Sie sicher, dass sie observiert wird?«

»Ja.«

Shipley nickte. »Gehen Sie bitte mal kurz raus, das hier wird unangenehm.«

Drei Minuten lang saß Sam auf einem fusseligen grünen Sofa vor dem Büro, während Shipley mit dem US-amerikanischen Botschafter in Frankreich telefonierte: leitender Angestellter in der Pharmaindustrie, politischer Großspender, Sammler nützlicher Informationen. Die Details waren schwer zu verstehen, aber der Ton war deutlich. Das Geschrei fing am Ende von Minute eins an, steigerte sich zum Crescendo in der Hälfte von Minute zwei und ebbte in der dritten zu einem wütenden Gespräch ab. Das Telefonat endete mit dem lauten, zeremoniellen Auflegen des abhörsicheren Telefons auf die Gabel und der unzweideutigen Äußerung des Wortes »Mistkerl« seitens des Leiters der Pariser Residentur.

Als Shipley die Tür öffnete, war sein Gesicht immer noch rot vor Wut, doch in der zornigen Miene schien ein ironisches Grinsen durch, wie Sam sah.

»Sie haben die Einladung. Morgen Abend. Palais Louis Philippe. 20 Uhr. Abendgarderobe.«

Die meisten Rekrutierungen dauerten Monate, gar Jahre. Die Fähigkeiten, die die Rekrutierer, eine seltene Spezies, vom restlichen Kader der Case Officer unterschieden, bestanden darin, dass sie Leute mit den richtigen Zugängen entdecken, eine Beziehung zu ihnen aufbauen und sie dann dazu bringen konnten, für die CIA zu arbeiten. Sam war es während seiner zehn Jahre bei der CIA fünfzehnmal gelungen, bei weitem am häufigsten von allen in seiner Ausbildungsklasse auf der Farm. Er kannte sich mit Menschen aus, verstand, wie sie tickten, und vermochte sie zu »lesen«. Er hatte saudi-arabische Prinzen angequatscht, ägyptische *Muchabarat*, herumziehende Glücksspieler in Las Vegas, Gewerkschaftsvertreter in der Mühle daheim in Minnesota. Die Rekrutierung von Agenten war sein liebster Zeitvertreib.

In der Farm wurde ein dreiteiliges Vorgehen für derartige öffentliche, offizielle Begegnungen vorgeschrieben: Fangen Sie ein Gespräch an, entlocken Sie der Zielperson so viele Informationen wie möglich (ohne Verdacht zu erregen), vereinbaren Sie ein weiteres Treffen in einer privateren Umgebung. Es kam auf die Chemie zwischen den Personen an. Sam hatte einen Abend lang Zeit, um den nachrichtendienstlichen Vorgang zu starten. Wenn eine Verbindung entstand, stimmte die Zielperson möglicherweise zu, sich tags darauf mit einem zu treffen. Wenn nicht, wäre die Sache erledigt.

Patridge, eine der politischen Beraterinnen des Außenministeriums, zeigte ihre Einladungskarten vor dem palastartigen Gebäude, das einige Häuserblocks entfernt vom Außenministerium am Quai d'Orsay lag. Rund zwanzig Demonstranten hatten sich davor versammelt, schwenkten die Drei-Sterne-Flaggen der syrischen Rebellen und hielten diverse Plakate in die Höhe. Auf dem Bürgersteig stand eine Gruppe Bereitschaftspolizisten – die Funkgeräte knisternd, die Maschinenpistolen aufs Pflaster gerichtet. An der wuchtigen Tür bat ein Bediensteter sie mit ausladender Handbewegung herein. Patridge verschwand wortlos, um sich unter die Gäste zu mischen.

Der Raum war im Stil einer konzerntypischen Cocktailparty eingerichtet: riesig, die Wände holzvertäfelt, an der Decke Kristalllüster, zwei Bars und ein Tisch für die hors d'oeuvres. Sam stellte sich einen kleinen Teller mit gewürztem Huhn zusammen und rutschte auf einen der Hochstühle, allein, um sich in dem Saal umzuschauen. Als er einen der Hühnerspieße gegessen hatte, sah er, dass die Vertreter der einzelnen Nationen beieinanderstanden, überwiegend unter sich blieben. Er spielte mit seiner Krawatte.

Als Erstes fiel ihm auf, dass sie einem Gespräch mit einem gedrungenen Diplomaten zu entkommen versuchte, dessen Heimatland, wie Sam erkannte, irgendwo östlich des Eisernen Vorhangs lag. Lächelnd verfolgte er Mariams dezentes, aber zunehmendes Unbehagen, während sie ihre Flucht vor dem Gesprächspartner plante. Hilfesuchend schweifte ihr Blick durch den Raum.

Schließlich traf er auf ihn.

Den Blick, den sie Sam zuwarf, war international bekannt: *Hol mich hier raus.* Zeit, einen Versuch zu wagen. Er ging zu ihr hin, umarmte sie und fragte sie in fließendem Arabisch, wie es ihr gehe. Er war erleichtert, als sie sich nicht gleich aus der Umarmung löste, sondern dem Diplomaten mitteilte, sie müsse sich wieder ihrem Bekannten zugesellen. Wütend stürmte der davon.

Das Bild von Mariam sollte Sam noch lange in Erinnerung bleiben: das Kleid seidig und hellrot, fast im selben Farbton wie ihr Lippenstift, tailliert, bodenlang. Das Haar hochgesteckt, wodurch viel von ihrem Rücken entblößt war.

»Sam Joseph«, flüsterte er, als sie an einem der Hochtische Platz nahmen und dabei noch immer so taten, als seien sie alte Bekannte. Derweil leckte der wütende Slawe auf der anderen Seite des Raums seine Wunden – indem er sich einen weiteren Drink gönnte. Sam und Mariam nahmen sich je ein Glas Champagner vom Tablett eines vorbeigehenden Kellners.

»Mariam Haddad«, flüsterte sie. Lächelnd blickte sie Sam an. »Amerikaner?«

Er nickte, sah sie weiter an.

»Ihr Arabisch ist ausgezeichnet.«

»Danke. Viel Übung. Woher kennen Sie denn Igor da drüben?«

»Wen? Ach so. Er heißt Nikolai, glaube ich. Bulgare.«

»Oh, ähm, ja, Igor habe ich nur gesagt, weil ... Egal. Ja, Nikolai.«

»Ich habe ihn heute Abend kennengelernt, leider. Danke übrigens, dass Sie mich vor ihm gerettet haben.« Sie war zu einem beinahe fehlerfreien Englisch übergegangen.

»Sehr gerne«, sagte Sam. »Jetzt hat er eine Bekannte von mir im Visier. Aber das verdient sie auch.« Mariam lachte, während sie beobachten, wie Nikolai auf Patridge zusteuerte.

»Übrigens, Ihr Englisch ist hervorragend. Wo haben Sie es gelernt?«

Ein Kellner ging langsam mit einem Tablett mit Kräckern vorbei, die mit einer geheimnisvollen grauen Fleischmasse bestrichen waren. Sam winkte abwehrend.

»In meiner Jugend habe ich hier in Paris Stunden genommen. Meine Mutter war Diplomatin. Sie hat die Versetzung nach Paris genutzt und mir geholfen, Englisch und Französisch zu erlernen. Und auch zu kämpfen.« Sie lächelte ihn drohend an und trank einen Schluck Champagner.

Er trank auch einen Schluck. Dabei las er ihre Körpersprache und überlegte, ob ihre letzte Bemerkung scherzhaft gemeint war.

Sie rückte ihr Kleid zurecht. »Das ist mein Ernst.«

Er nahm es ihr ab. »Ihre Mutter wollte, dass sie eine Art der Selbstverteidigung erlernen?«

»Natürlich. Meine Mutter liebt Skandale, deshalb hat sie mir auch Krav Maga empfohlen.«

Er lächelte; jetzt war er nicht mehr ganz so sicher, ob das sarkastisch gemeint war. Sie hatte es bemerkt.

»Wie kann man sich besser in die Zionisten hineinversetzen, als sie mit ihrer eigenen Waffen zu schlagen?«, witzelte sie.

»Kenne deinen Feind.«

Er lachte. Mariams ironisches Lächeln legte sich, als sich ein schnauzbärtiger Syrer in einem Anzug, der mindestens zwei Nummer zu klein war, dem Tisch näherte und sie schroff daran erinnerte, alle Gespräche mit Amerikanern müssten gemeldet werden. Offenbar wusste er nicht, dass Sam Arabisch konnte, denn er machte mehrere herablassende Bemerkungen über Sam, während er auf ihn zeigte. Sam hielt ihn für einen *Muchabarat*-Schläger, der das Botschaftspersonal im Auge behielt, und lächelte ihm nur dümmlich zu.

Sie rollte übertrieben mit den Augen. »Natürlich, Mohannad, das ist mir schon klar«, sagte sie auf Arabisch, damit Sam – scheinbar – nicht verstand, was sie sagte. »Ich reiche den Bericht morgen früh ein. Aber bitte, gehen Sie, belästigen Sie jemand anders.« Sie wandte sich ab. Seine Gesichtszüge erstarrten, er blickte wütend hinüber zu Sam und trottete davon.

Schweigend nippten sie an ihrem Champagner, bis Mohannad den Bartresen erreicht hatte und damit begann, Kräcker in sich hineinzustopfen. Dabei sah er immer noch zu ihnen herüber.

Schließlich wandte sie sich zu Sam um. »Mohannad ist sehr misstrauisch und schreibt gern Berichte«, sagte sie auf Englisch.

»Hätten Sie Lust, unser Gespräch morgen Abend bei einem Glas fortzusetzen?« Er hatte bereits eine kleine Bar unweit der Sorbonne ausgekundschaftet.

Sie trank einen Schluck und erwiderte seinen Blick. »Und wo?«

»Wie wär's mit dem Au Torchon? Im Quartier Latin. Sagen Sie, wann es Ihnen passt.«

»Halb neun? Wir haben bis sieben Meetings.«

»Perfekt. Bis dann also.«

Sie stieß mit ihrem leeren Glas an seines und ging davon. Er merkte selbst, dass er ihr hinterherschaute, und trank seinen Champagner aus. Da war einiges zu analysieren: die Ursprüngliche Comicfigur der sinnlichen Wüstenprinzessin mit olivfarbenem Teint, die sich in die Englisch sprechende Krav Maga praktizierende Diplomatin und am Ende zur fähigen Fachfrau verwandelte, die den Mut besaß, Mohannad die Stirn zu bieten. Aber auch dieses Kleid ...

»Noch etwas Champagner, Monsieur?« Der Kellner störte seine Gedanken. Nachdem er abgelehnt hatte, blickte er sich ein letztes Mal nach Mariam um, doch er hatte kein Glück.

Auf dem Weg nach draußen lächelte er Patridge zu, die immer noch im Gespräch mit dem dickbäuchigen Bulgaren feststeckte.

8

Am nächsten Morgen kamen Sam, Procter und Bradley zu einer abhörsicheren Videokonferenz zusammen, um zu besprechen, ob es klug sei, dass Sam sich auf ein Glas mit Mariam traf, solange das syrische Team sie immer noch beschattete. »Ein kurzes Gespräch auf einem Empfang«, sagte Procter, »das ist okay. Der Security-Typ von der Botschaft schreibt das auf, sie sagt, ein Amerikaner habe sie bedrängt, keine große Sache. Aber ein zweites Treffen? Damit kommst du aufs Radar des *Muchabarat*.«

»Stimmt. Vergewissere dich, dass sie nicht beschattet wird, bevor du dich mit ihr triffst«, wies Bradley ihn an.

Befreit von Überwachungsaufgaben saß Sam jetzt in einem Café einen Häuserblock vom Au Torchon entfernt, trank einen Kaffee und lauschte dem Geplauder der BANDITOs, die weiterhin Wache hielten.

»Bislang ist sie clean, Sam«, sagte Yusuf. »Ich folge dem Taxi.«

»Ich gehe jetzt zum Restaurant«, sagte Sam und stellte die Tasse ab.

»Verstanden.«

Er hatte das Au Torchon ausgewählt, weil es über einen hinteren Raum und drei mögliche Ausgänge verfügte. Die BANDITOs würden von draußen alles im Auge behalten. Sam würde sich des verschlüsselten Funk-Ohrhörers entledigen und stattdessen sein Wegwerfhandy im Auge behalten, das die BANDITOs anrufen würden, sollte sich ein syrisches Team dem Restaurant nähern.

Er betrat das hintere Zimmer und setzte sich an einen kleinen Ecktisch. Auf der anderen Seite des Raumes saß ein französisches Studentenpärchen, eng an eng. Hinter ihm betrat ein älteres Ehepaar den Raum.

Sam nahm die Hörmuschel aus dem Ohr – kein Agent fand die Dinger angenehm – und schickte den BANDITOs eine SMS: *Im Restaurant. Ich wechsle aufs Handy.*

Die Antwort von Elias: *Noch fünf Minuten entfernt. Ist nach wie vor black.* Sam tat so, als würde er sich die Speisekarte anschauen, dachte in Wahrheit jedoch über die Operation nach. Die Paris Station hatte Nachrichten abgefangen, die die Reiseroute der syrischen Delegation aufzeigten: Diese hatte vor, noch vier Tage in Paris zu bleiben. Er könnte die Operation in Damaskus weiterentwickeln, was aber kompliziert wäre. Die Zeit drängte.

Rami: *Sie kommt. Keine Verfolger.*

Mariam betrat das hintere Zimmer, Grübchen-Lächeln im Gesicht. Sie hatte eine dunkle Jeans, graue High Heels aus Wildleder und ein schickes weißes Top an. Das Haar, ein wenig links der Mitte gescheitelt, fiel über beide Schultern. Ausgelassen sagte sie: »Hallo.«

Sam, der einen blauen Anzug und ein weißes Oxford-Hemd trug – die Krawatte hatte er weggelassen –, erhob sich und begrüßte sie. »Wie ich sehe, sind Sie Ihrem Freund entkommen.«

»Manchmal lässt er mich aus dem Kerker frei, und manchmal gehe ich auch, ohne es ihm zu sagen. Ich habe heute Morgen einen skandalösen Bericht über Sie eingereicht, deshalb war er happy.«

Sam lächelte, er hätte gern gelesen, was in dem Bericht stand. »Möchten Sie ein Glas Wein?«

Sie setzten sich, sie nahm sich die Speisekarte. »Ja, aber ich bestelle. Sie wirken auf mich eher wie ein ..., wie sagt man auf Englisch?«

»Biertrinker?«

»Ein Mann von einfachem Geschmack.«

»Das kommt hin.«

Sie grinste, dann winkte sie den Kellner, stellte ihm einige Fragen in tadellosem Französisch und bestellte schließlich etwas von der Weinliste.

Der Kellner kehrte mit zwei Gläsern und einer Flasche Rotwein aus einem Ort namens Gigondas zurück. »Den habe ich einmal mit meiner Mutter besucht. Vor langer Zeit«, sagte Mariam. Sie trank einen kleinen Schluck und nickte dem Kellner zu, der sich entfernte.

»Wie lange haben Sie in Paris gelebt?«, fragte Sam auf Arabisch.

»Zwei Jahre. Ich war sechzehn, als wir herkamen, achtzehn, als wir wegzogen. Ich bin nach Hause zurückgekehrt, um aufs College zu gehen. Mein Vater bestand darauf, dass ich die Universität Damaskus besuche.«

Ihm war klar, dass sie Fragen über ihren Beruf erwarten würde. Geplauder über den Konflikt in Syrien, die Diskussionen mit der Opposition. Über keines dieser Themen wollte er sprechen, nicht mit ihr, nicht jetzt. Vielmehr musste er die Anwerbung vorantreiben – indem er eine Verbindung schuf, indem er sie dazu brachte, von sich zu sprechen.

»Was lieben Sie am meisten an Paris?«, fragte er.

Sie trank einen Schluck Wein. »Die Freiheit.« Sie ließ ihre Hand am Stiel des Glases entlanggleiten.

»Erzählen Sie mir davon.«

Sie seufzte und trank noch einen kleinen Schluck.

»Als ich nach Paris kam, war ich sechzehn und noch nie außerhalb Syriens gewesen. Es war Mai. Ich erinnere mich, wie ich unsere Wohnung verließ. Ich ging im Sonnenschein an der Seine spazieren. Ich fühlte so eine Leichtigkeit in der Luft. Es ist schwer zu beschreiben. Es war, als hätte jemand eine Hand auf meine Brust gedrückt, nicht besonders fest, aber fest genug, dass man den Druck spürt. Ich hatte ihn mein Leben lang in mir gefühlt, aber in Paris wurde die Hand weggenommen, und ich erinnere mich, wie ich die Augen schloss und einfach nur atmete. Und dann lief ich los, mit wehendem Mantel, während mir die Tränen über die Wangen liefen.«

Sam lächelte. »Die Leute müssen Sie für verrückt gehalten haben.«

Sie schnaubte – es klang ähnlich wie auf den Aufnahmen der NSA.

»Ich habe Zigaretten gekauft. Als es dunkel wurde, stand ich vor Sacré-Coeur, auf Montmartre, und blickte auf die Lichter der Stadt unter mir. Ich rauchte und schaute auf das glitzernde Häusermeer.«

»Sie haben einfach nur geatmet?« Er lächelte.

Sie schnaubte noch einmal. »Immer wieder und überall. Ich rechnete damit, dass die Hand zurückkehren würde, aber das tat sie nicht. Das Leben war leicht. Und dann näherte sich mir, wie aus dem Nichts, eine Frau. Sie war jung, sehr schlank, dunkelblonde, kurz geschnittene Haare, sie hatte diese schönen, hohen Wangenknochen und diesen milchigen, hellen Teint. Sie wollte Feuer. Ich steckte ihr die Zigarette an, sie setzte sich, und wir blickten den Hügel hinunter. Sie erzählte mir, sie sei von zu Hause weggelaufen. Ich fragte, warum. Sie antwortete, sie müsse frei sein. Und dass sie es jetzt sei. Sie schaute mir in die Augen und fragte, ob ich frei sei. Ich wisse es nicht, antwortete ich. Sie rauchte ihre Zigarette zu Ende und ging.«

Sam trank einen Schluck Wein. »Möchten Sie etwas essen?«

»Nein, danke. Also, ich habe Ihnen etwas über mich erzählt. Nun erzählen Sie mir doch einmal etwas über sich. Etwas Lustiges. Nichts Chronologisches. Sondern eine Geschichte.« Lächelnd lehnte sie sich in ihrem Stuhl zurück und drehte das Weinglas. »Erzählen Sie mir eine verrückte Geschichte, Sam.«

Das ältere Paar auf der anderen Seite des Raums, das jetzt auf derselben Seite eines Tischs mit vier Stühlen saß, hatte angefangen, sich zu küssen. Er zeigte auf das Paar. Mariam beobachtete es, unterdrückte ein Lachen, drehte sich wieder um und schaute Sam an. *So süß*, sagte sie tonlos auf Arabisch. »Aber Sie müssen mir trotzdem eine Geschichte erzählen.«

Er lachte. »Okay. Ich bin in Minnesota aufgewachsen, das ist ein Bundesstaat im Norden der Vereinigten Staaten. In einer Kleinstadt namens Shermans Corner. Farmen, eine Mühle, sehr working class. Ich war wohl zwanzig, als mich ein paar Typen von der Mühle zu einer Partie Poker einluden. Und da habe ich abgeräumt.«

»Können Sie gut pokern?«

»Ich wurde süchtig danach. Ich las alles, was ich bekommen konnte, ich habe mir Pokerturniere im Fernsehen angesehen, wobei ich den Teil auf dem Bildschirm abdeckte, auf dem das Blatt gezeigt wurde, um zu erraten, was für ein Blatt die Spieler hatten. Ich gewann immer öfter, und schließlich kam einer der Typen mit einem Vorschlag zu mir: Pokerturnier, ziemlich hohe Einsätze, unten in einem Casino der Natives, außerhalb der Stadt. Fünftausend Dollar Teilnahmegebühr, 250 Riesen für den Sieger. Er fragte, ob ich dort spielen würde, wenn sich ein paar von den Jungs finanziell beteiligten. Ich würde fünfundzwanzig Prozent von der Siegprämie kriegen.«

»Lassen Sie mich raten – Sie haben gewonnen?«

»Ja. Zweiundsechzigtausend Dollar. Auf der Fahrt nach Hause habe ich mich im Auto umgeschaut: all diese Typen, die nach Hause zu ihren Frauen und Kindern und der Mühle fuhren, und da habe ich mir gedacht: Dieses Geld ist die Chance, hier rauszukommen. Sie haben mich zu Hause abgesetzt, ich bin nach oben auf mein Zimmer gegangen, habe eine Reisetasche gepackt, bin ins Auto gesprungen, runter nach Minneapolis gefahren und hab mir eine Fahrkarte nach Las Vegas gekauft. Und bin dageblieben. Meine Mutter war stinksauer.«

»Das wäre ich auch, wenn mein Sohn einfach so fortgegangen wäre. Also lassen Sie mich raten, Sie sind nach Las Vegas gegangen, haben Millionen gewonnen und sich gesagt, dass Sie nicht mehr Geld brauchen. Warum dann nicht etwas Unglaubliches tun, wie zum Beispiel für das Außenministerium arbeiten und in der Weltgeschichte herumreisen?«

Er lachte. »Schön wär's. Am Anfang ist mir alles gelungen. Ich habe die richtigen Partien gefunden, bin auf Nummer sichergegangen, jedenfalls meistens. Wenn ich das Gefühl hatte, die Kontrolle zu verlieren, hab ich aufgehört. Ich wurde noch süchtiger nach Poker, es war eine Art Zwangsstörung. Dann wurden aus den hundert hundertfünfzig, und der Erfolg stieg mir zu Kopf. Ich bin bei einer ganz großen privaten Pokerpartie eingestiegen. Ich habe alles auf den Tisch gelegt.«

»Und was ist dann passiert?«

»Ich habe verloren. Ich weiß noch, was ich ausgerechnet habe: ein Dreijahresgehalt in der Mühle, zum Fenster rausgeschmissen. Als ich den Raum verlasse, spricht der Gastgeber, ein Typ namens Max, mich an. Ich drehe mich um, und er fragt mich, warum ich spiele. Und ich antworte achselzuckend: Um zu gewinnen. Bestimmt hatte ich so eine Art Punk-Attitüde. Ich habe ihn gefragt, warum ihn das interessiere. Worauf er erwiderte, es interessiere ihn nicht. Aber er wisse, dass ich entweder lüge oder mich in mir selbst täusche. Er habe es während der Partie gesehen, in meinen Augen. Einfach nur gewinnen, das wird Ihnen nicht reichen, Sam. Sie brauchen mehr.«

»Was wollte er damit sagen?«, fragte Mariam.

»Wir treten an ein Fenster. Er hatte eine Wohnung im Bellagio, einem Luxushotel am Las-Vegas-Strip. Er sagte, ich könne das alles haben. Ich könnte das Geld in ein paar Monaten wieder reinholen, einen Aston Martin fahren, ein Haus in L.A. haben, Tahoe, wo immer. Er erzählte, wie er damit gerungen habe. Vegas habe ihn innerlich ausgehöhlt und leer zurückgelassen. Er fragte, ob ich einen Beitrag leisten wolle. Ich hatte keine Ahnung, wovon er sprach. Aber ich sagte Ja. Irgendetwas sprach mich an. Diese innere Leere, die ich in Minnesota und jetzt in Vegas gefühlt hatte, das war so, als wäre ich weit weg von allem, was wirklich zählte.«

»Das, oder die Tatsache, dass Sie mehr als hunderttausend Dollar verloren hatten«, sagte Mariam mit einem Lächeln.

Sam lachte. »Das spielte auch eine Rolle. Aber so oder so, dieser Mann hat mir, wie sich herausstellte, dabei geholfen, Leute zu finden, die mich ins Außenministerium holten. Und hier bin ich.«

»Sehr unkonventionell«, sagte sie, als wüsste sie, dass einige der Fakten nicht stimmten. Sam trank seinen Wein aus. Sie beugte sich näher zu ihm herüber. »Danke, dass Sie mir das erzählt haben.«

Sie bestellte noch eine Flasche; Sam sagte, er habe ihr eben von der verrücktesten Sache erzählt, die er je gemacht habe. »Was für Verrücktheiten haben *Sie* denn angestellt?«

»Wollen Sie mich denn nicht über Syrien ausfragen, über die Diskussionen mit der Opposition?«, sagte sie und lachte. »Müssen Sie denn keine Berichte für Washington schreiben?«

»Meine Frage ist interessanter.«

Ihre Miene verdüsterte sich, sie trank einen großen Schluck Wein. »Gut. Einmal bin ich auf eine Demo gegangen.«

»Ich hab's doch gewusst: Sie sind eine Rebellin.« Das sollte ein Witz sein, aber merkte, dass sie mit der Hand am Stiel ihres Weinglases herumspielte. »Verzeihen Sie. Ich wollte es nicht bagatellisieren. Wir können auch über etwas anderes sprechen.«

Sie dachte kurz nach und trank noch einen Schluck. »Nein, das ist schon in Ordnung. Es ist nur, dass ich noch nie jemandem davon erzählt habe.«

Und da war es, ein Geheimnis. Er prägte sich diesen Augenblick ein, so wie bei jedem Agenten, den er rekrutiert hatte. Wenn eine Person, die angeworben werden soll, ein Geheimnis über sich selbst preisgibt, dann liefert sie irgendwann auch eines, das ihre Regierung betrifft.

»Was ist denn passiert?«, fragte Sam vorsichtig.

»Ich habe eine liebe, aufbrausende Cousine, sie heißt Razan«, sagte Mariam. »Wir sind fast gleichaltrig. Wir sind wie Schwestern. Razan hatte einen Freund in einem der Komitees, das die Opposition koordiniert, den *Tansiqiyas*, in Damaskus. Die haben Proteste organisiert. Die Haddads sind eine bedeutende, bekannte Damaszener Christenfamilie. Die Christen haben nur selten an den Protesten teilgenommen, in der Hoffnung, sie würden schnell enden. Die Organisatoren des Aufstands sagten, es wäre hilfreich, wenn Razan bei ihnen mitmachte. Es würde die Solidarität der Christen mit der Opposition demonstrieren. Razan hat mir davon berichtet, so nahe stehen wir uns. Sie hat mir davon erzählt, obwohl ich im Präsidentenpalast arbeite.«

»Und Sie sind ihr zu der Demonstration gefolgt?«

Mariam nickte, sie überlegte, was sie antworten sollte, hielt aber immer noch eine Mauer aufrecht vor diesem Amerikaner. »Ja.«

Sie trank ihren Wein aus, füllte ihr Glas nach, sah ihm direkt in die Augen, um eine Botschaft zu senden. »Ich bin hingegangen, damit Razan in Sicherheit ist, nicht, weil ich sie unterstützen wollte.«

»Okay«, sagte er gelassen.

Mariam betrachtete sein Gesicht, als wollte sie sicher sein, dass die Botschaft angekommen war. Sam musterte ihre Augen, die Körpersprache, die Art, wie sie sich auf dem Stuhl bewegte. Er spürte ihre Anspannung, wollte aber, dass sie sich als Erste öffnete. Er schwieg weiter, ließ ihr Zeit.

»Man hat Razan ein Megafon in die Hand gedrückt. Sie hat dann in der Öffentlichkeit einige unselige Statements geäußert, den Präsidenten kritisiert. Ich habe von außerhalb der Menge zugeschaut, wie eine Beobachterin.«

»Was haben die Leute vom *Muchabarat* getan?«

»Die haben sie natürlich gestoppt. Irgendwer hat ihr mit einem Knüppel das rechte Auge eingeschlagen. Sie haben sie davongezerrt, verprügelt, verhaftet. Sie hat mehrere Tage hinter Gittern verbracht. Mein Vater hat für ihre Freilassung gesorgt. Sie hat Glück gehabt. Aber sie kann immer noch nicht auf einem Auge sehen.«

»Was haben Sie getan?«

»Nichts.«

Sam legte die Hand auf den Tisch, ausgestreckt, einladend. Sie legte ihre Hand – warm, zart und weich – auf seine. Sie lächelte ihn an, matt, ihr Grübchen-Lächeln: das Danke dafür, dass sie die Geschichte hier beenden durfte.

Sam versuchte, sich in Erinnerung zu rufen, dass es sich hier um ein erstes Anwerbungsgespräch handelte, kein Date, und dass gewisse Grenzen zu respektieren waren. Eine bestand sicherlich darin, physischen Kontakt zu vermeiden; er betrachtete ihre Hände auf dem Tisch. Ein Case Officer durfte körperliche Anziehungskraft als Beeinflussungsmechanismus einsetzen, aber unter keinen Umständen der Person, die rekrutiert werden sollte oder sich selbst nachgeben. Und dies war Nachgiebigkeit.

»Ich sollte jetzt wohl ins Hotel zurückgehen«, sagte Mariam und entzog ihm ihre Hand.

»Wie lange sind Sie noch in Paris?«

»Ein paar Tage, bis Ende der Woche.«

»Darf ich Sie wiedersehen?« Kaum hatte er das gesagt, fragte er sich, warum er es auf diese Weise formuliert hatte – als handelte es sich um ein Date.

Es schien, als wollte sie zusagen, stattdessen sagte sie: »Ich weiß nicht, ob das eine gute Idee wäre. Ich werde sehr viel zu tun haben. Und Sie sind, nun ja, Amerikaner.« Sie sah auf seine Hand auf dem Tisch und wandte den Blick schnell wieder ab.

Respektiere das erste Nein. Die guten Angeworbenen werden nicht gezwungen. Sie soll selbst entscheiden.

»Verstehe.« Er nahm den Stift aus der ledernen Rechnungsmappe und schrieb eine Telefonnummer auf eine Serviette. »Das ist meine Nummer. Ich würde unser Gespräch sehr gern fortsetzen. Um Sie wiederzusehen. Ich bin noch die ganze Woche hier in Paris.« Er schob ihr die Serviette hin. Sie warf einen Blick darauf, überlegte, dann steckte sie sie in ihre Handtasche.

Der Raum hatte sich geleert, die französischen Paare waren längst gegangen.

Bevor Mariam ging, hinterließ sie den Abdruck ihres roten Lippenstifts auf seiner rechten Wange. Sie versuchte, ihn abzuwischen und hielt ihre verschmierten Finger in die Höhe. Dabei lächelte sie verschmitzt. »Ich habe nicht alles abbekommen.«

Er lachte und umarmte sie. Sie lehnte sich zurück und sah ihn an, dann wünschte sie ihm kurz »gute Nacht« und entschwand in den wolkenverhangenen Abend.

9

Als Mariam am darauffolgenden Morgen erwachte, dachte sie an seine ausgestreckte Hand, die sie einlud, ihre Hand darauf zu legen. Warum hatte sie ihm das alles erzählt? Sie begriff immer noch nicht, warum sie sich einem ausländischen Diplomaten so vollständig geöffnet hatte. Und dazu noch einem amerikanischen. Ihr fiel die Telefonnummer auf der Serviette ein, die jetzt gefaltet in ihrer Geldbörse hinter einer Kreditkarte steckte. Sie hätte sie zerreißen und die Fetzen die Toilette hinunterspülen sollen. Aber sie hatte es nicht getan. Es ergab keinen Sinn, aber so war es nun mal.

Sie stand auf und absolvierte ihre Krav Maga-Übungen, bis sie sich kaum noch bewegen konnte. Schweißnass duschte sie, zog sich einen Hausmantel über und bestellte sich einen Latte macchiato und eine Brioche aufs Zimmer. In die Tasse blickend, begann sie sich die einfachen Fragen zu stellen, die quälenden. Wer bist du? Warum machst du das hier? Wieso bist du nach Paris gekommen, um Fatimah Wael zu drohen?

Doch sie hatte keine Antworten. Stattdessen ging sie zum begehbaren Kleiderschrank, zog einen engen schwarzen Rock an, eine weite cremefarbene Bluse, hochhackige schwarze Schuhe und eine schlichte Kette aus Mikimoto-Perlen, ein Geschenk ihrer Mutter. Sie steckte die Haare hoch und legte vor dem Spiegel Lippenstift auf. Sie begutachtete ihren Look: elegant, schlicht, der Gegensatz zu den *Muchabarat*-Primitivlingen, die normalerweise Fatimah bedrohten. Ich bin das neue Gesicht Syriens, Fatimah. Komm, schließ dich mir an und schwör der Rebellion ab. Komm nach Hause. Oder du wirst vernichtet.

Mariam ging nach unten, wo Bouthaina im Speisesaal neben der Eingangshalle frühstückte. Die Security-Leute saßen am Tisch dahinter, wie Dschungelkatzen. Bouthaina hatte einen aufgeklappten Laptop vor sich und tippte hastig Textnachrichten auf dem Handy. »Mariam, meine Liebe, ich kann heute Morgen nicht mit dir und Fatimah mitkommen. Möglicherweise muss ich unseren Kurztrip sogar abbrechen. Drama in Damaskus.« Sie verschickte eine weitere SMS. Mariam sah den Anruf einer unbekannten Nummer auf dem Bildschirm aufleuchten.

»Mist«, murmelte Bouthaina. »Nimm du an dem Meeting teil, wir können uns dann später treffen.« Wieder las sie eine SMS. »Verdammter Mist.«

Um acht Uhr holte ein Fahrer der Botschaft Mariam vom Hotel ab. Am Morgen hatte es geregnet, auf den Pariser Straßen standen ölige Pfützen, die morgendlichen Hundesitter trugen hohe Stiefel. Die Kellner in den Cafés, an denen sie vorbeifuhren, wischten die Stühle trocken. Der Chauffeur fuhr Mariam zur Botschaft, damit sie ihre bürokratischen Waffen abholen konnte: Papiere, Akten, Namen.

Vor der Botschaft fuhr der Chauffeur durch eine Gruppe von Demonstranten. Einer hielt ein Plakat in die Höhe, auf dem stand: DR. TOD, darunter Assads Foto. Als sie vor dem Tor standen, seufzte Mariam erleichtert auf. Allerdings schlugen die Protestler mit den Fäusten auf die Motorhaube und gegen die Fensterscheiben, während der Wagen langsam weiterfuhr. Ein junger Syrer zeigte durchs Fenster auf Mariam. »Du bist die Sklavin des Schlächters.« Er drückte ein selbst gemachtes Schild ans Fenster. Darauf sah man Bilder von Leichnamen: manche lagen in Schutt und Geröll, andere in *Kaffans*, Leichentüchern, nebeneinander aufgereiht. Wieder zeigte der Mann auf Mariam. Sie blickte an ihm vorbei, auf das Bild einer Toten, die einer Person ähnelte, die sie an einem Abend in Syrien vor langer Zeit gesehen hatte.

Im dritten Jahr an der Universität Damaskus tranken Mariam und Razan erstmals Alkohol.

Außerdem gingen sie einkaufen, aßen gemeinsam zu Mittag, tanzten, verabredeten sich, zogen sich schick an, rauchten, tratschten, konsumierten, ignorierten. Die Zeit war aufregend für die Söhne und Töchter des Regimes. Baschar war nach dem Tod seines Vaters kurz zuvor zum Präsidenten aufgestiegen. In dieser Zeit wurde viel über Wandel geschrieben: Der alte Präsident hatte schließlich dreißig Jahre regiert. In den Häusern und Wohnungen etlicher alter Oppositioneller machten politische Salons auf. Westliche Politiker kamen nach Damaskus. Baschar kutschierte sie im VW Golf in der Altstadt herum, und sie machten Fotos. Baschar war jung. Er kannte sich aus mit Computern. Er hatte als Arzt gearbeitet. Er hatte in London studiert. Seine Ehefrau Asma war, wie Razan gern sagte, ein Babe. Die *Vogue* hatte Asma auf die Titelseite gesetzt (»Eine Rose in der Wüste«).

Doch innerhalb des Regimes flossen Geld und Macht zu einer kleinen Gruppe von Personen im Umfeld des neuen Präsidenten. Cousins, vertraute Freunde, einflussreiche Familien – die Insider machten ein Vermögen mit Erdöl, Telekommunikation, Autovertretungen.

Razan, die schon damals aufbrausend und rebellisch war und mit dem Marxismus flirtete, erklärte Mariam, wie das System funktionierte. Sie lag auf dem Fußboden in ihrem gemeinsamen

Zimmer in Studentenwohnheim, in weißem Tanktop und Jeans, und trank schlückchenweise Wodka aus der Flasche, ein Aschenbecher voller Kippen neben ihrem Kopf. »Das Geld, die Lizenzen und die Posten werden von Baschar und ein paar Leuten in seiner Umgebung kontrolliert. Dann teilen sie das alles auf und reichen es auf die zweite Ebene weiter, die das Gleiche für die dritte tut und so weiter.« Razan stellte die Wodkaflasche ab, zog an ihrer Zigarette. Dabei streckte sie die Arme aus, sodass ihr T-Shirt nach oben rutschte und ihre schmale Taille entblößte. Sie hatte sich den Bauchnabel piercen lassen. Absolut skandalös. »Dadurch zementiert Assad seine Herrschaft über Syrien.« *Syria al-Assad.* Assads Syrien. Sie grinste verschmitzt und reichte Mariam die Flasche.

Mariam legte ihren Zeichenblock beiseite und trank einen Schluck. Während sie sich in dem Zimmer umblickte, überlegte sie, wo der *Muchabarat* wohl Mikrofone installiert haben könnte. Razan war das egal. Lächelnd fragte sie ihre Cousine: »Und weißt du, wo das alles hinführt?«

»Bergab.« Razan trank noch einen Schluck von dem billigen Wodka.

Dann öffnete sie die Tür zum gemeinsamen Kleiderschrank und holte ein Paar Louboutins hervor, sofort an den roten Sohlen erkennbar. Nicht dass Mariam Mühe hatte, die Marke der Schuhe mit den zwölf Zentimeter hohen Hacken zu erkennen. Es waren ja ihre. Eines von mehreren Paaren, die sie besaß. »Von Assad in unseren Kleiderschrank«, lallte Razan. »Auf einigen Umwegen natürlich. Durch das Militär und den SSCR zu unseren Vätern, dann zu uns.« Sie kramte in ihrer Schmuckschublade und hielt einzelne Stücke aus Gold in die Höhe. Dabei setzte sie ihren Monolog fort. Dann legte sie sich die Hände auf die Brust und strich sich über die Stirn – kürzlich vergrößert beziehungsweise gebotoxt, sagte: »Zur Verfügung gestellt von Seiner Exzellenz Baschar al-Assad«, knickste und schnaubte verächtlich, ähnlich wie Mariam. Wegen des Alkoholkonsums taumelte sie gegen die Wand.

»*Habibti*, wir müssen in einer Viertelstunde dort sein.« Mariam sah auf die Uhr. Die politischen Themen wurden fallengelassen, Mariam und Razan gingen los, um zu feiern. Sie zogen die High Heels an – »Assads Louboutins«, wie eine zusehends betrunkene Razan kommentierte – und enge Kleidchen, sie trugen dick Make-up auf und fuhren mit dem Taxi ins Art House Restaurant, das eine Freundin gemietet hatte, um dort ihren Geburtstag zu feiern. Während das Taxi mit überhöhter Geschwindigkeit durch die Straßen von Damaskus fuhr, lehnte Razan den Kopf an Mariams Schulter.

»Was passiert mit uns, wenn uns das Leben einholt?«, fragte Mariam.

»Man wird uns begatten«, sagte Razan.

»Ich glaube, du hast recht.«

»Die einzige Möglichkeit, sich diesem Zuchtprogramm zu entziehen, besteht darin, einen guten Job zu bekommen. Und deshalb haben wir zwei Möglichkeiten.« Sie setzte sich auf, blickte aus dem Fenster, Mariam ebenso. Die Stadt war voller Menschen, überall Lichter. Damaskus, oh, Damaskus. Damals liebte Mariam das glitzernde Zentrum – es war wie ein pulsierendes Neon-Herz im brennenden Leib des Landes.

Beinahe hätte sie das bedrückende Gefühl in ihrer Brust vergessen. Beinahe.

Mariam entsann sich, noch mehr Wodka getrunken, getanzt und einen der Jungs aus dem Geschichtsseminar geküsst zu haben. Doch schließlich hatte Razan gesagt, mit diesem diebischen Funkeln im Blick: »Komm, lass uns einen Ausflug machen,

Habibti.« Und dann – Hilf mir Gott!, dachte Mariam – besorgte sich ihre Cousine irgendwie das Auto einer Freundin und fuhr mit ihr auf der M5 nach Osten, aus der Stadtmitte hinaus in die Vororte. Mariam glaubte, womöglich ohnmächtig geworden zu sein, und konnte sich kaum daran erinnern, wie sie das Art House verlassen hatten. Dann fing Razan zu rauchen an, die Fenster wurden geöffnet. Im Radio sang Enrique Iglesias; Razan trommelte mit den Handflächen aufs Lenkrad und hüpfte dabei auf dem Sitz auf und ab. Die Lichter der Schnellstraße sausten vorbei, Mariam kämpfte gegen den Schlaf an.

Nach etwa einer halben Stunde – es konnte auch länger gewesen sein, Mariam war sich da nicht sicher – fragte sie Razan, wohin sie eigentlich fuhren. »Aufs Land, *Habibti*. Um uns die Sehenswürdigkeiten anzusehen.« Razan wirkte jetzt etwas nüchterner. Jedenfalls fuhr sie den Wagen meist in gerader Linie. Aber ungefähr bei einer Stadt namens Harasta sah Mariam ein längliches Stück Metall auf der Straße liegen, Razan fuhr darüber, ein dumpfes Plopp erklang. Razan fluchte, blickte auf die leuchtenden Anzeigen, legte die Hand darauf, als handelte es sich um Talismane. Sie bog von der M5 ab. Die Straßen waren dunkel, und Mariam merkte, wie die Blicke hinter den Fenstern den BMW mit getönten Scheiben verfolgten. Sie kamen an mehreren Moscheen vorbei, einem Elektronikladen, einem Restaurant, verlassen, voll streunender Katzen. Mariam sah eine Frau in einem Niqab – unbekannt im Stadtzentrum von Damaskus –, die hinter einem Mann und einer Schar kleiner Kinder herging. Auf den Straßen hier und da Müllhaufen. Razan wich einem Müllsack aus, passierte eine weitere Moschee und fluchte; inzwischen machten die Reifen flappende Geräusche, der Straßenbelag zerfetzte das Gummi immer mehr. »Die Leute hier sind es wohl nicht gewohnt, dass eine Christin einen BMW fährt«, rief Razan durch den Lärm. Der Stress holte Mariam aus dem Wodka-Nebel.

Dann gab der Reifen ganz auf; der Wagen fuhr auf der Felge. Funken sprühten. Fluchend brachte Razan ihn in einer namenlosen nachtdunklen Straße stotternd zum Stehen. Sie fanden den Ersatzreifen unter der Kofferraumabdeckung, aber weder Mariam noch Razan konnte einen Reifen wechseln.

Gemeinsam sahen sie sich in die Dunkelheit um – Wo sind die Straßenlaternen? –, nahmen die Totenstille und den Kanalisationsgeruch wahr. Mariam sagte: »Wir sind nur eine Viertelstunde von zu Hause fort, aber noch nie hatte ich das Gefühl, so weit weg zu sind.«

»Wo sind wir eigentlich?«, fragte Razan.

»Du bist doch gefahren, Dummerchen.«

»Und?«

»Wir sind an Harasta vorbei, richtig?«

»Ja.«

»Dann Duma. Dann ist das hier Duma.«

Sie gingen los, um Hilfe zu suchen. Zwei halb betrunkene Christinnen ohne Kopftuch und in Partykleidung. Wie durch ein Wunder fanden sie ein paar Häuserblocks weiter nördlich eine Autowerkstatt. Inzwischen war es nach Mitternacht. In der Werkstatt war es dunkel, trotzdem klopfte Razan an.

»Razan, was machst du da? Es ist mitten in der Nacht.«

»Wie viel Geld hast du dabei?«

»Nicht viel.«

»Wir geben denen alles, was wir haben.«

Nachdem sie zum dritten Mal angeklopft hatte, öffnete ein Mann mit großem schwarzem Vollbart und zerfurchten Gesichtszügen die Tür. Als er die beiden fremden Frauen vor seiner Tür erblickte, schloss er sie sofort wieder. Razan hob die

Faust, um erneut anzuklopfen, aber Mariam packte sie. »Nein. Das reicht.«

Streitend wandten sie sich zum Gehen, als sich die Tür erneut öffnete. Auf der Schwelle stand eine alte Frau. Sie trug einen Niqab und fragte: »Was wollt ihr?«

»Unser Auto ist ein paar Straßen von hier liegengeblieben«, sagte Mariam. »Wir haben einen Platten.«

Die Frau wartete schweigend – als sei das eine schlechte Antwort gewesen.

»Wir hatten gehofft, sie könnten uns ein Taxi rufen und jemanden bitten, sich den Wagen einmal anzuschauen«, fuhr Mariam fort.

»Wisst ihr, wie spät es ist?«

»Ja. Es tut uns leid. Wir hatten einfach eine Panne.«

»Wo wolltet ihr hin?«

»Wir sind einfach so rumgefahren«, sagte Razan.

Die Frau starrte Razan an – als sei die Antwort lächerlich. Mariam pflichtete der Frau bei. Während Mariam die Frau beobachtete, die fast vollständig bedeckt war, merkte sie, dass ihr die Situation unglaublich peinlich war. Am liebsten hätte sie ihre Louboutins – Assads Louboutins – auf einen der Müllhaufen in Duma geworfen. Möglicherweise hatte die Frau den gleichen Gedanken gehabt, denn sie warf einen kurzen Blick auf Mariams Schuhe und sah ihr dann ins Gesicht.

»Kommt rein.«

Ihnen voran lief sie durch einen engen Flur in eine Küche, deutete auf einen schmuddeligen Tisch aus Kunststoff. Dann ging sie los, um mit ihrem Mann zu sprechen. Die Tür zum hinteren Zimmer stand einen Spalt breit offen. Dort schliefen mindestens acht, vielleicht neun Kinder auf schäbigen, auf dem Boden ausgebreiteten Decken. Als die Frau zurückkam, sah sie, dass Mariam zu den Kindern hinschaute, und sagte: »Sechs sind meine, der Rest gehört zur Familie meines Mannes aus dem Osten. Die Dürre hat ihre Höfe und Herden vernichtet. Sie konnten nirgendwo anders hin. Mein Mann wird nach dem Auto sehen. Wo steht es?«

»Ein paar Straßen weiter dorthin«, Razan zeigte in die Richtung. Die alte Frau nickte.

»Es ist ein BMW«, sagte Mariam – in der Hoffnung, die alte Frau würde keine Notiz davon nehmen.

Wieder nickte die Frau. Mariam meinte zu erkennen, dass sie unter dem Niqab lächelte, den sie jetzt in Anwesenheit der beiden Frau abnahm. Sie hatte ein runzliges Gesicht, graues Haar und Maiskorn-Zähne. Unmöglich, zu sagen, wie alt sie war, aber die symmetrischen Gesichtszüge ließen erahnen, dass sie früher einmal attraktiv gewesen war – bevor das Leben dazwischenkam.

»Ich bin Mariam. Und das ist meine Cousine Razan.«

»Umm Abiha«, sagte die alte Frau.

Ihr Ehemann ging durch die Küche, er hatte einen Werkzeugkasten in der Hand und mied jeden Blickkontakt. Umm Abiha erzählte ihm von dem Auto. Razan schob ihm den Autoschlüssel hin, er griff danach. Als er die Hand ausstreckte, sah Mariam die Narben an seinem linken Arm: Messerstiche und Verbrennungen. Viele der Brandwunden waren klein und rund. Razan betrachtete die Narben etwas länger, was nicht unbemerkt blieb. Nachdem ihr Ehemann gegangen war, stand die Frau auf und kochte Wasser in einem rostigen Teekessel. Sie öffnete einen Schrank, um nach Tee zu suchen, und wieder schämte sich Mariam, als sie die nahezu leeren Regale und die umherhuschenden Kakerlaken sah. Die Speisekammer ihrer Mutter fiel ihr ein, die stets mit frischem Brot, Gemüse und Gewürzen gefüllt war.

»Saidnaya«, sagte Umm Abiha.

»Wie bitte?«, fragte Razan schroff. Razan verstand die Andeutung der Frau nicht richtig. Wahrscheinlich die Erschöpfung und der Wodka.

»Die Verbrennungen, die ihr auf den Armen meines Mannes gesehen habt. Die stammen aus dem Gefängnis. Saidnaya. Er war drei Jahre dort.«

»Das tut mir leid«, sagte Mariam. »Wir wollten nicht glotzen.«

Umm Abiha stellte den Teekessel auf den Herd, entzündete die Flamme und setzte sich wieder an den Tisch. »Es wurde behauptet, er hätte Waffen geschmuggelt«, sagte Umm Abiha erneut so, als läse sie Mariams Gedanken. Dann zuckte sie die Achseln, als wollte sie sagen: *Wer weiß, vielleicht hatten sie ja recht?* Der Teekessel pfiff, Umm Abiha schenkte drei Tassen bitteren Tee ein. Razan bat um Zucker, Mariam versetzte ihr unter dem Tisch einen Tritt.

Umm Abiha errötete, schüttelte den Kopf. »Wir haben keinen.« Sie blickte Mariam an. Sie wirkt müde und erschöpft, dachte Mariam, hat aber lebendige Augen.

Von den beiden christlichen *Scharameet* in Verlegenheit gebracht, wie Mariam annahm, nippte Abiha an ihrem Tee, wie eine Lehrerin, die eine Strafarbeit erwägt. Eine Weile schwiegen alle. Aus dem hinteren Zimmer erschien ein schwächliches kleines Mädchen, setzte sich bei Umm Abiha auf den Schoß und sah Mariam und Razan mit großen Augen an.

»Vor der Gefängnisstrafe haben mein Mann und ich hier in Duma Landwirtschaft betrieben. Aprikosen hauptsächlich. Es war schön. Jetzt gibt es mehr Brunnen und weniger Wasser, und die *Muchabarat* kontrollieren ihn häufig. Er arbeitet bei seinem Bruder in der Autowerkstatt.« Umm Ahiba betrachtete Razans Halskette, ihre Ohrringe und den Saum ihres Kleides. Razan senkte den Blick, sah hoch, senkte den Blick erneut. Ihren Tee hatte sie nicht angerührt.

»Sie wohnen in der Altstadt?«, fragte sie Mariam.

»Ja. Wir studieren an der Universität Damaskus.«

Umm Ahiba nickte. »Sind Sie verheiratet?«

»Noch nicht.«

»Schade. Sie sind sehr schön.« Umm Ahiba entschuldigte sich und brachte das Mädchen zurück ins Bett. Razan war auf dem Stuhl am Tisch eingeschlafen.

Umm Abihas Ehemann kehrte zurück, ging mit raschen Schritten durch die Küche. Er murmelte ein paar Worte in Umm Ahibas Richtung und gab ihr den Autoschlüssel. »Er hat den Reifen gewechselt«, sagte Umm Ahiba.

Mariam öffnete ihre Geldbörse, doch Umm Ahiba hob die Hand. »Nein.« Ihr letztes Wort. Mariam nickte und nahm die Hand aus ihrem Portemonnaie.

»Vielen Dank.«

Sie wollte Razan gerade aufwecken, als Umm Ahiba auf ihrem Stuhl zu ihr herüberrückte. Sie nahm Mariams Hände in ihre, betrachtete Mariams Zähne und zeigte dabei lächelnd auf ihre eigenen, knubbeligen.

Umm Abiha nahm Mariams Hand, legte sie sich auf die faltige Wange, strich damit über ihre kariösen Zähne und ihren knochigen Hals bis hin zu ihren Hängebrüsten, die sechs Leben genährt hatten. Als sie Mariams Hand auf ihr Herz legte, spürte Mariam es schlagen.

»Zeit, zu gehen, Mariam. Aber vergessen Sie das hier nicht. Behalten Sie mich in Erinnerung. Eine Sklavin vor euren Toren.«

Stattdessen hatte Mariam versucht, die Begegnung zu vergessen. Doch jetzt blickte sie zurück – und sah erneut die Frau auf dem

Protestplakat. »Diese Esel«, murmelte der Chauffeur, während es ihm gelang, die Menschenmenge hinter sich zu lassen und das Auto zu beschleunigen. Als sich das Tor zur Botschaft schloss, verlor Mariam das Plakat aus dem Blick, immer noch unsicher, ob das Umm Ahiba auf dem Foto gewesen war. Sie schloss die Augen und holte tief Luft, dann atmete sie tief aus, so, als wollte sie auf diese Weise ihre Erinnerung vertreiben.

In der Botschaft klopfte Mariam an die Tür, die zum Büro des *Muchabarat* führte. Mohannad, schwitzend, machte ihr auf. Ihr fiel der lächerliche Bericht ein, den sie über ihr Gespräch mit Sam auf dem Empfang früher in der Woche eingereicht hatte. Was die wohl damit getan hatten?

»Ich benötige die Akten, die ich aus Damaskus hergeschickt habe«, sagte Mariam. Mohannad nickte und antwortete, sie solle warten. Mit einem großen Stapel kehrte er zurück. Mariam sah ihn durch, dann zog sie ein einzelnes Blatt mit der Liste von Fatimahs Verwandten hervor. Sie faltete das Blatt, legte es in ein Kuvert und steckte dieses in ihre Geldbörse.

Als sie zum Botschaftswagen zurückkehrte, Mohannad im Schlepptau, versuchte sie, die drohenden Rufe der Menschenansammlung zu ignorieren, die über das Tor schallten. Während sie sich durch die offene Tür ins Auto setzte, fiel ihr ein, dass sie nicht mal auf die Idee gekommen war, Mohannad von ihrem zweiten geheimen Treffen mit Sam zu berichten. Sie fuhren durchs Tor. Der Fahrer hupte, schrie und schleuderte dem Mob obszöne Gesten entgegen, während er sich mit dem Wagen erneut einen Weg durch die Menge bahnte.

Mariam sollte mit Fatimah in einer kleinen Wohnung zusammentreffen, die der syrischen Botschaft gehörte. Immobilien waren teuer in Paris, und die Wohnung war, so wie nahezu alles im Eigentum der syrischen Regierung, ein bisschen schmuddelig. Die schweren Holzmöbel, die staubigen Teppiche und Vorhänge und die Porträtfotos von Hafez al Assad verliehen ihr ein angejahrtes Aussehen. Mohannad betrat die Wohnung, überprüfte sie rasch auf Wanzen und ging dann zur Tür zum Flur, vor der er Wache halten würde. Mariam nahm im beengten Wohnzimmer Platz, auf einem abgewetzten burgunderroten Sofa mit Fettflecken auf einem der Kissen. Sie wartete.

Nach einigen Minuten betrat Fatimah das Zimmer, Mohannad im Schlepptau. Sie hatte kurzes, lockiges, rötliches Haar. Ihr Gesicht war rund wie das eines Cherubim. Sie blickte Mariam mit ihren feurig-blitzenden Augen an, als sie sich die Hand gaben. Fatimah trug einen schwarzen Hosenanzug und eine Rüschenbluse mit weißen Polka-Punkten. Um den Hals trug sie einen mit der Drei-Sterne-Flagge der Rebellion bedruckten Schal. Sie nahm Mariam gegenüber Platz. Mohannad begab sich zurück auf den Flur. Ein Botschaftsbediensteter brachte ihnen Tassen mit Kardamomtee.

»Danke, dass Sie sich mit mir treffen«, sagte Mariam.

»Wo ist denn Bouthaina?«, fragte Fatimah.

»Sie hat dringende Geschäfte. Ich bin ermächtigt, in ihrem Namen zu sprechen.«

Fatimah nickte, rührte Zucker in den Tee. Dann zog sie sich den Schal vom Hals und legte ihn so aufs Sofa, dass Mariam den Dreistern sah. »Sie sind die Tochter von General Georges Haddad?«

»Ja.«

Fatimah seufzte, legte den Löffel klimpernd aufs Tablett. »Wissen Sie eigentlich, wie viele dieser Gespräche ich schon geführt habe? Alle folgen dem gleichen Ablauf: Tee, Höflichkeiten, dann eine Erinnerung an die Nutzlosigkeit meiner Position, ein Vortrag über die dschihadistischen Fundamente des Aufstands. Dann, am Ende, das Angebot, der Preis, die damit einhergehenden Drohungen.« Sie trank einen Schluck. »Allerdings kann ich mich an keine Regierungsvertreterin erinnern, die so elegant ist wie Sie. Dafür vergebe ich fünf Punkte. Sie zeugen von der Kreativität des Regimes und dem imagebewussten Naturell eures korrupten Präsidenten. Aber sollten Sie dem von mir geschilderten Szenario folgen, würde ich vorschlagen, unverzüglich zum Angebot zu kommen: Was es mich kosten wird und was Sie tun werden, wenn ich mich nicht füge.« Sie stellte die Teetasse ab und betrachtete Mariam.

»Das Angebot: Sie kehren nach Hause zurück. Der Preis: Den Charakter der Rebellion in mehreren europäischen Zeitungen als dschihadistische Front beschreiben und völlige politische Nichteinmischung bei Ihrer Rückkehr. Sie leben Ihr Leben in Ihrem Elternhaus zu Ende.« Mariam nippte an ihrem Tee – jetzt das, was ihr Bauchweh verursachte: Sie zog das Kuvert aus ihrer Geldbörse und legte es auf den Tisch.

Fatimah sah Mariam blinzelnd an. »Die Drohung?«

»Ja.«

Die Oppositionelle öffnete den Briefumschlag und überflog die Liste mit zweiundzwanzig Namen. Ganz oben: Eine ältere Mutter. Achtzig Jahre alt. Sie hob den Kopf und blickte Mariam an.

»Als ich jung war, habe ich nicht begriffen, wieso jemand die Regierung unterstützt. Ich hasste diejenigen, die es taten. Ich sprach mit ihnen. Aber mit zunehmendem Alter wird mir klar, dass wir in eine Welt hineingeboren werden, eine Familie, und dass es Zwänge gibt. Es gibt ein System. Manche Bevölkerungen – die Franzosen, die Amerikaner – sind in eine Welt hineingeboren, die eine immense Freiheit bietet. Aber wir sind es nicht. Wir sind Syrer. Wir sind von Geburt an eingesperrt, aus Gründen, die tief in die Geschichte führen. Ich hasse Sie nicht, auch wenn Sie meine Mutter bedroht haben. Sie tun das, was Sie tun sollen, damit Ihre Familie weiter in Sicherheit leben kann, um sich hübsche Dinge leisten zu können, um gut zu essen. Aber lassen Sie sich nicht täuschen, Sie haben trotzdem eine Wahl. Es ist aber eine schwierige.«

Mariam trank ihren Tee aus und stellte die Tasse ab. Wieder spürte sie diesen Druck in der Brust.

Fatimah faltete das Blatt Papier und schob es wieder zurück zu Mariam. »Die Antwort lautet Nein. Ich bin ein freier Mensch. Und ich habe vor, es zu bleiben.«

Am Nachmittag regnete es, die Wolken hingen tief über der Stadt. Mariam kehrte in die Botschaft zurück, um das Protokoll des Treffens zu schreiben. Bouthaina war nach Syrien abgereist. Die offiziellen Gespräche waren in Auflösung begriffen, der Präsident traf Vorbereitungen, eine Rede zu halten, in der er vor dem Scheinparlament in Damaskus das Ende der Gespräche verkünden wollte.

Nachdem sie den Bericht verfasst und an Bouthainas abhörsichere Palast-E-Mail-Adresse geschickt hatte, ging Mariam in ein Café um die Ecke von ihrem Hotel. Sie klappte ihren Laptop auf, um Tagebuch zu schreiben, brachte aber keine Zeile zustande. Sie klappte ihn zu, zückte ihr Handy und rief, nach einigem Zögern, Bouthaina an.

»Hast du meine E-Mail gelesen?«

»Ja. Wie zu erwarten war. Sie muss darüber nachdenken. Du musst noch einmal an sie herankommen. Sie wird den restlichen Tag damit verbringen, über ihre Entscheidung nachzugrübeln.

Entschuldige mich bitte kurz.« Gedämpfte Geräusche im Hintergrund, ihre Chefin unterhielt sich mit irgendjemand. Mariam legte ihren Stift auf den Notizblock.

»Bist du noch dran?«, fragte Bouthaina.

»Ja.« Mariam blickte auf die leere Seite im Notizblock – die sie zu verhöhnen schien.

»Ich rufe gleich Ali Hassan an, aber ich glaube, wir werden Fatimah sagen, dass ihre Mama am Ende der Woche festgenommen wird, wenn sie nicht kooperiert.«

»Einverstanden.« Mariam verkniff es sich, zu widersprechen.

»Gut. Du bleibst dort, zur Nachbereitung. Wiederhören.«

Mariam beendete das Telefonat, blickte sich dann in dem Café um. Die Frau am Tresen flirtete mit einem Studenten, der einen Kaffee bestellte. Mariam öffnete ihre Geldbörse, holte die Serviette hervor und breitete sie auf dem Tisch aus. Als sie auf die Telefonnummer blickte, erinnerte sie sich daran, wie sich seine Hand angefühlt hatte.

10

Die CIA zog es vor, die Treffpunkte auszuwählen, aber Sam hatte in seinen Depeschen an Langley und Damaskus betont, dass es Mariam abschrecken würde, sollten sie einen anderen Ort vorschlagen. Und so nahm eine rasche Überprüfung Gestalt an. Die CIA ließ die Adresse durch Dutzende Datenbanken laufen, um zu ermitteln, ob sie in irgendeiner abgehörten Kommunikation zwischen Terroristen auftauchte. Die EUROPA-Abteilung, die ein fingiertes Unternehmen nutzte, um die Anfrage zu stellen, bestätigte die Richtigkeit der Adresse und dass die Firma bei der französischen Steuerbehörde gemeldet war. Die BANDITOs observierten den Eingang und entdeckten keine feindliche Überwachung. Rami hatte sich sogar durch das Studio führen lassen und eine einzelne Überwachungskamera davor entdeckt. Der Laden schien in Ordnung zu sein.

Jetzt warteten Rami und Elias vor Mariams Hotel. Sam und Yusuf waren in einer Nebenstraße postiert, zwei Häuserblocks entfernt von der Adresse, die Mariam angegeben hatte. Der Regen hatte nicht aufgehört, es war kalt geworden auf den Straßen der Pariser Innenstadt.

»Sie hat soeben das Hotel verlassen«, sagte Rami über verschlüsselten Funk.

Mariam hatte Samuel angewiesen, Sportbekleidung zu tragen und um sechs zu kommen. Sie hatte ihm gesagt, er solle eine Privatstunde mit einem alten Freund erwarten. »Sie wird dich hart rannehmen«, flüsterte Yusuf Sam mit breitem Grinsen zu. Was vermutlich stimmte. *CIA-Offizier von Spion-Anwärterin während eines Trainings in israelischer Kampfkunst außer Gefecht gesetzt.* Also das wäre eine wirklich peinliche Depesche.

»Sie macht was Interessantes«, sagte Elias über Funk. »Sie läuft Richtung Saint Germain, aber sie geht eine Zickzack-Route. Außerdem ist sie ein paarmal abgebogen und in die entgegengesetzte Richtung gelaufen, womit wir nicht gerechnet haben. Ziemlich simpel, hat uns aber abgehängt.«

»Ist schon peinlich, von einer Amateurin entdeckt zu werden«, sagte Yusuf.

»Wir sind besser als der *Muchabarat*«, sagte Rami. »Wir schaffen das.«

»Welche Nationalität hatte der Lehrer, der dich durchs Studio geführt hat?«, fragte Sam über Funk.

»Israeli.«

Sam lächelte, er stellte sich die junge Mariam vor, siebzehn Jahre alt, wie sie sich aus der Wohnung der Eltern schleicht, eine Tasche mit Fitnesssachen über der Schulter, um bei einem Israeli zu trainieren.

»Sie will nicht, dass der *Muchabarat* sie sieht«, sagte Sam. »Sie geht eine Überwachungserkennungsroute.«

Sich dem Gebäude nähernd, sah Sam das abgenutzte, handschriftliche kleine Schild: »Krav Maga-Paris« und drückte den Summer daneben.

»*Oui?*«, ertönte eine kratzige, metallische Stimme aus dem winzigen Lautsprecher.

»Entschuldigen Sie bitte, ich spreche kein Französisch«, antwortete Sam in radebrechendem Französisch. Seine einzigen Erfahrungen mit der Sprache stammten aus der Zeit, als er während eines Auslandseinsatzes in Kairo eine Operation in Marokko leitete. Er war damals in der sogenannten »Sandkiste« tätig, in der die Anwerber Arabisch, nicht Französisch sprachen.

Ein Lachen. »Du hast recht. Sam Joseph?«

»Ja.«

Die Tür klickte; Sam lief die gewundene Betontreppe in den dritten Stock hinauf.

Mariam war schon da, sie machte Stretching-Übungen auf dem gepolsterten Fußboden und lächelt Sam an. Sie trug schwarze Leggings, abgewetzte Tennisschuhe und ein schwarzes Racerback-Tanktop. Der Trainer schüttelte Sam die Hand und stellte sich als Beni vor. »Ich fühle mich stets geehrt, wenn eine meiner ehemaligen Schülerinnen zurückkehrt«, sagte er. »Und noch besser ist es, wenn sie einen Sparringspartner mitbringt.« Beni hatte zwar die Figur eines Mittdreißigers, dem verwitterten Gesicht und den struppigen grauen Augenbrauen nach zu urteilen ging er allerdings eher auf die Sechzig zu. Er sprach Englisch mit Akzent und französischen und hebräischen Einsprengseln.

»Hast du schon mal gesparrt, Sam?«

»Ja. Karate-Übungen als Kind.« Das Nahkampftraining auf der Farm und die Auffrischungskurse in Bagdad verschwieg er.

Beni lachte – ein lautes, kehliges Lachen, das man einfach mögen musste. »Wir passen auf, dass du gut vor Mariam geschützt bist. Sie ist eine meiner, wie sagt man, enthusiastischsten Schülerinnen.«

Worauf Mariam grinste und Sam anschließend einen Helm, Weste und ein Paar Handschuhe zuwarf. »Ich denke, wir können mit etwas leichtem Sparring anfangen«, sagte sie. »Du kannst mir helfen, mich von den Damaszener Spinnweben zu befreien.«

Beni hüstelte und blickte Sam an. »Ich nehme an, du hast keinen Schutz für die, ähm, wie drückt man das höflich aus, mitgebracht?« Er deutete auf Sams Leistenbeuge. Mariam lachte.

Sam lächelte. »Nein, habe ich nicht.«

»Ich kann dir einen leihen. Kaum benutzt.«

Sam kam aus dem Umkleideraum zurück und hantierte mit dem Suspensorium, das ihn vor dieser kratzbürstigen Syrerin schützen sollte.

Beni warf ihm einen flehentlichen Blick zu, der unausgesprochen, aber deutlich die Sorge um das Wohl von Sams Leiste zum Ausdruck brachte. Also nickte Sam einmal, um zu signalisieren, dass alles in Ordnung sei. Beni nickte ebenfalls und drehte sich zu Mariam zu. »Beginnen wir mit leichtem Kontakt.«

Sam und Mariam klatschten sich mit den Handschuhen ab. Sie umkreiste ihn. Beni schaute von der Seitenlinie aus zu. »Bei Krav Maga geht es nicht um elegante Bewegungen oder Schönheit«, erklärte er Sam. »Sondern darum, einen Gegner durch den Einsatz jedes notwendigen Mittels zu besiegen. Man verteidigt sich nicht nur, man wird zum Angreifer, der die Bedrohung vernichtet.«

Mariam schlug als Erste zu, mit mehreren geraden Schlägen, denen er auswich. Als er in den Nahkampf ging, schlug sie mit dem Knie gegen seine Weste und landete einen direkten Treffer. Sie stieß noch einmal mit dem Knie zu, dann zog sie sich zurück und umkreiste ihn erneut. Die Hiebe kamen schnell und hart. Dabei fixierte sie ihn mit leicht zusammengekniffenen Augen aus dem Helm heraus. Er spürte ihre Energie und versuchte, ihre nächste Aktion zu antizipieren.

Sie näherte sich mit weiteren geraden Fausthieben und schneller Fußarbeit. Er machte einen Schritt zurück und blockte zwei Schläge mit den Unterarmen ab.

Wieder umreiste sie ihn. Die Anwerbung ging ihm durch den Kopf.

Sie hatte eingewilligt, mit ihm essen zu gehen.

Sie hatten Geheimnisse geteilt.

Sie hat Verständnis für die Proteste, auch wenn sie das bestreitet.

Sie hatte ihn an einen intimen Ort geholt – von dem sie wusste, dass es dort keine feindlichen Überwachungsaktivitäten gab.

Sie versucht, mir körperlichen Schaden zuzufügen.

Sie will kämpfen.

Er sprang nach hinten, als sie zu einem Fußtritt in seine Leiste ansetzte. »Dreh den Spieß um, Sam. Greif mich an.« Sam hatte einen regelrechten Kampf vermeiden wollen, damit seine Tarnung intakt blieb. Die Jungs vom Außenministerium erhielten nicht diese Art Training.

Und wenn schon. Er landete drei schnelle kurze Geraden gegen ihre Schutzweste und ihren Helm, versetzte ihr einen Fußtritt gegen den Bauch, dann machte sie einen Schritt vor und traf ihn mit der Ellbogenkante am Kopf, während ihr Knie ihn gleichzeitig in die Leiste traf. Sam stöhnte auf. Er traf ihre Weste mit einem Faustschlag, dann trat er gegen ihre Beine, um ein wenig Distanz aufzubauen. »Komm, geh auf mich los.« Sie schlug die Fausthandschuhe aneinander.

Er tat es.

Aber jetzt nahm jeder die Aktion des Kontrahenten vorweg. Sie wehrte jeden Jab ab, er blockierte ihren Kick, wich ihrem Ellbogen aus, dann versuchte sie, einen Würgegriff anzusetzen und Sam an die Wand zu drücken. Beni stieß einen anerkennenden Pfiff aus. Sam schlug ihre Arme herunter, so wie man es ihm auf der Farm beigebracht hatte, worauf sie mit einem Faustschlag gegen seinen Helm zielte, doch er wich dem Schlag aus. Auf Arabisch fluchend, ging sie wieder auf ihn los.

Er wich aus und entschied sich für einen Jab gegen die Region oberhalb ihrer schönen Hüften. Sie trat einen Schritt zurück, lächelte wie eine Teufelin und kehrte mit einem Leisten-Kick zurück, den er einsteckte. Er verdrehte ihr Bein, und sie stürzte mit dem Gesicht nach oben, huschte aber rückwärts weg; dabei hielt sie das rechte Knie in die Höhe – der Schwanz eines Skorpions. Als er vortrat, stieß sie mit dem Knie gegen sein Schienbein. Er versuchte, näher an sie ranzukommen, aber sie huschte immer weiter weg, während sie auf dem Rücken liegend mit den Beinen kickte. Er hielt kurz inne, sie sprang auf, schlug die Handschuhe aneinander, fluchte und ging abermals auf ihn los.

Aber statt ihn mit Fußtritten oder Fausthieben zu traktieren, senkte sie die Schulter und stürmte auf ihn los, wodurch sie ihn aus dem Gleichgewicht brachte und sie beide zu Boden gingen. Und dann lag sie auf ihm, nagelte seine Arme mit den Beinen fest und ließ die Faustschläge nur so auf ihn herniederprasseln. Er fluchte, zuckte zusammen vor Schmerzen. Benni pfiff, sagte: *Arrêt, arrêt.*

Sam lächelte; ihre Augen im Helm flackerten, als wollte sie ihn flachlegen oder killen, vielleicht beides, das war nicht zu erkennen.

Sie stieg von ihm herunter und stolzierte in eine Ecke des Raumes, um sich Wasser zu holen. Er beobachtete sie und hörte, wie Beni ihn fragte, ob alles in Ordnung sei. Dann half ihm der Trainer auf die Beine.

Er kämpft gut, dachte Mariam. Man hat ihn geschult. Karate in jungen Jahren? Bitte. Er bewegt sich wie jemand, der Unterricht erhalten hat. Sie wollte mehr davon, mehr von ihm. Es führte sie weg, fort von Fatimah und dem Krieg, hin zum Paris ihrer Jugend und der Leichtigkeit des Atmens, die sie jetzt spürte, auch wenn sie keuchte und ihre Muskeln schmerzten.

»Die Waffen, Beni?«, sagte Mariam.

Der Israeli nickte und wandte sich zu Sam um, der sich noch kaum aufgerichtet hatte.

»Ein Sparringskampf ist hilfreich, aber beim Krav Maga geht es in Wirklichkeit um das Trainieren von praktischen Real-Life-Situationen.« Er hob die buschigen Augenbrauen. »Du hast gesagt, nur Karate, als du jünger warst. Nichts anderes?«

»Richtig. Wohl auch ein paar Prügeleien auf der Straße. Pokerpartien, die ausarteten, solche Sachen.«

»Verstehe.« Benis Betonung des Wortes deutete allerdings darauf hin, dass er es gar nicht verstand. Und Mariam auch nicht.

»Vielleicht sollte er mal eine Schusswaffe auf mich richten?« Mariam trank einen Schluck Wasser und spuckte den Speichel um ihren Mundschutz herum in ein Spülbecken.

Beni nickte, holte eine fake Pistole aus einem Wandregal und reichte sie Sam. »Du trittst hinter sie, hältst ihr die Waffe an den Kopf, verlangst Geld. Du hältst lange genug inne, um ihr Gelegenheit zu geben, zu reagieren, aber danach drückst du ab, falls du zum Zuge kommst. Ich beurteile, wer gewonnen hat, *d'accord*?«

Sam nickte, wog die Waffe in seiner Hand, als wollte er sich vergewissern, dass sie tatsächlich unecht war. Mariam saß auf einem Stuhl. Er näherte sich ihr von hinten und drückte ihr die Waffe an den Hinterkopf.

»Gib mir deine Geldbörse.«

Mit der Rechten schnappte sie sich die Waffe und packte sie mit beiden Händen, als gehörte sie ihr, dann stand sie auf, streckte seinen Arm und drehte sich im Uhrzeigersinn mit hochgedrückter Schulter unter seinen Ellbogen, wobei sie Sams Körper straff hielt. Schließlich packte sie mit der Linken fester zu, löste die Rechte und griff um Sams Vorderseite herum, um ihm auf die Gesichtsmaske zu schlagen. Er keuchte, sein Körper erschlaffte ein wenig. Blitzartig wandte sie sich um, zog an seinem Arm und drehte ihn auf den Rücken, so, als wollte sie Sam einen Schwinger versetzen. Sie versetzte ihm eine kurze Gerade hinten an den Schädel – wieder ein Keuchen, dann ergriff sie mit der Linken seinen Kragen, riss diesen nach unten und sprang in die Luft. Dabei steckte sie ihm die Plastikwaffe von oben unter das Unterhemd, kurz unterhalb des Halses.

Er brach zusammen und rollte sich auf den Bauch. Das Ganze hatte nur vier Sekunden gedauert.

Schließlich stand er auf. Beni fragte, ob alles in Ordnung sei. »Mir klingeln die Ohren«, Sam ging zum Spülbecken, nahm den Kopfschutz ab und spuckte aus. Sein Atem stockte, als er Blut in den Abfluss laufen sah. Ironisch lächelnd drehte er sich zu Mariam um. »Und wann bin ich an der Reihe?«

Beni lachte, klopfte Sam auf die Schulter und ging zum Wandregal, um einen Knüppel zu holen. »Mariam geht mit dem hier auf dich los, *d'accord*?«

Sam nickte und begab sich auf die andere Seite der Matte.

Bei einem Angriff mit einem Knüppel bewirkt eine ungeschulte Intuition in der Regel lediglich, dass einem der Arm gebrochen wird. Ein Angreifer kommt mit einem Überkopf-Schlag auf einen zu, man reißt den Arm hoch, der Hieb zerschmettert einem Elle oder Speiche. Man bricht zusammen und wird erschlagen. Entscheidend war, gegen den Schlag anzulaufen, mit ausgestreckten Armen, das schützte den Kopf und verhinderte zugleich, dass einem die Knochen gebrochen werden. Und dann wehrt man sich – mit den Ellbogen, Zähnen, Fäusten, mit Kopfstößen, was immer. Im Nahkampf wird der Vorteil des Knüppels neutralisiert.

Sie blickte auf den Knüppel und dachte an den *Muchabarat*-Mann, wie er mit dem Knüppel Razan das Auge ausschlug, die hilflosen Abwehrbewegungen ihrer Cousine, die Schreie. Du hast dich nicht gewehrt, Mädchen. Du hast bloß zugesehen.

Mit hoch erhobenem Knüppel stürmte sie auf Sam los. Allerdings hob er nicht den Arm, sondern rannte stattdessen auf sie zu, wodurch er die Distanz verringerte. Sie zielte auf seinen Kopf, aber er wich aus, sodass ihr Schlag wirkungslos seine linke Schulter streifte; jetzt waren sie sich ganz nahe. Sie merkte, dass sie den Knüppel nicht festhalten konnte, als er ihre Hand, die den Knüppel hielt, packte und das Nervenbündel zwischen Daumen und Zeigefinger zusammendrückte. Der Knüppel fiel auf die Matte. Sam packte ihre Handgelenke, fest, aber nicht schmerzhaft. Sie sah ihn an, wartete auf den Jab, das Knie, den finalen Hieb. Ihre Muskeln, Knochen, alles tat ihr weh. Sie wollte Wasser.

Er hielt sie an den Handgelenken fest, zögerte, den Schlag auszuführen. Sah ihr in die Augen.

Sie versetzte ihm einen Kopfstoß, mitten auf den Gesichtsschutz. Er stöhnte auf und stürzte rücklings zu Boden.

Beni lachte und pfiff, um den Kampf zu beenden.

Saint-Germain bei Nacht: Der Regen hatte aufgehört, auf dem baumbestandenen Boulevard tummelten sich die Studierenden der Sorbonne. In Wölkchen von Zigarettenrauch gehüllt, schlenderten sie zwischen den Café-Besuchern in Abendkleidung, auf deren Tischen beschlagene Flaschen Sancerre in Kübeln standen. Sam und Mariam gingen gemeinsam über den Boulevard, was womöglich unklug war; aber die BANDITOs hatten gesagt, sie sei black, und Sam wusste, dass für ihn das Gleiche galt. Sie hatten sich umgezogen, allerdings hatte Sam infolge des Kopfstoßes, der ihn, wie sie zugab, ein wenig zu hoch getroffen hatte, einen blauen Fleck auf der Stirn.

Sie fanden eine wenig frequentierte Brasserie und bestellten zu viel zum Essen. Foie gras, Enten-Confit, Cassoulet mit weißen Bohnen, einen Teller Pommes frites, worüber Mariam die Nase rümpfte. Sie bestellte den Wein. Er trank ein Bier zu den Pommes. »Nur eines«, hatte er gesagt. Sie lachte. »Wenn mich jemand daheim sehen würde, wie ich zu Pommes Wein trinke, würde man mir den Vogel zeigen.«

»Wo ist eigentlich heutzutage dein Zuhause?«, fragte sie.

»Im Moment in Washington D. C. Ich arbeite im Außenministerium, in der Syrien-Abteilung, bis ich wieder versetzt werde, deshalb habe ich eine Wohnung im Regierungsviertel.«

Der Kellner brachte die Ente. Mariam legte sich die Serviette auf die Oberschenkel. »Hunde?«, fragte sie und krauste die Stirn.

Er schüttelte den Kopf.

»Katzen?«

Er lächelte. »Nein, nein, keine Haustiere.«

»Eine Freundin?«

»Nicht mehr.«

»Ich kann mir deine Wohnung gut vorstellen. Billiges Bier im Kühlschrank und nichts an den Wänden.«

Damit lag sie fast richtig – auch wenn sie übersehen hatte, dass auch auf dem Boden kaum Möbel standen. Und der Kühlschrank leer war. Er lachte und steckte sich noch eine Pommes in den Mund. »Du hast gar nicht unrecht, aber es handelt sich um eine möblierte Wohnung. Ich werde nicht lange darin wohnen, weil ich bald wieder versetzt werde.«

»Wohin gehst du als Nächstes?«

Er überlegte, ob er ihr von Damaskus erzählen sollte, entschloss sich aber, es vorerst nicht zu erwähnen. »Es ist noch nicht entschieden, aber vermutlich irgendwo in den Nahen Osten.«

Sie nickte und aß ein Bissen Brot.

»Wo wohnst du denn?«, fragte er.

»Ich habe eine Wohnung in der Altstadt.«

»Deinem Gesichtsausdruck habe ich entnommen, dass du keinen Hund hast.«

»Nein. Das sind schmutzige Kreaturen.«

Er lachte, erinnerte sich an seinen Auslandseinsatz in Kairo und die Aversion gegen Hunde in der arabischen Welt.

»Eine Katze?«

»Nein.«

»Hast du einen Freund?«

»Eine Freundin. Sehr skandalös.« Sie zwinkerte und lachte.

»Razan?«, fragte er.

»Ja. Sie wohnt bei mir. Unsere Wohnung ist, anders als deine triste Junggesellenbude, stilvoll eingerichtet, und es gibt Essen im Kühlschrank.«

Der Kellner kehrte zurück, um einige der kleineren Teller abzuräumen. Sam beschloss, die Lücke im Gespräch zu nutzen, um ihr etwas zu entlocken. Er musste Langley zeigen, dass es Fortschritte gab. »Wie laufen denn die Meetings?«, fragte er, nachdem der Kellner gegangen war.

Sie säbelte an der Ente herum, löste ein kleines Stück Fleisch vom Knochen. »Nicht gut. Die Gespräche heute sind gescheitert. Meine Chefin ist nach Hause geflogen. Mein Treffen mit Fatimah Wael, einem Mitglied der Opposition, ist schlecht gelaufen.«

Sam tunkte ein Kartoffelstäbchen in Ketchup, Mariam beobachtete ihn dabei. Erstmals hatte sie ihm ein Geheimnis anvertraut. Er biss von der Pommes ab und trank einen Schluck Bier.

»Tut mir leid, das zu hören.« Er überlegte, wie sehr er sie drängen sollte. »Reist du auch frühzeitig ab?«

Sie schüttelte den Kopf. »Meine Chefin hat mich gebeten, noch einige Tage zu bleiben, um das Gespräch mit Fatimah nachzubereiten.«

Er nickte; er sollte sie wohl nicht allzu sehr drängen. Mariams Handy klingelte, sie blickte auf die Nummer – und zog eine Grimasse. »Ich muss rangehen.« Sie verließ das Restaurant. Sam trank sein Bier aus und schenkte den Wein nach. Inzwischen war er sich sicher, dass Mariam politische Beweggründe hatte, die die CIA nutzen könnte. Dennoch bereiteten ihm dieses intime Gespräch und der energiegeladene Sparringskampf Sorgen, aus zwei Gründen.

Erstens: Er begehrte sie. Das ließ sich nicht bestreiten. Aber es gab ein noch größeres Problem. Dass ein Case Officer mit »seiner« Spionin eine Liebesbeziehung unterhielt, galt bei der CIA als Kündigungsgrund. Als Verletzung seines Amtseids und mutmaßlich eines Dutzends Vorschriften der Agency. Trotzdem zweifelte Sam an seiner Selbstbeherrschung. Zweitens: Seine Intuition sagte ihm, dass man die Kandidatin am bestens dadurch rekrutierte, dass man Funken romantischer Energie überspringen ließ. Weniger sicher war er, ob das übliche Vorgehen, eine Kandidatin mühevoll bis zur eigentlichen Anwerbung zu begleiten, bei ihr funktionieren würde: die gebotenen Annehmlichkeiten zur Förderung des wechselseitigen Vertrauens, die unausgesprochenen Befugnisse, die mit dem Spionagehandwerk verbundene Erregung. Sam glaubte, dass Mariam ihn begehrte.

Dass die Romanze die Rekrutierung vorantreiben würde. Was würde Bradley dazu sagen? Er würde sagen: Du leidest unter Liebeswahn, Sam.

Mariam kam zurück und setzte sich. »Fatimah reist morgen ab. Ihre Familie besitzt ein Haus in der Nähe von Villefranche-sur-Mer, an der Küste. Sie hat eingewilligt, mich da zu treffen. Ich fahre morgen früh dorthin.«

»Das Treffen muss sie sehr fasziniert haben, wenn sie einem weiteren zugestimmt hat.«

Mariam strich Entenleberpastete auf die eine Ecke ihres Toasts. »Ja, aber ich kann mir den Grund nicht erklären.«

»Warum nicht?«

»Weil ich ihrer Familie gedroht habe, sollte sie sich nicht von der Opposition abwenden. So machen wir das mit allen Oppositionellen im Ausland. Ich leite das entsprechende Programm in Bouthainas Büro.« Mariam schaute weg, aus dem Fenster, biss erneut vom Toast ab. Sie sah ihn wieder an. »Das wird doch weithin angenommen, oder?«

»Natürlich.« Aber nicht durch eine Kontaktperson mit Zugang zu führenden Kreisen bestätigt, dachte er. Bis jetzt.

»Du hast gesagt, du bleibst noch einige Tage in Paris?«

Er nickte, trank sein Bier aus und beschloss, alles auf eine Karte zu setzen. »Das hatte ich vor. Aber was hältst du davon, wenn ich dich in Villefranche besuche? Für ein paar Tage.«

Sie belegte eine der verbliebenen Toastecken mit Foie gras und spülte sie mit einem großen Schluck Mineralwasser hinunter. Und dann warf sie ihm diesen Blick zu, den er von den Pokertischen kannte – wenn ein Gegner mit zittrigen Fingern auf den Tisch legt, was er für ein siegreiches Blatt hält. »Das würde mir gefallen, glaube ich.«

Bei der Crème brulée besprachen sie die Logistik: Sie würde am nächsten Morgen mit dem Zug an die Küste fahren; er würde am Nachmittag folgen, sich eine Unterkunft suchen – ein Safe House, dachte er, in der Hoffnung, dass Shipley eines in der Nähe zur Verfügung hatte – und warten, dass Mariam für ihr Treffen eine Zeit und einen Ort vorschlug. Und während sie sich so unterhielten, entwarf er ein halbes Dutzend Depeschen, die, wie er wusste, Langley noch an diesem Abend benötigte.

Er sah auf sein Handy. Nichts von den BANDITOs. Sie umarmten sich und hielten sich lange umschlungen, schauten sich in die Augen, beide spürten die Grenzen, die Absichten, die Erwartungen. Sie drückte ihre Stirn an seine, wobei sie auf seinen blauen Fleck achtgab, und lehnte sich zurück.

»Sanfter als der Kopfstoß.«

Sie lächelte. »Du hast gezögert.«

Er blickte um sich. Das Restaurant war geschlossen.

»Morgen in Villefranche?«, fragte er.

»Morgen in Villefranche.«

Sie küsste ihn auf die Wange und ging, während die Tür mit einem Klingeln der Türglocke zufiel.

Auf der Toilette wischte sich Sam den Lippenstift ab, bevor er sich auf seine SDR begab. Sein Spiegelbild erinnerte ihn daran, dass er soeben die Verordnung 22–345 der Agency verletzt hatte – »Beschränkungen der Kontakte mit ausländischen Staatsangehörigen«. Seine Reflexion schüttelte vorwurfsvoll den Kopf, dann verschwand sie.

11

Artemis Aphrodite Procter hatte für die abhörsichere Videokonferenz einen limonengrünen Velour-Jogginganzug angezogen. Sam und Shipley saßen in der Paris Station. Bradley in Langley, Procter in Damaskus. Sams spätabendliche Depesche zur Operation Mariam hatte eine derart lange Liste interessierter Parteien in der Agency auf den Plan gerufen – das Syrien-Ressort, das Komitee zur Verhinderung der Verbreitung von Massenvernichtungswaffen, das Medizinische und Psychologische Assessment Center –, dass Bradley einen Kriegsrat einberufen hatte, um nur mit den Leuten zu reden, die zählten.

»Was trägst du da eigentlich für ein Pelztierchen?«, fragte ein ausgesprochen gepixelter Ed Bradley.

»Das ist ein Velour-Jogginganzug, du Ignoramus. Hier im Büro ist heute ›Casual Friday‹. Wie findest du ihn übrigens?«

»Ist 'ne starkes Outfit. Erinnert mich an einen ukrainischen Gangster, den ich vor einigen Jahren angeworben habe«, sagte Sam grinsend.

Procter antwortete, er solle den Mund halten, steckte ihre schwarzen Locken hoch und griff nach irgendetwas Gelbem. »Wie nahe dran sind wir, was glaubst du?«

»Nahe.«

»Wie nahe?«, fragte Procter prompt, blickte Sam aber nicht dabei an. Sie mühte sich nämlich mit irgendwas ab, bei dem es sich wohl um eine kleine Packung Kaubonbons handelte.

»Sie ist von der Regierung und ihrem Job enttäuscht. Bei jedem unserer Treffen bietet sie uns mehr an.«

Procter, der es offenbar gelungen war, die Packung aufzubekommen, steckte sich ein Bonbon in den Mund und begann geräuschvoll zu kauen. »Wir können die Details hier in Damaskus ausarbeiten. Aber aus meiner Sicht ist die entscheidende Hürde, die wir bei Mademoiselle Mariam nehmen müssen, bevor sie aus Frankreich nach Damaskus zurückkehrt, dafür zu sorgen, dass sie sich beim Gedanken an ein privates Treffen mit einem Amerikaner wohlfühlt.«

Procter nahm sich einen Whiteboard-Marker und ließ ihn in zwischen den Fingern rotieren. »Ich möchte dich auf den neuesten Stand bringen, was sich hier in Damaskus, der ältesten durchgehend bewohnten Stadt auf unserem gottverdammten Planeten abspielt. Es ist seit deinem letzten Aufenthalt ziemlich bergab mit ihr gegangen.«

Sam wollte etwas darauf erwidern, aber Procter ließ ihn nicht zu Wort kommen. »Es gibt im Moment buchstäblich keinen Grund für einen Amerikaner, sich mit einer Syrerin zu treffen. Die Syrer denken nicht daran, uns zu ihren Cocktailpartys einzuladen. Was durchaus vernünftig erscheint, wenn man bedenkt, dass wir Assad aufgefordert haben, seinen Platz zu räumen, aber trotzdem unhöflich ist, ein bisschen ungehobelt, wenn du mich fragst.« Procter Hände bewegten sich aus dem Bild, und als sie wieder zu sehen waren, hatte ein weiteres Bonbon den Marker ersetzt. Sie steckte es sich in den Mund. Richtete den Blick geradeaus. »Das beste Szenario aus der Sicht des Damaszener Büros ist, dass Mariam Frankreich mit der Adresse eines Safe House und einem grundlegenden Kommunikationsplan verlässt. Wahrscheinlich eine Kombi aus Orten für den Austausch geheimer Signale und toten Briefkästen. Uns stehen keine

Kommunikationsmittel mit kurzer Reichweite zur Verfügung, und bevor wir ihr irgendein hochgezüchtetes Gerät an die Hand geben, würde ich vorschlagen, wir besorgen uns Informationen, die unsere Annahmen über sie bestätigen.«

Sam nickte zustimmend. »Die Iraner führen uns ständig an der Nase herum, außerdem beraten sie die Syrer. Wir müssen uns sicher sein. Ich bemühe mich, etwas Verlässliches aus ihr herauszubekommen.« Sam hatte null Zweifel an Mariams Glaubwürdigkeit, dennoch musste sie sich einer Überprüfung unterziehen. Und es stimmte ja auch: Zwar hatte Mariam sensible Informationen geliefert, doch nichts davon würde dem syrischen Regime schaden. Die CIA benötigte mehr Informationen, damit sie Mariam intensiver durchleuchten konnte.

»Chief, wie wirkt sich die Sicherheitslage auf die Treffen mit unserer ...«, begann Sam, bevor Procter ihn unterbrechen konnte.

»Ja, ja, und ja.« Procter nickte ruckartig. »Auf die Treffen mit unserer Agentin? Das ist ein Problem. Aber ein Problem, das wir händeln können, okay? Wir brauchen noch keine Jungs von der Security – zum Glück, das würde nämlich die Stimmung bei den Treffen todsicher killen. Die Innenstadt von Damaskus ist normalerweise in Ordnung, so wie sie war, als du im Land warst, um KOMODO und Val rauszuholen. Die Regierung kontrolliert das Zentrum. Hin und wieder kommt es zu Selbstmordattentaten, aber die Aufständischen haben dort nicht das Sagen. Außerdem ist uns aufgefallen, dass die Syrer inzwischen Überwachungsressourcen in den Kampf gegen die Rebellen umgeleitet haben, sodass sie uns an manchen Tagen nicht hinterherlaufen. Aber wenn diese Jungs beschließen, uns aggressiv zu verfolgen, können sie uns mit Leichen überschwemmen – keine erstklassige Spionagepraxis, aber es ist ihr Hinterhof, sie kennen sich aus in der Stadt. Sie können eine gute Route mit jeder Menge fest installierter

Überwachungsposten pflastern. Wobei es«, fuhr Procter fort, »ein echter Leckerbissen wäre, wenn Mariam in Damaskus für uns arbeiten würde. Natürlich werden die Syrer sie rund um die Uhr, sieben Tage die Woche observieren, wenigstens in den ersten Wochen. Man wird sie belästigen. Vielleicht in ihre Wohnung einbrechen, vielleicht an ihr Wagenfenster klopfen, wenn sie im Verkehr feststeckt, sie mit breitem *Muchabarat*-Grinsen anlächeln. Vielleicht macht jemand in ihr Bett. Alle diese Realitäten werden die Anwerbungsphase begleiten«, sagte Procter abschließend. »Je mehr du in Frankreich erledigst, desto besser.«

Diesmal ließ sie Sam ausreden: »Ich möchte sie in dieser Woche rekrutieren. Zumindest den Versuch unternehmen.«

»Guter Junge!«, sagte Procter.

»Shipley«, sagte Bradley. »Können wir in der Nähe von Villefranche ein Safe House bekommen?«

»Ich habe eins dort unten. Aber es dürfte die Frage aufwerfen, wieso sich ein Diplomat die hohe Miete leisten kann.«

»Du hast doch in einer deiner Depeschen geschrieben, du hättest ihr von Vegas erzählt?«, wollte Bradley wissen.

»Richtig. Ich könnte ihr sagen, ich hätte die Miete mit einem Gewinn im Casino bezahlt.«.

»Na, hoffentlich hast du da richtig abgeräumt«, meinte Shipley. »Das Haus ist nämlich irre teuer.«

Sam nahm den TGV von Paris nach Nizza. Und während die mit Graffiti vollgemalten Betonbauten der Pariser *Banlieues* dem hellen Grün sanft geschwungener Felder wichen, rang er mit einem Gedanken, der ihn nun schon die ganze Woche heimsuchte: Wer waren die drei Syrer, die Mariam in Paris verfolgt hatten? Ursprünglich hatte er sie als *Muchabarat* der Botschaft abgetan, doch aus irgendeinem Grund konnte er die Frage einfach nicht auf sich beruhen lassen. Die drei Syrer waren nicht in Überwachung geschult gewesen. Das Ganze kam ihm wie eine konspirative Aktion vor, wie eine Falle.

Er holte sich einen Kaffee aus dem Speisewagen. Nachdem er die BANDITOs an einem Tisch gegenüber entdeckt hatte, kehrte er wortlos an seinen Platz zurück. Sam sah Weiden, Weinberge und kleine Dörfer vorbeifliegen. Er überlegte, wie er versuchen würde, Mariam anzuwerben, schärfte seine Einschätzung ihrer Persönlichkeit und Motive. Er entwarf in Gedanken seine Anwerbungsdepesche: die umfassende Beurteilung der Spionin, der Kommunikationsplan, die finanziellen Arrangements. Das Operationsprogramm, das nachrichtendienstliche Informationen liefern sollte. Sollte er Erfolg haben, würde das alles einen Decknamen generieren, um Langley zu signalisieren, dass die Rekrutierung vollzogen worden war oder wenigstens in näherer Zukunft beendet sein würde. Ein Aspekt dieser Strategie war allerdings weiterhin problematisch. Sam hatte keinen Plan, wie er mit seinen Gefühlen für Mariam umgehen sollte.

Der Hochgeschwindigkeitszug sauste in Richtung Küste, hielt in Avignon wegen technischer Probleme. Sam verließ seinen Sitzplatz, um sich auf dem offenen, von Zypressen gesäumten Bahnsteig die Beine zu vertreten, und atmete die saubere Frühlingsluft der Provence ein. Sie ließ ihn an Mariams Haar denken.

Mariam ging zu Fuß von Fatimahs malerisch gelegenem Haus auf die Halbinsel Saint-Jean-Cap-Ferrat; von dort folgte sie den schmalen Wegen entlang der Küste. Mohannad hatte versucht, ihr nach Villefranche zu folgen, aber Mariam hatte Bouthaina gebeten, sich einzuschalten. Ihre Chefin hatte die Auseinandersetzung gewonnen und argumentiert, Mariam würde ohne einen Volltrottel neben sich überzeugender rüberkommen. Mariam würde vier Tage allein an der Cote d'Azur verbringen. Sie konnte es kaum glauben. Ja, sie hatte sich gefragt – fragte es sich immer noch –, ob es sich dabei um eine Art Falle handelte, die ihr Bouthaina oder der *Muchabarat* stellte.

Jetzt beobachtete Mariam, wie ein kleines weißes Segelboot Richtung Horizont kreuzte. Fatimah ging schweigend neben ihr. Sie bogen um eine Ecke – und der Blick weitete sich auf eine meerumtoste, von Sträuchern und Kiefern bestandene Küstenlinie. Auf der anderen Seite der Bucht sah man die roten Ziegeldächer von Villefranche – ein kleiner, am Hang gelegener Küstenort mit gelben und ockerfarbenen Häusern, die wirkten, als wären es Schuhkartons.

»Danke, dass Sie sich noch einmal mit mir treffen«, sagte Mariam.

»Ich hatte das Gefühl, dass wir uns noch mehr zu sagen haben«, sagte Fatimah.

»Was meinen Sie damit?«

»Ich denke, das wissen Sie.«

Mariam blieb stehen und legte der Oppositionellen die Hand auf die Schulter. Sekundenlang erwiderte sie Fatimahs Blick. »Ich fürchte, ich weiß es nicht.« Sie ging weiter, Fatimah einen Schritt hinter ihr.

»Ich sehe, dass Sie keine Assad-Anhängerin sind«, sagte sie und holte Mariam ein. »Warum helfen Sie uns nicht?«

Im selben Moment setzte die Paranoia ein, das Geburtsrecht aller Syrer. Mariam erwog die Fallstricke, die Möglichkeiten der Täuschungen und Tricks. Fatimah könnte ein Spitzel des *Muchabarat* in der Opposition sein, der versuchte, Regierungsbeamte anzuwerben und ihre Loyalität zu testen; vielleicht arbeitete sie als Informantin für Bouthaina; oder aber sie war, was sie zu sein schien: eine wohlmeinende, unverbesserliche Idealistin.

Mariam wollte erwidern: *Ich verstehe nicht, wo der Aufstand enden soll, Fatimah. Es gibt keine Regierung, die bereitsteht, wenn Assad geht. Es würde nur zur Spaltung der Gesellschaft kommen. Und deswegen werde ich mich Ihnen nicht anschließen.*

Stattdessen kniff sie die Augen zusammen und sagte: »Verstehe, Sie wollen mich für sich gewinnen.«

Sie gingen weiter, oberhalb eines kleinen Kieselstrandes. Barbusige Badende lagen wie Seehunde auf den Felsen. Fatimah lächelte. »Ich staune immer wieder, wie friedlich es hier ist. Ein Krieg wütet in unserem Land, und auf der anderen Seite des Mittelmeers sonnen sich die Leute wie kleine Götter. Ich möchte, dass Syrien so ist wie das hier. Ich nehme an, Sie wollen das auch.«

Mariam dachte: *Natürlich, Ukhti, Schwester. Ich will das mehr als alles andere.*

Sie sagte: »Haben Sie über mein Angebot nachgedacht?«

Fatimah überhörte es. »Warum nicht überlaufen? Schließen Sie sich uns hier in Europa an.«

Mariam dachte: *Weil ich kein Feigling bin.*

Sie sagte: »Fatimah, Sie stellen meine Geduld auf eine harte Probe.«

Fatimah blieb stehen und drehte sich zu Mariam um. »Verhaften Sie meine Mutter, wenn Sie müssen, Mariam. Aber nehmen Sie sich in Acht: Sie leisten Beihilfe zum Massenmord. Ich hoffe, Ihre Seele ist darauf gefasst.«

Mariam dachte: *Und damit haben Sie recht. Ich bin nicht darauf gefasst.*

Sie sagte: »Und Sie leisten Beihilfe zum Dschihad, Fatimah.«

Am Ende des Weges blieb Fatimah stehen und blickte aufs Meer. »Sie haben also Ihre Entscheidung getroffen?«

Mariam ignorierte die Frage; sie konnte Fatimah einfach nicht mehr ins Gesicht sehen. Sie konzentrierte sich auf die

Grenze, an der das Meer den Himmel traf. »Sie haben zwei Tage Zeit, um sich zu entscheiden. Kehren Sie heim, und Ihre Mutter bleibt auf freiem Fuß. Wenn Sie hierbleiben, kann ich Ihnen nicht helfen.«

Mariam wandte sich um und ging schweigend davon. Die levantinische Paranoia in voller Blüte, rief sie Bouthaina an, lieferte einen vollständigen Bericht und empfahl die sofortige Festnahme von Fatimahs alter Mutter wegen der fortbestehenden Unterstützung der Feinde der Syrischen Arabischen Republik seitens der Tochter, im Ausland wie im Inland. »Sie ist dickköpfig, ich habe es dir ja gesagt«, sagte Bouthaina. »Halte noch einige Tage durch, und warte, ob sie es sich doch noch anders überlegt.«

Als Mariam im Hotel ankam, war sie hundemüde. Im Zimmer legte sie sich aufs Bett, den Kopf voll von Fatimahs Fragen und einer Telefonnummer, die sie keinesfalls anrufen sollte. Sie stand auf, zog sich bis auf die Unterwäsche aus und praktizierte die Tritte, Schläge und Moves mit Ellbogen und Knie, die Beni ihr vor langer Zeit in Paris beigebracht hatte.

Dann dachte sie an die losen Enden, die sie auf der Zugfahrt nach Villefranche verknüpft hatte: Sams Kampffähigkeiten, sein Selbstbewusstsein, der Vorschlag, ihr an die Côte d'Azur nachreisen, die zurückhaltenden Fragen. Sie war Dutzenden US-amerikanischen Diplomaten begegnet. Sam war keiner.

Jetzt wurde Mariam klar, dass sie hoffte, damit recht zu haben.

Sams erster Gedanke, als er im Safe House eintraf, war, dass er sich für die falsche CIA-Abteilung entschieden hatte. Die Immobilien, die er während seiner Einsätze in Ägypten und im Irak genutzt hatte, waren staubig und stinkig gewesen, und meist fehlten auch eine funktionierende Toilette und eine Klimaanlage.

In einem Safe House in Anbar war einmal eine Kamelspinne von einem Regal gesprungen und hatte einen seiner Agenten in den Hals gebissen. In Kairo hatte er eine nicht funktionsfähige Toilette durch einen alten 50-Liter fassenden Farbeimer ersetzen müssen.

In diesem Fall war das Safe House eine Fehlbezeichnung für ein Château in der mittelalterlichen, auf einem Hügel liegenden Ortschaft Èze, zwanzig Minuten östlich von Villefranche. Das Dorf lag mehr als dreihundert Meter oberhalb der Strände der Côte d'Azur an einer alten Römer-Straße. Inzwischen lebten dort mehrere Dutzend ältere Einheimische wie auch eine ebenso große Anzahl märchenhaft reicher Europäer und Amerikaner, die sich ungestört an der Côte d'Azur sonnen wollten.

Sam fand den Schlüssel, versteckt in den Blumenbeeten von einem Hilfsagenten der Station, und betrat das Château. Er schaltete das Licht in der Eingangshalle ein. Die Wände waren aus nacktem Naturstein, die Möbel französische Antiquitäten. Er schärfte sich ein, hier keine Flaschen auf den Tischen zu öffnen. Von der Terrasse bot sich ein weiter Blick auf die Küste; das Haus verfügte über sieben große Schlafzimmer und zwei voll ausgestattet Küchen, von denen eine den Bediensteten gehörte. Es war sogar Bier im Kühlschrank. Sam verglich die Lebensmittel mit denen, die er in Paris auf seiner Liste erbeten hatte. Er öffnete ein Bier und trat hinaus auf die Terrasse, wo er Elias eine SMS schickte, um sich bestätigen zu lassen, dass die BANDITOs vor Mariams Hotel in Villefranche Wache bezogen hatten.

Mariam lag auf dem Bett und verfolgte, wie sich über ihr der Ventilator langsam drehte – wie eine Uhr, die die Zeit bis zu einem Entschluss herunterzählte. Was machst du hier eigentlich? Du kannst das alles noch immer hinter dir lassen. Steig einfach in einen Zug nach Paris und flieg nach Hause. Aber wenn du ihn jetzt anrufst, nun ja ...

Sie zog ein Paar hellbraune Espadrilles an, die bis über die Knöchel geschnürt wurden, und ein knielanges, blau-weiß gestreiftes leichtes Sommerkleid aus Popeline, das sie in Paris erstanden hatte.

Nachdem sie noch zehn weitere Minuten an die Decke gestarrt hatte, wählte sie mit trockenem Mund von ihrem Zimmertelefon aus die Nummer, die Sam ihr gegeben hatte.

Weil die BANDITOs – sie hielten Pizza essend Wache vor dem Hotel – sagten, sie sei black, holte er sie mit dem Mietwagen ab. In einem Restaurant in Villefranche zu Abend zu essen, wäre zwar naheliegender, aber er wollte, dass sie sich wohlfühlte, und sich an diskreten Orten mit ihr treffen. Das Safe House war ideal dafür. Ob sie das abwehren, vielleicht ein gemütliches Lokal in der Stadt vorschlagen würde?

»Ich dachte mir, wir könnten etwas zusammen kochen«, sagte er, während sie im Wagen Platz nahm und das Kleid über ihren sonnengebräunten Beinen glattstrich. Als er sie auf die Wange küsste, fielen ihm die kleinen Sommersprossen unter ihren Augen auf. »Was hältst du davon, zu meiner Villa zu fahren? Zwanzig Minuten von hier, in Èze, ein wunderschöner Ort. Ein kleines mittelalterliches Dorf.«

»Das klingt wunderbar.«

Sie beschlossen, auf der Moyenne Corniche zu fahren, der Römer-Straße, die hoch oben an der Steilküste entlangführte. Am Horizont die Lichter von Nizza und Villefranche, im Osten blinkte Monaco.

»Ich habe heute die Nachricht erhalten, wohin mein nächster Auslandseinsatz geht. Nach Damaskus.«

Sie ließ ihr Fenster herunter und hielt ihr Gesicht in den Abendwind, bis ihre Haare nach hinten wehten. »Das sind wundervolle Neuigkeiten, Sam.« Sie blickte immer noch aus dem Fenster. »Vielleicht sehen wir uns dann ja wieder.«

»Das würde mir gefallen.« Jetzt ließ auch er sein Fenster herunter und atmete die Seeluft ein. »Ich werde mich wohl nie an diese ewigen Versetzungen gewöhnen.«

Sie lächelte und schwieg.

Im Château stellte sie die unvermeidliche Frage, wenngleich taktvoll und absichtlich auf Arabisch, damit sie seiner Antwort gewiss sein konnte: »Wie hast du dieses Schloss gefunden?«

»Vor ein paar Wochen hatte ich ein einträgliches Wochenende in Las Vegas. Außerdem habe ich den richtigen örtlichen Makler gefunden.« Sie ignorierte die Antwort, stattdessen betrat sie eines der Zimmer, um die Aussicht aufs Meer zu genießen, das jetzt aussah wie eine dunkle Mauer am Horizont. Sam ging ihr langsam nach. Sie weiß, es ist gelogen, und lässt es mir durchgehen, dachte er.

»Was willst du kochen?« Sie nickte Richtung Küche.

Er lächelte. »Ich dachte, wir könnten Spaghetti machen.«

Sie hob die Brauen. »Spaghetti? Wirklich?«

»Ich kenne einige köstliche Gerichte. Spaghetti gehören dazu.«

Er ging ihr voraus in die Küche und legte die Zutaten auf den Küchentresen. Dann bat er sie, die Zwiebeln, die Karotten und den Sellerie zu hacken.

»Du vertraust mir das Messer an, nach ...« Sie legte eine Hand auf die Hüfte und deutete mit dem Messer auf den blauen Fleck auf seiner Stirn. »Deinem Unfall.« Sie lachte.

Er fasste sich lächelnd an die Stirn. »Deshalb stehe ich ja auf der anderen Seite des Tresens und halte Distanz.«

Er legte ein Baguette auf den Tresen und schnitt es in Scheiben, dann goss er Olivenöl und Balsamico auf einen Teller und streute grobes Meersalz darauf. Er zeigte ihr eine Flasche Wein – Shipley hatte ihn empfohlen –, und sie lachte und nickte, aber er dekantierte trotzdem ein Glas, damit sie probieren konnte. Sie konnte ihre Überraschung nicht verbergen.

»Vielleicht weißt du ja mehr über Wein, als du verrätst, so wie beim Kampfsport.«

»Schön wär's. Eine gute Empfehlung in einem Geschäft in Villefranche – auch wenn dem Verkäufer mein Französisch nicht besonders gefallen hat.«

Er vermischte Mehl und Eier und formte einen Nudelteig.

»Wie schwierig sind die Verhältnisse im Außenministerium?«, fragte sie, während sie das Gemüse hackte.

Er lachte. »Was meinst du damit?«

Wegen der Zwiebeln wischte sie sich die Augen trocken, dann errötete sie. »Na ja, ich gebe dir ein Beispiel.« Sie sah ihn an, mit einem Blick, der besagte: Und jetzt hör mal mir gut zu. »Mein Team im Palast kontrolliert die Akte über die im Ausland basierte Opposition und das Medienprofil der Regierung«, fuhr sie fort. »Ali Hassans Sicherheitsamt ist das Zentrum der Nachrichtendienste und des syrischen *Muchabarat*. Er spioniert sozusagen die Spione aus. Wenn der Präsident einen Verräter finden will, dann benutzt er Ali.«

Sam, an dessen Händen Teig klebte, weil er das Mehl und die Eier vermengt hatte, trank einen kleinen Schluck Wein und blickte Mariam an, als führten sie ein ganz normales Gespräch. Dabei schrieb er in Gedanken bereits die Depesche nach Langley. Ihm entging, dass er ein wenig Mehl und Teig am Weinglas hinterlassen hatte.

»Die andere große Gruppe im Palast untersteht Jamil Atiyah. Er und meine Chefin Bouthaina hassen sich. Außerdem ist er pädophil.«

Sam hörte auf, den Teig zu kneten, und blickte auf. »Pädophil?«

»Ja. Das ist allgemein bekannt.«

»Na ja, ich kann nicht gerade behaupten, in meinem Büro mit irgendwelchen Pädophilen zu tun zu haben. Aber es gibt jede Menge Arschlöcher dort, wo ich arbeite.«

»Ich bin mit dem Hacken fertig.«

Er goss eine großzügige Menge Olivenöl in einen Topf und gab die Zwiebeln dazu. Sobald diese glasig waren, fügte er die Karotten und den Sellerie hinzu.

»Jetzt müssen wir die Tomaten hier auspressen.«

»*Wir* werden gar nichts tun. *Du* machst das.« Wieder trank sie einen kleinen Schluck. »Ich möchte keine Tomatensoße auf mein Kleid bekommen.« Er lächelte – und vergaß für einen Moment, dass er sie für die CIA anzuwerben versuchte.

Er legte die Tomaten in eine Schüssel und drückte sie zwischen seinen Handflächen aus. Legte sie in den Topf zurück und gab Wasser, rote Paprika und Salz hinzu.

»Woher hast du das Rezept?« Sie setzte sich auf den Küchentresen, trank den Wein und sah ihm bei der Arbeit zu.

»Von meiner Großmutter. Sie war Italienerin und ist in New York aufgewachsen.«

»Aber du hast nur ein Gericht gelernt?«

»Eigentlich zwei. Sie war ein alter Besen.«

Mariam lachte und warf ein Wischtuch nach ihm.

Während die Soße köchelte, schoben sie den Teig durch die Nudelmaschine, die Sam im Küchenschrank gefunden hatte; sie lachten, während sie mit den immer dünner werdenden

Teigplatten fertigzuwerden versuchten. Der Teig klebte an Sams Händen, sie warf Mehl nach ihm. Er warf ein wenig Mehl zurück, und sie wich aus. »Ich habe vergessen, wie schnell du reagierst. Und ich sollte auf der Hut sein, denn diesmal bin ich nicht geschützt.« Er deutete auf seine Leistengegend.

Sie lachte. Rollte den Pastateig aus, legte ihn auf Backpapier, während sie darauf warteten, dass die Soße eindickte. Wider besseres Wissen schenkte er ihnen Wein nach.

»Wo waren wir stehen geblieben?«, fragte er.

»Ach ja. Dass Bouthaina und Atiyah sich nicht ausstehen können. Wie jeder weiß, ist Bouthaina mit dem Kommandeur der Republikanischen Garde liiert.« Wieder sah sie ihn mit einem Blick an, der besagte: *Hör mir gut zu, Amerikaner. Ich erkläre dir, wie die Dinge in Damaskus laufen.*

Sam wusste, dass das Folgende für die CIA neu sein würde. Während ihres spätabendlichen Gangs zum Hotdog-Automaten in Langley hatte ihn Zelda, die Analystin, mit saftigem Klatsch über Assads Mätressen und mit Erzählungen verwöhnt, welche wichtige Regierungsbeamte ihren Frauen und Ehemännern treu waren. Aber das hier war nicht zur Sprache gekommen. Sam glaubte, dass er bislang ausreichend Informationen für vielleicht drei Geheimdienstberichte aus Mariam hervorgelockt hatte, wobei den Analysten das Wasser im Munde zusammenlaufen lassen würde.

Mariam fuhr fort: »Bouthaina und Rustum wollen Atiyah vernichten, indem sie Beweise für seine Korruptheit sammeln. Aber er wehrt sich natürlich dagegen, was Probleme für unser Büro schafft. Gibt es bei euch ähnliche Intrigen?«

Er fand einen großen Topf in einem der Schränke und begann, ihn mit Wasser zu füllen. »Hängt davon ab, was du mit Intrigen meinst. Wir haben Beamte ...«

»Im Außenministerium.« Mit Absicht gesagt, um festzustellen, auf welche Weise er es bestätigt, um herauszufinden, ob er lügt.

»Ja, im Außenministerium.«

Sie sah ihm kurz in die Augen, aber er redete weiter, als hätte er es nicht bemerkt.

»Bei uns wird ständig um Einfluss gerungen«, fuhr Sam fort. »Ein Beamter steigt im Ansehen des Ministers, ein anderer verliert es.«

»Ja, natürlich, aber unsere Intrigen sind ... wie sagt man auf Englisch? Wilder.« Sie hatte ins Englische gewechselt. »Zum Beispiel hat Bouthaina dem Präsidenten weitere Beweise für Atiyahs Vorliebe für minderjährige Mädchen vorgelegt. Nachdem Atiyah das herausgefunden hatte, hat er Leute geschickt, die einen jungen Mann in unserem Büro verprügelt haben. Die haben ihn fast umgebracht, um Bouthaina die Botschaft zu senden: *Leg dich nicht mit mir an.*« Mariam sprang vom Küchentresen, um die Soße umzurühren.

»Und wie wehrt sich Bouthaina dagegen?«, fragte Sam auf Arabisch.

»Bouthaina hat bereits Konten aufgespürt, die dem Präsidenten bislang unbekannt waren. Für Bakschisch. Schwarzgeld. Alle im Regime besitzen solche Konten, aber sie hat Atiyahs gefunden. Außerdem hat sie eine Liste mit den minderjährigen Mädchen zusammengestellt, mit denen er ins Bett gegangen ist. Die Liste ist schier endlos.«

»Die Pädophilie reicht nicht, um ihn zu entlassen?«

»Ich glaube nicht. Es schädigt zwar seinen Ruf, aber Bouthaina wird mehr benötigen. Dass er Beziehungen zu Mädchen unterhielt, war bereits bekannt im Palast. Der Präsident vertraut Bouthaina, er vertraut Rustum. Aber er vertraut auch Atiyah, so wie sein Vater. Er hat gezögert, eine Entscheidung zu treffen. Und deshalb geht der Kampf weiter.« Sie hob die Schultern.

Sie kochten die Nudeln, gossen sie ab und legten sie auf Teller. Er gab die Soße darauf und einen Klacks Ricotta hinzu. Mariam pflückte von einer Basilikumpflanze in der Küche Blätter und legte sie obendrauf. Mit den Tellern, einer weiteren Flasche Wein und dem Brot gingen sie auf die Terrasse. Während sie aßen, strich ihnen ein sanfter Wind durch die Haare und die Kleidung. Er trug seinen Stuhl auf Mariams Seite des Tischs, und als sie zu Ende gegessen hatten, fragte sie ihn, was in Damaskus geschehen würde.

»Ich würde dich gern wiedersehen.«

»Ich dich auch.«

»Es wird dort anders sein. Mehr Einschränkungen.«

Das überhörte sie. Er schenkte Wein nach. Sie saßen sehr eng nebeneinander.

Dann rückten ihre Köpfe einander näher, und sie küssten sich, lang, feucht und langsam. Er strich ihr durchs Haar. Bald standen sie ineinander verschlungen, und gingen zu einem der Sofas. Hände bewegten sich, lösten Gürtel, hakten auf, öffneten Reißverschlüsse. Irgendwie, genau in dem Moment, als er die Hand unter Mariams Sommerkleid schob, brachte er die Selbstbeherrschung auf, zu erkennen, dass das hier, wenn es denn überhaupt geschah, der Grund für seine Entlassung sein würde, und auch, dass er, wenn es *vor* der Anwerbung geschah, niemals in der Lage sein würde, die romantische Anziehung von der Motivation zu unterscheiden, für die CIA zu spionieren.

Er löste seine Lippen von ihren. »Vielleicht sollten wir es hierbei bewenden lassen.«

Mariams Haare waren zerzaust, der Lippenstift verschmiert, das Kleid zur Seite und hoch- oder runtergerutscht, je nachdem, was es hätte bedecken sollen. Sams Gürtel stand offen, die Hose war aufgeknöpft, das Hemd ebenso. Sie lehnte sich zurück, in ihrem geröteten Gesicht spiegelte sich eine Mischung aus Fassungslosigkeit und königinnenhaftem Zorn. Sie stürmte ins Bad, um sich wieder zurechtzumachen, und kehrte voll düsterer Energie in die Küche zurück, während er die Teller in die Spüle legte.

»Du musst mich zurückfahren.«

»Mariam, ich –«

Sie hob eine Hand. »Fahr mich zurück.«

Während sie schweigend nach Villefranche zurückfuhren, wurde Sam klar, dass er möglicherweise »ins Bett gemacht hatte«, wie Bradley das ausdrückte. Ein wenig tröstete ihn, dass, wenn Mariam seine Liebe verlangt hätte, um für die CIA zu arbeiten, die Rekrutierung sicherlich von Anfang an zum Scheitern verurteilt gewesen wäre. Aber als er Mariam ansah, wie sie da in den Beifahrersitz gedrückt saß, als wollte sie auf maximale Distanz zu ihm gehen, dämmerte ihm, dass es ein Fehler gewesen war, sie zurückzuweisen.

Als sie vor dem Hotel ankamen, fragte er, ob er sie aufs Zimmer begleiten dürfe.

»Du kriegst heute keine zweite Chance. Verstanden?«, sagte sie und blickte unverwandt durch die Windschutzscheibe.

»Ja.«

Durch die Lobby und eine Wendeltreppe hinauf ging er hinter ihr her zu ihrem Zimmer in der dritten Etage, in der Hoffnung, ein weiteres Treffen vereinbaren zu können.

»Hier ist mein Zimmer.« Sie wandte sich um und lehnte sich mit dem Rücken an die Tür, um zu signalisieren: bis hierhin und nicht weiter.

»Kann ich dich morgen sehen?«

»Vielleicht. Ich schick dir eine SMS.«

»Kann ich reinkommen, nur für ein paar Minuten? Um dir alles zu erklären.«

Sie nickte, steckte den Schlüssel ins Schloss und drehte den Türknauf. Er trat einen Schritt vor, auf die offene Tür zu. Sie betrat das Zimmer. Da sah er die Kratzspuren am Türknauf und die kleinen Stückchen abgeplatzter blauer Farbe. Im Zimmer selbst war es dunkel. Mariam tastete nach dem Lichtschalter und behauptete wieder, müde zu sein, und dass er genau eine Minute Zeit habe, sich zu erklären.

Sie schaltete das Licht an.

Und da waren sie, die drei syrischen Beschatter aus Paris.

Der Dicke trug Jeans und ein Pink-Floyd-T-Shirt und hielt einen Knüppel und Handschellen in Händen, die anderen beiden, mit Pistolen, mit Schalldämpfern und in Kapuzenpullovern und sportlichen Hosen, flankierten ihn. Der eine ganz in Grau, der andere in Schwarz. Alle waren überrascht, die jeweils anderen zu sehen. Sam sah zu Pink Floyd, der ihn auf Arabisch anschrie und verlangte, dass er sich ausweise. Sam blickte sich nach einer Waffe um, entdeckte eine Lampe auf dem Schreibtisch. Schnell ging er das Szenario durch: Eine Entführung, kein Mord, in dem Fall wären sie beide bereits tot. Aber wenn die sie mitnähmen – wer wusste schon, was anschließend passieren würde?

Sam hob die Hände. Mariam ebenso. Sie sagte den Männern, sie habe Sam in der Stadt getroffen; Sam ging hinüber zu den Männern und sagte auf Arabisch, das hier sei ein großer Fehler gewesen, und er werde kooperieren. Pink Floyd näherte sich ihm und befahl: Dreh dich um. Er machte ein Zeichen, mit zittrigen Händen. Sam trat einen Schritt vor, mit erhobenen Händen, worauf Pink Floyd noch näherkam. Sam verpasste dem Mann eine Kopfnuss: schlug ihm mit der Stirn auf die Nase. Er hörte das Knirschen, dann entriss er Pink Floyd den Knüppel und stieß ihm gleichzeitig das Knie in den Unterleib. Dann schlug er mit dem Knüppel auf den Schädel des Mannes, riss die marmorne Schreibtischlampe aus der Steckdose und warf sie auf den Typ im schwarzen Kapuzenpullover, der es noch nicht geschafft hatte, die Waffe zu heben. Die Lampe traf ihn mitten auf der Brust, sodass er rücklings aufs Bett fiel.

Jetzt schaltete sich Mariam ein, in flatterndem Sommerkleid. Gleichzeitig sah Grauer Hoodie seinen Kameraden aufs Bett fallen. Mariams schneller Front-Kick ließ die Pistole des Mannes über den Fußboden schlittern, aber Grauer Hoodie blockierte Mariams erste Hammerfaust, drängte Mariam zurück und erzeugte so eine gefährliche Distanz. Er hechtete auf den Fußboden, um die Waffe zurückzubekommen, aber Sam griff bereits nach der Waffe von Schwarzem Hoodie, der, alle viere von sich gestreckt, auf dem Bett lag.

Schließlich spürte Sam, wie sich seine Finger um das schweißnasse Metall schlossen. Zweimal feuerte er, worauf Grauer Hoodie rücklings gegen den Schreibtisch krachte. Schwarzer Hoodie lag immer noch auf dem Bett, sich den Bauch haltend, dort, wo die Lampe ihn getroffen hatte. Er versuchte, sich aufzusetzen, zog ein Messer aus der Scheide. Stürzte sich auf Mariam. Sam gab drei Schüsse ab. Er traf den Hals, den Kopf und die Schulter des Mannes, bis dieser auf dem Bett zusammenbrach und mit dem Hintern auf der Decke liegen blieb, die leblosen Augen auf den rotierenden Ventilator gerichtet. Sam ging hinüber zu Pink Floyd, um nachzuschauen, ob er noch lebte. Er wollte ihm Fragen stellen. Doch Sams Schlag hatte seinen Schädel zertrümmert, und sein Körper lag zusammengesackt auf dem Fußboden. Er hatte keinen Puls mehr.

Mariam stand auf. Ihre Brust hob und senkte sich, ihre Augen wirkten riesengroß.

Rasch prüfte Sam den Puls der anderen beiden – und fühlte nichts. »Kacke«, murmelte er.

Und wenn die am Dampfen ist, mach dich aus dem Staub. »Wir müssen gehen.« Sams Ausbildung half ihm, mit der inneren Erregung aufgrund der Adrenalinausschüttung fertigzuwerden.

Mariam stand direkt neben ihm, hatte bereits damit begonnen, alles in ihren Koffer zu werfen. »Jetzt sagst du mir die Wahrheit, verstanden!«

»Verstanden?«, schrie sie.

12

Hätte das Hotel Le Panoramic sich die Mühe gemacht, in ein Sicherheitssystem – und wenn auch nur ein ganz einfaches – zu investieren, so hätte die Überwachungskamera im dritten Stock gezeigt, wie ein großgewachsener Amerikaner und eine Araberin um 0:38 Uhr das BITTE NICHT STÖREN-Schild an die Tür von Zimmer 302 hängten. Eine weitere Kamera hätte gezeigt, wie dasselbe Paar raschen Schrittes die Eingangshalle durchquerte. Dabei machte die Frau mit der Rechten erzürnt Gesten in Richtung des Mannes, während sie in der Linken einen Koffer trug. Der Mann, der kein Gepäck hatte, hielt ihre Hand, während sie der Tür zustrebten. Auch hätte die Kamera gezeigt, dass aus dem Koffer der Frau ein Teil einer Bluse hervorschaute, als wäre diese in großer Hast hineingestopft worden. Außerdem wäre auf der Stirn der Frau ein Blutfleck zu sehen gewesen, den sie – wie ein Betrachter hätte annehmen müssen – bei ihrem hastigen Versuch übersehen hatte, sich das Gesicht zu waschen. Die Schulterpartie und die Haare über der Stirn wirkten sehr nass.

Doch während Sam Mariam durch die Lobby eskortierte, stellte er erleichtert fest, dass es in dem Hotel keinerlei sichtbare Sicherheitskameras gab und der Rezeptionist am Empfang fest schlief.

Drei Probleme wurden sofort klar, während Mariam und er die Hotelhalle durchquerten und in Sams geparkten Wagen sprangen. Das erste – ziemlich drängende – Problem bestand darin, Mariam zu beruhigen, die eine geprellte Hüfte hatte und laufend unbequeme Fragen stellte.

Das zweite Problem: Wohin sollten sie fahren? Die Wahl fiel auf das Safe House in Èze, also verstauten sie Mariams Koffer in dem Mietwagen und fuhren auf der Corniche zurück in Richtung Èze. Dabei wurde die Stille regelmäßig von Mariams unablässigen arabischen Flüchen durchbrochen. Sam hielt das Lenkrad fest umklammert und achtete darauf, unterhalb der Geschwindigkeitsbegrenzung von 50 Stundenkilometern zu bleiben.

Das größte – und schwierigste Problem jedoch lautete: Was sollte mit den Leichen geschehen? Sam hatte keine Ahnung, ob jemand die Schüsse oder die Kampfgeräusche gehört hatte. Wenn ja, würde die französische Polizei in zehn Minuten vor Ort sein. Wenn nicht, hätten sie Zeit. Der Dreifachmord sorgte dafür, dass niemand in Syrien Mariam mit der CIA in Verbindung bringen könnte. Sam hoffte, die Verbindung zwischen Mariam und den Leichen kappen zu können.

Das Lenkrad mit der Linken haltend, griff er zum Handy und wählte Shipleys Nummer. Mariam fragte, wen er anrufe.

»Meinen Chef in Frankreich.«

»Warte ... bevor du das tust. Ich kenne mindestens einen der Männer. Den Dicken. Er arbeitet für Atiyah. Für den *Muchabarat*.«

»Ist er in Frankreich stationiert?«

»Ich glaube nicht. Kidnapping?«

»Schlecht organisiertes.«

Sie schlug mit der flachen Hand aufs Armaturenbrett und schrie: »Fuck«

Sam rief Shipley an, der etwas außerhalb von Beaulieu wohnte, und berichtete ihm, was passiert war. Mehrere Sekunden lang schwieg der CIA-Chief für Frankreich. Sam sah das Straßenschild nach Èze und drosselte das Tempo. Mariam rieb sich mit beiden Händen übers Gesicht.

»Fahren Sie zum Safe House«, sagte Shipley. »Nehmen Sie die Syrerin mit. Ich schicke ein Team, das die Leichen entsorgt – es sei denn, die Polizei ist vor uns da. Ich habe ein Team von Hilfsagenten an der Hand, die solche Sachen beherrschen.«

»Wie wollen Sie die Sache in Ihrem Bericht, ähm, darstellen?«

»Sind Sie sicher, dass die Kidnapper Syrer waren? Nicht Franzosen. Nicht französische Nordafrikaner?«

»Ich bin mir sicher, dass mindestens einer aus Syrien geschickt wurde. Mariam hat ihn mal in Damaskus gesehen.«

»Und die anderen?«

»Wir glauben, es sind Syrer.«

»Meiner Ansicht nach hat es kaum Vorteile, wenn ich offiziell Bericht erstatte in dieser Sache. Unser Team ist okay, der Syrerin geht's gut, drei Kidnapper sind tot. Wenn irgendetwas von dieser Sache in den Akten der französischen Polizei landet, werden Sie nie wieder nach Frankreich zurückkehren können.«

»Das Risiko gehe ich ein.«

»Sagen Sie Ihrem Überwachungsteam, es soll das Hotel beobachten und schauen, ob Polizei kommt. Mein Team kann in ein paar Stunden vor Ort sein. Sollte Polizei eintreffen, muss die Syrerin entweder fliehen oder sich stellen.« Sam hörte Shipley in die Sprechmuschel atmen. »Halten Sie mich auf dem Laufenden.« Er legte auf.

Mariam duschte, während Sam die BANDITOs in Stellung brachte. Elias fuhr nach Èze, um Mariams Zimmerschlüssel zu holen und diesen an Shipleys Reinigungsteam weiterzuleiten.

Eine halbe Stunde später rief Rami an und sagte, die Polizei sei noch immer nicht eingetroffen und im Hotel sei alles ruhig.

Sam rief Shipley an, der ihm mitteilte, dass das Team in zwei Stunden in Villefranche eintreffen werde. Sie würden früher als die Zimmermädchen in dem Zimmer sein. Shipley sagte, das Team werde ihn und die Syrerin aufsuchen, um die getragene Kleidung und die während des Angriffs benutzten Waffen abzuholen. »Legen Sie alles in einen Müllsack«, wies Shipley ihn an. »Und stellen Sie ihn vors Haus.«

»Was wollen Sie mit den Leichen machen, Chief?«

Shipley brummelte: »Unsere Männer bringen Sägen und Säure und ein paar Koffer und noch andern Kram mit. Noch Fragen?«

Nachdem Sam aufgelegt hatte, legte er sämtliche Kleidungsstücke, die er getragen hatte, in einen Müllsack und nahm eine heiße Dusche, anschließend setzte er sich mit einem Bier auf die Terrasse. Es war ein kühler, angenehmer Abend, der Mond rund und hell, dünne Wolkenschleier am Nachthimmel. Sam wusste, dass Mariam es wusste. Er trank einen großen Schluck. Es war an der Zeit.

Sie kam mit einer Flasche Wein auf die Terrasse und nahm ihm gegenüber Platz, trank schweigend ein halbes Glas. Sie trug einen Bademantel, die Haare noch nass vom Duschen.

»Wo sind deine Sachen?«, fragte er.

»Im Bad.«

Sam stopfte alles in denselben Müllsack wie die konfiszierten Pistolen und den Knüppel und stellte ihn nach draußen, so wie Shipley ihn angewiesen hatte.

Als er auf die Terrasse zurückkehrte, schenkte sich Mariam gerade ein weiteres Glas ein.

»Ich habe Fragen«, sagte sie. »Ich fange an. Danach kannst du mir deine stellen.«

»Klingt gut.«

»Bist du von der CIA?«, fragte sie.

»Ja.«

»Sam ist dein richtiger Name?«

»Ja.«

»Du stammst tatsächlich aus Minnesota? Du hast eine Zeit lang in Las Vegas gewohnt? Deine Herkunft ... ist das alles wahr?«

»Ja.«

»Das Haus, in dem wir uns befinden, gehört der CIA? Dass du es mit gewonnenem Casinogeld gemietet hast – das ist Quatsch, richtig?«

»Ja. Es ist ein Safe House.«

»Du fliegst als Nächstes wirklich nach Damaskus?«

»Ja.«

»Du kämpfst so gut, weil du geschult worden bist?«

»Ja.«

»Warum bist du in Paris gewesen?«

»Um mit dir zu sprechen.«

»Um zu versuchen, mich anzuwerben.«

Das war keine Frage. Er trank sein Bier aus. Aber er würde trotzdem antworten. »Ja. Um dich zu rekrutieren.«

»Diese Männer im Hotel, das war keine Inszenierung?«

»Ihr Syrer seid wirklich paranoid ...«

»Beantworte die Frage.«

»Nein. Das war nicht inszeniert. Ich war genauso überrascht wie du.«

Wieder trank sie einen großen Schluck. Ihm fiel auf, dass sie nicht zitterte. Sie war beherrscht. Sie hatte den Tod nicht zum ersten Mal gesehen.

»Muss ich aus Frankreich fliehen?«

»Ich glaube nicht. Die Polizei hat noch nicht angerufen. Das Reinigungsteam ist unterwegs. In ein paar Stunden wissen wir mehr.«

»Die Anziehung zwischen uns – ist die echt, oder hast du sie vorgetäuscht, um mich rekrutieren zu können?«

»Sie ist echt. Sehr echt.«

»Das wär's vorerst.« Sie schloss den Bademantel zum Schutz gegen die Fallwinde von den Bergen fester um sich und blickte hinaus aufs Meer.

Er stellte die leere Bierflasche ab und zog ihren Stuhl näher zu sich heran, um sie zu betrachten: ihre Augen, die Handbewegungen, die Kopfhaltung. Alles würde wichtig sein für das Kommende.

»Hast du schon Morde gesehen oder einen Menschen getötet?«

»Ja. In Syrien herrscht Krieg, Sam.«

»Mehr als das, ... du hast es selbst getan, nicht wahr?«

Sie strich sich durch die nassen Haare und löste die Spange.

»Ja. Einmal. In Damaskus, als ich zwanzig war. Jemand wollte mich vergewaltigen. Was ihm nicht gelang. Ich habe ihn getötet. Es belastet mich nicht – wenn du das als Nächstes fragen wolltest.«

»Nein. Das habe ich bereits gewusst. Warum hast du mir das heute Abend über den Palast erzählt?«

»Ich wollte, dass du es weißt.«

»Wieso?«

»Weil ich etwas unternehmen muss.«

»Würdest du gern mit uns zusammenarbeiten?«

»Würde ich mit dir zusammenarbeiten?«

»Ja. Wir würden zusammenarbeiten, in Damaskus.«

»Erzähl mir, wie das aussehen würde.«

Sie stellte ihr levantinisches Verhandlungsgeschick unter Beweis und sorgte dafür, dass das Gespräch fortgesetzt wurde, ohne dass sie wirklich Ja sagte. Mit ihr zusammen auf der Terrasse sitzend, gab er ihr die wichtigsten Informationen: »Wir geben dir hier in Frankreich einen Crash-Kurs; einen Kommunikationsplan, damit wir in Syrien miteinander sprechen können; eine Adresse in Damaskus, wo wir uns treffen können; eine Liste mit Themen, über die wir mehr wissen wollen; wir treffen finanzielle Arrangements.«

Sie hob die Hand. »Ich möchte kein Geld. Ich bin keine Söldnerin.«

»Das verstehe ich, Mariam, aber wir werden es treuhänderisch verwalten. Für später.«

»Das ist nicht nötig. Ich werde Syrien niemals verlassen.«

Er ließ das Thema fallen. Es würde Geld auf ein Konto fließen. Die Finanzabteilung würde darüber wachen. Falls Mariam sich absetzte oder ausstieg, würde das Geld ihr gehören. Die CIA hielt ihre Versprechen gegenüber ihren Spionen. Sam hatte einmal einen Betrag für eine Mitarbeit über einen Zeitraum von zehn Jahren ausgehändigt, den ein Agent nicht erhalten hatte, weil er wegen Spionage im Gefängnis gesessen hatte. Sam hatte dem Mann gegenüber in einem Zug Platz genommen und eine Reisetasche voller Bargeld in Richtung seiner Füße geschoben. »Von ihren amerikanischen Freunden.« Mehr hatte er nicht gesagt und war gegangen.

»Du wirst mir zeigen, wie ich zum Safe House komme, ohne dass der *Muchabarat* etwas davon erfährt?«

»Ja. Wir werden ...« Sein Handy in seiner Hosentasche vibrierte. Rami. Es war fast fünf Uhr morgens. Er war hellwach.

»Was ist?«

»Die Reiniger sind gerade gegangen. Der Mann am Empfang schnarcht. Keine Polizei.«

Danke. Als Nächstes rief er Shipley an. »Muss sie fliehen?«, fragte Sam.

»Nein. Mein Team sagt, das Zimmer ist sauber.«

Er warf Mariam einen kurzen Blick zu, die am gusseisernen Geländer der Terrasse lehnte und ihn musterte. »Vielleicht checkt sie morgen früh aus und zieht hierher um, nach Èze.«

»Wäre sie damit einverstanden?«

»Ja.«

»Gut. Rufen Sie mich morgen an.« Dann war die Leitung tot.

»Alles in Ordnung?«, fragte Mariam, worauf Sam überlegte, wie viel sie wohl von dem Gespräch mitbekommen hatte.

»Ja. Du solltest morgen früh auschecken. Hierher umziehen, wenn du damit einverstanden bist.«

»Wie gehe ich mit dieser Sache um, wenn ich wieder in Syrien bin?«

»Mit dem Entführungsversuch?« Sie nickte. »Ich bin mir nicht sicher, ob du im Moment irgendetwas tun musst. Atiyah wird annehmen, dass seine Leute keinen Erfolg hatten, schweigen, seinen Trupp womöglich für einen erneuten Versuch neu gruppieren. Nichts an der Sache war offiziell.«

»Das ist das Problem mit Syrien, Sam. Man weiß nie, was kommt.«

13

Sam entwarf die Depesche, nachdem Mariam in einem der Zimmer eingeschlafen war, und schickte sie verschlüsselt zu einer BIGOT-Liste – Personen, die über eine hohe Sicherheitsüberprüfung verfügten –, die geeignet war, die schlummernde Bürokratie der CIA aufzuwecken. Das Widersinnige der Agency erstaunte ihn immer wieder: Die CIA war imstande, eine Person im entlegenen Hindukusch aufzuspüren und zu töten, jedoch nicht in der Lage, in Langley einen funktionierenden Tacker zur Verfügung zu stellen. Nicht viel anders erging es ihm mit Mariams Rekrutierung.

Procter sorgte dafür, dass die wertvolle Agentin bekam, was sie in drei Tagen, wenn sie nach Damaskus zurückkehrte, benötigte. Die Leiterin der Damaskus Station versendete eine Landkarte mit potenziellen Positionen für tote Briefkästen, Orten für den Austausch von geheimen Signalen und Kommunikationen und Blitz-Übergaben sowie die Adressen für zwei Safe Houses in der Altstadt. Außerdem erhielt Mariam eine Fülle von Satellitenbildern. Alles musste mit ihrer Lebensweise zusammenpassen. Das Ganze würde Sam hier in Èze gemeinsam mit ihr aufbauen müssen. Es war ein großer Glücksfall, mehrere Tage zusammen mit einer Agentin verbringen zu können.

Weil er nicht schlafen konnte, kochte er Kaffee. Es war sieben Uhr morgens. Am Horizont erschien gerade die Sonne. Mariam schlief noch. Während er wartete, dass das Kaffeepulver das Wasser aromatisierte, atmete er die salzige Seeluft ein und lauschte den Wogen, die tief unten gegen die Felsen krachten. Er drückte den Stopfer, schenkte sich einen Becher ein und trat auf die Terrasse, um den Sonnenaufgang zu beobachten. Nur das Geräusch der Wellen und das vereinzelte Hupen eines Autos störten die frühmorgendliche Ruhe auf den Straßen. Einige Minuten lang trank er den Kaffee in kleinen Schlucken, dann ging er wieder nach drinnen, wo er Procters Landkarten auf ein gesichertes Tablet hochlud.

Dann war da die träge Bürokratie in Langley. Er hatte um einen Trainer beziehungsweise Trainerin gebeten, der oder die Mariam in SDRs schulen könnte. Niemand verfügbar. Procter war ausgerastet und hatte in einer offiziellen Depesche das Wort *Hundekacke* verwendet. Sie hatte gesagt: Wir haben hier eine traumhafte Agentin, in einem Land der ersten Liga, die auch noch als Präsidentenberaterin arbeitet, und ihr könnt uns niemanden besorgen? Habt ihr einen Dachschaden? Es hatte nicht geholfen. Für so etwas seien Sam und die BANDITOs zuständig.

Mariam erschien und kramte in den Küchenschränken, bis sie die recht laut wieder schloss. »Alles da, nur kein Tee.« Sie schenkte sich einen Kaffee ein und setzte sich neben Sam aufs Sofa.

»Bevor wir anfangen, müssen wir uns etwas versprechen. Wir sagen uns über alles die Wahrheit. Kein Mauern. Keine Halbwahrheiten. Keine Lügen.« Dieselben aufmunternden Worte hatte er auch schon an andere Agenten gerichtet, die allerdings keinen Bademantel trugen. Er schaute Mariam in die Augen, suchte darin nach einer Täuschungsabsicht, nach Mut. Er sah Ehrlichkeit. Er sah Angst. Was bedeutete, dass sie die Bedeutung ihrer Entscheidung begriff.

Sie hielt seinem Blick stand. »Ich verspreche es dir.«
»Ich dir auch.«
»Also, womit beginnen wir?«

In den darauffolgenden vier Stunden gingen sie Mariams Leben durch: Familie, berufliche Aufgaben, Freunde, frequentierte Restaurants, Feinde, Erpressungsrisiken. Sie schauten sich die Karten an. Sie zeigte auf ihre Wohnung, den Palast, das Haus ihrer Eltern.

Am frühen Nachmittag ging Mariam ins Dorf; sie wollte Sandwiches kaufen und Bouthaina anrufen, um ihr zu berichten, dass es mit Fatimah keine Fortschritte gegeben habe. Sam lud auf seinem Tablet die Depesche aus der verschlüsselten Datenbank hoch – und sah die gute Nachricht:

1. ABTEILUNG NAHER OSTEN STIMMT DER EINSCHÄTZUNG VON C/O GOLDJAGGER HINSICHTLICH DER MOTIVATION DER KANDIDATIN UND DER FORTSCHRITTE IN BEZUG AUF DIE REKRUTIERUNG ZU.

2. EMPFEHLEN GENERIERUNG VON DECKNAMEN UNTER VORAUSSETZUNG DER ZUSTIMMUNG SEITENS DER SPIONAGEABWEHR.

3. WIR FREUEN UNS DARAUF, GOLDJAGGERS KOMMUNIKATIONS- UND OPERATIONSPLAN ZU BEGUTACHTEN.

Burt O. GOLDJAGGER war Sams »Spitzname«, sein Alias, das in geheimen nachrichtendienstlichen Schreiben verwendet wurde, um zu vermeiden, dass sein echter Name auf Dokumenten erschien. Derartige Namen waren häufig lächerlich. Sam hatte gehört, dass ein Computerprogramm sie mithilfe eines britischen

Telefonbuchs aus den 1950er-Jahren generiert hatte. Procter fand den Namen amüsant und hatte angefangen, Sam Jaggers zu nennen. Sam sah eine weitere Depesche, diesmal von der Spionageabwehr.

1. ABTEILUNG SPIONAGEABWEHR STIMMT REKRUTIERUNG ZU UND FREUT SICH EBENFALLS AUF KOMMUNIKATIONS- UND OPERATIONSPLAN.

2. ANWÄRTERIN WIRD VON NUN AN VERSCHLÜSSELT UNTER ATHENA GEFÜHRT.

ATHENA war perfekt. Eine gigantische Verbesserung gegenüber dem letzten, von ihm angeworbenen Agenten, der unter dem Decknamen SLIMER lief.

Er rief Elias an und bat die BANDITOs, sich am nächsten Morgen mit Mariam in Nizza für einen Crashkurs in Überwachungsentdeckung zu treffen. Die beengte Altstadt von Nizza kam den Verhältnissen in Damaskus nahe.

Eilig verfasste Sam eine Depesche an Procter mit seinem Vorschlag für einen Kommunikationsplan sowie Follow-up-Fragen, die auf dem Gespräch mit Mariam am Morgen basierten. Er fügte eine Skizze an, die er gemeinsam mit Mariam gezeichnet hatte und die Mariams Joggingstrecke durch Damaskus und am Mount Quasioun mit Blick auf die Stadt nachzeichnete. Er wollte von Procter wissen, ob sie einen geeigneten Ort für einen toten Briefkasten auf dem Berg finden könnte. Schließlich schickte er die Depesche ab, schloss die Datenbank und schenkte sich Kaffee nach.

Mariam kam mit dem Lunch zurück: ein Tablett mit Salami- und-Butter-Sandwiches, zwei Flaschen Mineralwasser, Salat und Quiche. Sie erklärte, dass Bouthaina sie angewiesen habe, zu versuchen, sich ein letztes Mal mit Fatimah zu treffen. Das war ein Geschenk. So blieb ihnen mehr Zeit. Während sie aßen, erklärt er Mariam, dass er Damaskus um einen Ort für einen toten Briefkasten gebeten habe. »Wir könnten zu einem Fußweg in der Nähe gehen, vielleicht heute Nachmittag, und ich zeige dir, wie man die Ablage durchführt.« Sie trank einen Schluck Mineralwasser, dachte über irgendetwas nach.

»Was ist?«

»Können wir etwas mehr über den Palast sprechen? Damit ich verstehe, welche Informationen nützlich für dich sind?«

»Natürlich.«

»Zum Beispiel: Was ist, wenn Bouthaina der Republikanischen Garde ermöglicht, sonderbare Finanztransaktionen durchzuführen? Wäre das interessant?«

»Das wäre sehr interessant.«

Mariam trank einen Schluck Mineralwasser. »Vor ein paar Monaten ist Rustum in Bouthainas Büro erschienen, zu einem Meeting. Das ist weder davor noch seither passiert. Bouthaina schließt mich bei fast allem ein, aber diese Sache hat sie allein gemanagt. Nach der Besprechung hat sie mir gesagt, warum. Sie hätte es nicht tun sollen, aber sie hat es: Die Garde muss sich Ausrüstung im Verborgenen besorgen. Es herrschen strenge Sanktionen, und sie trauen den Strohfirmen des SSRC nicht zu, sensible Transaktionen zu managen.«

»Sie hat ›SSRC‹ gesagt?«

»Ja.«

»Interessant.«

Mariam fuhr fort: »Bouthaina gründet die Briefkastenfirmen mittels eines Netzwerks wohlgesinnter syrischer Geschäftsleute. Die meisten Firmen haben ihren Sitz in Beirut. Einige in Amman, ein paar auf Zypern, in den Golfstaaten. Ich habe bei sechs Transaktionen mitgeholfen. Ich bin nicht in alles eingeweiht.«

»Alle Firmen gehören letztlich dem Palast?«

»Ich glaube schon. Die Gelder kommen von Bankkonten, die auf die Republikanische Garde lauten, und werden auf mehrere Konten überwiesen, die Bouthaina im Palast verwaltet. Anschließend überweisen wir das Geld zu den Briefkastenfirmen, die angeblich irgendetwas für die Garde erwerben. Das macht Bouthaina nervös. Jetzt aber der interessanteste Teil: Ich habe ein wenig zu einer der Briefkastenfirmen recherchiert. Die Internetsuche hat nichts ergeben. Die Firmen haben keine Website. Allerdings habe ich in einer Datenbank des Palasts nachgeschaut und festgestellt, dass 2002 eine identische Briefkastenfirma gegründet wurde, die für den SSRC geschäftlich tätig werden sollte.«

»Ich weiß, worauf du hinauswillst«, sagte Sam. »Chemiewaffen. Aber heute könnte man dieselbe Briefkastenfirma dazu nutzen, irgendetwas anderes zu kaufen. Röhren, Bolzen, Schneidegeräte.«

Mariam nickte. »Sicher, aber ich habe die Firma angerufen, weil ich neugierig war. Ich habe behauptet, ich sei in Frankreich – und gefragt, ob sie die Lieferscheine noch mal gründlich durchsehen könnten. Ich habe behauptet, der Scanner hätte nicht richtig funktioniert, und ich könnte nicht erkennen, um welche Waren es sich handelte. Es handelte sich um *eine* Ware: Isopropanol. Die Chemikalie ist für die Herstellung von Sarin erforderlich. Ich weiß das, weil Bouthainas Büro auf Fragen antworten musste, weil die Europäer Chemieexporte nach Syrien verboten hatten.«

»Weißt du, wie viel Geld an die Briefkastenfirma überwiesen wurde?«, fragte Sam.

»Zehn Millionen US-Dollar.«

»Hast du eine Ahnung, wie wir Zugang zur vollständigen Liste der Briefkastenfirmen und den Transaktionen zwischen diesen Firmen und dem Palast bekommen?«

»Ich nehme an, die Liste befindet sich auf Bouthainas Computer.«

»Hat sie dich je mit dem Rechner allein gelassen?«

Sicher, es war das Risiko wert, aber es fiel ihm eben auch ein wenig schwer, bei der Sache zu bleiben, während sie da so auf dem Sofa saß, sich die Karten ansah und ihre weiße Unterwäsche unter dem Bademantel hervorlugte.

Sie fuhren durch Beaulieu-sur-Mer und parkten am Nordende von Saint-Jean-Cap-Ferrat. Sie waren leger gekleidet, wie zu einem nachmittäglichen Spaziergang. Mariam trug Jeans, ein bretonisches Streifenshirt und weiße Tennisschuhe. Sam Jeans und ein graues T-Shirt. Die staubigen Fußwege, die um die Halbinsel herum verliefen, stellten ein ziemlich gutes Gebiet dar, um den Umgang mit einem sogenannten »toten Briefkasten« an einer Joggingstrecke in Damaskus zu trainieren. Es war später Nachmittag, kein Wölkchen am Himmel, die Wege waren bevölkert, aber nicht voll. Ein junges Pärchen, die Hand des einen in der Gesäßtasche des anderen, schlenderte vorüber. Sam und Mariam sprachen Arabisch.

»Es ist nicht erlaubt, deinen Agenten zu lieben, weil es dich weniger objektiv macht, stimmt's?«

»Stimmt.«

»Und was passiert, wenn die CIA herausfindet, dass wir uns geküsst haben?«

»Das wäre okay. Man würde eine Menge Fragen stellen. Möglicherweise müsste ich einen Lügende...«

Sam hielt inne. Ein Pärchen, das einen Kinderwagen schob, bog um eine Ecke und ging an ihnen vorbei.

Er fuhr fort: »Vielleicht lassen sie mich einen Lügendetektortest machen. Aber das wäre nicht schlimm. Ein Kuss ist etwas anderes als ...«

Sie vervollständigte den Satz auf Englisch: »Sex.«

Der Wechsel vom Arabischen ins Englische brachte ihn durcheinander. »Ja. Dafür könnte man mich entlassen. Umfassende Überprüfung, so etwas in der Art. Ich kenne einen Mann, der mit einer Agentin geschlafen hat. Er saß zwei Jahre auf der Bank.«

»Was heißt ›auf der Bank sitzen‹?«

»Dass er am Schreibtisch hockte und Däumchen gedreht hat.«

»Verstehe.«

Sie gingen weiter, er wechselte zu einem weniger aufregenden Thema: tote Briefkästen.

»Bei einem guten Standort dafür«, erklärte er, »halten sich Tarnung und müheloser Zugang die Waage. Zum einen muss der Standort gut versteckt sein, zum anderen ist es notwendig, dass der Agent und der Case Officer ihn passieren können, idealerweise ohne langsamer zu gehen, um den Gegenstand an sich zu nehmen. Die beiden Eigenschaften befinden sich in einem Spannungsfeld. Je zugänglicher, desto weniger versteckt wird der Ort sein. Je getarnter ein Objekt ist, desto schlechter die Zugänglichkeit. Ich habe einmal eine ausgestopfte Katze benutzt, die ich neben eine Baustelle geworfen habe. Der Agent sollte Papiere und Nachrichten in ein Fach stecken, das sich anstelle der inneren Organe im Bauch des Tieres befand. Niemand hat die Katze angerührt. Außerdem war sie zu versteckt: In der Umgebung gab es noch andere überfahrene Tiere, sodass der Agent das richtige Tier nicht ausfindig machen konnte, was die

Zugänglichkeit erschwerte, und ihn schließlich dazu zwang, die Abholung abzubrechen.«

Sie lachte. »Das ist nicht dein Ernst.«

»Doch.«

»Für mich bitte keine Katzen.«

Er schüttelte den Kopf. »Keine Katzen, versprochen. Ich denke, wir werden Müll verwenden, vielleicht eine Dose, die mit Klebeband ausgeschlagen ist, an dem die Papiere im Innern haften, mit einem Deckel, den du abreißen kannst.«

Auf der Westseite der Halbinsel entdeckte Sam ein vielversprechendes Versteck: ein Mülleimer neben einer kurzen Natursteinmauer, drum herum ein Haufen Abfall. Er fand eine Dose und schnitt mit einem starken Taschenmesser, das er mitgebracht hatte, den Deckel ab.

»Die reicht für unsere Zwecke.« Er wühlte in dem Müll, bis er eine Serviette fand. Diese steckte er in die Dose und warf sie auf den Haufen. Mit mürrischer Miene durchsuchte sie den Müll.

»Das Ganze ist weniger glamourös, als die Leute glauben«, sagte er. »Es geht dabei mehr um Müll und tote Katzen als um alles andere.«

Sie übten zwei Stunden lang – und hörten jedes Mal auf, wenn Fußgänger näherkamen. Sam schoss Fotos mit dem Handy, während Mariam probte, die Dose zu füllen und den Inhalt wieder zu entnehmen. Sie lernte schnell, wobei ihr ihre Kampfsporterfahrungen zugutekamen. Sie konnte sich fließend bewegen, hatte einen festen Stand. Sie konnte sich Dingen konzentriert nähern. Am Ende des Nachmittags hatte Mariam ihre Tarnung perfektioniert: Sie war eine Joggerin, die sich den Laufschuh schnürte.

Bei Sonnenuntergang sagte Mariam, sie habe genug, doch er bestand auf einer letzten Abholung. Er filmte sie von hinten, als wäre er ein *Muchabarat*-Verfolger. Sie joggte zum Mülleimer, wobei sie langsamer wurde. Als sie am Mülleimer angekommen war, beugte sie sich vor, die Beine soldatengerade, und neigte den Oberkörper im 90-Grad-Winkel. Dabei zeigten ihre Brüste zu Boden, und ihre Pobacken ragten hervor.

Mariams eng sitzende Jeans lenkte ihn von der Bewertung ihrer Geschicklichkeit am toten Briefkasten extrem ab. Sie drehte sich um und sah ihn herausfordernd lächelnd an. Dann drückte sie den Rücken durch, stellte sich aufrecht hin und tat so, als nehme sie einen Schluck aus der Dose. Dabei zwinkerte sie ihn an.

»Ich denke, wir machen jetzt besser Schluss«, sagte er.

14

Sie kochten das zweite Rezept seiner Großmutter nach, Pasta Cacio e Pepe: Makkaroni, geschwenkt in geschmolzenem Pecorino im Wert von zwanzig Euro, bestäubt mit schwarzem Pfeffer aus der Mühle. Sie entzündeten ein paar Kerzen-Laternen und verteilten sie auf der Terrasse. Mariam trug ein rotes Sommerkleid mit Blümchenmuster, Sandalen und goldene Hoop-Ohrringe. Ihre Locken fielen ihr bis auf den Rücken.

Mariam hatte den Weinkeller entdeckt, nachdem sie sich die Videos über ihr Versteck-Training angesehen hatten, und einen Rotwein aus der Toskana ausgewählt. Sam fragte, ob der Wein teuer sei. Sie verdrehte die Augen. »Darum geht es nicht«, sagte sie. »Sondern darum, einen zu finden, der zur Pasta passt. Dieser Sangiovese ist ein idealer Begleiter.«

»Also ist er teuer.«

»Ja.«

»Gut.«

Erneutes Augenrollen.

»Danke, dass du zum Hotelzimmer gekommen bist«, sagte sie, nachdem sie sich gesetzt und angestoßen hatten. »Dass du mich gerettet hast. Heute Nachmittag ist mir klar geworden, dass ich das gar nicht gesagt habe.«

»Du hättest dasselbe für mich getan.«

»Ich weiß. Aber trotzdem.«

Eine Weile aßen sie schweigend, dann legte sie ihr Besteck beiseite. »Ich habe Angst. Angst zurückzugehen. Den ersten echten Schritt zu machen.«

»Wir werden das gemeinsam machen«, sagte er. »Ich werde dich beschützen.«

Mariam schaute ihm direkt in die Augen, und in diesem Augenblick wurde ihr klar, warum sie ihn begehrte. In irgendeiner seltsamen Welt war dies nun eine ihrer intimsten Beziehungen. Er wusste alles über sie, sie hatten gemeinsam Blut vergossen, und er kannte ihr dunkelstes Geheimnis. Schon in Paris hatte sie die Anziehung gespürt, doch jetzt war es mehr: eine rohe, nicht vollzogene emotionale Nähe. Sie wollte mehr. Sie wollte alles.

»Ich weiß, dass du mich beschützen wirst«, sagte sie. »Das ist doch dein Job, oder? Spione rekrutieren, ihre Geheimnisse herausfinden. Aber was passiert, wenn ich erwischt werde?«

»Mariam, lass mich ...«

»Lass mich ausreden. Wenn ich erwischt werde, werden sie mich foltern, dann ermorden. Du kannst nach Hause gehen. Ich setze alles aufs Spiel. Du nicht. Das ist eine Tatsache.«

»Es beunruhigt dich?«

»Natürlich. Unsere Beziehung – unsere Partnerschaft – ist besonders. Ich weiß wirklich nicht, wie ich sie beschreiben soll. Sie ist es einfach.« Sie beugte sich vor und deutete auf ihr Herz. »Also will ich mehr, als die typische Spionin bekommt.«

Er verlagerte sein Gewicht auf dem Stuhl und blickte die Klippen hinunter auf das Meer im Mondschein. Geistesabwesend schwenkte er sein Glas, und sie merkte, dass er, während er wie hypnotisiert in die tintige Schwärze starrte, einen Augenblick lang in Gedanken woanders gewesen war. Er fuhr sich durchs Haar, legte die Hände wieder zurück auf den Tisch. Mariam sah, dass er schwitzte. Er schaute ihr in die Augen, um dahinterzukommen, ob sie ihm vertraute.

»Ich will dir etwas verraten, was niemand weiß. Würde dir das helfen?« Sie antwortete, sie wolle es hören.

»Ich habe drei Brüder. Aber es gab einmal einen vierten, Charlie. Er war der Kleine. Vier Jahre jünger. Ein verrücktes, lustiges Kind, sagen meine Eltern jetzt, ich wusste es schon damals. Blondes Haar, große blaue Augen, unbeschwertes Lächeln. Er zog Grimassen und tanzte zu Musik. Der Mittelpunkt jeder Party. Charlie und ich kamen immer gut miteinander aus. Wir hatten Spaß zusammen. Ich war alt genug, dass ich mich um ihn kümmerte, er war alt genug, dass wir Spaß haben konnten.«

Sie sah, dass Sam das Kinn reckte, so wie sie, wenn sie zwar weinen wollte, sich aber dazu zwang, es zu unterdrücken. Sie schwieg.

»Ich erinnere mich an dieses eine Mal. Charlie war vier, viereinhalb. Ich etwa acht. Unser ältester Bruder Danny lernt für eine Mathe-Arbeit und begreift die Aufgaben nicht. Er weint, während mein Dad versucht, ihm dabei zu helfen. Mein Dad sagt ihm, er soll sich erst mal etwas beruhigen und eine Pause machen, und geht aus der Küche. Aber egal: Danny sitzt am Küchentisch und heult. Charlie setzt sich neben ihn, wirft einen Blick ins Lehrbuch, so, als würde er irgendwas davon begreifen. Er klappt das Buch zu, legt den Arm um Danny und versichert ihm, es wird alles gut, du wirst es am Ende verstehen. Der Vierjährige, der ihn tröstet. Und dann legte Danny den Kopf auf Charlies Schulter.«

Sam lachte, wischte sich die Tränen ab und trank einen Schluck Wein. »Charlie steckt sich den rechten Finger in den Mund und leckt daran, sodass er so richtig feucht ist, dann schiebt er ihn Danny ins Ohr und erklärt, Mathe sei doch kein Problem, er werde das schon hinkriegen.«

Mariam lachte. Fast hätte sie sich am Wein verschluckt. »Und was hat Danny darauf geantwortet?«

»Er hat geschrien und ist hinter Danny hergerannt. Hat eine 5 geschrieben, wenn ich mich recht erinnere.«

Wieder straffte er das Kinn. Sekundenlang saßen sie schweigend da. An den Hängen summten Insekten, aus den schmalen mittelalterlichen Straßen drang das Gemurmel einer Menschenansammlung herauf.

»Es war einige Monate danach«, sagte Sam. »Charlie und ich sind allein zu Hause. Meine Mutter braucht Eier. Es waren zehn Minuten zu Fuß bis zum Laden, wir sind da ständig einkaufen gegangen. Sie sagt, du begleitest Charlie. Wir nehmen einen Baseball mit. Wir werfen uns gegenseitig den Ball zu, Charlie verlangt, dass ich ein paar Flugbälle werfe, will, dass ich vorauslaufe, dann den Ball hochwerfe. Auf der Straße war nie viel Verkehr. Trotzdem weiß ich, dass es keine gute Idee ist. Aber Charlie schmollt und quengelt. Schließlich gebe ich nach, laufe etwa sieben Meter voraus. An diesem Punkt befinden wir uns auf einer Anhöhe, hinter Charlie führt die Straße nach unten. Wir stehen auf dem Standstreifen, der von großen Kiefern gesäumt ist. Ich werfe den Ball sehr hoch, irgendwie wütend, weil Charlie sich wie eine Göre aufgeführt hat. Ich habe das Auto nicht kommen sehen. Ein schwarzer Pick-up, der mit Karacho den Hügel herauffuhr. Alles ging ganz schnell, sagten die Ärzte, Charlie hätte nicht gelitten. Ich lag da zusammen mit ihm auf der Straße, keine Ahnung, wie lange. Seine Augen standen offen, als würde er immer noch auf den Ball schauen. Der Idiot von Fahrer hielt sich die Hände an den Kopf, ging auf und ab und redete vor sich hin. Der Baseball wurde nie gefunden. Ich habe ihn dort liegen lassen, habe nie jemandem davon erzählt.«

Jetzt spannte auch sie den Kiefer an. »Du kannst nichts dafür. Du hast ihn nicht überfahren.«

Er atmete durch und schenkte sich Wein nach. Die Pasta war kalt geworden. »Wir sollten das zurück auf den Herd stellen.«

Als sie in der Küche standen, küsste sie ihn.

»Danke, dass du mir das erzählt hast.«

Sie hatten einen Riesenhunger und aßen aus dem Topf, witzelten dabei über ihr Sparring in Paris und Mariams aufreizende Ablage in den toten Briefkasten und etwas, was sie gesehen hatte, als sie neulich Abend versucht hatte, ihm das Hemd auszuziehen.

»Lass doch mal sehen.« Sie deutete auf Sams linkes Schulterblatt. »Gestern Abend konnte ich das nicht richtig erkennen. Möchtest du das Geheimnis nicht lüften?«

Sam hob das Hemd an, das auf sein linkes Schulterblatt tätowierte Wort *Clarity* kam zum Vorschein.

»Was heißt das? Und warum sieht das Tattoo hinter dem *i* so saumäßig aus?«, fragte sie auf Englisch.

»Du meinst ›unsauber‹?«

»Nein.« Sie lächelte.

Sams zusammengepresste Lippen verrieten ihr, dass er das Folgende schon einmal gesagt hatte – und es hasste. Sie strich mit der Hand über seinen Rücken: schön und muskulös. Bis auf das Tattoo, das ihr missfiel.

»Clare war meine College-Freundin. Eines Abends haben wir uns gemeinsam betrunken. Wir sind in ein Tattoo-Studio gegangen und haben uns unsere Namen auf den Rücken stechen lassen. Als wir uns trennten, konnte ich es mir nicht leisten, das ganze Ding entfernen zu lassen, deshalb habe ich einem Typen gebeten, er soll versuchen, das *e* in dem Namen wegzumachen und anschließend das Wort in *Clarity* zu ändern. Damals kam mir das tiefsinnig vor.«

Sie kicherte, schnaubte verächtlich. Beinahe wäre ihr eine ganze Nudel aus dem Mund gefallen, aber ein paar kleine Käsestückchen fielen ihr doch aufs Kleid. Sie wischte sie lachend ab. »Ich habe bezahlt, damit man mir das Assad-Tattoo vom Hintern entfernt. War jedes syrische Pfund wert.« Sie zwinkerte ihn an. Er lachte und küsste sie, sein Selbstvertrauen und seine Lockerheit kehrten zurück, wie sie bemerkte, während er sich in Gedanken von seinem Bruder zu lösen begann.

Gutgelaunt gingen sie in den Keller, um eine neue Flasche heraufzuholen.

Als sie die zweite Flasche fast ausgetrunken hatten, fragte Mariam, wie oft sie einander in Damaskus sehen würden. »Das hängt von bestimmten Dingen ab. Aber idealerweise nur, wenn nötig. Es ist natürlich gefährlich, sich dort face-to-face zu treffen. Zu deiner Sicherheit sollten wir so viel wie möglich über die toten Briefkästen kommunizieren. Am Ende stellen wir dir ein elektronisches Gerät zu Verfügung.«

»Und der Unterricht, den du mir morgen gibst?«, fragte sie.

»Überwachungserkennungsrouten. SDRs. Wie man sicherstellt, dass der *Muchabarat* dich nicht ausspäht, bevor wir uns treffen. Wir werden auch schnelle Übergaben üben. Eine Menge zu tun.« Sam verschwieg ihr, wie unwohl ihm war, als sie wieder ins Haus ging.

»Wir haben also zwei Tage miteinander, danach wissen wir nicht, wie's weitergeht.« Sie stellte keine weiteren Fragen.

Sie setzten sich auf das Sofa auf der Terrasse, genossen die friedliche Stille, blickten auf die Küstenlinie, während sie den Wein austranken und sich aneinanderschmiegten. Einen Augenblick lang erschien es ihnen, als seien sie ein ganz normales Paar.

Eine Zeit lang blieben sie so sitzen und nahmen die Atmosphäre der weiten, dunklen Nacht in sich auf – bis er sie schließlich küsste und sie den Kuss erwiderte. Nicht lange danach überkam ihn die ganz natürliche Regung, mit Mariam in das große Schlafzimmer in diesem Safe House der CIA zu gehen, die Münder aufeinandergepresst, die Lippen einander suchend, um zu lachen, zu küssen oder sanft zu beißen. Schließlich standen sie neben dem Bett, und sie schlüpfte aus ihrem Sommerkleid und ihrer Unterwäsche. Rasch folgte er ihrem Beispiel, wobei er fast wie ein Idiot über seine Jeans gestolpert wäre, und er ihr Kichern hörte und spürte, wie ihn weiche Hände packten, während er sie an sich heranzog, und sie aufs Bett fielen, lachend wie Freunde, die soeben herausgefunden hatten, dass sie einander näher sein konnten, dass sie das Geheimnis entdeckt hatten, nicht glauben konnten, dass es ihnen so lange entgangen war.

Oh fuck, sagte sie, fuck, *Habibi* und warf den Kopf zurück aufs Kissen, kaum dass er in ihr war. Er drückte die Stirn gegen ihre und küsste sie. Ihre Haut schimmerte, ihr volles Haar, feucht auf der Stirn, klebte auf ihrem Gesicht und dem Kissen, ihr Körper wie eine Wippe, der Lippenstift überall verschmiert. Ihm war warm, er konnte nichts riechen außer dem Lavendel, nichts hören außer dem Klimpern ihrer Ohrringe, während sie ihren Rhythmus fanden. Nur einmal entkam er dem Augenblick, als ihm klar wurde, dass es richtig und normal erschien, in diesem Moment mit dieser Beamtin des Assad-Regimes und angeworbenen CIA-Agentin Mariam Haddad, Deckname ATHENA, zusammen zu sein und damit dem Verhaltenskodex der CIA und vermutlich einem halben Dutzend Bundesgesetzen zuwiderzuhandeln. Doch Mariam saß rittlings auf ihm, mit dem Kopf im Nacken, ihre beider Hände ineinander verflochten, und der Gedanke verschwand.

Sie schlief als Erste ein, während das Licht der Morgendämmerung durch die Fenster fiel. Statt zu schlafen, sorgte sich Sam. Er dachte daran, wie seine Agentin einen toten Briefkasten bediente. Informationen hervorlockte. Eine SDR lief. In Damaskus. Sein Blick fiel auf Mariams BH, der nun verdreht auf dem Boden lag. Was zum Teufel habe ich getan?

Mariam schmiegte sich enger an ihn, immer noch im Schlaf, tief und friedlich atmend.

15

Sie gingen durchs Safe House und sammelten Kleidungsstücke ein, räumten das Schlafzimmer auf, kratzten die festgeklebte Pasta aus dem Topf. Über den Sex schwiegen sie. Es war – auf bizarre Art und Weise – normal, freudvoll, natürlich gewesen. Sam machte Spiegeleier und Toast, sie tranken Kaffee auf der Terrasse und schauten zu, wie die Wogen gegen die Felsen krachten, während die Hitze den Hügel heraufkroch.

Während Mariam duschte, sah sich Sam auf seinem Tablet Procters Stadtpläne von Damaskus an. Mariam kam ins Wohnzimmer und fragte ihn, ihre nassen Locken trocken rubbelnd, wann sie denn nach Nizza fahren würden. Sie lächelte ihm zu, schlang das Handtuch um ihr feuchtes Haar. Er antwortete: »Wir müssen in zwei Tagen die Arbeit von zehn schaffen, es ist Zeit, sich anzuziehen, *Habibti*.« Ihm war nicht klar, dass er sie *Habibti* – Liebling, Schatz, Liebes – genannt hatte, es war ihm herausgerutscht, aber sie hatte es durchaus bemerkt. Einen Moment lächelte sie ihn an, dann verließ sie das Zimmer, um sich umzuziehen.

Am Vormittag tranken sie Kaffee und gingen rasch die Grundlagen der Überwachungserkennung durch. Mariam erwies sich als Einser-Schülerin – aufmerksam, neugierig, begierig, etwas zu lernen. Der Kaffee wurde allerdings mit Verachtung gestraft. »Der schmeckt wie Teer, Sam«, sagte sie und verzog das Gesicht, als sie einen kleinen Schluck trank. »Das ist ein Getränk für Wilde.«

Er brachte ihr alles bei: den grundlegenden Aufbau einer SDR, die einzelnen Maßnahmen und Schritte, wie man sich wiederholende Situationen erkennt, wie man die SDR in die eigene Lebensweise einbaut. Ein solcher Klassenzimmervortrag war jedoch, wie er seit der Zeit auf der Farm wusste, nur begrenzt aussagekräftig. Man musste nach draußen, auf die Straße gehen. Sie saß so nahe neben ihm, dass er ihr Haar riechen, den Umriss ihrer Brüste unter dem engen Hemd erkennen und ... Hör auf, du Idiot ..., das hier ist ihre Vorbereitung auf Damaskus. Zeit, sich zu konzentrieren. Du erhältst nur eine Chance.

»Ein paar von diesen Ideen müssen wir draußen ausprobieren, einfach, damit du sie kennst.« Er deutete die Küste entlang Richtung Nizza. Sie nickte und überflog die Landkarten, mit den Knien wippend, einsatzbereit. »Zeit zu gehen«, sagte er.

Sein Handy klingelte, während sie in ihrem Zimmer ihre Handtasche packte und ihre Tennisschuhe anzog. Die Nummer war ihm unbekannt.

»Hallo?«

»Ich bin's, Procter.«

»Chief, was ist los?«

»Ich bin gerade in Nizza gelandet. War eine spontane Entscheidung, glaub also nicht, dass ich dir misstraue. Ich möchte nur unser Mädchen treffen, bevor sie in Damaskus verschwindet. In deiner Depesche heißt es, ihr würdet heute SDRs üben. Lass mich mitspielen, Trainer.«

Sam hatte mehrere Probeläufe entworfen, die kreuz und quer durch die Altstadt von Nizza führten, einem Labyrinth mittelalterlicher Straßen, das dem Terrain in der syrischen Hauptstadt ähnelte: die Eisdielen, die Touristen mit Fedora-Hüten und pastellfarbenen Gebäude als Ersatz für die Bombenattentate,

Milizen und das allgemeine Gemetzel in Damaskus. Die BANDITOs und Procter würden die Opposition spielen. Damaskus würde die Hölle sein; sie würden hier die Teufel sein. Sie holten die schweren Waffen heraus: verschlüsselte Earpieces, die wie Airpods von Apple aussahen, mehrere gemietete Vespas, Verkleidungen – Schnauzbärte, falsche Bäuche, neue Kleidung und Schuhe, Make-up, eine fast lautlose Mikrodrohne – nicht zugelassen für den Betrieb in der Luft in Frankreich, aber egal –, ausstaffiert mit hochauflösenden und thermischen Feeds für die Bildgebung, ultrakleine Kameras, eingepasst in Sonnenbrillen, Boten-Taschen und Fedoras, verbunden mit einem verschlüsselten Satelliten-Link, der alles zum Mutterschiff beamte: der Transporter mit Procter darin. Sam und Mariam saßen in einer Brasserie im Westen der Stadt, studierten einen Stadtplan für Touristen und besprachen die Route.

Sie zeichneten eine Strecke ein. Lang, anstrengend, genauso wie es in Damaskus sein würde.

Sam entschloss sich, Mariam die Drohne zu verschweigen. Was wirklich übel war, unanständig.

Während sie die Routen planten, merkte Mariam, dass sie das alles großartig fand und mehr davon wollte. Allerdings hatte sie Angst vor der Rückkehr nach Hause. Nach zwanzig Minuten entdeckte sie einen der Späher, er war gekleidet wie ein Obdachloser – aber die Schuhe waren sauber und neu, weshalb er nicht obdachlos sein konnte, sagte sie während der Nachbesprechung – und fest positioniert vor einem Best Western Hotel; dann zwang sie ein Pärchen erfolgreich dazu, ihr hinauf zur Burg zu folgen. Mariam besaß den nötigen Instinkt für so etwas, das wusste sie. Sie erspürte die Gegenseite bei ihren Aktivitäten. Vielleicht handelte es sich dabei um das Resultat der syrischen

Paranoia, eine Folge des Umstands, dass sie an einem Ort lebte, an dem man ständig überwacht werden konnte. Wieder dieser Kitzel, ein Zucken, das den Rücken herablief. Mariams Blicke auf der Suche nach Überwachung ergaben nichts. Drei Stopps und ein halbes Dutzend Wendemanöver später schlängelte sie sich durch die schmalen Gassen und beschloss, es ruhiger angehen zu lassen. Abseits der Fußgängerpromenade Cours Saleya kam sie an einer sonnengelben Barockkirche mit kunstvollen Ornamenten vorbei. Sie war sich sicher, dass die Beschatter verschwunden waren, aber der Nervenkitzel blieb bestehen. Sie ging in ein italienisches Restaurant neben der Kirche und betrat den Innenhof.

Eine alte Frau öffnete ein Fenster und begann Wäsche aufzuhängen. Mariam hob den Kopf und bemerkte ein metallisches Funkeln am blauen Himmel. Und dann wieder der Kitzel, sie bekam Herzklopfen. Wenn dieses Ding das war, wofür sie es hielt, wurde es vermutlich gerade dazu benutzt, die Teams zu unterstützen. Sie konnte den Fußsoldaten ausweichen, sie entdecken, aber sie würden sich später einfach neu formieren.

Kurz wurde ihre Stimme heiser, und der Schweiß brach ihr aus, dann verließ sie das Lokal durch den Lieferanteneingang. Auf der heißen Straße merkte sie sofort, dass die Beschatter zurückgekehrt waren. In der Nähe einer Kathedrale machte sie ein paarmal abrupt kehrt, wobei sie schätzte, dass ihr, so wie Sam es geschildert hatte, eine halbe Minute Zeit *in der Lücke* bliebe – soll heißen, sie nicht überwacht würde. Rasch trat sie an einen kitschigen Touristen-Marktstand und kaufte in bar ein großes T-Shirt, das offenbar für englischsprachige Urlauber (NICE IS NICE) gemacht war, eine Baseball-Cap (I love NICE) und einen billigen gelben Schal. Sie stopfte das alles in ihre Handtasche und erschien, nachdem sie bis 25 gezählt hatte, wieder auf der Straße.

Sie mischte sich unter eine Menschentraube in der Nähe einer Bücherei und löste sich wieder daraus, wodurch sie in ruhige Seitenstraßen mit leeren türkischen, indischen und italienischen Restaurants kam. Mittlerweile bewegte sie sich ziemlich geschickt, wie sie selbst merkte: Sie wusste, wann sie schneller gehen, wann stehen bleiben und trödeln musste. Außerdem befand sie sich sehr nahe dem Ort, an dem sie dieses Ding abschütteln wollte, das da über ihr summte und bei dem es sich, wie sie jetzt begriff, um eine unfassbar kleine Überwachungsdrohne handelte.

Mariam betrat ein Gewirr von Gassen, die ebenso schmal waren wie die in Damaskus und deren helle Restaurant-Markisen sich in der Mitte trafen und den Himmel verdeckten. Während sie mit schnellen Schritten weiterging, setzte sie die Cap auf, zog das furchtbare T-Shirt an und band sich den Schal um. Als sie aus der Gasse heraustrat, hatte sich der Nervenkitzel gelegt. Sie eilte auf das Safe House zu, ein Café namens René Socca. Sie begann das Terrain zu ihren Gunsten zu nutzen: Sie bog ab, blieb stehen, vollführte etwas, was sie für ein ziemlich gelungenes »Herumhängen an der Ecke« hielt – keine Verfolger –, ging schließlich am Socca vorbei und setzte sich in ein anderes Café drei Blocks weiter nördlich. Sie war black, wurde nicht beschattet. Die Drohne war fort, sie suchte nach einer Frau in marineblauem T-Shirt und Capri-Hose statt der am geschmacklosesten gekleideten arabischen Touristin in Südfrankreich. Nachdem Mariam wieder aufgestanden war und sich ein letztes Mal prüfend umgeschaut hatte, verglich sie jeden Passanten mit den Verdächtigen, die sie früher am Tag gesehen hatte, blickte in geparkte Autos, ohne den Kopf zu wenden.

Black. Ich bin black, dachte sie.

Sie erblickte einen freien Tisch und bestellte sich ein Glas Wein.

Als Sam und Procter kamen, war sie beim zweiten Glas und trug immer noch die Cap, das unglaublich geschmacklose T-Shirt und ein Siegerlächeln.

»Das waren einundfünfzig Minuten«, sagte sie lächelnd, als Sam und Procter sich ihr näherten. »Bleibt ihr am Tisch, ich gehe aufs Klo und ziehe mich um. Ich ertrage es nicht, noch eine Minute länger in diesen Sachen herumzulaufen.« Während sie an ihnen vorbeieilte, dachte sie, dass es wirkte, als wollte Sam sie küssen.

Die Gruppe machte sich auf den Weg zum Safe House, für einen Einsatz. Procter zog ihren Koffer und sagte, sie benötige ein Zimmer und würde auch eine abgeranzte aufblasbare Couch nehmen, sie sei nicht wählerisch. Sam fragte sich, was Mariam wohl von ihr hielt.

Die BANDITOs brachten das Essen. »Pizza Hut-Lieferung«, rief Elias, während die Brüder, mehrere Pizzakartons in Händen, das Zimmer betraten. Zum Glück hatten sie ihn nur veralbert. Tatsächlich hatten sie ein gutes sizilianisches Restaurant in Villefranche gefunden. Die BANDITOs schauten sich das Video an und coachten Mariam. »Toller erster Tag, Mariam«, sagte Procter. »Wir machen das morgen noch einmal, bis deine Füße bluten.« Mariam hob die Brauen, lachte dann aber.

Procter winkte Sam in die Küche, während die BANDITOs Mariam erklärten, wie sie ihre visuellen Überprüfungen weniger offensichtlich durchführen konnte, wenn sie eine Kehre ausführte. Sam ging hinter der Chefin her.

»Ich denke, wir haben den Kommunikationsplan geklärt«, sagte Procter. Sie schaltete ihr Tablet an und erläuterte, dass sie entlang Mariams Route zahlreiche Fotos aufgenommen hatte. Bei einem Foto, das Sam auffiel, hielt Procter inne. Da war eine Weggabelung in der Laufstrecke, mit einer bröckelnden Schutzmauer, die den Weg trennte und an der sich Müll häufte. Die Strecke war entlegen und passte zu Mariams täglicher Routine.

»Das hier ist die Stelle. Wir verwenden eine Dose, so wie sie es geübt hat. Wir verwenden die Signale, über die wir gesprochen haben. Wenn sie den Briefkasten befüllt hat, zieht sie die Jalousien in ihrer Wohnung halb hoch. Außerhalb ihrer Wohnung benutzen wir Graffiti. Das machen wir eine Zeit lang so, bis sich alle damit wohlfühlen, danach versuchen wir, ihr ein elektronisches Gerät zu besorgen.«

Sam nickte. »Gut, ich erkläre ihr alles.« Procter legte das Tablet beiseite und bat ihn um seine Einschätzung, was Mariam betraf, während sie an der Kaffeemaschine hantierte. Sam hatte den Kaffeebereiter benutzt, Procter bestand auf dem Kaffeeautomaten. Dieser piepte zweimal – und schaltete sich selbstständig aus. »Verdammt«, sagte sie und schlug mit der flachen Hand gegen den Wasserbehälter.

»Bislang macht sie das ausgezeichnet.« Sam erinnerte sich an Mariams Lächeln, als sie sich vorbeugte, um einen Schluck aus der Dose zu trinken. »Sie ist enorm behände, hat tolle Instinkte. Ein Naturtalent.«

»Hoffentlich kann sie ihr Können auf Damaskus übertragen«, sagte Procter.

Sam wollte das Thema wechseln. »Gibt es etwas Neues zum Telefonat mit Ali?«

»Nichts. Die Syrer bestreiten weiter, Kenntnis von Vals Aufenthaltsort zu haben, und bieten an, uns zu helfen, die Kriminellen beziehungsweise Terroristen zu finden, die sie entführt haben. Arschlöcher.« Wieder hieb Procter gegen den Kaffeeautomaten.

Schließlich zischte die Maschine, und kurz darauf füllte ein Rinnsal Kaffee ihren Becher. Procter blickte hinüber zu Mariam und den BANDITOs, um sich zu vergewissern, dass sie und Sam allein waren. »Bradley sagt, dass sich unser Präsident ziemlich darüber aufgeregt hat beim letzten Treffen der Arbeitsgruppe Syrien. Alle haben die Spielchen der Syrer satt.«

Jetzt drehte sich Sam um, um sicherzugehen, dass alle syrischen Staatsbürger im Wohnzimmer waren, außer Hörweite. »Je länger die Syrer Val inhaftiert haben, umso wahrscheinlicher ist es, dass sie ihr unter Folter Informationen abpressen. Wir müssen etwas unternehmen.«

»Ich weiß, ich weiß. Und ich habe gemeint, was ich gesagt habe. Wenn Ali Val etwas antut, holen wir uns seine Eier.«

Mehrere Tage mit einem weit oben platzierten, wertvollen Spion zu verbringen, war selten, ein Geschenk von den Göttern der Nachrichtendienste.

Daher bombardierten Procter und Sam Mariam mit Fragen, die in einer Depesche aus Langley aufgeführt waren. Das Weiße Haus, die Abteilung für den Nahen Osten und Afrika und die Analysten fragten Dinge wie: Welche Aufgaben hatte ihr Büro, was waren die Ansichten des Präsidenten über den Krieg, was die Pläne und Absichten führender Militärs und Security-Leute. Das Geplänkel war entspannt. Es schien, als würden Mariam und Procter die Gesellschaft der jeweils anderen genießen. Dabei schoss die Station Chief den Vogel ab mit einem obszönen Witz über die Männlichkeit des Präsidenten, komplett mit Handbewegungen, von denen viele biologisch und anatomisch unausführbar waren. Mariam kicherte vor Vergnügen.

Erschöpft vom Training, gingen alle früh zu Bett. »Morgen drehn wir noch 'ne Runde«, sagte Procter. »Wir haben viel zu tun.«

Nachdem Procter die Tür zu ihrem Zimmer geschlossen hatte, gab Mariam Sam im Flur einen Kuss auf die Stirn. »Ich mag sie«, sagte sie. »Das Team. Es fühlt sich richtig an.«

Der darauffolgende Tag war heiß und anstrengend. »Aber das Mädchen hat ein feines Gespür für die Straße«, sagte Sam zu Procter im Überwachungs-Van, während sie erneut die Drohne startete und die BANDITOs Mariam beim zweiten Probelauf irgendwo östlich der Burg aus den Augen verloren. Procter schaute sich die Videoaufnahmen von der Ablage in den toten Briefkasten an und bezeichnete diese als *parfait* (»PAR-FAT«). Sam sah, dass es Yusuf schauderte, wie die Chefin der Damaskus Station seine Zweitsprache malträtierte. Am Ende des Tages nahm Procter Mariam in den Arm. »Wir werden gemeinsam Großes leisten, Mariam«, sagte sie, bevor sie das Haus verließ und nach Syrien zurückkehrte.

Mariam versuchte, ein letztes Mal, Fatimah zu kontaktieren. Sie kam nicht durch und rief Bouthaina an, um ihr einen Bericht zu liefern. »Zeit, nach Hause zu kommen«, sagte Bouthaina. »Die *Bint Mbareh* hat ihre Entscheidung getroffen.«

Weil sie nun wussten, dass es ihr letzter Abend sein würde, fuhren Sam und Mariam zur Moyenne Corniche, vordergründig, damit er ihr einige der Funktionsweisen von mit Fahrzeugen durchgeführten SDRs erklären konnte, in Wahrheit aber, weil er mit ihr allein sein wollte und fürchtete, Procter könnte das Safe House verwanzt haben. Außerdem musste sie über Onkel Daoud reden.

Sie fuhren nach Monaco. Die Sterne funkelten im Dunst. Er bog auf einen Parkplatz mit Aussicht. Die Steilküste mündete in ein Wäldchen mit Palmen und Zitrusgewächsen über einem weißen Sandstrand. Am anderen Ende standen mehrere Autos, die Insassen knutschten.

Eine Weile schauten Sam und Mariam schweigend aus dem Auto.

»Daoud?«, sagte sie schließlich und blickte nach links, um sicher zu sein, dass sie außer Hörweite waren.

»Was glaubst du?«, fragte Sam.

»Er wird sich nicht von der CIA anheuern lassen. Aber ich glaube, er würde mir Dinge erzählen, die er besser für sich behalten sollte. Möglicherweise vermutet er, dass seine Informationen an der falschen Adresse landen, doch er würde nicht fragen, wo, glaube ich.«

»Du hast gesagt, er hat Kummer?«

»Ja. Razan. Er ist wütend darüber, wie man sie behandelt hat. Und so wie viele Leute heißt er das wahllose Töten nicht gut. Außerdem will er nicht, dass Gas eingesetzt wird. Er ist ein Patriot. Er hat verstanden, warum es notwendig war, Israel abzuschrecken. Er hält es jedoch für falsch, dass es gegen Syrer eingesetzt werden soll.«

»Hast du mit anderen darüber gesprochen?«

Sie legte die Hand auf sein Bein, ihr Blick sagte: Lass mich dir Syrien erklären, du dummer Amerikaner. »Die Gespräche sind verhaltener, vage. In Syrien führen wir keine so offenen Gespräche, denn man kann nie wissen, wer gerade zuhört. Wenn ich ihm Fragen stelle, behaupte ich, dass der Palast es wissen möchte. Das wird ihm erlauben, offen zu sprechen.«

»Pass auf dich auf.«

Sie verdrehte die Augen und wandte sich ab.

»Was könnte er deiner Meinung nach liefern?«

»Er ist verantwortlich für das Waffenarsenal in der Hauptstadt, deshalb müsste er erfahren, wenn das Regime plant, das Sarin in Damaskus einzusetzen. Außerdem dürfte er mit der Sicherheit an den Standorten vertraut sein.«

Sam nickte. »Was immer du herausbekommen kannst, es wäre extrem hilfreich. Es hätte Priorität für uns.«

Mariam forderte ihn auf, zu schweigen, indem sie ihn fest auf den Mund küsste. Dann glitten sie ungelenk auf den Rücksitz. Erst er, dann sie. Schon bald wurde sie hin und her geschaukelt, sie spannte die Muskeln an, und ganz allmählich fühlte es sich gut an, dieses Anschwellen, das sich ausbreitete und sie ganz erfüllte. Seine Hände waren in ihrem Haar, seine Augen blickten in ihre, er hatte den Rücken ein wenig durchgedrückt, um den Winkel richtig hinzubekommen, denn er hatte bemerkt, wo sie den Druck spüren wollte. Hinterher lagen sie atemlos auf dem Rücksitz. So werden die gewichtigen Entscheidungen getroffen, dachte sie, während sie im gleichen Rhythmus atmeten.

Ich habe nichts getan.

Bis jetzt.

TEIL III

– Bomben –

16

Die Nachricht erreichte die Führungsriege im siebten Stock, dem Seventh Floor, in Langley dank eines syrischen Dokumentendiebs, der für ein großzügiges monatliches Salär Akten mit sensiblen Informationen fotografierte. Bradley informierte den Direktor und erklärte, die Berichte des Syrers stammten aus erster Hand und seien zuverlässig. Das Schriftstück und das beigefügte Foto seien mit an Sicherheit grenzender Wahrscheinlichkeit echt. Der Direktor beorderte Procter zurück nach Langley zur Konsultation.

In den darauffolgenden vierundzwanzig Stunden analysierte ein kleines Team aus der Security-Abteilung die Arztberichte und Medikamentenlisten in Bezug auf Val Owens. Sie interviewten CIA-Psychologen. Ein Team aus Ärzten, Pathologen und Gerichtsmedizinern vertiefte sich in das eine Foto. Am Ende führten die Lügen in dem Dokument und die Wahrheit in dem Foto zu einer spätnachmittäglichen Chefbesprechung mit dem Direktor. Das geschönte Protokoll des Meetings wurde in einem Raum deponiert, in dem die Dokumente nur eingeschränkt eingesehen werden durften und die Freigabe beziehungsweise Veröffentlichung nach dem Informationsfreiheitsgesetz untersagt war. Hätte man das Dokument gelesen, so wäre öffentlich geworden, dass zwischen den Minuten 15 und 17 der Diskussion die Leiterin der Damaskus Station, Artemis A. Procter, Dr. Pan »unterbrach und aufforderte, den Grad der Gewissheit in ihrem ärztlichen

Urteil darzulegen, bevor sie zu einem kontinuierlichen und vulgären Monolog über die angemessenen Methoden der Vergeltung ansetzte«.

Sam befand sich in der Abteilung für Medizinische Dienste – bei den Ärzten der Agency – zur Blutabnahme vor seinem Einsatz in Damaskus, als vor dem Laborraum ein Schopf schwarzer Haare auftauche. Procter machte die Tür ganz auf und drängte sich an der Ärztin vorbei, die klugerweise den Mund hielt, nachdem sie die Station Chief kurz taxiert hatte. Sam hatte nicht gewusst, dass Procter in der Stadt war.

»Komm mal mit an die frische Luft«, sagte sie. »Und zieh dir diese Nadeln raus; wir wollen uns die Beine vertreten.«

Sie verließen das Gebäude des Ursprünglichen Hauptquartiers und gingen in Richtung der in einem Wäldchen gelegenen Joggingstrecken in der Nähe der Chain Bridge. Es war ein schwüler Nachmittag, und Sam merkte, wie sich der Schweiß auf seinem Rücken und an seinen Beinen sammelte. Procter hatte keine einzige Schweißperle im Gesicht, ein wahres Wunder, wenn man bedachte, dass sie einen Tweed-Rock und eine weinrote Bluse trug. Als sie bei den Laufstrecken ankamen, war Sams weißes Hemd durchgeschwitzt.

Procter ging schneller, schwieg aber immer noch. Sam hatte Mühe, bei ihrem Tempo mitzuhalten, auch wenn ihre Beine fast dreißig Zentimeter kürzer waren als seine. Ein Jogger schnaufte vorbei. Schweigend gingen sie weiter, bis der Mann schließlich um eine Ecke bog und außer Sicht war. Sam lief Zickzack auf dem Weg auf der Suche nach Schatten. Procter, das Gesicht knochentrocken und kalkweiß, marschierte schnurstracks durch den Sonnenschein, bis sie einen entlegenen Abschnitt erreichten.

Sie blieb stehen.

»Val ist tot«, sagte sie unvermittelt. »Die Nachricht ist gestern früh reingekommen. Ali Hassan hat sie während einer Befragung umgebracht.« Sie spuckte aus.

Sam steuerte auf eine Bank zu und setzte sich. Er beobachtete, wie die Blätter im Wind raschelten. Rieb sich die heiße Stirn mit seiner schweißnassen Hand. Aus irgendeinem Grund hielt er sich an den kleinen Dingen fest, den Details.

Seltsamerweise dachte er an Mariam und wünschte, sie wäre hier, bei ihm. Er sehnte sich danach, ihre Haut auf der seinen zu spüren. Wieder lief ein Jogger vorbei. Er krempelte die Ärmel auf und strich törichterweise seine Krawatte glatt.

Procter blickte um sich. Sie waren allein. Sie sah Sam unverwandt an – sein Gesicht troff vor Schweiß – und zog ein Gummiband hervor. Band sich die schwarzen Locken zu einem seitlichen Pferdeschwanz. Dann zog sie aus ihrer Tweedjacke zwei gefaltete DIN-A-4-Blätter und reichte sie Sam. Schweißtropfen fielen auf das Papier, als Sam das Foto auseinanderfaltete. Er hatte den Tod schon einmal gesehen. Als Junge, im Schatten eines nördlichen Kiefernwalds. Als Mann im Schlamm und Sand von Bagdad und Anbar. Vals leblose Augen starrten ihm aus dem Foto entgegen.

»Man hat ihr die Kopfhaut abgetrennt«, sagte Procter. »Unsere Ärzte und Foto-Experten haben einen dünnen Einschnitt entdeckt, trotz der Schminke. Die haben sie skalpiert, dann die Kopfhaut für das Foto wieder angenäht.«

Er unterdrückte seine aufsteigende Übelkeit, faltete das Foto langsam zusammen und reichte es Procter zurück. Wieder lief ein Jogger an ihnen vorbei. Procter setzte sich zu Sam auf die Bank.

»Lies das hier.« Er faltete das zweite Blatt Papier auseinander und las die englische Übersetzung:

15 APRIL

VON: BRIGADEGENERAL ALI HASSAN, DIREKTOR DES
SICHERHEITSAMTS DES PRÄSIDENTENPALASTS

AN: SEINE EXZELLENZ, PRÄSIDENT DER SYRISCH-
ARABISCHEN REPUBLIK BASCHAR AL-ASSAD;
GENERALLEUTNANT RUSTUM HASSAN, KOMMANDEUR
DER REPUBLIKANISCHEN GARDE

BETREFF: INHAFTIERTE CIA-AGENTIN

CIA-AGENTIN VALERIE OWENS, GETARNT ALS ZWEITER
SEKRETÄR AN DER AMERIKANISCHEN BOTSCHAFT
TÄTIG, VERSTARB AN DEN FOLGEN EINES HERZ-
VERSAGENS WÄHREND EINER ROUTINEMÄSSIGEN
BEFRAGUNG: DIE IN IHRER WOHNUNG AUFGEFUNDENEN
MEDIKAMENTE UND ANTIDEPRESSIVA DEUTEN
DARAUFHIN, DASS OWENS UNTER HOHEN CHOLESTERIN-
WERTEN, STRESS UND PANIKATTACKEN LITT. DAS
SICHERHEITSAMT BEDAUERT DEN VORZEITIGEN TOD
VON MISS OWENS UND EMPFIEHLT DEM PALAST,
WEITERHIN JEGLICHE KENNTNIS IHRES AUFENTHALT-
ORTS ABZUSTREITEN.

Sam faltete das Blatt Papier und reichte es Procter zurück. »Unsere Ärzte haben sich Vals Krankenakte genau angesehen: Wir wissen deshalb, dass die Sache mit den Medikamenten Stuss ist.« Procter steckte das Blatt ein. »Ali hat sich das ausgedacht, um sich abzusichern. Der Direktor wird das Weiße Haus drängen, das Todesurteil zu verhängen. Ich bezweifle allerdings, dass wir es bekommen. Diese Dinge sind schwierig. Sie brauchen ihre Zeit. Allerdings habe ich ein gottverdammtes Problem damit, dass CIA-Mitarbeiterinnen ermordet werden.«

Wie Sam wusste, würde jedoch eine Geheimoperation mit gezielter Tötungsabsicht erforderlich sein, wenn die CIA wegen des Mordes an Valerie Vergeltung üben wollte.

Der Antrag verlangte nach einer robusten nachrichtendienstlichen Begründung und musste von der Abteilung für Rechtsfragen im Justizministerium abgesegnet werden, von der Überprüfung durch die interne Abteilung für Rechtsfragen der CIA ganz zu schweigen. Das Ganze war kompliziert, weil ein Dekret aus den Reagan-Jahren ein generelles Verbot von politischen Attentaten vorschrieb.

»Ich will einen Plan, damit wir bereit sind, wenn man uns ruft«, sagte Procter. »Einen inoffiziellen. Du gehst nach Syrien. Nimm die BANDITOs mit zurück nach Damaskus. Ich möchte, dass du mit ihnen zusammen einen Plan für Alis Eliminierung entwirfst für den Fall, dass wir den brauchen.« Sie starrte weiter entschlossen geradeaus.

Noch ein Jogger lief vorbei. Sam erhob sich. »Ich werde eine Weile aus Langley weggehen, will einen klaren Kopf bekommen vor Damaskus.«

»Gute Idee.«

Er wusste, dass es Procters Begeisterung für seine Beteiligung an dieser Operation dämpfen würde, wenn er Gefühle zeigte, deshalb sagte er nur: »Es wird mir eine Ehre sein, mich der Jagd in Damaskus anzuschließen. Danke, dass du mir die Möglichkeit gibst, mich daran zu beteiligen.«

Procter nickte.

»Willkommen zur Show.«

Sam hatte noch eine Woche Zeit, bevor er nach Damaskus abreiste, und so flog er in eine andere Wüste, um zu vergessen. Las Vegas fieberte: das Glitzern des Sunset-Strips, die Palmen, die sich im Wind wiegten, der Alkohol und der Dreck auf den Straßen, überall, auf allem.

Er war leicht betrunken und hatte eine irre Glücksträhne.

Wäre er ein anderer Mann gewesen, mit einer anderen Vergangenheit, er hätte überlegt, wie er die 22.750 Dollar ausgeben würde, die jetzt in Jetonstapeln auf dem grünen Filz seines alten Tischs im Pokerzimmer des Bellagio lagen.

Doch er hatte Entschlüsse gefasst. Vom Gewinn würde er nur einen Hundert-Dollar-Schein behalten, um das Büffet nach der Pokerpartie für zwei bezahlen zu können. Die Trips nach Vegas waren nach den Auslandseinsätzen oder hässlichen geheimdienstlichen Operationen zu einer Art kathartischem Ritual geworden. Sam hatte das berufsbedingte Pech gehabt, in Städten stationiert gewesen zu sein, die das Glücksspiel verachteten: Kairo, Riad, Bagdad. Zwar konnte er – und tat es auch – Angehörige der Botschaft und der Station ausplündern, aber die Pokerpartien wurden da bei Weitem nicht so hitzig, sie ähnelten eher einer Zeitlupen-Kapitulation des Gegners als einem Gladiatoren-Showdown, so wie er es liebte. Ein Pokergame war der Kampf in Zeiten des Friedens. Es war Ersatz-Spionage, denn es stand bloß Geld auf dem Spiel, nicht das Leben eines Agenten.

Sam trug einen alten grauen Kapuzenpulli, der ihm irgendwie Glück zu versprechen schien. Er blickte über den Tisch hinweg zu dem dicklichen Briten im Anzug, dem einzigen Spieler, der mitging. Ein Bluff. Sam hatte zwar nur 10–8, aber es sah Chancen.

Der Brite hüstelte, was bewies, dass er nervös war.

Die zweite Einsatzrunde: Pik-Zwei, Herz-Vier, Pikdame.

Sam schaute auf sein Blatt. Der Brite setzte 500 Dollar. Sam rief sich in Erinnerung, wie sein Gegner setzte. Dessen vorheriges Maximum waren 200 Dollar gewesen, und sein Stapel war da ungefähr genauso hoch gewesen. Eine Wettsteigerung sieht anders aus. Wenn der Brite eine Königin bekam, würde er weniger setzen, um ihn ins Spiel zu locken: Dann will er, dass ich mich wohlfühle. Und mich aus dem Topf raushaben. Vielleicht Ass-König? Buben? Zehnen? Ein Vierer?

Sam erhöhte erneut, mit 500 Dollar. Der Brite wollte sehen.

Die vierte Gemeinschaftskarte: Karo zehn.

Der Brite lächelte, nur ein wenig, hantierte mit seinen Jetons. Sam hatte das Hunderte Male bei Hunderten Spielern gesehen: das triefäugige Lächeln eines Mannes, der sich selbst von irgendetwas überzeugen wollte. Der Husten war weg.

Der Brite setzte 750 Dollar. Sam sah den Mann unverwandt an. Das Anzughemd straffte über dem Bauch, der sich etwas hob und senkte. Der Mann versuchte, ganz ruhig zu atmen. Wenn ich wieder mitgehe, und er bleibt dabei, bezahlt er für den Vierer-Flush.

Sam erhöhte noch einmal, auf 1000 Dollar.

Das Lächeln verschwand. Wieder blickte der Brite auf sein Blatt. Der finale Verzicht auf ein Blatt mit verfehltem Potenzial.

Der Brite warf seine Karten dem Kartengeber zu, der Sam den Topf hinschob.

»Was haben Sie, wenn ich fragen darf?«, fragte der Brite.

»Königinnen«, log Sam.

Der Brite nickte und trank einen Schluck Whisky. »Verdammt. Gut gespielt.«

Sam spürte eine Hand auf der Schulter. »Zeit fürs Buffet? Das Abendessen endet um zehn.«

Sam strich mit der Hand über den Filz, nahm die Clay Chips, wog sie in der Hand. Er schloss die Augen und atmete den beruhigenden, etwas muffigen Geruch eines aktiven Pokertisches ein.

Sam schlenderte mit dem Bellagio-Bewohner, abendlichem Buffet-Partner und gelegentlichem CIA-Talentsucher Max Huston zur Kasse. Huston hatte Sam mit der Agency bekannt gemacht. Huston unterhielt eine inoffizielle, schattenhafte ad hoc-Beziehung zur Agency. Huston suchte Talente und leitete sie weiter zu den Anwerbern der CIA. Er wurde nicht bezahlt. Nach einem halben Dutzend Wodka-Sodas hatte er Sam mal erzählt, dass er nur seine Staatsbürgerpflicht tue, wenn er es den Kommunisten, den Russkis und den Al-Qaida-Kameltreibern zeige. »Die CIA muss die Besten haben, nicht nur die Schnösel von den Elite-Unis«, sagte er mit einem offenen Auge, während das andere auf und zu ging. »Die CIA braucht die Jungs und Mädels, die wissen, wie Menschen ticken, Sam.« Sechs Monate nachdem er Max kennengelernt hatte, war Sam im Ausbildungszentrum für Spionagetechniken auf der Farm gewesen, wo die Agenten-Anwärter getestet wurden, um festzustellen, ob sie den nötigen Mut und die erforderliche Persönlichkeit für den Dienst bei der CIA besaßen.

»Glück im Spiel heute Abend?«, fragte Huston und nippte an seinem Wodka, während Sam die Schale mit den Jetons durch den Schlitz unter der Glasscheibe schob, hinter der der runzlige Kassierer saß.

»Ja. Wie in den alten Zeiten.«

»Guter Mann.«

»Können Sie das in zwei Schecks und einen Geldschein aufteilen?«, fragte Sam den Kassierer.

Huston lachte.

»Natürlich.« Der Kassierer krauste die Stirn. Er warf einen Blick auf Huston, dann das Wodkaglas. Dann rang er sich ein Lächeln ab.

»Den einen Scheck bitte auf Sam Joseph. Mich.« Er schob seinen Führerschein durch den Schlitz. »Einen Hundert-Dollar-Schein. Und dann einen zweiten Scheck über den Rest, ausgestellt auf Clara Grace Joseph.« Sam buchstabierte den Namen.

Huston kicherte und leerte sein Glas. »Was macht sie mit dem Geld?«

»Vor Kairo hat sie sich ein Auto gekauft.«

»Und vor Bagdad?«

»Vor Bagdad gab's keinen Scheck.«

Huston grinste. »Ich weiß.«

Sam zog ein bereits adressiertes Kuvert aus der Hosentasche seiner Jeans:

CLARA GRACE JOSEPH
15 BIG RICE ROAD
SHERMANS CORNER, MN 55395

Er steckte einen Scheck über 24.480 Dollar in das Kuvert und bat den Kassierer um einen Stift und einen Zettel. Auf den Zettel schrieb er: *Für alles, ich liebe dich, Mom.* Er legte den Zettel in den Briefumschlag und klebte diesen zu.

»Deine Mutter kann von Glück reden«, sagte Huston. »Auch wenn du ihr das Herz gebrochen hast. Also, jetzt zum Büfett. Aber ich möchte darauf hinweisen, dass du dir wie üblich nicht genügend Geld hast auszahlen lassen, um meine Trinkerei finanzieren zu können.«

Sam legte sich die Meeresfrüchte auf den Teller und nahm Huston gegenüber in der Nische Platz, der bereits den nächsten Wodka kippte. Für Sam hatte er ebenfalls einen bestellt.

»Ich weiß es sehr zu schätzen, wenn meine ehemaligen Schüler mich wissen lassen, dass sie in der Stadt sind.« Er hob sein Glas, Sam ebenso. Überall Lärm, eine energiegeladene Atmosphäre: In der Küche klapperten Teller, auf der anderen Seite des Raumes johlte eine Gruppe betrunkener chinesischer Geschäftsleute. Huston hob sein Glas in die Richtung dreier attraktiver Ladies, die vorbei stöckelten, ihre Röcke unglaublich kurz, das Make-up fingerdick, die Haare bis zur Unkenntlichkeit gebleicht. Dann blickte er wieder zu Sam, der sich über die Eismeerkrabbe hergemacht hatte. Huston runzelte die Stirn. »Stimmt was nicht?«

»Ja. Wir haben jemanden verloren.«

Huston brummelte irgendetwas und hob sein Glas. »Mehr darfst du nicht sagen, richtig?«

»Nein, leider nicht.«

Huston schnitt sich eine Scheibe von seinem Rumpsteak ab. »Hat Bradley dich hinzugezogen?«

»Ja.«

»Du bist sein Fixer, das weißt du, Sam. Darum schickt er dich in den Kampf.«

Er hob sein Glas, damit Huston nicht sah, dass er die Lippen schürzte. Es war ihm zuwider, dass man ihn als Fixer von Bradley charakterisierte – weil es stimmte.

Die chinesischen Geschäftsleute brachen in Gelächter aus, als einer von ihnen aus der Nische herausfiel. Der Kellner trat über ihn hinweg. »Fehlt dir das Hotel hier?«, sagte Huston.

Sam schaute zu dem Geschäftsmann, der sich an den Tisch klammerte und unter den Anfeuerungsrufen seiner betrunkenen Kollegen aufzustehen versuchte. »Nur dein Lächeln, Max.«

Nach zwei weiteren Runden Wodka, einem weiteren Gang zum Büfett und einem ordentlichen Quantum torfigem Scotch, von dem Huston gewohnheitsmäßig behauptete, es sei der einzige angemessene Schlummertrunk, wollte Sam die Reißleine ziehen. Plötzlich zeigte Huston mit seinem leeren Glas auf einen der Fernseher über der Carving Station.

Sam wandte sich um und las die Einblendung auf CNN. *US-Regierungsbeamtin in Damaskus getötet.* Dann der Lauftext: Hochrangige Beamte der nationalen Sicherheitsbehörde äußerten gegenüber CNN, dass die US-Diplomatin Valerie Owens in Damaskus ums Leben gekommen sei. Die syrische Regierung habe bislang keine offizielle Stellungnahme abgegeben.

Sam hatte vier Fläschchen Whisky aus der Minibar gekippt und stand nun am Fenster und blickte hinunter auf den Sunset-Strip mit seinem illuminierten Springbrunnen, der Eiffelturm-Kopie, den schattenhaften Bergen in der Ferne.

Die Springbrunnen des Bellagio, weiße Sonnenstrahlen in der Nacht, wiesen gen Himmel.

Genau deshalb bist du von ihr weggegangen: Diese Stadt tanzt, nichtsahnend, aber Kriege finden anderswo statt. Was Mariam wohl von diesem Ort halten würde? Plötzlich bekam er Sehnsucht nach Frankreich. Nach der Zeit, bevor Mariam wieder zurück nach Damaskus gegangen war. Bevor er das Foto von Val gesehen hatte.

Er öffnete ein fünftes Fläschchen und leerte es schnell. Diese verfluchten Medien-Leaks. Val hatte im Verborgenen operiert – und das Recht, auch so beerdigt zu werden. Stattdessen zeigten alle Nachrichtensendungen irgend so ein gottverdammtes College-Jahrbuch-Foto. Es machte ihn wütend. Er lag auf dem Bett und wartete auf den Schlaf, doch anstatt einzuschlafen, sah er eine geistige Diashow mit seiner lieben Freundin und ihrem verrückten Lachen in Bagdad. Bei Tagesanbruch brühte sich Sam mit der Kaffeemaschine im Zimmer einen Kaffee, trank ihn schweigend und betrachtete den Springbrunnen, der, jetzt nicht mehr angeleuchtet, in der Tristesse der Morgendämmerung dalag. Er stellte die Kaffeetasse beiseite und drehte eine der leeren Jack-Daniels-Fläschchen in der Hand.

In einigen Wochen gehen wir daheim mal zusammen was trinken, hatte Val gesagt.

Val Owens starb vor der alljährlichen »Gedenkfeier«, deshalb hatten die Steinmetze Zeit, den 134. Stern exakt fünfzehn Zentimeter rechts vom 133. in die marmorne Mauer zu meißeln. Der Kalligraf, der die Namen der Toten in das ziegenlederne *Buch der Ehre* tuschte, das in einer über die Mauer hinausragenden Vitrine lag, fügte einen ähnlichen Stern, aber keinen Namen hinzu. Valerie Owens operierte zur Zeit ihres Todes undercover, ihre Rolle bei der Agency blieb weiter unter Verschluss.

Die Wandelhalle war voller Führungskräfte der Agency, akkreditierten Reportern, Angehörigen der Toten und allen, denen es gelungen war, sich in der Lobby des Gebäudes des Ursprünglichen Hauptquartiers zu zwängen. Der Direktor nannte Val während der Feier nicht beim Namen. Die ungewaschenen Massen, die keine blauen Ausweise und keine Sicherheitsfreigaben für die Top Secret/Sensiblen abgeteilten Informationen besaßen, komplettierten das Publikum.

Sam stand im hinteren Bereich. Als er den Blick über die Sitzreihe schweifen ließ, sah er ganz vorn eine Frau in mittleren Jahren mit zerzaustem grauen Haar, schluchzend, während der Direktor den jüngsten Verlust einer Case Officer in einem Land im Nahen Osten beklagte. Es war Vals Mutter, Joanna. Vals Vater lebte nicht mehr.

Sam hatte nie viel darüber nachgedacht, dass CIA-Angehörige in Ausübung ihrer Pflichten ihr Leben verlieren konnten. Überwiegend handelte es sich um Paramilitärs der Special Activities Division – normalerweise Armeesoldaten –, die in einem Kriegsgebiet starben, im Rahmen von etwas, das eher militärischen Gefechten ähnelte als dem Sammeln nachrichtendienstlicher Informationen. Aber das hier war anders. Während er den Stern betrachtete, kam es ihm vor, als sei Val ausgelöscht worden – bis auf die Gravur in der Mauer.

Der Direktor dankte allen für ihr Kommen und lobte die Gefallene mit vagen Höflichkeitsfloskeln. Die Trauergemeinde ging auseinander. Sam drängelte sich durch die Menschenmenge hinüber zu Joanna Owens. Die Wangen waren gerötet, der Blick unstet: die Verzweiflung einer Mutter, die ihr einziges Kind überlebt hatte. Sam zwängte sich an einem unbekannten Trauergast vorbei und nahm Joanna fest in die Arme. »Ich kannte Val, in Bagdad, sie war wie eine Schwester für mich«, sagte er. »Es tut mir so leid.« Joanna weinte. Er trat einen Schritt zurück und wollte sagen, dass die CIA alles daransetzen würde, den Mörder ihrer Tochter zu finden. Aber ihm war völlig unklar, ob Joanna wusste, dass ihre Tochter ermordet worden war, oder ob Langley letztlich versuchen würde, Val zu rächen. Er schaute sie an. »Es tut mir so leid«, sagte er wieder. Sie schniefte und nickte. Als sich sein schlechtes Gewissen bemerkbar machte, wandte er sich ab, drängte sich durch die Menge und verließ die Wandelhalle.

Sam flog nach Damaskus mit einem Economy-Class-Ticket, das er beim Center für den Globalen Einsatz gemäß der CIA-Dienstvorschrift 41–2 erworben hatte, die vorschrieb, dass jede

Dienstreise »mindestens dreizehn Stunden, einschließlich Zwischenstopps, dauern muss, um den Erwerb eines Flugscheins oberhalb der Basic Economy Class – oder der nächsten Entsprechung – mit einer US-amerikanischen Fluggesellschaft (Delta, American, United usw.) zu gestatten«. Er hatte gegenüber der alten Dame im Center argumentiert, dass ausgestreckt gut schlafen können tatsächlich gegen Jetlag half, aber sie ließ sich nicht erweichen. Für einen Hinflug von zwölf Stunden und 47 Minuten gab es das billigste verfügbare Ticket.

Sam flog über Wien, weil Austrian Air eine der wenigen westlichen Fluggesellschaften war, die noch Damaskus anflogen. Er nickte gerade ein, als der Pilot verkündete, dass man den steilen Landeanflug zum internationalen Flughafen Damaskus begonnen habe, und sich alle anschnallen sollten. Die Gründe ließ er unerwähnt, aber Sam kannte sie: Durch einen raschen Sinkflug konnte das Flugzeug noch am ehesten der Situation entgegensteuern, dass die Aufständischen mit ihren Schultergeschützen die Maschine trafen. Sam drehte sich der Magen um, als die Maschine steil an Höhe verlor.

Durch das Fenster sah man die Rauchsäulen, die aus einigen der umkämpften Vororte aufstiegen, und den städtischen Ballungsraum, der sich weithin über der Wüstenebene erstreckte. Aus der Luft wirkte der Vorortring um die Innenstadt wie die endlose Aneinanderreihung von Betonziegelhäusern. Das Zentrum, die uralte Altstadt, war mit Minaretten und dem Grün von Parks gesprenkelt. Aus der Luft war Damaskus wunderschön. Darum vergaß Sam einen Augenblick lang die Gefahr, der sich Mariam gegenübersah, und verbannte aus seinen Gedanken die Schreie, die er gehört hatte, bevor er während seines einzigen vorhergehenden Aufenthalts in Damaskus im Auto aus der Stadt hinausgerast war.

Die Reifen setzten auf der Landebahn auf, der Pilot entbot ein halbherziges Willkommen. Sam blickte sich um. Keiner von den Passagieren schien sich besonders über die Ankunft zu freuen.

Er stieg aus dem Flugzeug und traf den Fahrer der Botschaft am Flugsteig an, so wie es in der Depesche, die seinen permanenten Wechsel der Station (PCS) nach Damaskus bestätigte, genau angegeben war. Der Mann schüttelte ihm die Hand, hieß ihn in Syrien willkommen und ging ihm im Laufschritt voraus. Nach der Passkontrolle gelangten sie zur Gepäckausgabe, wo Procter wartete. Die Leiterin der Station wirkte ernst, sie trug eine Piloten-Sonnenbrille und eine olivfarbene Jacke im Militarystyle, die für ein polares Klima bestimmt war. In Gegenwart des Fahrers – eines einheimischen Angestellten im Auslandsdienst (FSN) – schwiegen sie. Sam holte seinen einzigen Koffer aus dem Gepäckausgabebereich: die Förderbänder waren außer Betrieb, die Koffer stapelten sich in unordentlichen Haufen, die Passagiere standen dicht gedrängt. Als wären sie Flüchtlinge, die sich um einen Sack Mehl rangelten. Nach der Zollabfertigung eilte Sam, seinen Koffer hinter sich herziehend, durch den staubigen Terminal ins gleißende nachmittägliche Licht.

So wie alle kompetenten Fahrer in der gesamten arabischen Welt hatte der Mann im Halteverbot geparkt: Der weiße Land Cruiser der Botschaft stand mit eingeschalteter Warnblinkanlage direkt vor dem Terminal. Procter scheuchte den Fahrer weg. Sie schickte ihn zu einem anderen Fahrzeug – zweifellos legal in einiger Entfernung geparkt – und setzte sich selbst ans Steuer. Sam klappte die Hecktür hoch und warf seinen Koffer in den Innenraum, wo merkwürdigerweise eine Schaufel lag; dann hörte er die beruhigenden ersten Worte der Chefin: »Heute Morgen haben die Aufständischen auf der Flughafenstraße irgendwelche

Typen von der Republikanischen Garde entführt, ich bin deshalb persönlich gekommen, damit dir nichts passiert, du nicht schon an Tag eins ein toter Mann bist.«

Nach einer fünfminütigen Fahrt kamen sie am ersten Checkpoint an. Sie zeigten ihre schwarzen Diplomatenpässe und wurden durchgewinkt, ohne dass man den Koffer auch nur kurz inspizierte. Der Flughafen lag dreißig Minuten südöstlich des Stadtzentrums. »In rund zwanzig Minuten wechseln wir vom Krieg in den Frieden«, sagte Procter. Sam betrachtete die Palmen, die allgegenwärtigen Plakatwände mit Regime-Propaganda und die Betonziegel-Vororte. Die Lage hatte sich verschlechtert seit der Operation zur Befreiung von Val und KOMODO. Während sie sich der Innenstadt näherten, kamen sie an Straßenzügen mit verschlossenen Läden, Imbiss-Restaurants und Autowerkstätten vorbei, die offenbar irgendwann vor langer Zeit dichtgemacht hatten.

Procter spielte Reiseführerin. »Inzwischen greifen die Rebellen Soldaten und Milizen des Regimes auch in dieser Gegend an.« Sie deutete auf die verbuschten Flächen rechts und links der Flughafen-Schnellstraße. »Manchmal handelt es sich um Entführungen, dann wieder schießen sie – *zisch* – mit einem dieser gottverdammten Schultergeschütze mitten rein in ein Auto.« Sie machte eine beunruhigende Geste in Richtung Frontscheibe. »Bevor man sich in dieser Stadt umherbewegt, macht man besser seinen Frieden mit seinem Gott.«

Als sie Dscharamana erreichten – eine weitere von Unruhen geprägte Stadt nahe Damaskus – wurden sie an fünf Kontrollpunkten gestoppt. Jedes Mal ohne besondere Vorkommnisse, doch die Ungewissheit ließ den Puls hochschnellen. Nachdem Procter ihr Seitenfenster nach Checkpoint fünf hatte hinaufgleiten lassen, charakterisierte sie die Stimmung in der Stadt mit den Worten: »Man weiß nie, wann einer dieser Teenager beschließt, ein bisschen Spaß mit einem zu haben.« Über ihnen schwebten drei Kampfhubschrauber, Maschinengewehre ratterten zwischen den Trümmern. Die Republikanische Garde hatte zwar die Zufahrtsstraßen gesperrt, doch Sam sah, dass die meisten Gebäude in der Stadt bereits zerstört waren: ganze Häuserwände weggerissen, der Beton pockennarbig nach dem Granatfeuer, die Oberflächen rußschwarz nach den Explosionen. »Da drin ist es wie in Afghanistan«, sagte Procter. »Ohne die fröhliche Atmosphäre.«

Im Stadtzentrum von Damaskus hellte sich die Stimmung dann auf. Die Geschäfte hatten geöffnet, die Cafés waren bevölkert, die Gebäude unversehrt, der Verkehr lebhaft. Procter parkte vor der Botschaft, auf dem Bürgersteig des Kreisels. »Ich zeige dir alles.« Sie löste den Sicherheitsgurt und sprang aus dem Fahrzeug. Sie ließen Sams Koffer hinten im Auto und gingen in westlicher Richtung an der weißen Steinmauer vor dem Botschaftsgebäude entlang. Die Mauer war circa drei Meter hoch, gekrönt von einem viereinhalb Meter hohen Zaun, der Kletterer davon abhalten sollte, Halt zu finden. »Der Zaun liegt nicht gerade weit weg von der Straße, oder?«, sagte Sam.

»Richtig, das ist ein schweinemäßiges Problem«, sagte Procter. »Damals, '06 wollten irgendwelche Terroristen in einem mit einer Bombe beladenen Lkw durchs Vordertor fahren. Nur die kleinen Betonabsperrungen auf dem Bürgersteig haben sie aufgehalten.« Sie betraten das Botschaftsgelände vom Westeingang aus und passierten die Metalldetektoren unter den aufmerksamen Blicken von drei Marine-Soldaten. Weil Sam seinen Ausweis bereits hatte, betraten sie den Vorraum des Botschaftsgebäudes, und Procter gab ihm die Geheimzahlen, mit denen er die Türen öffnen konnte. »Zweiter Stock«, sagte sie. »Die hohen

Tiere vom Außenministerium, der Stellvertretender Chef de Mission, die Politische und die Wirtschaftsabteilung. Der Botschafter hat einen abhörsicheren Raum, den wir manchmal für Besprechungen nutzen. Im dritten Stock sitzen die Marines und Kommunikationsfreaks mit ihren Antennen und dem ganzen Kram. Übrigens: Dort versammeln wir uns, wenn die Sache für uns so läuft wie damals '79 in Teheran.«

»Jetzt zum Untergeschoss«, fuhr sie fort und deutete zu einem Gang mit abblätterndem Putz, mit einer Reihe flackernder Neonleuchten und einer Toilette – die Tür einen Spalt breit geöffnet – am Ende. »Da sind wir. Willkommen in der Damaskus Station.« Sie näherte sich der Stahltür, tippte einen Code ein, ein Summen ertönte. Dann zog sie die schwere Tür auf.

Während seines ersten Auslandseinsatzes in Kairo hatte sich Sam an den rustikalen Charakter der CIA-Immobilien im Nahen Osten gewöhnt. Das CIA-Büro in Damaskus war da nicht anders. Die Räume waren in künstliches Licht getaucht, es standen weniger als zehn Schreibtische darin, alle auf unheimliche Weise unbesetzt, als hätte es Entlassungen gegeben oder eine Epidemie – was angesichts der klimatisierten Luft durchaus sein konnte. Die spartanische Einrichtung entsprang der Angst vor Plünderungen. Die Festplatten wurden jeden Abend aus den Rechnern entfernt, die Dokumente in die mit Säure verstärkten Aktenvernichter gesteckt oder in Tresore gelegt; vom Mitbringen persönlicher Dinge ins Büro wurde abgeraten. Fernsehmonitore zeigten Überwachungsbilder vom Bereich vor der schweren Stahltür der Niederlassung.

Procter ging mit ihm zu seinem Schreibtisch. Vor einem Lüftungsschlitz flatterten die kleine Flagge der Rebellen und ein Porträtfoto von Baschar al-Assad.

In Procters Büro fiel ihm als Erstes eine Pumpgun ins Auge.

Ein Case Officer von Procter in Moskau hatte die Waffe mal erwähnt. Procters Mossberg-Vorderschaftrepetierflinte stand in einer Ecke neben dem Papierkorb, ein krasser Verstoß gegen mehrere Vorschriften der Agency. Auf einem mit Klebeband an der darüber befindlichen Wand befestigtem Zettel stand: ZUR VERWENDUNG IM FALLE EINER GEISELNAHME.

In Procters gefängniszellenhaftem Büro – fensterlos, dreimal zweieinhalb Quadratmeter groß, möbliert nur mit einem kleinen Schreib- und einem Beistelltisch –, sah Sam auf dem Desk fettiges Einwickelpapier und Pita-Krümel liegen. Procter zog die Jacke aus und warf sie achtlos auf den Boden. Sie trug ein schwarzes Tank-Top, und als sie ihm jetzt den Rücken zukehrte, erblickte er auf ihrem großen Rückenmuskel ein Tattoo – sieben schlichte Sterne in einer Reihe, darüber die Worte IN HONOR. Eine persönliche Gedenkmauer, auf den Rücken tätowiert. Procter erklärte, sich den Operationsplan ATHENA vornehmen zu wollen, was Sam ziemlich ungehobelt fand, wenn man bedachte, dass er erst seit anderthalb Stunden in Syrien war und einen ganzen Tag nicht geschlafen hatte. Ihm fiel das verbreitete Urteil über Procter ein: Duracell-Häschen. Vor dem leeren Whiteboard stehend, griff sie nach einem roten Filzstift, so als habe sie eine Idee. Aber sie schrieb nichts. Sondern legte den Stift zurück auf den Tisch. Sie schaute auf die Uhr, dann zeigte sie zur Tür.

»Zeit, dass du gehst, damit ich in Ruhe nachdenken kann.«

17

So wie jede Woche traf das Paket mit den Informationen des SWR am Mittwoch in Alis Büro ein – Frucht einer Vereinbarung zwischen Assad und Putin zur russischen Unterstützung gegen die Aufständischen. Die neuen geheimdienstlichen Nachrichten des russischen Auslandsgeheimdienstes stellten eine Verbesserung gegenüber dem Geschwafel dar, das der SWR vor den Unruhen geliefert hatte, in den friedlichen Jahren, als Syrien noch nicht im Zentrum des Stellvertreterkrieges zwischen Washington und Moskau stand.

Ali blätterte in den Papieren und erfuhr daraus, dass die Amerikaner, selbst noch nach den jüngsten Festnahmen, einen neuen Agenten rekrutiert hatten. Er las einen faszinierenden Bericht mit dem Titel: »PERSÖNLICHKEITEN IM SYRISCHEN PRÄSIDENTENPALAST UND DIE DYNAMIK DER MACHT.« Die Darstellung war überaus erhellend.

Sie schloss mit einem kurzen, kommentierenden Absatz, den die Abteilung für den Nahen Osten des SWR in schwerfälligem Arabisch verfasst hatte:

SWR-QUELLE BERICHTET ZUDEM VON GERÜCHTEN ÜBER NEUEN, HOCH PLATZIERTEN CIA-SPION IN SYRIEN: QUELLE ERLANGTE DIE INFORMATIONEN WÄHREND INFORMELLER KONTAKTE: SWR GEHT DEN GERÜCHTEN NACH, UM WEITERE DETAILS ZU LIEFERN.

Der SWR nannte zwar nicht die Quelle, aber Ali vermutete, dass die Russen einen Agenten in der CIA oder im israelischen Mossad hatten, weil der digitale Scan des eigentlichen CIA-Berichts in dem Paket mit einem Aufkleber versehen war, der die Kürzel aufwies: »TS//HCS//OC REL ISR.« Wobei »REL ISR« bedeutete, dass der Bericht an die Israelis freigegeben war.

Ali rief Kanaan an und bat um die Berichte aus der US-Botschaft. Die Offiziere des *Muchabarat*, die das Gebäude überwachten, reichten täglich Berichte ein, in denen alle Amerikaner aufgeführt waren, die die Botschaft betraten oder sie verließen.

Ali wartete, rauchte seine Zigarette zu Ende und rief grundlos Layla an.

Layla erklärte ihm gerade, der Strom sei ausgefallen, ein zunehmend verbreitetes, lästiges Vorkommnis, selbst in dem Viertel, in dem Ali wohnte, da kam Kanaan mit den Unterlagen herein. Ali legte sie auf den Schreibtisch und sagte Layla, er werde sie später noch mal anrufen.

Er las. Da waren Bilder und Kommentare zu jedem amerikanischen Botschaftsbeamten. Manche waren als »Mutmaßlich CIA« oder »Gesichert CIA« markiert. In diese Kategorien fielen mehr als zwanzig Personen. Plötzlich sah er einen Namen, den er nicht kannte. Zweiter Sekretär Samuel Joseph. Auch dieses Gesicht erkannte er nicht, das ihm jetzt aus den körnigen Überwachungsbildern entgegenblickte, die zeigten, wie Mr. Joseph um 7:56 Uhr die Botschaft betrat und um 11:45 Uhr wieder verließ – vermutlich zum Lunch –, dann am Nachmittag zurückkehrte und schließlich um 18:48 die Botschaft an diesem Tag endgültig verließ. In dem Bericht wurde er als »Mutmaßlich CIA« eingestuft, und es hieß, dass er sich seit zwei Tagen in Damaskus aufhalte.

Er rief Kanaan und bat ihn, die Archive der diversen *Muchabarat*-Dienste zu durchforsten, um festzustellen, ob man irgendetwas über diesen Samuel wisse. Er klappte die Mappen zu und wechselte zu einem anderen Stapel mit Papieren auf seinem Schreibtisch. Ali trug die inoffizielle Uniform des *Muchabarat*: schlichtes weißes Kragenhemd, locker sitzende Stoffhose und abgewetzte schwarze Lederschuhe. Unscheinbar, funktionell und billig – die internationale Kluft eines Ermittlers. Wegen der Hitze hatte Ali den obersten Hemdknopf geöffnet. Ein weiterer Kriegssommer steht bevor, dachte er. Mit Sicherheit nicht der letzte.

Er drehte den Stuhl zum Fenster, betrachtete den Himmel im Osten – die dunstigen Sonnenstrahlen erhellten die Vororte der Stadt, in denen die Aufständischen kämpften –, blätterte in einem Bericht über Operationen der Republikanischen Garde in Duma. Gestern Abend hatten Rustums Männer den Vorort endlich abgeriegelt und das geschlossen, was ihrer Einschätzung nach der letzte der Tunnel war. Die Strategie bestand in der kollektiven Bestrafung: ein Gebiet mit Rebellen abriegeln und die Bevölkerung solange einsperren, bis diese die Aufständischen hasste und sich gegen sie wandte, weil sie das Regime zum Terror aufstachelten.

Schließlich gelangte er zu den Fotos. Opfer mit Namen, einige wenige biografische Informationen, Todesursache. Manche Fotos zeigten lediglich Körperteile des Toten. Der Rest war vermutlich verloren gegangen oder verlegt worden inmitten des Kugelhagels, des Granatwerferbeschusses oder der selbst gebastelten Bomben; diese trafen natürlich nicht zielgenau, denn sie wurden ja von den uralten sowjetischen Kampfflugzeugen des Regimes abgeworfen. Alle Opfer waren abgemagert, viele davon Kinder. Ali legte den Bericht aus der Hand. Seine Gedanken schweiften zu seinen Jungs und dem Gespräch mit Layla, damals, als alles begann.

April 2011. Es war der erste Frühling im neuen und zerfallenden Syrien gewesen, nur vier Wochen nach Beginn der Proteste. Sie hatten die Zwillinge für den Nachmittag bei Laylas Mutter abgegeben und waren mit einem Korb mit Mezze und syrischem Wein zu einem lauschigen Plätzchen auf dem Mount Qasioun mit Blick auf die Stadt gewandert. Ali spürte den Zorn, der in der Luft lag, und wusste schon damals, das alles zusammenbrechen würde. Er sagte es Layla. Die Leute des *Muchabarat*, die Unschuldige erschossen, die Demonstrationen, die größer wurden, die Kriminellen und Dschihadisten, die im Verborgenen lauerten, die Entführungen und Folterungen, die Aufständischen, die rote Xs auf die Haustüren von Alawiten malten, als Zeichen des Todesurteils. Gewiss, das Chaos befand sich noch im Anfangsstadium, aber es war da. Ali schaute genau hin, zeichnete dessen Muster nach, um zu verstehen, ob er überleben würde. Er besprach mit Layla die Alternativen, die sie hatten, so wie alle anderen das ebenfalls taten: fortgehen, bleiben und den Präsidenten unterstützen, sich den Demonstranten anschließen, den Kopf unten halten.

Alles schlechte Optionen.

Doch der Entschluss war ihnen leichtgefallen. Sie verfügten nicht über die finanziellen Mittel, um ihre Großfamilie mitzunehmen, falls Ali fliehen sollte. Und angesichts seiner Rolle im Regime wäre er – abhängig vom Zielland – womöglich wegen begangener Kriegsverbrechen festgenommen worden. Syrien zu verlassen, käme für viele Verwandte und möglicherweise auch für ihn der Todesstrafe gleich. Das Überlaufen zur Opposition hätte für seine Familie noch schlimmere Folgen. Die Regierung würde seine Angehörigen festnehmen, ihr Eigentum konfiszieren, einige Familienmitglieder foltern und umbringen, um ein Exempel zu statuieren.

»Was hältst du von Assad?«, fragte Layla nach dem dritten Glas Wein. »Unterstützt du die Regierung?« Das hatte sie noch nie gefragt, und er hatte auch noch nie von sich aus seine Meinung kundgetan.

Ali beschloss, Layla die Wahrheit zu sagen, wohlwissend, dass er es nie wieder tun würde. »Assad wird seinen Weg aus dem Schlamassel finden, dabei viele Oppositionelle töten und uns andere an den Thron fesseln. Er wird uns unsere Seele rauben.«

Das reichte als Antwort, denn sie ließ nur eine Möglichkeit offen: dableiben und den Kopf einziehen.

Ali hatte sich damals wie ein Feigling gefühlt. Er tat es immer noch.

Kanaan wedelte triumphierend mit einer Aktenmappe, betrat Alis Büro und schob sie Ali über den Schreibtisch hin. »Etwas Interessantes von einem unsere Offiziere in Paris. Mohannad al-Bakry. Einer der Mitarbeiter im Archiv kennt ihn. Al-Bakry ist berüchtigt wegen seiner Archivierungswut. Er verfasst regelmäßig Überwachungsberichte über die Botschaftsangehörigen. Dafür hassen ihn natürlich alle.«

»Natürlich.«

»Aber in diesem Fall hat uns al-Bakrys Pingeligkeit gute Dienste geleistet, er hat erst vor einigen Wochen einen Bericht eingereicht, in dem Samuel Joseph erwähnt wird.«

Alis Puls schnellte hoch. Wieder kam er sich wie ein Detektiv vor, der langsam einen langen Faden aufdröselt. In diesem Augenblick war er ein Ermittler, kein Komplize eines Massenmörders.

»Der Bericht schildert ein Gespräch zwischen Samuel Joseph und einer hochrangigen Palastmitarbeiterin namens Mariam Haddad«, fuhr Kanaan fort.

»Haddad?« Ali runzelte die Stirn. Er zündete sich eine Zigarette an.

»Ja, alte Damaszener christliche Familie.«

»Die kennen alle. Was steht denn in dem Bericht drin?«

»Na ja, al-Bakry schreibt hier, dass sich Mariam und dieser Samuel auf einem diplomatischen Empfang unterhalten haben. Offenbar hat er versucht, sie davor zu warnen, mit Amerikanern zu sprechen, aber sie hat ihn zurechtgewiesen. Er charakterisiert die Kommunikation als ›warmherzig und freundlich, mit amourösen Zwischentönen‹.«

Ali lachte. »Vielleicht hat sie ihn ja für einen attraktiven amerikanischen Diplomaten gehalten und ein Gespräch mit ihm angefangen, um sich die Zeit zu vertreiben. Und wieso sollte sie al-Bakry nicht zurechtweisen? Sie kommt aus einer guten Familie, sie darf sich durchaus mit einem subalternen *Muchabarat*-Beamten anlegen.«

Kanaan griff in seine Aktentasche, zog ein Foto hervor und schob es Ali hin. »Wie Sie sehen, ist sie ziemlich – ähm – auffallend. Es ist leicht zu erkennen, warum al-Bakry möglicherweise eifersüchtig war.«

Ali betrachtete das Foto ihres Personalausweises. Langes, dunkles Haar, leicht gewellt, so wie Laylas.

»Sprechen wir mit Mariam.«

»Natürlich, General, ich arrangiere das.«

Das Schreibtischtelefon klingelte; Kanaan stand auf. Leider erkannte Ali die Nummer. »Hallo, großer Bruder.«

»Kleiner Bruder«, sagte Rustum. »Ich mache morgen eine Besorgung und hätte eine Frage zu einem Detail in Marwan

Ghazalis Zeugenaussage.« Bei der Erwähnung des toten Spions fühlte Ali wieder Rustums Gewicht, wie es auf ihm im Verhörzimmer gelastet hatte. Er hüstelte.

»Welches?«

»In einem der Berichte hast du geschrieben, dass Ghazali gesagt hat, er hätte der CIA eine Liste mit SSCR-Mitarbeitern geliefert. Potenziell niederen Quellen, glaube ich. Er hat behauptet, sie wären ahnungslos gewesen.«

»Das stimmt«, sagte Ali. »Wir hatten viele von ihnen schon seit Längerem überwacht, nur um sicherzugehen.«

»Befand sich auch Oberst Daoud Haddad auf der Liste?«

»Nein«, sagte Ali. Rustum legte wortlos auf.

Ali legte den Hörer auf die Gabel. Der Koffeinmangel hatte zu pochenden Kopfschmerzen geführt, doch er wollte sich auf eine Ermittlung konzentrieren. Auf alles, nur nicht auf Rustum, Basil, Marwan Ghazali, Valerie Owens. Er entließ Kanaan und bat seinen Assistenten um Tee. Dann lehnte er sich im Stuhl zurück und drückte sich die Daumen an die Schläfen, um die Schmerzen zu lindern. Ob Samuel Josephs Ankunft mit der neuen CIA-Agentin zusammenhing? Wie er wusste, versetzte die CIA-Residentur ihre Mitarbeiter ziemlich oft. Es könnte sich einfach um einen weiteren Wechsel handeln. Aber was, wenn zwischen dieser Mariam Haddad und diesem Samuel Joseph eine Verbindung bestand?

Er wusste zwar noch nicht, wie Mariam Haddad ins Bild passte, doch irgendetwas ging über die bislang vorliegenden Berichte hinaus, etwas, das sich tief in seinem labyrinthischen Fahnderhirn verbarg. Da ist etwas. Komm dahinter.

18

Rustums gepanzerter Lexus-Geländewagen fuhr im Zickzack durch die Betonbarrieren nördlich des Flugplatzes und bog aufs Rollfeld. Mehrere Dienstfahrzeuge, einschließlich Basils Fahrzeug, parkten in einem Dreieck neben dem russischen MiG-29-Bomber, der gerade auf dem Rollfeld betankt wurde; ihre Scheinwerfer erhellten die frühmorgendliche Dunkelheit. Ein Sattelschlepper bog zwischen die Fahrzeuge und das Flugzeug. Rustum machte dem Fahrer Zeichen, anzuhalten. Gepanzerte Truppentransporter brachten sich in Stellung und sicherten den Flugplatz, am Himmel schwirrte ein Mil Mi-8. Rustum sprang aus dem Wagen, nickte Basil zu und näherte sich Oberst Daoud und einem seiner Techniker. Die Männer standen über einen Laptop gebeugt, der auf der Motorhaube eines verbeulten weißen Toyota-Pick-ups stand. Das abblätternde Farbemblem an der Tür wies ihn als Fahrzeug des SSRC aus.

Sie gaben sich die Hand, während ein Gabelstapler für Bomben in Richtung Flugzeug fuhr. »Oberst, danke, dass Sie so schnell ein Team zusammengestellt haben. Das hier ist eine höchst sensible Angelegenheit. Ich freue mich, dass Sie sie persönlich beaufsichtigen.«

»Selbstverständlich, Herr General«, sagte Daoud.

Als der Gabelstapler an ihnen vorbeifuhr, sah Rustum, dass Daoud die grüne Farbe im Mittelteil der Bombe musterte: der

Hinweis der Sowjets auf Chemiewaffen. Basil gesellte sich zu Daoud, der höflich lächelnd einen Schritt beiseitetrat.

»Wir werden Ihre Männer brauchen, um diese Bomben hier mit den Komponenten zu bestücken, und einen Ihrer Techniker, um die Ergebnisse des Tests zu interpretieren«, sagte Rustum. »Wir haben an dem Ort Sensoren installiert.«

Daoud nickte. »Wir nutzen nicht das Versuchsgelände für den Test?«

Rustum schüttelte den Kopf. »Nein. Heute geht es woanders hin. Eine neue Abwurfstelle.« Daoud rief seine Leute zusammen und erklärte, was erforderlich war. Ihr Gabelstapler beförderte die Fässer neben den Bomben-Gabelstapler. Der Fahrer hatte die Munitionsfächer geöffnet, und Daouds Team füllte sie sorgfältig, maß den Ausstoß jeder Komponente mittels der Sensoren auf ihren Unterdruckschläuchen aus Gummi. Fünfzehn Minuten später gab Daoud Rustum das Okay, während der Fahrer des Bomben-Gabelstaplers das Fahrzeug vom Flugzeug wegfuhr. Inzwischen saß der Pilot im Cockpit und führte die Preflight-Checks durch.

»An der Abwurfstelle sehr leichter Wind, Kommandant«, sagte ein Adjutant zu Rustum.

Er nickte. »Daoud und seine Leute sollen aufsitzen. Fahren wir.«

Nach einer halbstündigen Fahrt hielt die Kolonne mit Rustums Dienstwagen, drei Jeeps der Republikanischen Garde sowie zwei gepanzerten Truppentransportern auf einem Straßenabschnitt auf einer Anhöhe mit Blick auf das Dorf Efreh. Die Ortschaft, auf einem gegenüberliegenden Hügel thronend, war ein Durcheinander kleiner Natursteinhäuser, durchschnitten von einer einzelnen Straße mit einer Moschee am südlichen Rand. Im Norden, jenseits des Dorfes, sah Rustum die Lichter des Bombers sich nähern. Es war immer noch dunkel. Das einzige Licht in Efreh spendete ein Häuschen, auf dessen Dach noch ein Feuer brannte. Rustum hatte nicht noch einen SSRC-Offiziellen ins Vertrauen ziehen wollen, aber heute in Efreh benötigte er das Fachwissen der Abteilung 450, und Oberst Daoud galt als loyal.

Rustum setzte seinen Stiefel in den Kies und stieg aus dem Auto, um sich zu strecken. »Hol Haddad her«, befahl er seinem Adjutanten. Haddad eilte herbei. »General?«

Der Hauptmann breitete eine mit roten Punkten übersäte Landkarte auf der Motorhaube des Lexus aus. »Wir haben im ganzen Dorf in einem Rastermuster Sensoren angebracht«, sagte Rustum zu Daoud. »Darüber hinaus haben wir ein paar in einem alten Tunnelkomplex platziert, den die Terroristen genutzt haben. Wir wollen feststellen, wie effektiv sich das Ganze unterirdisch ausbreitet. Und nun sagen Sie mir, wo sollen wir die Bomben abwerfen?«

Daoud griff sich an den Nacken, blickte von der Landkarte auf, schaute hinüber zum Dorf und erkundigte sich bei einem seiner Techniker nach Windrichtung und -geschwindigkeit. Kurz darauf deutete er auf einen Punkt auf der Karte, der mehrere hundert Meter südlich des Dorfes lag. »Angesichts der Tatsache, dass der Wind schwach aus südlicher Richtung weht, würde ich die Munition hier abwerfen. Der Wind verteilt dann alles über das Dorf.«

Rustum nickte und machte seinem Adjutanten Zeichen, ihm das Walkie-Talkie zu geben. Inzwischen kreiste die MiG über ihnen. Rustum schaltete das Funkgerät ein und las die Koordinaten von der Karte ab.

Die Bomben detonierten in einem Olivenhain an der Südspitze des Hügels. Vier Rauchwolken stiegen in den Himmel, verbanden sich und hüllten Efreh schließlich ganz ein. Der Ort war leer und still. Rustum schaute durchs Fernglas, richtete den Blick auf ein Haus, das im Schatten der Moschee stand. Einige seiner Männer spielten Karten auf den gepanzerten Fahrzeugen. Gebannt blickte Daoud mit seinem Techniker auf den Bildschirm des Laptops.

Einer der Offiziere schlenderte zwischen den Fahrzeugen umher und bot Zigaretten an. Einige saßen schlafend und aufrecht auf den zerschlissenen Ledersitzen der gepanzerten Truppentransporter. Basil schnitzte mit dem Messer an einem Stock und schaute zu einem Haus in dem Dorf. Er hatte die Operation, mit der das Dorf geräumt wurde, beaufsichtigt; sie war blutig verlaufen.

»Wir sollten Haddad mit ins Dorf nehmen«, sagte Rustum. Basil nickte, wobei er den Blick weiterhin auf das Haus gerichtet hielt.

Der Rauch verflüchtigte sich; die Sonne ging auf.

Nach zwanzig Minuten ging Rustum zu Daoud und dem Techniker und bat um einen vorläufigen Bericht. Sarin war, wie er wusste, am tödlichsten, wenn es als Aerosol eingeatmet wurde. Seine Männer, die auf seinen Befehl hin die Sensoren im ganzen Dorf platziert hatten, würden die Langlebigkeit des Sarins und den Radius der Kontaminierung überwachen. An manchen Orten des Testgeländes würde der Giftgehalt ausreichen, um alle zu töten. An anderen würden die Menschen lediglich erkranken.

»Die Abdeckung ist gut, Kommandant«, sagte Daoud. »Ich erkenne in den meisten Sektoren eine tödliche Langlebigkeit. Die Ausnahme bildet die Sensoren-Reihe am Nordende. Dort sehe ich Konzentrationen, die gravierend sind, aber nicht letal wirken würden. Der Wind hat schwach geweht, was ebenfalls geholfen hat, die Verteilung zu minimieren.« Daouds Stimme klang gepresst. Der Mann hatte erkannt, dass irgendetwas nicht stimmte.

Rustum legte Daoud die Hand auf die Schulter. Es war Zeit. »Wollen wir uns die Stadt anschauen, Oberst? Ein paar meiner Männer haben sie nicht mehr gesehen seit der Räumungsaktion. Sie wollen unbedingt dahin zurück.« Er lächelte Daoud an.

Daoud blickte hinunter zum Dorf. »Um die Sensoren einzusammeln, Kommandant?«

Basil lachte.

Das Sarin habe sich zwar komplett aufgelöst – Daoud hatte es ihnen, zu Rustums Verärgerung, zweimal erklärt –, doch hatte Rustum gehörig Respekt vor dem Gas und befahl dem kleinen Suchtrupp, Schutzanzüge zu tragen. Sie betraten das erste Haus. Nahe einem Holzofen lagen umgekippte Plastikstühle. Neben dem Fenster Geschosshülsen auf dem Boden. Diverse Kleidungsstücke – ein weißes Hemd, ein linker Babyschuh, ein Palästinensertuch, Camouflage-Westen – lagen zerknüllt herum – Kennzeichen des Übergangs von einem Zuhause zu einem Außenposten der Aufständischen. Rustum sah die in den Boden eingelassene und von außen zugenagelte Luke. Er bedeutete zwei Männern, sie aufzuhebeln.

Die Männer lockerten sie mit Brechstangen und Messern, bis es ihnen schließlich gelang, sie aufzubrechen. Einer der Offiziere öffnete die Luke und verschwand in der Dunkelheit, stieg die Leiter aus Sperrholz hinunter. Basil folgte ihm. Rustum lächelte hinter seiner Atemschutzmaske und gab dem jetzt kreidebleichen Daoud einen Klaps auf den Rücken. »Sie sind dran, Oberst.« Daoud blickte zur Tür, dann auf den Babyschuh. Er nickte und ging langsam die Treppe hinunter. Rustum hinterher; als er unten ankam, fast sieben Meter unter dem Häuschen, hatten sich seine Augen an die Dunkelheit gewöhnt.

Daoud hatte das Gesicht einem der Wände zugekehrt, seine Maske lag auf dem Boden. Er stand vornübergebeugt da und würgte. Rustum schlug ihm auf den Rücken. »Sie sind wie ein blinder Maler, mein Freund, der sein Werk endlich zum ersten Mal erblickt.« Er lachte. »Und – was meinen Sie?«

Basil leuchtete mit der Taschenlampe auf die Leichname, bis er sie schließlich auf einen etwa 70-jährigen Mann richtete. Rustum sah den Speichel um den Mund und den roten Rand um die Augen. Er tätschelte dem Toten die Wangen. Basil ging tiefer in den Tunnel, um die Reihe zu inspizieren. Er blieb stehen und hockte sich über einen Jugendlichen. »Der hier hat sich fast die Hände abgebissen auf der Flucht, Kommandant.«

»Sind alle tot?«, fragte Rustum.

»Sieht so aus.«

Rustum fasste Daoud an der Schulter und zeigte auf die Reihe der siebenundfünfzig Leichen. Sie hatten die Gefangenen nach der Räumungsaktion des Dorfes gezählt. »Die hätten mit uns das Gleiche gemacht, wenn sie gekonnt hätten«, sagte Rustum und versetzte dem nackten Fuß einer Frau einen Tritt. »Selbst die Frauen. Vergessen Sie das nicht, Oberst.«

Daoud starrte unverwandt den Tunnel hinunter.

»Ich zähle auf Ihre Diskretion«, sagte Rustum. »Sie sind ein guter Soldat.« Er führte Daoud weiter hinein in den Tunnel und blieb stehen, als sie zu einem kleinen Mädchen mit geschlossenen Augen und offenem Mund kamen. »Auch wenn Ihre Tochter nicht weiß, wann sie den Mund halten muss.«

19

An seinem ersten Wochenende in Damaskus ging Sam in der Altstadt spazieren, um sich die typischen touristischen Sehenswürdigkeiten anzusehen: die Umayyaden-Moschee, den Suk Al-Hamadiya, die »Gerade Straße«, die Ananias-Kapelle, ein halbes Dutzend weitere. Er machte Fotos, kaufte für seine Brüder Nippes und Diebesgut mit Assads Konterfei darauf. An den Checkpoints lächelte er dümmlich, händigte seinen schwarzen Diplomatenpass aus und erklärte, wie dankbar er sei, in Damaskus zu sein. Er blieb im Stadtzentrum. Die Strecken, die er abging, wirkten ganz normal für einen amerikanischen Diplomaten, der soeben in Damaskus eingetroffen war.

Allerdings stellten sie die Vorbereitung für eine Reihe von SDRs dar, die er seit seiner Abreise aus Frankreich entworfen hatte. Er hielt Ausschau nach festen Überwachungspunkten, nach Kameras, nahm das Territorium der Stadt und ihre Atmosphäre in sich auf. Überall fühlte er sich beobachtet.

Er trank bitteren Kaffee in einem baufälligen Café im Stadtteil Kafr Sousa, während das nachmittägliche *Salat*, das rituelle Gebet, aus den Lautsprechern des Muezzins erschallte. Als der Gebetsruf zu Ende war, verließ Sam das Café und begab sich zu einem Schmuckgeschäft, in dem er etwas für seine Mutter kaufen wollte. Auf dem Weg dorthin schlenderte er an einem Gebäude vorbei, an dem ein Schild mit der Aufschrift

MINISTERIUM FÜR LANDWIRTSCHAFT UND AGRAR-REFORM DER SYRISCH-ARABISCHEN REPUBLIK angebracht war.

Weiter oben an der Straße passierte er ein weiteres Gebäude und sah eine Fensterreihe, die zur Straße hinausging. Er merkte sich Adresse und Telefonnummer der Immobilienfirma, und dann begann der *Muchabarat*-Mann, ihn aggressiv zu verfolgen. Sam ging weiter, zum Schmuckladen, wo er sich die Waren eine Stunde lang anschaute: Silber, reich verziertes Gold, Perlmutt. Er entschied sich für einen großen Silberring: Er war in Aleppo hergestellt und ähnelte einer Blume.

Der bedauernswerte Kerl vom *Muchabarat* schien sich ziemlich zu langweilen, während er Sams Einkauf von außerhalb des Ladengeschäfts beobachtete.

Auch die BANDITOs waren in Damaskus eingetroffen.

Sam hatte – in seiner Rolle als Kommunikationsbeamter des Außenministeriums (Zweiter Sekretär) – Rami vom Büro aus angerufen und gefragt, ob er und seine Brüder sich vorstellen könnten, mit dem Botschafter über das Geschäftsklima in Syrien zu sprechen. »Angesichts eurer großen geschäftlichen Interessen wären wir an eurer Sicht auf die Wirtschaft interessiert«, hatte Sam gesagt.

Die Brüder hatten die erforderlichen Anrufe getätigt, um ein Treffen in der US-Botschaft zu vereinbaren: mit dem Innenministerium, dem Militärischen Geheimdienst, dem Allgemeinen Geheimdienst, dem Politischen Sicherheitsdienst, dem Geheimdienst der Luftwaffe, dem Palast. Alle stimmten zu. Der Militärische Geheimdienst hatte Gesprächsthemen gefaxt, die man gegenüber den Amerikanern ansprechen wollte. Rami warf das Fax weg.

Sam begrüßte die Brüder in der Botschaft, ging ihnen voran durch die politische Abteilung, vorbei am Büro des Botschafters, und in den vom Team des Außenministeriums genutzten abhörsicheren Besprechungsraum.

Statt mit dem Botschafter trafen sie sich für zwei Stunden mit Sam und Procter. Ihre Besprechung deckte das gesamte Spektrum der Operation ab: die Bereitstellung eines Safe House, die Logistik, um die Villa der Familie in Damaskus wieder zugänglich zu machen, die Erzeugung geschäftlicher Gründe für ihre Rückkehr.

»Leute, niemand wird Fragen stellen, solange wir genug zahlen«, sagte Yusuf und nahm sich einen der Hamburger, den die Commissary, die Verpflegungsstelle der Botschaft, geliefert hatte. »Wir haben zwar eine lange Bestechungsliste angefertigt, aber wenn wir die abgearbeitet haben, interessiert sich kein Mensch mehr dafür, warum wir wieder hier sind. Viele Söhne des Regimes sonnen sich in Beirut, so wie auch wir das gemacht haben.«

Die CIA würde 500.000 Dollar auf das Treuhandkonto der BANDITOs überweisen – als Anschubfinanzierung.

Sam schob einen Zettel mit der Adresse des Gebäudes, das er erkundet hatte, über den Tisch. Yusuf nahm den Zettel, las ihn und reichte ihn zurück.

»Wir kümmern uns drum«, sagte Yusuf.

»Aber wir müssen die Rechnungen offenlegen, so wie früher«, sagte Sam. Immer ein peinliches Thema. Manchmal prüfte die Finanzabteilung operative Konten und stellte neugierige Fragen.

Elias lachte. »Wir sollten für die DGSE arbeiten – ausgeschlossen, dass die Franzosen den Papierkram sehen wollten.«

»Schreibt einfach nur die Bestechungsgelder nicht auf«, sagte Sam.

Ein großer Teil des Geldes für die BANDITOs ging für die Bereitstellung eines Safe House drauf. (Direktorat für die Finanzierung geheimdienstlicher Operationen, Bereich Immobilien.)

Rami hatte, unter dem Namen einer Briefkastenfirma, sechs Monatsmieten für ein beengtes Büro im neunten Stock im Voraus bezahlt. Sam hatte genaue Angaben bezüglich des Standorts gemacht, einschließlich des erforderlichen Blicks, aber nicht der Zielperson. Noch nicht.

Die SDR zu dem neuen Büro dauerte zehn Stunden. Rami begrüßte Sam an der Tür und entschuldigte sich grinsend, dass sie bereits zu Abend gegessen hatten. »Wir hatten langsam Zweifel, ob du es schaffen würdest. Wir haben aber trotzdem ein wenig kaltes Schawarma übrig gelassen.«

Das Büro war typisch für eine gesichtslose Büroeinrichtung: Spanplatten-Schreibtische, Kunstleder-Sessel, ausgestöpselte Avaya-Schreibtischtelefone, billiger grauer Teppichboden. Es hätte überall sein können. Doch es lag im Stadtteil Kafr Sousa, einen Häuserblock entfernt vom Sicherheitsamt der Syrer.

Yusuf zeigte Sam die beiden beengten Arbeitsplätze und ging voraus ins Konferenzzimmer. Die Luft roch nach chemischer Reinigung und Farbe. An der Decke summte eine Neonröhre. Sam konnte den Raum kaum ansehen.

»Am Dienstag werden Internet und Telefone angeschlossen«, sagte Rami.

»Gut. Am Mittwoch schicke ich jemanden vorbei, der die Wohnung untersucht«, sagte Sam. Am gestrigen Tag war bereits ein Techniker der Station da gewesen, um eine erste Durchsuchung vorzunehmen.

Sam schenkte sich ein Glas lauwarmen Weißwein ein und bediente sich am Schawarma, dessen Einwickelpapier wegen des Fetts inzwischen beinahe durchscheinend war. Sie setzten sich an den Tisch. Elias füllte sein Glas nach und schlug Sam auf die Schulter.

»Schön, wieder in Damaskus zu sein«, sagte er ohne Überzeugung.

Sam hob sein Glas. »Auf gute Zusammenarbeit.«

»Und dass wir alle den Krieg überleben und alt werden«, sagte Yusuf.

»Reden wir über die Aussicht«, sagte Sam, weil er wusste, dass er nur eine Viertelstunde Zeit hatte.

Elias stand auf und zeigte zu den Arbeitsplätzen. Sam und seine Brüder folgten ihm. Elias und Sam zwängten sich in die Box, die dem Besprechungsraum am nächsten lag. Das quadratische Fenster in der Mitte der Wand bot eine unverstellte Sicht auf den Haupteingang des Sicherheitsamts der Syrer. Elias erklärte Sam alles.

»Zwei Eingänge, soweit wir das erkennen können. Dieser und ein kleinerer auf der Westseite. War früher das Landwirtschaftsministerium. Ist es natürlich nicht mehr.«

Der Eingang befand sich etwa zweihundert Meter weiter unten an der Straße. Sam sah die Betonabsperrungen, ein kleines Wachhäuschen und ein manuell betriebenes Tor. Davor standen drei Wachen mit AK-47s. Hinter diesen umgab eine Mauer aus Betonziegeln das Gebäude.

Sam blickte auf die Straße tief unter ihm. Autos parkten auf den Gehwegen. Er sah *Muchabarat*-Offiziere, die sich zwischen ihnen hindurchschlängelten, während sie sich dem Torhäuschen näherten, wo sie ihre Erkennungsmarke zeigten, ehe sie den Innenhof hinter dem Eingang betraten. Er schaute die Straße hinunter, zu den geparkten Autos und den *Muchabarat*-Leuten, die im Zickzack um sie herumgingen. Einer der Männer schlug im Vorbeigehen prüfend gegen einen Kofferraum.

Sie gingen ins Besprechungszimmer zurück und setzten sich. Sam zog ein Foto von Ali aus dem Innenfach seiner Tasche und legte es auf den Tisch. Dabei dachte er bei sich, dass er normalerweise plante, ausländische Regierungsbeamte zu rekrutieren, nicht, sie zu töten. Die Aussicht, eine Geheimoperation mit gezielter Tötungsabsicht gegen Ali Hassan durchzuführen, hatte alles verändert.

»Das hier bleibt in diesem Raum, kein Outsourcing. Es ist zwar ziemlich viel verlangt, aber ihr drei müsst hier abwechselnd eine Woche lang Wache halten. Ich möchte wissen, zu welchen Zeiten dieser Mann, General Ali Hassan, das Gebäude betritt und verlässt. Das Übliche. Bilder mit Zeitstempel, Fotos, welche Straßen er nimmt, wann er ankommt und abfährt.«

Ramin betrachtete das Foto und fragte: »Wer ist das?«

»Er leitet das Sicherheitsamt des Palasts. Übler Kerl.«

»Sollen wir ihm auf der Straße folgen?«

»Noch nicht. Vorerst nur das Gebäude. Und alle Beobachtungen aus diesem Büro heraus.«

Elias lächelte. Er merkte, wie Sam in Gedanken die verschiedenen Sichtachsen durchging. »Ich wünschte, ich wüsste, was du eben gedacht hast, Mann.«

»Glaub mir, du möchtest es nicht wissen.«

20

Der USB-Stick in Sams rechtem Laufschuh war in einer orangefarbenen Diplomaten-Versandtasche eingetroffen. Entwickelt hatte den Stick das Direktorat für Wissenschaft und Technik, was die amerikanischen Steuerzahler außergewöhnlich viel gekostet hatte, er besaß einen 50-Terabytes-Speicher und enthielt Malware, ein Softwareprogramm, das den Inhalt eines Computers in zehn Sekunden kopieren konnte. Das klang zwar nicht lang, würde Mariam jedoch wie eine kleine Ewigkeit vorkommen. Sie hatte der Idee in Frankreich zugestimmt. Das geplante Vorgehen war Teil der Abmachung, das wussten beide. Mariam hatte sich bereit erklärt, für die CIA zu arbeiten. Aber Sam ging es nach wie vor nicht gut damit. Seine Gefühle für Mariam setzten ihm zu. Er kam sich weniger wie ein Case Officer der CIA, sondern eher wie ein manipulativer Freund vor.

Der Stick drückte unter der Ferse, während er an einem Restaurant vorbei joggte, zu einem der Aussichtspunkte auf dem Mount Quasioun. Er blieb stehen und machte Stretchingübungen, wobei er die Gelegenheit nutzte, sich nach Überwachungsaktivitäten umzuschauen. Für Sommer war es ein kühler Abend, in den Kiefern ging ein leichter Wind. Die Lichter im Zentrum gingen an, in den Wohnhäusern, Geschäften und Restaurants bereitete man sich auf die Nacht vor. In den Vororten war es dunkel.

Am Beginn seiner Joggingrunde in der Nähe seiner Wohnung hatte sich ein *Muchabarat*-Gorilla aggressiv an ihn herangehängt.

Sam war genervt, denn es war einfach nicht komisch, ständig beschattet zu werden.

Jetzt, in der Nähe des toten Briefkastens, hatte er das Gefühl, black zu sein.

»Wie oft treibt dieser Samuel Joseph eigentlich Sport?«, fragte Ali Kanaan, nachdem er das Überwachungsteam weggeschickt hatte. Sie würden die Ressourcen für eine andere Operation benötigen, für einen Mann, der im Verdacht stand, Waffen für die Aufständischen zu schmuggeln.

»Vermutlich zwei-, vielleicht dreimal in der Woche«, sagte Kanaan. »Ist ganz normal für ihn.«

Ali schaute auf die Karte. Der Solo-Beschatter war Samuel Joseph eine Stunde auf dessen Zickzack-Kurs im Zentrum von Damaskus gefolgt. Reine Zeitverschwendung. Er zündete sich eine Zigarette an. Führten die Ermittlungen gegen Samuel Joseph womöglich in eine Sackgasse? Plötzlich vernahm er wieder diese leise Flüsterstimme in seinem Kopf – die ihm vor Jahren geholfen hatte, an der Küste einen Serienmörder aufzuspüren; jetzt sagte sie: *Nein, du bleibst an dem Amerikaner dran.* Ali nahm einen langen Zug von seiner Zigarette, drückte die Kippe im Aschenbecher aus und rief Layla an, um ihre Stimme zu hören.

Als er glaubte, allein zu sein, checkte Sam seine unmittelbare Umgebung und die Anhöhen, ohne den Kopf zu bewegen. Nichts. Der schmale Fußweg unmittelbar vor ihm führte steil bergauf, bis er nach rechts abbog. Sam lief kalter Schweiß über die Stirn. Der Weg flachte ab, und Sam tauchte aus den Kiefern auf. Der tote Briefkasten an der Schutzmauer befand sich rund zwanzig Meter vor ihm. Alles sah genauso aus wie auf dem Foto auf Procters Tablet in Frankreich.

Er spurtete darauf zu. Dabei riskierte er einen Blick zurück, um festzustellen, ob ihm jemand folgte. Er war immer noch allein. Die Dose lag drei Meter vom Müllhaufen entfernt. Sam ging in die Hocke und hob den Deckel an, zog den USB-Stick aus dem Schuh und legte den Stick in die Dose.

Er band sich den Schuh wieder zu und lief den gleichen Weg zurück den Berg hinunter.

Seit Frankreich begleitete Mariam eine schreckliche Angst. Sie ging mit ihr zu Bett, las sie in Razans Augen. Sie saß ihr im Nacken, wenn sie durch die Altstadt schlenderte. Sie wartete auf den *Muchabarat*. Wartete darauf, dass die Mörder von Jamil Atiyah zurückkehrten. Sie nutzte die Aktionen, die Sam ihr in Nizza beigebracht hatte, um die Beobachter zu beobachten. In ihrer Handtasche bewahrte sie ein Jagdmesser auf und übte in ihrem Zimmer, es aus der Scheide zu ziehen, um einen Angreifer auszuschalten, ihm damit in den Hals, die Brust und ins Gesicht zu stechen.

Doch sie merkte auch, dass ihr leichter ums Herz war, denn sie hatte sich für eine Seite entschieden und die Kontrolle über ihr Leben zurückerlangt. Merkwürdigerweise bestätigte diese Angst, dass ihr Entschluss, zu spionieren, richtig war. Durch die Spionagetätigkeit stellte sie sich gegen ein mörderisches Regime – auch wenn die Angst bestehen blieb, weil der Gegner immer noch stand. Noch hatte sie nicht gewonnen. Vielleicht würde sie nie gewinnen.

Jetzt, in ihrem Büro, rieb Mariam ihre feuchten Handflächen am Stoff des Sofas trocken und betrachtete ihr Gesicht, um zu bestätigen, dass sie nicht schwitzte, während sie den USB-Stick in die Innentasche *ihrer* Heftmappe steckte, diese schloss und Bouthainas Mappe obenauf legte. Sie schaute auf die Uhr.

Zwei Minuten bis zu ihrem Treffen. Durch den Flur ging sie zu Bouthainas Büro, wobei sie darauf achtete, nicht zu schnell zu gehen. Ihre Hände zitterten nicht, aber ihr Herz raste.

Mariam hatte um eine abendliche Zusammenkunft gebeten, zu einer Zeit, in der Bouthaina meist von Rustum angerufen wurde. Manchmal in geschäftlichen Dingen, dann wieder in amourösen, aber immer war Bouthaina minutenlang abgelenkt. Mitunter schickte sie Mariam aus dem Büro, dann wieder zog sie sich ins palastartige Bad zurück. Gelegentlich, aber selten, nahm sie das Telefonat in Mariams Beisein an. Mariam hoffte, dass das heute Abend nicht der Fall sein würde.

Bouthaina winkte Mariam zu sich ins Büro, die sich setzte. Bouthaina setzte ihre Schildpatt-Lesebrille von Chanel auf und nahm neben Mariam am Tisch Platz. Mariam schob Bouthaina die oberste Mappe hin und informierte sie über die jüngsten Meinungsverschiedenheiten innerhalb des Nationalrats. Alles davon wenig überraschend, schlüpfrig, vergnüglich für Bouthainas zerstörerische Ambitionen. »Wir müssen im Grunde gar nichts machen, nicht wahr, Mariam? Die vernichten sich doch selbst.«

Mariam hatte gerade eben ihren Bericht beendet, als Bouthainas Handy klingelte. Mariam hörte, wie sich Bouthainas Stimme fast unmerklich wandelte, aber der sanfte Tonfall ließ kaum einen Zweifel daran, dass am anderen Ende Rustum sprach. Bouthaina entschuldigte sich, begab sich ins Bad und schloss die Tür hinter sich.

Mariam stand neben dem Tisch – alle Gedanken auf den toxischen USB-Stick gerichtet, auf den Schweißfilm auf ihrem Rücken. Ihr fiel ein, was Sam in Èze zu ihr gesagt hatte: Die eigentliche Operation ist meist kurz. Der Aufbau, die Planung – das ist das Anstrengende. Er hatte ihr erläutert, dass die Experten in der Abteilung Wissenschaft und Technik jahrelang daran gearbeitet hätten. Millionen für Forschung und Entwicklung darauf verwendet worden waren. Viele Leute hinter den Kulissen an der Verwirklichung beteiligt waren. Analysten, Techniker, Fahrer, die Logistik in Damaskus. Aber alles hing von einer Person wie ihr ab, die den Mut besaß, ein Büro zu betreten und den Stick in einen fremden Computer zu stecken. Es dauerte nur zehn Sekunden, hatte er gesagt, aber es stand alles auf dem Spiel.

Mariam zog den USB-Stick aus *ihrer* Mappe und griff nach Bouthainas Dokumenten; sie legte die Schriftstücke auf dem Schreibtisch ab – das Alibi, das sie für sich erfunden hatte – und zog die Kappe vom USB-Stick. Gebannt starrte sie darauf, stundenlang, wie ihr schien, zugleich hatte ihr Gewissen Mühe, mit den Fakten Schritt zu halten, die sich ihr darboten. Wahrscheinlich hatte sie bereits in diesem Augenblick Hochverrat begangen. Aber stimmte das? Vielleicht war es an die Zeit, das Weite zu suchen. Dieses Ding mit einem Hammer kaputt zuschlagen und in den Müll zu werfen.

Doch diese Gegenargumente blieben ungehört, denn sie steckte das verdammte Ding in den Computer, setzte sich an den Schreibtisch und begann damit, die Unterlagen auszubreiten, als wollte sie diese Bouthaina zur späteren Lektüre vorlegen.

Und da zog Jamil Atiyah die Tür auf.

21

Mariams Haut wurde ganz warm, es kam ihr fast vor, als wäre sie über einem Feuer gegrillt worden, aber sie schwieg, schaute ihn an und schenkte ihm ihr breitestes Lächeln.

Atiyahs Blick fiel auf Mariam, dann den Schreibtisch, schließlich blickte er sich im Zimmer nach Bouthaina um. Aus dem Augenwinkel registrierte Mariam, dass der UBS-Stick grün blinkte, aber sie konnte ihn in Atiyahs Gegenwart ja nicht herausziehen. Atiyah lächelte bedrohlich; er betrat das Büro und schloss die Tür hinter sich.

»Na, Sie gewöhnen sich wohl langsam an den Chefsessel, was, Mariam?«

»Ich lege nur einige Dokumente bereit«, erwiderte sie und bemühte sich, nicht auf den USB-Stick zu starren.

Seit Villefranche warf Atiyah einen unheimlichen Schatten auf ihr Leben. Wahrscheinlich hatte er sie im Wettlauf mit Bouthaina um Ansehen im Palast als Bauernopfer vorgesehen, doch im Grunde begriff sie immer noch nicht, warum er sie ins Visier genommen hatte. Jetzt, in Syrien, beobachtete sie alles genau, blickte um Ecken und wartete auf dieses Kribbeln, das die Nähe seiner Schläger ankündigte. Aber es war nichts geschehen – was, wie Sam ihr erklärt hatte, das Unerträgliche daran war. Nie konnte sie sicher sein. Die Ruhe konnte durchaus eine Falle sein.

Atiyah hatte eine Glatze und war muskulös, aber die Gesichtszüge und der Schnauzbart hingen, als wären sie geschmolzenes

Wachs. »Er sieht so aus wegen des vielen Sex«, hatte Bouthaina ihr gegenüber mal erklärt. »Man kann es nicht mit 13-Jährigen treiben und dabei präsentabel aussehen.« Jetzt blickte Atiyah in Richtung Bad, während darin ein leises Telefonat erotischen Inhalts geführt wurde. Gewisse gemurmelte Sätze waren zu hören, worauf sich in seinem Gesicht ein Lächeln zeigte.

»Können Sie Bouthaina holen? Ich brauche sie in meinem Büro.«

Mariam erwog ihre Optionen. Sie konnte den USB-Stick nicht aus dem Rechner ziehen, solange er zusah, Atiyahs Anordnung aber auch nicht missachten. Wenn Bouthaina tatsächlich in Atiyahs Büro ging, hätte Mariam womöglich eine Chance, den Stick wieder an sich zu bringen und das Büro zu verlassen. Schweiß rann ihr den Rücken hinunter – zum Glück trug sie ein schwarzes Kleid. Zudem sah sie alles nur verschwommen – auch wenn sie merkte, dass sie freundlich lächelte und ging, ohne zu schwanken.

Mariam klopfte an die Tür zum Bad. »Bouthaina, Jamil Atiyah ist hier. Er behauptet, es sei dringend.« Sie klopfte wieder, etwas fester diesmal. Das Gemurmel erstarb. Sie hörte, wie Bouthaina hastig das Gespräch beendete. Sie öffnete die Tür, die Wangen gerötet, der Blick unstet. »Jamil, was verschafft mir die Ehre?«, entfuhr es ihr.

Atiyah lächelte belustigt und blickte an ihr vorbei in den Waschraum.

»Kommen Sie in mein Büro, sofort.« Er grinste Mariam an, drehte sich um und ging. Schweigend eilte Bouthaina an ihren Schreibtisch und begann, hektisch irgendetwas zu suchen. Dabei streifte ihre rechte Hand den USB-Stick. »Kann ich etwas für dich tun, Bouthaina?«, fragte Mariam. Sie war völlig durcheinander, aber sie lächelte, so wie eine gute Mitarbeiterin.

Bouthaina warf einen kurzen Blick auf den Computer, zum USB-Stick. »Im Moment nicht. Ich kümmere mich um das hier.« Sie fand die gesuchte Aktenmappe und stürmte aus dem Zimmer.

An die vollständige Chronologie ihrer Rückkehr nach Hause an jenem Abend konnte Mariam sich nicht erinnern. Stattdessen: Bruchstücke davon. Wie sie vor Bouthainas Schreibtisch stand und den USB-Stick aus dem Rechner zog. Ihr eigenes Büro, eine Mappe in die Handtasche stopfend. Ein dunkler, wolkenloser Himmel auf dem Nachhauseweg. Das Wummern des Granatwerferfeuers, als verkündete es ihren Verrat. Wie sie im durchgeschwitzten Kleid aufs Bett fiel.

Und durch den Adrenalinschock hindurch vor allem *eine* Empfindung: Sie fühlte sich leicht und befreit von einer großen Last. Die Hand, die sie seit ihrer Jugend niedergedrückt hatte, war nicht mehr da. Aber mein Gott, diese entsetzliche Angst.

Tags darauf fühlte sich der kleine USB-Stick immer noch an, als wäre er radioaktiv. Mariam wollte, dass er verschwand. Also verstaute sie ihn unten in einer Vase im Schlafzimmer und lud den toten Briefkasten mit der Bitte um eine Blitz-Übergabe an dem Ort, den sie damals in Èze mit Sam ausgesucht hatte. Sie hatte überlegt, den Stick in die Dose zu stecken, was ihr jedoch riskant erschien. Nein, der Stick musste solange in ihrem Besitz bleiben, bis sie ihn Sam übergeben konnte.

Jetzt schlenderte Mariam durch den Trubel des Gewürzmarktes, den Suk Al-Bzouriye, und sah sich die Gewürzpulver an, so wie als kleines Mädchen. An ihrem Lieblingsstand blieb sie stehen und atmete den Duft von Sternanis, Koriander, Zimt, Kardamom, Thymian und hundert weiteren Gewürzen ein, von denen sie nicht einmal den Namen kannte. Als sie klein gewesen war, war sie gern mit Razan über diesen Markt gegangen. Jetzt, da sich in ihrer Handtasche ein brauner Plastikbeutel voll Zimt und einem USB-Stick befand, der gestohlenes Material enthielt, spürte Mariam ihr Herz hektisch in der Brust inmitten des sonst so beruhigenden Durcheinanders des Marktes schlagen. Sie feilschte und kaufte einen Beutel Zimt, der so aussah wie der in ihrer Handtasche. Warf einen Blick auf die Uhr in ihrem Handy. Nur noch wenige Minuten. Zwei weitere Querstraßen, dann scharf links.

Der überdachte Markt schützte die Käufer vor der Sonne, dennoch schwitzte Mariam unten am Rücken. Infolge der Hitze und des Stresses konnte sie kaum noch einen klaren Gedanken fassen und stellte sich den Berg der Schmerzen vor, den sie besteigen würde, sollte der *Muchabarat* die persönliche Übergabe mitbekommen. Man würde sie auffordern, ein schriftliches Geständnis abzulegen, und am Ende eine Lüge finden. Das war das Basislager der Folterer. Dann würden sie zu leichten Schlägen und weiteren Befragungen am Tisch übergehen, anschließen würde sich eine »Untersuchung«, durchgeführt von irgendeiner übergriffigen erotomanen Lesbe, bevor sie den sadistischen Gipfel erreichten: die Stromfolter. Doch ganz gleich, wie der Gipfel erreicht wurde, am Ende wartete stets der Henker. Bei aller Barbarei waren es die schriftlichen Formalitäten, die zum letzten Gang zur Schlinge führten – verfasst vom *Muchabarat*, bestätigt durch einen Magistrat des Obersten Gerichtshofs und abgestempelt von Assads Unterschrift und dem *Quraisch*-Habicht des syrischen Wappens. Schließlich, eine große Gnade, das Geräusch, wenn das Holzpodest plötzlich aufklappte und der finale Bruch ihres Halses. Frieden.

Mariam griff unter ihr schwarzes T-Shirt und wischte sich mit der Hand über ihr Kreuz; zog ihr Handy aus der Jeanstasche und schaut auf die Uhr; holte den Beutel mit dem Zimt, den, mit dem USB-Stick darin, aus der Handtasche, und hob ihn ans Gesicht. Sie schloss die Augen, atmete die würzige, etwas süßliche Aroma ein und schloss den Beutel wieder; legte den Beutel in die Rechte und bog nach links, zurück zum Gewürzmarkt, wobei sie sich auf der linken Seite des Gangs hielt. Es war voll. Sie stieß mit einer Frau mit Hidschab aus rosa Seide zusammen und entschuldigte sich, hielt dabei ihre Handtasche fest umklammert.

Lass sie nicht fallen. Geh immer weiter. Und schau ihn nicht an.

Als Mariam um die Ecke bog, sah sie rechts von sich Sam. Dann spürte sie, wie er ihr einen identischen Beutel an die Brust drückte. Sie sicherte ihn mit der Linken, gleichzeitig nahm er den Beutel mit dem USB-Stick aus ihrer Rechten. Ihren Schlendergang aufrechterhaltend, ließ Mariam den neuen Beutel in ihre rechte Hand gleiten, in der sich alte Beutel befunden hatten.

Das Ganze hatte nur Sekunden gedauert.

Sie ging zu einem anderen Gewürzstand, kaufte ein Säckchen Kardamom und genoss, dass ihre Hände beim Bezahlen nicht mehr zitterten. Nachdem sie den Marktstand verlassen hatte, blieb sie noch einmal stehen, um all die Gewürze zu betrachten. Noch nie waren ihr die Farben so strahlend, so lebendig erschienen.

22

»Wir haben zwar alle gewusst, dass Athenas Informationen Wellen schlagen würden«, sagte Procter. »Nur habe ich nicht damit gerechnet, dass sie derart über uns hereinbrechen.«Wie geht's übrigens dieser Analystin? Esmeralda? Ist das nicht die aus dem Film *Der Glöckner von Notre Dame*. Sie ist Amerikanerin mit syrischen und mexikanischen Vorfahren, nicht wahr?« Sam starrte vor sich hin und fragte sich, worauf Procter eigentlich hinauswollte. »Ihr Dad ist hundert Prozent syrischer Abstammung, geboren in den Staaten, ihre Mutter Mexikanerin«, sagte Procter. »Geboren in Mexiko. Ist Esmeralda überhaupt ein mexikanischer Name?«

Sam zuckte die Achseln. »Keine Ahnung, Chefin. Sie wird Zelda genannt. Ich weiß nicht, ob sie Spanisch kann, aber sie spricht passabel levantinisches Arabisch.«

Zelda Zaydan war Gesprächsthema, weil sie in Damaskus angekommen war; sie war vorübergehend dienstverpflichtet worden, um die Informationen aus Bouthainas Rechner auszuwerten. Aus irgendeinem Grund regte die Sache mit dem Namen Procter auf. »Das ist so, als ob ich sage, du kannst mich einfach Temis nennen. Von jetzt an heiße ich Temis.« Sie zeigte mit beiden Daumen nach unten. Sam redete einfach weiter.

»Zelda richtete sich gerade erst ein«, sagte er, ohne den Köder zu schlucken. »Die Techniker sagen, dass der Auswertungscomputer heute Morgen aus Fort Meade angekommen ist.« Der

Rechner, der mit keinem Netzwerk der Agency verbunden war, sollte prüfen, ob die Syrer den USB-Stick mit Schadsoftware infiziert hatten. Zudem hatte das Security-Team des Diplomatischen Dienstes den Rechner auf Sprengstoff und Gifte hin untersucht. Das war zwar eher unwahrscheinlich, aber die Hisbollah hatte einmal Sprengstoff in Handys platziert, von denen sie wusste, dass sie konfisziert werden würden, in der Hoffnung, dass ein amerikanischer Geheimdienstler zerfetzt werden würde, sobald die CIA versuchte, sie zu knacken.

»Perfekt, gerade zum richtigen Zeitpunkt«, sagte Procter. »Das Mädel hat jede Menge zu tun.«

Am ersten Nachmittag fiel Sam ein dicker Stapel ausgedruckter Berichte auf Zeldas Schreibtisch auf. Der oberste, in dem es um Datensicherheit ging, trug den Titel »Nachrichtendienstliche Bewertung – Chemiewaffenprogramme. Fallstudien aus der Sowjetunion, Ägypten, Irak und Syrien.« Auch ein Buch befand sich in dem Stapel. *Die Vorgängersubstanzen von Nervenkampfstoffen und deren Produktionsmethoden.* Zelda merkte, dass Sam sich den Titel ansah. »Das ist ein gutes Buch. In Auftrag gegeben während der Reagan-Administration. Es enthält die Rezeptur für industrielles Sarin, das in den Vereinigten Staaten und in der Sowjetunion verwendet wurde. Die Syrer verwenden ein sehr ähnliches Kochbuch.«

Zelda stand auf, streckte sich. Sam klappte das Buch auf. »Also, wie willst du die Sache angehen?«

»Ich fange an, indem ich nach allen möglichen Sarin-Vorläuferchemikalien durchsuche und diesen Computer nach allen möglichen Rechnungen zu Materialien durchforste«, sagte sie. »Dadurch bekommen wir eine Liste mit verdächtigen Briefkastenfirmen. Danach können wir weiter graben und dem Geld bis in den Palast folgen. Vorausgesetzt, die Buchhaltung ist einigermaßen vollständig, sollten wir die Mengen sehen können.«

Sie stemmte die Hände in die Hüften und produzierte eine riesige Kaugummiblase, spuckte den Kaugummi aus und setzte die Kopfhörer auf.

Um eine Antwort zu erhalten, dauerte es dann zwei Tage, in denen Zelda, so Sams Schätzung, ungefähr zwanzig Liter bitteren Station-Kaffee getrunken und insgesamt vier Stunden geschlafen hatte. Für den Schlafmangel war Procter verantwortlich. Die Chefin, erpicht darauf, die Operation voranzutreiben, stellte Zelda eine absurde Deadline, um die Nachforschungen beschleunigen. »Wir sorgen dafür, dass sie sich ihren Tagessatz verdient«, hatte Procter gesagt. »Alle hundertachtunddreißig Dollar.« Als Zelda also Sam und Procter sechsunddreißig Stunden später an ihren Schreibtisch holte, wirkte die Analystin fix und fertig. Womit wohl Procters Führungsqualitäten bewiesen wären, dachte Sam. Zeldas Kleidung war zerknittert, auf ihrer Hose prangte ein Fleck Labneh. Aber die Analystin lächelte. Procter wies mit einem Nicken auf die Wand. »Hatte die Analystin ein Hirnaneurysma?«

Der abblätternde Wandputz war mit Dutzenden Post-it-Zetteln übersät. Diese waren pyramidenförmig angeordnet, der oberste war dabei mit »Sarin« beschriftet. Darunter befanden sich zwei Zettel, die die binären Komponenten auflisteten: Methylphosphonisches Difluorid beziehungsweise DF sowie Isopropylalkohol, den Zelda mit IA abgekürzt hatte. Weiter unten wurden die Bausteine jeder Komponente aufgeführt. Das Ganze sah aus wie eine explodierte Periodentafel; Methylphosphonisches Dichlorid, Methyldichlorophospin, Fluorwasserstoff, unter vielen weiteren, die Sam nicht entziffern konnte.

Procter rollte einen Stuhl heran und setzte sich. »Schieß los.«

Zelda nickte und stellte sich vor die Wand. »Das Fazit: Die haben ein Netzwerk eingerichtet, um ihre Sarin-Bestände aufzustocken – finanziert vom Palast, vermutlich zur Benutzung durch die Republikanischen Garde. Ich habe Hinweise gefunden, dass Bouthaina beim Kauf der meisten Vorläufersubstanzen geholfen hat. Zumindest bei denjenigen, die sie nicht in ihren eigenen Fabriken produzieren können. Die meisten werden an Strohmänner im Libanon, einige in der Türkei, verschifft. Von dort werden die Sachen vermutlich nach Syrien geschmuggelt.«

»Wie viel haben die Syrer beschafft?«, fragte Sam.

Zelda öffnete Excel auf ihrem Agency-Computer und blickte auf eine Tabelle. »Vermutlich übersehen wir bestimmte Bestandteile, doch wenn man alle Vorgängersubstanzen addiert, kommt man auf rund 2000 Tonnen.«

»Das klingt viel«, sagte Sam.

»Das ist es auch«, sagte Zelda. »Die Faustregel für die industrielle Sarin-Produktion lautet: Der Input wiegt achtmal so viel wie der Output. Angenommen also, die machen alles richtig, kommt man auf 250 Tonnen Sarin. Genügend für einen massiven Angriff. Auf Grundlage einiger Kaufdaten würde ich vermuten, dass die Syrer zum jetzigen Zeitpunkt in der Herstellung weit vorangeschritten sind.«

»Sie könnten das Zeug an das SSRC schicken, das das Zeug dann produziert und lagert, stimmt's, Jaggers?«, fragte Procter und zeigte auf Sam.

»Jaggers?«, fragte Zelda.

»GOLDJAGGER.« Procter verdrehte die Augen. Weil Sam mit der Analystin nie per E-Mail kommuniziert hatte, kannte diese seinen Spitznamen noch nicht. »Josephs Pseudonym.«

»Ach so. Ein furchtbares Pseudonym. Debmans lautete Willy T. PECKER, Pimmel. Er hat einen Wechsel beantragt. Aber egal, zu deiner Frage: Die könnten das Zeug zum SSRC schicken, das stimmt schon, aber laut den SIGINT und den Bildern der Israelis tut sich seit fast einem Jahr nichts in den Produktionsstätten und im Lagerbestand. Außerdem wissen die Syrer, dass ihr Vorrat ausreicht, die Israelis davon abzuhalten, das Regime zu beseitigen.«

Zelda hatte einen Stift zur Hand genommen und tippte jetzt damit gegen die Wand, als wäre er ein Metronom, das ihre Gedanken unterstrich. »Wenn die Syrer glauben, dass ihre Abschreckung wirkt, warum sollten sie dann 2000 Tonnen Vorläuferchemikalien einkaufen, die sie zu einem vermutlich bereits ausreichenden Vorrat hinzufügen?«

»Weil sie das Zeug gegen die Aufständischen einsetzen wollen«, sagte Sam leise.

Zelda lehnte sich an die Wand und blickte zu den Deckenplatten. »Und zwar eine Menge davon.«

»Außerdem glauben sie nicht, dass sie den gegenwärtigen Vorrat nutzen können, weil wir und die Israelis den Transport, das Mischen und die Vorbereitungen entdecken würden«, fuhr Sam fort.

Procter nickte heftig.

»Da hast du recht«, sagte Zelda. »Rustum ist kein Dummkopf. Er weiß, dass wir die SSCR-Standorte ständig mit Satelliten erfassen. Wir würden mitbekommen, wenn der Lagerbestand bewegt oder vorbereitet wird. Wollte man das Zeug im Kampf einsetzen, hier und heute, würde man es vom SSCR abtrennen. Man würde ein gesondertes Programm auflegen.«

»Wo zum Teufel befindet sich das ganze Zeug eigentlich?«, fragte Procter. »2000 Tonnen Material bedeutet, dass es irgendwo im Landesinneren eine Fabrik gibt, die am laufenden Band Sarin produziert.«

Zelda lächelte. »Bouthaina ist in einer E-Mail ein Fehler unterlaufen, sie hat an einen der Zwischenhändler geschrieben, er solle irgendetwas nach Dschabla schicken, aber dann hat sie die Adresse geändert, und an dieser befindet sich eine weitere Einrichtung der Republikanischen Garde. Ich habe das nachgesehen. Unsere Nationale Behörde für Geografische Aufklärung hat einen Bericht über eine ›Mysteriöse Fabrik‹ verfasst ...« – Zelda verwendete Anführungszeichen in der Luft – »..., die sich in der Nähe von Dschabla befindet. Das war vor einem Dreivierteljahr. In dem Bericht heißt es, dass dort irgendetwas hergestellt wird. Seither keine Überflüge. Wir sollten uns das noch einmal anschauen.«

Sam zeigte mit ausgestrecktem Zeigefinger und senkrechtem Daumen auf das Wandplakat mit dem Konterfei von Assad und drückte ab.

Artemis Aphrodite Procter hatten einen komplizierten Ruf im Nationalen Aufklärungsamt und der Nationalen Behörde für Geografische Aufklärung. Damals in Kabul war es zu einigen Unannehmlichkeiten gekommen, weil ein Streit damit endete, dass zwei Satellitenbilder-Auswerter mitten in einer Predator-Operation gegen die pakistanischen Taliban eine Treppe heruntergestoßen wurden. »Aus Versehen«, wie Procter stets sagte. »Unglücklicher Zufall.«

Der dramatische Vorfall hatte zur Folge, dass sich Procters Verhandlungen mit Vertretern beider Bundesbehörden über Ressourcen einigermaßen herausfordernd gestalteten.

Und darum rief sie Ed Bradley an, um die Wogen zu glätten. »Ed, kannst du diese Nerds dazu bringen, mir einen Vogel zu stellen?«

Bradley rief die Kontaktperson der CIA zum Nationalen Aufklärungsamt (NRO) an, die im Besitz die Koordinaten der Fabrik in Dschabla war. Die Kontaktperson sah sich einen Echtzeit-Feed an, der die verfügbaren Umlaufbahnen der NRO zeigte, Bilder, die so streng geheim waren, dass selbst seine Enkel ihre Freigabe nicht erleben würden. Die Kontaktperson meinte, die Misty-3-Satelliten-Plattform könnte funktionieren, rief den Leiter der Mission an und bat ihn, die Koordinaten von Dschabla zur Verfügung zu stellen.

»Na ja, Mist«, sagte der Missionsleiter des NRO bei der Frühkonferenz und roch an seinem Kaffeebecher, vermutlich selbst geheim, denn er war wie ein Misty-Ballon geformt und trug die Worte *Lächle, denn du bist im Bild.* »Wir haben keinen unbegrenzten Vorrat an diesen verfluchten Vögeln.« Am Abend stand der Missionsleiter, der inzwischen beim sechsten Misty-Ballon-Kaffee angelangt war, nervös neben einem ungepflegten Techniker, der Mistys Ionentriebwerk auf den höchsten Punkt der Umlaufbahn einstellte und den Satelliten auf einen Orbit beförderte, auf dem er am folgenden Morgen lokaler Zeit Dschabla überfliegen würde.

Misty überflog Dschabla um exakt 6:43 Ortszeit und schoss mit der drei Meter großen Panoramakamera sieben Fotos der Fabrikanlage. Die Bilder, die über einen verschlüsselten Link nach Washington gesendet wurden, zeigten drei große Lagerhäuser, Reihen von Sattelschleppern und geparkten Pkws – mehrere mit den Insignien der Republikanischen Garde – sowie eine kleine, in einem Tal gelegenen Kaserne. Der Knaller aber war ein Lastwagen mit einem sichtbaren Nummernschild. Die Bilder wurden an die Analyseabteilung für den Nahen Osten und Nordafrika des NRO verteilt, wo ein Auswerter, der sich dabei Tschaikowskis Klavier Trio in a-Moll auf einem Kopfhörer mit eingebauter Geräuschunterdrückung anhörte, einen Bericht verfasste, der schließlich unter dem Titel: »15 Juni: AKTIVITÄTEN IN DER DSCHABLA-FABRIKANLAGE DEUTEN AUF VERBINDUNGEN ZWISCHEN DEM SSRC UND REPUBLIKANISCHER GARDE HIN«, in Umlauf kam. Die Bemerkungen des Analysten waren wortreich, aber er war ein pingeliger Typ und hatte alle möglichen Nachforschungen angestellt. Unter anderem hatte er das Kennzeichen des Lkws in die zahlreichen Datenbanken der NRO eingetippt.

Wie sich herausstellte, war der Lastwagen auf die Abteilung 450 des SSRC zugelassen: Sicherheit und Transport von Chemiewaffen.

23

Während der Beschuss zunahm und die Kontrolle des Regimes über die Hauptstadt abnahm, blieben die Damaszener zunehmend im Hause: die Blicke verstohlen, die Bürgersteige vor den Cafés leer, die Bevölkerung der Stadtteile voneinander abgeschottet und wachsam, die Restaurants mit Rollläden verschlossen. Die Stromversorgung war unregelmäßig, die Dunkelheit ein Übel, das sich bis in die reichen Viertel ausgebreitet hatte.

Als Onkel Daoud Mariam und Razan also um ein Treffen bat, schlenderten die Cousinen, anstatt ein Restaurant zu besuchen, vier Häuserblocks zu Daouds Wohnung, um dort zu Abend zu essen: Dawood Basha. Als Tante Mona noch lebte, hatten sie sich im Esszimmer versammelt, aber niemand hatte Lust, auf den Platz zu starren, auf dem sie gesessen hatte, seit die Familie in den Achtzigern in die Wohnung umgezogen waren. Daoud hatte Monas Stuhl entfernt, doch das machte alles fast nur noch schlimmer. Ohne sich den Grund einzugestehen, aßen sie also eng an eng an einem kleinen Tisch in der Küche.

Daoud stellte Fragen zur Einschätzung des Arztes zu Razans Auge, darüber, was sie gelesen hatte, über ihre Freunde. Er versuchte, ein guter Vater zu sein. Razan war nicht interessiert. Sie saß da auf dem Stuhl und stocherte lustlos in den Fleischbällchen herum, der Wein unangetastet, der Blick – die Augenklappe immer noch vorhanden – auf den Kühlschrank hinter dem Vater gerichtet. Mariam hätte Razan am liebsten eine geklatscht, weil sie eine so undankbare *Sharmuta*, ein solcher Trotzkopf war – freundlich ausgedrückt. Gib deinem Vater eine Chance, wir alle dienen einer Regierung, die du verachtest – aber er hat getan, was er getan hat, damit du etwas zu essen hast. Besorgt, dass sie ihren inneren Monolog preisgeben würde, trank Mariam einen großen Schluck von dem libanesischen Wein.

»Wann, glaubst du, kannst du wieder zur Arbeit gehen?«, fragte Daoud Razan, die mit dem guten Auge auf ihren Teller starrte.

»Keine Ahnung.« Sie legte die Gabel hin und entschuldigte sich für ein paar Minuten.

Daoud lächelte Mariam erschöpft an. Sie betrachtete sein Gesicht, ahnte, es könnte der entscheidende Abend sein. Du bittest ihn nicht, für die CIA zu spionieren, hatte Sam ihr gesagt, du bittest ihn, gemeinsam mit dir und nur mit dir eine Grenze zu überschreiten. Dir etwas mitzuteilen, was er, wie er weiß, nicht tun sollte. Er dürfte vermuten, dass du für einen Geheimdienst arbeitest, aber du wirst das nie erwähnen. Es kommt vor, dass die CIA einen Informanten vollständig rekrutiert, aber oft besteht die Verbindung nur zwischen Agent und Informant. Bin ich rekrutiert?, hatte Mariam gefragt. Sam hatte die Frage nicht beantworten wollen. Ihm war unbehaglich zumute, das merkte sie ihm an, genauso wie ihr.

Daoud hatte einen gebeugten Rücken, der Schwabbelbauch ließ ihn etliche Kilo schwerer aussehen, als er es bei der Verlobungsfeier ihrer Cousine gewesen war. Das kastanienbraune Haar war flaumiger und dünner als in ihrer Erinnerung. Er sah aus wie ein zerzauster Wissenschaftler, der soeben erfahren hatte, dass ein Experiment fehlgeschlagen war. Er machte auf sie einfach einen sehr traurigen Eindruck.

Razan kehrte mit rotfleckigen Wangen und kampfeslustigem Blick an den Tisch zurück. Sie hatte im Bad Entscheidungen getroffen, und es schien, als wollte sie einen Streit mit ihrem Vater ausfechten. Mariam konnte nur zuschauen.

»Ich muss mit dir als meinem Vater sprechen«, sagte Razan. »Nicht als Angestelltem beim SSRC.« Er nickte, doch seine Miene verriet, dass er es nicht hören wollte. »Ich möchte wieder für die Koordinierungskomitees arbeiten«, fügte sie hinzu, als wollte sie eine Stellung bei einer Bank antreten. Als wäre es ein ganz normaler Wunsch, dem allmächtigen Assad den Mittelfinger zu zeigen.

Inzwischen war Daoud zornig – mahlende Kiefer, gerader Rücken. »Razan, o Gott, nein ...«

»Halt, Papa, lass mich ausreden. Ich kann einfach nicht untätig dasitzen und zulassen, dass unser Land zerstört wird. Die Protestler sind schwach, aber sie haben recht. Ich möchte auf der richtigen Seite stehen. Der Seite der Moral. Der Seite Gottes.«

Daoud fuhr sich durch das dünne Haar, schob seinen Stuhl vom Tisch weg und blickte Razan wütend an. »Gott ist im Moment nicht in Syrien, Razan, falls du es noch nicht bemerkt haben solltest. Wir haben uns dem Chaos ergeben. Wir können nichts tun, außer uns bedeckt halten und das Ganze aussitzen. Und wenn du schon Gott in die Sache hineinziehen musst – was kommt denn Gutes dabei heraus, wenn du dich der Opposition anschließt? Willst du denen helfen, ihren blutdürstigen Dschihadisten-Allah in unser Land zu holen, damit sie uns alle umbringen?«

Jetzt deutete er auf Razans Auge, er weinte, und Mariam schämte sich, hier in dieser Küche zu sitzen, während ihr Onkel einen psychischen Zusammenbruch erlitt. »Ich habe bereits deine Mutter verloren. Lass mich nicht allein hier, in dieser

Hölle. Ich will nicht auch dich noch verlieren, Razan«, flüsterte er.

Es gab noch mehr zu sagen, doch das musste warten, denn es klopfte an die Tür.

Mariam überkam das schwindelerregende Gefühl, sich von außen zu betrachten. Das Klopfen. Die Syrer kannten dieses Klopfen. Daoud und Razans Blicke bestätigten es. Mariam dachte an Bouthainas Rechner. Ich bin nicht sehr weit gekommen. Ein kurzer Lauf, auch für eine Spionin. Törichterweise fiel ihr ein, Sam gefragt zu haben, wie lange Spione in der Regel dienten. Das hängt davon ab, hatte er gesagt. Wovon?

Daoud stand auf, ging zur Tür. Vor ihm standen zwei Männer vom *Muchabarat*, sie zeigten ihre Ausweise der Politischen Sicherheitspolizei. Der eine, mit Schmerbauch und Hängebacken, war fünfundzwanzig Kilo schwerer als Daoud, hatte eine Blumenkohlnase und einen herabhängenden Schnauzbart. Der andere, sein Untergebener, war klein und mausgrau, mit Stupsnase und ängstlichem Blick, der wie gebannt auf den Boden gerichtet war. So wie in ihrer Kindheit, gab Mariam den *Muchabarat*-Mitarbeitern auch jetzt Spitznamen, um ihre Angst zu lindern.

Blumenkohl und Maus.

Ihr Herz schlug schneller, als Blumenkohl fragte, ob Razan zu Hause sei, und alle Anwesenden bat, sich auszuweisen. Die Maus sammelte die Ausweise ein, und Blumenkohl, der verstand, dass es sich hier um das Zuhause eines angesehenen Obersten des SSRC handelte, sagte, sie würden nicht lange bleiben, aber sie müssten Fräulein Razan einige Fragen hinsichtlich ihrer Festnahme stellen. Auch boten sie an, sich auszuweisen, was Mariam höflich und anständig fand, denn manchmal tauchten die *Muchabarat*-Leute in ihren Lederjacken einfach bei einem zu

Haus auf und verlangten, mit einem zu sprechen. Blumenkohl war Oberst. Die Maus Leutnant.

»Können wir das nicht ein andermal erledigen?«, sagte Daoud verärgert.

Die Maus starrte immer noch auf den Boden, aber Blumenkohl ließ nicht locker. »Wir wurden von General Qudsiyah gebeten, uns einmal privat mit Miss Razan zu unterhalten. Eine Kontrollbefragung, Sie haben sicher Verständnis. Diese Gespräche müssen öfter geführt werden, angesichts der, mhm, ich würde sagen, ungewöhnlichen Umstände ihrer Freilassung.« Die Maus hüstelte. Er blickte in Richtung einer Lampe.

Qudsiyah war der Direktor der Abteilung für politische Sicherheit. Er war unantastbar, die bloße Erwähnung seines Namens bedeutete, dass jeder Widerspruch zwecklos war.

»Vorige Woche war es die Abteilung für Militärische Aufklärung«, sagte Razan. »In der Woche davor die Staatssicherheit.« Wie viele von denen wollten sie denn noch aufsuchen? Mariam sah, dass Razans Nasenflügel bebten, ihre Stimme klang gepresst und heiser.

Blumenkohl schaute zu Daoud, dann wieder zu Razan. »Sie haben Straftaten begangen, die nach …«

»Halt«, sagte Daoud. »Halt, Oberst, das ist nicht nötig. Razan, sprich mit diesen Männern. Wie lange brauchen Sie?«

Razan errötete, verschränkte die Arme vor der Brust. Bleib ruhig, Mädchen, dachte Mariam, rede einfach mit denen und bring's hinter dich.

»Zehn, fünfzehn Minuten«, sagte Blumenkohl.

Mariam und Daoud rauchten auf dem Balkon. Daoud pflegte immer noch einen kleinen Garten mit Topfpflanzen und Blumen, wie Mona es geliebt hatte: weißer Jasmin, der jetzt in

Sommerblüte stand, Damaszener-Rosen, hoch aufragender Hibiskus rechts und links neben der Schiebetür. Mariam erinnerte sich, wie sie mit Tante Mona Jasmin gepflanzt hatte, die kleine Razan war herumgewatschelt, drinnen hatte Daoud irgendwas gekocht und mit Papa gelacht.

Jetzt hörte sie von drinnen kein Lachen. Der Besuch in der Küche war ebenso höflich wie erniedrigend, so bürokratisch wie barbarisch. Es handelte sich ja nicht um die Variante Klopfen-an-der-Tür-und-du-wirst-abgeholt. Es kam nicht zu Gewaltanwendung. Die war bereits vollzogen worden. Das hier diente der Erinnerung daran, dass du dem Staat nicht entkommen konntest.

Die Männer würden fragen, was Razan getan hatte: Hatte jemand von den Koordinationskomitees sie kontaktiert? Wie verlaufen die Besuche des Arztes? Sie würden es in einem Bericht festhalten, den Qudsiyah vermutlich niemals lesen würde. Schließlich würde er in irgendeiner Akte verschwinden. Die Militärische Aufklärung bekäme eine Kopie, die Staatssicherheit und das Sicherheitsamt wahrscheinlich auch. Man würde die Berichte nicht untereinander austauschen. Die Berichte würden in Aktenschränken in Kellergeschossen deponiert werden. Vertreter des *Muchabarat* würden Razan in den folgenden Jahrzehnten weiterhin besuchen. Sie würden ungebeten zu ihr nach Hause kommen. Ihren Kindern beim Spielen zuschauen, falls sie je welche haben würde. Manche würden schüchtern Bestechungsgeld verlangen. Andere würden sie beschuldigen, nachforschen und drohen. Sie würden dieselben Fragen stellen und die Antworten bereits kennen.

Diesmal dauerte das Gespräch zwölf Minuten. Blumenkohl dankte Razan für ihre Kooperation und entschuldigte sich nochmals bei Daoud für die Störung. Er nickte Mariam zu und verließ mit Maus im Schlepptau die Wohnung.

»Haben sie dich anständig behandelt?«, fragte Mariam.

»Ja. Aber ich kann heute Abend nicht mehr reden. Papa, kann ich hier schlafen? Ich muss mich hinlegen.«

»Natürlich, *Habibti*, aber willst du nicht zu Ende essen?«

»Ich habe keinen Hunger.«

Razan umarmte ihren Vater und Mariam, trottete wieder zurück in ihr Kinderzimmer und schloss die Tür.

»Ich brauche einen Whisky«, sagte Daoud.

Er schenkte zwei Fingerbreit Johnnie Walker Blue Label ein – sie erkannte die Flasche, weil ihr Vater sie Daoud zum letzten Geburtstag geschenkt hatte – in zwei Gläser und trat zu Mariam auf dem Balkon. Mariam hatte die Wohnung immer gemocht. Vom Balkon blickte man direkt in die Wohnung einer anderen Familie, an den Wochenenden hörte man den Lärm des Nachtlebens in Bab Touma: Nachtschwärmer, Paare, die ausgingen, Frauen in engen Jeans und einige mit Dschihab, alle tanzten in den Bars und Restaurants der Altstadt. Jetzt war alles unheimlich ruhig, die Wohnung gegenüber dunkel. Daoud trank die Hälfte des Whiskys mit dem ersten Schluck.

Mariam erinnerte sich, was er auf der Verlobungsfeier gesagt hatte: *Das Regime hat seinen Teil der Abmachung nicht eingehalten. Schau dir doch an, was mit Razan passiert ist. Und wir können keine Forderungen stellen. Wir sitzen in der Falle.*

Sie blickte auf die zunehmende Leibesfülle ihres lieben Onkels und seine fahlen Wangen. Ein Funkeln in seinen Augen zeugte von irgendeinem Albtraum, er rieb sich die Stirn und kratzte sich am Hals. Sie blickte auf die wunde Stelle unter seinem Hemdkragen, dort, wo er die Finger in die Haut gebohrt hatte. Er puhlte daran und trank den Whisky aus. Lehnte sich im Sessel zurück, schloss die Augen und genoss den Duft der Blumen.

Mariam nahm an, sie würde ihn drängen müssen, mit weiteren Informationen herauszurücken, aber wie sich herausstellte, war nur eine einfache Frage nötig: »Was hast du, Onkel?«

»Wir haben einen Test durchgeführt«, murmelte er mit nach wie vor geschlossenen Augen.

»Macht ihr das denn nicht immer?«

»Doch, aber dieser Test wurde an Menschen durchgeführt.«

Mariam stellte ihren Whisky ab. Ihre Hände fühlten sich ganz kalt an.

Er öffnete die Augen und schaute sie an. Wieder kratzte er sich an der Wundstelle am Hals. »Und er war erfolgreich.« Dann schenkte er sich noch ein Glas ein. »Das Sarin soll im Krieg eingesetzt werden.«

Zwei Stunden später schmiegte sich Mariam im Bett an Razan, schlief jedoch nicht. Sie spürte den warmen Körper ihrer Cousine, fühlte, wie sich ihre Brust sanft hob und senkte. Mariam zog sich die Decke über, drehte sich um und sah Razan an. Die Augenklappe. Papiertaschentücher unter dem Kissen.

Mariam hatte viele Fragen gestellt. Zu viele, fürchtete sie. Aber Daoud hatte eine Linie überschritten. Mehrere. Was er gesagt hatte, erschien ihr unwirklich. Es sorgte dafür, dass sie nichts mehr hören wollte. Dass sie nicht schlafen konnte.

Am Morgen schlich sie früh aus der Wohnung und ging zu sich nach Haus, wo sie sich in den begehbaren Kleiderschrank setzte und eine kurze Mitteilung schrieb, so gefaltet, wie Sam es ihr in Frankreich beigebracht hatte. Überzeugt, dass der Zettel in eine Dose passen würde, stopfte sie ihn in einen Schuh, zog eine Jogginghose und ein langärmeliges weißes T-Shirt an und startete zu einem Lauf den Berg hinauf.

Als sie in ihre Wohnung zurückkehrte, saß Razan in der Küche, Kaffee trinkend und eine Zeitschrift lesend. Auch sie hatte sich früh aus der Wohnung ihres Vaters geschlichen.

»Willst du über gestern Abend reden?«, fragte Mariam.

»Nicht wirklich.«

»Wie du willst«, sagte sie und ging zurück in ihr Zimmer, um den restlichen Whisky auszuschwitzen, indem sie ihre Krav Maga-Übungen durchführte.

Als sie damit fertig war, zog sie die Jalousien halb herunter.

24

Die Damaskus Station legte Mariams Informationen der Abteilung für den Nahen Osten vor, damit sie sofort verarbeitet und im verschlüsselten Datenverkehr veröffentlicht werden konnten. Die Stellvertretende Leiterin der »Syrien-Berichte« in Langley, Louise Boolatte, gab den Bericht frei, wobei sie bei sich dachte, dass diese Syrer Schlächter, Wilde und Monster seien. Boolatte fragte sich, so wie das Damaskus-Büro, ob die eklatante Überschreitung der roten Linie des Präsidenten eine Reaktion des Weißen Hauses erzwingen würde. Sie bezweifelte das – aber was zum Teufel wusste sie denn schon? An diesem Punkt ging es ihr einfach nur um die Bezahlung ihrer Überstunden. Eine Auszeichnung für »Außergewöhnliche Leistungen« könnte auch nicht schaden, wenngleich die Pfennigfuchser in der Finanzabteilung kürzlich die Boni durch Restaurant-Gutscheine ersetzt hatten.

Boolatte hatte den Bericht am späten Nachmittag für die abendliche Lesemappe des Direktors markiert. Der Direktor las den Bericht, verfluchte das syrische Regime und rief den Nationalen Sicherheitsberater an, der das Gleiche tat und sagte, er werde am Abend die Syrien-Arbeitsgruppe im Weißen Haus zusammenrufen, um – einmal mehr – die letalen Möglichkeiten in Bezug auf Ali Hassan und den Chemiewaffeneinsatz zu erörtern, den Damaskus insgeheim plante. Der Direktor, der bereits zum Dinner mit dem saudi-arabischen Botschafter zu spät kam, erklärte, dass Ed Bradley die Agency in der sogenannten

»Kleinen Gruppe« vertreten werde. Im Kontrollraum stand Bradley ein dreistündiges, kontroverses Gespräch über die Frage durch, ob man die rote Linie des Präsidenten durchsetzen solle. Am Ende legte der Nationale Sicherheitsberater dem Präsidenten drei Optionen vor: das syrische Regime vernichten, das Dschabla-Gefängnis bombardieren, eine verdeckte Warnung schicken.

»Sorgen Sie dafür, dass die Sache sauber abläuft, Ed«, hatte der Präsident gesagt und die dritte Option gewählt. »Nur der General. Keine unbeteiligten Dritten.«

Am nächsten Tag holte Procter Sam zu sich ins Büro, zu einer Videokonferenz mit Bradley: Dieser war offenbar immer noch wach, hockte zu Hause in der Box und hatte wohl ein paar Bier intus, als er sich online bei der Damaskus Station meldete. Sein verpixeltes Bild erschien auf dem Bildschirm.

»Hallo, Leute«, sagte Bradley. »Ich will mich kurzfassen. Gestern Abend hat der Präsident erwogen, Damaskus zu bombardieren, als Vergeltung für den Sarin-Test, von dem ATHENA berichtet hat. Er hat sich dagegen entschieden, möchte aber trotzdem den Syrern eine Dont-fuck-with-us-Botschaft senden. Das Büro für Rechtsberatung im Justizministerium glaubt, dass man die Morde an Val und KOMODO, zusammen mit Ali Hassans Überwachungsoperationen in Damaskus, als permanente Bedrohung Amerikas und unserer Interessen interpretieren kann. Und deshalb halte ich jetzt ein Schriftstück in Händen, vor einer Dreiviertelstunde vom Präsidenten der Vereinigten Staaten von Amerika unterzeichnet, in dem steht, dass eine Operation zur gezielten Tötung des Brigadegeneral Ali Hassan, und hier zitiere ich aus Rechtstitel 50 des Bundesgesetzbuches, ›erforderlich ist zur Unterstützung der identifizierbaren Ziele der Außenpolitik der Vereinigten Staaten«. Es handelt sich also nicht um ein Attentat. Die Operation wird vielmehr zum Akt der nationalen Selbstverteidigung erklärt.«

»Ziemlich hochgestochen formuliert«, sagte Procter. »Darum lieben alle Menschen ja Anwälte.«

»Was sind die Bedingungen?«, fragte Sam.

»Und wie viel wird schriftlich festgehalten?«, fragte Procter.

»Procter, ich entnehme deinem Tonfall, dass du in Wahrheit fragst, ob wir das so durchziehen können wie die Drohnen-Operationen in Afghanistan und Pakistan. Und die Antwort lautet: Nein. Nur Ali stirbt. Es darf keine Kollateralschäden geben. Das ist die einzige schriftliche Einschränkung.«

»Irgendwelche anderen, die nicht auf dem Papier stehen?«

»Ja, eine, von mir«, sagte Bradley. »Der Präsident stimmt mir zu. Nenn es Führung von oben. Unsere Gesichtserkennungsexperten müssen bestätigen, dass es sich um Hassan handelt, bevor wir abdrücken. Ich möchte nicht, dass wir den falschen syrischen General in die Luft jagen. Wir benötigen Videobilder in Echtzeit, die bestätigen, dass es sich um ihn handelt.« Bradley kniff die Augen zusammen. Als wollte er Sam aus dem Bildschirm heraus anschauen. »Das Ganze ist eine seltene Gelegenheit, eine von uns zu rächen. Wir alle wollen den Tod von Ali Hassan – wegen dem, was er Val angetan hat. Aber lasst uns smart sein. Nichts Verrücktes.«

»Natürlich.« Sams Herz schlug schneller. Normalerweise musste die CIA wegschauen, wenn einer ihrer Mitarbeiter umgebracht wurde. Jetzt aber konnte er Val rächen. Er konnte es Ali heimzahlen – für die schmale Narbe, die er auf Vals Stirn gesehen hatte.

Procter zog ihren Tweed-Blazer aus, pflanzte sich vor dem Bildschirm auf und schaute Bradley direkt an. Sam sah die

Gedenk-Sterne auf ihren Rückenmuskeln über dem schwarzen Top. Wofür standen sie eigentlich?

»Ist das deine Art, darauf hinzuweisen, dass sich diese Station nicht ins Zeug legt?«

»Nein«, erwiderte Bradley. »Das ist meine Art, dir ausdrücklich zu sagen, dass ihr alle unter verdammt großem Druck steht. Die Erwartungen sind hoch und steigern sich – wegen eurer großartigen Arbeit. Ist eure Tür geschlossen?«

Sie blickte zur geschlossenen Tür.

»Ja, sie steht weit offen, genauso wie die Tür zur politischen Abteilung. Hier ist ein Syrer im Zimmer mit uns, Ed, er ist gerade nicht im Bild und fungiert als Protokollant. Mahmud, kommen Sie mal her und lächeln Sie Ed zu.« Procter wedelte heftig in Richtung Tür.

Sie wandte sich wieder zum Bildschirm um und schenkte Bradley ein selbstzufriedenes Lächeln.

Er lachte. »Ich hatte vergessen, was für eine Nervensäge du bist, Procter, ich hätte dich zur Europa-Abteilung versetzen sollen, damit du jemand anderes terrorisieren kannst. Du behandelst mich genauso mies wie die pakistanischen Taliban und Al-Qaida-Leute.«

»Aber du bist wenigstens noch am Leben!«

Im abhörsicheren Besprechungsraum des Botschafters in der US-amerikanischen Botschaft legte Yusuf die Füße auf den Tisch und biss noch einmal von seinem Pizzastück ab. Auf dem Karton stand, es handle sich um »Echte Syrische Pizza«, geliefert von einem Restaurant namens Café Costa; Sam konnte das nicht mitansehen. »Stopp das Band hier, Rami«, sagte Yusuf – die Antwort auf eine Frage von Procter. Er setzte sich auf. Der Bildschirm zeigte, wie Ali Hassans Auto durch die Betonsperren ins Gebäude des Sicherheitsamtes kurvte. Sie hatten sich die Überwachungsbilder der BANDITOs angeschaut.

»Seht ihr, wie tief der Lexus auf der Straße liegt?«, sagte Yusuf. »Der ist gepanzert, also brauchen wir etwas ziemlich Schweres. Schaut euch auch das hier mal an.« Er schob den Überwachungsbericht über den Tisch.

Sam klappte die Akte auf. Die BANDITOs hatten die Zeiten von Alis Ankunft und Abfahrt markiert. Sie variierten, mitunter um Stunden.

»Vermischt er auch die Route?«, fragte Sam.

»Ja, leider. Er kommt aus verschiedenen Richtungen«, sagte Elias und zog ein weiteres Stück von der Pizza ab. »Wir haben in seinem Verhalten keinerlei Muster entdeckt.«

»Angriff am Torhaus?«, fragte Procter und warf einen Seitenblick auf die Pizza. »Überfallartiger Angriff, während er seine Dienstmarke zeigt?«

»In der Regel steht ein Wächter am Tor, zwischen vier und sieben Typen vertreiben sich die Zeit mit Rauchen und Quatschen«, sagte Rami. »Nicht besonders professionell, aber man hätte es mit einem Schusswechsel zu tun.«

Procter erhob sich. »Ich habe ihm gesagt, ich würde mir seine Eier holen, das war mein voller Ernst. Habt ihr irgendwelche neuen Ideen?«

»Eine«, sagte Yusuf.

Er zog eine Packung Marlboro aus seiner Brusttasche und legte sie auf den Tisch.

»Nein, danke, Yusuf«, sagte Procter und grinste ihr Klugscheißer-Grinsen. »Die Lüftung in diesem Kabuff ist nicht so toll.«

»Nein. Schau.« Yusuf spielte das Video vor, bis er zu den Bildern mit dem Zeitstempel 21:55 Uhr kam, eine Woche zuvor. Die Kamera zoomte auf Ali Hassan, als er das Gebäude des

Sicherheitsamtes verließ und die Straße entlangging, während er sich durch die auf dem Bürgersteig geparkten Autos schlängelte, so wie Sam das bei anderen Fußgängern gesehen hatte, als er das Gebäude observierte.

»Ich habe das hier gefilmt«, sagte Yusuf. »Seht mal genau hin.« Die Kamera zoomte auf Ali. Er blieb neben einem geparkten Pkw stehen und zog die unverkennbare rote Marlboro-Packung aus seiner Hemdtasche. Er hielt inne, zog eine Zigarette hervor, zündete sie an und setzte sich wieder in Bewegung. Er ging langsam, so, als sei er tief in Gedanken.

»Und jetzt schaut euch das mal an«, sagte Yusuf. Er spulte das Band erneut vor, zu den Bildern des nächsten Tages. Der Zeitstempel zeigte 22:02. Ali ging dieselbe Strecke, rauchte seine Marlboros.

»Das macht der Kerl oft. In einer Woche ist er die Strecke viermal gegangen.«

Sam nahm die Zigarettenpackung vom Tisch und drehte sie in den Händen. Er nickte Procter zu, die das Nicken erwiderte.

25

Jamil Atiyah hatte den gleichen Rang inne wie Bouthaina. Jedenfalls theoretisch. Aber der alte Mann war der stellvertretende Direktor der Militärischen Aufklärung gewesen, er hatte mitgeholfen, dass Baschars Aufstieg zur Präsidentschaft reibungslos verlief, und er verantwortete die Beziehungen zum Iran. Somit besaß er mehr *wasta* als Bouthaina. Und er hatte einen Penis. Er sagte Bouthaina, was sie zu tun habe.

Bouthaina war daher rasend vor Wut, jedoch nicht überrascht, als sie eine weitere brüske Aufforderung erhielt, Atiyah kurz über Mariams Bemühungen, Oppositionelle aus dem Nationalrat zu entfernen, zu informieren. »Ich werde schon zurechtkommen mit diesem Lustmolch«, sagte Bouthaina. »Aber ich möchte, dass du bei dem Meeting dabei bist – falls er nach Details fragt. Wir können die Berichte freigeben, die du in Frankreich verfasst hast. Natürlich schert er sich einen Dreck um die tatsächliche Arbeit, es geht hier um den Krieg zwischen ihm und mir. Eine weitere Schlacht, um uns zu vernichten.« Unbewusst hob Mariam einen Finger an den Mund und dachte an die drei Leichen im Hotelzimmer in Villefranche, daran, wie sie mit zitternder Hand das BITTE NICHT STÖREN-Schild an die Tür hängte und diese dann hinter sich schloss.

Ungefähr zur Zeit der Blitz-Übergabe hatte Mariam mit dem Nägelkauen angefangen. Zunächst merkte sie es gar nicht, aber beim zweiten oder dritten Finger ertappte sie sich dabei.

Bouthaina, die bedauernswerte, egozentrische Bouthaina, hatte es wohl gar nicht mitbekommen.

Mariam legte die Hände auf Bouthainas Bürotisch und sah, dass aus dem Nagelbett ihres rechten Daumens ein Blutstropfen hervorquoll. Bouthainas Telefon klingelte; sie ging ins Bad. Mariam hantierte mit den Berichten auf dem Tisch und dachte über die ungesicherte Telefonverbindung ihrer Chefin nach, während Bouthaina mit Rustum sprach. Sie kaute an ihrem linken Mittelfinger, bis sie es merkte, und biss sich angewidert auf die Lippe.

Bouthaina legte auf und erschien aus dem Bad. »Komm, statten wir dem alten Lüstling einen Besuch ab.«

Mariam strich ihren dunkelblauen Rock glatt und griff nach ihren Berichten. Atiyah saß am Schreibtisch und hob nicht mal den Kopf, um sie zu begrüßen. Heute trug er einen gut geschnittenen schwarzen Anzug mit breiten Nadelstreifen, in dem er wie ein Mafia-Gangster aussah.

Bouthaina und Mariam setzten sich an den Tisch. Atiyah las seinen Bericht zu Ende, dann blickte er auf. Er trank Tee, offerierte jedoch keinen. Stattdessen schaute er Mariam sekundenlang gierig an, ohne es zu verbergen.

»Sie ist ein bisschen alt für Sie«, herrschte Bouthaina ihn an.

Atiyah ignorierte die Bemerkung. Stattdessen richtete er das Wort an Mariam. »Ich vergaß bei unserem letzten Treffen zu fragen: Wie war es denn in Frankreich?« Sein Tonfall war ein bisschen scharf. Gleich würde die Wut sich zeigen. Kurz zitterten seine Augenbrauen, aber dann hob er sie, lächelte und fragte: »Ereignisreich?«

»Die Treffen mit Fatimah waren kein Erfolg«, sagte Mariam. »Noch nicht. Wie Sie allerdings diesen Berichten hier entnehmen können, haben wir aktiv Maßnahmen ergriffen, ihre Ansichten in dieser Frage zu beeinflussen.«

Mariam schob Atiyah den Bericht hin.

Atiyah winkte ab, als wollte er Mariam wegscheuchen. »Ich weiß bereits, dass Fatimahs Mutter festgenommen wurde. Ich brauche diese Berichte nicht. Was ich wissen will, Bouthaina, ist, warum Ihr Büro immer wieder Fehler macht. Fatimah ist immer noch Mitglied im Nationalrat, faulenzt in Europa und verhöhnt uns.«

Bouthaina blickte sehnsüchtig zu einem Brieföffner, der auf dem Schreibtisch lag. Dann aber senkte sie kurz den Kopf und wischte sich mit gleichgültiger Miene ein paar Schuppen vom linken Hosenbein. Auch sie wusste, dass ihr Krieg mit Atiyah Selbstbeherrschung erforderte. »Mein Büro unternimmt Reisen, um die Opposition zurückzudrängen, und Sie reisen nach Thailand, um sich an junge Mädchen ranzumachen. Wir haben alle unsere Prioritäten.«

Atiyah schmunzelte, starrte Mariam an. Sie faltete die Hände auf dem Schoß, damit sie nicht weiter Nägel kaute, und warf selbst einen Blick auf den Brieföffner. Es wäre eine passende Vergeltung für den Zwischenfall im Hotel in Nizza.

»Sie kämpfen immer wieder mit denselben Waffen, Bouthaina«, sagte er. »Aber das funktioniert nicht. Versuchen Sie's mal mit was anderem. Wenn Sie dieses Problem nicht lösen, entziehe ich Ihnen den Vorgang. Dann werde ich dort Erfolg haben, wo Sie und Mariam versagt haben.« Er hielt Mariams Bericht in die Höhe und glotzte dabei auf ihre Bluse. »Kann sein, dass ich das hier tatsächlich lese, Mariam. Und wenn ich damit fertig bin, geben Sie mir vielleicht ein richtiges Briefing.« Das Wort *richtiges* ausgesprochen, als würde es alles andere bedeuten.

Das Botox besiegend, runzelte Bouthaina die Stirn. Sie schien etwas sagen zu wollen, aber dann erhob sie sich schweigend, drehte sich zur Tür um und ging. Mariam wollte ihr folgen, spürte aber den Griff einer Hand auf der Schulter und als sie die Tür erreichte, heißen Atem im Nacken.

»Ich freue mich, dass Sie wohlbehalten aus dem Urlaub in Frankreich zurückgekehrt sind.«

Sie wandte sich um und wischte seine Hand von ihrer Schulter. »Es wäre schade gewesen, Sie zu verlieren, aber bitte verstehen Sie – es ist nichts Persönliches. Bouthaina hat den Krieg gegen mich initiiert.« Mariam ließ die Berichte fallen und riss sich los, dabei geriet sie wegen ihrer High Heels etwas aus dem Gleichgewicht.

Atiyah war verblüfft. »Seien Sie auf der Hut, Mariam. Es gibt vieles, was man fürchten muss. Sobald ich diese Akten gelesen habe, werde ich Sie für einen vollständigen Rapport einbestellen.« Er blickte auf die am Boden liegenden Unterlagen, lachte und schloss die Bürotür.

Rasch sammelte Mariam die Papiere auf und begab sich zurück in Bouthainas Büro, Blickkontakt mit einem Porträtfoto des Präsidenten haltend, während sie mit raschen Schritten daran vorbeiging.

Bouthaina saß bereits wieder an ihrem Schreibtisch und tippte, den Blick fest auf den Bildschirm gerichtet, heftig auf ihrem Rechner. Mariam merkte nur, dass Bouthaina ihre Rückkehr registriert hatte, als diese sagte: »Ist doch gut gelaufen, findest du nicht?« Mariam ging zum Schreibtisch, wo sie anfing, vor sich hin murmelnd in Papieren zu stöbern. Das hier ist ein regelrechter syrischer Bürokratie-Krieg, dachte sie, ausgefochten mit Unterlagen, Akten und Meetings und den Untergebenen als Kanonenfutter.

»Hier ist es«, sagte Bouthaina. Sie knallte eine abgefangene iranische Nachricht von Fatimahs Reiseroute vor Mariam auf den Tisch. »Atiyah will dem Präsidenten sagen, dass wir versagt hätten. Er glaubt, dass er dadurch ein Druckmittel in den Händen hält, was ja stimmt.« Sie zeigte auf den Bericht. »Fatimah wird vom 6. Juli an für ein paar Tage in ihrem Elternhaus in der Toskana sein. Du wirst ihr einen Besuch abstatten. Du wirst sie nach Hause holen: wehklagend, mundtot, auf dem Präsentierteller. Wir werden Ali noch ein paar weitere Familienmitglieder verhaften lassen, um sie weichzuklopfen. Diesmal musst du Erfolg haben, Mariam.«

»Natürlich, Bouthaina. Ich komme schon zurecht mit ihr.« Mariam hob einen Finger an den Mund, ließ die Hand aber wieder fallen und ballte sie zur Faust.

Auf dem Nachhauseweg knabberte Mariam an Kräckern, die sie gekauft hatte, um ihren Magen zu beruhigen. Atiyahs Drohung ging ihr durch den Kopf, wie auch der verbotene Gedanke, dass Sam sich ihr in Italien anschließen könnte. Er würde sie beruhigen, ihr helfen, klar zu denken. Sie überquerte die Straße und betrat den trubeligen Suk Al-Hamadiya. Einige Ladenbesitzer riefen ihr hinterher, fragten, ob sie ihr ein schönes Kleid zeigen dürften oder vielleicht eine Sonnenbrille. Aber sie war in Èze, rittlings auf Sam sitzend, gab sich ihrer Lust hin – als der Knüppel den Kopf des dicken Angreifers im Pink-Floyd-T-Shirt aufplatzen ließ. Sie war auf dem Rücksitz des Autos und führte ihn sich ein – als das Blut des zweiten Mannes auf den Hotelzimmerspiegel spritzte. Sie lag neben Sam im Hotelbett und strich mit den Fingern über seine Brustmuskeln – als der Hinterkopf des dritten Angreifers auf die frisch gemachten Laken fiel. Fast wäre Mariam über einen vorstehenden Pflasterstein gestolpert, und sie blieb stehen, um in ihrer Handtasche nach einem weiteren Kräcker zu kramen. Nachdem sie einen aus der Folie genommen hatte, hielt sie ihn zwischen ihren Lippen und tastete erneut, ob sich der Filzstift noch in der Handtasche befand. Sie umfasste ihn einen Moment, um sich zu vergewissern. Dann schlang sie sich die Tasche über die Schulter und schloss rasch die Augen, um sich die Graffiti in Erinnerung zu rufen, die sie auf Servietten in Èze geübt hatten.

»Das ist das Notfall-Signal«, hatte Sam gesagt, während die Serviette in der mediterranen Brise geflattert hatte. »Jemand wird jeden Tag danach schauen. Wenn wir es sehen, schauen wir sofort in dem toten Briefkasten nach.«

Drei Häuserblocks entfernt von ihrer Wohnung blieb Mariam stehen. »Und was mache ich, wenn mich jemand dabei sieht?«, hatte sie ihn gefragt. »Lass es einfach nicht dazu kommen«, hatte er geantwortet.

Sie blickte um sich, um sich zu vergewissern, dass sie allein war. Dann betrat sie die Gasse und hinterließ das Zeichen auf der Wand.

26

Sam und Procter lasen Mariams Nachricht in der Station. »Uff«, sagte Procter. »Ein face-to-face mit einer frischgebackenen Agentin in diesem Schlachthof? Ich hasse so etwas.«

»Mir gefällt das auch nicht«, sagte Sam, dann las er die Nachricht noch einmal:

BOUTHAINA. UND ICH HABEN UNS MIT ATIYAH GETROFFEN. PALAST-KRIEG IN VOLLEM GANG. ATIYAH MISSBRAUCHT MEINEN MISSERFOLG BEI FATIMAH, UM BOUTHAINA AUS DEM AMT ZU DRÄNGEN: ANDROHUNG PHYSISCHER GEWALT GEGEN MICH AM ENDE DES MEETINGS, INKLUSIVE ANSPIELUNG AUF ANGRIFF IN FRANKREICH. ATIYAH SAGTE: »SEIEN SIE AUF DER HUT. SIE HABEN VIEL ZU FÜRCHTEN.«

BOUTHAINA SCHICKT MICH AM 6. JULI NACH MONTALCINO, ITALIEN, DAMIT ICH MICH ERNEUT MIT FATIMAH TREFFE. WERDE ZEIT FÜR EIN PERSÖNLICHES TREFFEN HABEN.

Der Punkt hinter dem ersten Wort bedeutete, dass Mariam die Nachricht nicht unter Druck geschrieben hatte. Procter las die Nachricht über Sams Schulter gebeugt. »Uff«, sagte sie noch mal und schüttelte den Kopf. »Üble Sache, Jaggers.«

»Aber uns bleibt doch keine andere Wahl, oder? Die haben schon in Frankreich versucht, Mariam zu kidnappen.«

»Hast du eine Idee, wie man sie aus der Klemme befreien kann?«

Sam tippte mit einem Stift auf den Tisch. »Warum bewahrst du eigentlich die Mossberg hier auf, Chief? Die Waffenkammer ist doch gar nicht weit.«

»Ich finde die Nähe von Schusswaffen beruhigend.«

Wieder tippte er mit dem Stift auf den Tisch, dann kritzelte er ATHENA auf einen Notizzettel. Er hatte nichts als eine Idee, die er einmal von Bradley bei einem gemeinsamen Bier in der Kairo Station gehört hatte. Sie war verrückt, doch Bradley behauptet steif und fest, sie habe seinem Agenten das Leben gerettet. Was zum Teufel ... es war einen Versuch wert. Er musste sie schützen.

»Also gut, verrückter Gedanke, aber ich weiß noch, dass Bradley mir von einer Operation erzählt hat, die er damals in Algerien geleitet hat, um einen Informanten in einer ähnlichen Situation zu schützen.«

»Willst du das wirklich tun?«

»Ja, aber ohne dir irgendetwas zu verschweigen: die Hauptrolle in dem Plan spielt eine Subminiatur-Kamera und ein Halsband.«

»Verdammt. Normalerweise müsstest du für so was einen ausgeben.«

Procter gefiel die Idee und schlug einen Mordskrach im Datenverkehr. (So fielen in einer Depesche Wörter wie »Hundekacke, bürokratischer Papierkrieg«, die von den meisten Leuten in den Führungsetagen der Abteilungen für den Nahen Osten und für Wissenschaft und Technik gelesen wurden.) Achtundvierzig Stunden später saßen die Führungskräfte in Procters Büro, weit nach Mitternacht, während ein sehr müde aussehender Mitarbeiter des Büros für Technische Dienstleistungen der CIA in der abhörsicheren Videotelefonkonferenz per SVTC-Bildschirm ein Saphir-Halsband in die Höhe hielt, das so aussah wie eines auf einem der Pariser Überwachungsbilder, das die BANDITOs vor Mariams Anwerbung geschossen hatten. Sam erinnerte sich, wie es glitzerte, als Mariam ein Glas Wein auf der Terrasse in Èze trank. Damals war es das Einzige, was sie am Leibe trug.

Procter war locker drauf zu dieser späten Stunde. Sie trank eine Dose Coors Light – wahrscheinlich von einem Freund im Diplomatengepäck nach Syrien geschmuggelt – und zeigte auf den Techniker, der auf dem SVTC-Bildschirm ein Halsband baumeln ließ. »Das ist ja wie bei diesem beknackten QVC-Home Shopping. Wie viele Minuten haben wir noch, um zu bestellen, Jaggers?«

Der Techniker vollführte einen adretten Schwenk, strich mit der Hand über das Halsband und erklärte, dass Procter noch zwanzig Minuten Zeit habe und es dann ihres sein könne, und zwar »für *nur* zehn Raten zu neunzehnneunundneunzig.« Sam lachte. Procter murmelte irgendetwas Unverständliches, worauf der Techniker noch einmal mit der Hand über das Halsband strich.

»Erklären Sie endlich, wie das Ding funktioniert, Mann.«

Der Techniker zeigte auf die Power-Taste und wie die Agentin eine Nadel oder Haarnadel hineinstecken musste, um das Halsband ein- beziehungsweise auszuschalten. Er sagte, das Halsband könne in Wasser getaucht und in einem toten Briefkasten hinterlegt werden, kein Problem, es sei wetterfest. »Eine Plastiktüte drum herum würde allerdings nicht schaden.« Der Techniker merkte, dass Procter eine Braue hob, aber bevor sie etwas erwidern konnte, erklärte er rasch, das Gerät könne rund dreißig Stunden Filmmaterial speichern, ein kleines Wunderwerk, wie er es nannte. Dann gab er eine technische Erläuterung der Strontium-Energiequelle der Kamera.

»Stopp, nicht so schnell.« Procter hob die Hand. »Unser Agent hier ist eine Frau, sie wird das Ding um den Hals tragen, direkt auf der Haut, junger Mann.« Sie zeigte auf ihre Brust, für den Fall, dass der Techniker Probleme mit dem anatomischen Vokabular hatte. »Haben wir hier ein Brustkrebsrisiko durch irgendeine irre radioaktive Batterie?«

Sam konnte nicht erkennen, ob der Techniker lachen oder weinen wollte. Vermutlich beides. Alle Farbe war aus seinem Gesicht gewichen.

»Nein, kein Risiko. Kein Risiko für die Agentin. Völlig harmlos.«

»Wie schnell können Sie es hierherbringen?«, fragte Sam.

»Wir können es Overnight schicken«, antwortete der Techniker, erleichtert, dass das Telefonat zu Ende war.

Procter legte auf.

Sam traf als Erster im Safe House ein, das in einer ruhigen Nebenstraße im christlichen Viertel lag. Er war hundemüde. Die SDR hatte zwölf anstrengende Stunden gedauert. Dabei war er schon in Stunde sechs sicher gewesen, black zu sein.

Das Safe House verfügte über eine kleine Küche mit komplett gefülltem Kühlschrank und gut bestückter Speisekammer. Hinzu kam ein Wohnbereich mit modernem Mobiliar. Die Wände waren nackt. Hinter dem Wohnzimmer befanden sich ein Schlafraum und ein Bad. Ein Techniker aus der Station hatte früher am Tag die Wohnung auf Abhörgeräte hin überprüft.

Sam stellte die Kaffeemaschine an und zog die Fächer im Kühlschrank mit den gelieferten Mezze auf. Während er die

Schubfächer in der Speisekammer öffnete und in den Gemüse- und Kühlfächern stöberte, bekam er ein schlechtes Gewissen. In ganz Syrien herrschte Lebensmittelknappheit, von der explodierenden Inflation außerhalb der Blase des Damaszener Zentrums ganz zu schweigen. Die Hungersnot in Duma war so schlimm, dass die Menschen den Geheimdienstberichten zufolge Gras aßen, um zu überleben. Das Regime nannte das »Knie dich hin oder verhungere«. Er nahm eine Flasche Olivenöl (vor dem Krieg zweihundert syrische Pfund; jetzt elfhundert) und stellte sie auf den Küchentresen.

Er betrachtete die Lebensmittel – die Oliven, die Makdous, die Tabouleh-Salate und die gefüllten Weinblätter. Startete den Speisewärmer und legte vier Spieße Lamm-Kebab hinein. Dann ging er wieder zum Kühlschrank und fand darin Cousa, ein Gericht aus dem Süden Syriens: kleine Zucchini, deren Innenseiten ausgeschabt und mit Lamm und Reis gefüllt waren, gewürzt mit Kreuzkümmel, Minze, Koriander und Baharat.

Er goss sich einen Becher Kaffee ein. Ihm blieb eine halbe Stunde, bevor sie eintraf. Er musste etwas tun, um sich zu beruhigen, um nicht mehr daran zu denken, dass Mariam jetzt, in Damaskus, eine SDR absolvierte. Er trank den Kaffee im Wohnzimmer und blickte unsicher ins einladende Schlafzimmer. Seit der Blitz-Übergabe im Gewürzmarkt hatte er Mariam nicht gesehen, und selbst da war es nicht mehr als ein kurzer Blick gewesen. Ob sie wohl anders aussehen würde? Würde er sich beherrschen können? Würde Washington die Stadt bombardieren, würde man die Station evakuieren und er Mariam nie mehr wiedersehen?

Damaskus stand am Abgrund – wie jemand, der im Begriff war, von einem Gebäude zu springen. Da waren der Sarin-Test und die Berichte über einen Gegenangriff des Regimes, aber noch eindrücklicher war die tägliche Mühsal des Lebens: die Selbstmord-Attentate, der Granatbeschuss, die Schlangen vor den Bäckereien, die Stromausfälle, die leeren Regale in den Geschäften. Die Journalisten und UN-Mitarbeiter, die sich im Four Seasons verkrochen, erinnerten Sam an Orte wie Mogadischu oder Beirut während des Bürgerkriegs: Die Städte waren derart hoffnungslos zerstört gewesen, dass die Ausländer in einer bestimmten sicheren Bar herumlungerten und ihre Informanten und freien Mitarbeiter am Swimmingpool trafen, nicht aus Freude am Luxus, sondern weil es zu gefährlich war, irgendwo anders hinzugehen.

Damaskus fühlte sich nicht mehr sicher an. Und zwar nicht nur für ihn, für seinen Tribe: Procter, die Station. Und natürlich, Mariam. Er wagte es, sich Mariam außerhalb von Syrien vorzustellen. Die Möglichkeit einer richtigen Beziehung. Was mit körperlicher Anziehungskraft begonnen hatte, war zu etwas Ganzem gereift, ohne dass etwas von der Attraktion verloren gegangen war. Mariam war gewieft, spielerisch, mutig, hoffnungsvoll. Er wusste, was er empfand. Nur brachte er es nicht über sich, es sich einzugestehen, nicht einmal vor sich selbst.

Er stand auf, um sich einen weiteren Kaffee einzuschenken, und lehnte sich an den Küchentresen.

Die Tür klickte; Mariam kam herein. Sie trug dunkle Jeans, einen blauen Blazer, der ihren Hüften schmaler erscheinen ließ, und ein enges graues T-Shirt. Sie betrat die Küche, er zog sie an sich und umarmte sie. Sie schmiegte den Kopf gegen seine Schulter und sagte: »Hallo, *Habibti*, du hast mir so gefehlt.« Sam, in Anzug und weißem Hemd, dachte, dass die Szene vermutlich wirkte, als begrüßte sich ein Paar nach getrennten Arbeitstagen im Büro. Er küsste sie, schloss die Augen, roch ihren Lavendelduft.

»Wie viel Zeit hast du?« Die wichtigste Frage an jeden Spion.
»Zwei Stunden.«

Er hatte vorgehabt, mit der Operation gegen Atiyah zu beginnen, aber dann küssten sie sich noch einmal in der Küche; sie griff ihm ins Haar, und er führte sie ins Schlafzimmer. Sie biss ihm ins Kinn und drückte ihn auf ein kleines Sofa. Er fing an, sich das Hemd aufzuknöpfen. Sie lächelten einander an, sie kicherte, stand da und schaute zum Bett. Seine Wahrnehmung verengte sich, und da war nur noch Mariam, die jetzt spielerisch ihre unten an den Beinen sehr enge Jeans auf den mit Kalligrafie verzierten Marmorboden warf. Sie knöpften auf und rissen los, schlüpften heraus und zogen herunter, bis sie am Bett ankamen und sich darauf fallen ließen.

Hinterher betrachtete er die Spur auf dem Fußboden. Am Anfang, nahe der Couch, die Schuhe. Ihre Jeans, dann seine Hose, ihr graues T-Shirt, ihr schwarzer BH, sein weißes Hemd, das schwarze Spitzenhöschen, zum Schluss seine Boxer-Shorts. Ein Zeitlupen-Glückstaumel ins Bett.

Sie standen auf und zwängten sich in das Bad mit einem Waschbecken, um sich wieder präsentabel zu machen für die Welt dort draußen. Er kämmte sich, und sie stieß ihn mit der Hüfte an, als sie sich in aller Ruhe ihren Schmuck anlegte.

Sie beugte sich über das Waschbecken. Ihre Wangen waren nicht mehr gerötet. Das Haar war nach hinten gekämmt und hochgesteckt, Lippenstift. So nahe neben ihr stehend, nahm er ihren schwachen Duft nach Schweiß und Lavendel wahr.

»Ich wollte das, weil ich nicht wusste, ob wir je wieder die Gelegenheit dazu haben würden«, sagte sie. »Vielleicht nie. Aber hier sind wir, und wer weiß, wie viele Male uns noch bleiben? Vielleicht enden wir so wie so viele Syrer. Eben noch lebendig, im nächsten Augenblick tot. Vielleicht gehst du wieder nach Hause, und ich sehe dich nie wieder. Wir würden getrennt alt. Ich weiß, es gibt Regeln, ich werde meine Arbeit erledigen, aber da ist etwas zwischen uns. Es ist mir wichtig.«

Er legte die Hände auf ihre Lippen. »Es bedeutet auch mir etwas, Mariam. Du bedeutest mir sehr viel.«

Er liebte sie, aber er hasste sich auch, weil er es ihr nicht sagen konnte, nicht sagen würde.

Sie küssten sich; sie löste sich von ihm und nickte ihm zu. »Ich weiß, was du fühlst. Ich fühle es auch.«

Sie begaben sich mit Tellern ins Wohnzimmer; sie ging ihr Meeting mit Atiyah mit ihm durch. Er fragte sie nach jedem Wort, jedem Detail. Als sie fertig war, erläuterte er ihr seinen Plan und zeigte ihr das Halsband.

Sie lächelte matt. »Wie hast du es derart perfekt nachbilden können? Irgendwie unheimlich, oder?«

Er hüstelte. »Wir hatten da so Fotos aus Paris.«

Zum Glück fragte sie nicht weiter nach. Sie legte sich das Halsband an. Er hatte eine Aluminiumdose mitgebracht; sie übte, das Halsband hineinfallen zu lassen, wie sie es auf dem Berg tun würde, nachdem sie das Video von Atiyahs Büro gemacht hatte.

»Glaubst du, dass dir jemand folgt?«, fragte er, als er ihre Teller in der Küche wieder auffüllte.

Sie schüttelte den Kopf. »Ich war vorsichtig. Ich glaube nicht, dass er mich verfolgt. Also ...«

Im selben Moment explodierte eine Mörsergranate auf dem Dach des gegenüberliegenden Gebäudes. Das Safe House knarrte, wackelte. Mariam, die solche Geräusche gewohnt war, stellte ihren Teller auf dem Tisch ab, trat ans Fenster und schob die Vorhänge zur Seite. Er wusste, dass dies genau der Ort in der

Wohnung war, an dem sie keinesfalls stehen sollte, doch einen kurzen Moment überwältigte seine Neugierde seine Ausbildung. Die Fenster im obersten Stock des Gebäudes waren zerborsten, auf der darunter befindlichen Straße sah man Bruchstücke von Kalkstein und Gips und Glasscherben. In der Ferne heulten Sirenen.

Ein paar Häuserblocks weiter südlich schlug eine weitere Granate in ein Gebäude ein. Dann eine dritte, eine vierte, eine fünfte, eine sechste in Stakkato-Folge. Bei jedem Treffer erzitterten die Wände.

Sie traten zurück vom Fenster.

»Es gefällt ihnen, wenn möglich, das Christenviertel zu bombardieren«, sagte sie. »Dort leben viele Christen, und es gibt dort viele *Muchabarat*-Gebäude. Wenn sie die *Muchabarat*-Leute verfehlen, kommen vielleicht ein paar *von uns* um, sozusagen als Bonus.«

Sam blickte sich in der Wohnung um, um jenen Ort in der Wohnung zu finden, der sich am weitesten vom Fenster entfernt befand. Mariam konnte die Wohnung jetzt nicht verlassen, zumal Polizei, Feuerwehr und vermutlich auch *Muchabarat*-Leute im Viertel eintreffen würden, um zu ermitteln.

Sie gingen zurück ins Schlafzimmer. Neben dem Bett stehend, strich sie über die zerwühlte Bettwäsche. »Werden wir in Italien allein sein, *Habibi*?«

»Procter wird sich uns anschließen. Dasselbe Überwachungsteam wird dir folgen, um sicherzustellen, dass Atiyah nicht irgendwas versucht, während du dich außerhalb Syriens aufhältst.«

Sie stemmte die Hände in die Hüften. »Mhm, ganz schön viele.«

Er setzte sich aufs Bett, strich sich durch die Haare. Er steckte tief drin, hatte aber keinen Plan, wie er aus der Sache herauskommen sollte. Wenn er Procter davon erzählte, würde die CIA ihn rausschmeißen. Aber wenn er sich mit Mariam nicht mehr träfe? Würde er das aushalten?

Sie drückte ihn zurück aufs Bett und setzte sich rittlings auf ihn. Draußen heulten die Sirenen.

27

Dankbarkeit für den unfruchtbaren Leib seiner Frau war ein merkwürdiger Gedanke, als er die in die *Kaffan*, die Leichentücher, eingehüllten Toten betrachtete, als wären sie hundert Baumwollkokons. Merkwürdig, aber nicht selten, denn Dankbarkeit war ein häufiger Begleiter von Abu Qasim geworden, seit er damit begonnen hatte, Assads Belagerungsring in Aleppo zu attackieren.

Vergangenen Freitag: Der Junge, der Wasser in die Schützengraben brachte, getötet durch Granatfeuer.

Am Samstag: Das gelbsüchtige Mädchen, das in der zerstörten Wohnung ihrer Mutter – die später als Scharfschützennest dienen sollte – an Typhus starb.

Am Sonntag: Ein Junge, sechzehn, reckte den Kopf hinter einer Straßenecke hervor; zwar knatterte daraufhin eine AK-47 wie verrückt und verfehlte alles in Schussrichtung, doch eine Kugel traf den Jungen in den Hals.

Am Montag: Ein Feldkrankenhaus wurde von einer Fassbombe getroffen und tötete einen an Leukämie erkrankten Zehnjährigen und zwei Mädchen auf der Straße direkt vor dem Lazarett.

Und jetzt, in dieser Ortschaft namens Al-Hula, Stunden entfernt von Aleppos Schutt und Asche, war diese Dankbarkeit zurückgekehrt, als einer der Ältesten ihm unter Tränen erzählte, was durchgesickert war. Während er die Toten betrachtete, die Köpfe gen Mekka gerichtet, blickte Abu Qasim auf den Leichnam eines kleinen Kindes, eingehüllt in den *Kaffan*, wobei ihm auffiel, dass der Kopf fehlte. Er zog seine Ehefrau, Sarya, zu sich heran, betete über ihrem Leib und dankte Allah für ihren unfruchtbaren Mutterschoß, wie er es immer tat, wenn er tote Kinder erblickte. Dank zu sagen, dass Abu Qasim nur sein *Kunya*, sein Kampfname war, und es in ihrer Ehe nie ein Kind gegeben hatte und nie geben würde.

Der alte Mann bemerkte nichts davon. Er war hysterisch.

Abu Qasim erklärte ihm, er würde einen vollständigen Bericht zu schätzen wissen, und könne er sich bitte für einige Augenblicke fassen? »Ja, ja, Kommandant, natürlich«, sagte der Alte. Er wischte sich die Augen. »Ich hole Tee und komme gleich zurück.«

Abu Qasim blickte hinaus auf das Buschland, fort von den aufgereihten Leichen. Währenddessen streckte sich Sarya und legte den Hidschab an. Dabei nutzte sie die Abwesenheit des Alten, um sich das lange Haar – einst ölig-schwarz, mittlerweile durchsetzt von Grau und Weiß – zu richten. Wo sich früher Bauchfett über ihre Jeans gewölbt hatte, waren jetzt straffe Muskeln, ihre Gesichtszüge waren faltig, wo sie früher weich gewesen waren. Ihre Brüste waren infolge des Hungers geschrumpft. Sarya ging und saß leicht gebeugt, so als beugte sie sich über eine Waffe, was oft der Fall war.

Dennoch war sie immer noch schön. Das Lächeln war immer noch offen, die langen Haare kräftig, die Augen immer noch lebendig, die Lust auf Qasim unvermindert. Qasim betastete sein Gesicht, jetzt hager und fahl, und dachte an sein dünnes Haar, die knochigen Beine und Arme, die linke Hand mit den vier Fingern. Zehn Kilo hatte er abgenommen, seit er in den Krieg gezogen war.

Sie mussten weiter. Gestern hatten sie Berichte über das Massaker erhalten und spontan einen Umweg genommen. Vor dem Krieg hätte die Fahrt von Aleppo vier Stunden gedauert. Heute dauerte sie vier Tage, an denen man sich durch ein Labyrinth von Schnellstraßen, Checkpoints und Nebenstraßen schlängeln musste. An Kontrollpunkten der Regierung hatten sie manipulierte Ausweise gezeigt, die sie toten Alawiten abgenommen hatten, um sich als militärische Kuriere auszugeben. Bei diesen Stopps trug Sarya einen Kampfanzug und sprach direkt mit den Regierungsleuten.

An den Checkpoints der Aufständischen hatten sie unterschiedlich agiert. Sie verwendeten immer ihre echten Ausweise, doch an manchen Kontrollpunkten trug Sarya hinten im Transporter einen Niqab, bei anderen hingegen reichte ein Hidschab. An den Checkpoints der Rebellen redete Sarya nie. Wenn sie einen passiert hatten, machte sie ihrem Frust jedes Mal Luft, denn sie hatte mit dem Scharfschützengewehr ja mehr Soldaten getötet als die jungen Männer, die die Checkpoints leiteten. Wieso sollte sie sich da vor denen rechtfertigen? Sie war bei 142 Tötungen angelangt. Das Gewehr, ein in Russland hergestelltes SV-98, hatte Sarya an sich gebracht, nachdem sie dessen Besitzer getötet hatte und damit von der Dragunow, einem anderen russischen Gewehr, »aufgestiegen« war, das sie einem früheren Opfer an der Front in Aleppo abgenommen hatte. Das SV-98 lag verstaut im falschen Boden unter dem Kofferraum. Sie würde es in Damaskus brauchen.

Der alte Mann kehrte mit Tee zurück, den niemand trank. »Wir haben jetzt einhundertzwei Tote. Alle gestern. Fünf, sechs werden wohl noch heute sterben. Der Doktor ist nicht zuversichtlich. Mehr als fünfzig aus einer einzigen Großfamilie.« Er rieb sich die Augen. »Aus meiner eigenen Familie sind achtzehn umgekommen.«

Abu Qasim schwieg. Der Mann musste reden. Trauern konnte er immer noch, nachdem sie gegangen waren. Der Alte zeigte Verständnis, entschuldigte sich und fing sich wieder. »Die Männer des Dorfes hatten sich am Vormittag zu einer Demonstration versammelt. Dann begann das Bombardement, es dauerte zwei, drei Stunden. Die Männer konnten nicht nach Hause zurückkehren. Mehrere haben es versucht, jetzt sind alle tot. Am Nachmittag hat der Beschuss dann aufgehört. Ein paar Regierungssoldaten, ein paar *Muchabarat*, ein paar *Schabiha* haben sich bei der Trinkwasseraufbereitungsanlage versammelt und uns weiter mit Schüssen niedergehalten. Die *Schabiha* kamen aus den alawitischen Dörfern.«

Der alte Mann zeigte mit dem Finger auf die Dörfer. Sein Kinn zitterte.

»Sie hatten Waffen, aber auch Beile, Macheten, Fleischhaken«, sagte er. »Dann haben sie mit dem Massaker begonnen. Siebenundvierzig Kinder, viele davon Babys, Kleinkinder. Erschossen, erstochen, die Kehlen durchgeschnitten. Auch vierunddreißig Frauen.« Jetzt schrie er, er stand da und deutete auf die Reihen der Toten in den Leichentüchern. Abu Qasim machte Fotos von den Toten, die rituellen Waschungen und Begräbnisvorbereitungen waren bereits im Gange, und schickte die Bilder an seinen Kommandeur. Sie beluden den Transporter für die Fahrt in das bereits von den Rebellen befreite Duma, jetzt litt die Stadt jedoch enorm unter der Belagerung.

Auf der Fahrt sprachen sie nicht über das Massaker. Das Gleiche hatten sie in Aleppo gesehen, es gab nichts mehr dazu zu sagen.

Nach Einbruch der Dunkelheit kamen sie durch einen der Fußgängertunnel nach Duma hinein.

Zahran Alloush, Dumas Warlord, begrüßte sie in seinem Hauptquartier, das sich unter einem leeren Elektronikladen befand und in dem es stark nach Abwasser roch. Auf dem Boden lagen speckige Teppiche. An der Decke sammelten sich Wassertropfen, an den Wänden schlängelten sich Röhren und Elektrokabel. Flachbildschirme, die das Tunnelnetz, Al Jazeera und mehrere saudi-arabische Satellitensender zeigten, standen auf einer Reihe von Kartentischen. Der Raum, normalerweise voller Leben, hatte sich wegen des Treffens geleert.

Auch wenn die Bewohner seines Sektors infolge der Lebensmittelknappheit inzwischen Unkraut und altes Leder aßen, hatte Alloush für seinen Besucher eine Mahlzeit mit Brot und Hühnerfleisch bereiten lassen. Gebannt blickte Abu Qasim auf die fettigen Spieße und leckte sich die Lippen, ohne es zu bemerken. Er konnte sich nicht erinnern, wann er zum letzten Mal Fleisch gegessen hatte, das nicht von einer Ratte stammte. Er wünschte, er könnte das Mahl mit Sarya teilen, aber Alloush duldete keine Frau in seinem Kriegsrat.

Alloush bedeutete Abu Qasim, sich zu setzen. Sie aßen schnell und schweigend. Als er satt war, saß Abu Qasim da und genoss das Gefühl eines vollen Magens. Schließlich durchbrach er das Schweigen. »Wir haben ein Angebot für dich.«

Alloush kratzte sich am Hosenbein und lächelte. »Der Emir hat mich darüber informiert, aber was bedeutet das Angebot? Meine Bataillone sind mehr als fähig, einen Auftrag in Damaskus aufzuführen. Ich verstehe nicht, warum du hergeschickt worden bist. Gib mir deine Informationen, und meine Männer erledigen das.«

»Meine Quellen haben Informationen geliefert, wonach besondere Talente erforderlich sind.«

Alloush beugte sich vor und zeigte auf Abu Qasim. »Ich habe bereits Kommandanten, die in der Stadt Einsätze durchführen können.«

»Falls du einen Scharfschützen mit hundertzweiundvierzig bestätigten Tötungen hast, wird der Emir vielleicht nicht seine eigenen schicken müssen«, sagte Abu Qasim. »Oder einen Bombenmacher mit so viel ... Erfahrung.« Er blickte auf seine neun Finger.

»Ach ja, ich hatte es ganz vergessen, der Schwarze Tod«, sagte Alloush. Grinsend blickte er sich in dem dunklen Raum um. Man hatte Sarya diesen Spitznamen wegen des schwarzen Hidschabs verliehen, den sie trug, wenn sie die Fußsoldaten und Milizionäre des Regimes tötete.

Abu Qasim ignorierte ihn; Alloush rief nach Tee. Wieder saßen sie schweigend da, bis der Teediener kam und ihnen zwei dampfende Tassen hinstellte. »Wie lautet dein Angebot?«, fragte Alloush und trank einen Schluck.

»Lass mich zuerst erläutern, was wir brauchen«, entgegnete Abu Qasim. »Wir haben das Scharfschützengewehr und etwas Munition mitgebracht, würden aber gern mehr haben. Außerdem benötigen wir Kleinwaffen für die grundlegende Security. Die üblichen AKs wären gut, aber wir brauchen mehrere Kisten Munition dafür. Für die Bombe muss ich Zugang zu deiner Sprengstofffabrik und ihren Materiallagern haben. Vielleicht verbringe ich zwei Tage dort.«

Alloush runzelte die Stirn und lehnte sich im Stuhl zurück. »Wär's das?«

»Nein. Noch etwas: Ich brauche mehrere von deinen Überläufern von der Republikanischen Garde.«

»Warum?«

»Es sind deine Besten.«

»Ich weiß, darum will ich ja auch nicht, dass du sie bekommst.«

Abu Qasim zog einen Brief aus der Hosentasche und legte ihn auf den Tisch. »Das ist ein persönliches Gesuch vom Emir für diese Männer.«

Alloush warf einen Blick auf den Brief und reichte ihn zurück, ohne ihn gelesen zu haben. »Der Emir und ich waren Brüder in Saidnaya. Ich muss das nicht lesen. Was erhalte ich im Tausch gegen diese Einkaufsliste?«

»Du bekommst die Anerkennung für die Operation. Anschließend gehst du ins Fernsehen. Du nutzt das, um am Golf mehr Kapital einzusammeln.«

Alloush ignorierte den Köder. »Worin besteht die Operation?«

Abu Qasim lächelte.

28

Paulina Jackson saß auf ihrer Werkbank und hörte sich über Kopfhörer *I Tried* von den Bone Thugs-N-Harmony auf Repeat an. Die glorreichen Zeiten der Band waren längst vorbei, aber sie stammte aus Cleveland und liebte diese Sachen. Konzentriert, während der Song wohl zum zwanzigsten Mal an diesem Tag lief, knetete Jackson den Plastiksprengstoff mit einem vom Staat ausgegebenen Stahlrohr, bei dem es sich in optischer Hinsicht um ein besseres Nudelholz handelte. Zwar würde man das Semtex nicht für den heutigen Test verwenden, trotzdem murmelte sie vor sich hin, dass sie die Sache keinesfalls vergeigen durfte. Alles musste perfekt sein, wenn die Lederbeschuhten aus Langley kamen, um sich ihr Werk vorführen zu lassen. An der Wand über ihrer Werkbank klebte ein Porträtfoto von Ali Hassan, wie er, eine Zigarette rauchend, eine Straße entlangging; geschossen hatte es einer der Schlapphüte in Damaskus. Sie hatten eine Attrappe der Straße gebaut, zur Übung, so wie man es vor dem Attentat der SEALs auf Bin Laden getan hatte. Damals hatte sie im Grunde nichts damit zu tun gehabt, sie hatte nur ein paar Blicke auf die Teams beim Training werfen können. Jetzt aber war es ihre Show.

Die Kopie des Dekrets zur Tötung von Ali Hassan, das der Präsident der Vereinigten Staaten unterzeichnet hatte, hatte deutlich gemacht, dass es keinen Spielraum für Fehler gab. Und deshalb hatten die Anzugträger innerhalb der Special Activities

Division (SAD) eine Reihe strenger Erfordernisse für die Bombe in Auftrag gegeben, von denen sie alle auswendig kannte. Schließlich hatte sie schon einunddreißig von diesen verdammten Dingern getestet. Sie kannte das Design der Bombe so gut, dass sie ihr einen Kosenamen verliehen hatte: Frisbee. Hergestellt, um in den Stereolautsprecher im Beifahrersitz eines Mitsubishi Pajero zu passen, musste die Sprengkraft und Streuung der Bombe in einem kontrollierten Ausbruch nach außen gehen.

Die ersten Tests waren nicht gut verlaufen. Die Detonationen waren zu stark gewesen; Rodney, ihr Chef, hatte irgendetwas von Schrapnells gemurmelt, die durch Mauern dringen und Babys töten könnten. »Die Mauer«, hatte er gesagt und auf die Pseudo-Mauer aus Kalksandstein gezeigt. »Geht das durch diese Mauer, Paulina? Stell sicher, dass die Bombe davon abprallt, einfach nur eine flüchtige Berührung, so als würdest du deinen Bruder küssen.« Daraufhin hatte sie das Gewicht des Sprengstoffs prompt auf knapp unter ein viertel Pfund (amerikanisch) reduziert.

Sie betrachtete den Plastiksprengstoff, den sie zur Form einer Scheibe ausgerollt hatte. Stand auf und ging hinüber zum Pajero, der hinter der Werkbank im Hangar parkte. Öffnete die Beifahrertür, um festzustellen, ob das Frisbee in die Lücke passen würde, dort, wo sich der Lautsprecher befunden hatte. Es passte rein. Durch seine Form würde es, wenn gezündet, die Explosion in engem Druckwellenradius nach außen richten, was das Potenzial für Kollateralschäden verringern würde.

Während die Musik noch immer plärrte, kehrte Paulina zur Werkbank zurück und begann, die Kabel zu verbinden, die einen passiven Infrarotsensor (PIR) mit einem Satellitentelefon verknüpften. Die CIA würde das Satellitentelefon anrufen, um den Stromkreis zu schließen und so die Bombe scharf zustellen. Wenn Ali die Infrarotschranke des PIR-Sensors überschritt, würde sich der Stromkreis schließen, wodurch der Strom von der Batterie zu einer in den Plastiksprengstoff gesteckte Sprengkapsel fließt und die Sprengladung zur Detonation brachte. »Das Team in Syrien«, hatte Rodney am ersten Tag gesagt, er trug diese komische Brille mit Cola-Flasche-dicken Gläsern und las direkt aus der Anleitung der OP vor, »schlägt vor, dass die großen Tiere in Langley die Identität des Opfers verifizieren, dann ein Späher in Damaskus den PIR scharf stellt und dabei Blickkontakt mit der Zielperson hält, bis diese die Infrarotschranke überschreitet und die Detonation auslöst.«

Nachdem sie den PIR und das Satellitentelefon mit einer Neun-Volt-Batterie verknüpft hatte, verkabelte sie das Gerät mit einer in der Türkei hergestellten Sprengkapsel und stellte das Ganze auf die Werkbank, um ihr Werk zu betrachten; dabei schob sie sich einen Streifen Grizz Kautabak in den Mund. Zufrieden band sie alles mit Elektro-Klebeband zusammen, spuckte in einen leeren Kaffeebecher und legte das Thuraya-Satellitentelefon und das PIR ins Türinnere neben das Frisbee. Sobald sie das Fahrzeug auf dem Testgelände positioniert hatte, würde sie die Sprengkapsel mit dem Semtex verbinden. Sie schloss das Geheimfach. Dies ist, dachte sie und schloss sanft die Tür des Pajeros, das bislang beste Frisbee. Sie fuhr mit dem Pajero nach draußen, durch das Tor des Hangars, an den rußigen Resten des ersten Pajero vorbei – nicht ihre beste Bombe – und auf den Parkplatz des Testgeländes neben die anderen drei, die, wie sie annahm, die Mehrheit der verfügbaren Pajeros in der westlichen Hemisphäre repräsentierten. Auch wenn es sich bei dem Semtex um einen stabilen Sprengstoff handelte, mied sie die Schlaglöcher, man konnte nie wirklich sicher sein.

Sie schaute auf die Uhr, schaltete die Musik aus und rieb sich die Ohren. Der Lederschuh aus Langley würde in ein paar

Stunden eintreffen, um den Test beizuwohnen. Wo war eigentlich der Kerl mit den Kadavern?

Hätte er davon gewusst, so wäre Abu Qasim auf Paulinas professionelle Geheimoperation neidisch gewesen, zumal auf ihren Zugang zu Semtex. Denn exakt in dem Moment, als Paulina eine in der Türkei hergestellte Sprengkapsel in ihr Frisbee steckte, werkelte Abu Qasim im schmuddeligen Arbeitskittel in einer unterirdischen Werkstatt und grummelte missmutig über den überhöhten Preis, den er für zwei Kilo bezahlt hatte. Anders als Paulina Jackson und die CIA plante Abu Qasim allerdings keinen speziellen Rachefeldzug gegen den Mann, der sich gegenüber den anderen Monstern innerhalb des Regimes keineswegs positiv abhob. Er hatte Ali Hassan aus dem einfachen Grund ins Visier genommen, weil er ein wichtiger General war. Außerdem hatte er jemanden an der Hand, der die Bombe bei einer von Hassans Meetings legen konnte.

Abu Qasim betrachtete die Fotos des Teewagens und trat gegen die schäbige Plastik-Attrappe, die sie aus einem der Warenlager in Duma gestohlen hatten. Er betrachtete die Regale und inspizierte eine Schublade voller Sprengkapseln. Die Bombe musste in ein Behältnis passen, auf das untere Abstellbrett eines Teewagens. Er begutachtete die Kapseln und schüttelte, wie immer, wenn er eine mit rostigen Drähten entdeckte, ernst den Kopf.

Abu Qasim fand eine funktionsfähige Sprengkapsel vom Typ Nummer 8: zwei Gramm einer Mischung aus Knallquecksilber und Kaliumchlorat, sie war einen Metallzylinder von der Größe eines großen Schreibstifts gepackt, die Sicherungsdrähte ragten aus dem einen Ende hervor. Die Drähte würden Strom bekommen – als Auslöser wollte er ein Wegwerfhandy verwenden –, die Kapsel zur Detonation bringen und dadurch das Semtex entzünden. Abu Qasim lächelte, als er die Sprengkapsel in den Fingern drehte. In Aleppo hatte er nicht den Luxus vorfabrizierter Sprengkapseln gehabt. In der Frühzeit des Bürgerkrieges hatte er versucht, Knallquecksilber zu synthetisieren, doch war es explodiert, was ihn den linken Ringfinger gekostet hatte.

Abu Qasim schnitt das orangefarbene Semtex aus seiner Plastikhülle, hob eine Aluminiumröhre – ausreichend dünn, um zu zersplittern, sobald das Semtex explodierte, vom Fußboden auf und schätzte nach Augenmaß, wie viel Länge auf den Teewagen passen könnte. Er zog einen Strich mit einem Permanentmarker und kramte in einem Werkzeugkasten nach einer Metallsäge. Nachdem er eine gefunden hatte, schnitt er das Ende ab. Dann rollte er das Semtex zu einer Röhre, so als würde er Lehm modellieren. Dabei hielt er hin und wieder inne, um den Durchmesser zu prüfen und sicherzustellen, dass der Sprengstoff bequem in die Aluminiumröhre passte. Abu Qasim öffnete eine Schachtel mit den 4.7-Millimeter-Kugellager-Kugeln, die er von Alloushs Männer angefordert hatte, und drückte sie einzeln in den Sprengstoff, bis an die Stelle des Dunkelorange des Semtex ein chromähnlicher metallischer Glanz getreten war. Er machte kurz Pause, um sich die schweißnassen Hände am Kittel abzuwischen, und stellte sich vor, wie eine der Kugeln Ali Hassans Schädel durchschlug. Dann holte er eine Kupferspule aus einem der Schränke und wickelte eine Neun-Volt-Batterie sowie zwei Prepaid-Nokia-Handys aus. Abu Qasim schaute nach, um sich zu vergewissern, dass die Handys geladen waren, dann rief er mit dem einen Telefon das andere an und umgekehrt. Beide funktionierten. Mit einem roten Filzstift zeichnete er einen großen Kreis auf jenes Telefon, das er in den Sprengsatz stecken würde. Er speicherte die Nummer des Telefons in der Kontaktliste des anderen Telefons, das er mit einem grünen Filzstift markierte. Außerdem schrieb er die Nummer, die er wählen würde, auf ein Stück Klebeband und klebte dieses auf die Rückseite des grünen Telefons. Um sicherzugehen, entfernte er den Akku des roten Telefons. Dann begann Abu Qasim, mittels des Drahts den Stromkreis zu schließen, der, wenn hergestellt, den Sprengsatz scharf stellen würde. Wenn er mit dem Telefon wählte, würde aus der Platine Strom in die Sprengkapsel fließen und das Semtex zur Detonation bringen.

Die Ventilatoren gingen aus, das Licht flackerte. Schweißperlen tropften auf den Werkzeugtisch, während er mit den Drähten hantierte. Als er mit dem Stromkreis fertig war, verband er das Telefon und die Neun-Volt-Batterie mit der Sprengkapsel, die er sorgfältig in das Semtex hineinschob. Damit fertig, hockte sich Abu Qasim auf alle viere und kramte in einem Eimer unter dem Werkstatttisch. Er zog zwei Streifen Klettband daraus hervor, mit denen er das Telefon und die Batterie an dem Rohr befestigte, und trat einen Schritt zurück, um seine Arbeit zu betrachten. Die Bombe wog weniger als fünf Kilo und würde mühelos in einen großen Pappkarton voll Tee und Zucker passen. Die Wände wackelten nach oberirdischen Bombentreffern, vielleicht Fassbomben. So tief unten war das schwer zu erkennen. Wieder flackerte das Licht. Abu Qasim blickte auf, dann wieder auf die Bombe. Eine seiner unkomplizierteren Kreationen, dank des Semtex, das Alloushs Milizen aus den Lagerbeständen des Regimes gestohlen hatten.

Rodney kam vor dem Test mit Ed Bradley zu Paulinas Werkbank und stellte dem Chef die Bombenmacherin vor. »Guten Tag, Chef, freut mich, Sie kennenzulernen«, sagte Paulina und streckte ihm ihre Rechte entgegen. Sie wusste es zu schätzen, dass Bradley weder vor ihrem fehlenden Finger noch ihrer ledrigen Haut zurückschreckte.

»Wir haben jetzt alles aufgebaut«, sagte Rodney zu Bradley, während sie den Hangar verließen, um sich zum Versuchsmodell der Straße in Damaskus zu begeben. Draußen auf dem Testgelände setzte Paulina ihre Fliegerbrille und eine Cleveland Indians-Baseballcap auf und gesellte sich zu ihnen auf dem Hochsitz. Die Gruppe schwitzte hinter dem fünfzig Zentimeter dicken Plexiglas in der Julisonne. Lyle, einer der Techniker, fuhr den Pajero an den Attrappen-Bordstein und parkte.

Bradley drehte sich zu Rodney um. »Machen wir einen Fleisch-Test?«

»Ja, Sir.«

»Immer ein bisschen unheimlich«, murmelte Bradley, während er die Sonnenbrille absetzte und die Ärmel hochkrempelte.

Der verlässlichste Indikator der Wucht einer Explosion sind echte menschliche Knochen, Muskeln und Haut. Es gab keine Laborratten für Bombentests, doch es gab Menschen, die bereits gestorben waren, und für wichtige Tests wie diesen konnte Paulinas Team immer ein paar bekommen. Vier Techniker rollten die Leichname auf Rollschuhen aus dem Hangar in Richtung Straßen-Attrappe, wobei die Leichen mit ihrem Körpergewicht an etwas hingen, bei dem es sich Paulinas Vermutung nach um Infusionsständer handelte. Lyle positionierte die Ali-Leiche zehn Meter hinter dem Kofferraum des Pajero und verband anschließend den Infusionsständer mit einem langen Seil, das während des Tests gezogen wurde, um Gehen zu simulieren. Dann arrangierte er die anderen drei so um Ali herum, als wären sie harmlose Passanten. Als Paulina die Lieferscheine unterschrieb, hatte sie erfahren, dass es sich bei der Leiche, die die Rolle von Ali spielte, um einen sechzigjährigen Mann namens Darryl handelte, der nach einem Herzinfarkt verstorben war. Darryl tat ihr ein bisschen leid.

Lyle band an jede Leiche Sensoren-Pakete, die den »K-Faktor« der Explosionen beziehungsweise die Kilopascal messen würde – den Druck, der die mit Luft gefüllten Körperhöhlen, beispielsweise Lungenflügel oder Trommelfelle, zerreißen würde. Dann drapierte er etwas, das wie ein großes Bettlaken aussah, über die Attrappen-Version der Kalksandsteinmauer. Bei diesem Tuch handelte es sich um eine Art selbstdurchschreibendes Kopierpapier mit einem Toner in Mikrokapseln, der freigegeben würde, wenn Druck angewendet wurde, sodass sich genau erkennen ließ, wo Fragmente feststeckten. Lyle und die Techniker rollten ähnliche Laken heran, die auf etwas aufgespannt waren, das Whiteboards ähnelte, und einen Ring um den Pajero und die Leichen bildeten.

»Wie lange dauert es vom Wählen bis zur Aktivierung?«, fragte Bradley Paulina.

»Wir haben Anrufe getestet, bei denen mehrere Satelliten-Systeme das Signal weitergegeben haben. In allen Fällen eine halbe Sekunde. Ali erscheint vor seinem Büro, das Damaskus-Team stellt den Sprengsatz vom Safe House aus scharf, Langley hat Zeit, die Identität der Zielperson zu bestätigen, dann überquert Ali die Infrarotschranke des Pajeros, und der fliegt in die Luft. Uns bleibt ausreichend Zeit, um abzubrechen, wenn uns Fußgänger in die Quere kommen.«

Bradley nickte. »Ist irgendwas an dem Gerät in den Staaten hergestellt?«

Jackson schüttelte den Kopf. »Stammt alles aus dem Ausland. Wenn die Syrer ermitteln, wird es aussehen, als hätte ein Terrorist das Ding gebaut. Wir haben nichts Amerikanisches für dieses Projekt eingekauft.«

Bradley lächelte.

»Der Sprengsatz befindet sich im Tür-Lautsprecher?«

»Ganz recht.«

Bradley drehte sich zu der Attrappe um. »Lassen Sie mal sehen.«

Lyle gab das Okay und eilte die Treppe hinauf in den Aussichtsturm. Er klappte einen mit den Sensoren verbundenen Laptop auf und schaute einen Augenblick lang auf den Schirm. »Wir sind bereit.«

Jackson wählte mit dem Satellitentelefon, um den Sprengsatz scharf zustellen, dann gab sie Lyle ein Zeichen, der begann, an dem Seil zu ziehen. Die Ali-Leiche glitt, gestützt durch den Infusionsständer, über den Gehsteig.

Man hörte einen Wumms, als die Leiche die Infrarotschranke durchbrach. Der Pajero hüpfte kurz vom Bordstein weg. Darryls Kopf verschwand, Schultern und Brust wurden zerfetzt. Der Infusionsständer kippte um, dann stürzte Darryl in Richtung Mauer.

Die anderen drei Leichname blieben stehen. »K23 bei den anderen«, sagte Lyle. »23 Kilopascal bedeutet, dass wir bei der Detonation auf der sicheren Seite sind. Das ist ausgesprochen sanft.« Das Team verließ den Beobachtungsposten und spazierte einige Minuten lang auf dem Testgelände umher, um sich die Schäden anzuschauen. Man sah minimale Anzeichen von Zerstückelung bei den anderen Leichnamen. Lyle schätzte auf Basis der Überdruckwerte, dass selbst dann, wenn Fußgänger genau dort gestanden hätten, wo jetzt die Leichen standen, das Worst-Case-Szenario in einem geplatzten Trommelfell bestanden hätte.

Bradley ging noch zehn Minuten auf dem Testgelände herum, mit Rodney im Schlepptau. Paulina entschuldigte sich für die Klimaanlage des Hangars. Sie steckte sich ein weiteres dickes Stück Grizz in den Mund, legte die Füße auf die Werkbank und schaute auf das Porträtfoto von Ali Hassan. Sie öffnete eine ihrer Schubladen und holte das Foto der toten Case Officer heraus, das arme weiße Mädel, das diese ganze Angelegenheit in Gang gesetzt hatte, weil sie sich in irgend so einem gottverlassenen Land entführen und umbringen ließ. Paulina pinnte das Foto über das Bild von Ali Hassan und spuckte in ihren Kaffeebecher.

Obwohl Abu Qasim nicht über die Ressourcen der US-Regierung zur Unterstützung seiner Bemühungen zur Bombenherstellung verfügte, war er doch in der Lage, einen kleinen Sieg zu erringen: Er brachte seine Waffe als Erster in Stellung.

Abu Qasim, Sarya und sein Team aus vier Überläufern der Republikanischen Garde – von Alloush ausgeliehen – waren ins Zentrum von Damaskus vorgedrungen: auf der Ladefläche eines Transporters, mitsamt Munition, AK-47 s, Saryas Scharfschützengewehr und der Kiste, die ihm jedes Mal Herzklopfen verursachte, wenn sie über eine Bodenwelle fuhren.

Das Safe House kam ihm vor wie ein Flüchtlingslager: provisorische Betten, randvolle Mülleimer, der Gestank von Schweiß. Drinnen warteten sie auf zwei Männer. Sarya saß im Schlafzimmer, ölte den Kammerverschluss ihres Gewehrs und hielt Distanz zu den Überläufern.

Abu Qasim hörte das Klopfen. Er griff nach seiner AK-47 und richtete sie auf die Tür. Die Überläufer sprangen von ihren Matten auf und taten das Gleiche.

Es klopfte an der Tür, dann noch einmal. Dann noch einmal. Es waren die beiden.

Abu Qasim öffnete die Tür und sah einen alten Geistlichen und einen jungen Mann mit einer Augenbinde vor sich. Der

Geistliche blickte an Qasim vorbei ins Wohnzimmer des Safe House, auf die Gruppe, die ihre AK-47s auf die Tür richteten. »Entspannt euch, Brüder«, sagte der Geistliche. Es handelte sich um Umar, Abu Qasims Informanten in Damaskus. Er leitete das Netzwerk der Spitzel, die Informationen über hochrangige Regierungsvertreter geliefert hatten. Er hatte das Safe House besorgt. Hatte Zeit und Ort des Meetings mit Ali Hassan herausgefunden. Hatte diesen jungen Mann rekrutiert.

Abu Qasim zog die Männer in den Raum hinein und schloss die Tür. Sarya trat aus dem Schlafzimmer.

Abu Qasim schüttelte die Hand des jungen Mannes. Der Händedruck war schlaff, die Hand glitschig. »Wie heißt du?«

»Jibril.«

»Es ist mir eine Ehre, Jibril. Aber nimm doch Platz, wir haben viel zu besprechen.«

Im Wohnzimmer setzten sie sich auf Kissen und gingen die einzelnen Schritte des Plans durch. Abu Qasim wies Jibril auf die Box hin, die die Bombe enthielt. »Du stellst sie auf das unterste Regal des Teewagens«, erklärte er.

Jibril war still. Er nickte.

Jibril erschrak, als Abu Qasim die Kiste öffnete. »Du musst nur zwei Dinge vor dem Meeting machen. Den Akku ins Telefon stecken und es einschalten. Der Akku ist vollständig geladen und sollte mindestens fünfzehn Stunden halten. Aber um sicherzugehen, schalte das Telefon frühestens zehn Stunden vor Beginn des Treffens ein. Du hast verstanden, dass du so lange wartest, das hier abzustellen, bis sich alle zu der Besprechung mit Ali Hassan versammelt haben?«

»Ja, Kommandant.«

»Soll es immer noch am 18. Juli stattfinden?«

»Ja.«

Abu Qasim zog einen von Umars Geheimdienstberichten aus der Tasche und reichte ihn Jibril. »Erwartest du immer noch, dass alle diese Männer daran teilnehmen?«

Jibril las die Liste. »Vertreter des Verteidigungsministeriums kommen nur selten, also vielleicht nicht alle. Und auf der Liste fehlt Alis Bruder, Rustum, der Kommandeur der Republikanischen Garde.«

Abu Qasims Puls schnellte vor Erregung in die Höhe. »Bist du dir sicher?«

»Ja, er kommt inzwischen zu jedem Meeting. Es kursieren Gerüchte, dass Ali ihn ursprünglich nicht eingeladen hat, aber Rustum hat beim Präsidenten interveniert, um bei den Besprechungen dabei zu sein. Die beiden Brüder verachten einander. Rustum will unbedingt dabei sein, weil das seinen jüngeren Bruder ärgert.«

»Das sind ausgezeichnete Nachrichten«, murmelte Abu Qasim. »Jibril, was für eine Art Security gibt es vor dem Gebäude?«

»Sehr wenig«, sagte Jibril. »Es gibt keine Hunde, und die Metalldetektoren funktionieren normalerweise auch nicht. Ich bringe jede Woche Kartons von dieser Größe rein, mit Tee und Zucker. Man wird mich nicht durchsuchen.«

Abu Qasim nickte, stand auf und legte die Kiste in einen Karton.

»Qasim, du weißt: Selbst wenn wir Erfolg haben, wird man Männer befördern, die dann die Posten der Toten übernehmen«, sagte Umar. »Unser Anschlag wird nicht ausreichen, die Regierung zu stürzen.«

»Es kann sein, dass wir diese Regierung niemals stürzen«, sagte Abu Qasim, als er die Kiste schloss. »Ich habe diese Bombe aber auch nie zu diesem Zweck gebaut.« Er verschloss den Deckel des Kartons mit Klebeband und schob den Karton in Richtung Jibril.

»Das Ziel ist ganz einfach: Sie sollen leiden.«

In derselben Nacht schleppte Jibril den Karton in seine Wohnung im dritten Stock. Obwohl das Paket nicht besonders schwer und die Klimaanlage voll aufgedreht war, schwitzte er stark, während er die Treppe hinaufstieg. In der Wohnung packte er weitere Tee- und Zuckerpakete in den Karton, wodurch er die Holzkiste bedeckte, die ihm Übelkeit verursachte. Er stellte den Karton in seinen Kleiderschrank, schloss die Tür, öffnete den Schrank wieder. Er blickte auf den Karton und stellte sich kurz vor, wie er den Karton aus dem Fenster warf und in die Türkei floh, so wie sein Bruder. Doch dann erinnerte er sich an das Humpeln und an die Arme seines Vaters. »Was sind das für kleine Kreise, Papa?«, hatte er eines Tages gefragt. Seine Mutter versuchte, ihn fortzuscheuchen. Sein Vater hatte gelächelt. Ein unheimliches, wissendes Lächeln. »Die Krankheit von Saidnaya, mein Sohn.« Als Jibril die düstere Ironie des Satzes aufging, steckte er sich eine Zigarette an, um sich zu beruhigen, und schloss die Schranktür wieder.

Das orangefarbene Diplomatengepäck mit Paulina Jacksons Bombe darin traf in der Amman Station in Begleitung eines mürrischen CIA-Mechanikers namens Yates ein, der keine Ahnung hatte, was sich in der Tür des Pajeros befand, und das auch gar nicht wissen wollte.

In der leer geräumten Garage der Botschaft entfernte Yates die Fahrertür aus dem Mitsubishi Pajero, Baujahr 2012. Er nahm die Autobatterie heraus und trennte die Sicherungen für die elektrischen Fensterheber und das Schloss. Öffnete die Tür, hämmerte die Türscharnierbolzen heraus und zog die Ummantelung zurück, die die Elektrodrähte umschloss. Er schnitt die Drähte durch, wobei er darauf achtete, genug Länge übrig zu lassen, um sie an der neuen Tür befestigen zu können. Dann schlug er die Bolzen ganz aus den Scharnieren und ließ die Tür auf den Betonboden fallen. Hatte eh keinen Sinn, besonders aufzupassen. Das Fahrzeug würde sowieso nie mehr aus Syrien zurückkehren.

Draußen, in der sengenden Wüstenhitze, die auf dem Botschaftsgelände herrschte, machte er eine Zigarettenpause. Glich eher einer Festung, aber heilige Scheiße, diese Hitze. Er warf die Kippe weg, denn es war sogar zum Rauchen zu heiß. Sein Hemd hatte bereits Schweißflecken, als er zum Fuhrpark zurückkehrte. Er nahm die neue Tür aus dem orangefarbenen Postsack. Hielt sie für einen Moment in die Höhe, um das Gewicht zu schätzen. Dann griff er nach der alten Tür. Die Farbe passte. Worum immer es sich bei dieser Tür handelte, sie war nicht mit Armierung verstärkt, da war er absolut sicher. Er machte sich an die Arbeit, verband die Elektrodrähte der Tür mit dem Auto, allerdings war dort ein Extradraht. Die Zuführung für die Lautsprecheranlage fehlte. Aus Gewohnheit ging er näher heran, um festzustellen, was da los war. Auf einmal stockte er. Wenn denen eine Tür so wichtig war, dass sie die nach Jordanien verschifften, und eine völlig heile neue Tür durch sie ersetzten, dann wussten sie auch, wie viele Drähte in der Tür waren.

Der Schraubenschlüssel glitt ihm aus der Hand, er musste ihn ein paarmal ablegen, um sich den Schweiß an den Handflächen an der Hose abzuwischen. Als die Bolzen fest angezogen waren, setzte er die Batterie wieder ein. Er sah auf die Uhr. 45 Minuten, die Raucherpause eingeschlossen. Nicht schlecht für eine Gratis-Übernachtung im Four Seasons. Das Zimmer interessierte ihn nicht, aber die Bar war der Hammer. Er hatte noch nie Menschen erlebt, die dermaßen soffen, nirgends, geschweige denn in einem muslimischen Land oder was immer das hier war; ausgeschlossen, dass er sich das entgehen ließ, vor allem, weil er den Tagessatz von rund 150 Dollar von Uncle Sam komplett ausgeben konnte. Er sammelte sein Werkzeug zusammen, dann schloss er – sicher ist sicher – vorsichtig die Tür des Fahrzeugs.

Rami hütete sich, Sam zu fragen, was sich in dem Auto befand, mit dem er von Amman nach Damaskus gefahren war. Er hatte das Fahrzeug zum Autohaus seiner Familie gebracht, die Nummernschilder weisungsgemäß entfernt und einen neuen, identischen Pajero danebengestellt. Er betrachtete die beiden Geländewagen. Gott sei Dank, sie sahen gleich aus. Er rauchte, aß eine Pizza, wartete. Der Mann, der um 22 Uhr kam, war untersetzt, mürrisch und hatte eine dauerhaft gekrauste Stirn. Bei Tariq handelte es sich ebenfalls um einen Hilfsagenten der Damaskus Station. Er hatte einen Lügendetektortest gemacht, war vertrauenswürdig und ein spitzenmäßiger Automechaniker, der keine Fragen stellte. Eine seltene Kombination überall in der Welt, von Damaskus ganz zu schweigen.

Rami zeigte auf die Tür des Geländewagens, mit dem er aus Jordanien hergefahren war. »Die Tür von dem an den anderen.«

Tariq nickte und ging genauso vor, wie Yates in Amman vorgegangen war. Nach einer Stunde war er fertig und ging. Rami sah sich den Pajero an: Syrische Nummernschilder und Zulassung, CIA-Tür. Er fuhr zum Ende des Hofs von Kassab Motors, wobei er darauf achtete, die Bodenwellen zu meiden, und legte ein VERKAUFT-Schild auf die Windschutzscheibe.

Dann meldete er sich bei Sam.

29

Jetzt, da sich die Bombe in den Händen Allahs befand, saßen Abu Qasim und Sarya im Schlafzimmer des Safe House und arrangierten den Tod eines anderen Menschen, während sie über den Geheimberichten brüteten, die ihr Netzwerk in Damaskus gesammelt hatte. Die Informationen hatten sie zu immensen Kosten für sehr wenig Geld gekauft. Drei der freiwilligen Informanten waren im Saidnaya verschwunden, mindestens einer war laut einem der Spione des Emirs in dem Gefängnis unter der Folter gestorben. Bei den Informationen handelte es sich allerdings in weiten Teilen um die unstrukturierte Sammlung von Zufallsbeobachtungen durch einen ungeschulten nachrichtendienstlichen Apparat: Da war ein Protokoll über die Aktivitäten von Ali Hassan von einem Montag bis Mittwoch, dann aber eine Lücke von mehreren Wochen. Die Informationen, die das Treffen schilderten, bei dem Jibril Tee servierte, waren bemerkenswert gewesen, weil sie so detailliert waren. Wie auch die Karte mit der Route, die Riyad Shalish, der Leiter der Abteilung 450 des SSRC, am folgenden Tag durch die Stadt nehmen würde. Diese Route war der Grund, warum sie Sarya und ihr Gewehr nach Damaskus geschmuggelt hatten.

Sie warf die Papiere auf den Boden. »Mehr muss ich nicht lesen. Wir sind bereit. So bereit, wie wir sein können.«

»Da ist noch etwas …«, begann er, verstummte jedoch, als er ihre düstere Miene sah. Bei der Vorstellung, einen Menschen zu töten, wurde sie immer still. Wenn die Planung abgeschlossen war, hörte sie auf zu reden, und wollte auch seine Stimme nicht hören. Er war vor Einsätzen immer gesprächig gewesen, hatte geredet, um sich zu entspannen. Aber das hielt sie nicht aus. »Meine Bedürfnisse werden animalischer, grundlegender«, hatte sie ihm mal erklärt. »Vor der Jagd möchte ich essen, bei meinem Mann liegen, schlafen und beten. Die Tötung muss geschehen, aber sobald ich weiß, was zu tun ist, will ich nicht mehr darüber reden.« Abu Qasim hatte Dutzende – vielleicht Hunderte – Männer, Frauen und Kinder mit seinen Bomben getötet, aber er konnte sich ihre Gesichter nicht vorstellen. Er fand das tröstlich. Doch Sarya hatte in die Augen ihrer 142 Opfer kurz vor deren Tod geblickt. Seltsamerweise bot ihr diese Intimität die Gewissheit, dass die Männer, die sie tötete, den Tod verdienten: Sie waren schließlich Soldaten der Republikanischen Garde, *Schabiha* oder persische Söldner. »Wenn *ich* sie nicht töte, wer dann?«, fragte sie immer. Das verschaffte ihr, wie er wusste, großen inneren Frieden. Und so saß sie auch jetzt wieder einfach nur schweigend da.

Er holte altbackenes Brot und Linsen aus der Küche; sie aßen einander gegenübersitzend auf der Matratze. Mein Glaube, dachte er, ist schwächer als ihrer. Es musste so sein, denn er wusste ja nicht, ob er sie nach heute Abend wiedersehen würde, ob in dieser Welt oder der nächsten. Gedanken an ein anderes Leben gingen ihm durch den Kopf, eines, in dem sie gemeinsam alt wurden, Kinder beim Spielen kreischten. Und doch bin ich hier. Das Leben hatte seinen Lauf genommen: Geschäftsmann, Gesetzloser, Kommandant einer Rebellengruppe, Attentäter, Massenmörder. Er fragte sich, wie Allah wohl darüber urteilen würde. Der Gedanke führte ihn zurück nach Aleppo, zum Beginn des Aufstands, in die Zeit vor dem Krieg. Vor den Massakern, vor den Bomben, bevor er seine Seele verloren hatte.

In Aleppo rümpfte man anfänglich die Nase über diesen Pöbel mit der lästigen Forderung, den Präsidenten aus dem Amt zu entfernen, denn diese Protestler waren schlimmer als illoyal. Sie waren arm.

Viele von ihnen waren Universitätsstudenten. Andere, auf dem Land, waren Unterschichts-*Felachen*, Hinterwäldler, die ihre Frauen verschleierten, lange Bärte trugen und weder ihre grauenhaften Zähne noch ihren unangenehmen Geruch verbargen. Viele hatten ein halbes Jahrhundert unter niederschmetternden Demütigungen und Plünderungen durch das Haus Assad gelebt. Sie hatten Rechnungen zu begleichen.

Am Anfang ragte Abu Qasims Familie heraus aus der Masse. Sein Vater, Eigentümer einer erfolgreichen Textilmanufaktur, hatte gespottet, die Demonstrationen seien schlecht fürs Geschäft. »Diese Idioten werden uns viel Geld kosten«, hatte er gesagt. Damit hatte er natürlich recht gehabt. Nur hatte er nicht gewusst, dass sein Sohn die ganze Sache anzetteln würde.

Sunnitische Oberschichtsfamilien wie die Abu Qasims hielten sich zu Beginn der Proteste aus allem heraus. Damals arbeitete er für seinen Vater und reiste häufig geschäftlich in die Türkei. Dort hatte er eine Geliebte, trank und rauchte. Sarya hatte die meisten Freunde in Aleppo. Sie trug damals noch nicht den Hidschab. Sie beteten nicht, er ging selten in die Moschee. Er hatte ihr gegrollt: die quasi arrangierte Ehe, ihr unfruchtbarer Leib.

So wie beim Einstieg in die Rebellion vieler anderer hatte die Einladung an Abu Qasim ebenfalls ein Knüppel des *Muchabarat* ausgesprochen. Er selbst verspürte den Schlag nicht: den hatte ein Kommilitone während einer Demonstration auf ihrer Alma Mater abbekommen. Abu Qasim war selbst nicht dort gewesen. Doch er hatte den Leichnam gesehen: der Körper war derart geschwollen, voller Blutergüsse und blutüberströmt, dass er seinen Freund zuerst gar nicht erkannte.

Am darauffolgenden Freitag schloss er sich einem der *Tansiquiyas*, der lokalen Komitees, an, die damals den Widerstand anführten. Die Leute skandierten ihre Parolen in einer Art Karneval-Atmosphäre, Plakate flatterten im Wind, sie tanzten, jubelten, genossen die Freiheit. Mehr als Zehntausend marschierten. Die Größe der Menschenmenge überzeugten ihn davon, dass die Protestbewegung wachsen würde, dass die Straßen und Plätze sich füllen würden und Assad am Ende zurücktreten würde, so wie Mubarak in Ägypten oder Ben Ali in Tunesien. In der folgenden Woche holte er Sarya zu sich und sah in dieser neuen Welt eine Chance auf Erlösung, auf Sinn, auf etwas mehr, als das Leben seines Vaters ihm vermittelt hatte. In jener Woche schlossen sich er und Sarya insgeheim den *Ransigiya* an.

Ein Informant verriet ihn. Der *Muchabarat* besuchte ihn. Es lief schlecht. Zehn Männer begaben sich zur Fabrik seines Vaters, um die Warnung auszusprechen, die Proteste einzustellen, weil es sonst Konsequenzen geben werde. Sie kamen während eines Festes, gerade als hundert Arbeiter sich versammelt hatten und zuhörten, wie sein Vater einen Ruheständler mit Applaus verabschiedete. Der Gruppenführer unterbrach die Versammlung und forderte Abu Qasim und seinen Vater auf, zu einem Gespräch mitzukommen.

Die Wangen des Vaters röteten sich vor Zorn. Dann warf einer der Mitarbeiter einen Hammer auf einen der *Muchabarat*-Leute – und traf den Mann an der Stirn. Es wurde still im Raum, der Mann zuckte und bekam Schaum vor dem Mund, bis er schließlich starb. *Ya allah*, rief Abu Qasims Vater. Mein Gott.

Der Vergeltungsschuss in die Menge tötete eine der weiblichen Reinigungskräfte und löste den verhängnisvollen Kampf aus. Am Ende hatten die Arbeiter sechs der *Muchabarat*-Leute getötet. Die Geheimdienstler warfen seinen Vater aus dem Büro im zweiten Stock, machten 31 Angestellte kaltblütig nieder und setzten die Fabrik in Brand. Abu Qasim war die Flucht gelungen, und noch am Abend flohen er und Sarya aus Aleppo und suchten den Emir auf, einen Mann, den Abu Qasim aus dem Studium an der Universität Aleppo kannte und der kurz zuvor aus dem Gefängnis entlassen worden war. Er würde sie schützen.

Zugleich entdeckten sie zufällig Saryas erstaunliches Talent auf den Schießanlagen im Feldlager des Emirs. Anstatt der Welt Babys zu schenken, sagte der Emir, sei diese Frau geschickt worden, die Kinder der *Kuffar* zu töten. Und das tat sie dann auch, unter dem Banner des Dschihad. Einen Monat später kehrten sie nach Aleppo zurück, Abu Qasim jetzt als Soldat in der Armee des Emirs, um den Kampf der Provinz in die große Stadt zu tragen und die alten Rechnungen zu begleichen. Dort, in den aufreibenden Grabenkämpfen, begann er Bomben zu bauen, verlor seinen Finger, rettete seine Ehe, absorbierte zwei Nägel aus einer Fassbombe, starb beinahe an Typhus, häutete Ratten, um zu überleben, stand Wache bei der Rache des Schwarzen Todes und verlor am Ende jede Hoffnung.

Er stellte den leer gegessenen Teller beiseite und wischte sich die Hände an der Seite der Matratze ab. Sarya blickte zur geschlossenen Tür, dann zum Bett. Er lächelte matt und stand auf. Während er die Hose auszog, er war steif und groß, schaute er zu, wie Sarya aus *ihrer* Hose stieg. Zusammen ließen sie sich auf die Matratze fallen und liebten sich schweigend, der Mund des einen die Schreie des anderen auffangend. Sarya schlief ein, alle viere von sich gestreckt, um der stickigen Hitze zu entkommen.

Doch er lag wach, bis draußen der Tag anbrach, und beobachtete, wie ihr Bauch sich beim Atmen hob und senkte. Wieder war er dankbar für ihren unfruchtbaren Leib. Dass keine Kinder ihrer Liebe entspringen und in dieser Hölle leben würden.

Er war gerade eingeschlafen, da wachte er wieder auf, weil Sarya die Suren rezitierte, in denen die erste jemals von den Heeren des Islams gefochtene Schlacht geschildert wurde. Danach hatte der Prophet selbst den Befehl übernommen.

»Als dein Herr den Engeln eingab«, flüsterte Sarya mit geschlossenen Augen. »Gewiss, ich bin mit euch: So festigt diejenigen, die glauben! Ich werde in die Herzen derer, die ungläubig sind, Schrecken einjagen. So schlagt ihnen auf die Nacken ihre Köpfe ab und schlagt von ihnen jeden Finger.«

»Allahu Akbar. Allahu Akbar«, sagte Abu Qasim. Er schob seine Hand auf Saryas Bauch. Sie drückte seine Hand.

»Dies dafür, dass sie gegen Allah und Seinem Gesandten entgegengewirkt haben«, fuhr sie fort. »Wer Allah und Seinen Gesandten entgegenwirkt, gewiss – Allah ist streng im Bestrafen.«

»Allahu Akbar. Allahu Akbar.«

»Das ist eure Strafe dafür, so kostet sie! Und wisset, dass es für die Ungläubigen die Strafe des Höllenfeuers geben wird.«

Er küsste sie auf die Stirn. Sie küsste ihn auf die Wange, dann stand sie auf und zog ihr Hemd an.

Sie brauchten zwar die Wohnung des Fremden, aber Abu Qasim hatte trotzdem einen Anflug von Reue verspürt, weil er den alten Mann getötet hatte. Fahd, einer der Überläufer, hatte an die Tür geklopft, in der Uniform der Republikanischen Garde. Ein alter Mann kam an die Tür. »Ein Kamerad? Komm rein, komm rein«, sagte er. Stattdessen legte Fahd dem Alten seine Makarow-Pistole an die Schläfe und erklärte, er werde sterben, wenn er Lärm mache. Der alte Mann lächelte matt, wissend und winkte sie herein. Abu Qasim und Sarya betraten hinter Fahd die Wohnung. Abu Qasim schloss die Tür, und Fahd drängte den Mann zurück ins Wohnzimmer. Ein Sittich zwitscherte in einem über einem Stuhl hängenden Käfig. Abu Qasim hob die Makarow.

»Mach schnell, Junge«, hatte der alte Mann gesagt und sich gesetzt. »Ich weiß nichts, was du wissen möchtest, und habe auch kein Geld.«

Abu Qasim blickte sich in der beengten Wohnung um. »Bist du allein?« Fahd verschwand, um das Schlafzimmer zu durchsuchen.

»Ja«, antwortete der alte Mann. »Ich bin es sogar schon seit einiger Zeit.« Er fuhr sich durch das dünne Haar. »Ich habe immer gewusst, dass es so enden würde. Ich war fast dreißig Jahre im Geheimdienst der Luftwaffe. Ich habe meinen Beitrag geleistet. Jetzt bin ich dran.« Der Sittich krächzte. Abu Qasim schoss dem alten Mann in die Stirn, als dieser den Kopf hob und zu dem Sittich hinübersah.

Jetzt lag die Leiche auf dem Stuhl. Sarya saß neben dem Toten hinter einem Tisch und nutzte die offene Balkontür als Schlüsselloch auf die darunterliegende Straße. Sie legte den Hidschab ab, um in der brütenden Hitze ein wenig mehr Luft zu bekommen. Das russische Gewehr lag auf dem Tisch, der Lauf schaute durch das Fenster hinaus auf die verkehrsreiche Hauptstraße tief drunten.

Durch das Fernglas suchte Abu Qasim die Straße ab, die zum Sicherheitsamt führte. Der aus dem Norden kommende Wind frischte auf. Sand wehte durch die Luft, die Körner drangen durch die Ritzen der Fensterrahmen. Sarya wandte sich um und blickte ihn an. »Die Böen sind unberechenbar.«

Abu Qasims Handy klingelte. »Kommandant, er hat das Gebäude verlassen. Beschreibung des Fahrzeugs und Kennzeichen stimmen überein mit den Geheimdienstberichten.«

»Verstanden.« Er legte auf.

»Zwanzig Minuten«, sagte er zu Sarya.

Sie nickte und blickte erneut auf das Anemometer, ein Kestrel, das sie einem toten Russen abgenommen hatte, der es vermutlich seinerseits einem toten Rebellen gestohlen hatte. »Zehn Klicks«, sagte sie kopfschüttelnd. Was sie allerdings wirklich wissen wollte: die Windgeschwindigkeit zum Zeitpunkt des Aufpralls. Durch das Fernglas blickte sie auf die Kreuzung und sah Wäschestücke, die vor einem nahe gelegenen Gebäude hingen und im Wind flatterten. »Etwa sechs Klicks dort unten«, sagte sie. Dann konsultierte sie die ballistische Karte auf ihrem Handy, um den Geschossfall auf Grundlage der Entfernung, der Windstärke und der Höhe zu berechnen. Draußen wirbelten Sand und Staub umher. Sie testete den Kammerverschluss, tat so, als drückte sie ab, dann ließ sie den Verschluss aufschnappen und schloss ihn wieder. Aus ihrer Gewehrtasche entnahm sie eine Mixtur aus Laufreiniger und Öl. Diese gab sie auf einen Lappen und reinigte das Schloss mehrere Minuten lang.

Dann zog sich der Schwarze Tod von Aleppo, der Schnitter von hundertzweiundvierzig Seelen, den Hidschab über den Kopf. Und fing an, für die hundertdreiundvierzigste Seele zu beten.

Abu Qasims Handy klingelte erneut, während er beobachtete, wie das Anemometer eine weitere Windböe anzeigte.

»Kommandant, die haben gerade eben meine Position passiert. Die Scheiben des Wagens sind ziemlich stark getönt, aber ich glaube, es befinden sich vier Personen im Auto. Den Fahrer eingeschlossen. Wer die Zielperson ist, kann ich nicht erkennen.« Abu Qasim fluchte.

Sarya wischte sich die tränenden Augen trocken. »Wir werden zwei Treffer benötigen, um auf der sicheren Seite zu sein. Ein Schuss in jeden Insassen auf den Vordersitzen, durch die Sitze in die Insassen auf den Rücksitzen.«

Abu Qasim suchte durch das Fernglas nach dem Wagen. Immer noch betend, Allah um Rache für die Seelen der gefallenen Märtyrer anflehend, schob Sarya ein volles Magazin ins Gewehr – obwohl sie damit rechnete, höchstens für drei Schüsse Zeit zu haben – und drehte die Vergrößerung im Zielfernrohr auf, um weiter die Straße hinunterblicken zu können. Dabei betete sie im Singsang für die Toten von Aleppo und verwünschte die *Kafir*, die Ungläubigen, während sie die Wangenplatte einstellte. Sie blickte auf das Anemometer und die Wäsche. Abu Qasim stimmte in die Gebete ein; er wusste zwar nicht, an wen sie gingen, doch er begriff ihre Bedeutung in diesem Augenblick.

Während das Auto sich näherte, verringerte Sarya die Vergrößerung.

Eine Windbö pfiff durchs Fenster, als der Wagen in Sicht kam, immer noch mehr als einen Kilometer entfernt. Eine metallicschwarze Lexus-Limousine, Kennzeichen 9760112. Die gelben Streifen am Nummernschild wiesen sie als Regierungsfahrzeug aus.

»Da sind sie«, sagte Abu Qasim. Er sah Saryas Rücken sich langsamer bewegen, als sie ihre Atmung in Vorbereitung auf den Schuss regulierte – sie atmete tief ein, dann atmete sie aus, um den Moment abzupassen, in der die Lunge sich leerte.

Flehentlich bat sie Allah um das Ende des Regimes. Er betete, dass der Wind sich legte.

Daoud Haddad hörte Glas splittern, und dann spritzte eine warme Flüssigkeit auf seine linke Gesichts- und Halshälfte. Seine Augen brannten, er legte sich die Hände vors Gesicht und sackte gegen das Fenster. Er konnte nichts mehr sehen. Ein Gurgeln drang zu ihm – es kam von seinem Chef, Shalish, auf dem Rücksitz, dann saugte etwas Schweres und Heißes den Druck aus seinem linken Ohr. Dann ertönte die Hupe. Er wollte aussteigen, sackte aber nur vor Schmerzen auf den Boden. Dann griff er nach oben – wo war der Türgriff? Da ist er, aber warum bewegte der sich nicht? Er hantierte damit, bis ihm klar wurde, dass seine Hände zu schlüpfrig dafür waren. Wieder barst Glas, Scherben rieselten auf ihn herab. Er hörte den Fahrer zwischen den Vordersitzen zusammensacken. Die Hupe verstummte.

Er wollte die Augen öffnen, aber es gelang ihm nicht. Er dachte an Razan, als sie ein kleines Mädchen war, im gelben Kleid. Kein Bild von Mona stand ihm vor Augen.

Sarya betätigte den Kammerverschluss, um die dritte Patrone auszuwerfen, und dankte Allah für die Tötung. Sie richtete sich aus dem Schneidersitz auf. Sie faltete das Rückenende des Gewehrs an den Schaft, das Zweibein gegen den Gewehrlauf, entriegelte das Zielfernrohr, warf das Magazin aus und legte beides zusammen mit dem Gewehr in die Tasche. Sie zog den Hidschab aus und legte auch diesen dort hinein. In diesem Viertel würde eine Kopfbedeckung nur auffallen.

»Einhundertfünfundvierzig«, sagte Sarya. Er nickte.

Als er die Wohnungstür hinter ihnen schloss, hielt Abu Qasim kurz inne.

»Was ist?«, zischte Sarya. »Wir müssen los.«

Er ging ins Wohnzimmer zurück und schloss die Augen des alten Mannes. In der Ferne begannen die Sirenen zu heulen.

30

Onkel Daouds Zustand war stabil, als Mariam ihn schließlich im Militärkrankenhaus Tischrin besuchte. Er lag in einem spartanisch eingerichteten Einzelzimmer mit harscher künstlicher Beleuchtung. Vom einzigen Fenster blickte man in eine Gasse, in der es vor wilden Katzen nur so wimmelte. Razan saß auf einem wackligen Klappstuhl neben dem Bett und las in einem Roman. Daoud schlief. Eine Krankenschwester hantierte mit der Infusion und lächelte Mariam an, die im Türrahmen stand. Razan hatte Mariam als Erste angerufen, ihre Stimme hatte dabei so zittrig geklungen, dass Mariam kaum verstand, was eigentlich passiert war. Der zweite Anruf, gelassener, kam, nachdem die Ärzte sicher waren, dass Daouds Verletzungen nicht lebensbedrohlich waren.

»Wie geht es ihm?«, fragte Mariam Razan und betrat das Zimmer.

Razan stand auf und umarmte sie ganz fest. »Gut. Er ist nur müde. Sie haben heute Nachmittag die letzte Glasscherbe entfernt. Er hatte Glück, sagen sie. Keine Kugeln.« Sie rang sich ein Lächeln ab.

Mariam setzte sich neben Razan auf einen Stuhl und sah zu, wie sich Onkel Daouds Brust mit jedem Atemzug hob und senkte. Sie rückte den Stuhl an Razan heran und legte den Kopf auf die Schulter ihrer Cousine. »Weiß man schon, wer dafür verantwortlich ist?«

»Nein, keine Ahnung.«

»Hast du dich schon bei ihm entschuldigt, Razan? Dafür, dass du nicht mehr mit ihm gesprochen hast.« Eine Träne quoll aus Razans gutem Auge, sie schob Mariams Kopf weg, setzte sich gerade auf und schniefte.

»Nicht jetzt, bitte, Mariam«, sagte Razan.

Mariam nickte, stand auf, blickte aus dem schmutzigen Fenster. Ein Müllcontainer, Katzen, beschädigter Schotterbelag, weitere Katzen. Als sie sich umwandte, hatte Daoud die Augen geöffnet. Mit den Verbänden an Kopf, Hals und Händen sah er aus wie eine Mumie. Dennoch: Er lächelte und sagte: »Mariam.«

Sie küsste die nicht bandagierte Stelle auf der Stirn und zog ihren Stuhl auf die rechte Seite des Betts, Razan hielt seine linke Hand.

Daoud sprach leise und holte zwischen den einzelnen Worten tief Luft. »Die Ärzte sagen, dass ich wieder ganz gesund werde. Die Eingriffe waren erfolgreich. Viele Glasscherben. Shalish allerdings …« Er stockte und blickte in das Neonleuchten an der Decke.

Mariam hatte sich im Palast nach Details erkundigt, nachdem sie Razans panische Anrufe erhalten hatte. Daoud, sein Chef Riyad Shalish sowie ein weiterer SSRC-Offizier waren zu einem Meeting ins Sicherheitsamt gefahren, als ihre Limousine mit Chauffeur unter Scharfschützenbeschuss geriet. Onkel Daoud war der einzige Überlebende. Jetzt, wo Shalish tot war, würde man vermutlich ihrem Onkel die Leitung der Abteilung 450 übertragen. Sam und die CIA würden die Beförderung als Chance betrachten, mehr über das SSRC zu erfahren. Und während sie ihren lieben, bandagierten Onkel anschaute, stimmte Mariam zu, dass eine Beförderung wohl tatsächlich hilfreich wäre, auch wenn sie sich dieses Gedankens schämte.

»Wie geht es dir, Onkel?«, fragte sie.

»Gut. Man gibt mir prima Medikamente.« Er deutete mit dem Kopf zum Infusionsbeutel und schloss die Augen.

»Gibt es schon irgendwelche Hinweise?«

Daoud öffnete die Augen, suchte nach Razan. »Das waren natürlich die Aufständischen. *Die Opposition.*« Mariam merkte, dass Razans Gesicht rot wurde, wegen der Unterstellung, dass Razans Freunde in der *Tansiqiya* eine Art kosmische Verantwortung für seine Verletzungen trügen. Natürlich wusste er so gut wie Mariam, dass nicht die Protestgruppen ihm das angetan hatten.

Razan verzog das Gesicht, hielt aber den Mund und hielt ihrem Vater weiter fest die Hand.

Mariam schaute sie dankbar an, weil sie geschwiegen hatte, und fragte: »Welche Aufständischen?«

»Das weiß man nicht genau«, antwortete Daoud. »Aber wir haben kürzlich Gespräche abgehört, wonach die Duma-Miliz von Zahran Alloush Teams in die Stadt geschickt hat, um Regierungsvertreter zu töten und Chaos zu stiften.« Daoud schloss erneut die Augen und atmete hörbar durch.

Duma. Das Wort versetzte Mariam zurück an den Abend mit Umm Abiha. Als sie jetzt ihren geliebten Onkel ansah, wurde ihr bewusst, dass der Abstand zwischen ihnen zu einer unüberbrückbaren Kluft geworden war. Das war das Teuflische an diesem Konflikt. Scharen von anständigen Menschen, die vor dem Krieg gut miteinander ausgekommen waren, brachten sich nun gegenseitig um. In Duma hatten sich eine alte Frau und ihr Ehemann um Mariam und Razan gekümmert, obwohl sie ihre Hilfsbereitschaft gar nicht verdient hatten. Jetzt hätte ein

Killerkommando der Rebellen aus Duma ihren Onkel beinahe auf der Straße ermordet, obwohl er sicherlich – sie stockte bei dem Gedanken, als sie sich an seinen Besuch in jenem Tunnel erinnerte. Stattdessen dachte sie an Fatimah, und plötzlich kehrte der Schmerz zurück, denn sie war ja involviert, hielt den Teufelskreis mit aufrecht. Es hätte Tausende von Idealisten wie Razan erfordert, um die Kräfte zu überwältigen, die nun die Familien, Gemeinschaften und Ethnien gegeneinander ausspielten. Mariam betrachtete Razans Augenklappe und Daoud bandagiertes Gesicht und hätte am liebsten geheult.

Sie küsste ihren Onkel auf die Stirn und nahm Razan fest in die Arme, und dann weinten sie beide, während Daoud wieder einschlief. Mariam hielt Razan im Arm und ließ ihren Tränen freien Lauf. Und währenddessen hörte sie nichts außer das Geschniefe von ihnen beiden und das beruhigende Piepen des EKGs in der gegenüberliegenden Ecke des Zimmers.

Wieder zu Hause, die Haarnadel in der Hand, stand Mariam im begehbaren Kleiderschrank und griff in ihre Schmuckschublade. Sie nahm das Halsband heraus, das Sam ihr im Safe House gegeben hatte, und betrachtete den Saphir. Sie fand die kleine Einkerbung auf der Rückseite, steckte die Haarnadel hinein, bis sie ein Klicken hörte. Mit geschlossenen Augen, tief atmend, legte sie das Halsband an und stand einen Augenblick da. Dann zog sie ein schlichtes schwarzes Kleid mit dreiviertellangen Ärmeln an, das ihre Büste platt drückte, das Halsband lag auf der Acetatseide in ihrem Dekolleté. Atiyah hatte seine Drohung mit einem Follow-up-Meeting wahr gemacht. Sie wollte nicht, dass er das Halsband betrachtete, auch wenn er es vermutlich tun würde. Sie verließ die Wohnung und suchte nach dem Signal-Graffito, ein tägliches Ritual. Heute war kein Graffito zu sehen; sie ging weiter in Richtung Büro, wobei sie die in Frankreich erlernten Techniken anwandte, um herauszufinden, ob sie beschattet wurde, und sich fragte, ob – und wann – Atiyah wohl erneut beschloss, dass sie sterben musste.

Während Mariam sich ihrem Büro näherte, bekämpfte sie ihre furchtbare Angst, indem sie sich den Tod des pädophilen Atiyah vorstellte. Wie seine Hirnmasse nach dem Schlag mit ihrem Knüppel aus dem Schädel platzte. Wenn sie und Sam Erfolg hatten, würde sich Atiyahs Untergang allerdings fern der Öffentlichkeit vollziehen, in den grausigen Kerkern des Sicherheitsamts, bis eine kurze Fahrt zum Henker seinem Leben ein Ende setzen würde.

Doch jetzt stand etwas anderes an: Ein Vier-Augen-Gespräch mit Atiyah, bei dem ihre Aktivitäten gegen den oppositionellen Nationalrat erörtert werden sollten. Das bot ihr die Gelegenheit, sein komplettes Büro mit der Halsband-Kamera abzufilmen. Heute trug Atiyah einen pechschwarzen Anzug – in Italien geschneidert, wie sie annahm –, ein weißes Hemd, eng anliegend, um seinen muskulösen Körperbau zu betonen, dazu eine limettengrüne Krawatte, die Sam sicherlich als versnobt bezeichnet hätte.

Die Augen auf ihre Brust geheftet, winkte Atiyah sie herein. Nicht abgeschreckt davon, dass er sie mit Blicken auszog, lächelte Mariam nur. Wenn ihre Rundungen ihn ablenkten, bedeutete das, dass die kleine Kamera ein paar hübsche Fotos von ihm, seinem Schreibtisch und dem Sitzbereich machen würde. Im Grunde hatte sie sein Büro bis zu diesem Moment nie richtig wahrgenommen; doch jetzt stellte sie fest, dass es ziemlich minimalistisch eingerichtet war. Es gab kaum natürliche Verstecke. Ein Schreibtisch – ohne Schubladen – eine Couch mit dünnen

Kissen, ein Tisch mit drei Stühlen und ein Bücherregal, das vielversprechend aussah.

Während sie sich dem Schreibtisch näherte, sah Mariam eine elegante schwarze Aktentasche zu seinen Füßen. Atiyah winkte Mariam zu einem der Stühle und setzte sich zu ihr an den Tisch. Er nahm eine der Aktenmappen und begann, schweigend in den Seiten zu blättern. Mariam wollte etwas sagen, er aber hob abwehrend die Hand und las weiter. Sie stellte sich vor, wie sie ihm zwischen die Beine trat, ihm das Knie ins Gesicht stieß, ehe sie ihn ins Bücherregal schleuderte. Während er am Boden lag, könnte sie ihn mit dem Halsband erwürgen, sicher die teuerste Garrotte der Welt. Vorausgesetzt, es riss nicht ... in dem Fall, bitte entschuldige den Kollateralschaden, Sam. Mariam lächelte freundlich und schaute sich im Zimmer um, während Atiyah las. Sie änderte ein wenig ihre Körperhaltung, um die rechte Schreibtischseite ins Bild zu bekommen, wo eine kleine Zigarrenkiste stand. In Wirklichkeit wollte Mariam eine deutliche Aufnahme der Aktentasche machen. Während Atiyah konzentriert las, schubste sie ihren Stift so, dass er vom Tisch zu Boden fiel, in Richtung Schreibtisch. Sie stand auf, um den Stift zu holen; während sie in die Hocke ging, neigte sie das Halsband in Richtung Aktentasche und hielt es eine Weile so. Als sie aufstand, hielt sie ihren Körper auf die Tasche ausgerichtet. Sie spürte Atiyahs Blicke im Rücken, wandte sich um und kehrte zum Stuhl zurück. Ihr in die Augen schauend, legte er die Dokumente beiseite. Er lehnte sich in seinem Stuhl zurück und rieb sich die Augen.

»Ich bin immer noch verwirrt, Mariam. Ich komme einfach nicht dahinter, wie Sie alle drei getötet haben. Und wo sind die Leichen? Keine Spur davon. Sie sind einfach verschwunden. Erstaunlich.« Atiyah stieß einen leisen Pfiff aus und klatschte in die Hände.

Mariam lächelte weiter. Sollte sie die Anschuldigung bestreiten? Sie schwieg eine Zeit lang, obwohl ihr Instinkt ihr zurief: Lauf, lauf weit weg.

»Die haben sich zwar nicht besonders geschickt angestellt«, fuhr er fort. »Aber es waren drei, und ich stelle mir vor, Sie hatten das Überraschungsmoment für sich. Vielleicht war ja jemand in Villefranche mit Ihnen zusammen?« Atiyah blickte durch sie hindurch auf die Wand, so als erwöge er die Möglichkeiten.

Sie stellte sich vor, zu antworten: *Ich war mit meinem CIA-Geliebten dort, wir haben diese Leute ermordet, und anschließend haben die Amerikaner die Leichen beseitigt.*

Stattdessen klappte sie ihren Laptop zu. »Ich weiß nicht, wovon Sie sprechen.« Sie wandte sich zum Gehen – wodurch sich ihr erneut ein guter Blick auf die Aktentasche bot, aber er packte sie am Arm. Sie schaute auf seine Hand; dabei richtete sie den Blick auf das Nervenbündel zwischen Daumen und Zeigefinger. Sie könnte den Griff im Nu lösen. Doch stattdessen stand sie schweigend da.

»Ich habe überall Augen, Mariam. Überall. Am Ende wird alles herauskommen. Seien Sie ein braves Mädchen, und richten Sie das auch Bouthaina aus.« Er ließ sie los und gab ihr einen Klaps auf den Hintern. Es erforderte ihre ganze mentale Kraft, ihn nicht zu schlagen, sondern auf dem Weg aus dem Büro einige Weitwinkelaufnahmen mit der kleinen Kamera zu machen. Gleichzeitig stellte sie sich vor, dass die Kamera eines Tages Atiyah filmen würde, wie er am Galgen hing, seine Füße im Spätsommerwind zuckend.

31

Brian Hanley trank einen großen Schluck Kaffee von Dunkin' Donuts und zog eine Grimasse, als er die Mail in seinem Lotus Notes-Posteingang sah. Diese verdammten Lotus Notes. In welchem Jahr leben wir eigentlich, 1995? Die Foreign Technology Division (FTD), das CIA-Team, das Informationen an ausländische Nachrichtendienste weitergab, hatte in den vergangenen Tagen ziemlich genervt, es hatte nämlich die Gesprächsthemen gekürzt und bearbeitet und Geheimdienstberichte veröffentlicht, die während des regelmäßigen Austauschs der Kontaktleute über Syrien an den israelischen Mossad übermittelt werden würden. Der Stempel »REL ISR«, den sie vergeben würden, war eine notwendige, aber nervige Hürde, die überwunden werden musste, auch wenn die Israelis der engste regionale Partner der Nahost-Abteilung waren.

Aber Hanley freute sich, zu sehen, dass die FDT-Trolle am Ende doch eingelenkt hatten. Sie hatten die Freigabe für die Erstellung einer Papierversion der Bilder der SSCR-Aktivitäten in Dschabla sowie für einen interessanten Bericht über einen kleinräumigen Sarin-Test erteilt. Die Syrien-Berichte des Mossad waren in der Regel ziemlich gut – besser als die der CIA –, doch hatten die Israelis in jüngster Zeit einige ihrer SIGINT-Zugänge verloren. Das hier würde ihnen gefallen. Er druckte die Dschabla-Fotos in Farbe aus, was ein netter Zug von ihm war, wie er fand. Nachdem er die Kopien angefertigt und in seiner schwarzen Lock-Tasche verstaut hatte, verbrachte Hanley den Rest des Vormittags mit der Lektüre von Artikeln, die das Baseball-All-Star-Spiel zusammenfassten. Anschließend fuhr er zu einem nicht beschilderten Anbau in Tyson Corner, erkennbar lediglich an den Karabiner schwingenden Security-Leuten, die nach blauen Dienstmarken Ausschau hielten. Die CIA zog es vor, die Israelis vom Firmengelände fernzuhalten. Vor einigen Jahren war es zu einem unangenehmen Vorfall gekommen, als ein Mossad-Kontaktmann ohne Begleitung einen Tag lang in der Zentrale umhergeschlichen war.

Danny Dayan, der eulenhafte Stellvertretende Leiter der Mossad-Residentur in Washington, führte in jener Woche die Delegation an. Dayan hörte genau zu, während die CIA-Leute weiterschwafelten und das Material zwischen Bissen von gigantischen Scones von der Corner Bakery erörterten. Nach mehr als sechzig Zusammenkünften mit den Amerikanern fragte er sich allmählich, ob das Café wohl der CIA gehörte. Aber egal, dachte er mit vollem Mund, er sah ja, dass die Jungs und Mädels in Langley momentan ein paar interessante Fälle am Laufen hatten. Nach dem Briefing, auf dem Weg zur Tiefgarage, nahm er den jungen Hanley beiseite.

»Tolle Sachen in diesem Monat. Alles Gute für das Team in Damaskus«, sagte Dayan.

»Joseph wird sich freuen, das zu hören, er hat diesen Wahnsinns-Fall da draußen an der Hacke«, sagte Hanley – und errötete dann wegen dieser Indiskretion. Dayan nickte und lächelte kurz, während der junge Geheimdienstler in seinen Toyota Prius stieg und davonbrauste.

In seiner Wohnung am selben Abend trank Dayan drei Gläser Wein, während er sich Notizen machte und mithilfe einer Subminiatur-Kamera die CIA-Dokumente abfotografierte. Er nahm den Film aus der Kamera und legte die winzige Filmrolle in einen kleinen Plastikbeutel, wie er von Drogenhändlern verwendet wurde. Er faltete seine Notizen und tat das Gleiche noch einmal. Man hatte Dayan eine lederne Botentasche mit einem Geheimfach gegeben, doch weil er das unförmige Ding nicht ausstehen konnte, stopfte er sich die Beutel in die Unterwäsche. Er setzte eine Baseballcap der Washington-Nationals auf und machte sich auf den Weg zum Rock Creek Park.

Jekaterina wartete bereits auf ihn auf ihrer Bank. Dayan grinste; sie runzelte die Stirn, als er sich die Beutel aus der Unterwäsche holte, sie ihr auf den Schoß legte und sich setzte.

»Deine Glücksspielgewohnheiten haben dich schon in Moskau in Schwierigkeiten gebracht, Danny«, sagte sie. »Warum bestehst du darauf, hier mit deinem Leben zu spielen?«

Er weigerte sich, den Köder zu schlucken. Wenn er mit ihr stritt, bekam er womöglich die letzten Innings des Nats-Spiels nicht mehr mit. »Du findest darin ein paar interessante Papierversion-Berichte. Mit Bezug zu Syrien. SSRC, Chemiewaffen. Alles Gold wert.«

»General Wolkow wird sich freuen.« Jekaterina bezog sich damit auf den Leiter der Nahost-Abteilung des SWR und Dayans Führungsoffizier in Moskau.

Dayan nickte. »Da ist noch etwas. Nach dem Austausch habe ich mit einem der jüngeren CIA-Leute gesprochen. Anscheinend leitet jemand namens Joseph die Operation, die diese Berichte auf Papier generiert hat. Er hält sich in Damaskus auf.«

»Joseph wer?«, fragte Jekaterina.

»Ich bin mir da nicht sicher, aber ich glaube, das war sein Nachname«, sagte Dayan. »Die Spuren müssten ihn überführen.«

Und damit setzte er sich die Cap fester auf, erhob sich und ging.

32

Rustum legte den SWR-Bericht beiseite und strich sich über den Schnauzbart, während er seinen Tee austrank. Dem strengen Sicherheitsprotokoll in Bezug auf den Umgang mit Dokumenten folgend, deponierte er die gestohlenen CIA-Satellitenbilder der Dschabla-Anlage und die übrigen SWR-Dokumente im Tresor. Wie hatten die Amerikaner sie gefunden? Seit Monaten hatte niemand mehr das Gelände verlassen. Man hatte in der Anlage zweihundert Tonnen Sarin produziert, und jetzt musste man sie evakuieren. Wer hatte der CIA den Standort verraten? Noch ein verfluchter Spitzel innerhalb des SSRC, so wie Marwan Ghazali? Sein kleiner Bruder beherrschte offenbar seine Arbeit nicht. Als er glaubte, seine Wut im Griff zu haben, legte Rustum die Hand auf den Türknauf; er wollte das Büro verlassen und mit Bouthaina zum Lunch gehen. Da fiel ihm Shalish ein. Er war stark involviert in die Chemiewaffen-Operation, letztlich ersetzbar, aber ein Mann mit wichtiger Funktion. Rustum benötigte die Sarin-Expertise der Abteilung 450 für den Angriff. Shalish hatte das Ressort gemanagt, doch jetzt war er tot, erschossen von einem Scharfschützen mitten in Damaskus. Und wen sollte er jetzt befördern? Rustum blieb stehen und nahm einen langen, langsamen Atemzug, während ihm aufging, dass er noch nicht bereit war für die Außenwelt. Es waren wirklich schlimme Tage gewesen.

Er konnte sich nicht daran erinnern, ihn zur Hand genommen zu haben, doch als seine Gedanken in die Gegenwart zurückkehrten, bohrte sich der Brieföffner tief in eines der Sofakissen. Als sein Adjutant eintraf und fragte, was denn sei, Herr Kommandeur, hatte Rustum die beiden Kissen und drei der Sitzpolster aufgeschlitzt. Der Adjutant blickte um sich. Büschel von Füllmaterial schwebten durchs Büro, während der Befehlshaber der syrischen Republikanischen Garde auf dem Boden kniete und ein Sitzpolster aus falscher Seide zerlegte. Rustum fluchte, aber er wusste nicht, dass er geschrien hatte. »Was habe ich gesagt?«, flüsterte er seinem Adjutanten zu.

»Dieselbe Geschichte, Herr Kommandeur.« Er hielt inne. »Hama.«

Rustum pflückte sich ein wenig Füllmaterial vom Leinenhemd und schickte den Adjutanten aus dem Zimmer. Bouthaina sagte manchmal, er erzähle die Geschichte im Schlaf; auch Basil rede immer wieder davon, hatte der Psychologe gesagt.

Rustum hatte sich in die Villa in den Bergen nahe dem Libanon zurückgezogen, um ein paar Tage bei kühlerem Wetter und mit neckischen Spielchen mit Bouthaina zu verbringen. Er trat nach draußen. Die Terrasse lag in einem Hain mit Mandelbäumen kurz oberhalb von Bloudan, dem in den Bergen gelegenen Rückzugsort der syrischen Elite.

Als Kind hatte er sich vorgestellt, an diesem Ort lediglich kellnern zu können. Jetzt aber war er der Hausherr. Rustum sah Bouthaina sonnenbaden, eine halb getrunkene Flasche Weißwein stand im Kühler neben ihr. Ihre Augen verborgen hinter der riesigen Chanel-Sonnenbrille. Sie lächelte bei seinem Anblick. Immer noch vernahm er das Klopfen in der Brust, und er überlegte, ob Sex mit ihr ihn wohl beruhigen würde. Da klingelte sein Handy. Mit einer merkwürdigen Mischung aus Verärgerung, Wut und Angst blickte er auf das Display. Es war der Präsident.

Die Berichte des SWR hatten Alis Instinkte in Bezug auf den Amerikaner, Samuel Joseph, bestätigt. Er besaß konkrete Informationen, die, wenn man den Druck richtig ausübte, zur Festnahme eines Spions führen würden. Er las die Stellungnahme des SWR noch einmal, nur um sicherzugehen.

SWR-AGENT HAT NAMEN EINES CIA-CASE OFFICER ERUIERT, DER DIE SYRIEN-OPERATION BEZÜGLICH DER ANLAGE IN DSCHABLA UND DER ANGEBLICHEN VERWENDUNG VON CHEMIEWAFFEN IN EFREH LEITET: ZUARBEITER BESCHRIEB IHN ALS »JOSEPH«. SWR-SPUREN DEUTEN DARAUF HIN, DASS ES SICH BEI DER FRAGLICHEN PERSON UM DEN KOMMUNIKATIONSBERATER DER US-BOTSCHAFT IN DAMASKUS SAMUEL JOSEPH HANDELT.

Dann waren da der Sarin-Test und die Anlage in Dschabla. Ali zündete sich eine Zigarette an und trat ans Fenster. Sein Bruder war nicht nur ein Wilder, er war irre. Und er hatte keine Möglichkeiten, ihn zu bekämpfen. Da er seit vierzig Jahren die Kämpfe mit Rustum verlor, war Ali klar, wann er besiegt war. Worum immer es in dem Programm ging, der Präsident hatte seine Zustimmung erteilt. Aber Gas, wirklich? Und in so großen Mengen? Was plante der Palast? Jedes Mal, wenn das Regime in die Offensive ging, schlugen die Aufständischen sofort zurück. Er sah keinen Ausweg aus dem Krieg, aber auch keine Möglichkeit, ihn zu gewinnen. Und es gab kein Sicherheitsnetz, falls sie verloren. Darum würde er sich auf die Ermittlungen konzentrieren. Das war etwas, was er kontrollieren konnte.

Ali zog die Aktennotiz über die Samuel Joseph-Ermittlungen aus der Schreibtischschublade. Er hatte sie in einem inspirierten

Moment verfasst, nachdem die SWR-Berichte reingekommen waren. Er wollte im Beisein von Assad etwas Schriftliches haben, damit er über Rustum die Oberhand behielt. Er hatte den Aktenvermerk an seine Exzellenz Baschar al-Assad, Präsident der Syrisch-Arabischen Republik, adressiert. Und eine Kopie an Rustum geschickt. In einer halben Stunde wollten sie die Sache im Palast besprechen.

Ali las die Mitteilung noch einmal. Es könnte klappen, dachte er. Aber zu welchem Zweck? Ein verwirrender, sinnloser Gedanke. Er schob ihn von sich weg.

Kanaan öffnete schwungvoll die Tür. »Soll ich Ihnen noch etwas Kaffee bringen, bevor wir gehen?«

Ali lächelte und stopfte zusätzliche Kopien in seine Aktentasche. »Warum fragen Sie?«

»Sie sehen müde aus.«

»Das würden Sie auch, wenn Rustum Ihr Bruder wäre.«

Es gibt zwei Paläste in Damaskus. Einer, der Palast des Volkes, ist ein riesiges Sandsteingebäude auf dem Mount Mezzeh, mit Blick auf die Stadt, ähnelt einer mittelalterlichen Burg. Präsident Assad besucht ihn selten, es sei denn, er benötigt ihn für steife Handschlag-Fototermine mit Würdenträgern auf Besuch. Der zweite Palast, der Malki, ist Assads Familienresidenz und liegt versteckt in einem grünen Viertel mitten in Damaskus. Es handelt sich eher um einen Bungalow denn um einen Palast. Die Zimmer sind sehr gepflegt, aber gemütlich, und sicherlich nicht prachtvoll. Das Spielzeug von Assads kleinen Kindern liegt verstreut auf dem Boden. Anders als Saddam Hussein und das saudiarabische Königshaus zeigt Baschar al-Assad – wie sein Vater – seinen Reichtum nicht mit zahllosen Villen, goldenen Toiletten, pseudo-römischen Badehäusern und Wänden mit farbenfrohen erotischen Gemälden. Selbst mitten im Bürgerkrieg sieht sich das Haus Assad als Ausdruck des Willens des Volkes. Eine Dynastie, die ein Bild der Bodenständigkeit wahren muss.

Ali traf als Erster im Malki ein und wurde ins Wohnzimmer geführt, wo ihm Tee serviert wurde. Die Besprechung würde in Assads bescheidenen persönlichen Arbeitszimmer stattfinden, inmitten von rissigen Ledersofas, stummgestellten Fernsehern, einem Hometrainer und Stapeln von Akten und Dokumenten. Ali hatte gerade seinen Tee ausgetrunken, als Assads Sekretär erschien. »Der Präsident ist da«, sagte der Sekretär. »Aber wir warten noch auf den Kommandeur. Sie können aber schon hinaufgehen, General.«

Ali klopfte zweimal an die Tür und hörte ein gelispeltes: »Herein, kommen Sie herein.« Baschar al-Assad, Präsident der Syrisch-Arabischen Republik, hatte die übliche Jeans und das Maßhemd gegen einen schwarzen Anzug mit navy-blauer Krawatte getauscht, diejenige, die er meist für Interviews mit europäischen TV-Sendern trug. Assad saß vor seinem Mac, als Ali die Tür öffnete. Drei Ledersofas standen in U-Form um einen mit Perlmuttintarsien versehenen Couchtisch voller Zeitschriften. Hinter einer Couch befand sich ein Schreibtisch mit Stapeln von Aktenmappen und Zeitungen. An der Wand ein Fernseher, in dem Al Jazeera lief.

Assad war groß und schlank, doch er hatte etwas sehr Ungelenkes, so, als wäre er aus Körperteilen zusammengesetzt, die nicht recht zusammenpassten. In einigen der Rebellen-Graffiti wurde Assad, wie Ali aus Geheimdienstberichten wusste, »die Giraffe« genannt. Er hatte einen langen Hals, der in ein fliehendes Kinn überging, und einen kleinen, jungenhaften Oberlippenbart. Seine Ohren sahen – wie Ali immer gefunden hatte – eher wie die eines Elfs aus und weniger wie die eines Menschen. Doch alle seine Schwächen – das Aussehen, das Lispeln, die medizinische Vorgeschichte (er hatte sich in London zum Augenarzt ausbilden lassen) – nutzte er zu seinen Gunsten. Denn sie verleiteten Beobachter und Feinde dazu, ihn zu unterschätzen. Ein teurer Fehler. Denn der Präsident war, wie alle von ihnen, ein Mörder.

Ali nahm auf einem der Sofas Platz; Assad setzte sich neben ihn. Auf dem Couchtisch lag eine Kopie des Aktenvermerks, mit Markierungen in roter Tinte.

»Inspirierte Arbeit, Ali.«

Assad erkundigte sich nach Layla und den Zwillingen. Ali nach Asma und den Kindern. Nach den Geliebten und Freundinnen fragte Ali nicht. Trotz seiner wenig vorteilhaften äußeren Erscheinung – vielleicht auch gerade deswegen – setzte der Präsident sexuelle Eroberungen als Mittel ein, der syrischen Elite seine Virilität und seine Macht zu demonstrieren.

Der Präsident schaute auf die goldene Armbanduhr.

Rustum traf in seiner Paradeuniform ein, mitsamt schwarzen Schulterklappen und dem roten Beret der Republikanischen Garde. Alis Kiefer spannte sich, als er Basil sah, ebenfalls in Uniform, der Rustum auf den Fersen folgte. Diese Mörder hatten sich herausgeputzt. Sie sahen beinahe respektabel aus, wie sie da, in gebügelten Uniformen, dem Präsidenten die Hand schüttelten und höflich bei dem Sekretär Tee bestellten. Fast hätte man die Erzählungen über die vorhergehenden Unruhen in den Achtzigern vergessen können, als Basil sich den Spitznamen »Comanche« verdient hatte.

Der Präsident, der sich einen Al Jazeera-Beitrag über die saudi-arabische Finanzierung der syrischen Aufständischen angeschaut hatte, verfluchte die Saudis, schaltete den Fernseher aus und bedeutete Rustum und Basil, Platz zu nehmen.

»Also – wir haben einen Spion. Wir müssen ihn schnell erwischen. Ali, was ist der Plan?«

»Gewiss, Herr Präsident. Haben alle mein Memo gelesen?« Rustum brummte zustimmend. Ali wusste, dass Rustum wütend war, weil er nicht eingeladen worden war, an dem Vermerk mit zu formulieren. Basil schüttelte verneinend den Kopf und leckte sich über den Schnauzbart.

»Ich habe drei Vorgehensweisen skizziert, wie wir den Verräter fassen können«, fuhr Ali fort und ignorierte Basil. »Um den bestmöglichen Effekt zu erzielen, sollten alle gleichzeitig verfolgt werden.«

Den rechten Ellbogen auf den Couchtisch und das Kinn in die Hand gestützt, überflog Assad die Mitteilung noch einmal. Dann begann er die Befragung. »Sie glauben, dass Ihr Agent, wenn man den ersten Weg einschlägt, in den Besitz eines CIA-Geräts kommen kann?«

»Das ist möglich. Vielleicht kann der Agent auch für uns an Informationen über die Operationen der CIA hier in Damaskus herankommen. Ich denke, dieser Samuel Joseph wird anbeißen, wenn man den richtigen Köder auswirft.«

»Und die Iraner sind zuversichtlich, dass sie mit so einem Gerät etwas anfangen können?«, fragte Assad.

»Ja«, sagte Ali. »Vorausgesetzt, die CIA stellt ein Gerät zur Verfügung, das mit einem Satelliten verbunden ist, und verwendet keine Website, so wie im Fall Ghazali.« Er hielt inne und schaute entschlossen drein. »Die Iraner sind zuversichtlich, dass sie es einsetzen können.«

»Haben Sie schon eine Vorstellung, wen Sie auf diesen Samuel Joseph ansetzen wollen?«, fragte Assad.

»Wir haben einige Ideen, es gibt da eine Person, die ihn bereits kennengelernt hat. Ich glaube, wir können schnell vorankommen. Wir haben nichts zu verlieren, wenn wir's versuchen.«

Ali verstummte, als Assads Sekretär das Zimmer mit einem Tablett voll Gebäck und dampfendem Tee betrat. Er stellte alles auf den Tisch und ging wieder hinaus.

»Ich halte diese erste Vorgehensweise für viel zu kompliziert«, sagte Rustum. »Außerdem ist der Erfolg ungewiss.«

Assad winkte ab. »Das bezweifle ich. Ali hat recht: Wir haben nichts zu verlieren und alles zu gewinnen. Stellen Sie sicher, dass die Iraner mitmachen, falls Ihr Vorgehen Früchte trägt, wie Sie voraussagen. Die technischen Teams der Iraner können uns beim schnellen Einsatz des Geräts Hilfe leisten.«

»Natürlich, Herr Präsident.«

Ali fuhr fort. »Die zweite Herangehensweise besteht darin, einer Liste von Personen, die von Dschabla gewusst haben, besondere Informationen zukommen zu lassen. Jede Person erhält andere Informationen. Diese Informationen müssen hinreichend wichtig sein, dass sie an die Amerikaner weitergereicht werden. Sie sollten zudem mit unserem Chemiewaffenprogramm zusammenhängen. Die SWR-Kommentare und die Anmerkungen auf den CIA-Dokumenten deuten für mich daraufhin, dass die Quelle die Israelis sind und der geheimdienstliche Austausch auf das Chemieprogramm fokussiert ist. Dann sehen wir, was zurückkommt.«

Rustum hatte eine Teetasse genommen und roch an dem Dampf. »Es trifft zu«, er trank einen Schluck, »dass die Liste der Verdächtigen kleiner geworden ist, jetzt, wo die Fabrik gefunden worden ist. Übrigens, dieser Tee ist viel zu süß.«

Assad lachte schrill.

Ali fuhr fort: »Drei Dinge über die Quelle sind uns bekannt. Erstens, sie weiß über die verdeckten Bemühungen der

Republikanischen Garde innerhalb des SSRC Bescheid. Zweitens, sie weiß von einem Chemiewaffentest in Efreh. Drittens, sie kennt den Ort der Fabrik in Dschabla. Wer besitzt diese Informationen?«

»Vielleicht haben vier Personen Kenntnis davon«, sagte Rustum. »Shalish, aber der ist tot. Der Kommandeur in Dschabla und sein Stellvertreter. Jamil Atiyah und der SSCR-Direktor. Gerüchte über die Anlage, ja sogar den Test könnten vom Palast, dem SSCR oder der Garde durchgestochen worden sein, aber der Standort dieser Einrichtung grenzt die Liste erheblich ein.«

»Sind Sie zuversichtlich, was die Abriegelung in Dschabla angeht?«, fragte Assad.

»Ja. Es ist ein Gefangenenlager.«

»Du hast *einen* Namen vergessen, großer Bruder«, sagte Ali.

Rustum grinste. »Welchen?«

»Bouthaina. Ich habe meine kleinen Vögelchen in dieser Regierung, und ich weiß, dass du ihre Vertrauten benutzt hast, um einen Teil des Materials zu besorgen. Und wer weiß, an welche Informationen sie sonst noch im Rahmen ihrer Aufgaben gekommen ist, der offiziellen oder der ... inoffiziellen?«

Assad lächelte, er genoss den Brudermord.

Rustum starrte Ali zunehmend wütend an. »Einverstanden. Wir überprüfen sie.«

»Gut.« Assad wedelte mit der Hand, um die Debatte zu beenden. »Die Kommandeure von Dschabla, Atiyah, der SSCR-Direktor, Bouthaina.«

»Was sollen wir an sie weitergeben, Ali?«, fragte der Präsident.

Ali strich über seinen Schnauzbart. »Den Ort einer anderen Einrichtung. Wir sagen, dass sich dort eine Reserve befindet. Die Amerikaner werden die Information haben wollen. Und die Geschichte muss nur so lange halten, bis jemand die Informationen an die CIA weiterreicht. Es sollte sich um einen Ort handeln, an dem wir erfahren, wenn etwas passiert. Auf diese Weise haben wir zwei Wege, auf denen Informationen zu uns zurückfließen. Auf dem einen Weg erhalten wir die Information vom SWR. Auf dem zweiten erhalten wir sie, wenn die Amerikaner sie bombardieren.«

»Versorgungslager«, sagte Rustum, der die Teetasse fester umfasste.

»Ja, perfekt«, sagte Assad. »Gebäudekomplexe, groß genug, um Fabrikanlagen zu beherbergen. Und Depots.«

Ali hielt inne und betrachtete die geballten Hände seines Bruders. Ein Gedanke drängte sich ihm auf, eine Gelegenheit, es Rustum heimzuzahlen. »Und du weißt ja, großer Bruder, dass du diese Informationen an jede Person weitergeben musst. Denn ich habe natürlich keine Kenntnis von diesem Programm.«

»Natürlich«, sagte Rustum verbissen.

»Außerdem würde ich es zu schätzen wissen, wenn du die Namen der Verdächtigen aufschreiben könntest, dazu den Standort der Einrichtung, den du ihnen übermittelt hast. Auf diese Weise kann ich verifizieren, dass alles zusammenpasst.«

Rustums Augen blitzten. Er schrieb die Liste und reichte sie Ali. Ali warf einen kurzen Blick auf die beiden letzten Namen und Standorte und steckte die Liste ein. Er wollte sie sich zu einem späteren Zeitpunkt genauer ansehen.

Jamil Atiyah – Khan Abu Shamat
Bouthaina Najjar – Wadi Barada

»Danke, großer Bruder«, sagte Ali.

»Ausgezeichnet«, sagte Assad. »Also, wie sieht's mit der dritten Vorgehensweise aus?«

»Wir wissen, dass der CIA-Mann den Spion führt. Wir besiegen ihn auf der Straße, indem wir ihn davon überzeugen, dass er nicht überwacht wird, obwohl er in Wahrheit doch beschattet wird. Er wird uns zu seinem Agenten führen.«

»Und ich nehme an, dass Ihr Agent auch in der Lage ist, festzustellen, wenn der CIA-Mann sich auf eine Operation vorbereitet?«, fragte Assad.

»Das ist möglich, Herr Präsident, aber nicht sicher. Bei der CIA werden solche Informationen in der Regel nicht zwischen einzelnen Agenten ausgetauscht. Aber wir werden es versuchen.«

Jetzt zeigte Rustum auf Alis Aktennotiz, drückte die Hand auf das Papier, um seiner Frage Nachdruck zu verleihen. »Bist du sicher, dass das russische Team notwendig ist?«

»Ja. Sie operieren seit Jahrzehnten in großem Stil gegen die Amerikaner.«

Wieder wischte Assad Rustums Einwand vom Tisch, ohne ihn dabei anzusehen. »Ich rufe Putin heute Nachmittag an. Die Sache ist genehmigt.«

Basil flüsterte Rustum etwas in seinem rauen Flüsterton zu. Jetzt schlug Rustum zurück. »Herr Präsident, das ist ein sehr gründlicher Plan, aber wir könnten den CIA-Mann auch einfach verhaften und verhören, damit er uns den Namen verrät.«

Assad lehnte sich zurück, amüsiert, und blickte Ali kurz an. Zeigte dieser eine Reaktion? Der Präsident genoss es, wenn seine Stellvertreter stritten. Besser noch, er steht unangefochten im Zentrum, und seine Berater bekriegen sich gegenseitig. Er trank noch einen Schluck Tee.

»Was meinen Sie, Ali?«, fragte Assad, im Wissen um die Antwort.

Ali rieb seine Narbe. Rustum lächelte. Das hässliche Ding machte sich jedes Mal bemerkbar, wann es seinem Verursacher nahekam.

Tatsächlich war es Rustum zweimal misslungen, Ali zu töten. Zweimal.

Als Rustum acht Jahre alt war, rekonstruierte er aus einzelnen Erzählungen, dass seine Mutter bei Alis Geburt gestorben war; und er hatte den Tausch seiner geliebten Mutter gegen das ständig unter Koliken leidende Kleinkind, das die Aufmerksamkeit seines Vaters und der Stiefmutter beherrschte, ganz und gar nicht gemocht.

Und so führte Rustum Ali, der gerade seine ersten Schritte machte, in Richtung Treppe und stieß ihn hinunter. Anschließend log er seine Eltern an und behauptete, der kleine Ali sei gestolpert und von der obersten Stufe gefallen.

Ali hatte keine Erinnerung daran. Rustum erzählte ihm von dem Vorfall während seines zweiten Versuchs, in der Nacht, als ihr Vater und ihre Stiefmutter ermordet wurden. Am Tag, als Ali den verhängnisvollen Entschluss traf.

Der ungestüme Zehnjährige hatte gefordert, dass der Vater das Versprechen einlöse, ihn zu einer Fahrt auf dem Traktor mitzunehmen.

Die Hassans hatten Lebensmittelgeschäfte und eine Spedition besessen. Kurz zuvor hatten sie ein neues Logistikzentrum in Homs, der drittgrößten Stadt des Landes, eröffnet in der es damals – so wie heute – immer wieder zu Aufständen kam. Es war 1980, und die Ikhwan, die Muslimbruderschaft, forderte Assads Herrschaft heraus. Laut Alis Vaters verfolgten die Ikhwan zwei Ziele: die Scharia einführen und die Alawiten umbringen oder in die Berge vertreiben. Vorzugsweise beides.

In jenen Tagen war die Anwesenheit der Alawiten in Homs neu. Alis Vater sagte gern, dass ihr geschäftlicher Erfolg – unser Einfallsreichtum, mein Sohn – die Alawiten aus den verarmten Bergdörfern in die prosperierenden Städte geholt hätte. Die Terroristen der Ikhwan bekämpften diese Entwicklung und töteten zwei Angestellte des Vaters vor einem der Läden mitten an einem sonnigen Frühlingstag. Bald danach eröffneten die Hassans das neue Vertriebszentrum. Sie lebten nahe der Küste, in Latakia, doch holten die Eltern die Brüder zur prächtigen Neueröffnung nach Homs und mieteten eine Wohnung in der Stadt. »Wir müssen einige Monate hierbleiben, die Dinge im Auge behalten«, sagte Alis Vater. Auch Alis Großvater kam von der Küste nach Süden und wohnte bei der Familie.

Ali und Rustum waren durch die Gänge des neuen Gebäudes gegangen. Wegen der frisch gestrichenen Wände roch es nach Farbe in der Halle. Das Gebäude war randvoll: Kurzwaren, Maschinenteile, Möbel, landwirtschaftliche Ausrüstung. Und da war auch Alis Lieblingsstück: ein sowjetischer Traktor, unerklärlicherweise in Aquamarin gestrichen, auf dem er jeden Tag saß. Nachdem Ali immer wieder um eine Fahrt mit dem Traktor gebettelt hatte, versprach ihm der Vater, vor dem Verkauf oder wenigstens, bevor sie nach Hause zurückfuhren, einmal mit ihm auf dem Traktor zu fahren.

Im Juni war der Traktor noch nicht verkauft, und es war an der Zeit, nach Latakia zurückzukehren. Ali sah, wie Rustum Koffer ins Auto lud, und lief zum Vater – und jammerte ihm vor, dass sie noch nicht mit dem Traktor gefahren seien. Der Vater habe es versprochen. Halt die Klappe, hatte Rustum ihn angeblafft, aber der Vater wimmelte seinen älteren Sohn ab und sagte, mit einem Blick zur Stiefmutter der Jungen, sie könnten heute Abend ja noch alle in der Stadt bleiben und das

Fest des Gouverneurs besuchen. Die Stiefmutter hasste diese Veranstaltungen, wie Ali wusste. Am nächsten Morgen wolle er Ali auf dem Traktor mitnehmen, anschließend würden sie dann alle gemeinsam losfahren. Ali schniefte. Das war in Ordnung.

Sein Vater und seine Stiefmutter fuhren an jenem Abend im schwarzen Mercedes mit Chauffeur zu der Feier. Die Scheiben waren derart stark getönt, dass Ali sich bis heute fragte, ob sein Vater wohl gesehen hatte, dass er ihm zum Abschied gewunken hatte.

Der Fahrer hatte überlebt und Alis Großvater die Chronologie der Ereignisse geschildert. Während Ali in seinem Bett schluchzte, lauschte Rustum von der Küche her. Der Fahrer erinnerte sich, dass er auf die Straße in Richtung zu Hause abgebogen war, als plötzlich ein Uniformierter auf der Straße auftauchte, die Hand ausstreckte und ihn anwies, anzuhalten. Überall auf der Straße standen Pylone. Der Mann behauptete, Hauptmann soundso von der Polizei zu sein und sagte, ob man denn nicht wisse, dass zwei Häuserblocks weiter eine Schießerei stattgefunden habe? Er zeigte seine Dienstmarke. Wir ergreifen die notwendigen Sicherheitsmaßnahmen. Die Ausweise bitte.

Ausweise wurden überprüft und nochmals überprüft, und sie mussten lange warten, weil irgendjemand in der Zentrale offenbar nicht antwortete. Man hörte einen einzelnen Schuss, dann noch zwei, dann eine knatternde Salve, die durch die hinteren Türen des Wagens drang. Hände reckten sich durch das Fenster, rissen den Fahrer aus dem Wagen und setzten ihn – wie betäubt – auf den Boden.

Ihr passt auf, ihr passt auf, rief der Hauptmann wütend und zeigte auf das Auto.

Zwei andere Männer zogen Alis Vater und seine Stiefmutter aus dem Auto, warfen die Leichname auf den Boden und lehnten sie an den Wagen, dem Fahrer gegenüber. Die beiden Männer stopften den Toten die Ausweise in die offenen Münder. Dass in die blutbespritzten Ausweise ihre alawitischen Heimatdörfer eingetragen waren, würde ausreichen, dass die Leute die Botschaft verstanden.

Ein Auto kam herangefahren, und die Männer stiegen ein – bis auf dem Hauptmann. Er wies den Fahrer an, die Botschaft an die Ikhwan weiterzuleiten. Erzähl den anderen davon, sagte er. Erzähl ihnen alles.

In der Küche schlug der Fahrer die Hände vors Gesicht und weinte. Da schnappte sich Rustum ein Messer aus einer Schublade und kickte mit dem Fuß die Tür zu dem Zimmer auf, das er sich mit Ali teilte. Rustum setzte sich rittlings auf Ali und hielt ihm das Messer an die Kehle. Ali schob die Arme seines Bruders weg. Rustum bohrte Ali die Klingenspitze in den Hals und wollte sie ihm über die Kehle ziehen. Ali trommelte gegen Rustums Arme, die Klinge glitt ab, unter sein Kinn und den unteren Teil der Wange. Speichel tropfte aus Rustums Mund, er schrie, Ali hätte auf der Treppe sterben sollen, und er solle jetzt sterben. »Jetzt räche ich mich«, schrie Rustum, »für meine Mutter, meinen Vater und meine Stiefmutter.«

Plötzlich war Rustum nicht mehr auf ihm, und Ali wurde gewahr, dass sein Großvater Rustum derart fest geschlagen hatte, dass er aus dem Bett gefallen war. Durch seinen Tränenschleier sah er, wie die kräftigen Faustschläge des Großvaters auf Rustum niederprasselten. Hinterher brachte der Großvater Ali zu einem Arzt, um die Wunde nähen zu lassen – Ali überströmt vom eigenen Blut, der Großvater mit Rustums Blut an den Händen und auf dem ehemals weißen Leinenhemd.

Die beiden Brüder hatten nie über diesen Abend gesprochen. Hatten es nie, dachte Ali, und würden es nie. Was sollte man denn auch dazu sagen? Die Eltern waren tot. Ali hatte versehentlich dazu beigetragen, ihren Tod herbeizuführen, und Rustum, sein Bruder Rustum, war gleichsam mit den Eltern gestorben. Jetzt war er etwas anderes. Alis Rivale. Alis Peiniger.

Ali stellte seine Teetasse ab. Schaute zum Präsidenten. »Wenn wir den Amerikaner festnehmen und verhören, begeben wir uns auf eine gefährliche Reise mit ungewissem Ausgang. Ein CIA-Agent ist bereits in Syrien verschwunden. Die Toleranz der Amerikaner, noch einen weiteren zu verlieren, ist meiner Einschätzung nach gering. Die CIA wird wissen, dass wir ihn festgenommen haben, und die Amerikaner werden sofort Druck machen, dass wir ihn freilassen. Uns wird nur eine begrenzte Zeit bleiben, den Namen zu erpressen. Möglicherweise haben wir keinen Erfolg. Ich rechne damit, dass die Amerikaner, die mit den Zionisten zusammenarbeiten, anschließend versuchen werden, jeden in diesem Raum zu töten, Sie ausgeschlossen, Herr Präsident. Wir sollten die in meiner Mitteilung skizzierte Strategie ausprobieren, bevor wir derartige Risiken eingehen.«

Assad blickte zwischen den Brüdern hin und her.

Ali fuhr fort: »Bei dem, was dieser Spion den Amerikanern weitergegeben hat, handelte es sich – wenn die Informationen zutreffen – um höchst sensible Informationen. Aber, wenn ich das fragen darf – was ist die Zeitachse für die in dem CIA-Bericht erwähnte Geheimoperation? Wie viel Zeit haben wir?«

»Wie viel Zeit benötigen Sie, Rustum?«, fragte Assad.

Rustum kochte vor Wut. »Ein Monat wäre ideal. Wegen der Enttarnung von Dschabla musste die Produktion eingestellt werden. Es ist jetzt nur noch eine Frage der Logistik. Ich verstehe allerdings nicht, Herr Präsident, warum wir uns den Amerikaner nicht einfach greifen und ihm die Informationen aus dem Kopf herausquetschen.«

Ali warf ein: »Das wäre verboten« – und bereute es auf der Stelle.

»Verboten?« Rustums Stimme bebte. »Bist du von Sinnen? Die CIA verschifft Waffen an die *Irhabium*, die Terroristen, die jeden Tag meine Soldaten töten. Und du hockst in deinem Büro und spielst Polizist, während meine Männer abgeschlachtet werden. Deine Frau und deine Zwillinge sind in eurer Wohnung in Sicherheit, weil ich mich nicht an die Regeln halte, ich töte diese Wilden, wie immer ich kann, wann immer ich kann, wo immer ich kann!« Jetzt schrie er, Spucke flog in Alis Richtung. »Ich töte ihre Alten und Kinder und ihr Vieh, und diejenigen, die ich leben lasse, müssen Gras fressen, um zu überleben. Ich werfe Fassbomben auf sie, starte Raketen und werde sie vergasen. Unsere Regierung steht noch, weil ich tue, was notwendig ist, um zu überleben!«

Basil, ausdruckslos während dieses Monologs, stierte auf Alis Kopfhaut mit dem leidenschaftslosen Interesse eines Vieh-Beschauers.

»Es reicht«, rief Assad. »Ali, Sie haben einen Monat Zeit, den Spion zu finden. Wenn wir ihn bis dahin nicht haben, verhaften wir den Amerikaner. Allem anderen in Ihrer Mitteilung stimme ich zu.« Assad erhob sich. Die Besprechung war beendet.

»Herr Präsident, darf ich nach den Details der Operation fragen?«, fragte Ali – womit er riskierte, den Präsidenten zu verärgern, der bereits aufgestanden war. »Es würde meiner Jagd auf den Spion helfen.«

Rustum biss die Zähne zusammen vor lauter Wut.

»Die Amerikaner haben gesagt, dass es Konsequenzen haben wird, sollten wir Gas einsetzen«, fuhr Ali fort. »Natürlich weiß niemand von uns, was diese törichte Aussage wirklich bedeutet. Ich wette sogar, der amerikanische Präsident weiß es selbst auch nicht. Und wenn der SWR-Bericht zutrifft, haben wir diese rote Linie ohnehin längst überschritten, ohne Ärger zu bekommen, aber ...« Er verstummte.

Rustum lächelte. Assad nickte ihm zu.

»Kleiner Bruder.« Das erste Wort betont. »Wir werden einen Gegenangriff gegen die Rebellen starten. Wir werden ihre Dörfer, ihre Viertel, ihre Tunnelsysteme vergasen. In einigen Monaten werden wir unsere Ruhe haben. Das wird unsere Erlösung sein.«

Erlösung. Bei diesem Wort stürzten die Mauern des Palasts rings um Ali her ein, und er war wieder jung, ein Polizei-Ermittler in Latakia, Layla war mit den Zwillingen schwanger.

Und dein Telefon hat geklingelt, und du findest die drei Kreuze, genagelt an Telefonmasten, drei alawitische Männer gekreuzigt, Hände und Füße mit Gleisnägeln aufgeschlitzt – eine Mimikry der Bibelgeschichte. Blut unten an jedem Mast. Und als du den Mörder gefunden hattest, da sagte der, er werde Syrien in Brand stecken, die Plätze in Schlachtbänke verwandeln und die Gebäude in brennende Särge, um das Ende der Welt einzuleiten. Das wird dann unsere Erlösung sein, sagte er.

»Und Ali«, unterbrach der Präsident stirnrunzelnd diese Erinnerungen. »Ihr Bruder hat Recht: Ihr Plan, den Spion in die Falle zu locken, ist sehr elegant. Aber seien Sie auf der Hut, vor allem bei Ihrer Operation gegen den Amerikaner. Sie kann negative Rückwirkungen und Sabotageversuche auslösen, wie Sie sehr wohl wissen. Ich werde Putin anrufen und ihn um seine Leute bitten.«

»Gewiss, Herr Präsident«, sagte Ali.

Rustum zog verärgert von dannen, Basil im Schlepptau, der Ali mit seinen starren, irgendwie verwaschenen Augen fixierte.

Ali fasste sich an den Hals, die Narbe puckerte. Bevor er ins Auto stieg, zündete er sich eine Marlboro an – wobei ihm positiv auffiel, dass die Hände nicht mehr zitterten.

33

Bouthaina war zehn Jahre jünger als Rustum und, so wie er, durch die Macht korrumpiert. Die Gladiatorenkämpfe des Regimes bildeten das Hauptgesprächsthema des Paares und wirkten zugleich als Aphrodisiakum. In der Regel genossen sie es, über ihre Gegner herzuziehen, doch an diesem Abend schämte sich Rustum derart, dass er sich nicht traute, das Treffen mit Ali und dem Präsidenten zu erwähnen. Und so hatte er Bouthaina gegen Jamil Atiyah zu Felde ziehen lassen, wobei sie ihm erklärte, wie sie den alten Mann bei den Eiern packen wolle. Rustum bot an, Atiyah von Basil überwachen zu lassen, um so weitere Missetaten aufzudecken. Das hatte Bouthaina verärgert. Sie wollte Atiyah selbst überwältigen, zudem wollte sie kein Risiko eingehen. »Zwei Sadisten, die umeinander herumschleichen, der eine ein Pädophiler, der andere, dessen Spitzname daher rührt, dass er andere Menschen skalpiert? Nein, *Habibi*, nein, vielen Dank. Halte du deinen Basil an der Leine. Ich kümmere mich um Atiyah.«

Ein wütender Monolog folgte, der ihn erregte, und als Bouthaina aufstand, um eine zweite Flasche Wein zu öffnen, hatte er sie hochgehoben und aufs Bett geworfen. Es war eine angenehme Ablenkung von Alis Sieg im Palast zuvor.

Rustum neigte nicht zu Selbstbeobachtung, aber als er im morgendlichen Stimmungstief seine Wampe musterte, die Haare betastete, die ihm aus den Ohren sprossen, fragte er sich doch, warum Bouthaina solche Nachlässigkeiten duldete. Er kratzte sich die haarige Brust und ließ den Blick über Bouthainas Körper schweifen: ihr Bauch immer noch flach, ihr Gesicht straff und gebräunt. Die Schönheitsoperationen hatte Rustum bezahlt. Es war ein gutes Investment gewesen.

Er stand auf, zog sich einen Bademantel über und ging in sein Büro. Statt eines Throns stand in der Mitte des palastartigen Zimmers ein Schreibtisch aus Walnussholz, hergestellt aus Teilen eines uralten *Noria*, eines Wasserrads, aus dem Orontes-Fluss in Hama. Rustum setzte sich und las in den Berichten der *Muchabarat*-Leute in der US-Botschaft. Nachdem er die ersten Seiten gelesen hatte, lehnte er sich zurück, betrachtete den Schreibtisch und nippte an seinem Tee. Die Inschrift in dem Holz des rechten Tischbeins deutete darauf hin, dass dieses *Noria* im Jahr 1361 erbaut worden war, um die Große Moschee der Stadt mit Wasser zu versorgen. In der Nähe gab es ein Wäldchen, das ihn an den brutalen Winter von 1982 erinnerte, während des letzten Bürgerkriegs, als er ein junger Leutnant gewesen war. An jenem Tag hatte sich eine Einheit der Rebellen, der Muslimbrüder, der Ikhwan, in einer Wohnung unmittelbar hinter dem *Noria* verschanzt, ihr Scharfschützenfeuer hatte zehn Opfer unter den Soldaten gefordert, bevor sein Kommandeur, der Bruder des alten Präsidenten, befohlen hatte, dass Rustums Zug das Gebäude stürmte. Sie kämpften den ganzen Morgen und rückten immer näher, bis beide Seiten durch das Wasserrad schossen, deren Bruchstücke durch die Luft flogen.

Als sie schließlich in der Wohnung eintrafen, hatte Rustum siebzehn Ikhwan getötet. In der Wohnung schaltete er sechs weitere aus, einschließlich Frauen und Kinder, die unerklärlicherweise zwischen den Kämpfern kauerten. Nachdem sie die Wohnung gestürmt hatten, rauchten er und Basil Zigaretten, ehe sie die Wrackteile des *Noria* aus dem Haufen der Geschosshülsen zusammensammelten. Dann nahmen sie einen Ikhwan-Skalp für jeden ihrer 32 toten Kameraden, womit sie bis tief in die Nacht zu tun hatten. In jener Nacht hatte Rustum Basil zum Bruder gewonnen. Einen Ersatz für jenen, der seinen Vater und zwei Mütter ermordet hatte.

Rustum legte die Rechte auf den Schreibtisch und strich sanft über das Holz. Schließlich fand er den Namen auf der fünften Seite des Berichts, der mit den Fotos aller US-Offiziellen, die in der Botschaft arbeiteten.

Er griff zum Telefon.

»Holen Sie mir Basil«, befahl er einem Adjutanten.

Schon bald hörte Rustum Basils vertrautes Krächzen, die Stimme eines Mannes, dessen Luftröhre in Hama von Geschosssplittern zerfetzt worden war, drei Tage nachdem sie das *Noria*-Holz eingesammelt hatten.

»Ich habe Arbeit für ein paar deiner Jungs. Nicht die Garde. Die Verteidigungskomitees, die Miliz. Sorg dafür, dass die Sache inoffiziell bleibt. Ich möchte eine Botschaft an die Amerikaner senden. Ein Mob soll ein paar Stunden für Chaos in ihrer Botschaft sorgen. Keine Gewalt.«

Basil brummte zustimmend.

Als er sich an Basils Augen erinnerte, während dieser einen der Ikhwan lebendig skalpierte in jener Wohnung, beschloss Rustum, sich seinem Blutsbruder gegenüber präziser auszudrücken.

»Kein Amerikaner soll sterben, Basil. Keine Unfälle. Verstanden?«

»Ja, Kommandeur.«

»Nimm deine besten Männer.«

»Wann?«

»Sobald wie möglich.«

Sam betrat Procters Büro, als einer der Security-Mitarbeiter des Außenministeriums die Chefin anrief und sagte, draußen finde eine Demonstration statt. Hunderte Menschen, alle schwenkten Pro-Assad-Plakate und das Präsidentenporträt wie religiöse Fanatiker. »Haben Sie Hunderte gesagt?«, fragte Procter. »Was machen die *Muchabarat*-Schläger da draußen? Nichts? Ich hab's doch gewusst. Okay, ich komme rauf.« Sie verließ ihr Büro und fing an, die Mitarbeiter der Station anzuschreien. »Wir befinden uns in Zerstörungsphase Teil 1. Uns bleiben exakt zwei Minuten, um sämtliche Unterlagen zu schreddern.«

Phase 1 bezog sich auf die Zeit, die es dauern würde, bis ein Team feindlicher Kräfte die Umzäunung durchbrach und die Station erreichte. Sam glaubte, dass es sich eher um drei Minuten handeln würde, aber Procter war extrem pingelig.

Procter herrschte den Mitarbeiter der Station an, die Aktenvernichter mit Säureunterstützung einzuschalten, die imstande waren, Festplatten zu zerbröseln und bis zu fünfzig Seiten geheimes Material auf einmal zu zerkleinern. Ein Kommunikationstechniker eilte mit einem großen Stapel technischer Handbücher – unerklärlicherweise ausgedruckt – herbei und begann, sie in die Schredder zu werfen, als füttere er einen Gartenhäcksler.

»Wir befinden uns nicht in Zerstörungsphase 2 – elektronische Medien –, aber als Vorsichtsmaßnahme entfernen wir alle Festplatten, und legen sie in den Tresor.«

Die Station besaß ein kleines Arsenal an M4-Karabinern, Pumpguns und Beretta-Pistolen – für den Fall, wie Procter gern sagte, dass die Dinge würzig wurden. (Zerstörungsphase 3 – Ausschleusung des Personals und Selbstverteidigung der Mitarbeiter). »Ich gehe nach oben und bin gleich zurück – niemand rührt die verdammten Waffen an!«

»Solltest du nicht eine mitnehmen, Chief?«, fragte Zelda.

»Oh, Z«, sagte Procter und schüttelte den Kopf. »Süße, süße Z.« Sie warf ihr einen Kuss zu und marschierte los.

Sam und Zelda nahmen ihre Festplatten aus den Rechnern und legten sie in den Safe. Dann deutete Sam zur Tür. Zelda nickte.

Er schloss die Sicherheitstür der Station hinter ihnen. Während sie die Treppe zur Verwaltung im zweiten Stock hinaufstiegen, drangen die Rufe des Mobs immer deutlicher zu ihnen.

Zelda sah nicht gut aus. Sam holte auf, stellte sich neben sie und erklärte: »Keine Waffen in einer solchen Lage. Wenn wir jemand töten würden, würde die Menge durchdrehen. Und selbst wenn wir die Waffen gebrauchen würden, würden wir am Ende überrannt werden. Wir hätten es dann mit einem zweiten Teheran zu tun.«

Im zweiten Stock tippten sie die Geheimzahl ein und betraten die Räumlichkeiten der Botschaft. Die Büros und Arbeitsplätze der Botschaftsangehörigen waren verwaist. Alle standen an den Fenstern und beobachteten, was sich dort unten abspielte.

Die Menge fing an, Müll auf das Botschaftsgelände zu werfen. Eine Tomate prallte gegen die Fensterscheibe. Einer der Beamten der Staatspolizei sprang erschrocken vom Fenster zurück. Nächstes Wurfgeschoss: ein verwelkter Salatkopf. Bald prasselte eine Salve von gammeligem Obst und Gemüse gegen die Fenster wie ein Hagelsturm. Ein ranziger Geruch waberte durch die Räume.

Der Botschafter blickte aus dem Fenster und verzog das Gesicht. Erst kürzlich hatte er den Zorn des Regimes auf sich gezogen, als er ohne Genehmigung an einer Demonstration in Hama teilgenommen hatte. Da er, so wie Sam und Procter, fließend Arabisch sprach, verstand er, dass der Mob einen Sprechgesang gestartet hatte, in dem er als Hund bezeichnet wurde. Procter lächelte.

Einer der Security-Mitarbeiter der Botschaft deutete auf den Zaun, der die Botschaft umgab. »Der widersteht der Kletterei und hält sich tapfer. Das ist ein Spitzenprodukt.«

»Er *widersteht* der Kletterei und hält sich tapfer? Ist ja toll«, entgegnete Procter, während sie an verschiedenen Stellen durch das schlierige Fenster schaute, um eine bessere Sicht auf die Straße zu haben.

Sam sah zwei Männer den Zaun heraufklettern. Mehrere Marinesoldaten liefen los und forderten die Kletterer auf, sich zurückzuziehen. Aber die ließen sich nicht beirren. Dann sprang ein weiterer Mann auf den Zaun. Dann noch einer.

Sam fiel auf, dass einer der Kletterer eine syrische Flagge trug. Zelda kam zu ihm herüber. »Die werden doch wohl nicht das Gebäude stürmen, oder?«

Sam schüttelte den Kopf. »Das glaube ich nicht. Sehen Sie die Flagge da? Die schicken ein paar Leute aufs Gelände, die unsere Fahne runterholen sollen. Wenn sie die Botschaft stürmen wollten, würden sie mehr reinschicken.«

Alle vier Männer standen im Innenhof. Sie begannen, die Amerikaner in den oberen Stockwerken mit obszönen Gesten zu bedenken.

»Der Zaun hat keinen besonders großen Widerstand geleistet«, sagte Procter.

Niemand sonst versuchte, über den Zaun zu klettern, die Marines hatten den Kampf verloren und zogen sich ins Gebäude zurück. Einem der Männer wurde über den Zaun ein Brecheisen zugeworfen. Die Männer fingen an, am Botschaftsgebäude hinaufzusteigen.

Einer erreichte das Dach und kletterte den Flaggenmast hinauf, zog die amerikanische Fahne herunter und ersetzte sie durch die der Syrisch-Arabischen Republik. Triumphierend, begleitet von einem Crescendo von Anfeuerungsrufen aus der Menge, hielt er die »Stars and Stripes« in die Höhe. Dann steckte er sie sich in die Hose.

»Der Kerl mit dem Brecheisen ist jetzt oben auf dem Dach«, sagte einer der politischen Mitarbeiter des State Departments.

Seine Position auf dem Dach erlaubte es dem Syrer, über einen schmalen Innenhof hin zu den Amerikanern zu schauen. Wieder machte er obszöne Gesten, und dann begann er, auf die Klimaanlage einzuschlagen, wobei er ein paarmal innehielt und dem Mob auf der Straße irgendetwas zurief. Sam hörte, wie die Ventilatoren ausgingen.

»Dieser Dreckskerl von *Schabiba*«, sagte Procter. »Da draußen sind vierzig Grad.«

TEIL IV

– Gejagt –

34

Ali beobachtete, wie die Hitze vom asphaltierten Rollfeld des Militärflughafens Mezzeh am westlichen Stadtrand von Damaskus aufstieg. Er rauchte eine Marlboro, aber die Hitze hatte ihm jede Freude daran genommen. Er sah auf die Uhr. Sein Armband war schweißnass. Halb eins. Gleich würde das russische Team ankommen. Kanaan zog die Anzugjacke aus und legte sie sich über die Schultern. »Wollen wir nicht drinnen warten, Chef?«

Ali schüttelte den Kopf und blickte in den Himmel. »Nein. Wir begrüßen sie persönlich.« Er schob die Sonnenbrille tiefer auf die Nase, um besser sehen zu können, als am Himmel ein metallisches Glitzern erschien.

Ali drückte gerade die Zigarette aus, als die Frachtmaschine durch die Wolkendecke stieß. Bei ihrer Landung zündete er sich die nächste an. »Auf geht's«, sagte er zu Kanaan. In dem heranrollenden Flugzeug befand sich ein Team von zwölf Offizieren des SWR und des russischen Inlandsgeheimdienstes FSB. Alle hatten Erfahrung mit Anti-CIA-Operationen, ob in Moskau oder Washington. Die Russen unter dem Befehl eines SWR-Generals namens Wolkow wollten sich mit Ali zusammenschließen, um den CIA-Agenten Samuel Joseph aufzuspüren und in die Falle zu locken. Ali hielt sich eine Hand über die Augen gegen die Sonne. Die Propeller des Flugzeugs hörten auf, sich zu drehen, der Frachtraum öffnete sich.

Wolkow – Ali kannte ihn aus den Akten des *Muchabarat* – trat als Erster von der Rampe herunter in die sengende Hitze. Seine Männer gingen hinter ihm, schleppten große Kisten mit Ausrüstung aus dem Bauch des Flugzeugs. Wolkow trug eine Pilotenbrille und eine braune Bomberjacke. Ali, der sich die schweißnasse Hand rasch an der Hose abgewischt hatte, als er Wolkow herankommen sah, schüttelte Wolkows Pranke. Auf Englisch sagte er: »Herzlich willkommen in Syrien, General.«

»Es ist mir eine Freude, in einer so wichtigen Angelegenheit hier zu sein«, erwiderte Wolkow, drehte sich um und machte seinen Männern Zeichen, die Kisten und Kästen aus dem Flugzeug zu karren.

»Nur die Hälfte enthält Wodka.« Wolkow lachte, Ali ebenso.

Ein Überwachungs-Van fuhr aus dem Flugzeug aufs Rollfeld. Dann noch mehr Kisten, gefolgt von zwei weiteren Überwachungs-Vans.

»Wir werden diesen Amerikaner verficken«, sagte Wolkow, der große Freude daran hatte, vulgäre englische Ausdrücke zu verwenden – allerdings nur ungefähr richtig. »Ich hatte zwei Einsätze in Washington, bei denen ich gegen sie operiert habe. Das hier wird mir eine Ehre sein.«

»Wir werden ihn gemeinsam ausspähen.« Dieser Russe gefiel Ali schon jetzt.

Noch ein Transporter rollte aus dem Flugzeug.

»Wo sollen wir das ganze Zeug bloß unterbringen?«, fragte Kanaan Ali auf Arabisch.

Kanaan nahm den Verlust seines Büros leichter, als Ali erwartet hatte. Am späten Nachmittag hatten sich die russischen Überwachungs-Gurus eingerichtet und sich sofort an die Arbeit gemacht.

Ausgestattet mit Karten, Echtzeit-Videos, Audiofeeds und Fotos von Samuel Joseph und seinen bekannten oder mutmaßlichen CIA-Kollegen, richteten sie ihre Kommandozentrale ein.

»Das sieht ja fast so aus, als wollten wir uns besaufen und den Amerikaner umbringen«, hatte Ali gegenüber Wolkow gewitzelt und auf die Kisten mit Wodka und die omnipräsenten Fotos des CIA-Offiziers gedeutet. »Keine schlechte Idee, General«, hatte der Russe mit todernster Miene geantwortet. »Gar keine schlechte Idee.«

Gemeinsam verfolgten sie Samuels bekannte Routen durch Damaskus. Die Russen gingen sie mit Ali und seinen Männern ab, um zu verstehen, wie Samuel Joseph sich draußen im Einsatz verhielt. Obwohl sich das übrige Team in der mittsommerlichen Hitze für kurzärmlige Hemden entschieden hatten, behielt Wolkow die Lederjacke an.

Sie überwachten Samuels Telefongespräche und Skype-Telefonate; einer von Kanaans Männern brach in dessen Wohnung ein und installierte Abhörgeräte. In dem Bericht hieß es, die Wohnung sei spärlich möbliert, bis auf den Kühlschrank, der mit reichlich Nachschub an geschmuggeltem Coors Light bestückt sei.

Sie teilten sich in sieben Teams auf – vier russische, drei syrische –, die in Autos, zu Fuß und auf festen Posten operieren konnten.

Die Russen unterwiesen die Teams in den Besonderheiten der Operationen der CIA in »Denied Areas«, Gebieten mit starker feindlicher Überwachung; wie die Amerikaner in Moskau operierten, wie sie sich auf der Straße verhielten, die Funktionsweise von CIA-SDRs. (»Die sind lang, General, in manchen Fällen bis zu fünfzehn Stunden. Machen einen müde.«)

Die Russen zeigten Überwachungsmaterial aus Moskau. Sie gingen mit den Syrern die Trainingseinheiten zur Entdeckung von Überwachung und Gegenüberwachung durch, die auch frisch rekrutierte SWR und FSB-Geheimdienstler absolvierten. Kanaan machte sich Notizen, wie der übereifrige Schüler, der er war.

Sie drillten ihre Leute. Einer der Russen, ein SWR-Offizier, spielte Samuel in diesen Simulationen. Sie schauten zu, wie Samuel versuchte, sie in Damaskus abzuhängen oder sie davon zu überzeugen, dass er, wie die CIA sagte, black sei. Am Beginn gewann er. Doch bald waren sie an ihm dran; sie nahmen die richtigen Einschätzungen vor, beobachteten bei laufendem Videofeed, wie er in einem Safe House seine Rolle probte, überwachten das Hinein- und Hinausgehen, um seinen Agenten zu erspähen, wenn das fingierte Treffen endete.

Sie folgten Samuel auf Schritt und Tritt. Wolkow kannte sich darin aus, wie man die Zielperson im Auge behielt und gleichzeitig die Entfernung zwischen ihr und den Teams vergrößerte. Er besaß ein Gespür für Orte, an denen man feste Posten installieren konnte. Es schien, als würde seine Aufmerksamkeit für Details niemals nachlassen – obwohl er Wodka wie Wasser trank.

Bei Zigaretten und Wodka – Ali bemühte sich, Geschmack an Wodka zu finden, beziehungsweise das Getränk wenigstens zu vertragen –, erzählte er Wolkow von dem Plan, den er Assad vorgeschlagen hatte und mit dem Samuel Joseph in die Falle gelockt und ein weiterer Spion gefunden werden sollte.

»Einfallsreich, Ali. Riskant, aber einfallsreich.« Sie stießen miteinander an. Wolkow füllte die Pappbecher nach.

Ali schaute gebannt auf das Porträtfoto von Assad über seiner Tür, als ein Klopfen den Blick des Präsidenten unterbrach. Es war schon sehr spät, aber Kanaan hatte kaum das Zimmer betreten, da merkte Ali, dass er schlechte Nachrichten für ihn hatte. Er bedeutete ihm, sich an den Tisch zu setzen, und bot ihm eine Zigarette an. »Erzählen Sie. Es ist schon spät.«

Kanaan nahm Platz und die Zigarette entgegen. »Wir setzen großes Vertrauen in sie, Chef. Vielleicht zu viel.« Er zündete die Zigarette an und lehnte sich zurück auf seinem Stuhl.

Ali hob eine Braue. »Sie haben Zweifel?«

»Wir verlangen viel von ihr.«

»Sie wird belohnt werden. Das habe ich deutlich gemacht. Und wir wollen nicht, dass die Sache sich hinzieht. Sie ist kein ausgebildeter Geheimdienstler, ich habe nicht die Absicht, sie länger als einen Monat einzusetzen. Sobald wir das Gerät haben, ist ihre Arbeit erledigt.« Ali blickte wieder zum Assad-Porträt hinauf und drückte seine Zigarette aus. »Was hat sie gesagt? Ist etwas passiert?«

Kanaan schob die Unterlippe vor und blies eine Rauchwolke Richtung Decke. »Es ist nichts passiert, aber ich denke, wir sollten uns sicherer sein, dass wir sie im Griff haben.«

Ali stand auf und legte die Hände auf die Stuhllehne. Beugte sich vor und streckte den Rücken. Ging zum Bücherregal, öffnete eines der landwirtschaftlichen Bücher, die der vorherige Bürobesitzer zurückgelassen hatte, und strich mit der Hand über den staubigen Einband. Er vertraute Kanaans Instinkten. Er stellte das Buch ins Regal zurück. »Haben Sie einen Vorschlag?«

Kanaan nickte. »Die übliche Methode, Chef. Wir haben fünf von Fatimah Waels Verwandten verhaftet, um Bouthainas Arbeit gegen die Opposition zu unterstützen. Wir sollten in diesem Fall das Gleiche tun. Natürlich wird niemand schlecht behandelt. Wir müssen nur die Botschaft senden, dass wir alles unter Kontrolle haben.« Er drückte die Zigarette aus. »Die

Cousine zum Beispiel hat den Präsidenten öffentlich aufgefordert, zurückzutreten.«

Ali brummelte irgendetwas. »Machen Sie den Papierkram fertig.« Dann steckte er sich die nächste Zigarette an.

35

Mariam vollführte mit der Hand die erregenden Bewegungen, die sie sich als Teenager beigebracht hatte; ihre Gedanken schweiften zurück an die Côte d'Azur, und sie stellte sich vor, wie sie Sam in sich einführte. Sie genoss die Wellen, die ihren Körper durchliefen, und wendete so lange Druck an, bis sie das zerstörte Nagelbett an der rechten Hand bemerkte, was sie auf grausame Weise nach Damaskus zurückkehren ließ, ehe die Anspannung sich in einem wohligen Schauer löste. Mariam hatte den Atem angehalten, jetzt holte sie Luft und fluchte, als sie das Licht einschaltete und sich aufsetzte, um sich den Finger anzuschauen. Sie nahm auf der Bettkante Platz, sah die Jalousien vor dem Schlafzimmerfenster – ganz unten, heute Abend kein Signal – und spürte, wie Übelkeit an die Stelle der Lust trat. Es war ihr alles zu viel. Sie hatte diese verdammte Entspannung gebraucht. Sie wurde in so viele Richtungen gezerrt: mit der CIA zusammenarbeiten, Fatimah Wael aushorchen, sich vor Jamil Atiyah und Ali Hassan schützen. Nur in der Zusammenarbeit mit Sam fühlte sie sich frei. Alles andere bewirkte nur, dass sie sich wie eine Schurkin vorkam.

Sie zog sich an und rief Razan an. »Kommst du, *Habibti*?«, fragte sie, während sie im Hintergrund das inzwischen vertraute Piepen in Onkel Daouds Krankenhauszimmer hörte. Morgen in aller Frühe würde sie nach Italien fliegen, aber davor musste sie sich noch mit ihrer Cousine treffen. Ihre Cousine Razan hatte nicht oft das Krankenhauszimmer von Onkel Daoud verlassen, aber sie konnte eine Pause gut gebrauchen. Auch Mariam konnte ein wenig Entspannung gut gebrauchen. Ein wenig zu viel trinken, Zigaretten rauchen, einschlafen und gemeinsam mit Razan auf dem Sofa einen amerikanischen Film schauen. »Sei in zwanzig Minuten bei mir, *Habibti*.«

Razan hatte Belvedere-Wodka mitgebracht statt des billigen Fusels, den sie im Studium getrunken hatten. »Den brauchen wir, Mädel«, sagte sie, präsentierte die Flasche und stürmte an Mariam vorbei in die Wohnung. In der Küche kippten sie zwei Gläser, anschließend traten sie auf den kleinen Balkon, um zu rauchen, wobei sie die Flasche mitnahmen. Die Shot-Gläser ließen sie in der Wohnung.

»Ging es deinem Vater gut heute?«, fragte Mariam über die Brüstung gelehnt.

»Ja. Es geht ihm jeden Tag besser«, sagte Razan. »Die Ärzte glauben, dass er in ein paar Tagen entlassen werden kann. Hast du von der Beförderung gehört?« Ihre Züge verdüsterten sich.

Onkel Daoud war vorgeschlagen worden, die Abteilung 450 zu leiten und damit seinen getöteten Chef Shalish zu ersetzen.

»Ja.« Sam und die CIA würden sich riesig freuen. Razan hasste es. Mariam wollte nur, dass der Onkel aus dem Krankenhaus herauskam.

»Also Italien?«, fragte Razan und wechselte das Thema.

»Ja. Das ist eine Palast-Angelegenheit.«

Razan zog an der Zigarette und befingerte unbewusst ihre Augenklappe. Normalerweise vergaß Mariam, dass sie überhaupt da war, aber manchmal war es schlechterdings unmöglich, sie zu ignorieren.

»Wie geht's deinem Auge?«

»Gut. Außer, dass ich damit nicht mehr sehen kann.«

Mariam packte die Brüstung. Zum Glück machte sich der Alkohol bemerkbar. Sie trank einen Schluck und reichte die Flasche Razan, die ebenfalls einen Schluck nahm und die Flasche zurückreichte. Während Mariam wieder einen Schluck trank, wurde ihr klar, dass sie Razan immer geliebt hatte, sie jedoch erst jetzt wirklich verstand. Auch sie war frei. Plötzlich wollte Mariam ihr alles erzählen.

»Du weißt, dass ich dich lieb habe, ja?«, sagte Mariam. »Dass ich dich mehr liebe als den Palast?«

»Wir sind wie Schwestern. Natürlich weiß ich das.«

»Hattest du wieder Kontakt mit dem Widerstand?«

Razan grinste und trank wieder einen Schluck. »Und wenn?«

Mariam küsste sie auf die Wange und flüsterte ihr zu: »Dann würde ich sagen, dass ich dich noch mehr liebe.«

Verblüfft öffnete Razan den Mund, aber Mariam verschloss ihn mit der Hand und küsste sie auf die Stirn.

»Ich habe etwas für dich.«

Es war ein schwarzes Kleid mit Rüschenärmeln, das sie in Paris gekauft hatte. Mariam hatte nie den richtigen Zeitpunkt gefunden, ihr das Kleid zu schenken. In der Wohnung schlüpfte Razan aus ihrer Kleidung und zog das Kleid an, glättete den Saum, während Mariam den Reißverschluss zuzog. Razan drehte sich um die eigene Achse. »Es ist wunderschön, *Habibti*.« Mariam nippte an dem Wodka, dann reichte sie die Flasche Razan, die Mariams Hände betrachtete, als sie die Flasche herüberreichte. Sekundenlang standen sie sich in dem Wohnzimmer gegenüber. Razan behielt Mariam im Blick, während sie trank.

»Du weißt doch, dass ich dich mehr liebe als die Rebellenkomitees, *Ukhti*?«

Mariam nickte.

»Das weißt du doch, *Ukhti*?«, fragte Razan noch einmal.

Mariam vergoss eine Träne. Sie wischte sie weg. »Ja, *Habibti*. Sicher.«

Razan trank wieder einen Schluck und stellte die Flasche auf den Couchtisch. Trat einen Schritt in Richtung Mariam und fasste ihre rechte Hand. »Dann sage mir bitte, warum du das hier tust?« Sie strich über eine schorfige Stelle an Mariams Finger.

Inzwischen spürte Mariam deutlich die Wirkung des Wodkas, sie kämpfte gegen den Impuls an, alles auszuplaudern. Doch sie blieb stumm, sah Razans Finger sanft über die ihren streichen. Wieder vergoss sie eine Träne.

»Vielleicht würde dir noch etwas Wodka helfen?« Razan nahm die Flasche, trank einen Schluck und wollte sie Mariam reichen.

Da klopfte es laut an der Tür.

Das Klopfen. Mariam kannte es, Razan ließ die Flasche fallen und wich einen Schritt von der Tür zurück. »O nein, bitte nicht«, sagte sie leise. Mariam beobachtete die Tür. War das hier ein Traum, und die Person, die da anklopfte, würde wieder verschwinden? Entschuldigen Sie! Wir haben uns in der Wohnung geirrt, Fräulein Haddad. Es ist ein furchtbares Versehen.

Wieder ein Klopfen. »Sicherheitsamt, machen Sie auf. Sofort.«

»O verdammt, bitte nicht.« Razan wich einen weiteren Schritt von der Tür zurück.

Mariam öffnete die Tür – und erblickte Ali Hassan und seinen Adjutanten, den, der sie angerufen und ihr Fragen über Sam gestellt hatte, nachdem sie aus Frankreich zurückgekehrt war. Bevor sie angefangen hatten, Druck auf sie auszuüben, bevor sie die Krallen in ihr Fleisch gebohrt hatten, bevor sie ihnen gehörte. Ihr fiel auf, dass beide Männer an ihr vorbei zu Razan hinüberschauten. »Guten Abend, Fräulein Haddad«, sagte Ali. »Dürfen wir hereinkommen?«

Mariam ließ die beiden Männer ins Zimmer. Ali wirkte entspannt, doch Kanaan hatte den Blick fest auf Razan gerichtet, die weiter von der Tür zurückwich. Ali zog ein Blatt Papier aus der Brusttasche und las laut daraus vor. Mariam verstand die ersten Worte – »*Auf Anordnung des Präsidenten und per Vollmacht aufgrund des Notstandsgesetzes aus dem Jahr 1963 spricht das Oberste Gericht der Staatssicherheit Razan Haddad der Schwächung des Nationalgefühls schuldig* ...«; aber dann hörte sie Ali nicht mehr, nur einen Schrei und das Geräusch, wie die Beine ihrer Cousine den Seidenstoff ihres Kleides streiften, als sie zur Balkontür lief. Razan hantierte mit der Tür, aber die Finger versagten den Dienst, wegen der Angst und des Alkohols, und da wurde Mariam klar, was Razan vorhatte. Die Tür glitt auf. Und dann lief Mariam los, rief Razans Namen, so wie sie es auf der Demonstration getan hatte, auch wenn ihre Cousine zu schützen jetzt bedeutete, sie dem *Muchabarat* zu übergeben, anstatt sie vor diesen Leuten zu retten. Mariam hörte, dass sich auch Ali und Kanaan in Gang setzten, aber sie hatte einen Schritt Vorsprung und gelangte unmittelbar hinter Razan auf den Balkon.

Das Kleid zerriss, als Razan das rechte Bein auf die Brüstung hob, sie wollte schon springen, als Mariam sie an der Schulter packte und zurückriss. Sie stürzten, Razans Rücken drückte gegen Mariams Brust, bis Mariam mit dem Kopf auf den Teppich innerhalb der Balkontür fiel. Mariam konnte nicht klar sehen, aber sie spürte, wie Razan sich befreien wollte, und zog sie fest an sich. Razan schrie und fing an zu schluchzen.

»Bitte, Mariam, bitte, ich will nicht mit denen mitgehen. Lass mich los, lass mich springen, es geht ganz schnell. Ich werde schon nichts spüren.«

Razan versuchte, sich loszureißen. Mariam hielt sie fest.

»Wir können es zusammen machen«, sagte Razan. »Bitte, bitte, *Habibti*, zwing mich nicht, dass ich mit ihnen gehe.«

Mariam weinte, sie fühlte die Seide des Kleids und hielt ihre Cousine fest. Razan erschlaffte, wehrte sich nicht mehr, und ihr Atem ging langsamer. Sie blickte auf. »Der Himmel ist so klar heute Abend, *Ukhti*«, sagte sie schließlich lallend. »Ich sehe sogar ein paar Sterne.«

Sanft zog Ali Razan vom Boden hoch, dann legten die Männer ihr Handschellen an und lasen die Anklage noch einmal vor. Jetzt war Razan still. Kanaan führte sie aus der Wohnung. Ali blieb stehen. Mariam saß auf dem Boden und überlegte, ob sie ihn umbringen sollte.

»Warum, General?«, entfuhr es ihr.

Ali gab ihr keine Antwort. Er ging zur Tür, stellte auf dem Weg die Flasche Wodka gerade hin. »Wenn Sie Ihre Aufgabe in Italien erledigen, wird ihr nichts geschehen. Das Schicksal Ihrer Cousine liegt in Ihrer Hand.«

36

Gefühlsausbrüche von Station Chiefs der CIA-Niederlassungen waren nichts Ungewöhnliches. Einige Veteranen ermunterten sogar zu derartigem Benehmen, weil sie glaubten, es sei entscheidend für die operative Disziplin einer Residentur. Normalerweise fanden die Wutausbrüche im Büro des Chefs statt – ein sicherer Ort, zumindest für den Chief – und legten sich dann rasch wieder. Sams Chef in Bagdad hatte einmal einen Case Officer während einer Personalsitzung auf den Hinterkopf geschlagen, weil dieser die Verteilerliste für eine Depesche vermasselt hatte. In Kairo hatte Bradley die Case Officer mitunter wegen der kleinsten Fehler abgekanzelt. Sam sah in Ed fast so etwas wie eine Vaterfigur, aber trotzdem wurde er von Ed vor versammelter Mannschaft zusammengestaucht, wenn er ein paar miserable Lage-Depeschen verfasst hatte.

Artemis Aphrodite Procter kam aus der gleichen Schule.

»Die Anlage in Dschabla ...«, Zelda hüstelte – und ahnte schon, dass der restliche Satz von Procter keinesfalls freundlich aufgenommen werden würde, »... ist evakuiert worden.«

Procter nahm einen Becher, der aktuell als Bleistifthalter fungierte, und schmiss ihn an Wand. »Heiliger Scheißteufel! Diese Weicheier in D.C. murksen schon seit Wochen herum«, schrie sie. »Die haben ein gottverdammtes Urteil unterzeichnet und nichts gegen dieses gottverfluchte Scheiß-Sarin unternommen. Die hätten ein paar Präzisionsbomben draufschmeißen sollen, als sie noch die Gelegenheit dazu hatten.« Sie kramte nach Süßigkeiten, fand keine und knallte die Schreibtischschublade wieder zu. Leise sagte sie: »Scheiße.«

Sam, der den Ausbruch vom Tisch der Chefin aus beobachtet hatte, sah, dass Zelda die Keramikscherben von ihrem Rock und ihrer Bluse pflückte. Ihr Gesicht war ausdruckslos, und er staunte, wie gleichmütig die Analystin auf Procters unkonventionelles Gebaren reagierte – beziehungsweise nicht mehr hinhörte.

Sam warf einen Blick auf den Bericht. In der Kommentar-Box fand sich auch die Einschätzung des Analysten, dass die rappelvollen Laderampen, die reichlich vorhandenen Gabelstapler sowie das generelle Chaos auf dem VIP-Parkplatz darauf hindeuteten, dass die Republikanischen Garde und das SSCR Dschabla evakuiert und das Sarin mitgenommen hatten. »Wohin, können wir nicht beurteilen«, schloss der Bericht.

Sam warf den Bericht auf den Tisch, trat über die Bruchstücke des Bechers hinweg und setzte sich. Immer noch lag der Geruch nach vergammeltem Obst in der Luft, so wie überall auf dem Gelände der Botschaft. Zwar hatten die Botschaftshandwerker die geringfügigen Schäden an den Schildern rasch behoben und die Graffiti entfernt, aber der Geruch war noch da. Sam zwickte sich die Nase und holte tief Luft durch den Mund. »Die Evakuierung ist zu schnell vonstattengegangen, Chefin. Irgendwer hat denen gesagt, dass wir Bescheid wissen.«

»Ich weiß«, erwiderte Procter. »Wie viele Leute in D. C. haben diesen Bericht angefasst, was meinst du? Zehntausend. Wahrscheinlich. Zehntausend gottverdammte Verdächtige. Und nun werden wir *umsetzbare* Nachrichten produzieren müssen, umsetzbare, Jaggers, soll heißen: dass wir daraufhin bombardieren und unserem Präsidenten mitteilen dürfen, wohin die das ganze

Zeug geschafft haben, als sie Dschabla geschlossen haben. Ist doch super.«

Sam erinnerte Procter daran, dass sie mit Bradley und der Leiterin der Gegenspionage, Samantah Crezbo, über ATHENAS verschlüsseltes Covcom-System sprechen mussten. »Ein Meeting?«, sagte die Chefin. »Herrgott noch mal.«

Die sichere Videokonferenz begann mit Procters Eröffnungsstatement, sobald der pixelige Bildschirm aufleuchtete und Bradleys Büro zeigte: »Diese Meetings, Ed, verflucht noch mal, wir haben so viele scheiß Meetings. Dieses Land brennt bis auf die Grundmauern ab, und ich bin in Meetings, quatsche herum und beantworte sinnlose E-Mails deines Assistenten zu der Frage, wann ich an weiteren Meetings teilnehmen kann. Wie sollen wir hier draußen Operationen durchführen, wenn wir ständig an diesen Meetings teilnehmen müssen? Ich meine, verflucht noch mal.«

»Das ist das übliche Vorgehen, Artemis«, rief Bradley, wobei er mit ihrer Lautstärke gleichzog.

»Das übliche Vorgehen für wen? Ed, ich komme mir vor wie eine Sioux-Stammesfürstin – ist das das richtige Wort für eine Chefin? – bei diesen ewigen Powwows.«

Sam kaute auf der Innenseite seiner Wange herum. Zelda blickte auf den Fußboden von Procters Büro.

Nach der Eröffnungsbombe seitens der streng genommen untergebenen Procter riss Crezbo ungläubig den Mund auf – und er stand immer noch teilweise offen, als Bradley antwortete: »Halt die Klappe, Artemis. Wenn wir ATHENA ein topmodernes verschlüsseltes Kommunikationssystem an die Hand geben wollen, müssen wir sicherstellen, dass die Gegenspionage zustimmt. Wir händigen so ein System nicht einfach aus, zumal bei der Warteschlange für den Zugang zur Plattform.«

»Können wir mit den Informationen beginnen, die ihre jüngsten Nachrichten bestätigen?«, fragte Crezbo. »Anstatt übereinander herzufallen? Ich habe die Einschätzungen der Agentin gelesen. Sieht alles okay aus.«

»Ja, Ma'am«, sagte Procter, die sich gefasst hatte und in die Richtung der Analystin zeigte. »Zelda hat die Datenbanken nach unterstützenden Hinweisen durchforstet. Wir haben gutes Zeug.«

Zelda hüstelte und schob ihre Papiere hin und her. »Zusätzlich zu den Berichten über die Anlage in Dschabla gibt es noch vier SIGINT-Berichte, die ATHENAs Informationen bestätigen«, sagte Zelda. »Die NSA hat die Telefone mehrerer der involvierten Vermittler angezapft, die während der Operation Bouthaina identifiziert wurden. Drei von diesen Berichten zeigen dieselben Transaktionen, die wir auch in Bouthainas Rechner gesehen haben.« Sie hustete und trank einen Schluck Wasser aus einem Becher mit einer Comiczeichnung von Baschar. Sam betrachtete die Scherben des anderen Bechers auf dem Fußboden.

»Ist notiert«, sagte Crezbo. »Ed, ich denke, der Fall genügt den Anforderungen. Er erfüllt die Bedingungen, die wir auch in anderen Abteilungen gestellt haben.«

»Okay. Seht mal, liebe Leute«, sagte Bradley. »Ich schiebe ein paar Agenten in der Warteschlange zur Seite, damit ihr dieses Dingsbums bekommt. Wir geben ATHENA eins davon, weil der Strom ihrer Berichte bislang extrem vielversprechend ist und wegen dieser Bestätigung. Wir schicken es mit Diplomatengepäck nach Rom. Ihr könnt es ihr in der Toskana aushändigen.«

37

Mariam fand, dass Fatimahs Augen trübe aussahen, obwohl die toskanische Sonne durch das Fenster ihrer palastartigen Villa schien. Die Widerstandskraft war verschwunden, ersetzt durch Hass auf sie, Mariam.

Ali hatte Fatimahs Mutter, eine Tante und einen Onkel sowie zwei Cousinen verhaftet. Mariam zeigte auf die untere Hälfte der Liste, auf den nächsten Verwandten, der verhaftet werden würde. Zugleich kämpfte sie gegen den wütenden Schmerz an, der sie auf den Treffen mit dieser Frau begleitete.

»Alle werden gut behandelt, Fatimah, Sie haben mein Wort. Aber wir werden die Liste weiter abarbeiten, bis Sie sich fügen. Wenn wir der Sache auf den Grund gegangen sind, und Sie haben nicht kooperiert, kann ich nicht versprechen, dass Sie gut behandelt werden.« Mariam schob der Frau das Papier über den Tisch hinweg zu, diese hatte ihr weder Tee noch eine Erfrischung angeboten, und ihre Hand umklammerte jetzt krampfhaft die Lehne ihres Samtsofas.

»Der Preis ist immer noch derselbe?«, fragte Fatimah eisig.

»Ja.«

»Und Sie werden sie freilassen, wenn ich diese Lügen verbreite, die Sie von mir verlangen, sobald ich nach Hause komme?«

»Ja.« Mariam erwiderte Fatimahs Blick, um festzustellen, wie sie darauf reagierte, was sie gleich sagen würde. »Und sie werden frei bleiben, solange Sie schweigen.«

Fatimah rieb sich die Augen und blickte aus dem Fenster, fast sehnsüchtig, dachte Mariam, als wollte sie hinausspringen. Für einen Moment saß sie da, in Gedanken versunken. »Ich mache das, Mariam. Aber Sie stecken jetzt mit dem Teufel unter einer Decke. Alles andere haben Sie verloren.«

Mariam ließ sich nichts anmerken, doch tief im Inneren spürte sie die Kraft von Fatimahs Verdammung. Denn sie wusste, dass sie, zumindest teilweise, zutraf. »Sowie Sie sich aus dem Nationalrat zurückgezogen und Ihre Denunziationen schriftlich abgegeben haben und nach Hause gekommen sind, werden diese Menschen freigelassen. Sie haben das Wort des Palasts«, sagte Mariam.

Als sie aufstand und gehen wollte, folgte ihr Fatimah zur Tür.

»Um ihretwillen, zögern Sie es nicht hinaus«, sagte Mariam und wandte sich zum Gehen.

»Noch eines«, rief Fatimah. Mariam drehte sich um und machte einen Schritt in Richtung Tür.

»Ja?«

»Es tut mir leid, dass die Rebellen-Scharfschützen Ihren Onkel nicht töten konnten«, sagte Fatimah wutentbrannt. »Wie ich höre, hat der Unmensch überlebt.«

Dann spuckte Fatimah ihr ins Gesicht. Der Speichel rann Mariam die Stirn herunter und tropfte ihr in die Augen.

An jenem Abend joggte Mariam durch das Hügeldorf Montalcino, die steilen, kopfsteingepflasterten Straßen hinauf in Richtung einer heimeligen Kirche mit einer Steinsäulenhalle. Sie war leer und dunkel in der Abenddämmerung, die doppelflügelige Tür stand weit offen. Mariam ging hinein und nahm auf einer der Bänke Platz. Dicke Marmorsäulen flankierten den Kirchenraum, die Fenster in der Kuppel über dem Altar erhellten die kunstvollen Skulpturen zweier Engel, die über Christus und die Madonna wachten. Die Haddads waren Christen, doch sie gingen nicht in die Kirche. Das letzte Mal, dass Mariam eine Kirche besucht hatte, lag sechs Jahre zurück, zur Taufe eines Neffen. Schweigend saß sie da und legte den Kopf in die Hände.

Als sie die Augen schloss, erblickte sie eine weniger himmlische Landschaft.

Sie sah sich umgeben von einer Gruppe von Männern: darunter Jamil Atayah, der *Muchabarat*-Mann, der Razan geschlagen hatte, Ali Hassan. Dann stürzten sie sich auf sie, alle zusammen. Sie griff nach einer Waffe: einem Knüppel, einem Messer, einer Schusswaffe. Irgendetwas. Sie hob einen Knüppel auf. Schwang ihn gegen Ali Hassan. Und da war Fatimah unmittelbar vor ihr, die Arme über dem Kopf, und sagte, *Ukhti*, bitte hör auf, bitte hör auf, bitte hör auf, bis ihre Stimme verklang.

Mariam öffnete die Augen in der leeren Kirche und weinte. Um ihre Familie. Um sich selbst. Um Sam. Sie dachte an ihn und legte den Kopf auf die Knie. Erschaudernd kauerte sie sich zusammen. Sie war allein. So allein.

38

Das Safe House, merkwürdigerweise trug es den Codenamen Taqueria, bestand aus einer kleinen Gruppe mittelalterlicher, im toskanischen Landhausstil renovierter Gebäude, eingerichtet mit Mahagonimöbeln, roten Teppichen und Bildern mit landwirtschaftlichen Szenen an den Wänden. Die Häuser schmiegten sich an eine freiliegende, von Weinbergen umgebene Hügelkuppe und waren überschattet von einem unbewohnten Schloss, das einem obskuren Nachfahren einer italienischen Adelsfamilie gehörte. Er stellte die Häuser der CIA zur Verfügung, damit er ihre Instandhaltung bezahlen konnte.

Im wirklichen Leben fahren CIA-Mitarbeiter meist keine exotischen Sportwagen. Mehr noch: Als er mit einer sehr alt klingenden Frau im »Center für die weltweiten Einsätze« die Anmietung besprochen hatte, hatte Sam erfahren, dass die Regularien der Agency vorschrieben, dass er bei Hertz lediglich einen Wagen aus der »Economy«-Klasse wählen könne. Doch während er den Mietwagen eine von Zypressen gesäumte Schotterauffahrt hinauf steuerte und die Villen sah, den Swimmingpool und das verlassene Schloss, verfluchte er Procter im Stillen. Niemand, der einen Toyota RAV4 fuhr, konnte es sich leisten, hier abzusteigen. Zwar hatte Procter das Auto ausgesucht, doch sie saß auf dem Beifahrersitz. Hinten saß eine Expertin aus der Abteilung für Technische Dienstleistungen namens Iona Banks. Sie würde Mariam mit den Materialien ausstatten, die notwendig waren, um Atiyah auszuschalten.

Am Abend sollte sich Mariam Sam und Procter zum Essen im Safe House anschließen. Sie würde über Nacht bleiben. Die BANDITOs hatten seit Mariams Ankunft in Italien eine durchgehende Gegenüberwachungsoperation durchgeführt. Sie waren zuversichtlich, dass Mariam nicht beschattet wurde. »Der Ort hier erinnert mich an Afghanistan«, sagte Procter, als Sam den Wagen auf einen kleinen, staubigen Parkplatz lenkte, der von Weinbergen umgeben war und jetzt in der Abenddämmerung im Schatten der Zypressen abgekühlt war. Procter sprang aus dem Auto, drehte den Oberkörper hin und her und streckte die kurzen Beine. »Natürlich ohne die zermürbende Armut und den Terror.«

Am frühen Abend las Sam auf seinem Zimmer, als er hörte, wie ein Auto, knirschend auf dem Schotter, auf den Parkplatz fuhr. Mariam war superpünktlich. Er ging die Auffahrt hinunter, um sie zu begrüßen.

»Hey«, sagte er, während sie die Tür des Wagens – ein BMW-Kombi – aufstieß, aber sie erwiderte sein Lächeln nicht. Ihr Blick wirkte verloren, gläsern. Irgendetwas stimmte nicht. »Wie ist das Treffen mit Fatimah gelaufen?«

»Furchtbar. Können wir später darüber reden?«

»Natürlich.« Er trat einen Schritt weg vom Wagen, sie stieg aus.

Sie öffnete die Heckklappe, Sam zog ihren Koffer heraus. Ein frischer Wind wehte um die Bergkuppe herum, beugte die Zypressen.

Er rollte den Koffer in Mariams Zimmer und sagte, dass sie auf der Poolveranda essen würden, hinter der Iona eine voll ausgestattete Küche entdeckt hatte. Sie war in Montalcino einkaufen gewesen und hatte in den vergangenen Stunden gekocht. »Klingt großartig«, sagte Mariam. »Habe ich noch etwas Zeit, um mich frisch zumachen?«

Er verließ das Zimmer und begab sich zur Veranda, wo ihn ein Festmahl von getrockneten Oliven, frisch gebackener Focaccia und Lasagne empfing. Procter schenkte den Wein ein, Iona deckte den Tisch. Iona war schlank, hellhäutig, hatte dunkelblondes, an der linken Seite kurz geschorenes Haar und eine Reihe Tattoos am rechten Arm. Nach dem zu urteilen, was Sam sehen konnte, zeigten die meisten Pferde.

Procter schenkte weiter den Wein ein, und zwar so, dass sich unten an den Gläsern Ringe auf dem Tischtuch bildeten. Mariam traf ein, umarmte Procter, gab Iona die Hand; sie setzten sich, wobei Iona erklärte, dass es sich bei der Lasagne nicht um den Marinara-Fraß handele, den man in den Staaten finde, sondern vielmehr um eine echte Bolognese mit Béchamelsoße und frischem Parmesan. »Sechs Schichten«, sagte sie stolz. Nachdem sie zu essen begonnen hatten, fragte Sam nach Daoud.

»Er wird wieder gesund werden«, sagt Mariam. »Zwar liegt er noch im Krankenhaus, aber die Ärzte rechnen mit seiner vollständigen Genesung.«

»Irgendwelche Hinweise auf die Perps?«, fragte Procter auf Englisch.

»Perps?«, fragte Mariam.

»Die Täter«, sagt Sam.

»Oh, nichts Spezielles. Rebellen, sicherlich, aber es ist niemand verhaftet worden.« Sie legte ihre Gabel beiseite. »Entschuldigt, aber könnten wir über etwas anders sprechen?«

Sam übernahm Procters Pflichten und schenkte nach. Procter sah ihn böse an. Jetzt, da er am dritten Glas nippte, warf er einen verstohlenen Blick auf Mariam. Seit Kairo und den Spieltischen in Vegas war er stolz auf seine Intuition und seine Fähigkeit, die Strategie zu wechseln – oder zu beenden –, so wie die Situation es erforderte. Und als Mariam jetzt den Kopf hob und seinen Blick erwiderte, wusste er, dass irgendetwas passiert war.

Sam nickte Iona zu, die eine Plastiktüte auf den Tisch legte, in der sich eine schwarze Aktentasche von Ferragamo befand. Iona hatte sie in Florenz für knapp fünftausend Euro gekauft.

»Wir haben uns das Video deines Meetings mit Atiyah genau angeschaut. Abgesehen davon, dass es gruselig war, war es auch hilfreich«, sagte Sam.

»Was hast du übrigens getragen bei deinem Treffen mit ihm?«, fragte Procter.

»Ein schwarzes Kleid, glaube ich. Warum.«

»War es ein sexy Kleid?«

Mariam hüstelte. »Ich nehme an, ja.«

»Hab ich's mir doch gedacht«, sagte Procter. »Als wir uns das Video angeschaut haben, schien es, als wüsste er, dass es dort eine Kamera gibt, weil er manchmal direkt darauf stierte. Klar bei einem engen Kleid und deinen großen Brüsten.«

Mariam errötete; Procter zwinkerte indiskret, woraufhin alle peinlich berührt waren. Iona trank einen großen Schluck Wein.

»Also«, fuhr Sam fort »wir haben dein Video genutzt, hier in Rom, um große, hochauflösende Bilder von der Aktentasche anzufertigen«, sagte Sam.

»Es war natürlich leicht, die Marke und den speziellen Typ der Tasche zu identifizieren«, sagte Iona. »Und dann haben wir jeden Millimeter der Außenseite untersucht, um eine Kopie herzustellen. Zum Beispiel kann man in dem Video eine abgeschrammte

Stelle unmittelbar unterhalb der Naht erkennen, die den Griff mit der eigentlichen Tasche verbindet.« Sie zeigte auf die Aktentasche. »Das haben wir hier nachgemacht.«

Die Tasche besaß nur ein Innenfach. Es handelte sich um eine schlichte, elegante Aktentasche, die ausschließlich für Dokumente vorgesehen war. Es gab keine kleinen Innenfächer. Sam hatte die Zeit gemessen, wie viel Zeit er benötigte, um einen Stoß Papiere daraus hervorzuziehen und in eine andere Aktentasche zu legen. Zwei Sekunden. Er schätzte, dass Mariam höchstens fünfzehn Sekunden in Atiyah Büro allein sein müsste, um den Austausch hinzubekommen. Er erklärte ihr das Vorgehen, sie nickte und stocherte weiter missmutig in der Lasagne herum.

Als sie mit dem Essen fertig waren, nahm Mariam die Aktentasche, die sich immer noch in der Plastiktüte befand, und inspizierte sie, als ob sie einkaufen würde. »Wir haben alles hineingelegt und den Boden zugenäht; dabei haben wir natürlich die Originalmaterialien der Tasche verwendet, sodass Atiyah es niemals finden kann – es sei denn, er zerstört die Aktentasche«, sagte Iona. »Das eingesetzte Geheimfach öffnet sich mit einem kleinen Schnappschloss-Mechanismus. Aber es gibt da eine kleine Besonderheit, die geschulte *Muchabarat*-Leute entdecken müssten, wenn sie genau hinschauen: Wir haben ein bisschen von der Naht um das Schloss herum entfernt.«

»Auf diese Weise werden sie«, sagte Sam, »wenn sie die Dokumente herausnehmen und sich die Aktentasche ansehen, einige zerfranste Nähte darin vorfinden und die Naht ganz aufreißen. Dann finden sie das Gerät und die Dokumente, die wir in der Aktentasche versteckt haben. Außerdem werden wir sicherstellen, dass Atiyah Kurznachrichten und E-Mails von merkwürdigen Quellen erhält.«

»Das Entscheidende ist«, Procter wischte sich die Béchamelsoße vom Mund, »dass du bei dem Tipp, den du lieferst, die Aktentasche *mit keinem Wort* erwähnst. Die Tasche muss unverfänglich wirken, aber doch genügend Zweifel wecken, dass man sie näher untersucht. Wenn die dann an den Fäden ziehen, finden sie die Tasche, und: Bumm – Atiyah ist erledigt.« Sie fuhr sich mit einer schneidenden Bewegung über den Hals.

Iona fragte ängstlich, ob sie noch eine Flasche Wein öffnen solle. Bei Procter kam allerdings nichts von Ionas Ängstlichkeit an, denn sie fügte an: »Ich würde vorschlagen, du sagst Bouthaina, du hättest gesehen, wie er irgendwas auf einem merkwürdigen Gerät getippt hat. Das müsste reichen.«

Sie beendeten den Abend auf professionelle Art und Weise: Sie legten final die Details der verdeckten Operation fest, räumten den Tisch ab und zogen sich früh auf ihre Zimmer zurück. Sam lag wach im Bett und ging die Aktion in Gedanken durch, während Mariam – unerträglicherweise – im Nachbarzimmer lag. Als er endlich schläfrig wurde, hatte er immer noch keine Erklärung für ihr abweisendes Benehmen. Am Morgen fuhr Iona mit einer Kamera mit großem Teleobjektiv los, um ein Zisterzienserkloster vor den Toren Sienas zu besuchen. Mariam sagte, sie wolle joggen. »Ich komme mit«, bot er an. »Allein, *Habibi*«, wies sie ihn freundlich zurück, mit einem Kuss auf die Wange. Während Sam sie davonjoggen sah, wurde ihm klar, dass die Reste seiner Schuldgefühle nach Frankreich entweder verschwunden oder tief begraben waren. Gleichzeitig war die Situation vorangeschritten, und seine Gefühle für Mariam hatten sich vertieft – die beiden Dinge gehörten zusammen. Seine Beziehung zu Mariam – von der CIA verboten – kam ihm völlig normal vor, natürlich, so, wie sie sein sollte. Er verstand nicht, warum Mariam ihm die kalte Schulter zeigte.

Auch hatte er keinen Plan, wie er den negativen Auswirkungen auf seinen Job bei der CIA begegnen sollte, falls sein Verhältnis mit Mariam ans Licht kam.

Er trank Kaffee auf der Veranda mit Blick in die toskanische Landschaft. Bei der zweiten Tasse setzte sich Procter zu ihm. Sie trug einen roten Pullover, dessen Reißverschluss gerade so weit heruntergezogen war, dass man einen Teil ihres bananengelben Sport-BHs durchschimmern sah.

»Gibt es eigentlich Hügel in Minnesota. Oder sieht man da bloß meilenweit Maisfelder?«

»Ist auf jeden Fall anders als hier«, sagte Sam. In einer der Zypressen zwitscherte ein Vogel. Sam trank noch einen Schluck und bemerkte, dass Procter ihn ansah. Er wandte den Kopf, und sie blickten sich kurz an. Sie kniff ihre grünen Augen zusammen; durchwühlte seine Gedanken, schlug Löcher in sein Pokerface, um herauszufinden, was zum Teufel dahinter vor sich ging. Er wünschte, er wüsste es selbst.

»Was läuft da mit dieser Frau?«, fragte sie abrupt.

»Sie ist merkwürdig, Chefin.«

»Das finde ich auch«, sagte Procter.

»Aber ich weiß nicht, warum.«

Procters Handy klingelte. »Ich muss rangehen. In einer halben Stunde können wir weiterreden.«

Sam nickte erleichtert.

»Und zieh deine Badehose an.«

Sam lächelte. »Wieso?« Procter neigte den Kopf, wie eine Forscherin, die eine fremdartige Kreatur betrachtet.

»Weil es eine Poolparty wird, Jaggers.«

Eine halbe Stunde später klopfte Sam an Procters Tür. Weil er keine Badehose nach Italien mitgebracht hatte, trug er jetzt eine idiotisch kurze, leichte Jogginghose. Er fühlte sich zutiefst unbehaglich darin.

Procter öffnete ihm in einem weiten, flauschigen weißen Bademantel, dessen Saum über den Boden wischte, als wäre sie eine Art Zauberin. Sie verließ wortlos das Zimmer und marschierte Richtung Pool. Sam folgte dichtauf.

Die Vorstellung, halb nackt und allein mit Procter zu sein, war keine angenehme. Nicht dass er dachte, dass sie es auf ihn abgesehen hatte. Oder generell auf Männer – oder Frauen. Ihm hatte ihr Blick auf der Veranda missfallen, und er wollte mit ihr erst in die Details der Operation einsteigen, nachdem er mit Mariam gesprochen hatte. Er warf sein Handtuch auf einen Stuhl und sah Procter zu, wie sie an einer Stereoanlage hantierte, bis sie einen Sender fand, der irgendeine schreckliche Musik brachte. »Elektronische Tanzmusik, perfekt.«

Dann legte Procter den Bademantel ab. Sie trug einen zweiteiligen Badeanzug, der zu ihrem Haar passte und tatsächlich irgendwie normal aussah, anders als alles andere an ihrer Garderobe.

Sam schaute instinktiv weg – sie bereiteten einen auf der Farm nicht auf halb nackte Leiterinnen einer CIA Station vor –, aber sie ging einfach am Beckenrand vorbei in Richtung Leiter. Als er merkte, dass er aus der Nummer nicht herauskam, schnappte er sich zwei Peroni aus der gefüllten Pool-Bar.

Er reichte ihr ein Bier, das sie halb geleert hatte, noch ehe er den Fuß ins Wasser gesetzt hatte. Sie legte den Kopf in den Nacken, schloss die Augen und lauschte dem Techno. Sam hatte Procter noch nie so entspannt erlebt. Oder, genauer gesagt, überhaupt entspannt.

»Ich muss heute Abend mit ihr reden«, sagte Sam nach einer Minute.

Procter stellte ihre leere Flasche an den Beckenrand, lehnte sich zurück und tauchte ihr Haar ins Wasser. Sie kam wieder an die Oberfläche und strich es nach hinten. »Hast du Bedenken, was die Gegenspionage betrifft?«

Sam redete weiter, er verstand kaum das eigene Wort wegen der lauten elektronischen Klänge. »Nein. Sie hat uns irrsinnig wertvolle Informationen zum Sarin-Programm geliefert, die wir durch mehrere Kanäle bestätigt haben. Das würden die Syrer vermutlich nicht anbieten, selbst wenn sie eine Doppelagentin wäre. Trotzdem: Irgendwas stimmt da nicht«, fuhr Sam fort. »Gestern Abend ist sie mir merkwürdig vorgekommen. Etwas an ihrem Gesichtsausdruck. Irgendetwas Schlimmes ist passiert. Ich kenne sie. Aber mir ist unklar, ob ihr nun die Mission gegen Fatimah missfällt, die Operation Atiyah oder ob etwas ganz anderes dahintersteckt. Ich merke nur, dass sie sich sonderbar benimmt.«

Procter schien ihn etwas fragen zu wollen, sagte dann aber: »Na ja, führ sie heute zum Abendessen aus, und finde heraus, was da los ist. Morgen sehen wir uns noch mal das Covcom-Gerät an.«

Die schönen Aussichten genießend, fuhren Sam und Mariam schweigend nach San Angelo in Colle, einen verschlafenen, auf einem Hügel gelegenen Ort mit steilen, mit Naturstein gepflasterten Straßen, Häusern mit Ziegeldächern und einem Dorfplatz mit zwei Restaurants. Drei alte Frauen schlenderten Händchen haltend über den Platz, während Sam und Mariam auf dem Patio eines der Restaurants Platz nahmen. Es dämmerte, gelegentlich wurde das Gemurmel der Café-Gespräche durch die Bassnoten einer örtlichen Jazzband unterbrochen, die in einem nahe gelegenen Keller probte.

Mariam trug Jeans und ein weißes T-Shirt unter einer olivfarbenen Barbourjacke. Die Haare trug sie leicht gewellt und offen, was aber nicht die großen goldenen Creolen verbarg. Sam hatte ein langärmeliges graues T-Shirt und Jeans an, dazu Mokassins; sie sahen aus wie viele der anderen Urlauberpaare, die auf den Platz gekommen waren. Er bestellte Pasta mit toskanischem Wildschweinragout, Mariam Cacio e Pepe. »Genau wie in Èze«, sagte sie, als sie die Abendkarte der Kellnerin zurückreichte. Sam erwiderte ihr Lächeln, er dachte an die erste Nacht, hörte ihre Ohrringe klimpern, als sie sich zusammen bewegt hatten. Ob sie jetzt wohl dieselben trug?

Er überließ es Mariam, den Wein zu bestellen; als die Kellnerin davoneilte, legte er seine Hand auf ihre auf dem Tisch. Sie lächelte. »Das hier macht mich glücklich.« Sie schien sich zum ersten Mal zu entspannen seit ihrer Ankunft. Aus dem Probenraum der Band im Keller ertönten die Klänge von Blasinstrumenten. Von der Gruppe der Zypressen ertönte der Gesang eines Waldsängers. Sam tunkte ein Stück Brot in Olivenöl und betrachtete Mariam. So eine Miene hatte er bei anderen Agenten und, manchmal, an Pokertischen gesehen, dann nämlich, wenn sich ein Typ zu weit vorgewagt hatte und zu viel Geld im Topf war. Auch bei Mariam hatte er sie schon einmal gesehen, unmittelbar nach dem Angriff in Villefranche. Die Kellnerin schenkte den Wein in die Gläser. Sam und Mariam tranken schweigend einen Schluck, hielten sich über dem Tisch bei der Hand. Er musste Mariam beruhigen. Er musste eine Beurteilung von ATHENA vornehmen.

»Wovor hast du Angst?«

»Ich habe vor so vielen Dingen Angst.« Sie rang sich ein Lächeln ab und deutete zu einem anderen Paar, ungefähr in ihrem Alter, auf der anderen Seite der Terrasse.

»Sieh sie dir an. Sie haben Händchen gehalten und sich geküsst. Und ich frage mich, ob Atiyah oder der *Muchabarat* mich beschattet. Oder ich denke darüber nach, was geschieht, wenn du aus Syrien ausgewiesen wirst. Oder Schlimmeres. Die Verhältnisse in Damaskus kommen mir unsicher vor, als stünden wir alle kurz davor, eine Klippe hinabzustürzen. Aber was passiert dann? Was wird aus meiner Familie, meiner Cousine? Ich habe Angst ...«

Sie schniefte in eine Serviette, reckte das Kinn und versuchte, ihre Tränen zurückzuhalten.

»Wovor hast du Angst?«

»Ich habe Angst um meine Familie, wenn ich erwischt werde«, antwortete sie tränenerstickt. »Nicht um mich. Um sie.«

Sam ging um den Tisch und setzte sich auf den Stuhl neben ihr. Er legte den Arm um ihre Schulter, und während er das tat, legte sie ihren Kopf darauf. Er war sich nicht sicher, wie lange sie schweigend so dasaßen. Er winkte die Kellnerin weg, die die kaum angerührten Teller abräumen wollte. Die Gruppe hatte aufgehört zu spielen. Ein paar der Musiker kamen aus dem Keller und begaben sich zum Parkplatz am grünen Ortsrand.

»Ist irgendetwas passiert?«

Sie schüttelte den Kopf.

»Ich werde dich immer beschützen. Immer«, flüsterte er ihr zu. »Die Arbeit, die wir uns ausgesucht haben, ist zwar gefährlich, aber sie hat uns einander nahegebracht. Und wir werden das Ganze gemeinsam im Damaskus beenden. Ich verspreche es dir.« Er küsste ihre Stirn und ihren Mund, genoss dabei den Geruch ihrer Haare, während er ihren Nacken liebkoste.

»Es gibt da etwas zwischen uns. Es gibt mir Kraft. Ich kann das hier nicht ohne dich tun, Sam.«

Auch er begann das zu denken. Aber er schob die Erkenntnis, dass er großen Mist gebaut hatte, beiseite. Er hatte drei Gedanken, jeder im Widerstreit mit den anderen, und alle, da war er ganz sicher, völlig wahr. Erstens: Er wollte an diesem Abend mit Mariam fliehen. Zweitens: Alles, was Mariam gesagt hatte, stimmte, aber sie hielt immer noch etwas zurück. Drittens: Mariam war loyal. Ihm gegenüber, der CIA gegenüber.

Weil der Koch und der Barkeeper bereits gegangen waren, trat die Kellnerin schließlich zögernd mit der Rechnung an den Tisch. Dabei vermied sie den Blickkontakt mit der weinenden arabischen Frau und ihrem gut aussehenden Freund. Worüber sie auch gestritten hatten, es war offenbar vorbei, denn jetzt küssten sie sich. Die Kellnerin lächelte. So rührend.

Auf dem Weg hinunter zum Auto sie küssten sich. Ein älteres Paar saß auf der Vordertreppe des Hauses, nur drei Meter entfernt von ihrem geparkten Wagen, die beiden tranken Wein und schrien sich gegenseitig an. Sam verstand nicht, was sie sagten, aber es war so laut, klang derart verärgert, dass er über einen Plan B nachdenken musste. Wie er sah, hatte Iona auf dem Rücksitz eine Decke zurückgelassen, nachdem sie mit dem Auto zum Kloster gefahren war.

»Auf dem Rückweg gibt es ein Weingut.«

»Perfekt, *Habibi*«, sagte Mariam. »Fahr los.«

Trotz der schmalen, kurvenreichen Straßen war es eine kurze, schnelle Fahrt zum Weingut Boscarello. Sam hatte gelernt, wie man auf schwierigem Terrain ein Auto lenkte, als er ein Jahrzehnt zuvor beim Fahrtraining auf der Farm den zweiten Platz belegt hatte. Jetzt bestand die Gefahr allerdings nicht in einem Kontrahenten, der sein Auto rammte, sondern in dieser Syrerin auf dem Beifahrersitz.

Als sie an dem Weingut ankamen, fuhr Sam rechts ran. Ein flacher Graben und eine Steinmauer trennten sie von den Weinbergen. Er öffnete den Kofferraum und holte die Decke heraus. Sie sprangen über die Mauer und gingen weit in die ordentlichen Reihen der Weinstöcke hinein. Nach fünfzig Metern faltete Sam die Decke auseinander. Der Mond leuchtete hell.

Sie legten sich hin, küssten sich, warfen ihre Kleidung ab, bis da nichts mehr war als warme Haut und das Gefühl, wie sie sich an ihn drückte. Sie stöhnte und spreizte die Knie, drückte den Mund an sein Ohr. »Versprichst du es mir, *Habibi*?«

Er strich ihr mit der Hand durchs Haar. »Ich verspreche es, *Habibti*. Ich verspreche es.«

Er spürte, wie sich ihre Fingernägel in seine Schultern bohrten, während sie den Kopf auf die Decke legte, um den Himmel zu sehen. Er bewegte sich langsam und schaute ihr in die Augen, sie leuchteten im Mondlicht, beunruhigten ihn, noch während ihre Lider flatterten und ihre Muskeln im Schatten der alten Rebenstöcke erzitterten.

Beim Frühstück unterhielten sich Sam, Mariam und Procter über das Covcom-Gerät. Mariam brach kleine Stücke von einer Toastscheibe, während Sam demonstrierte, wie das PLATYPUS funktionierte. »Es funktioniert genauso wie dein iPad«, sagte er. »Denn es ist eins. Oder war eins. Der einzige Unterschied besteht darin, dass es dir erlaubt, mit uns zu kommunizieren. Ich zeige es dir. Das Gerät kommuniziert mit einem Satelliten mithilfe einer Burst-Übertragung. Es ist sehr schwierig, dich abzuhören.«

»Sehr schwierig oder unmöglich?«, fragte Mariam.

Procter fing die Handgranate, ehe er antworten konnte. »Wir werden dir keinen Quatsch erzählen und sagen, das sei unmöglich. Aber der Gegner muss genau wissen, wo sich das Gerät befindet, wohin die Übertragung geht und zu welchem Zeitpunkt sie dort hingeht. Wenn er nicht alle drei Dinge weiß, kann die Kommunikation nicht abgehört werden.«

»Je länger die Nachricht, je länger der Burst, desto leichter ist es, die Nachricht zu entdecken«, sagte er. »Deshalb beschränkt die Plattform die Anzahl der Buchstaben und wird dir nicht erlauben, auf einen Schlag mehrere Nachrichten von ein und demselben Ort zu senden. Dank der Plattform wirst du uns kurze Nachrichten schicken können, auf die wir antworten. So musst du nicht den Briefkasten nutzen, um Treffen zu vereinbaren.«

»Also, das ist gut«, sagte Mariam.

»Genau«, sagte Sam. »Komm, ich zeige dir, wie du mit uns kommunizieren kannst. Dein Passwort wird eine bestimmte Wischbewegung über den Bildschirm sein. Bisher ist es auf mich programmiert, also öffne ich das Programm.«

Er ging um den Tisch und setzte sich neben sie. Er spürte, dass Procter ihn anschaute, so wie auf der Veranda des Safe House; spürte, dass irgendetwas vor sich ging.

Er wischte mit schnörkeligen Bewegungen über den Bildschirm und öffnete dadurch ein Programm, das Gmail ähnelte. »Die Plattform erzeugt einen fake Posteingang, hinter einer Firewall – falls jemand hinter dich tritt und auf den Bildschirm blickt, während du etwas tippst. Dann schreibst du uns eine E-Mail, genauso wie bei Gmail, und drückst auf Senden. Du kannst jede Adresse angeben, jeden Betreff, es spielt keine Rolle. Die Mail kann nur an einen Ort gehen.« Er zeigte zum Himmel. »Zu uns.«

»Dieser Teil des Geräts ist durch eine Firewall völlig vom Rest getrennt«, sagte Procter. »Das falsche E-Mail-Programm existiert noch nicht einmal dauerhaft auf dem iPad, was Folgendes bedeutet: Sollte der *Muchabarat* es in die Finger bekommen und versuchen, herauszufinden, was drinsteht, wird man nichts finden – weil dort nichts ist.«

»Deine Wischbewegung ruft das Programm auf, du tippst, drückst auf Senden – das initiiert den Burst –, dann schaltest du das iPad aus. Bumm. Schon erledigt. Beim nächsten Mal öffnest du es normal, und alle deine Apps, Filme, Songs werden da sein.«

Sam griff in seinen Rucksack und holte eine kleine schwarze Kugel heraus, an der oben und unten Elektrokabel baumelten. Jedes Kabel war mit einem USB-Anschluss versehen. Das eine war rot, das andere grün. In die Mitte der Kugel war ein einzelner Knopf eingefügt, der einem Nabel ähnelte.

»Hiermit kannst du alles von deinem alten iPad in nur einigen Minuten überspielen. Dann legst du das neue iPad in die alte Hülle, und wir nehmen das alte iPad mit.«

Mariam starrte auf das PLAYTYPUS. »Das Gerät macht mich nervös«, antwortete sie, ohne aufzuschauen. »Ich bin nicht sicher, ob ich es haben möchte.«

Es war die klassische Paranoia wie bei verdeckter Kommunikation üblich. Es konnte durchaus sein, dass Mariam sich mit dem Gerät unwohl fühlte. Er hatte einmal einen saudi-arabischen General geführt, der sich einem solchen Gerät verweigert hatte, obwohl er seine Spionagetätigkeiten nachlässig ausführte, und die Methoden, die er bevorzugte – Übergaben in fahrenden Autos, Blitz-Übergaben, tote Briefkästen, Kreidemarkierungen – anfälliger dafür waren, entdeckt zu werden. Sam erklärte ihm das alles und betonte die Konsequenzen, drang aber nicht durch. Der Mann wollte die ihm vertrauten Methoden nutzen. Andere Spione mochten die Geräte nicht, weil diese sie ständig an ihren Verrat erinnerten. Das Gerät befand sich in deinem Schlafzimmer und verhöhnte dich.

Er warf Procter einen kaum wahrnehmbaren Blick zu, die den Wink aufgriff. »Kannst du uns sagen, warum?«

»Ich weiß, dass diese Systeme in anderen Ländern überwunden wurden. In China, Iran. Es gibt inzwischen eine iranische Abordnung in Syrien, wie ihr wisst, die dem *Muchabarat* hilft, die Opposition ins Visier zu nehmen. Ein derartiges Gerät zu haben, bei mir zu Hause ... Es führt dazu, dass ich mich ... verletzlich fühle.«

Sam nickte. »Das verstehe ich. Aber niemand hat je eines von diesen Geräten gehackt. Niemals. Die Gefährdung im Iran hat sich in einem vorübergehenden, internetbasierten System vollzogen. Die Iraner fanden damals Agenten, die bestimmte Standorte aufsuchten. Die Chinesen gingen einen Schritt weiter, sie nutzten das System, um eine Firewall zu durchbrechen, gelangten in ein anders System und fanden dann ebenfalls die Agenten. Aber niemand hat in eines von diesen Geräten eindringen können.«

»Das hat die CIA ihren Agenten in China bestimmt auch erzählt.« Procter öffnete den Mund, vermutlich, um zu widersprechen, aber Mariam ließ es gar nicht erst zu: »Ich möchte nur ganz wenige Informationen über dieses Gerät weiterleiten. Wenn wir viel zu besprechen haben, würde ich ein persönliches Treffen vorziehen.«

»Das sehen wir genauso«, antwortete Procter. »Wir können das Gerät dazu nutzen, Treffen zu arrangieren und die Logistik festzulegen, und du kannst uns damit dringende Informationen übermitteln. Nur die Highlights. Dann besprechen wir alles bei einem Treffen.«

Mariam blickte auf die Kabel und das iPad und bat Sam, alles auf das PLATYPUS zu überspielen. Zehn Minuten später sagte sie, sie müsse jetzt gehen. »In einer halben Stunde muss ich Bouthaina anrufen.«

Iona erschien am Frühstückstisch, in der Hand die Aktentasche, die sich jetzt im originalen Ferragamo-Stoffbeutel mit Etikett befand. Sie reichte Mariam die Rechnung. »Falls jemand nachfragt«, sagte Iona. »Ein Souvenir aus Italien, für jemanden, den du liebst.« Sam sah, das Mariam zusammenzuckte und das Kinn reckte, so wie beim Essen am Vorabend.

Mariam umarmte alle, dann legte sie die neue Aktentasche in ihren Koffer und fragte Sam, ob er und Procter sie bis zum Wagen begleiten könnten. Auf dem Parkplatz wirkte sie wieder traurig. »Ich liebe euch beide«, sagte sie. Dann schloss sie die Tür, startete den Motor und fuhr davon.

Procter und Sam schauten zu, wie der Wagen entlang des sanften Bergrückens eine Staubwolke aufwarf, ehe er hinter einer Reihe von Zypressen und Rebflächen verschwand und ins Tal hinunterfuhr.

»Hast du gestern Abend eine Antwort erhalten?«, fragte Procter und wandte sich zu Sam um.

»Sie hat Angst. Und irgendetwas geht in ihrer Familie vor.«

»Das hat sie dir gesagt?«

»Sie hätte es genauso gut tun können.«

39

Die BANDITOs hatten dieselben Abläufe viermal an vier Tagen durchexerziert: den mit der Bombe beladenen Pajero zur Straße vor dem Sicherheitsamt fahren, ihn neben dem Bordstein parken und das Safe House mit dem Video-Equipment ausstatten, mit dessen Hilfe Langley bestätigen würde, dass es sich bei der Zielperson tatsächlich um Ali Hassan handelte. Jedes Mal hatte etwas anderes den Abbruch verursacht: der verschlüsselte Video-Link funktionierte nicht, Sam stand im Stau, Ali unternahm keinen Spaziergang (zweimal).

»Wir versuchen's morgen noch mal«, sagte Procter, während sie beobachteten, wie Ali an dem Wagen vorbeiging, neben einer Frau, die einen Kinderwagen schob. »Wie jeden Tag.«

Sam und Procter verbrachten sechs Stunden damit, die SDR zu entwerfen. Die gezielte Tötung schrieb vor, dass ein CIA-Beamter die Zielperson mit eigenen Augen gesehen hatte, bevor jemand in Langley abdrückte. Die BANDITOs konnten die Operation unterstützen, doch Sam würde sie vom Safe House dirigieren müssen, allein. Dabei musste er sicherstellen, dass er nicht überwacht wurde.

Das Büro der Chefin war übersät mit Diätcola-Dosen und Einwickelpapier von Kaugummistreifen. Sie wirkte überhaupt nicht erschöpft, im Gegenteil. Auch Sam war aufgedreht. Er hantierte mit der Mossberg, richtete sie auf eine der Coladosen, während Procter ihm den Ablauf laut vom Ende her vorlas. Sie diskutierten, ob Sam untertauchen und auf aktive Überwachungsaktivitäten verzichten sollte, so, als befände er sich in Moskau oder in einem extrem feindlichen Gebiet mit starker Überwachung.

»Jetzt noch nicht«, sagte Procter. »Das würde dich als CIA-Agenten outen und die andere Seite verärgern. Und wer weiß, was die dann anstellen – vielleicht schlagen die dich zusammen, einfach so aus Spaß. In Moskau würden die Russkis diese Nummer abziehen, wenn wir uns aggressiv der Überwachung entziehen würden. Vielleicht erwischt man dich auch und bringt dich um, so wie Val. Hast du die elektronische Aufklärung aus Moskau über das russische Team gelesen?«

Hatte er. Bei dem Bericht handelte es sich um die Passagierliste eines Frachtflugzeugs aus Moskau, das vor Sams Abflug nach Italien in Damaskus eingetroffen war. Die Namen deuteten darauf hin, dass sich sieben FSB- und vier SWR-Offiziere an Bord befanden. Niemand wusste, wieso sie nach Damaskus gekommen waren.

»Die Zusammensetzung des russischen Teams ist merkwürdig«, sagte er und senkte für einen Moment die Mossberg. »Anscheinend hat jemand im Kampf gegen uns um Hilfe gebeten.«

Procter nickte. »Schau: Die Russen haben einige ihrer besten Leute gegen uns in Moskau angesetzt, es könnte sein, dass sie Russland um Hilfe ersucht haben, und die Russen haben das A-Team geschickt. Aber ja, ja, ja, das ist beunruhigend.« Sie nickte heftig.

»Es ist, als wüssten die Syrer, dass wir einen großen Fisch an der Angel haben. Lauf!« Er richtete die Mossberg auf den Abfalleimer und drückte ab.

Am darauffolgenden Morgen saß Sam in der Küche, trank Kaffee und vergegenwärtigte sich noch einmal die mentale Landkarte seiner SDR. Er goss sich einen zweiten Becher ein und skypte mit seiner Mutter. Er sagte ihr, dass er einkaufen gehe, und fragte sie, was sie sich wünsche. Sie sprachen über Möbel und Schmuck, schließlich entschied sie sich für einen kleinen Teppich. Sie sagte, es habe eine Flut von Zeitungsartikeln gegeben, die sich für eine Intervention des US-Militärs in Syrien aussprachen. Sam antwortete achselzuckend, er sei in Damaskus in Sicherheit. Sie versicherten einander, dass sie sich liebten, und legten auf.

Er klappte den Laptop zu, griff nach dem Handy und trottete ins Bad. Er schickte Stapp, dem Technikexperten der Residentur, eine SMS, um eine Verabredung zu einem Drink in der Altstadt zu bestätigen. Er duschte, rasierte sich und betrachtete sich im Spiegel. Bekleidet mit Jeans, dunkelblauen Tennisschuhen und einem knitterigen weißen Leinenhemd, machte er sich von seiner Wohnung aus auf den Weg in den Stadtteil Malki, mit einer kleinen Schultertasche, darin eine digitale Fotokamera. Die Routine in der Wohnung, die Kamera, das Outfit – alles diente dazu, ein aktives Überwachungsteam glauben zu machen, dass er sich auf einen normalen Tag am Wochenende in Damaskus vorbereitete: Shoppen, Freunden treffen, Sehenswürdigkeiten besichtigen.

Auf den Straßen wimmelte es bereits von Passanten, von mit AKs bewaffneten Soldaten und streunenden Katzen. Sam ging zu einem Laden, um Wasser zu kaufen. Er trank es, während er die Jawaher Lal Naho-Straße entlangging: die Hypotenuse des dreieckigen Tischrin-Parks. Die festen Überwachungsposten, die Sam entdeckte, entsprachen seiner geistigen Landkarte. Der Solo-Überwacher, der ihm folgte, störte ihn auch nicht mehr besonders. Der stämmige Muchabarat-Fußsoldat versuchte gar nicht, seine Anwesenheit zu verbergen. Er folgte Sam in rund vierzig Meter Entfernung. Am verkehrsreichen Kreisverkehr am Umayyaden-Platz winkte Sam ein Taxi heran und bat, zum Abbassin gefahren zu werden.

Der Taxichauffeur stürzte sich ins Chaos des Damaszener Verkehrs. Hier Auto zu fahren, war unbeschreiblich. Die Fahrer ignorierten alles, bis auf die Motorhaube des eigenen Fahrzeugs. Sie hupten wie verrückt, prallten regelmäßig gegeneinander und hielten nur im letzten Moment für Fußgänger.

Sam warf einen Blick in den Rückspiegel – der Solo-Verfolger zog ein Funkgerät aus der Tasche. Dass sie ihn nicht so leicht vom Haken lassen würden, war ihm klar. Höchstwahrscheinlich ging der Anruf an ein mobiles Team, das dem Taxi folgen würde. Die Überwachungsaktivitäten waren offensichtlich.

Die SDR würde in der Stadtmitte von Damaskus stattfinden, doch hatten Procter und er sich eine neue Route ausgedacht und die Dauer über den Basiswert von zehn Stunden, die die Station vorgab, hinaus verlängert. Die SDR begann am östlichen Rand der Altstadt und führte im Zickzack in Richtung Westen, bis Sam im Safe House in Kafr Sousa eintraf, weiter unten an der Straße, an der auch das Sicherheitsamt lag.

Es war jetzt 8 Uhr morgens. Sam schoss Fotos, als er aus dem Taxi stieg. Die mobilen Teams hatten die Fährte wieder aufgenommen. Eine schwarze Limousine und ein gelbes Fahrzeug, das aussah, als wäre es früher einmal ein Taxi gewesen, standen im Leerlauf vor einem Parkplatz.

Er ging Richtung Abassin. Schließlich verschwanden die Überwachungsautos, aber der Solo-Beschatter war wieder da, schlenderte hinter Sam her. Sie könnten ihn den ganzen Tag mit Verfolgern belagern. Entscheidend war, das Ganze auf Stunden auszudehnen. Mach's derart langweilig für das Überwachungsteam, dass die Gegenseite beschließt, ihre Ressourcen anderswo einzusetzen. Sam hörte auf, die Menschen ringsum zu beobachten, und merkte, wie das Engegefühl in seiner Brust nachließ.

Ali und Wolkow saßen im russischen Kommandozentrum. Ein leichter Körpergeruch hing in der Luft. Die Aschenbecher quollen über von Zigarettenkippen. Die Reihe von Fernsehmonitoren zeigte Livebilder, wie der Amerikaner vor dem Restaurant eintraf, sich dabei hinter einem parkenden Wagen versteckte. Das syrische und das russische Überwachungsteam kamen gleichzeitig mit Samuel Joseph im Restaurant an.

Kanaan und zwei der Russen beugten sich über eine detaillierte Karte des Christenviertels und diskutierten den nächsten Schritt des Amerikaners.

»Was meinen Sie, General?«, fragte Wolkow Ali. »Ist heute der große Tag?«

Um 12 Uhr begrüßte Stapp Sam vor dem Lokal, er grinste und erklärte, dass das trendige Café Abu George Alkohol früher servierte als alle anderen Läden in Damaskus.

Das Lokal war leer. Stapp gab dem Barkeeper die Hand und bestellte zwei Pints Stella Artois. Sie setzten sich an einen Tisch am Fenster, damit Sam die Straße überblicken konnte. Stapp hatte keine Ahnung, dass Sam gerade eine verdeckte Operation durchführte, und redete ohne Punkt und Komma. Er erklärte, dass jemand seinen Alkohol aus dem Kühlschrank im Büro gestohlen hatte, als Sam denselben Solo-Verfolger an dem Café vorbeigehen sah, der verdächtig ins Fenster schaute, aufgepumpt wie ein Gorilla, in weißem Hemd und billiger schwarzer Hose. Er entdeckte noch weitere. Ein Typ in Bluejeans, abgewetzten

Tennisschuhen und Adidas-Hemd: Wirkt angespannt, ein möglicher Verfolger. Behalte das Gesicht im Gedächtnis. Ein anderer in grauer Hose und schlichtem schwarzen T-Shirt kicherte in ein Telefon: Kopf und Schultern entspannt, Lachen echt, wahrscheinlich kein Überwacher. Aussortieren.

Sam katalogisierte, während Stapp weiterredete. Sie tranken ihr Bier aus – Stapp bestellte sich noch eins für sich, Sam lehnte ab; der Techniker begann Pistazien zu knacken. Halb zwei. Zeit, die Altstadt zu durchqueren.

Sam entschuldigte sich bei Stapp mit den Worten, er müsse noch ein paar Dinge für seine Mutter besorgen, und verließ das Café. »Na dann, Mann«, sagte der Techniker, klopfte Sam auf den Rücken und kippte sein zweites Bier.

Sam ging nach Westen, die »Gerade Straße« hinunter, die antike römische Ost-West-Verbindung, die die Altstadt in zwei Teile trennte. Er näherte sich Geschäften, die individuelle Möbel und handgewebte Teppiche verkauften. Er schlenderte eine halbe Stunde umher, blieb stehen, um Fotos zu machen, um ein Kampfflugzeug am Himmel zu verfolgen, um seiner Mutter eine SMS zu schicken. Der Fußgängerverkehr auf der Straße war moderat.

Der Solo-Verfolger war verschwunden. Hatten die sich zurückgezogen? Er hatte keine schwer erkennbaren, jähen Bewegungen eines Überwachungsteams wahrgenommen, das im Geheimen zu operieren versuchte: kein rasches Zurückweichen in Seitenstraßen, keine wiederholten Sichtungen, keine Fußgänger, die eine stetige, gleichbleibende Distanz aufrechterhielten. Das war vielversprechend.

Sam betrat das Geschäft und verschwand in einem Hinterzimmer mit Stapeln von Teppichen. In der Mitte gab es einen

Bereich mit einem Betonboden, dort stellte der Händler seine Teppiche aus. Der Besitzer, ein lebhafter Typ namens Amin, herrschte einen vorpubertären Teenager an, Tee zu holen, und begann, Sam begeistert seine Ware zu zeigen. Er nahm sich eine halbe Stunde Zeit, die Waren zu begutachten, und entschied sich schließlich für einen Balouchi-Teppich, dunkelrot und bestickt mit Vögeln und Blumenmustern. Er feilschte mit Amin, aber nicht so lange, wie er es hätte tun sollen – es war Zeit zu gehen. Er fotografierte einen anderen Teppich und ließ seine Digitalkamera und die Schultertasche auf einem der Teppich-Stapel zurück. Dann verließ er das Geschäft und ging wieder in westlicher Richtung, zum Suk Midha Bascha.

Zehn Minuten später war er zuversichtlich, dass der Solo-Verfolger verschwunden war. Zeit für eine Kehrtwende. Er schlug unübersehbar mit der Hand dorthin, wo die Kameratasche gewesen wäre, dann kehrte er abrupt um und ging die Straße hinunter in Richtung des Teppichgeschäfts. Dabei hielt er den Kopf gereckt, während er den Blick schweifen ließ und alles in Augenschein nahm: die Hitze, die Menschen, die Bewegungen, die Energie. Offenbar hatte er die Verfolger abgeschüttelt. Er horchte in sich hinein. Sein Herz pochte, der Blutdruck war deutlich gestiegen.

Sam holte sich den Fotoapparat und die Schultertasche von Amin zurück und machte sich auf in Richtung Osten, zurück zum Abu George.

Vier Uhr. Zeit, sich Schritt für Schritt zurück durch die Stadt zu begeben: mehrere Richtungswechsel, Kehrtwenden, ein halbes Dutzend Stopps. Er wollte die engen Gassen der Altstadt mit ihren Spitzkehren nutzen. In dem mittelalterlichen Labyrinth boten sich einem Straßenprofi Dutzende Gelegenheiten, ein Überwachungsteam auf die Probe zu stellen, indem er sich diesem, egal, wie kurz und mit welchen guten Gründen, entzog. Zieh die Gruppe der Verfolger auseinander, zwinge den Gegner, neu einzukreisen, dahin, wo selbst erfahrene Teams Fehler machen.

Sam drängelte sich durch die Menschenmenge an der Mariamitischen Kathedrale vorbei am Restaurant Naranji – er betrachtete die Speisekarte und schoss ein Foto –, dann betrat er kurzerhand eine Apotheke. Das große Pflaster, das er für seine Blase am Fuß kaufte, war nicht Teil des Plans, doch er brauchte die Linderung, zudem konnte ein zusätzlicher Stopp nur helfen, die Gegner hervorzulocken. Sam stahl sich in Menschenansammlungen hinein und wieder hinaus, ging mal auf freier Fläche, dann wieder in dichtem Gewühl, um die Gegenseite ins Freie zu locken. Die Menschenansammlungen wurden größer, während er sich der Umayyaden-Moschee näherte, doch statt sich ihnen anzuschließen, überquerte er die alte römische Straße in Richtung des Altstadt-Tors Bab Al Saghir.

Sieben Uhr. Die Luft fühlte sich geladen an, aber ob das am Krieg oder seiner eigenen Anspannung lag, wusste er nicht. Sam hatte den Eindruck, black zu sein, und blieb vor einem Souvenirstand stehen, der Pro-Assad-Kitsch verkaufte. Plötzlich rumorte sein Magen, und er wusste, dass er unbedingt etwas essen musste.

Er hatte seinen Becher Booza, ein arabisches Eis, zur Hälfte aufgegessen, dazu eine Flasche Wasser getrunken, als die Psychospielchen begannen. Er hatte das Spionagehandwerk perfekt beherrscht, fand er. Oder doch nicht? War die Frau, die Eiscreme gekauft hatte, die gleiche wie die im Schmuckladen? Hatte es sich bei der seitlichen Bewegung, neben der Apotheke, tatsächlich um einen Jugendlichen gehandelt, der einen Fußball schoss? Während er weiter zum Bahnhof stiefelte, nahm seine Müdigkeit zu, seine Waden schmerzten, und er zog an seinem feuchten Hemd.

Benson fiel ihm ein, der auf jeder Rollenspiel-SDR Gespenster gesehen hatte; man hatte ihn aus der Farm hinausgeworfen, worauf er nach zehn Monaten den Dienst quittierte und bis ans Lebensende an einem Schreibtisch versauerte.

Vertraue der Spionagepraxis, sagte er sich. Du bist fast da. Es schien, als sei alles ruhig, aber die Luft knisterte. Irgendwo im Osten setzte Granatbeschuss ein. Die Sonne schickte gerade ihre letzten kräftigen pinkfarbenen und roten Strahlen. Als er am Platz vor dem historischen Hijaz-Bahnhof ankam, blieb er stehen. Er machte ein Foto. Plötzlich nahm er an der südwestlichen Ecke des Platzes eine blitzartige Bewegung wahr. In der unheimlichen Stille ein Knistern, vielleicht ein Funkgerät, vielleicht ein Schuh auf einer zerknüllten Folie. Sein Rücken kribbelte, und er überlegte, wie es einem Team gelungen sein könnte, sich nahezu zwölf Stunden der Entdeckung zu entziehen. Er setzte sich auf eine Bank.

Er hatte das Gefühl, gejagt zu werden.

Das Wort löste Erinnerungen aus. Ein Case Officer, ein Typ namens Sanders, wollte sich mit einem russischen Informanten in Ankara treffen. Tags darauf wurde der Russe nach Hause geschickt, in der Lubjanka an eine Wand gestellt und erschossen. In der Post-mortem-Untersuchung wurde festgestellt, dass Sanders von einem großen Team, einem SWR-Kommando aus festen und mobilen Teams *gejagt* worden war, das vermutete, dass er russische Spione führte, die Annahme basierte darauf, worüber er auf einem diplomatischen Empfang drei Wochen zuvor gesprochen hatte. Zudem vermuteten die Russen ein Leak in der Türkei. Sanders war wie ein Faden, an dem man ziehen konnte. Die Russen hatten ihn umkreist und sich weit genug im Hintergrund gehalten, dass sie zwar nicht auffielen, ihn jedoch jederzeit im Auge behalten konnten. Er hatte es nicht kommen sehen. Bradley, damals Leiter der Kairo Station, hatte jeden Mitarbeiter der Residentur gezwungen, den Post-mortem-Bericht zu lesen. Sam wusste, dass er es genauso gemacht hätte wie Sanders; der Bericht hatte ihn zu Tode erschreckt.

Und jetzt war ein russisches Team hier, in Damaskus, und stellte weiß Gott was an. Sam dachte zurück an den Bericht. Einer der Autoren, ein Veteran aus dem Russia House, hatte geschrieben, dass es nur einen Weg gebe, der Umkreisung auszuweichen, nämlich schnell in eine Richtung zu gehen, die sich im rechten Winkel zur bestehenden Route befand, was den Gegner zur Neugruppierung zwingen würde. War er womöglich die ganze Zeit umkreist gewesen?

Ein Moped knatterte über den Platz in Richtung Fluss. Das Gesicht der Fahrerin war nicht zu erkennen, doch die Kleidung der Frau kam ihm vertraut vor. Ein Gespenst?

Ausgeschlossen, dass *er* die Operation, Ali Hassan zu töten, vermasselte. Der Dreckskerl hatte Val umgebracht, das musste er büßen. Sam musste überzeugt sein, dass er black war, bevor er das Safe House betrat. Er wusste nicht, ob sich da draußen ein Team befand, das ihn einkesselte, aber er musste es herausfinden. Er musste aus der Umkreisung ausbrechen. Sam stand auf und ging raschen Schrittes nach Norden. Rings um die Altstadt erklangen die Gebetsrufe der Muezzins zum Sonnenuntergang. Aber er hörte nicht hin. Das Spionagehandwerk bestimmte sein Handeln, er war hellwach und spürte fast körperlich, was auf der Straße vor sich ging.

Auf der Port Said in Richtung Norden gehend, winkte er ein Taxi heran, das in die gleiche Richtung fuhr.

»Wohin?«, fragte der Taxifahrer auf Englisch.

Sam versuchte, sich einen guten Stopp auszudenken. »Fahren Sie nach Norden«, antwortete er auf Arabisch. Er schloss die Augen. Sein Herz raste, er schwitzte. Er begann, ganz langsam zu atmen. Er hatte Stunden damit zugebracht, sich Karten der Stadt einzuprägen, und nach einer Minute, die Augen immer noch geschlossen, gelang es ihm, sich die Karten ins Gedächtnis zu rufen. Der islamische Friedhof Dahdah. Er lag direkt nördlich, und basierend auf den Richtungen seiner Route ergab es eigentlich keinen Sinn, dorthin zu gehen. Aber es handelte sich um einen beliebten Ort bei Touristen. Der sich erklären ließ. Im Taxi wies Sam den Chauffeur an, den Kreisverkehr unweit des Rathauses anzusteuern, dann Richtung Osten auf die Bagdad-Straße abzubiegen.

Der Friedhof war umstanden von einem spärlichen Kiefernwäldchen. Sam betrat ihn, als die Sonne langsam am Horizont unterging. Er ging zwischen den Grabsteinen umher, machte Schnappschüsse. Er ging die Route nun seit zwölf Stunden. Eine Welle der Müdigkeit schlug über ihm zusammen. Als er sich dem entgegengesetzten Ende des Friedhofs näherte, hörte er das Kreischen von Autobremsen, dann die nervösen, gedämpften Stimmen von zwei Männern und einer Frau.

Über ihm stiegen zwei Mörsergranaten auf. Sam hörte nicht, wie sie einschlugen. Er sah, hörte, spürte nichts auf dem Friedhof.

Er ging auf die Stimmen zu. Eine junge Frau ging vorbei. Sie hatte dieselbe Größe und denselben Körperbau wie die Mopedfahrerin auf dem Al-Hijaz-Platz. Inzwischen trug sie schwarze, flache Schuhe, nicht mehr die ledernen Reitstiefel. Dann schlenderten zwei junge Männer vorbei, händchenhaltend. Sam warf einen Blick auf die Schuhe des Kleineren. Braun, abgetragen.

Dasselbe Paar war außerhalb des Abu George gewesen, als er mit Stapp dort ein Bier getrunken hatte. Sam war sich sicher. Damals hatte der junge Mann ein Adidas-T-Shirt getragen. Jetzt hatte er eine graue Jacke und eine farblich passende Hose an. Sam wurde umkreist.

Er setzte sich auf eine Bank außerhalb des Friedhofs. Die Sonne war untergegangen. Er saß eine halbe Stunde da, spielte alles noch einmal durch, stellte jede Entscheidung infrage, bis er sich entschloss, Procter gegenüber treten zu können. Er spürte die Jäger da draußen, die sich inzwischen vermutlich fragten, ob sie ausgetrickst worden waren, oder ob er auf seinen Agenten wartete. Er saß einfach nur da, zog den Einsatz der Gegner in die Länge, nervte sie, regte ihren Kommandeur mit jeder verstreichenden Minute noch mehr auf. Sie hatten mehr als zwölf Stunden seiner Zeit vergeudet. Er wollte versuchen, ihnen den Gefallen zurückzugeben.

Ali und Wolkow schauten sich eine Liveübertragung mit Bildern des CIA-Agenten Samuel Joseph an, wie er auf einer Bank außerhalb eines Friedhofs saß. Ali spürte, dass ihre Teams irgendwo in der Nähe des Bahnhofs entdeckt worden waren. Doch er wollte mehr über Josephs Verhalten erfahren und blieb deshalb, gemeinsam mit Wolkow, wie angewurzelt vor dem Monitor stehen. Es war ihm zuwider, es zuzugeben, aber er war beeindruckt.

Ali steckte Wolkow eine Zigarette an, dann sich. Seit der Mittagszeit waren sie in vollem Kriegsmodus. Ali hatte aus dem Bauch heraus argumentiert, dass Samuel Joseph eine Operation durchführte. Joseph schien sich allzu bewusst einen schönen Tag zu machen, hatte er Wolkow geantwortet, als der Russe ihn fragte, ob heute der große Tag sei. Es fühle sich falsch an. Wolkow hatte gesagt, dann stellen wir ihm eben eine Falle. Sie hatten ihn mit sieben Teams verfolgt und auf seiner Route durch die Altstadt umkreist. Die festen Positionen waren perfekt gewesen, dachte Ali, das musste man Wolkow lassen. Späher, kunstvoll eingebettet in die Menschenmenge um den Amerikaner herum, jeder die mobilen Teams informierend, während der Amerikaner weiter in südliche Richtung ging. Ein syrisches Team, eines von Alis, war dem Amerikaner in der Nähe des Bahnhofs etwas zu nahegekommen. Plötzlich hatten seine Leute Panik gekriegt und sich beim Friedhof gezeigt. Und der verdammte Amerikaner war einfach hellwach weiter in der Stadt herumgelaufen.

Das Livevideo erlosch. Das Team im Kommandozentrum des Sicherheitsamts lauschte dem Funkverkehr, der sie über die Operation auf dem Laufenden hielt.

»Hier Team drei, er ist in ein Taxi gestiegen, wir haben das Übertragungsvideo deshalb gestoppt. Wir folgen ihm.«

Als Team drei berichtete, dass das Taxi vor Samuels Wohnung hielt, schmiss Wolkow einen Tacker zu Boden.

Ali nickte Wolkow zu, ging in sein Büro und schloss die Tür hinter sich. Er schaute auf die Uhr: halb elf. Seit fünf Tagen hatte er Layla und die Jungs nicht mehr gesehen.

Er steckte sich eine Zigarette an und fing an, den Bericht zu schreiben.

40

Der Morgen war heiß und schwül. Noch schlimmer als die Hitze, dachte Rami, ist es allerdings, im Verkehr festzustecken und einen Mitsubishi Pajero mit einem manipulierten Lautsprecher auf der Beifahrerseite und mit etwas zu fahren, bei dem es sich seiner Vermutung nach um ein Geheimfach mit einem Sprengstoff in Militärqualität handelt. Aber so genau wollte er das gar nicht wissen.

Zwanzig Minuten später fand er einen Parkplatz auf dem Bürgersteig, auf halbem Weg an der Straße zwischen Sicherheitsamt und Alis Raucher-Spazierstrecke. Er parkte den Wagen parallel zur Betonmauer, stieg aus und entfernte sich vom Sicherheitsamt und seinen Überwachungskameras.

Zur gleichen Zeit saß sein Bruder Yusuf im Safe House und stellte die Video-Ausrüstung richtig ein. Er musste zwei Ereignisse bezeugen, um Sam zu benachrichtigen. Erstens: Sein Bruder musste den Pajero parken. Zweitens: Er musste beobachten, wie Ali das Sicherheitsamt betrat.

Er saß da und wartete auf den zweiten Vorgang. Der vergangene Monat, als er in diesem verdammten Safe House festgesessen hatte, war extrem nervig gewesen.

Eine Stunde später sah er Alis Wagen durchs Tor fahren und bekam Ali sogar kurz beim Betreten des Gebäudes auf Video. Er schickte eine verschlüsselte Nachricht an Sam: *Hier*.

»Ab jetzt gelten die Regeln für den Bereich unter feindlicher Kontrolle«, hatte Procter angeordnet und dabei eine weitere Depesche aus Langley auf den Tisch geknallt, die um ein Status-Update bat zur Operation Tötung von Ali Hassan.

Die Regeln für Bereiche unter feindlicher Kontrolle. Du wirst black, du verschwindest, dann tauchst du wieder auf. Das machst du auf aggressive Art und Weise, wenn's sein musste, das wusste Sam. Verschwinde vor den Augen der Verfolger. Am Ende würde der *Muchabarat* zurückschlagen, aber Sam blieb nichts anderes übrig. Der Druck aus Washington hatte zugenommen. Die Residentur konnte einfach nicht untätig bleiben. Sie mussten Ali eliminieren.

Nach der morgendlichen Sitzung in Procters Büro setzte sich Sam an den Rechner, um nachzuschauen, ob es Nachrichten von ATHENA gab. Der Posteingang war immer noch leer. Mit einem festen Klicken der Computer-Mouse schloss er die Datenbank. ATHENA schwieg seit mehr als einer Woche. Was ging da vor? Hatte man sie enttarnt? Die Gastgeber-Regierungen verschwiegen es einem meist, wenn sie einen deiner Spione hochgenommen hatten. Verdammt, es hatte über einen Monat gedauert, bis die CIA erfahren hatte, dass Val in der Haft gestorben war. Vielleicht hatte Atiyah Mariam mit der Aktentasche erwischt. Vielleicht hatten die Syrer das Programm auf ihrem iPad gefunden. Vielleicht war ihr Vater in Aleppo gestorben. Oder sie war einfach nur ängstlich in der Nähe des Geräts. Sam fuhr den Computer herunter, ging ins Bad und setzte sich eine Minute auf den Toilettendeckel, vollständig angezogen, den Kopf in den Händen. Dann verließ er die Station, ging zu den Handy-Aufbewahrungskästen, um nachzuschauen, ob es eine Nachricht von den BANDITOs gab, sein neues tägliches Ritual. Er öffnete sein Prepaid-Handy und sah: *Hier.*

Sam textete zurück: *Abbruch.*

Procter schlug ihm auf dem Weg hinaus auf die Brust und teilte ihm mit, sie werde eine NIACT – Night Action-Depesche – nach Langley senden. Sie werde Bradley hinzuziehen, die anderen Anzugträger aus dem Siebten Stock, dem Seventh Floor, in Langley, die Gesichtserkennungsexperten, und das OGC, das Amt für Allgemeine Rechtsberatung. Somit hing wieder einmal alles davon ab, dass Sam black wurde, und das in einer Stadt, die die Damaskus Station zum Feind erklärt hatte.

Sam begab sich in seine Wohnung, duschte und zog eine schwarze Jeans an, ein kariertes blaues Hemd und eine taubenblaue Leinenjacke, die er nicht ausstehen konnte. Er schickte Zelda eine SMS, um die Verabredung um 22.00 Uhr im Sha'alan zu bestätigen. Er erwähnte, dass er vorher noch ein paar Einkäufe zu erledigen habe.

Als er die Wohnung verließ, hatte er sich seine Messenger-Bag umgelegt, in der sich ein Handy, ein Walkie-Talkie und diverse Verkleidungen befanden. Sofort fielen ihm der Überwachungs-Van und der auf dem Bürgersteig rauchende Mann auf, der zu ihm herüberschaute. Es war nicht wichtig. Er brauchte nur ein paar Sekunden, während sein Beschatter nicht herübersah, um zu entwischen.

Er lief zum Umayyaden-Platz, dann nach Norden in Richtung Botschaft. Dabei vergrößerte er die Distanz zum verfolgenden *Muchabarat*-Mann. Sam nahm das Geschehen auf der Straße wahr, sein Puls erhöhte sich, er bog nach rechts ab und schaute sich nach fest installierten Posten um. Nichts. Er fiel in Laufschritt, bog nach rechts, dann nach links und sprintete los.

Die Straße war leer, bis auf ein Auto: ein schwarzer 5er BMW, mit laufendem Motor, der Kofferraum einen Spalt breit geöffnet,

Elias am Steuer. Sam lief darauf zu, klappte den Kofferraum auf, blickte sich in der Gasse nach Zeugen um – keine – und sprang in den Kofferraum. Eingezwängt im Kofferraum spürte er, wie das Fahrzeug sanft beschleunigte und dann nach rechts abbog. Es gelang ihm, den Sportmantel und das Hemd auszuziehen, und kramte in der Tasche, um den falschen Bauch und ein frisches T-Shirt zu finden. Elias fuhr durch ein Schlagloch, und Sam hatte das Gefühl, sein Arm würde abreißen. Dann schob er sich den Schaumstoffbauch unters T-Shirt. Er setzte sich eine Perücke mit wirrem braunem Haarschopf auf und klebte sich einen kratzigen Schnauzbart an. Wieder fuhr Elias über eine Unebenheit; Sam fluchte und rückte sich den Schnauzbart zurecht.

Sam legte sich zurück und betete, dass sie nicht überraschend in einen Checkpoint gerieten. Wenn die Miliz Elias anhielt und einen großen Amerikaner im Kofferraum fand, mit Perücke auf dem Kopf und einem Kissen unterm Hemd, wären sie alle am Arsch.

Es war Kanaan, der den Anruf des atemlosen Unteroffiziers entgegennahm und an dessen schwerer Atmung und lautem Gefluche er erkannte, dass Samuel ihnen entkommen war.

Als er damit fertig war, den Mann anzubrüllen, ging er zu Ali ins Büro, um die Nachricht zu übermitteln. Das Herz rutschte ihm in die Hose, als er General Wolkow erblickte, der Wodka aus einem Kaffeebecher trank. »Was soll das heißen – entkommen?«, fragte Ali, der sich an seinen Worten fast verschluckt hätte. Als Kanaan die erbärmliche Erklärung des Unteroffiziers übermittelte, sah Ali, dass Wolkows Miene merkwürdig ausdruckslos wurde, bis auf die Augenbrauen, die sich ganz leicht hoben.

»Der Mistkerl hat uns abgehängt«, sagte Wolkow zu Ali, sobald Kanaan zu Ende erzählt hatte.

Ali nickte. »Die wissen, dass wir sie beim letzten Mal fast erwischt hätten. Glauben Sie, dass er sich später mit seiner Kollegin auf einen Drink treffen wird, wie es in der Textnachricht heißt?«

Wolkow trank einen weiteren Schluck und betrachtete die Landkarte. Er zuckte mit den Schultern. »Fünfzehn Minuten sind vorbei. Er hat noch vier Stunden. Viel Zeit für eine Geheimoperation und anschließend einen Schlummertrunk mit seiner Freundin.«

»Kanaan, ich nehme an, das Straßen-Team hat keine Ahnung, wie der Wagen aussieht?«

»Keine. Unsere Leute haben überhaupt keinen Wagen gesehen.«

»Wir könnten Glück haben«, meinte Wolkow. »Vielleicht fliegt er bei einem Checkpoint auf.«

»Vielleicht.« Ali steckte sich eine Zigarette an und machte sein Hemd noch einen Knopf weiter auf. Plötzlich war ihm unerträglich heiß. »Ich könnte doch mit ihm zusammen was trinken.«

»Ausgezeichnete Idee«, sagte Wolkow. »Wissen Sie, manchmal, wenn diese Leute in Moskau black gehen, schnappen wir sie uns einfach hinterher und prügeln die Scheiße aus ihnen raus.«

Der Wagen wendete mehrmals, ehe er auf Umwegen in die Stadt in Richtung Safe House zurückfuhr. Anderthalb Stunden später öffnete Elias den Kofferraum und grinste seinen Passagier an, der sich unter dem Schnauzbart kratzte.

Sam lief durch die von Laternen erhellten Straßen des Stadtteils Kafr Sousa und des angrenzenden Sunnitenviertels al-Lawan, wobei er eine ganz Reihe Techniken anwendete, die die Umkreisung der Beschatter umging, was aber nicht notwendig war. Er war black. Als er um 20.00 Uhr im Safe House ankam, war niemand dort. Die BANDITOs waren bereits gegangen. Er stellte die Videokamera auf einen Dreifuß und richtete sie auf den unten auf der Straße stehenden Pajero. Er überprüfte, ob der verschlüsselte Satelliten-Link aktiv war. Dann zog er sein Handy aus der Tasche und rief eine sehr lange, sehr seltsame Telefonnummer an.

»Hallo, Sam. Kannst du uns hören?« Es war Bradley.

»Ja. Habt ihr Videoaufnahmen?«

»Ja. Wir blicken auf eine leere Straße und einen einsamen Pajero.«

»Verstanden; ich auch. Procter, bist du da?«

»Ja. Die Damaskus Station ist online.«

»Wir haben außerdem das Gesichtserkennungsteam hier bei uns im Konferenzraum des Direktors«, sagte Bradley. »Sowohl MOLLY, das KI-Programm, als auch die echte Person. Sie heißt übrigens Susan Crawley.«

»Hi, Susan«, sagten alle.

»Also gut, an alle«, sagte Bradley. »Der Direktor hat mich befugt, den Knopf zu drücken. Sam stellt die Bombe erst scharf, wenn wir sehen, dass Ali das Gebäude verlässt. Dann werden Susan und das KI-Programm unabhängig voneinander ihr Urteil treffen. Sobald das erledigt ist, tippe ich die Nummer ins Thuraya. Wenn Ali sich mit dem Kofferraum des Wagens auf gleicher Höhe befindet und die Explosionszone frei ist, drücke ich auf den Knopf. Haben das alle verstanden?«

»Ja.«

»Und jetzt warten wir erst mal.«

Sam saß da und blickte auf den Videofeed. Dabei fragte er sich, was Ali wohl gerade tat und in welchen Raum in diesem gottverlassenen Gebäude sie Vals Kopfhaut gebracht hatten.

Weiter unten an der Straße war Ali Wolkow in das provisorische Kommandozentrum der Russen gefolgt, wo er zu dem Schluss kam, dass die Jagd auf Samuel Joseph nur langsam vorankam. Keinerlei Anzeichen des Amerikaners, nirgends.

Sein Plan trug allmählich Früchte, aber ihm lief die Zeit davon. Dennoch: Assad hatte ihm genügend Freiheiten gelassen, um den Amerikaner vorzuwarnen. Dann würde er mit Rustums Plan weitermachen, den Amerikaner festnehmen und verhören. Er wollte zwar nicht, dass die Ermittlungen derart rücksichtslos geführt wurden, aber ihm gingen die Optionen aus. Die Amerikaner führten Geheimoperationen durch, zeigten ihm den Vogel, er dagegen versuchte, das Spiel zivilisiert zu spielen.

Aber egal: Es gab keine Neuigkeiten in Bezug auf Rustums Operation, Bouthaina und den anderen Falschinformationen über die Ersatzproduktionsstätte zu übermitteln. Wenn die Informationen nicht im nächsten Schwung von SWR-Berichten auftauchten, wäre Alis Zeitfenster geschlossen, und man würde Samuel Joseph festnehmen und ihm den Namen des Agenten abpressen. Angesichts der Mätzchen des jungen Mannes auf der Straße entwickelte Ali allmählich Verständnis für diese Auffassung. Wenngleich noch mit einer gewissen Zurückhaltung.

Er musste einen klaren Kopf bekommen. Er schnappte sich seine Zigaretten und verließ das Gebäude, um spazieren zu gehen.

Vom Safe House sah Sam eine vertraute Gestalt zwischen den Beton-Absperrungen vor dem Sicherheitsamt hindurchgehen. Sam richtete die Videokamera auf die Gestalt und zoomte sie heran.

»Er ist es. Das ist Ali.« Er drückte die Push-to-talk-Taste und stellte damit die Bombe scharf.

Er musste nur auf der richtigen Seite der Straße zu gehen. In den Überwachungsberichten hieß es, dass er das fast immer tat, aber es konnte ja sein, dass er seinen Tagesablauf änderte. »Mach schon, du Mistkerl. Rechte Seite«, murmelte Sam.

Ali stand da und redete mit den Wachen, rauchte eine Zigarette und lachte. Sam erinnerte sich, dass Ali eine Frau und Zwillinge, Jungs, hatte. Er verspürte einen Anflug von Traurigkeit, irgendein fernes Mitgefühl für den Menschen Ali. Er erinnerte sich an Val, ihre Mutter, an den Gedenkgottesdienst.

Unterdessen scherzte Ali weiter mit den Wachen.

Einer der Russen, der einem FSB-Team über Funk lauschte, hörte aufgeregte Stimmen, Geknister, dann rief Wolkow: »Wir haben jemanden gefunden, auf den Sams Beschreibung passt. In Kafr Sousa. In einer Wohnung. Er ist in der Nähe.«

Wolkow warf einen leeren Styroporbecher in Richtung Papierkorb – weit daneben. »Zeigen Sie mal. Wo?«

Der Leutnant begab sich zur Karte und fragte das mobile Team nochmals nach der Adresse. Er zeigte darauf.

»Das ist nur weiter die Straße runter«, sagte Wolkow. Er wandte sich zu Kanaan um, der gerade die syrischen Teams auf ihre Plätze scheuchte, damit sie den Amerikaner – und wen immer er traf – festnehmen konnten.

»Oberst, wo ist Ali?«

»Er ist spazieren gegangen, die Straße runter.«

Wolkow verdrehte die Augen. Dieser Levantiner. Keine Härte, wahrscheinlich wegen des ewigen Sonnenscheins. »Ich gehe los und hole ihn, und dann machen wir zu Fuß weiter. Verstanden?«

Kanaan nickte, legte das Telefon zurück an den Mund und schrie seine Teams an, sich schleunigst auf den Weg zur Wohnung in Kafr Sousa zu machen.

»Er geht jetzt spazieren«, sagte Sam. »Auf der rechten Seite. Unserer Seite. Ich hab das Frisbee freigeschaltet.« Das Team hatte den Spitznamen übernommen. »Ich zoome heran, um die Gesichtserkennung zu ermöglichen.«

Ali ging langsam zwanzig Meter weit, blieb dann stehen, um seine Zigarette auszudrücken. Immer noch hundert Meter vom Pajero entfernt.

In Langley schaute sich die Gesichtserkennungsexpertin die Live-Videoübertragung an, verglich diese mit den Bildern aus der Überwachungsoperation der BANDITOs. Gleichzeitig gab der Algorithmus namens MOLLY diese Informationen durch. Wenn MOLLY und Susan übereinkamen, dass es sich um Ali handelte, konnte es losgehen.

Ali ging weiter. Langsam.

Sam hüstelte. Aus irgendeinem Grund dachte er an die Mühle in Wisconsin. Den toskanischen Weinberg mit Mariam. Die SDR, bei der die Russen ihn fast erwischt hätten. An Vegas, als er ohne Geld dastand. Das alles war er, komischerweise. Aber machte ihn das zu einem Mörder? Denn selbst wenn nicht er die Bombe zündete, hatte er das Walkie-Talkie von Empfangen auf Senden umgeschaltet und so die Bombe scharf gestellt.

»Wir hier in Langley haben die Bestätigung«, sagte eine unbekannte Stimme. »Ich bin übrigens Paul Gartner. Leiter der Allgemeinen Rechtsberatung. Susan und MOLLY stimmen überein. Es ist Ali.«

»Verstanden«, sagte Bradley. »Ich tippe jetzt die Thuraya-Nummer ein. Ich drücke die Taste, sobald er beim Kofferraum ankommt.«

»Fünfzig Meter«, sagte Sam.

Während Ali weiter schlenderte, zündete er sich eine weitere Zigarette an, inhalierte den Rauch und fragte sich, warum er das hier eigentlich machte. Er verdrängte den Gedanken und sah auf die Uhr. Er hatte Layla und die Jungs sehen wollen, aber jetzt war es zu spät dafür. Er schloss die Augen und wünschte einen Augenblick lang, dass er mit den Zwillingen rangelte, statt für dieses Tier von einem Bruder und diesen lächerlichen Präsidenten den Polizisten zu spielen. Er blieb stehen und schnippte die Zigarette weg. Dann steckte er sich die nächste an und ging weiter.

»Fünfundzwanzig Meter«, sagte Sam.
»Hat der Typ Probleme?«, fragte Procter. »Der geht ja wie ein Behinderter.«
»Klappe halten.«
»Fünfzehn Meter. Bürgersteig nach wie vor frei. Nur Ali.«
»Zehn Meter, fünf.«
»In zwei Sekunden drücke ich Senden«, sagte Bradley.

Hinter sich hörte Ali schwere Schritte auf dem Gehsteig.
»General«, rief Wolkow. »Wir haben ihn gefunden. Kommen Sie zurück.«

Ali drehte sich um und sah den Russen auf sich zu sprinten. Während er sich umwandte, verlor er das Gleichgewicht, er schwankte Richtung Straße und hielt sich am Kofferraum eines geparkten Pajero fest. Verlegen richtete sich wieder auf.

»Was ist passiert?«

»Eines von den mobilen Teams hat ihn entdeckt. Hier in Kafr Sousa, eine Wohnung, ein kurzes Stück die Straße rauf. Kanaan hat Teams losgeschickt, um ihn festzunehmen. Laufen Sie. Wir holen die ein.«

Ali fiel in Laufschritt.

Sam saß schweigend da und sah zu, wie sich das Chaos im Videofeed entfaltete.

Bradley durchbrach das Schweigen. »Okay, Leute, ich habe das Telefon ausgeschaltet. Susan, können Sie erkennen, was der Typ zu Ali gesagt hat? Der sah für mich nicht wie ein Syrer aus. Sam, hau ab.«

Sam packte das Equipment zusammen und klebte sich den Schnauzbart wieder an. Ihm fiel auf, dass er während der gesamten Operation den falschen Bauch und die Perücke getragen hatte.

Susans Stimme erklang. »Der Kerl hat Ali gesagt: ›Wir haben ihn gefunden‹.«

»Sam, hast du das gehört?«, sagte Bradley. »Beweg dich nicht vom Fleck, du hast keine Agenten in deiner Nähe. Warte ruhig ab und bleib in der Leitung.«

Mariam, sein Leben, seine Anwesenheit hier, alles hing am seidenen Faden, den Ali Hassan jetzt durchtrennte. Wenn die Syrer ihn im Safe House erwischten, würden sie ihn außer Land verweisen oder umbringen. Er würde Mariam nicht schützen können, ihre Haut nicht auf seiner spüren, sie nicht lachen hören. Er würde sie nie wiedersehen.

Fluchend trat er ein Loch in die Wand, setzte sich im Konferenzraum an den Tisch und überlegte, wie er die Videoausrüstung vernichten konnte.

Ali und Wolkow kamen vor dem Wohnhaus aus hellem Naturstein an, das von den anderen in der Häuserreihe nicht zu unterscheiden war. Sie näherten sich einem Hauptmann des Sicherheitsamts, der über beide Ohren grinste. »Wie haben Sie ihn gefunden?«, fragte Ali.

»Wir hatten Glück, wir haben gesehen, wie er reingegangen ist. Ich bin ihm die Treppe rauf gefolgt, habe gesehen, wie er in eine der Wohnungen reingegangen ist.«

»Haben Sie gesehen, ob noch jemand mit ihm reingegangen ist?«

»Nein.«

»Bringen Sie mich hin.«

Schweigend fuhren sie im Lift nach oben, mit jedem Stockwerk schlug Alis Puls schneller.

Sie kamen vor der Wohnung an. Der Hauptmann rüttelte am Schloss. Schüttelte den Kopf.

Ali klopfte an. »Sicherheitsamt. Machen Sie die Tür auf. Sofort.« Stille.

»Sie haben drei Sekunden, um die Tür zu öffnen.« Immer noch Stille.

Ali nickte und zog die Waffe. Der Hauptmann trat die Tür ein. Ali stürmte die Wohnung.

Das Wohnzimmer war leer, die Küche ebenso. Ali betrat das Schlafzimmer und erblickte eine attraktive junge Syrerin, die nackt und gelassen im Bett rauchte. Sie hatte eine gute Figur, wie er sah, als sie ungeniert aufstand, um die Zigarette auszudrücken. Sie hob ihren BH vom Boden auf und nickte in Richtung des begehbaren Kleiderschranks.

Wie sich herausstellte, handelte es sich bei dem Mann, den das Team als Sam identifiziert hatte, in Wahrheit um Clement

Lacroix von der französischen Botschaft: ein junger Mann, der eine auffallende Ähnlichkeit mit dem CIA-Mann aufwies und der mit einer syrischen Friseurin in ihrer Wohnung in Kafr Sousa schlief.

Clement hatte sich in der Ankleide versteckt, nachdem er das Klopfen gehört hatte. Seine Freundin, das Gehirn in ihrer Beziehung wie meist in Syrien, hatte eine Zigarette geraucht und auf den *Muchabarat* gewartet, als ihr klar wurde, dass sie einen furchtbaren Fehler begangen hatte.

Sam hatte geduldig darauf gewartet, dass Ali die Tür eintrat. Nach einer halben Stunde kamen Bradley und Procter überein, dass er die Wohnung verlassen solle. Er wurde nicht verfolgt und hatte keine Ahnung, wohin Ali und die Russen gegangen waren. Er ließ das Videoequipment im Safe House und legte die Verkleidungen nach und nach auf der auswärts führenden SDR ab. Als er schließlich in seiner Wohnung ankam, war seine Tasche leer, und er sah wieder aus, wie er selbst.

Er war erschöpft, musste aber mit Zelda Abendessen, für den Fall, dass die Syrer nicht wussten, dass er an diesem Abend eine Geheimoperation durchgeführt hatte. Angesichts der Textnachrichten, die sie mit Sicherheit lasen, würden sie damit rechnen. Der *Muchabarat*-Fußsoldat, der den Hauseingang zu seiner Wohnung beobachtet hatte, war offenkundig schockiert, als er das Gebäude betrat. Derselbe Typ wie in den vergangenen fünf Tagen, der arme Kerl, dachte Sam, und überlegte, ober er winken sollte, dachte sich aber, dass das beleidigend wäre, ein Affront gegen die Berufsehre des Syrers. Dergleichen würde ihn geradezu einladen, in seine Wohnung einzubrechen und sie gründlich zu durchsuchen – oder einfach nur etwas Spaß zu haben und die Wohnung zu plündern.

Zelda hatte im Three Tables einen Tisch bestellt, ein trendiges Restaurant im Viertel ash-Sha'alan. Der Stadtteil war normalerweise äußerst belebt, die Bürgersteige voll von Familien, jungen Paaren, die sich zu einem Date trafen, und Flaneuren. So war es vor dem Krieg gewesen. Inzwischen waren die Luxusboutiquen und teuren Spirituosengeschäfte kaum noch frequentiert, die Restaurants nur unregelmäßig geöffnet.

Zelda war als Erste eingetroffen. Sichtlich unbehaglich saß sie an einem Tisch am Fenster. Die meisten Tische waren leer.

Ali setzte sich neben sie.

Er lächelte und winkte Sam zu, bat ihn an den Tisch. Als Sam näherkam, stand Ali auf, um ihm die Hand zu geben. Er deutete auf einen der leeren, gegenüberliegenden Stühle.

»Samuel, bitte nehmen Sie doch Platz«, sagte er auf Englisch.

Zelda hatte Wein bestellt, vermutlich, bevor der Syrer eingetroffen war. Der Kellner brachte bereits die Flasche.

Ali lächelte, als der Kellner etwas Wein in sein Glas goss, damit der Gast ihn probieren konnte. Ali schwenkte den Wein und roch daran. »Domaine de Bargylus, ausgezeichnete Wahl.« Er trank einen Schluck und nickte dem Kellner zu, der allen Gästen einschenkte. »Wissen Sie, das ist der einzige syrische Wein, den man für den Export geeignet hält. Der Rest ist ungenießbar, hergestellt in Staatsbetrieben. Das Weingut gehört zwei Libanesen, auch wenn es sich in Latakia befindet, nahe der Stadt meiner Vorväter. Wie ich höre, beschießen die Aufständischen das Weingut gelegentlich.«

Als Zelda ihre Hände vom Tisch nahm und sie auf die Stuhllehnen legte, fiel Sam der Schweißabdruck auf der Tischdecke auf.

»Sie sollten sich schämen, dass Sie Alkohol trinken«, sagte Sam auf Arabisch und zwinkerte Vals Mörder zu, obwohl er dem

Mann am liebsten ein Messer ins Herz gestoßen hätte. Ali schien sich offensichtlich wohlzufühlen, glaubte offenbar, alles im Griff zu haben.

Ali lachte und trank noch einen Schluck. »Ich bin Alawit, Mr. Joseph, wir sind sowieso alle Ketzer.« Er lächelte Zelda an; sie blickte auf die Schweißflecke auf dem Tisch.

Der Kellner brachte Brot; Ali nickte ihm zu, dass er sie bedienen solle. Er wandte sich an Zelda: »Erlauben Sie.« Träufelte Olivenöl auf ihr Brot. Dann auf sein Brot, aber sein Blick ruhte weiter auf Zelda. »Genießen Sie Ihren Aufenthalt in Syrien?«

»Ja.« Jetzt sah sie ihm in die Augen. »Es war ein wunderschönes Land.«

Ali beherrschte das Englische offenbar nicht so, dass ihm Zeldas herabwürdigende Verwendung der Vergangenheitsform auffiel. »Es ist zu schade, dass Sie nicht an die Küste reisen können, oder nach Aleppo«, sagte Ali. »Allerdings fürchte ich, dass die Stadt heutzutage nicht präsentabel ist. Es ist wirklich jammerschade.«

»Mein Vater ist dort geboren, ich habe die Stadt einmal besucht, in meiner Jugend«, sagte Zelda.

»Ah, sehr gut, dann kennen Sie ja ihren früheren Glanz. Sind Sie halb Syrerin? Unglaublich. Amerika ist wirklich ein Schmelztiegel, wie man so sagt.« Er brach ein weiteres Stück Brot ab und aß einen Bissen. Er musterte Sam. »Gehen wir etwas spazieren, Mr. Joseph.«

Als sie gingen, blieb Zelda am Tisch sitzen und trank dankbar einen großen Schluck Wein.

Ali steckte sich im Gehen eine Zigarette an und bot Sam eine an, der ablehnte. Ali ging Sam voran zu einem kleinen Park. »Beschattet uns ein Team?«, fragte Sam.

»Nicht von meinem Dienst, aber man weiß ja nie. Vielleicht führt eine andere Gruppe eine Operation durch.« Er lachte über seine eigene Bemerkung und aschte auf den Boden.

»Wie geht es Ihren Zwillingen?«, fragte Sam.

»Gut, danke. Ich habe mich immer gefragt, wie meine CIA-Akte wohl aussieht. Sind da auch die ganzen schlüpfrigen Sachen drin?«

»Wir haben nur sechs Ihrer Geliebten gefunden.« Wieder lachte Ali; Sam sah eine aufgeworfene rote Narbe an seinem Hals.

»Ah, die anderen vier sind Ihnen entgangen. Die habe ich besonders sorgfältig versteckt ... vielleicht kann nicht einmal die CIA sie finden.« Er grinste, zeigte auf einen kleinen Laden und tätschelte seine Brusttasche. »Wir haben uns viel zu erzählen, aber ich habe keine Zigaretten mehr.«

Sam folgte Ali in den Laden und hielt ihm einige Geldscheine hin. »Ich freue mich, dass die amerikanische Regierung mich für all die Unannehmlichkeiten entschädigt«, sagte Ali lachend auf Arabisch. Der Kassierer schien verwirrt, dass ein *Muchabarat*-Offizier und ein Amerikaner in seinem Geschäft miteinander plauderten. Sam lächelte ihn an und fragte auf Arabisch: »Wie laufen die Geschäfte heute Abend?«

»Gut, danke, Sir«. Der Blick des Kassierers verriet, dass er sie anflehte, schnell den Laden zu verlassen.

Ali ging Sam voraus. Schweigend kamen sie in dem Park an. Merkwürdigerweise hatte Ali die neue Packung noch nicht geöffnet. Er deutete auf eine Bank; sie setzten sich.

Ali klopfte mit der Packung auf sein Handgelenk, zog eine Zigarette heraus und zündete sie sich an. Er wartete, bis ein Pärchen vorbeigegangen war, dann wandte er sich an Sam. »Mr. Joseph, es ist Ihnen dank der Gnade meiner Regierung erlaubt, in diesem Land zu leben und zu arbeiten. Wir überwachen Sie zu Ihrem eigenen Schutz. Dass Sie einfach verschwinden, tolerieren wir nicht.«

»Ich verstehe«, sagte Sam.

Ali fuhr fort: »Außerdem dürfen Sie meine Freundlichkeit nicht mit Schwäche verwechseln. Wenn Sie erneut gegen unsere Gesetze verstoßen, wird es eine Bestrafung geben. Und wie Sie sehr wohl wissen, sind in diesem Land aktuell dunkle Mächte am Werk. Wenn man gegen die Vorschriften verstößt, gibt es ihnen einen Anlass, loszuschlagen.«

»Ich verstehe«, sagte Sam noch einmal.

»Gut.« Ali rauchte die Zigarette zu Ende, warf sie auf den Boden und drückte die Glut mit seinem Schuh aus. Er stand auf und wandte sich zum Gehen.

Sam wollte den Mann zum Sprechen bringen. Er wollte wirklich fragen, warum sie Val abgeschlachtet hatten, den Ausdruck in Alis Augen sehen bei der Erwähnung ihres Namens. Doch jede Erwähnung würde Ali verschrecken und die Operation gefährden. Also versuchte er, etwas aus Ali hervorzulocken. »Sie haben eine Frau, Kinder. Sie haben alle Sicherheitsberichte gelesen. Ich nehme an, Sie billigen die Reaktion Ihrer Regierung auf die Unruhen nicht. Ist das korrekt?«

»Die Regierung hat Fehler gemacht, sicherlich.«

»Und glauben Sie, dass diese Regierung Ihre beste Chance darstellt, dass Ihre Familie weiter in Sicherheit leben kann?«

Ali steckte sich eine weitere Zigarette an und reichte die Packung Sam zurück, ehe er ging. »Mr. Joseph, ich will Ihnen die Antwort ersparen. Ich bin der Einzige, der meine Frau und meine Jungs am Leben erhält. Ich schlage vor, dass Sie nicht so viel Zeit damit vergeuden, sich um meine Sicherheit zu sorgen, sondern sich mehr um Ihre eigene zu kümmern. Sie werden es brauchen.«

Als Sam in seiner Wohnung ankam, musste er dem Kerl vom *Muchabarat* gar nicht zuwinken. Der Mann lächelte ihm mitten ins Gesicht. Es wunderte Sam nicht, dass seine Wohnungstür bereits aufgeschlossen war. Und es überraschte ihn auch nicht, dass die Regale umgestoßen, die Bücher verstreut oder zerfetzt waren, das Laptop mit einem Hammer kaputt geschlagen, Küchenmesser im Wohnzimmer herumlagen, wo sie dazu benutzt worden waren, die Couch aufzuschneiden. Er öffnete den Schrank im Vorderflur. Er musste seine Jacken gar nicht anfassen, um zu wissen, dass man darauf gepinkelt hatte. Er folgte einem Brandgeruch in der Küche und stellte fest, dass sein Müllschlucker so mit Besteck vollgestopft war, dass er nicht mehr funktionierte, die Herdplatten herausgerissen und die Küchenstühle zu Kleinholz gemacht worden waren. Der Herd war ausgeschaltet, aber aus morbider Neugier öffnete er dennoch die Backofentür. Im Backofen befanden sich die Aschereste seiner Bücher. Er lächelte. Die Klimaanlage – zu kostbar, als dass man sie zerstörte – war weggekarrt worden. Clever. Und als er dann ins Badezimmer kam, war er tatsächlich beeindruckt. Sie hatten die Badewanne in Stücke gehauen, sein Waschbecken mit Urin gefüllt und sein Kopfkissen in die Toilette gestopft.

Eine Sache übertraf allerdings alle Erwartungen: mitten auf dem Bett lag ein riesiger Haufen menschlicher Exkremente. Und aus dem oberen Teil ragte wie eine Kerze auf einer Geburtstagstorte ein körniges Überwachungsfoto von Sam und Ali, wie sie das Restaurant verließen.

41

Ali hatte alles darangesetzt, zu vermeiden, den Präsidenten in die Sache reinzuziehen. Er hatte Rustum zweimal angerufen, hatte eine streng vertrauliche Aktennotiz mit der Liste der Namen und falschen Orte geschickt, die Rustum weiterleiten wollte. Aber er hatte nichts als Gegenleistung erhalten. Als er Kanaan zum Hauptquartier der Republikanischen Garde losgeschickt hatte, ließ einer von Rustums Adjutanten ihn drei Stunden lang warten, bevor er dem Leutnant mitteilte, dass Rustum sich in seiner Villa in Bloudon aufhalte. In Bloudon sagten sie Kanaan, Rustum sei in Damaskus. Und so hatte Ali vor dem Büro des Sekretärs des Präsidenten gewartet, bis man ihn für einen Fünf-Minuten-Termin einschieben konnte.

»Ihr Bruder versichert mir, dass er diese Diskussionen bereits geführt hat«, sagte Assad, abgelenkt, weil er im Internet surfte. Ali stand vor Assads Schreibtisch. Es war ihm nicht angeboten worden, sich zu setzen. »Ich weiß, dass er es zumindest Atiyah erzählt hat, weil der mich während eines Meetings in dieser Woche nach dem Standort gefragt hat.« Assad klickte mit der Mouse, dann wieder in rascher Folge. »Die beiden Männer, wie wahrscheinlich deutlich sein dürfte, verachten einander.« Assad lachte leise. »Ich mache mir ehrlich gesagt Sorgen, dass Rustum Basil befehlen könnte, Atiyah irgendwann umzubringen.« Er lachte erneut. Ali konnte nicht erkennen, ob Assad es ernst meinte.

»Er hat ständig nur über ein Thema gesprochen, Herr Präsident«, sagte Ali. »Die Überwachungsoperation gegen den Amerikaner kommt zwar voran, trotzdem müssen wir die Beamten überprüfen, die Kenntnis davon hatten, dass ...«

»Wie ich hörte, hat Ihr Team den Amerikaner verloren.« Assad blickte vom Computerbildschirm auf. »Aber Sie sprechen hier von Bouthaina, ja? Ihr Bruder findet nicht, dass es notwendig ist, sie zu überprüfen, Ali.«

»Stimmen Sie dem zu, Herr Präsident?«, fragte Ali.

Der Präsident legte die Hände hinter den Kopf und lehnte sich in seinem Stuhl zurück. Dann strich er sich über den schmalen Oberlippenbart. »Was brauchen Sie?«

Ali begab sich mit dem geheimen Dekret des Präsidenten umgehend in Rustums Homeoffice, vorbei an einem Adjutanten, der darauf beharrte, dass Rustum sich mitten in einer Besprechung befände. Als Ali die Tür öffnete, saß Rustum an diesem furchtbaren *Noria*-Schreibtisch und las Berichte. »Raus mit dir ...«

»Glaubst du, dass deine Freundin für die CIA spioniert?«, fragte Ali.

»Du kannst mich mal, kleiner Bruder. Natürlich nicht.«

»Und warum hast du ihr dann nicht die Falschinformationen über die Ersatzfabrik im Wadi Barada weitergeleitet?«

»Woher weißt du, dass ich das nicht getan habe? Und um Gottes willen, wir wissen doch beide, dass dieser Vergewaltiger Atiyah der Spion ist.«

Ali knallte das Dekret des Präsidenten auf den Schreibtisch. »Lies das hier.«

Rustum nahm das Dokument und las; sein Gesicht wurde dabei immer röter. Ordentlich legte er es wieder zurück auf den Schreibtisch, mit der Rückseite nach oben.

»Du hast bis heute Abend Zeit, die Informationen an sie weiterzugeben«, sagte Ali. Er drehte sich um und verließ den Raum.

Mariam aß langsam eine Orange und blickte auf die riesige Einkaufstasche, in der sie die Dokumententasche in den Palast geschmuggelt hatte. In der vergangenen Stunde hatte sie drei Orangen gegessen, ihre Finger waren verfärbt, und der Saft brannte ihr im wunden Nagelbett. Sie schälte die Orange und blickte weiter auf die Tasche, als könnte sie die in Atiyahs Büro befördern, ohne das Zimmer selbst betreten zu müssen. Die Ironie war, dass dieser Unmensch Männer mit Schusswaffen und Knüppeln losgeschickt hatte, um sie in Frankreich umzubringen; aber wenn sie Erfolg hatte, würde eine simple Dokumententasche sein Schicksal besiegeln.

Während sie einen Schnitz von der Orange aß, blieb Bouthaina vor ihrer Tür stehen. »Gute Nacht, Mariam.«

»Gute Nacht.« Mariam lächelte ihrer Chefin zu. Je weniger Leute sich auf diesem Stockwerk befanden, desto besser. Bouthaina ging, und Mariams Blick kehrte zu der großen Handtasche zurück. Wieder hob sie einen Orangenschnitz an die Lippen, und plötzlich erinnerte der Geruch sie an Alis Schergen Kanaan. Er hatte auch eine Orange gegessen, bei einer der Befragungen nach Italien. Er hatte schweigend dagesessen und die Schale entfernt, während sein Chef noch mal dieselben Fragen gestellt und Mariam geantwortet hatte.

Frage: *Das Gerät, das Sie bereitgestellt haben. Es stellt eine Verbindung zu einem Satelliten her?*
Antwort: *Ja, das hat Samuel Joseph gesagt. Aber das habe ich Ihnen bereits gesagt, General.*
F: *Warum hat er Ihnen das Gerät gegeben?*

A: *Ich habe ihm die Informationen gegeben, wie wir es vereinbart hatten. Ich habe gesagt, ich brauche eine Möglichkeit, in Damaskus mit der CIA zu sprechen. Ich würde ein Gerät benötigen. Ich habe gesagt ...«*
F: *Was haben Sie denen sonst noch erzählt ...«*
A: *Nichts.*
[Papiergeraschel].
F: *Welche von diesen Personen ist der Leiter der Station?*
A: *Diese Frau.*
F: *Name?*
A: *Sie hat mir gesagt, dass sie Artemis heißt.*
F: *Ist das ein echter amerikanischer Name, Kanaan. Er klingt wie ein Pseudonym.*
[Nicht zu verstehen]
F: *Tatsächlich. Gut. Hat man Ihnen hier in Damaskus noch weitere Safe Houses zur Verfügung gestellt?*
A: *Nur das eine, das ich Ihnen gezeigt habe, General.*
F: *Hat er Ihnen irgendetwas im Austausch für Ihre Kooperation versprochen?*
A: *Geld.*
F: *Was haben Sie in San Angelo an jenem Abend gegessen?*
A: *Pasta.*
F: *Welche Art Pasta?*
A: *Cacio e Pepe. Spaghetti mit Käse und Pfeffer.*
F: *Was hat Samuel Joseph gegessen?*
A: *Ich habe Ihnen viermal gesagt ...*
F: *Pasta. Toskanisches Ragout. Vom Wildschwein.*
[Gedämpftes Gespräch, das Klicken eines Feuerzeugs].
F: *Wir können eine kurze Pause machen. Würden Sie jetzt gern Ihre Cousine sehen?*
A: *Wann werden Sie sie freilassen?*

F: *Wenn Sie Ihre Arbeit erledigt haben.*
A: *Wann wird das sein, General?*
F: *Wenn sie erledigt ist. Sonst noch etwas?*
A: *Darf ich vorher auf Toilette?*

Sie hatte sich übergeben, sich dann neben dem Klo zusammengekrümmt und hyperventiliert. In dem Moment war ihr nicht bewusst gewesen, dass sie sich auf den Zeigefinger gebissen hatte. Sie fluchte, als die Haut platzte. Sie betupfte die Wunde mit dem Toilettenpapier und betrachtete sich im Spiegel. Sie erinnerte sich an Sams Versprechen im Weinberg und kam sich vor wie eine Hure. »Du siehst schlimmer aus als ich, *Ukhti*«, hatte Razan gesagt, als Mariam für einen kurzen Besuch in ihre Zelle geführt wurde. »Dabei sitze *ich* hinter Gittern.«

Mariam aß die Orange auf. Nahm die Stücke der Schale und ging damit zum Abfalleimer. Es war 20:45. Eine Viertelstunde. Sie ging in die Toilette und wusch sich die Hände. Nachdem sie in ihr Büro zurückgekehrt war, schaltete sie das Licht aus und schloss die Tür, so, als wäre sie nicht dort. Sie setzte sich unter den Schreibtisch, die riesige Tasche mit der Dokumententasche darin in den Armen haltend, und lauschte ihrem Herzschlag. Draußen erklangen Schritte. Sie sah auf die Uhr, die sie im Dunkeln kaum lesen konnte. Es war 20:58 Uhr. »Er ist ein pünktlicher Perversling«, wie Bouthaina gern sagte.

Sie hörte, wie Atiyahs Schritte ihr Büro passierten auf dem Weg zu Hasan Turkmani, einem anderen Berater Assads. Mariam hatte auf ein spezielles Datum für die Operation gewartet. Sie brauchte Atiyah: Er musste sich mit Turkmani treffen, am liebsten spätabends, wenn Bouthaina gegangen war. War diese Bedingung erfüllt, konnte sie den Gang entlang in Atiyahs Büro laufen, die Aktentasche ersetzen und dann zurückkehren, ohne dass Bouthaina sich wunderte, warum sie in den Teil des Flurs herumging. Bouthaina war genauso misstrauisch wie Atiyah und würde Mariams Anwesenheit in der Nähe seines Büros vermutlich als Beweis für einen Verrat deuten.

Mariam hörte, wie sich Turkmanis Tür öffnete, dann mit einem Klicken schloss. Sie nahm die große Tasche, ging schnell über den Flur, vorbei an Bouthainas Büro, bog nach links in den Gang, in dem die Zimmer von Atiyahs Team lagen. Sie beschleunigte ihre Schritte bis zu Atiyahs Büro, das zum Glück offenstand.

Als sie das Zimmer betrat, fiel ihr ein, dass er ihr unter dem Türrahmen auf den Hintern gehauen hatte; sie zog die neue Dokumententasche – darin US-Pässe für Atiyah und seine unglückselige Frau, Bargeld und ein Gerät, auf dem sich eine Nachricht befand, in der um eine Ausschleusung gebeten wurde – aus der großen Einkaufstasche und stellte sie auf den Boden neben Atiyahs originale Tasche. »Wie wird der *Muchabarat* deiner Meinung nach reagieren?«, hatte Sam gefragt. »Ich glaube, sie werden ihn umbringen«, hatte sie geantwortet. »Gut.« Er hatte kaltherzig genickt. »Wir werden außerdem arrangieren, dass auf seinem Handy ein paar sonderbare Textnachrichten von US-amerikanischen Nummern eingehen. Nur um sicherzugehen.«

Mariam zog die Unterlagen aus Atiyahs Aktentasche. Sie inspizierte das Innere ganz genau, bevor sie den Austausch vornahm. »Es gibt da eine Einschränkung«, hatte Iona gesagt. »Wir können natürlich nicht ins Innere der Aktentasche blicken. Wir haben aber dafür gesorgt, dass unsere Tasche innen so aussieht, als wäre sie schon ein paar Monate benutzt worden. Ich habe persönlich mehr als hundert Mal Unterlagen hineingestopft und wieder herausgeholt. Aber Atiyahs Tasche könnte drinnen einen Fleck haben, es könnten sich kleine Risse oder Schrammen darin befinden, die wir nicht sehen können. Noch einmal: Wenn du den Austausch vornimmst, brich ab, falls die Aktentaschen nicht zueinanderpassen.«

Hektisch schweifte Mariams Blick von Aktentasche zu Aktentasche, auf der Suche nach irgendwelchen Unterschieden. Es machte ihr Angst, dass sie keine fand. Sie schob die Unterlagen in die neue Aktentasche und stellte diese an den Platz der alten. Sie legte die alte Aktentasche in ihre große Einkaufstasche und verließ eilig das Büro. Während der Transaktion war sie zu konzentriert gewesen; aber jetzt spürte sie Schweiß auf dem Rücken und wie schwer sich die große Tasche auf ihrer Schulter anfühlte. Bei jedem lauten Schritt fuhr sie zusammen, dann bog sie auf den Gang. Fast im Laufschritt versuchte sie, an Bouthainas Büro vorbei ihr eigenes zu erreichen.

Turkmanis Tür öffnete sich. Sie hörte Atiyahs Stimme. Sie traf eine instinktive Entscheidung und betrat rasch Bouthainas Büro. Schwer atmend, blieb sie neben dem Schreibtisch stehen. Atiyah näherte sich. Sie stellte sich vor, dass er sie fragte, was sich denn in ihrer Tasche befinde. *So eine hübsche Tasche. Zeigen Sie doch mal, was darin ist,* würde er vielleicht fragen und hineingreifen. Sie wich tiefer in das Büro zurück und sah, dass seine Schritte kurz das Licht versperrten, das durch den Spalt unter der Tür hereindrang. Nach einer Minute trat Mariam einen Schritt vor, dann noch einen, in Richtung Tür.

Die Hand auf den Türknauf gelegt, hörte sie vom Flur her zwei vertraute Stimmen, doch anders als die meisten Gespräche, denen sie gelauscht hatte, drehte sich das aktuelle nicht um Sex. Mariam zog sich wieder ins Büro zurück und schloss sich in Bouthainas Waschraum ein. Während Mariam auf dem geschlossenen Klodeckel im Dunkeln saß, hörte sie, wie Rustum und Bouthaina stritten. Jemand schaltete das Licht ein. Ich hätte sagen sollen, ich wollte ein Dokument aus ihrem Büro holen. Hätte sagen sollen, ich wäre hierher geschlafwandelt. Hätte alles machen sollen, nur nicht, mich hier verstecken. Mariams ganze Existenz stand in Flammen, und jetzt hatte sie sich vermutlich selbst dem Untergang geweiht, weil sie sich törichterweise in Bouthainas Toilette versteckt hatte. Mariam stand regungslos da, fühlte ihr Herz in der Dunkelheit schlagen. Warum waren sie hier? Um Sex zu haben? Dann würden sie die Tür zum Bad öffnen und eine CIA-Spionin auf dem Toilettensitz vorfinden: schwitzend, eine große Tasche in den Händen haltend, mit einer gestohlenen Dokumententasche darin.

»Was konnte nicht warten?«, fragte Bouthaina. »Und musste hier stattfinden? Ich war schon halb zu Hause.«

»Wir hatten ein Problem in Dschabla. Du erinnerst dich an die Schiffslieferungen?«

»Natürlich. Was für ein Problem?«

»Die Amerikaner haben die Anlage gefunden. Wir mussten sie evakuieren und das gesamte Sarin an einen anderen Ort verlegen. Zu einer neuen Einrichtung. Im Wadi Barada. Ich wollte sichergehen, dass du es weißt, für den Fall, dass du noch irgendetwas anderes nach Dschabla schicken wolltest.«

»Verstehe. Geht es mit dem Angriff immer noch voran?«

»Ja. Wir haben genug hergestellt. Aber bitte, das bleibt unter uns, *Habibti*.«

Hinter der Tür hockend, stellte sich Mariam den bösen Blick vor, den Bouthaina ihm zugeworfen haben musste. Sie antwortete nicht einmal.

Mariam hörte zu, wie Rustum und Bouthaina mindestens eine halbe Stunde ficken, wobei Mariams Unbehagen von der Erleichterung darüber überlagert wurde, dass die animalischen Laute von der Couch mühelos irgendwelche Geräusche im Waschraum übertönten. Sie hörte, wie irgendein Stoff riss, vermutlich Bouthainas Slip, und dieses Geräusch entführte Mariam zurück in ihre Wohnung, als Razan ihr Bein oben auf die Balkonbrüstung gelegt hatte, das Kleid riss, Razan bereit war, sich umzubringen. Und dann lagen sie beide auf dem Boden, weinend, schreiend, hochschauend zum sternenklaren Himmel. So hatte sie ihre Cousine gerettet, doch wovor? Dem Kerker. Sie hatte alle verraten, die sie liebte. Razan. Sam. Onkel Daoud. Und jetzt hockte sie in einer Toilette. Was machte sie eigentlich? Was hatte sie getan? Sie schloss die Augen und versuchte, die Geräusche auszulöschen.

Sie hatte Sam an Ali Hassan verraten, einen Mann, den sie hasste, um ihre Cousine zu retten. In der Dunkelheit sah sie Razan im schwarzen Rüschenkleid. Sie wandte sich um. Da hörte sie Razan sagen: *Warum hilfst du diesen Monstern? Ich bin bereits frei*, Ukhti. *Du musst die anderen befreien: Fatimah, Onkel Daoud. Dich selbst. Und wer soll dir helfen? Ali Hassan? Ich bitte dich. Sam ist der Einzige, dem du vertrauen kannst. Und du hast alles vermasselt.*

Egoistischerweise hatte sie ihre Cousine beschützen wollen. Und jetzt begriff sie endlich, dass Razan dem niemals zugestimmt hätte. Razan würde sagen, sie solle kämpfen. Mariam hatte versucht, Razan zu retten, erst davor, sich der Rebellion anzuschließen, dann aus den Klauen von Ali Hassan. Doch nun war ihr klar, dass sie, um ihre Cousine zu retten, sich selbst befreien musste.

Mariam öffnete die Augen.

Sie blieb noch eine halbe Stunde sitzen, wo sie war, nachdem Rustum und Bouthaina gegangen waren, nur um sicherzugehen. Schwitzend und nervös ging sie über den Flur, stützte sich dabei an der Wand ab. In ihrem Büro legte sie sich hin, drückte ihre Wange auf den kalten Fußboden. Sie musste es Sam sagen, aber Ali hatte das Gerät, und die Ablage im toten Briefkasten würde zu lange dauern. Draußen explodierte eine Granate, nahe genug, dass die Fenster wackelten.

Sie sah auf die Uhr. Vielleicht war Sam ja noch in der Botschaft. Sie griff nach der großen Tasche und verließ ihr Büro.

Sie würde es heute Abend tun. Sie würde ihren Fehler wiedergutmachen. Und sie würde sein Versprechen einfordern.

42

Der Sex auf der Couch hatte ihm geholfen, einen klaren Kopf zu bekommen. Im Büro, als er nochmals Alis Berichte über die desaströsen Überwachungsversuche von Samuel Joseph las, erlebte Rustum einen Moment äußerster geistiger Klarheit. Das Verschwinden des CIA-Offiziers in die Nacht. Die Verwechslung mit dem Franzosen. Das Verwüsten der Wohnung. Die Kacke überall auf dem Bett war eine nette Idee gewesen, konnte allerdings nicht die Tatsache aufwiegen, dass Ali versagt hatte. Und sein kleiner Bruder besaß die Unverschämtheit, ihm das alles unter die Nase zu reiben, indem er den Präsidenten ein Dekret schreiben ließ, das ihn zwang, diese alberne Nachricht an Bouthaina weiterzuleiten. Rustum wurde wütend, spannte die Kiefermuskeln an. Er war wieder der Junge, der Ali die Treppe hinabstieß, sich im Bett mit einem Küchenmesser auf ihn stürzte, um ihm die Kehle aufzuschlitzen. Er war die Vergeltung. Er war die Rettung Syriens.

Er würde den Saustall ausmisten müssen.

Er musste Samuel Joseph verhaften. Der Präsident würde das verstehen, sobald alles ans Licht käme, selbst wenn Ali immer noch Zeit hatte für seine albernen Geheimoperationen. Es würde nur einige Stunden dauern, bis Basil dem Amerikaner den Namen des Verräters »herausgeschnitten« hätte. Danach, wohlwissend, dass keine Spione in seiner Armee lauerten, könnte Rustum seinen Angriff entfesseln, um den Krieg zu beenden. Die Amerikaner hatten Atombomben abgeworfen, um die Japaner zu besiegen und den Zweiten Weltkrieg zu beenden. Warum konnte er nicht die Terroristen mit Gas umbringen?

Er griff zum Hörer und brüllte Basils Namen. Ein Adjutant stellte ihn durch.

»Ich habe einen Job für deine Jungs«, sagte Rustum.

»Gerne.« Rustum vernahm die kratzenden Geräusche, als Basil den Hörer zwischen Kopf und Schulter klemmte. »Worum geht's?«

»Es gibt da einen Amerikaner, einen CIA-Agenten, hier in Damaskus. Samuel Joseph. Ich schicke dir seine Akte. Er führt einen Verräter. Ich will, dass er festgenommen wird.«

»Verstanden. Miliz?«

»Ja. Kein Papierkram.« Wieder dachte Rustum an Basils ausdruckslose, verwaschene Augen, an Hama, die Skalps. »Und kein Blutvergießen bei ihm, stell also sicher, dass die Jungs, die du verwendest, sauber sind. Kein Heroin. Ich brauche ihn in einem Zustand, dass er redet, nicht tot oder im Krankenhaus. Verstanden?«

»Wird dein Bruder ihn zusammen mit den Russen beobachten?«

»Ich rufe die gleich mal an und befehle ihnen, sich zurückzuziehen und uns Raum zu geben.«

»Jawohl, Kommandant. Wie schnell?«

»Sofort.«

Rustum legte auf, wählte die Nummer von Alis Büro und wurde zum Sekretär durchgestellt. »Holen Sie mir Ali«, blaffte er, doch der Assistent stammelte, Ali sei nicht da. »Dann holen Sie mir die Russen«, knurrte er wütend.

Kurz darauf wurde Rustum von einem schweren slawischen Akzent begrüßt. »Ja, Kommandant?«

»Ziehen Sie für den Rest der Nacht Ihre Überwachungsteams von dem Amerikaner ab. Ich benötige sie an anderer Stelle.«

43

Weil die Mitarbeiter der Reinigungsfirma der Botschaft sich immer noch in seiner Wohnung aufhielten – »So was habe ich noch nie erlebt, Herr Joseph, wirklich noch nie«, murmelte einer der Männer immer wieder, während sie durch die völlig verwüstete Wohnung gingen –, blieb Sam länger als üblich in der Station und nutzte die Zeit, um nachzuschauen, ob in der ATHENA-Datenbank Nachrichten eingegangen waren. Die Datenbank war leer, so wie an jedem Tag seit Italien. Erschöpft und besorgt zog er seine Anzugjacke an. In einer der Taschen tastete er die Packung Marlboro, die er für Ali gekauft hatte. Auch wenn Las Vegas einer der letzten Orte in den USA war, an denen man in der Öffentlichkeit rauchen durfte, hatte er nie damit angefangen. Er hatte immer Kautabak vorgezogen. Aber die Marlboros waren besser als gar nichts.

Außerhalb des Verwaltungsgebäudes schnorrte er eine Schachtel Streichhölzer von einem der Marines und fühlte sich verpflichtet, ihn mit der sich verschlechternden Sicherheitslage vollzuquatschen. Der junge Marine, fand Sam, wirkte aufrichtig begeistert von der Aussicht des Zusammenbruchs von Recht und Ordnung in der Hauptstadt. »Kann ich mir die ausleihen?«, fragte Sam und hielt die Streichholzschachtel hoch, worauf der US-Marine antwortete: gerne. Während er am gegen jede Kletterei gefeiten Zaun hinaufschaute, überlegte Sam, wann der *Muchabarat* ihn wohl aus dem Land schmeißen würde. Die

Begeisterung, die er während der ersten Tage seines Einsatzes empfunden hatte, hatte sich gelegt, war dem unheilvollen Gefühl gewichen, dass seine Arbeit in Damaskus im Begriff war, jäh zu enden.

Procter hatte ihn mit zwei Jobs betraut: Ali Hassan töten, ATHENA führen. Beide hatte er nicht bewältigt.

Zunächst: Ali. Sie waren dem Ziel nahegekommen. Sam begriff immer noch nicht, warum der Russe auf der Straße hinter ihm hergelaufen war, oder wohin das Überwachungsteam verschwunden war, doch er hatte dem Slawen die Worte »Wir haben ihn gefunden« von den Lippen ablesen können; also hatten sie ihn gejagt. Alis Warnung und die Verwüstung seiner Wohnung bedeuteten, dass er sich auf dünnem Eis befand. Steck Ali noch einen Daumen ins Auge, aber du kannst es ihm womöglich nicht ausstechen. Denn er wird den Daumen einfach abbeißen. Dich zur Persona non grata erklären. Vielleicht Schlimmeres, so wie er's mit Val getan hatte.

Zweitens: ATHENA. Mariam. In der Toskana hatte sie ihm etwas verschwiegen. Seit mehr als einer Woche hatten sie nichts über das Gerät von ihr gehört. Irgendetwas stimmte nicht. Sam steckte sich noch eine Zigarette an und betrachtete die US-amerikanische Flagge, die vor dem von Granaten durchzogenen Himmel flatterte. Er dachte an die Demonstranten, die aufs Dach geklettert waren, um die Flagge herunterzureißen. Er dachte an Mariams ängstlichen Blick in Italien. Er erinnerte sich an sein Versprechen.

Seine Zeit in Damaskus war vorbei. Er hatte zwar keine Ahnung, was nach dieser Nacht beruflich mit ihm passieren würde. Aber er wusste, was er zu tun hatte.

Sam drückte die Zigarette aus. Er tippte die Geheimzahl ein, um das Botschaftsgebäude betreten zu können, und stieg die

Treppe zur Station hinunter. Er gab einen weiteren Code ein, drückte die schwere Metalltür auf, nahm seine Schultertasche vom Schreibtisch und begab sich in Procters Büro. Sie schrie gerade jemanden am Telefon zusammen, aber als sie Sam sah, legte sie auf. Die Wände der Botschaft wackelten, als eine Artilleriesalve des Regimes abgefeuert wurde. Er lehnte sich mit der Schulter gegen den Türrahmen.

»Ich weiß, ich befinde mich auf dünnem Eis, Chief. Aber können wir morgen früh mit Bradley reden und besprechen, was als Nächstes zu tun ist?«

Sie blickte ihn verblüfft an, ließ die Frage aber unbeantwortet. »Kümmer dich um deine Agentin, und besorg die nötigen Informationen. Alles andere ist unwichtig.«

Sam nickte. Er verließ die Residentur, schlenderte zum Fuhrpark, passierte erneut den Metalldetektor und verließ das Botschaftsgelände. Heute Abend würde er sein Versprechen einlösen.

Auf einer Bank auf der anderen Seite des Kreisels sitzend, sah Mariam, wie Sam die Botschaft verließ. Sie musste mit ihm sprechen, ohne Beschatter, ohne Überwachung. Das war knifflig, denn sie glaubte, dass er von einem *Muchabarat*-Mann verfolgt werden würde. Vielleicht könnte sie auf gleiche Höhe mit ihm kommen und ihm die Nachricht rasch übermitteln, so tun, als würde sie auf der Straße an ihm vorbeigehen. Das könnte klappen. Ihre Präsenz würde ihn sicher nicht erschrecken, er würde schlau reagieren. Außerdem war sie ziemlich sicher, dass sie die Leute vom Sicherheitsamt abgehängt hatte.

Sam ging am Fluss entlang in Richtung Adnan al-Malki, des breiten, von Bäumen gesäumten Boulevards, der die Autos und Fußgänger zum Umayyaden-Platz und zum Sheraton schleuste.

Die Straßen waren leerer als üblich, die Kämpfe und der Granatbeschuss sorgten dafür, dass alle in ihren Wohnungen blieben. Mariam wünschte, es hätte große Menschenmengen gegeben, solche Menschenansammlungen, wie die Gegend sie früher anzog. Sie fühlte sich schutzlos, so ganz allein bei dem Versuch, einen CIA-Agenten zu folgen. Als Sam auf einen entlegenen Bürgersteig am Fluss bog, konnte sie keinen *Muchabarat*-Verfolger entdecken. Seltsam. Sam war fünfzig Meter vor ihr, ging flott. Mariam beschleunigte ihre Schritte, verfluchte ihre High Heels und ihre Dummheit. Die Straße war schlecht beleuchtet und leer, die Geschäftigkeit in der Botschaft eine ferne Erinnerung.

Dann sah sie sie. Hinter einem Müllcontainer tauchten drei Männer auf und versperrten Sam den Weg. Es war kein Checkpoint. Sie wusste, was es war. Aus ihrer Handtasche zog sie eine Nagelfeile, hielt sie unter dem Handgelenk, sodass die sie erst sehen würden, wenn es zu spät wäre, und schmiss die Tasche zu Boden. Zum Glück hatte sie Atiyahs alte Dokumententasche bereits in den Müll geworfen.

Sie schlenkerte sich ihre hochhackigen Schuhe von den Füßen und rannte los.

Sam blieb jäh stehen, als die drei Männer auf dem von Rissen durchzogenen Bürgersteig erschienen. Sie trugen keine Uniform. Ein stämmiger Kerl in einem I LOVE NY-T-Shirt hielt einen Knüppel in der Hand. Die anderen beiden, einer in Flipflops, der andere hatte eine Tarnfleckhose an, trugen AK-47-Gewehre. Die Waffen waren – noch – nicht auf ihn gerichtet. Er konnte die Vibes nicht deuten. Milizen? Kriminelle? Rebellen? Die Grenzen hatten sich verwischt in Damaskus. Nicht, dass das wichtig war. Dann sah er die Handschellen am Gürtel von NY. Wer immer die waren, sie wollten ihn entführen.

»Guten Abend«, sagte Sam auf Arabisch. »Was wollen Sie?«
»Mr. Joseph«, sagte NY. »Sie müssen mit uns mitkommen.«
Scheiße, dachte Sam. Sie kannten seinen Namen. Die gute Nachricht war, sie wollten ihn lebend, warum sonst hätten sie Handschellen mitgebracht? Vielleicht hatte er also ein wenig Spielraum. Ein klein wenig.
»Wer sind Sie?«, fragte Sam, immer noch auf Arabisch.
»Militär.«
Sam schaute auf die Flipflops des anderen, dann hoch zur Waffe, dann erwiderte er NYs Blick.
NY sah an ihm vorbei. Hinter sich vernahm Sam das Geräusch nackter Füße auf der Pflasterung. Er wappnete sich.

Retzev, hatte Beni in Paris gesagt, ist ein Kernprinzip von Krav Maga. Eine nahtlose Explosion von Gewalt. Mariam stürmte los auf dem Pflaster, in den Gesichtern der Milizionäre spiegelte sich Verwirrung.
Drei Männer, zwei gezogene Schusswaffen. Sie musste die Waffen ausschalten.
Sie starrten sie weiter an, unsicher, wie sie mit der barfüßigen, modisch gekleideten, wild dreinblickenden Frau, die da auf sie zu rannte, fertigwerden sollten.
Als sie noch sieben Meter entfernt war, rief der mit dem NY-T-Shirt und dem Knüppel: Halt. Sie lief schneller.
Dann war sie auf ihnen: die Nagelfeile blitzte, sie stieß sie einem der Männer mit einer AK, dem mit den Flipflops, in den Hodensack. Er schrie auf, als das Blut seine Hose durchnässte. Sie schlug mit dem rechten Arm auf die Waffe, sodass sie klappernd zu Boden fiel. Der Mann sackte zusammen, hielt die Feile zwischen den Beinen umklammert und stürzte auf den Bürgersteig.

Sam hatte kaum wahrgenommen, dass es Mariam war, die sich da ins Getümmel gestürzt hatte, als er auf den Kerl mit der Tarnfleckhose zutrat, der entsetzt auf die Verletzung seines Freundes starrte.

Sam schlug mit der Faust auf das Brustbein des Mannes, aber seine Schultertasche behinderte seinen Arm beim Ausholen, sodass der Schlag wenige Zentimeter daneben ging. Tarnfleck taumelte einen Schritt zurück, dann hob er seine Waffe. Sam trat gegen das Schienbein des Mannes, dann formte er mit der Hand eine Kralle und schlug ihm damit ins Gesicht, nach einer Höhlung suchend. Er bohrte seinen Mittelfinger in Tarnflecks linkes Auge und begann, den Finger zu drehen. Seine Fingerspitzen fühlten sich glitschig an, und der Mann schrie auf, die Waffe immer noch umklammert und versuchte, sie auf Sam zu richten.

In Sams rechter Schulter explodierte der Schmerz. Sein Finger verlor den Halt in Tarnflecks Augenhöhle, er strauchelte. Der Knüppel traf seine rechte Niere einmal, dann noch einmal. Er wollte sich aufrichten, aber NY versetzte ihm erneut einen Schlag, diesmal ans Kinn. Gleichzeitig brüllte er mit tiefer Stimme etwas, das Sam nicht verstand, während er auf der Straße zusammensackte.

Mariam, die kniete, hob das Gewehr vom Gehsteig auf und richtete es auf den Mann im I-love-NY-T-Shirt, der mit dem Knüppel auf Sam einschlug. Sie drückte ab, hörte das unverkennbare Knattern der AK, die Kugeln bohrten sich in seine Hüfte, seine Oberschenkel und Knie. Er stürzte.

Der Mann im Tarnfleck griff sich ans Auge und lief taumelnd auf die niedrige Kalksteinmauer zwischen dem Gehweg und der fünf Meter hohen Böschung des Flussufers zu. Sie gab eine Salve auf ihn ab, begann aber zu niedrig, die Geschosse prallten auf den Gehsteig. Sie korrigierte nach oben, die Kugeln drangen in seinen Hintern, den Rücken und den Hals, bis ein Projektil die Schädelbasis traf, und er auf der Mauer zusammensackte. Mariam hielt den Finger weiter am Abzug und verfolgte, wie der Körper einen Moment lang hin- und herschaukelte und schließlich über die Mauer auf das Flussufer darunter fiel.

Mariam blickte um sich. Wie durch ein Wunder waren immer noch keine Fußgänger auf dem Bürgersteig. Dort lag ein toter, in Tarnfleck gekleideter Mann am Flussufer, ein weiterer in Flipflops stöhnte auf dem Boden liegend, mit einer zwischen die Beine gerammten Nagelfeile. Der Mann im I NY-T-Shirt versuchte davonzukriechen, was er aber nicht schaffte. Sam gelang es, aufzustehen, die Hand an die rechte Seite gepresst.

Unter den Füßen spürte Mariam die leeren Patronenhülsen, als sie zu dem Mann in Flipflops hinüberging, der sich den Unterleib hielt. Er hatte sich die Nagelfeile herausgezogen, aber die Hose war blutdurchtränkt. »Wer hat dich geschickt?«, fragte sie, über ihm stehend, den Gewehrlauf auf seinen Kopf gerichtet. Sie wollte, dass er ihr sagte, dass sie Rebellen oder Räuber seien. Okay. Immer noch übel, aber sie würden nicht wissen, dass Sam der CIA angehörte, und sie nicht mit den Amerikanern in Verbindung bringen können.

Flipflops wollte nicht kämpfen. »Basil Mahkluf. Wir sind Milizionäre.« Er zuckte zusammen vor Schmerz, holte Luft, um seinen Satz zu beenden. »Sollen den Amerikaner verhaften.«

Sie schaute beiseite. Dann drückte sie ab und merkte, wie ihr die Hirnmasse auf die Füße spritzte.

»Das sind offizielle Milizionäre«, sagte sie auf Englisch zu Sam. Sie klapperte mit den Zähnen, obwohl es eine schwülwarme Nacht war. Sie richtete die Waffe auf den davonkriechenden NY. Betätigte den Abzug, bis er sich nicht mehr bewegte.

Hinter ihr, in Richtung Botschaft, hörte man Autos hupen, aber Mariam nahm es nicht wahr.

Es war ein übles Bild, in jeder Hinsicht: drei tote syrische Milizionäre, ein verletzter CIA-Mitarbeiter und eine Agentin, die unerklärlicherweise während des Überfalls aufgetaucht war. Wie durch ein Wunder blieb der Bürgersteig frei von Fußgängern und Polizei, aber das würde, angesichts der Schüsse, nicht lange so bleiben. Sam hatte keine Ahnung, warum Mariam gekommen war. Ein Bruch aller Sicherheitsvorschriften, die sie in Frankreich besprochen hatten.

Mariam holte ihre Tasche und die Schuhe. Sam wischte die Fingerabdrücke von der Waffe und schnappte sich die Nagelfeile. Er warf einen Blick auf den Toten, der zusammengesackt am Fluss lag. Sah in seiner eigenen Tasche nach und stellte fest, dass sich eines der Wegwerfhandys darin befand. Schrieb Elias eine SMS mit einer Adresse. Die Nachricht endete mit vier Punkten, ein Hinweis, dass es sich um einen Notfall handelte.

Mariam zog ein Tuch hervor; er wischte ihr die Blutstropfen aus dem Gesicht und vom Hals. Sie steckte ihre Bluse zurück in die Hose und band ihr Haar zusammen. Rieb sich die Augen, die zuckten. Sam gab ihr die Adresse.

Sein Handy vibrierte. Die Nachricht lautete: *Ok. 10 Minuten.*

»Wir können nicht zusammenbleiben«, sagte er. »Du gehst Richtung Rawdah. Die kürzeste SDR der Welt, in zehn Minuten holen wir dich ab.«

»Wohin fahren wir?«

»Dorthin, wo wir reden können.«

Mit den Finanzmitteln, die den BANDITOs zugeflossen waren, hatten sie eine spartanisch eingerichtete Wohnung am nördlichen

Ende des Stadtteils Malki am Fuße des Mount Quasioun gekauft. Die Wohnung verfügte über ein Schlafzimmer mit einer nackten Matratze auf dem Fußboden, eine kleine Küche, gut bestückt mit Dosensuppen; und, im Eingangsbereich, einen Kartentisch mit einem Metallstuhl. Die Deckenlampen flackerten. Es roch nach Desinfektionsmitteln und Mottenkugeln. Die Stromausfälle vorwegnehmend, hatten die BANDITOs an der Wand des Schlafzimmers mehrere batteriegetriebene Campinglampen aufgestellt.

Elias würde in zwei Stunden erneut texten und Mariam auf weiten Teilen des Nachhausewegs transportieren, sodass sie an den Checkpoints vorbeikam, aber nicht bis ganz zur Haustür. Trotz der beengten Verhältnisse hätte Sam nichts mehr geliebt, als hier mit Mariam Zeit zu verbringen. Doch selbst diese zwei Stunden waren hochriskant. Und wenn Mariam beschattet wurde – was, wie er wusste, der Fall war –, würde eine längere Abwesenheit Fragen aufwerfen bei den Leuten, die sie verfolgten.

Sie saßen auf der Matratze und schauten sich an. Wieder flackerten die Lampen und gingen aus. Über ihnen vernahm er Artilleriefeuer. Er drehte eine der Lampen an.

»Warum warst du dort?«, fragte er.

»Ich musste dir etwas sagen.«

Fast hätte er sie angeschrien. *Warum hast du nicht das Gerät benutzt, das wir dir gegeben haben?* Aber er wusste schon, warum – und fühlte sich betrogen und zugleich ihrer Loyalität sicher –, auch wenn das nichts dazu beitrug, seine Enttäuschung zu mildern. Weil er dem eigenen Urteil nicht mehr traute, erinnerte er sich an Procter (»Sammel die nötigen Informationen«). Er blickte sie aus zusammengekniffenen Augen an. »Worum geht's?«

»Ich habe gehört, wie Rustum Bouthaina den Ort einer Ersatzanlage für das Sarin mitgeteilt hat.«

»Wo befindet sich diese Einrichtung?«

»Im Wadi Barada.«

»Wie hast du das herausgefunden?«

»Ich habe es zufällig mitangehört. Ich befand mich in Bouthainas Toilette. Kurz vorher hatte ich die Tasche in Atiyahs Büro deponiert. Ich ...« Sie brach in Tränen aus.

Mittlerweile hätten die Syrer von der Schießerei erfahren und Sam mit den Morden in Verbindung gebracht. Möglicherweise brachten sie ihn um, wenn sie ihn fanden. Oder sie verhafteten ihn, machten ihm den Prozess und brachten ihn *danach* um. Er musste die Informationen noch heute Abend nach Langley schicken.

»Wer hat das Gerät, Mariam?«

Sie schaute ihm in die Augen, mit flammendem Blick. »Es tut mir so leid, *Habibi*. Es tut mir so leid.« Sie schluchzte, presste die Handflächen an die Augen. »Verzeih mir, bitte verzeih mir.«

»Wer hat das Gerät?«

Sie schluchzte. »Es tut mir leid, *Habibi*. Es tut mir so leid.«

»Wo ist es?«

Sie blickte auf, das Gesicht tränennass und knallrot. »Ali Hassan hat es. Sie haben Razan mitgenommen, Sam, sie sind zu mir in die Wohnung gekommen und haben Razan am Abend, bevor ich nach Italien geflogen bin, verhaftet. Ali Hassan hat mich gegen dich benutzt, *Habibi*. Es tut mir so leid, so leid.«

Er hatte damit gerechnet und geglaubt, dass er wütend sein würde, wenn sie beichtete. Stattdessen war er traurig. Traurig, dass sie es ihm nicht in Italien gesagt hatte, als er und Procter ihr hätten helfen können. Sie hätten sie rausholen können. Jetzt saßen sie in Damaskus in der Falle, und er fragte sich, ob sie aus diesem Schlamassel lebend herauskommen würden.

»Weißt du, wieso sie das Gerät haben wollten – oder mich?«, fragte Sam. Jetzt zitterte sie, wischte sich etwas Make-up mit den Händen ab, befeuchtete die getrockneten Blutstropfen, die sie bei der eiligen Säuberung nach dem Kampf vergessen hatte. Jetzt, in der Stille dieser schäbigen Wohnung, nahm er sie zum ersten Mal seit Italien richtig wahr. Ihr Gesicht war fahl, völlig entgleist. Dunkle Augenringe. Sie kaute an ihrer entzündeten Nagelhaut.

»Man hat es mir nicht genau gesagt, Ali hat nur gesagt, dass sie wüssten, dass du dich mit einem Verräter triffst und sie ihn finden müssten. Vielleicht wollen sie ja *mich* haben.«

Er legte seine Hand auf ihre Finger, hielt ihre Hand in der seinen.

»Was hast du ihnen außer dem Gerät noch gegeben?«

»Hintergrundinformationen, hauptsächlich. Ich habe ihnen von Procter erzählt.« Sie biss sich auf die Lippe. »Und das Safe House hier in Damaskus. Sie haben mir gesagt, ich soll den Kontakt zu dir herstellen. Sie haben gewusst, dass ich dich auf dem Empfang in Paris kennengelernt habe. Ali wollte, dass ich gegen dich arbeite. Er wollte das Gerät unbedingt haben.«

Sam ging die Sache in Gedanken durch: Ein Premium-Covcom-Gerät und ein super Safe House verbrannt, das Juwel einer syrischen Spionin als Ursprung des Leaks. Die Spionageabwehr würde durchdrehen.

Sam begann im Zimmer auf- und abzugehen. Auf dem Berg wieder Artilleriefeuer. Das Licht ging an. Binnen Sekunden war es wieder dunkel in der Wohnung.

»Warum bist du mir heute Abend gefolgt?«

»Ich habe die Informationen mitbekommen und gewusst, dass du sie benötigst. Außerdem hatte ich keine Möglichkeit, Kontakt mit dir aufzunehmen.«

»Hast du die Operation Atiyah ausgeführt? Ist die Aktentasche ausgetauscht?« Die Station hatte seit Mariams Rückkehr aus Italien nichts von ihr gehört.

»Ja. Aber ich habe dich nicht informiert, weil ich das Gerät nicht hatte.«

»Hast du Ali von der Operation Atiyah oder Bouthainas Computer erzählt?«

»Nein. Ich bin loyal. Wir kämpfen gemeinsam.«

»Ich weiß, dass du das bist, *Habibti*, ich weiß.« Er setzte sich. Sie legte den Kopf auf seine Schulter und weinte. Sie hatte die CIA verraten, ihre Vereinbarung in Frankreich verraten, hatte ihn verraten. Doch Sam war klar, dass sie die Wahrheit sagte. Sie hatte alles riskiert, indem sie die Milizionäre getötet hatte. In einem anderen Leben, in einer anderen Welt, hätten sie sich irgendwo niedergelassen. Stattdessen aber befanden sie sich hier in Damaskus, mit Tickets in der ersten Reihe für den Abstieg der Stadt in die Hölle. Er würde die Wut, die Traurigkeit und die Scham beiseiteschieben. Er würde sich auf die eine Sache konzentrieren, die er im Moment beherrschen konnte. Er würde sie beschützen.

»Hat man Razan entlassen?«, fragte er.

Sie schüttelte den Kopf und starrte die Camping-Lampe an. »Noch nicht. Ali Hassan ist ein Lügner.«

Sams Hirn arbeitete schnell, zog Gedanken in Erwägung und potenzielle Schritte. Schütze deinen Agenten. Halt dein Versprechen.

»Dann gibt es nur eine Möglichkeit, dich zu beschützen«, sagte er, »nämlich Ali genau das zu geben, was er haben will.«

Sie entwickelten den Plan, während sie einander gegenüber auf der Matratze saßen.

»Für den Fall, dass irgendetwas nicht funktioniert, benötigen wir eine Möglichkeit, wie wir uns austauschen können, und wenn auch nur für ein paar Sekunden«, sagte er schließlich. »Ich sage Elias, er soll dir auf der Fahrt nach Hause ein Wegwerfhandy geben.« Er schrieb den BANDITOs eine Nachricht. Er gab ihr die temporäre Nummer.

Er musste nicht auf die Uhr schauen, er wusste es bereits: Ihnen blieben noch fünfundzwanzig Minuten, bis Elias kam, um Mariam abzuholen.

Sam betrat die Küche, außer Hörweite von Mariam, und rief Procter an. Er erzählte ihr von dem Angriff, verschwieg ihr aber, wo er sich befand.

»Zeit für die Ausschleusung, Mann. Die Party ist vorbei«, sagte sie.

Ehrlich gesagt hatte er keine Ahnung, wie er ihr den nächsten Schritt erklären sollte, deshalb sagte er nur: »Du musst das Folgende noch heute Abend weiterleiten, Chefin. ATHENA berichtet: Das Sarin befindet sich im Wadi Barada. Bestätigte Subquelle.«

Er legte auf und holte tief Luft. Selbst wenn er das hier hinkriegte, war er sich nicht sicher, ob es sehr viel angenehmer sein würde, vor Procter und der CIA-Führungsetage zu sitzen als vor einem syrischen Gericht. Am Ende bestand der einzige Unterschied darin, ob er einen Stern an der Wand bekam.

Sam setzte sich neben Mariam auf die Matratze. »Bitte vergib mir, *Habibi*«, sagte sie noch einmal, ehe er seine Stirn gegen ihre drückte. Minutenlang saßen sie umschlungen, schweigend da, bis sie in einem Rhythmus atmeten. Er küsste sie.

Mariam wischte sich die Tränen ab und schaute ihm direkt in die Augen, während sie sein Hemd aufknöpfte. Er zuckte zusammen, als sie den Ärmel über seine Schulter herunterzog.

»Das hier könnte tatsächlich das letzte Mal sein, *Habibi*.«

»Ich weiß«, sagte er. »Aber meist irren wir uns.«

44

Rustum stieß eine Litanei von Verwünschungen aus, als er am milden, sonnendurchfluteten Morgen des 18. Juli die Zentrale des Nationalen Sicherheitsamts betrat.

Die Liste würde im Laufe des Tages wie eine Bombe einschlagen.

Diese verfluchten Besprechungen waren ermüdend. Der Präsident hatte eine Gruppe gegründet, unter dem Vorsitz seines kleinen Bruders, um die Spionageabwehr während des Krieges zu zentralisieren. Der einzige amüsante Aspekt der Sitzungen war, dass sie sich außerhalb des Sicherheitsamtes versammeln mussten, weil Alis heruntergekommenes Hauptquartier nicht über einen Konferenzraum verfügte, der groß genug war, um allen Platz zu bieten. Rustum fand die Meetings so ermüdend, weil so viele seiner Kameraden träge Bürokraten waren. Die redeten nur, taten aber nichts.

»Kommandant, hast du einen Moment Zeit?« Basil stand in der Wandelhalle, seine Ankunft erwartend. Rustum zog ihn beiseite.

»Habt ihr ihn?«, flüsterte Rustum. Die Zentrale des Nationalen Sicherheitsamts war nicht der richtige Ort, dieses Gespräch zu führen.

»Es hat gestern Abend einen Vorfall mit der Miliz gegeben.«

»Einen Vorfall? Sprich geradeaus, Basil«, sagte er, wodurch er den Blick eines Vorbeigehenden auf sich zog.

»Die Männer, die losgeschickt wurden, um den CIA-Offizier festzunehmen, sind tot«, sagte Basil. »Er hat sie getötet und ist geflüchtet.«

Rustum stand da, wie vom Donner gerührt. Irgendwer salutierte ihm. Er ignorierte es.

»Wir haben die Leichen heute am frühen Morgen gefunden«, fuhr Basil fort. »Erschossen, in der Nähe vom Fluss. Eine mit einem Stich in den Penis. Eine andere auf die Uferböschung geworfen, mit ausgestochenem Auge.«

»Mit einem Stich in den Penis?«

»Ja.«

»*Haywaan*«, knurrte Rustum. Dieses Tier. Er merkte, wie sein Blutdruck stieg. »Finde ihn.«

»Wir suchen bereits überall, Kommandant.« Pause. »Und wenn wir ihn finden?«

»Lebendig. Wenn's geht.«

Wutentbrannt betrat Ali das Besprechungszimmer und nahm am Kopfende des Tisches Platz. Er hatte eine Tagesordnung für die Versammlung vorbereitet, die inzwischen allerdings nutzlos war, denn das Einzige, worauf er sich konzentrieren konnte, war die Wut, die er auf seinen sadistischen Bruder und Basil, seinen Handlanger, hatte. Wolkow, normalerweise stoisch, war genauso zornig gewesen, als er erfuhr, dass Ali Rustums Befehl, die Überwachung am Vorabend abzusagen, nicht zugestimmt beziehungsweise nichts davon gewusst hatte. Als er von der Nachricht erfuhr, hatte der Russe im Lagezentrum des Sicherheitsamts einen Keramikbecher an die Wand geschmissen, wobei seine Wut noch durch den Umstand verstärkt wurde, dass der Becher mindestens zur Hälfte voll mit Schurawli gewesen war, seinem Lieblingswodka für die frühen Morgenstunden. Ali hatte rasch zwei Zigaretten geraucht und zugeschaut, wie einer der Russen die Schweinerei aufwischte.

Dann hatte die Jagd auf Samuel Joseph begonnen; jeder Geheimdienst – alle siebzehn – war informiert und angewiesen worden, der Suche Priorität einzuräumen. Ali hatte persönlich die Razzia der Wohnung des Amerikaners geleitet. Sie hatten das Safe House durchsucht, das er Mariam Haddad zur Verfügung gestellt hatte. Ali hatte Mariam zu einem Verhör einbestellt. Die Grenzwachen waren in Alarmbereitschaft versetzt worden. Die Amerikaner waren bei einem angespannten Meeting offiziell darüber informiert worden, das damit geendet hatte, dass der stellvertretende syrische Außenminister den US-Botschafter verflucht hatte. Und trotzdem konnten sie Samuel Joseph immer noch nicht finden.

Ali winkte dem Jungen zu, der Tee servierte, und blätterte in den Unterlagen. Er konnte sich nie den Namen merken. Der Junge ging um den Tisch herum, einen knarrenden Teewagen vor sich herschiebend. Er wollte einschenken, verschüttete jedoch viel von dem Tee, er lief über den Rand der Tasse und aufs Serviertablett. »Verzeihung ... verzeihen Sie bitte, Herr General«, stotterte er und wischte die Tasse sauber.

»Das macht doch nichts«, sagte Ali und nahm die Tasse entgegen. »Gib mir einfach eine Serviette ..., und erinnere mich noch einmal an deinen Namen, mein Junge.«

»Jibril, Herr General.«

»Also, Jibril, reich mir mal die Serviette.« Aber der Junge hörte nicht. Sondern blickte mit offenem Mund zur Tür. Ali wandte sich um.

Präsident Assad betrat den Raum. Er wurde immer eingeladen zu diesen Sitzungen, war aber noch nie gekommen. Ali stand auf, schüttelte ihm die Hand und trat zur Seite, wodurch er seinen Platz am Kopfende für den Präsidenten freimachte, der nun alle am Tisch Versammelten begrüßte.

Rustum nahm rechts von Assad Platz und ignorierte dabei Ali, der sich zu seinem großen Bruder vorbeugte. »Ich weiß, dass du gestern Abend versucht hast, den Amerikaner zu töten. Hast du ihn in Gewahrsam, oder haben deine Männer die Sache tatsächlich völlig vermasselt?«

»Du glaubst, ich habe drei Milizionäre umgebracht, um dich von der richtigen Spur abzulenken, kleiner Bruder? Damit du glaubst, dass der Amerikaner geflohen ist, obwohl ich ihn in Wahrheit in Gewahrsam habe?«

»Das wäre dir durchaus zuzutrauen, großer Bruder.«

Rustum lächelte. »Du kannst mich mal, kleiner Bruder. Weder weiß ich, was dem Amerikaner zugestoßen ist, noch, wo er sich befindet.« Der Präsident kam zu Rustum und schüttelte ihm die Hand, dann setzte er sich. Er strich seine Krawatte glatt und bedeutete Ali mit einem Nicken, mit der Versammlung zu beginnen.

»Unser Fokus heute liegt darauf, den Amerikaner Samuel Joseph zu finden«, sagte Ali; dabei schweifte sein Blick zu dem klapprigen Teewagen, während Jibril den Innenminister zu Ende bediente und näherkam. Assad winkte Jibril zu sich. Laut quietschend schob dieser den Teewagen, bis er zwischen Ali und dem Präsidenten zum Stehen kam. Ali stockte, denn plötzlich waren alle Blicke auf den Teewagen gerichtet. Jibril versuchte einzuschenken, verschüttete aber den Tee, der an der Tasse des Präsidenten hinunter auf den Tisch rann. »Verflucht noch mal«, sagte der Präsident und wischte den Tee von sich weg – wobei dieser auf seine Hose tropfte. Er blickte Jibril wütend an, der den Teewagen hektisch nach einer Serviette absuchte. Der Junge hatte offenkundig einen ganz schlechten Morgen. Irgendwie wirkte er krank.

»Hast du denn keine Serviette auf deinem Teewagen, mein Junge?« Der Präsident zeigte auf den unteren Teil des Teewagens, auf dem eine Tischdecke lag.

»Ich ... ich muss eine holen, Herr Präsident.« Jibril ging los und ließ den Teewagen zwischen Ali und dem Präsidenten stehen.

»Junge«, schnarrte Rustum, »schieb den Teewagen zum andern Ende, damit er nicht im Weg steht.«

Jibril schaute zum Präsidenten, dann zu Ali, der sah, dass sich Schweißperlen auf der Stirn des Jungen gebildet hatten. Ali begann wieder mit seinem Briefing, der Teewagen wurde quietschend davongeschoben. Der Junge stellte ihn zwischen dem Verteidigungsminister und Turkmani am anderen Tischende ab. Ali fiel auf, dass Jibril ihn beim Hinausgehen anstarrte.

Irgendetwas kam ihm seltsam vor. Ali hatte aufgehört zu reden und blickte auf seine Unterlagen, bemüht, sich zu konzentrieren.

»General Hassan«, sagte der Präsident. »Bitte fahren Sie fort. Auch mir klingeln die Ohren von diesem verdammten Teewagen.« Assad steckte sich einen Finger ins Ohr und bewegte ihn lachend darin herum.

Ali vernahm ein leises Klingeln. Dann kam die Hitze, sein Körper war umgeben von einem heißen Licht, das den Raum auslöschte. Dann das Gefühl, herumzuwirbeln, gewichtslos, in den Tiefen eines Beckens, während seine Arme und sein Gesicht versengt wurden und Rauch seine Nase füllte. Ein abgetrenntes Bein flog in Zeitlupe durch sein Gesichtsfeld, während er sich wieder überschlug. Dann, erneut herumwirbelnd, erblickte er ein rauchendes, gezacktes Loch im Boden – vielleicht auch der Decke; und als die Welt stillstand, die Ränder scharf gestellt wurden, die Drehungen sich verlangsamten, vernahm er nichts als Ächzen, Schreie, Wimmern und verzweifeltes, schweres Atmen.

Schließlich hörte er den Präsidenten, der keuchte: *Ya allah.* Mein Gott.

Ali saß aufrecht an einer Wand, zwei, drei Meter hinter seinem Stuhl. Der Präsident lag hinter seinem Stuhl. Ali blickte an sich herunter und sah seine Beine – immer noch da, unversehrt. Er tastete eines mit einem Finger ab. Er spürte den Druck. Er versuchte, einen Zeh zu bewegen. Er konnte es.

Schleim aushustend, blickte er sich in dem von Qualm erfüllten Raum um. Der Boden war mit blutigen Fleischfetzen übersät. Die gegenüberliegende Seite des Tischs war verschwunden. Die Deckenplatten waren zerbrochen, sodass an deren Stelle ein großes Loch klaffte. Die andere Seite des Tisches war nicht zu erkennen, aber rechts von ihm lag Rustum, der auf den Ellbogen in seine Richtung rutschte.

Hektisch dreinschauend, erhob sich Assad, dann brach er wieder zusammen, röchelnd in dem Nebel. Ali merkte, dass er stehen konnte. Er humpelte hinüber zu Assad und half ihm auf. Auch Rustum stand auf, stützte sich dabei an eine Wand. Ali schaute um sich; der Verteidigungsminister erwiderte verstohlen seinen Blick – so, als wollte er fragen, wo denn die untere Hälfte seines Kopfes war.

Eine Stunde später saß Ali mit Rustum und dem Präsidenten im Palast. Der Präsident trug eine Klappe über dem rechten Auge und Verbände auf den Verbrennungen an den Armen und der Brust. Der Arzt hatte darauf bestanden, dass Rustum eine Halskrause aus Schaumstoff trug. Wie durch ein Wunder hatte Ali nur kleinere Schnittverletzungen im Gesicht. Layla hatte er noch nicht angerufen. Er wusste nicht, was er sagen sollte. Stand er unter Schock?

Sie schauten sich einen Bericht auf Al Jazeera an und warteten auf Jibrils Audienz beim Präsidenten. Der Junge war dabei erwischt worden, als er versucht hatte, nach dem Bombenattentat aus dem Gebäude zu flüchten. Im Fernsehen übernahm Zahran Alloush, Dumas Warlord, die Verantwortung für das Bombenattentat und sagte, dieses sei der Beginn einer Offensive zur Eroberung der Hauptstadt. Assad warf die Fernbedienung gegen das Fernsehgerät, wodurch der Bildschirm zersprang und das Bild erlosch. Ali legte den Kopf in die Hände. Alle saßen schweigend da.

Dann drückte der Leiter der Security des Präsidenten die Tür auf. Der gefesselte Teejunge Jibril stakste herein, schwitzend und voller blauer Flecken, die Augen vor Schreck geweitet, vermutlich, weil er wie auch der Präsident noch am Leben war.

Ali wünschte sich nichts sehnlicher, als zu Hause bei Layla und den Jungs zu sein, aber hier war er nun, saß im Palast fest und schaute zu, wie sich noch mehr Leid entfaltete. Er hasste es. Er hasste sich selbst. Jibril blickte zu Boden.

»Sieh mich an, Junge«, sagte Assad. Jibril schauderte. Der Präsident trat einen Schritt näher. »Ich sagte, sieh mich an, mein Junge.« Jibril blickte auf. Der Präsident spuckte ihm in die Augen. Dann schlug er ihm ins Gesicht. Jibril brach in Tränen aus. Ali schaute weg.

»Mein Vater hat nicht drei Jahrzehnte lang Syrien aufgebaut, damit verräterischer Dreck wie du es während meiner Regierung zerstörst«, sagte Assad. »Dieses Land muss durch den Stiefel, das Schwert, das Gewehr regiert werden, verstehst du? Es kann keine Freiheit in Suriya al-Assad geben, und zwar genau wegen Kreaturen wie dir. Du, Junge, bist das Chaos, das meine Familie seit Jahrzehnten in Schach gehalten hat. Du bist der Grund, warum ich kämpfe, warum meine Regierung niemals kapitulieren wird. Syrien gehört mir, Junge, nicht dir.«

Assad machte eine Geste in Richtung des Chefs der Security, der den Jungen fortschaffte.

»Fangen Sie sofort an«, sagte Assad zu Rustum.

Rustum nickte, riss sich die Halskrause ab und ging die Treppe hinunter, hinaus aus Assads Büro.

»Finden Sie den Amerikaner«, sagte der Präsident zu Ali.

Kanaan fuhr Ali zurück zum Sicherheitsamt. Während sie durch den Verkehr steuerten – sechs Checkpoints – beobachtete er die syrischen MiGs am Himmel und die nervösen Offiziere der Republikanischen Garde und fragte sich, ob's das gewesen war. Er rief Layla an.

»*Habibti*, bist du mit den Jungs zu Haus?«

»Ja. Was ist denn?«

»Es hat während unserer Sitzung einen Anschlag auf den Präsidenten gegeben. Mir geht's gut. Anderen nicht. Die Garde plant eine Offensive.«

»Was sollen wir tun?« Ihre Stimme klang zittrig. Er hörte Sami im Hintergrund schreien.

Ali erwog die Optionen:

Flüchten. Keine gute Idee, überall in der Stadt schossen die Checkpoints der Aufständischen wie Pilze aus dem Boden, und Rustum lässt den Flughafen zweifelsohne dichtmachen.

Verstecken. Auch nicht gut. Du stirbst, wenn die eine oder andere Seite dich findet.

Kämpfen. Momentan die beste Option. Die Chance, die Sache zu überleben.

»Bleib, wo du bist. Das Stadtzentrum ist noch sicher, *Habibi*. Ich gehe ins Büro. Ich komme bald nach Haus.«

Nachdem er in seinem Gebäude angekommen war, ging Ali auf dem Weg zum Büro am russischen Lagezentrum vorbei. Er sah Wolkow, in dessen fleischigen Gesichtszügen sich Triumph spiegelte. Er hielt einen Becher mit Wodka und ein einzelnes Blatt Papier in Händen.

»General, Präsident Putin selbst hat mich angewiesen, Sie mit diesen Informationen zu versorgen. Sie ist, wie die Amerikaner sagen, frisch aus dem Drucken«, sagte Wolkow, während sie sich setzten.

Ali wollte die Wendung schon korrigieren, beherrschte sich aber. Wer wusste er denn, wie viel Wodka der Mann bereits intus hatte?

Wolkow fuhr fort: »Wir hatten ein bisschen Glück in Washington. Eine unserer am höchsten platzierten Quellen hat gestern am späten Abend eine interessante Information erhalten.«

Wolkow schob das Blatt über den Tisch.

Es hatte, so wie die anderen Informationen (TS/HCS/OC REL ISR) Markierungen und war sehr knapp. Nur fünf Zeilen Text, einschließlich der Beschreibung der Quelle. Der Text spielte keine Rolle, nur der Titel.

»STANDORT DES SARIN-VORRATS DER REPUBLIKANISCHEN GARDE IM DEPOT IM WADI BARADA.

Ali wusste nicht, ob er lachen oder weinen sollte. Wadi Barada. Der Hinweis, den nur Bouthaina bekommen hatte.

Ali fand seinen Bruder in dessen Büro. Sechs Adjutanten standen mit offenen Mündern da, während Rustum irgendwen am Telefon anschrie, er solle die Geschütz- und Raketen- Einheiten landesweit mobilisieren. Als Ali das Zimmer betrat, drehte sich

Rustum – weil er den Hals nicht bewegen konnte – vollständig um und schaute ihn an. Sein Bruder war fuchsteufelswild; Ali sah, dass sein Schnauzbart angesengt war. Im Palast war ihm das gar nicht aufgefallen.

Rustum ignorierte Ali, er brüllte weiter ins Telefon und ging zu einer Landkarte, wo er auf Koordinaten in Duma zeigte. Er knallte den Hörer auf und deutete mit dem rechten Arm in Richtung Ali, der ihn aufforderte, sich zu setzen, wobei er vor Schmerzen zusammenfuhr. Er scheuchte seine Adjutanten aus dem Zimmer.

»Warum bist du gekommen?«, fragte Rustum.

Ali schob den Bericht der Russen über den Tisch. »Der SWR hat dir eine Kopie geschickt, aber ich habe mir gedacht, dass du zu viel zu tun hast, um ihn zu lesen.«

Sekundenlang blickte sein großer Bruder auf den Bericht, als ob er sich vorstellte, der Titel könnte sich ändern. Dann atmete er tief ein, senkte den Kopf und legte das Blatt aus der Hand.

»Ich werde mich darum kümmern. Ich allein.«

Ali hatte zunächst erwogen, Bouthaina festzunehmen, wusste aber, dass er seinen Willen nicht bekommen würde, zumindest diesmal nicht. Aber Bouthaina war am Ende.

»Ja. Tu das, großer Bruder.«

45

Der Bericht der Russen versetzte Rustum in die Vergangenheit. Hama. Februar 1982. Er hatte in Damaskus einen Kampfhubschrauber bestiegen und flog über das Buschland: Die Rebellen tief unter ihm, den Wind in den Haaren, das Schnellfeuergewehr in der Hand, bereitete er sich, die Stadt Haus für Haus zurückzuerobern. Nach Damaskus zurückgekehrt, hatten sie beim Kartenspiel über die *Kus* Witze gerissen. Doch jetzt waren er und seine Jungs schweigsam, flogen tief, beobachteten die Bauern, die auf ihre Helis zeigten und sich vermutlich bereitmachten, die *Ikhwan*-Terroristen von der Ankunft der Regierungstruppen zu informieren. In Hama hatten sie die Wohnung gestürmt, waren mitten rein in den Malstrom gelaufen. Hatten Handgranaten geworfen, Deckung gesucht, um das Feuer zu erwidern, während ihre Wut mit jedem gefallenen Kameraden zunahm. In der Wohnung hatten sie ihre Schnellfeuergewehre auf die Familie gerichtet, die zusammengekauert darin hockte, bevor sie ihre Skalps nahmen.

Im Badezimmer seiner Villa in Bloudon tauchte Rustum aus seinen Gedanken auf; draußen schwirrte ein Mil Mi-8, das russische Gewehr war auf Bouthaina gerichtet, der SWR-Bericht lag auf ihrem schlanken Körper in der kitschigen Badewanne mit den goldenen Bärentatzen anstelle von Füßen. Das Schriftstück flatterte in den Badeschaum. Am ganzen Leibe zitternd, ergriff sie es. Die Wohnung in Hama damals war schäbig gewesen, pockennarbig mit Einschusslöchern, erfüllt vom Gestank des Todes. Dieses Zimmer hier war sauber, friedlich, kultiviert. Er sah, dass Bouthaina den Bericht zu lesen versuchte, der inzwischen aufgeweicht und unentzifferbar war.

»Was ist das, *Habibi*?«, stammelte sie. Immer versuchten sie, wegzuhuschen. Alles, nur um zu fliehen. Jetzt sah Rustum seine Villa, in der seine Freundin badete, offenbar unwissend, was das Chaos betraf, in dem die Hauptstadt versank. Er packte das Gewehr, der Bericht ging im Badeschaum unter.

»Das ist dein Todesurteil«, erwiderte er.

Rustum richtete die Waffe auf Bouthainas Kopf. Sie schrie. Dann drückte er ab.

Ein wenig zittrig kehrte Rustum nach Damaskus zurück und fand Daoud Haddad in seinem Büro sitzend vor; er hatte ihn darum gebeten, wenn er sich recht entsann. »Daoud, nehmen Sie Platz.« Rustum erklärte Daoud, dass er ganz allgemein die Expertise der Abteilung 450 benötige, wobei er von der Republikanischen Garde oft als »Verteidigungskompanie« sprach, eine inzwischen aufgelöste militärische Einheit, der Rustum in den 1980ern, damals noch ein junger Leutnant, angehört hatte.

Rustum erläuterte Daoud, dass Gas der einzige Weg sei. Die einzige Behandlung für das Ungeziefer in den Tunneln, der einzige Schrecken, der stark genug war, sie dazu zu bewegen, die Waffen niederzulegen. »Wir fangen damit an, so schnell wir können«, sagte Rustum. Die Ikhwan, diese Terroristen in ihren Rattenlöchern, wir räuchern sie aus.

Rustum griff in seine Schreibtischschublade und holte ein großes Messer hervor, das er in die Landkarte an der Wand stieß. Direkt in Duma hinein. Er spuckte auf die Landkarte, der Speichel rann den M5-Highway von Aleppo bis nach Homs hinunter.

Rustum drehte sich um. »Also, Daoud«, er riss sich aus dem Grab seiner Vorstellungskraft. »Wir haben das Fachwissen von Abteilung 450. Wir haben Befehl erhalten vom Präsidenten, einen Vergeltungsschlag gegen die Terroristen durchzuführen, bei dem wir unsere Vorräte an Chemiewaffen einsetzen. Meine Männer bereiten gerade ballistische Raketen an diesen Standorten vor, und zwar gemäß diesem Befehl, den ich Ihnen als dem neu ernannten Leiter der Abteilung 450 erteile.« Er schob das Blatt Papier über den Tisch.

»Sie können diesem Befehl die Luftwaffenstützpunkte entnehmen, an denen wir die Munition mischen und laden«, sagte Rustum.

»Wir haben keine ausreichende Menge in unseren Vorräten, Kommandant«, sagte Daoud, während er den Bericht las. »Nicht für eine Operation dieser Größe.«

»Wir haben mehrere Hundert Tonnen Sarin an einem Ort namens Dschabla produziert, alles zu einem nahe gelegenen Bunker gebracht, nachdem die Anlage von den Amerikanern und Zionisten entdeckt worden war. Meine Männer haben die ungefähren Zuteilungen der binären Komponenten vorgenommen und sie zu den Abschussorten geschickt, und zwar gemäß dem Befehl, den ich Ihnen soeben ausgehändigt habe. Ich möchte, dass Sie persönlich die Vorbereitungen überwachen.«

»Wann sollen diese beginnen?«

»Morgen früh.«

»Ja, Kommandant.« Daoud stand auf und wandte sich zum Gehen. Er griff sich an den Hals.

»Ach, und noch etwas, Daoud. Obwohl Sie eine rebellische Tochter haben, die sich derzeit in unserem Gewahrsam befindet, halte ich Sie doch für einen loyalen Diener. Enttäuschen Sie mich nicht. Um ihretwillen.«

46

So wie viele Syrerinnen und Syrer an jenem Tag fragte sich auch Mariam, ob dies das Ende war. Die Checkpoints der Milizen hatten sich auf die ganze Stadt ausgedehnt, Plünderer durchstreiften die Straßen, die Aufständischen gaben auf Al Jazeera Interviews, in denen sie die letzten Tage des Regimes verkündeten. Ständig hörte man Artilleriefeuer und Sirenengeheul.

Am Nachmittag schließlich durchbrach Zahran Alloushs Miliz Rustums Belagerungsring und entsandte Stoßtrupps ins Stadtzentrum. Laut einem Reuters-Bericht, den Mariam online las, lief ein ganzes Bataillon der Republikanischen Garde über.

Bouthaina hatte sich zu Rustums Lustschloss in Bloudon begeben, weswegen Mariam im Palast die Leitung übernahm. Sie hatte das Team nach Hause geschickt wegen der Kämpfe und gesagt, sie sollten für den Moment zu Hause bleiben.

Ihr Handy klingelte, sie sah den Namen von Amina, eine von Bouthainas Assistentinnen. »Mariam, sie ist tot, sie ist tot«, rief Amina, kaum dass Mariam das Gespräch angenommen hatte.

»Wer ist tot? Was ist passiert?«

»Bouthaina, Mariam. In der Badewanne. Der Badewanne, Mariam.« Wieder Geschrei, der Klang von schwirrenden Hubschrauber-Rotorblättern. Im Hintergrund schrie Amina irgendwas, das nicht zu verstehen war. »Rustum hat sie erschossen«, hörte Mariam sie am Ende sagen. Dann Gewimmer.

»Rustum?«

»Ja. Er ist mit dem Hubschrauber gekommen, ist ins Haus gegangen, hat sie erschossen und ist wieder gegangen. Ich war im Büro. Ich habe die Leiche gefunden. Oh, Mariam, es war – ihr Gesicht war weg, die Badewanne voller ...« Wieder schrie Amina, Mariam verstand nicht, was sie sagte. Die junge Frau stammelte und wimmerte und faselte irgendwas über einen Bericht, den sie in der Badewanne gefunden habe. »Ein Bericht?«, fragte Mariam.

»Ja. Ich habe einzelne englische Wörter darauf erkannt, aber keine ganzen Sätze, da waren so seltsame Markierungen, das Papier war ganz nass und mein Englisch ist nicht so gut wie Ihres und ...«

Mariam schnitt ihr das Wort ab, plötzlich war ihr sehr kalt. »Sie bleiben, wo Sie sind, die Straßen sind nicht sicher. Und vernichten Sie den Bericht. Haben Sie mich verstanden?«

»Und wenn er nun zurückkommt, und wenn das Monster nun zurückkommt?«, fragte Amina. Mariam dachte an die Informationen, die sie an Sam weitergeleitet hatte. Wadi Barada. Nur ein einzelner Ort, aber Rustum hatten den Namen erwähnt, und zwar gegenüber Bouthaina. Mariam hatte den Namen an die CIA weitergegeben. Daraufhin hatte Rustum Bouthaina umgebracht. Es gab keine Zufälle mehr in Syrien. Mariam bekam kaum noch Luft. Ihr war schwindlig.

»Ihnen wird nichts passieren«, sagte sie zu Amina. »Er wird nicht zurückkommen. Er hat seine Sache erledigt. Aber Amina ...«

Die junge Frau wimmerte.

»Amina?« Mariam hob die Stimme.

»J-ja, Mariam?«

»Erzählen Sie keinem der Soldaten, dass Sie gesehen haben, wer Bouthaina ermordet hat, verstanden?«

Die junge Frau legte auf. Mariam lief ins Badezimmer und übergab sich.

Jetzt saß sie auf ihrem Bett und wartete, dass der Plan umgesetzt wurde. Oder darauf, dass Ali sie fortschaffte. Oder Jamil Atiyah sie ermordete. Oder sie im Mörserhagel ums Leben kam. Was immer zuerst passieren würde.

Vor ihrem Fenster hörte man das Geknatter von Gewehrschüssen. Sie schaute nach draußen und sah einen Mann mit einer Maske, der – eine Kiste auf der Schulter – durch die Straße lief. Die Plünderungen hatten begonnen. Der vom Sicherheitsamt vor ihrer Wohnung postierte Aufpasser war verschwunden. Feigling. Sie ließ die Jalousien herunter. Riss mit den Zähnen an einem Stück Fingerhaut.

Sie erschrak, als es an der Tür klopfte. Als sie aufmachte, stand Onkel Daoud vor ihr – am Boden zerstört. Er trug nicht mehr die Verbände, die man ihm nach der Schießerei angelegt hatte, doch irgendwie wirkte er gebrochener denn je. Sie bat ihn herein. Sie nahmen im Wohnzimmer Platz, hörten das Gekreisch der Kampfflugzeuge und den Donner des Granatenbeschusses, während sie Zitronentee servierte, als handelte es sich um einen normalen Höflichkeitsbesuch.

Daouds Uniform war feucht, die Achseln durchgeschwitzt. Schweiß tropfte von seiner Nasenspitze in die Teetasse, die zitterte, als er den Tee in kleinen Schlucken trank.

»Was ist los, Onkel?«

»Ich wollte deinen Vater anrufen. Aber ich habe ihn nicht erreichen können.« Er verzog das Gesicht, und sie verspürte ein Engegefühl in der Brust, als presste sich eine Hand auf ihre Lunge. Sie nickte.

»Ich fahre zu einem Luftwaffenstützpunkt, um dort zu arbeiten, vielleicht schon heute Abend. Ich weiß nicht, wie ich das sagen soll, aber ich rechne damit, von dort nicht zurückzukehren.«

Am liebsten hätte sie gelacht und gefragt: *Machst du Witze?* Aber sie wusste, er meinte es ernst. »Was ist denn los?« Mehr brachte sie nicht heraus.

Daoud stellte die Tasse ab und fuhr sich durchs Haar, riss sich dabei mehrere Strähnen aus. Er wischte sie an seiner Hose ab.

»Auf der Verlobungsfeier deiner Cousine, vor einer Ewigkeit, wie es scheint, habe ich dir etwas gesagt. Ich sagte, dass du immer ein Mitglied des Kriegsrates sein würdest.«

»Ich erinnere mich daran, Onkel. Ich fühlte mich geehrt. Ich bin geehrt.«

»Ich kann dir nicht verraten, warum ich vielleicht nicht nach Hause zurückkehren werde, aber du musst zwei Dinge für mich tun, als Mitglied des Rats. Es tut mir leid, dich darum bitten zu müssen.«

Mariam bemerkte seinen hektischen Blick. Sie wollte nicht hören, was er zu sagen hatte, trotzdem forderte sie ihn auf: »Sag's mir, Onkel.«

»Du musst mir versprechen, dass du dich um Razan kümmerst und dafür sorgst, dass sie freigelassen wird. Wenn ich nicht zurückkehre, gibt es womöglich ...« Er hielt einen Moment inne, kratzte sich die Narbe am Hals.

Er beendete den Satz: »... Fragen. Unbequeme Fragen.«

»Ich verspreche es dir«, sagte sie. »Natürlich, Onkel.« Seine Miene hellte sich auf, nur ein wenig. »Worum geht's bei der zweiten Sache, Onkel?«

Daoud zog ein Blatt Papier aus der Hosentasche: feucht, ausgewaschen und in seiner Hand zitternd. »Es geschieht gerade etwas, über das du Bescheid wissen sollst. Etwas derart Böses, dass ich mich schäme, es zu erwähnen. Aber wenn ich dir diesen Bericht aushändige, bist du involviert. Du wirst Entscheidungen treffen müssen.«

»Wieso erzählst du mir das, Onkel?«

»Du bist doch Mitglied im Kriegsrat, nicht wahr? Und was ist das, was gerade geschieht, wenn nicht ein großer Krieg? Möchtest du den Bericht haben?«

Ich habe nichts getan.

Sie nickte. Er schob ihr das Blatt hin, legte es unter die Teetasse und wandte sich zum Gehen. »Ich habe alles aufgeschrieben. Alles, was ich weiß.«

An der Tür nahm er sie in den Arm, und plötzlich fing sie an zu weinen. Als er sie weinen sah, brach auch er in Tränen aus. »Dein Vater wäre stolz auf dich. Welche Rolle meine Informationen in dieser Sache auch spielen mögen, ... wenn die Zeit gekommen ist, richte Razan bitte aus, dass ihr Vater zu seinen Überzeugungen gestanden hat. Dass ich sie am Ende, auf irgendeine Weise, gerächt habe. Sag ihr das bitte, Mariam.«

Sie nickte nur und sagte: »Ja«. Blickte ihn an mit dunklen, ängstlichen Augen.

Er drehte sich noch einmal zu ihr um. »In dem Bericht, den ich dir gegeben habe, sind fünf Orte aufgeführt. Es wäre am besten, wenn sie heute Abend oder morgen früh zerstört würden.

»Aber Onkel, wie ...«

Er hob die Hand und lächelte, seine Miene hellte sich auf. Eine Last war von ihm gewichen. »Es besteht keine Notwendigkeit, Mariam. Ich erzähle es dir um meinetwillen, um meiner Seele willen.«

Sie schloss die Tür.

Sie las den Bericht.

Sie übergab sich noch einmal.

Sie wünschte, sie hätte eine bessere Möglichkeit, ihn zu erreichen.

Sie rief Sams Wegwerfhandy an.

Sie erzählte ihm alles, schnell.

Sie spürte, wie sich ein unsichtbarer Druck von ihrer Brust löste.

Und doch musste erst noch alles getan werden.

47

Sam hielt es für eine der katastrophalsten Nachrichten, die ein Agent je an die CIA geschickt hatte. Am liebsten hätte er sich in die Station geflüchtet. Doch Mariam und er hatten noch mehr Arbeit zu erledigen. Er griff nach dem Wegwerfhandy und rief die Botschaft an. Einer der konsularischen Mitarbeiter ging ran.

»Sagen Sie den Leuten unten, sie sollen diese Nummer auf einem Wegewerfhandy anrufen. Und machen Sie das sofort. Haben Sie verstanden?«

Sam ging im Zimmer auf und ab, wobei er aus Versehen einen Stapel Suppendosen umstieß. Fünf Minuten später klingelte das Telefon. Er ging ran.

»Verdammt noch mal, wo steckst du?«

Noch nie hatte er sich so gefreut, Procters Stimme zu hören.

»Ich bin untergetaucht. Tut mir leid, aber mir blieb nichts anderes übrig. Ich werde dir jetzt etwas vorlesen. Es kommt von ATHENAs Informanten. Es muss vertraulich behandelt werden, nur drei Leute dürfen es lesen. Bereit?«

»Leg los.« Er hörte die Wut in ihrer Stimme.

Er las vor. Für einen Moment schwieg sie. »Ich werde es versenden und Bradley anrufen. Ich rufe dich zurück.« Klick.

Zehn Minuten später klingelte das Telefon erneut. »Es ist gesendet. Also, sag mir endlich, wo du steckst, sonst kehrst du in Ketten in die Vereinigten Staaten zurück.«

Kaum war Procter angekommen, erfüllte ihre düstere Energie das Safe House. Mürrisch brummelnd lief sie an ihrem Case Officer vorbei und knallte ihre Tasche, die Schnallen laut klirrend, auf den Tisch. Sam beäugte die schwarze Ledertasche. Noch nie hatte er die Leiterin der Damaskus Station derart zornig erlebt.

Sie kniff die Augen zusammen. Starrte ihn weiter wütend an, bis er den Blick erneut auf die Tasche richtete. »Mein Messer und eine Pistole aus dem Büro«, sagte sie, die Frage vorwegnehmend. »Die Stadt ist verrückt geworden. Der Scheiß-Untergang Roms. Die Westgoten machen sich in die Hose vor den Toren, blutrünstig und nach Plünderungen lechzend.«

Procter holte ein Gummiband aus ihrer Tasche und band ihr krisseliges Haar zu einem schrägen Zopf. »Willst du mir nicht endlich sagen, was zum Teufel hier abläuft?«

Sie redete weiter, ohne abzuwarten, ob Sam etwas darauf antwortete. »Ich will dir einen Überblick geben, dann erklär mir, warum ich dich nicht k. o. schlagen, in ein Auto verfrachten und höchstpersönlich über die Grenze nach Amman schaffen sollte, okay?«

Sam schwieg. Procter lehnte am Tisch, er an der Wand, ihr gegenüber.

Mit angespannter, entschlossener Stimme fuhr sie fort: »Ich habe einen Case Officer, einen brillanten Rekrutierer, aber ich vermute jetzt, dass bei einer seiner Spioninnen sein Schwanz das primäre Assessment-Tool ist. Diese Person wird von Milizionären der Regierung angegriffen, mit besagter Spionin im Schlepptau, aus Gründen, die mir ein völliges Rätsel sind. Nachdem die beiden einen Dreifachmord begangen haben, ziehen sie sich in dieses Lustschloss zurück« – Procter zeigte auf das schäbige Zimmer, in Richtung Matratze – »und leiten dann unbestätigte Informationen über eine mutmaßliche Ausweich-Produktionsanlage von Giftgas weiter, die ich ordnungsgemäß auf die hastigste Art und Weise nach Langley übermittle.«

Sam wollte etwas darauf erwidern, aber Procter fiel ihm ins Wort. »Sodann weigert sich dieser Case Officer, sich in Sicherheit zu begeben, was mich zwingt, eine todessehnsüchtige SDR zu laufen, mitten durch Checkpoints und herabfallende Granaten.«

Wieder wollte er etwas erwidern, doch sie legte sich einen Finger auf den Mund. »Sch. Sch. Sch. Du. Wirst. Zum. Teufel. Die. Klappe. Halten und mich ausreden lassen. Die Subquelle der Spionin liefert uns sodann die Information, mit der wir Assads Sarin-Party stoppen können. Die furchtlose Chefin des CIA-Büros leitet besagte Nachricht an Langley weiter, wobei garantiert wird, dass der Präsident der Vereinigten Staaten den Befehl gibt, die Produktionsstätten am nächsten Tag zu bombardieren. Wodurch alle in der Botschaft gefährdet sind, sollten die Syrer beschließen, darauf zu reagieren.«

Sie warf einen Blick Richtung Tür, als irgendjemand im Flur der Wohnung irgendetwas schrie.

»Und währenddessen sitzt der besagte Case Officer in diesem Safe House und befehligt sein eigenes CIA-Büro. Er leitet Geheimoperationen, weigert sich, mir zu verraten, wo zum Teufel er steckt. Und warum ist das so?«

»Weil ...«

»Ich sag dir, warum. Weil du wusstest, dass ich herkommen, dich am Sack packen und zurück zur Botschaft schleppen würde. Und jetzt musst du mir mal ein paar Dinge erklären. Sofort. Du bist ATHENAs Case Officer. Erklär mir, was mit ihr nicht stimmt. Verrat mir, wieso sie am Tatort war.«

Procter verschränkte die Arme vor der Brust.

»Ali ist auf Mariam aufmerksam geworden. Der *Muchabarat* hat unser Gespräch in Paris abgehört. Er hat ihre Cousine verhaftet, als Druckmittel. Die haben Mariam nach Italien geschickt, damit sie ein technisches Gerät erwirbt, wobei sie nicht wussten, dass wir sie bereits rekrutiert hatten. Sie war zwar nicht in die Operation eingeweiht, hat sich aber zusammengereimt, dass Ali auf der Jagd nach einem Maulwurf war.«

Procter seufzte laut. »Das hat sie dir erzählt?«

»Ja.«

»Was hat sie den Syrern noch gegeben?«

»Hintergrundinformationen über mich. Das Safe House, das wir zusammen mit ihr genutzt haben.«

»Hat sie einen besonderen Grund genannt, warum die das Gerät haben wollten?«

»Nein. Sie weiß es nicht. Und sie hat das Gerät seit ihrer Rückkehr aus Italien nach Damaskus auch nicht benutzt, deshalb der Kommunikations-Blackout.«

»Und darum ist sie losgerannt, um sich mit dir zu treffen?«, fragte Procter. »Um eine Nachricht weiterzugeben, ohne das Gerät zu benutzen, weil sie es sich anders überlegt hat?«

»Ja. Sie hatte mitbekommen, wie Bouthaina Wadi Barada erwähnt; sie wusste, dass wir diese Informationen benötigen, und ist angerannt gekommen. Dann hat man mich überfallen. Oh, und Bouthaina ist tot«, fügte er hinzu. »Erschossen in Rustums Villa. Heute Morgen.«

»Scheiße. Bist du sicher?«

»Mariam hat's mir gesagt.«

»Also vielleicht nicht.«

»Sie war total hysterisch, als sie anrief. Hat gefragt, was wir mit der Nachricht, die sie über Wadi Barada weitergeleitet hatte, angefangen hätten.«

»Das Mädchen ist definitiv eine Schauspielerin.«

»Nein, das ist sie nicht, Chief, ich konnte sie in Italien lesen. Ich wusste – und habe es dir gesagt, wenn du dich erinnerst –, dass irgendetwas nicht stimmt.«

»Sie könnte womöglich mit uns spielen, Mann, mit dir. Hast du auch alles genau durchdacht? Vielleicht wollten die Syrer ja, dass wir glauben, sie würden die Ware zum Wadi Barada verschieben.«

»Das ergibt keinen Sinn, Chief. Denk doch mal drüber nach. Zwei wichtige Dinge treffen zu. Erstens: Mariam folgt mir außerhalb der Botschaft, um die Wadi Barada-Nachricht persönlich abzuliefern. Zweitens: Sie tötet drei Milizionäre und rettet mir damit das Leben.«

»Und dein Schwanz spielt bei dieser ganzen Geschichte keine Rolle, Jaggers?«, fragte Procter, erwartete allerdings eindeutig keine Antwort. Als sie erneut in Richtung Schlafzimmer blickte, ahnte Sam, dass sie in Gedanken nach Beweisen in dem Zimmer suchte. Ihr linkes Augenlid schloss sich halb. Sie nickte ihm zu.

»Kann sein, dass Mariam zu den Syrern übergelaufen ist, aber dann würde sie nicht so agieren«, fuhr Sam fort. »Kann sein, dass Ali smart ist, aber dann würde er die Operation nicht auf diese Weise durchführen. Erstens würden die Mariam nicht persönlich mit der Wadi Barada-Nachricht losschicken. Denn das würde uns warnen – was ja auch passiert ist. Nein, sie würden die Information verdeckt streuen. Schlicht und einfach. Zweitens: Kann sein, dass Mariam eine üble Person ist, aber dann würde sie nicht die Milizionäre ermorden. Sondern zulassen, dass ich verhaftet werde.«

Procter ignorierte die vorgebrachten Argumente, was bedeutete, sie stimmte zu, fing aber trotzdem an zu streiten. »Warum zum Teufel ist Bouthaina dann tot?«

»Ich wette, Ali versucht, den Maulwurf zu enttarnen. Die Syrer müssen die Liste der Verdächtigen auf eine handhabbare Größe reduziert haben. Außerdem wissen sie nicht, dass Mariam uns die originale Nachricht über den Sarin-Test weitergeleitet hat. Ali hat ihnen etwas geliefert, von dem er wusste, dass es wieder in Damaskus ankommt. Wir haben Bouthainas Köder in die Finger bekommen. Irgendwie haben die Syrer das mitbekommen. Jetzt ist sie tot.«

»Das ist Quatsch«, sagte Procter, ohne Überzeugung.

»Wirklich? Wir haben die Informationen bezüglich Dschabla weitergereicht, und binnen Tagen hat die Republikanische Garde damit angefangen, die Anlage zu räumen. Sehr wenige Leute innerhalb des Regimes wussten über den Ort Bescheid. Sie haben geheime Nachrichten erhalten – von irgendwoher, wie viele Leute in D. C. lesen denn überhaupt unsere Sachen, Tausende? –, und dann das Giftzeugs verlegt. Das Leak hat die Liste der Verdächtigen reduziert, also haben sie die Falschinformation weitergeleitet. Eine der Adressaten muss Bouthaina gewesen sein. Irgendjemand hat Bouthaina vom Wadi Barada erzählt, Mariam hat das mitbekommen, sie hat mich informiert, ich habe dich informiert, die Info machte die Runde in D. C., geriet an einen gesichtslosen Maulwurf, dann kam sie irgendwie zurück zu Ali. Ich würde wetten, dass Rustum Bouthaina umgebracht hat. Ist nicht Alis Stil, glaube ich. Mariam hatte keine Ahnung, dass die Nachricht fake war, sie wusste nur, dass die Nachricht wichtig war, also hat sie sie an mich weitergeleitet und alles dafür riskiert.«

Procter verstand immer mehr, worauf er hinauswollte. »Mariams Information bezüglich der fünf Stationierungsorte ist also wahrscheinlich korrekt, wenn die Syrer glauben, dass Bouthaina der Maulwurf war. Jetzt, wo Bouthaina aus dem Weg geräumt ist, dürften sie sich frei fühlen, mit dem Sarin-Angriff fortzufahren. Der Maulwurf ist ja weg.«

Inzwischen hatte er Procter fast auf seine Seite gezogen. Wenn er die Auseinandersetzung gewann, wäre er erneut in Lebensgefahr. Wenn er verlor, würde Mariam vermutlich sterben. Er stand erhobenen Hauptes da, für den Gnadenstoß.

»Ja, das würde passieren«, sagte er. »Es sei denn, wir bombardieren die Stätten. Dann zöge Ali Bilanz. Er würde wissen, dass Bouthaina nicht der Maulwurf war. Selbst wenn er vermutet, dass Satellitenbilder uns den Tipp gegeben haben, dürften die Syrer tief graben – um sicherzugehen. Ali wird garantiert zweierlei tun. Er wird Mariam festnehmen lassen. Er wird wissen, dass irgendwer die Produktionsanlage im Wadi Barada verraten hat, und dass es vermutlich nicht Bouthaina war, denn siehe da! der Angriff schlug fehl, Stunden nach ihrem Tod, was sie posthum entlastet. Ali wird seinen Blick auf die Frau in Bouthainas Büro lenken, die womöglich von der Wadi Barada-Stätte gehört hat und deren Loyalität anscheinend so verdächtig ist, dass ihre Cousine verhaftet wurde, um Druck auf sie auszuüben. Sie werden sie so lange foltern, bis sie geständig ist.«

Procter hatte das Messer aus ihrer Tasche geholt, aus der Scheide gezogen und die Spitze gedankenverloren in den Tisch gebohrt. Schließlich fragte sie: »Wie lautet also dein Vorschlag für eine Operation?«

»Ich glaube, ich weiß, wie wir unsere Agentin schützen und vor Ort belassen können. Ich gebe Ali persönlich, was er haben will.«

»Erzähl mir, wie.«

Procters Wut hatte sich gelegt, sie bohrte weiter mit dem Messer in der Tischplatte herum und hörte ihm zu, ohne ihn zu unterbrechen. Als er zu Ende geredet hatte, steckte sie das Messer zurück in die Scheide und ging in Richtung Schlafzimmer, blickte hinein, grübelte über die Matratzen nach. Die Wände wackelten. Der Putz blätterte in Staubwölkchen von den Wänden. Am Himmel kreischte ein Kampfflugzeug. Jetzt stand die zwei Köpfe kleinere Procter neben ihm, blickte zu ihm auf. Ein politisch geschickt agierender Leiter einer CIA Station oder ein eigennütziger Bürokrat hätte den Plan auf der Stelle zurückgewiesen, hätte vielleicht die Marines der Botschaft zum Safe House beordert, um Sam abzuholen und außer Landes zu bringen. Aber nicht Procter – auch wenn sie alles zu verlieren hatte. Wenn die Langley-Führung wollte, dass Köpfe rollten, dann würde der ihre als Erster im Korb unter der Guillotine landen. Aber Artemis Aphrodite Procter spielte das Spiel nach nur zwei Regeln: Beschaffe die Informationen und schütze deinen Agenten. Nichts anderes war wichtig. Sam hatte eine Möglichkeit angeboten, beide einzuhalten. Was aber schwierig werden würde.

»Hast du eigentlich mal darüber nachgedacht, was passiert, wenn die mit dem Namen nicht zufrieden sind? Wenn das Weiße Haus nicht entschlossen handelt? Wenn die Syrer den Druck einfach weiter erhöhen? Wenn die sie wie Val behandeln?«

»Dann enden wir da, wo wir jetzt sind. Mit Mariam im Fleischwolf. Aber wenn wir's auf meine Art probieren, können wir für ihre Sicherheit sorgen – und dafür, dass sie weiter für uns arbeitet.«

Procter nickte, warf einen Blick ins Schlafzimmer, bevor sie ihn auf Sam richtete.

Sie spuckte auf den Boden und schwieg.

Sie wusste es.

Bradley in Kairo, vor Ewigkeiten: Einmal dürfen Sie Scheiß bauen, Mr. Joseph, vorausgesetzt, Sie lassen die Hosen runter.

Das Sich-Verstecken, die Lügen, das ist schlimmer als Scheiße zu bauen. Auch gute Mitarbeiter bauen mal Scheiße. Aber sie täuschen uns nicht. Sie können Ihre Frau belügen, Ihre Freundin, Ihre Kinder. Aber nicht die CIA.

Sam schaute seine Chefin an. Ihm fiel ein, dass er vor Monaten die beruflichen Auswirkungen seines Plans und seiner Bekenntnisse in Erwägung gezogen hätte. Jetzt war es ihm egal. Schütze deinen Agenten. Alles andere ist unwichtig. Und er konnte Procter einfach nicht belügen. Sie waren operativ verbandelt, und er hatte seine Versprechen gebrochen. Er wollte Vergebung.

Er hatte Procter mitten ins Gesicht gesehen, aber er hatte sie nicht wirklich wahrgenommen. Er sah sich reden, von oben auf dem Kühlschrank, als wäre er ein Beobachter. Das machte das Geständnis einfacher. »Ich bin in sie verliebt, Chief.«

Procters Augen wurden schmal. Sie trat einen Schritt auf Sam zu.

Dann schlug sie zu: ein solider Haken, der die Unterseite seines Kinns traf. Sam stürzte, und Procter stand über ihm – nur ein Schopf krauser schwarzer Haare, sein Blick wie verschleiert. Sie ging in die Hocke, sah ihm in die Augen. Er versuchte, seinen Kiefer zu bewegen. Er zuckte zusammen und fasste sich ans Kinn.

»Ich könnte behaupten, dass du ein Versager bist. Und in mancher Hinsicht hätte ich auch recht damit. In anderer dagegen nicht. Aber du hast jetzt was zu erledigen – etwas, das über deine schwanzgesteuerte Indiskretion hinausgeht. Du und ich – wir rechnen später ab, wenn die Horrorshow vorbei ist.«

Sie zog ihn vom Boden hoch und stieß ihn gegen den Küchentresen. Dann drehte sie sich um, zog ihre graue Bluse bis über die Schultern hoch und zeigte ihm ihren Rücken: das

Sieben-Sterne-Tattoo, die Bügel ihres seltsamen, orangefarbenen, mit Palmen übersäten BHs. Sam fragte sich, ob er nach der Wucht des Fausthiebs halluzinierte. Dann steckte sie sich die Bluse in die Hose und drehte sich zu ihm um.

»Sieben Sterne. Einer für jeden Mitarbeiter, der beim Angriff auf Camp Chapman, damals 2009, umgekommen ist. Ich habe mir die Tattoos stechen lassen, als wir damit fertig waren, die für das Attentat Verantwortlichen zu töten. Ich habe das Killerkommando angeführt, ich war der Todesengel. Und nichts hat mir mehr Freude bereitet. Wahrscheinlich nie wieder. Dies hier ist mein Stamm. Ich habe mich für eine Seite entschieden, und du gehörst, jedenfalls vorerst, dazu. Aber denk daran: Wenn du scheiterst, werde ich dich persönlich haftbar machen. Wenn ich mir deinetwegen noch einen Stern auf den Rücken machen lassen muss, jage ich dich bis ans Ende aller Tage.«

Procter legte das Messer zurück in ihre Tasche und zog den Reißverschluss zu. Schwang sich die Tasche über die Schulter und warf Sam einen Blick zu. »Ich stempel die Sache ab und versende die Nachricht in der nächsten Stunde. Dann teilst du ihr mit, dass die Sache läuft.«

Procter verließ den Raum inmitten des Lärms eines weiteren Mörserhagels, ohne einen Blick zurück auf Sam.

48

Ali spürte sein Handy in der Hosentasche vibrieren. Mariam.
»Was gibt's?«
»Er hat sich gemeldet. Notfallsitzung. Im Safe House.«
»Wann?«
»Die Markierung hat auf einen Notfall hingewiesen, aber es wurde keine spezielle Zeit erwähnt. Bestimmt haben die auch etwas an das Gerät gesendet.«
»Danke. Ich versichere dir, deine Cousine wird bald frei sein.«
Er legte auf.

Das riskante Spiel, Mariam gegen die Amerikaner einzusetzen, hatte Früchte getragen. Sie hatte ihre Aufgabe erfüllt, das musste Ali zugeben. Sie hatte das Gerät sichergestellt und die Adresse des Safe House geliefert. Sie hatte ihren Teil beigetragen, und ihre Cousine befand sich unverletzt, bei gutem Essen, in seinem Gefängnis im Sicherheitsamt. Mariam hatte sich keiner Prüfung unterziehen müssen. Ali hatte Druck ausgeübt, harmlosen Druck. Es hatte funktioniert.

Ali ging hinüber zu dem iPad und öffnete es – mit der Wischbewegung, die Mariam ihm gezeigt hatte. Und tatsächlich, die Amerikaner hatten versucht, sie zu kontaktieren:

1. NOTFALLSITZUNG AN REGULÄREM ORT SO BALD WIE MÖGLICH. ANWESENHEIT SPÄTESTENS 22 UHR.

2. AUSSCHLEUSUNG MUSS MODIFIZIERT WERDEN ANGESICHTS DER AUSSCHREITUNGEN IN DER HAUPTSTADT.

3. BRINGEN SIE PASS UND HANDGEPÄCK MIT.

4. AUSSCHLEUSUNG WIRD UNMITTELBAR NACH TREFFEN STARTEN.

Ali sah auf die Uhr: 20:30 Uhr. Er ging die Treppe hinunter ins Kommandozentrum der Russen. Wolkow nippte an seinem Becher.

»Er hat sich gemeldet, will sich mit Mariam treffen.«

Wolkow verzog keine Miene. »Ausschleusung? Üble Sache.«

»Ja. Die müssen die Route ändern und wollen die Details persönlich besprechen, am Abend will man sie außer Landes bringen.«

Wolkow brummte: »Ein Gegenüberwachungsteam beobachtet seit gestern das Haus im Christenviertel. Die haben nichts gesehen. Das Haus ist sauber.«

»Gut. Heute Abend machen wir diesem Wahnsinn ein Ende.«

49

Auf seiner SDR zum Safe House wich Sam den Hauptverkehrsstraßen aus, um nicht in Kontrollpunkte zu geraten; er ging eine Zickzackroute, näherte sich dem christlichen Viertel, wobei er nach bekannten Gesichtern und Fahrzeugen Ausschau hielt und Menschansammlungen möglichst auswich. Nichts davon war jetzt wichtig; aber er tat das alles instinktiv und weil er – sofern die andere Seite ihn observierte – das Bild abgeben musste, das man von ihm erwartete: ein CIA-Mann auf dem Weg zu einem Treffen mit einer wertvollen Spionin im Herzen des kriegsgebeutelten Syriens.

Er stieg die Treppe in dem weißen Natursteingebäude hinauf. Als er auf dem obersten Treppenabsatz ankam, blieb er stehen, schloss die Augen und dachte an das letzte Mal, als er mit Mariam hier gewesen war, vor Italien. Er seufzte. Hätte ihn jemand auf dem Bildschirm einer Überwachungskamera beobachtet, die vermutlich in den Flurlampen oder den Rauchmeldern versteckt war, er hätte es wohl kaum bemerkt.

Doch in diesem Augenblick, zwischen dem kurzen Seufzer und dem Öffnen der Augen, sah er seinen kleinen Bruder, er sah Val, die Leben, die seine Fehler zerstört hatten. Er sah Mariam in diesem roten Kleid aus Paris.

Er öffnete die Tür zu der Wohnung – und vernahm hinter sich auf der Treppe leise Schritte: eilig, mit jedem Schritt lauter werdend. Sam hatte mit ihnen gerechnet.

Ali stand in der Küche, rauchte. Blickte Sam ernst an. »Hübsche Küche haben Sie hier, mein Freund.« Er warf die Kippe auf den Marmorboden und drückte sie mit seinem Schuh aus.

Dann, von hinten, über Sams Kopf hinweg: das Strömen verdrängter Luft. Dunkelheit.

50

Präsident Assad, Arme und Brust immer noch von Verbänden umhüllt, hatte Rustum und Ali früh am darauffolgenden Morgen in den Palast beordert. Der russische Präsident hatte eine dringende Nachricht, und Assad wollte, dass die Brüder sich den Anruf anhörten.

Jetzt, auf den Sofas des Präsidenten sitzend, die Earpieces im Ohr, hörte Ali das unsichere Englisch des russischen Präsidenten, der dem Präsidenten der Syrisch-Arabischen Republik einen guten Morgen wünschte und seine aufrichtige Sorge um die Sicherheit Assads nach dem Attentat zum Ausdruck brachte sowie seine Hoffnung, dass die syrischen Sicherheitskräfte die Geißel des Terrorismus besiegen mögen, wo immer sie auftauche. Rustum presste die Handflächen an die Stirn, als wollte er sich die englischen Worte ins Hirn stopfen.

Dann hörte Ali die verhängnisvollen, mit starkem Akzent ausgesprochenen Worte: »Wir haben vor einer Stunde glaubwürdige Informationen aus Washington erhalten, von einer gut platzierten SWR-Quelle, die darauf hindeuten, dass die Amerikaner Sie bombardieren wollen. Unsere Quelle hat dies direkt von einem leitenden CIA-Mann erfahren, der gestern an Beratungen im Weißen Haus teilgenommen hat.« Es folgte eine Pause, um den dramatischen Effekt zu verstärken. »Unsere Quellen deuten darauf hin, dass die Information von einer hoch platzierten Spionin stammt, die die Amerikaner kürzlich rekrutiert haben.«

Putin fuhr fort: »Wir erwarten, dass die Amerikaner die USS *Abraham Lincoln* sowie die Carrier Strike Group Twelve entsenden, die derzeit im östlichen Mittelmeer stationiert sind. Wir haben Bildmaterial und SIGINT-Ressourcen eingesetzt, um weitere Informationen zu erhalten, wie auch weltweit stationierte SWR-*Rezidentura*. Wir werden natürlich weitere Details liefern, sobald sie zur Verfügung stehen.«

»Hat Ihr Informant den Zeitpunkt genannt?«, fragte Assad.

»Der Anschlag steht kurz bevor«, sagte Putin. »Meiner Einschätzung nach wollen die Amerikaner damit die Verwendung dessen verhindern, wovon sie behaupten, dass es sich um Chemiewaffen handelt, und nicht Ihre Regierung stürzen. Dennoch: Meiner Erfahrung nach reagieren die Amerikaner nur auf Gewaltanwendung. Einer Bombardierung, sogar eine Reihe von einmaligen Luftangriffen, muss mit einer harten Reaktion begegnet werden.«

Assad murmelte zustimmend und posaunte die Sprüche seines Vaters heraus, man müsse Widerstand leisten. Putin pflichtete ihm angemessen und entschlossen bei.

Zum Abschluss wurden nach den Höflichkeiten vage Angebote gegenseitiger Unterstützung und Schwüre brüderlicher Zuneigung ausgetauscht, Assad legte das abhörsichere Telefon zurück auf das Empfangsgerät auf seinem Schreibtisch. *Al-Amyrikan Al-Malaeen Als Sharameet! Haywanaat! Hameer! Shayateen!* Amerikanische Dreckskerle, Tiere, Esel, Teufel, schrie er den Hassan-Brüdern entgegen. Es sind schwere vierundzwanzig Stunden für den Präsidenten gewesen, dachte Ali, er erholte sich gerade erst von einem Attentatsversuch, erwog die groß angelegte Verwendung von Sarin-Gas gegen das eigene Volk und rang mit der Möglichkeit eines

Vergeltungsschlags der Amerikaner. Damit musste man erst mal fertigwerden.

»Rustum, wie lange dauert es noch, bis Sie anfangen können?«, fragte Assad ruhiger.

»Wir haben gestern Abend damit begonnen, das Produkt zu mischen und Munition aufzuladen. Wenn Sie wünschen, können wir jetzt mit ein wenig davon anfangen.«

»Legen Sie los.«

Assad drückte einen Knopf auf seinem Schreibtisch und herrschte seinen Sekretär an, Tee zu bringen, wobei ihm die Verbrennungen wehtaten, weil er derart schrie. Ali blickte zur Decke und fragte sich, ob die amerikanischen Luftangriffe wohl auch den Präsidentenpalast treffen würden.

»Also«, sagte der Präsident, »nun zum Maulwurf. Ich dachte, Bouthaina wäre als dieser identifiziert worden.«

»Möglicherweise haben die noch einen«, entgegnete Rustum, seltsam laut, unmoduliert, irgendwie hörte es sich an, als wäre der Regler seiner Stimme aufgedreht worden. Rustum sah gar nicht gut aus. Die Haare waren zerzaust, die Augen blutunterlaufen, die Uniform zerknittert. Ali sah Blutflecke auf einem der Socken seines Bruders, als habe er angefangen, sich umzuziehen nach dem Mord an Bouthaina, sei dann aber abgelenkt worden.

»Vermutlich«, sagte Assad. »Dennoch: Wir müssen mit dem Schlimmsten rechnen. Ali, ist es Ihnen gelungen, das Gerät zu nutzen, das Ihre Agentin beschafft hat?«

»Wir lesen die geheimdienstlichen Nachrichten, haben jedoch noch keine Spione identifizieren können. Das wird seine Zeit dauern. Die Nachrichten sind kryptisch. Aber die Iraner glauben, dass Sie uns helfen können.«

»Den Amerikaner haben Sie inzwischen festgenommen, richtig?«

»Ja, Herr Präsident, wir haben ihn gestern Abend auf seinem Weg zu einem Treffen mit einem unserer Agenten in die Falle gelockt. Er ist in Gewahrsam.«

»Verhören Sie ihn noch heute. Ich will sicher sein, dass wir die Spione der Amerikaner finden. Er hat drei Syrer getötet, die Amerikaner werden uns bombardieren, jede Gewalt, die ihm angetan wird, wird leicht zu erklären sein oder in dem Chaos untergehen. Besorgen Sie einfach schnell die Informationen.«

»Ja, Herr Präsident«, sagte Ali. »Ich werde ihn persönlich befragen, bis wir Namen haben.«

»Also, Rustum.« Assad drehte sich zu Alis älterem Bruder um. Ein Lächeln zeigte sich auf seinem Gesicht. »Der russische Präsident hat recht: Wenn die Amerikaner uns bombardieren, müssen wir eine starke Reaktion zeigen. Was empfehlen Sie?«

Rustum fuhr sich durchs Haar, runzelte die Stirn und wischte irgendetwas Durchsichtiges von seinem Schnauzbart. »Wir haben in den vergangenen Monaten mit der CIA-Präsenz in diesem Land wie eine Katze gespielt, die nach einer Spielzeugmaus schlägt. Wir haben elegante Operationen durchgeführt, um ein technisches Gerät zu erbeuten, und ihre Leute in die Falle zu locken. Alles kluge Entscheidungen zu ihrer Zeit. Aber jetzt fallen die Amerikaner über uns her am Morgen unseres größten Sieges, nachdem ihre Terroristen-Alliierten versucht haben, uns alle zu ermorden, Herr Präsident. Nein, sobald die Bomben fallen, müssen wir ernst machen. Wenn sie uns bombardieren, wie es die Russen vorhersagen, schlage ich vor, wir schicken die Miliz los, um in die Botschaft einzudringen und Geiseln zu nehmen. Wir werden sagen, dass sie in ihrem patriotischen Eifer aufs Botschaftsgelände vorgedrungen sind, um gegen das amerikanisch-zionistische Bombardement des einfachen Syriens zu protestieren.«

Rustum hustete Schleim in seine Hände und wischte ihn an seiner Uniform ab. »Und indem wir dies tun«, fuhr er fort, »unterbinden wir ihre Fähigkeit, uns künftig auszuspionieren. Sie werden die Botschaft schließen, ihre CIA Station. Wir schicken Basil und seine Miliz los, um ihnen eine Nachricht zu senden.«

Assad griff sich an den Kopfverband. Dann fragte er Ali nach seiner Meinung.

»Wenn wir das tun, werden die Amerikaner noch mehr Druck ausüben. Noch mehr Bombardements, gezielte Morde, wer weiß das schon? Es wird den Konflikt weiter anfachen.«

Assad betrachtete ihn, erwog die Optionen, und Ali wusste, er hatte verloren. »Unter den alten Regeln hätten sie recht gehabt, Ali. Aber jetzt, fürchte ich, hat Ihr Bruder recht. Den Amerikanern muss eine Lehre erteilt werden.«

Der Präsident deutete auf seine Verbände. »Die halten sich nicht an die Regeln. Und wir auch nicht.«

TEIL V

– Freiheit –

51

Sam lag gefesselt in der Zelle und bibberte in der kalten, konturlosen Finsternis. Sie hatten ihm die Kleidung weggenommen und ihn anschließend verprügelt. Nichts Ernstes, nur ein paar Schläge gegen den Brustkorb und ins Gesicht. Er hatte Schmerzen, die aber erträglich waren. Niemand hatte ihm Essen oder Wasser angeboten. Er hatte viele Stunden wach gelegen, während nicht identifizierbare Musik – streng genommen irgendwelche Klänge – aus unsichtbaren Lautsprechern plärrte.

Sam hatte sich stundenlang gemüht; er hatte seinen Geist auf den bevorstehenden Angriff vorbereitet, Dinge in die richtigen Kisten, Räume und Safes im Gehirn verstaut. Er wusste nicht, welche Methoden Ali anwenden würde, Schema und Abfolge würden aber dem ähneln, was man ihn während seiner lange zurückliegenden Ausbildung auf der Farm gelehrt hatte: einem Aufstieg auf den Gipfel des Schmerzes. Im Basislager würde Ali mit Kommunikationsverweigerung, Lügen und Halbwahrheiten rechnen. Während der Besteigung – vielleicht weiter in Richtung Stromschläge – würden die Syrer erste Risse erwarten: mehr Wahrheit, gewisse Ungereimtheiten, weniger Lügen. Auf dem Gipfel würde Ali einen Namen hören wollen. Dann würde er alles überprüfen.

Wenn Ali das Verhör im sicheren Glauben beenden sollte, dass er seinen Spion gefangen hatte, musste Sam ihn im Glauben wiegen, dass er gewonnen hatte. Wenn Sams Widerstand dann erste Risse bekam, musste eine bestimmte Zeit vergangen sein, und er durfte sich nicht folgsam zeigen. Denn Ali würde beide Ergebnisse als Beweis für Sams Tricksereien betrachten und weitergehen, bis zum Gipfel, selbst nachdem Sam den Namen geliefert hätte.

Wenn das geschah, würde der Plan scheitern. Ali würde den Berg hinaufsteigen und Sam mitschleifen, bis er den in Sams Kopf versteckten Safe – womöglich im buchstäblichen Sinne – aufgebohrt hatte. Dieser Tresor enthielt einen Namen: Mariam. Aber dieser Name war das Erste, was Sam weggeschlossen hatte, tief im Labyrinth seines Bewusstseins.

Jetzt, allein im Dunkeln, durchstöberte er sein Bewusstsein, um den Rest des Materials zu sortieren.

Dabei stufte er einige Dinge als bereits verbrannt beziehungsweise überflüssig ein: seine CIA-Zugehörigkeit, das Safe House, die Kenntnis der Geheimoperation der Republikanischen Garde in Dschabla und im Wadi Barada. Er dachte an eine Reihe stillgelegter beziehungsweise wenig genutzter Standorte für tote Briefkästen, Signalnachrichten und Blitz-Übergaben, geheime Kommunikationen, die die CIA ersetzen konnte. Dies alles würde Sam preisgeben, mit der Zeit und unter extremem Zwang, nach den Weigerungen im Basislager. Die zielgerichteten Enthüllungen würden seine Glaubwürdigkeit bei Ali erhöhen und ihn glauben machen, dass der Weg zum Gipfel Früchte trug.

Die in Geschenkpapier eingewickelte Box mit Schleifchen, für Ali auf den Tisch gestellt, enthielt einen einzigen Namen: Jamil Atiyah. Damit musste Sam Ali überzeugen, dass sie am Gipfel angekommen waren. Man würde Sam zurück in die Zelle werfen, während man Atiyahs Welt auf der Suche nach Beweisen auf den Kopf stellen würde. Dann würde man das Gerät finden, das Geld, die US-amerikanischen Pässe mit falschen Namen. Anschließend würde die Durchsuchung seines Computers und seines Handys die seltsamen E-Mails und Telefonate ans Licht bringen.

Die Tür öffnete sich; Lichtstreifen fielen in die Gefängniszelle. Zwei Männer packten Sam an beiden Schultern und zerrten ihn in einen anderen dunklen Raum. An den Wänden verliefen rostige Rohre, die durch grob gehauene Löcher in der Decke verschwanden. Mitten im Raum stand ein wackliger, grell beleuchteter Tisch mit vier Stühlen an einer Seite. Auf dem Boden braune Fliesen, unter dem Tisch ein Abfluss.

Die beiden Männer setzten Sam auf einen der Stühle und verließen den Raum. Die grellen Strahler schienen ihm in Gesicht. Er senkte den Kopf und schloss die Augen. Das Basislager. Das Erstgespräch. Wieder untersuchte er seine mentale Organisation und verstaute den Safe mit Mariams Namen tief in seinem Inneren. Den Safe, der sein Wissen über ihre wahren Loyalitäten enthielt: die Geheimoperation gegen Bouthainas Computer und die Stätten der Republikanischen Garde, von denen er sich vorstellte, dass sie bald von US-amerikanischen Kriegsflugzeugen zerstört würden.

Er wartete gefühlt eine Stunde lang. Knarrend öffnete sich eine Metalltür, wodurch ein Abschnitt der korrodierten Rohrleitungen erhellt wurde. Die Tür schloss sich wieder.

Ali Hassan setzte sich Sam gegenüber und zündete sich eine Zigarette an. Der Syrer rieb sich die Narbe, legte die Hände auf den Tisch, faltete sie.

»Sie haben meine Warnung nicht beherzigt«, sagte Ali auf Arabisch. »Sie haben drei Syrer getötet. Sie haben sich versteckt. Dann haben Sie versucht, einen ihrer Spione außer

Landes zu schleusen. Natürlich sitzt Mariam jetzt ein. Sogar in diesem Gefängnis. So haben wir Sie gestern Abend in Ihrem Safe House gefunden.« Er zog an der Zigarette, sah Sam an.

Sam betrachtete den Tisch und schwieg.

»Es gibt da eine Sache, die für meine Regierung von gravierender Bedeutung ist. Der Name eines verbliebenen Spions. Wir wissen, dass sie nicht Ihr einziger Kontakt war.«

Sam versuchte, nicht zusammenzucken, sich nicht zu bewegen. Er entschied sich dafür, ihren Namen zu nennen, nur zur Probe. Er vermutete, dass Ali seine Festnahme unmittelbar vor dem Safe House als Lockmittel nutzen würde, ihm zu sagen, dass sie Mariam festgenommen hätten, und versuchen würde, das als Druckmittel zu verwenden oder ihn aus dem Konzept zu bringen. »Ich dachte, Sie hätten gesagt, Sie hätten Mariam bereits verhaftet?«

Ali kratzte sich am Kopf und zog eine Zigarettenschachtel aus der Hemdtasche. Er tippte damit auf den Tisch, klopfte dabei mit der anderen Hand die Zigarettenasche ab. Er schüttelte den Kopf.

»Die Lügen werden Ihnen nicht besonders viel nützen. Ich weiß, dass es da noch einen weiteren Spion gibt. Ich benötige den Namen und die speziellen Informationen, die er Ihnen in Bezug auf unsere militärischen Pläne geliefert hat. Und zwar jetzt.«

Sam blinzelte in das grelle Licht, damit der Syrer sah, dass er seinen Blick erwiderte. »Ich weiß nicht, wovon Sie reden.«

Ali verließ den Raum, die beiden Männer kehrten zurück. Einer zog Sam hoch, der andere traktierte Sams Rippen mit Schwingern, mal von rechts, mal von links, in rascher Folge. Keiner sagte etwas, aber der Raum hallte wider von gedämpftem Ächzen und Stöhnen, bis sie Sam aufs Gesicht zu Boden warfen. Der eine setzte sich auf Sams Rücken, während der andere mit irgendetwas auf seinen rechten Fuß schlug, den Hacken auf präzise Art und Weise bearbeitete. Sams Halsmuskeln spannten sich bis zum Zerreißen, Lichtbögen tanzten durch sein Gesichtsfeld, er hörte ein Knacken. Er schrie auf.

Sie wälzten ihn auf den Rücken, dann teilten sie sich die Arbeit zwischen seinem Gesicht und den Zehengliedern und dem Mittelfußknochen seines zerstörten Fußes. Der Mann, der auf seinem Rücken gehockt hatte, setzte sich jetzt rittlings auf ihn. Zugleich packte er Büschel seiner Haare, um den Kopf in Position zu halten, während er Sam mit der Faust ins Gesicht schlug – und dort weitermachte, wo Procter am Vorabend aufgehört hatte.

Die Kopfarbeit, dachte Sam, während er wegsackte, ein klassischer Fehler. Bewusstlosigkeit als Geschenk.

»Um Gottes willen, Oberst, man schlägt einen Häftling doch nicht k. o.«, blaffte Ali, kaum dass der verlegene Kanaan und sein Bruder zurückgekehrt waren, nachdem sie den Amerikaner in die eiskalte Zelle zurückgebracht und mit Wasser begossen hatten, um ihn aufzuwecken. »Wir müssen ihn zum Reden bringen.«

»Gen...«

»Schweigen Sie.« Alis kratzte sich die Narbe. »Rufen Sie mich, sobald er aufwacht. Und verkabeln Sie ihn für die nächste Runde.«

Ali lief nach oben in sein Büro, vorbei an den Russen, die Däumchen drehten und auf den Befehl warteten, zur *rodina* zurückzukehren. Ali schloss die Tür, setzte sich und blickte aus dem Fenster gen Osten. Über Duma flogen Kampfjets und ein paar Kampfhubschrauber. Seit Monaten schon jagte er diesen Amerikaner, aber es war ihm nicht gelungen, alle seine Spione zu finden. Jetzt fragte er sich, warum es ihn überhaupt kümmerte, wann Rustums Angriff starten würde, wann die Amerikaner mit der Bombardierung anfangen würden, was Layla und die Kinder gerade taten.

Aus der Ferne drang das Geräusch einer gigantischen Explosion zu ihm. Das Gebäude wackelte. Rustum musste angefangen haben. Ali zündete sich eine Zigarette an und ging zum Fenster, wo er über dem Hauptquartier des SSRC eine Rauchsäule aufsteigen sah.

Da erblickte er ein Flugzeug, keine MiG – keine syrische, keine russische –, das über Qasioun hinwegflog. Eine amerikanische F-35. Sie ließ mehrere Bomben auf den Präsidentenpalast fallen, was erst einen Feuerblitz, dann eine bauschige, schwebende Wolke erzeugte. Das Flugzeug verließ sein Gesichtsfeld. *Die Amerikaner.* Er reckte den Hals, um festzustellen, wohin die F-35 geflogen war. Nichts. Er hörte sich atmen; sein Magen hob sich. Dann tauchte das Flugzeug – vielleicht war es auch ein anderes – wieder auf und drehte vom Berg aus nach Süden ab, in Richtung Kafr Sousa und Sicherheitsamt.

Ali fielen Layla und die Zwillinge ein und ihm wurde speiübel, denn er hatte keine Zeit gehabt, sich von ihnen zu verabschieden. Was war er doch für ein Feigling. Das Flugzeug schloss die Lücke binnen zwei Sekunden. Es flog niedrig, auf Augenhöhe, wie es schien. Ali trat einen Schritt zurück, wandte sich ab und duckte sich, alles instinktiv und doch sinnlos, sollte das Flugzeug eine Bombe auf das Gebäude abwerfen. Im letzten Augenblick stieg das Flugzeug steil nach oben, dem Gebäude mühelos ausweichend, allerdings zersprangen dabei sämtliche Fensterscheiben auf dessen Nordseite.

Die Scherben prasselten Ali auf den Rücken, während er auf dem Boden kauerte. Das Kreischen der Düsentriebwerke verklang; er stand auf und klopfte den Staub ab. Er zitterte am ganzen Leib. Spürte, dass etwas an seinem Hinterkopf hinab rann. Weiter unten im Flur schrie jemand. Unsicheren Schritts lief er zu seinem Schreibtisch und rief Layla an.

»Alles in Ordnung mit dir, *Habibti*?« Er brüllte geradezu, versuchte, das Klingeln in seinen Ohren zu übertönen. Im Hintergrund hörte man die Zwillinge schreien.

Layla weinte. »Mein Gott, was ist denn los? Ich habe mehrere große Explosionen gehört, die Jungs sind hysterisch, der Strom ist ausgefallen, und jemand mit einer Skimaske ist vor der Wohnung aufgetaucht und hat mit einem Gewehr in die Luft geschossen. Hast du mich verstanden?«

Er hatte vieles von dem, was sie gesagt hatte, verstanden. Aber dieses Klingeln im Ohr, du meine Güte ...

»Wir haben uns hier verkrochen und warten darauf zu sterben«, schrie Layla. »Und wem gehören diese Flugzeuge, den Israelis? Ich sehe aus dem Schlafzimmer die Milizen auf der Straße. Heute Morgen ist jemand die Straße runtergelaufen, mit einem Fernseher im Arm. Ali, die Leute drehen durch. Komm nach Hause, ja? Wann kannst du kommen? Wann? Kannst du mich verstehen? Ali? Ali?«

Jetzt wurde das Klingeln im Ohr noch lauter. Wieder fiel eine Bombe, erschütterte das Gebäude. Der heiße Sommerwind wehte durchs offene Fenster, sodass Ali Staub in die Augen bekam.

Layla kreischte, im Hintergrund rief Sami: »Daddy, Daddy, Daddy.« In der Ferne erneut eine Detonation. Dann Rettungswagen- und Luftangriffssirenen, ironischerweise zu spät.

Doch hauptsächlich dieses Klingeln, du lieber Gott, dieses Geklingel in den Ohren.

»Bleib, wo du bist, Layla«, rief er. »Versteck dich mit den Jungs im Ankleidezimmer. Ich komme gleich. Ich liebe dich. Grüß die Jungs.«

Ali legte auf. Er ging schon zur Tür, als diese heftig aufgestoßen wurde und gegen die Wand knallte.

In der Tür stand sein großer Bruder Rustum, Kommandeur der Republikanischen Garde, Held von Hama. Seine Gesichtszüge waren verzerrt, auf dem Uniformkragen, der an seinem verletzten Hals klebte, kleine Blutflecken.

Er hielt Mariams rechten Arm umklammert, der auf dem Rücken mit Handschellen an ihrem linken Arm gefesselt war. Ihr Gesicht war gerötet, ihre Augen blickten erschöpft.

Rustum hustete etwas Rötliches aus und wischte es sich am Arm ab.

»Heute ist der große Tag, kleiner Bruder.«

Sam erwachte in einem Fleischkühlraum, mit feuchter, eisiger Haut. Jemand sagte auf Arabisch, er ist wach, dann packten ihn Hände grob an den Schultern und führten ihn an einen Tisch. Sie befestigten Elektroden an seinen Fingern und Hoden, dann saß er allein da, im grellen Flutlicht.

Sam blickte hinunter auf seinen völlig zerstörten Fuß. Er konnte ihn nicht mehr bewegen.

Die Tür ging auf; drei Personen betraten den Raum. Ihre Gesichter waren nicht zu erkennen, aber die zweite schien die erste vorwärtszustoßen. Die dritte, die ein wenig hinterherging, schloss die Tür.

Der zweite Mann führte den Häftling zu einem Stuhl, Sam gegenüber. Er blinzelte in die hellen Strahler und sah den Umriss des Häftlings.

Zeit für den Aufstieg.

Sie hatten diesen Fall im Safe House geplant. Vor dem Sex auf der Matratze, als ihre Körper gegenseitig um Vergebung baten. Sie für ihren Betrug; er dafür, dass er sie überhaupt in die Sache hineingezogen hatte.

Mariam fühlte sich immer noch schuldig, denn sie wusste, dass ihre Vergehen nicht gleichwertig waren. Sie hatte mit Sam zusammenarbeiten wollen, mit der CIA, gegen eine Regierung, die sie verachtete, gegen ein Leben, das sie nicht kontrollierte. In Italien hatte sie ihn betrogen, das stimmte. Sie hatte das Gerät entwendet. Stattdessen hätte sie Sam und Artemis von Ali Hassans Drohungen erzählen können. Dann hätten sie einen Ausweg finden können.

»Möglicherweise bringen sie dich zu mir«, hatte Sam in jener Nacht auf der Matratze gesagt. »Ali glaubt, dass ich dich für eine loyale CIA-Agentin halte. Er könnte das als Druckmittel einsetzen. Vielleicht kommst du in denselben Raum oder in eine Zelle neben meiner. Es ist wichtig, dass du die Fassade wahrst, dass du nach Alis Regeln spielst, seiner Führung folgst.«

Als an ihre Tür geklopft wurde, hatte sie erwartet, Ali zu sehen, in den Plan eingefügt zu werden, den amerikanischen Spion zu brechen. Stattdessen hatte Alis Bruder Rustum vor ihr gestanden, Bouthainas Blut auf der Uniform, ein unheimliches, starres Grinsen im Gesicht, der Hals verfärbt von Blutergüssen.

»Ja?«, hatte sie gesagt.

Dann hatte er ihr fest ins Gesicht geschlagen. Zwei Männer betraten hinter ihm den Raum. Dem ersten stieß sie das Knie zwischen die Beine, aber der zweite schleuderte sie zu Boden, bog ihr die Hände auf den Rücken, drückte sie auf den Marmor. Man fesselte sie, stieß sie in einen Wagen und fuhr in hohem Tempo zum Sicherheitsamt, während über ihren Köpfen amerikanische Kampfjets flogen. Rustum schrie bei jeder

Explosion auf. Während der Fahrt hatte er immer wieder zwei Wörter gemurmelt: Meine Bouthaina, meine Bouthaina, meine Bouthaina.

Jetzt – den Blick auf Sams zerschundenes Gesicht gerichtet – stellte sich Mariam vor, wie sie ihre Nagelfeile in die Hälse des Bruderpaars steckte, diese Sadisten, die sich als Ordnungshüter ausgaben. Aber zunächst musste sie sich zusammenreißen.

»Warum bin ich hier?«, fragte sie Ali, während sie an ihrer Handfessel zerrte.

Niemand antwortete ihr.

Ein Telefon klingelte.

Sams Kopf wippte langsam hin und her, während er wahrnahm, dass Rustum Hassan antwortete.

»Sind Sie sicher?« Stille, Kreischen durchs Telefon. »*Ya allah.*« Rustum knallte das Handy auf den Tisch. Sam roch, dass Rustum näherkam. Schlechter, heißer Atem. Rustum drückte die Hand auf Sams Schulter und zog schwer atmend einen Stuhl neben ihn. Er beugte sich herüber, um sich Sams Fuß anzusehen. Dann trat er mit dem Stiefel drauf. Sam schrie auf, schwarze Punkte sprenkelten sein Gesichtsfeld.

Rustum stand auf. »Wie's aussieht, haben Sie die leichten Sachen ja überlebt.« Er blickte zur Wand, dann auf den Boden. Er zeigte auf einen Punkt, zwei, drei Meter rechts von Sam und beugte sich nah zu ihm. »Deine Freundin Valerie ist genau dort gestorben, an dieser Betonwand. Ironie des Schicksals, oder?« Er zauste Sams Haare.

»Wer ist der Spion?«, fragte Ali plötzlich. Sam sah, dass Ali sich über einen kleinen schwarzen Kasten beugte. Ohne Vorwarnung drückte er auf einen Knopf.

Er sah nichts, doch er spürte alles.

Der Schmerz war rein und alles durchdringend. Sam hatte dafür trainiert, doch Simulationen sind nur das: Simulationen. Ihm war nicht klargewesen, dass es sich anfühlte, als würde kochendes Wasser durch die Muskeln, Adern, Knochen fließen, ein Strom davon, der von den Füßen bis zum Hirn verlief und sich jetzt wie ein prall gefüllter Luftballon ausdehnte, bereit zu platzen. Dann hörte es auf, einfach so, der Raum kehrte in einer Flut aus Licht und Lärm zurück, und er sah seine Brust sich kräuseln und erbrach sich auf den Boden.

Er hörte Mariam fluchen.

»Wer ist der Spion?«, fragte Ali noch einmal.

Im Gedächtnispalast, den er in seinem Geist erbaut hatte, erhaschte Sam einen Blick auf den versteckten Tresor mit Mariams Namen und ihre Loyalität darin. Er blinzelte, um die Erinnerung auszulöschen, versuchte zu vergessen, in was für einem Raum er sich befand, aber sie war noch immer da, gab ihm ein Zeichen. Sam blinzelte erneut. Er dachte an die erste Gruppe von Boxen und bot sie rasch stotternd an.

»Ich bin Mitarbeiter der CIA«, sagte er. »Ich weiß nicht, was Sie wollen, aber ich kenne Stätten in Damaskus. Safe Houses am Fuß des Berges. Dunkle, teuflische Lichter, wurde vom Chief, dem Proktologen geschlagen –«

»Hör auf, Codenamen zu verwenden«, sagte Ali.

»Eine rasche Übergabe, neben der Moschee.« Selbst wenn Sam es gewollt hätte, er konnte die Wörter einfach nicht zu einem vollständigen Satz verbinden. »Karte. Ich zeige.«

»Das interessiert uns nicht«, sagte Rustum.

Ali drückte erneut den Knopf, und die Welt ringsum verschwand. Die Zeit eine unendliche, glühend heiße Schleife, die Lichtbögen tanzten durch seinen Geist, während er über den Tresor und den sicheren Inhalt nachdachte. Er roch einen

Kiefernwald in Minnesota, hörte seine Mutter weinen. Dann sackte er wieder auf dem Stuhl zusammen. War dies der Gipfel? Wie lang war es gewesen?

Mariam schrie. Sam hustete, Blut tropfte sein Kinn hinunter. Er hörte die beiden Brüder streiten, konnte aber nicht erkennen, worum es ging. Wieder hörte er Mariams heisere Stimme, und sein Bewusstsein hatte Mühe, das Arabisch zu verstehen. »Warum bin ich hier?«, fragte sie.

»Warum wusstest du über Dschabla und Wadi Barada Bescheid?«, fragte Ali.

Sams Kopf ruckte nach hinten. Rustum riss ihn nach vorn.

Der Gipfel. Jetzt. Mach's jetzt. »Hab von Wadi zufällig was im Palast gehört«, schrie Sam. »Im Flur.«

»Was? Wen gehört? Was für ein Flur?«, sagte Ali.

Sam wusste nicht, wie oft Ali den Knopf drückte. Die Zeit hatte aufgehört, und in der Schwärze sah er den Tresor mit Mariams Namen darin. Während einer der Stromstöße legte er seine Hand oben darauf, strich mit den Fingern über das unebene Metall, hörte Klicken, während er das Einstellrad drehte.

Wieder floss der Strom. Sam bemühte sich um Erinnerungen, konnte sie jedoch nicht festhalten. Sie zogen vorbei, ohne anzuhalten, jede verdunkelt, die Ränder fleckig wie bei alten Fotografien: die Maisfelder von Shermans Corner, Mutter, wie sie ihm ein Buch vorlas, die Mühle, Vegas, die schwülwarme Küche der Bradleys in Kairo. Dann Mariam: ihre Silhouette im Sternenlicht, das Lachen, der Weinberg im Mondlicht. Er griff danach, versuchte, die Bilder an sich heranzuziehen wie einen Schutzschild gegen die wilden Ströme, die seine Knochen durchflossen, doch als seine Finger die Erinnerungen erreichten, verschwanden diese. Er rief um Hilfe in der Leere, aber die einzige Antwort war Schmerz.

Dann erinnerte er sich an die Box, die er für Ali eingewickelt hatte. Spiele deinen Trumpf aus.

Sam erbrach Galle auf den Boden, die Welt erschien wieder. »Atiyah«, keuchte er. »Atiyah, Atiyah.«

»Jamil Atiyah?«, sagte Ali. Während sich das Bild ringsum scharf stellte, sah Sam Al Hassan rauchen, mit den Fingern auf den Tisch tippend, neben den Folterknopf. Ali schien über den Namen nachzudenken.

Sam nickte. Er verdrehte die Augen, dann sackte sein Kopf nach hinten. Rustum riss ihn nach vorn.

»Hab von Wadi Barada gehört. Bouthaina. Eine Falle«, stammelte er.

Irgendetwas aus der Schwärze brüllte ihn an. Dann hörte er Metall über Beton kratzen und spürte, wie er näher an jemanden heran rutschte, während die Stuhlbeine laut über den Boden schrammten. Er sah Mariams Gestalt am Horizont erscheinen. Das Gekratze hörte auf. Jetzt saßen sie einander gegenüber, die Knie Zentimeter voneinander entfernt, er konnte ihr Haar riechen. Er schaute ihr in die Augen.

Dann spürte Sam die Hitze auf seinem Hals. Ein metallischer Sprühnebel prallte gegen seine Zunge, die Hitze nahm ihren Weg nach oben, an seinen geschundenen Kiefer, in sein Gesicht. Er hörte, wie Namen gerufen wurden. Bouthaina. Atiyah. Wieder sah er den Tresor und streckte die Hand danach aus.

Ali hatte dem Verhör exakt fünfzehn Sekunden den Rücken gekehrt. In dieser Zeit rief er Kanaan an und befahl ihm, Jamil Atiyahs Welt auf den Kopf zu stellen, sofort. Durchsuche sein Büro, seine Villa, hol die Computer, die Handys. Alles.

Als Ali sich umwandte, stellte er fest, dass sein Bruder eine gezackte Linie in den Hals des CIA-Offiziers zog. Rustum kreischte:

»Das ist für meine Bouthaina.« Ali fasste sich an die eigene Narbe und sah, wie Rustum das Messer von Sams Wange entfernte und sich zu Mariam umdrehte.

Mariam schrie um Hilfe und zerrte mit ihren gefesselten Händen und Armen am Stuhl, als Rustum sein Messer in Sam bohrte.

»Weißt du, dass ich sie umgebracht habe?«, rief er sabbernd, während seine Spucke Sam ins Gesicht flog. »Du hast mich dazu gebracht, du hast sie verleumdet.«

Er riss das Messer weg. Mariam sah das Blut aus der Schnittwunde rinnen. Sam spuckte irgendetwas aus. Bleib bei mir, *Habibi*. Bleib hier.

Rustum legte die Hand um Sams Kinn und beugte sich vor, blickte ihm in die Augen. »Mir hat das abgekartete Spiel mit dieser *Sharmoota* nie gefallen.« Er zeigte mit dem Messer auf Mariam. »Ich frage mich, was sie dir in Italien erzählt hat. Sie hat mit Bouthaina zusammengearbeitet. Vielleicht hat sie zufällig etwas über Wadi Barada mitbekommen. Vielleicht hat Bouthaina zu viel erzählt.«

Rustum ging um die Stühle herum auf Mariams rechte Seite und flüsterte ihr ins Ohr: »Hast du Bouthaina umgebracht?«

»Wer ist der Spion?«, rief donnernd eine Stimme. Sie konnte nicht erkennen, ob es sich um Ali, Rustum oder Gott höchstselbst handelte.

Sie erschauderte, schaute Ali an, während seine rasende Wut sich Luft verschaffte. Die jungen Milizionäre und Villefranche fielen ihr ein, und das Bild blitzte in ihr auf, wie sie mit den Hassan-Brüdern das Gleiche tat, wie sie über ihnen stand und abdrückte, bis das Magazin leer war. »Du Dreckskerl, Ali, ich habe immer kooperiert. Ich habe dir gegeben, was du haben wolltest, und so werde ich entlohnt? Verdammt seid ihr beiden, ich …«

Das Messer glitt in ihre Seite, bohrte sich tiefer. Dabei flüsterte Rustum immer wieder dieselbe Frage: Hast du meine Bouthaina umgebracht? Das Messer stieg gegen eine Rippe, aber er drückte es, aufstöhnend, tiefer hinein.

Sie wollte ihm ins Auge schauen und schreien: *Ja, du hast sie umgebracht, du Monster*, doch stattdessen blickte sie hinunter auf die Klinge, die jetzt verborgen in ihrem Körper steckte. Nur der glitschige Griff war zu erkennen. Jetzt schrie Sam, sein Blick rasend. Sie versuchte, sich auf sie beide zu konzentrieren, so wie sie es tat, wenn sie sich liebten, aber sie konnte nicht mehr richtig sehen, und irgendetwas Flüssiges rann ihr am Bein hinunter, als Rustum das Messer herauszog.

Ali, der Junge, lag rücklings auf dem Boden seines Schlafzimmers, Rustum saß rittlings auf ihm und wollte ihm das Messer in den Hals bohren, um das Werk zu beenden, um seinen Vater und beide Mütter zu rächen.

Dann stieß sein Großvater Rustum beiseite und verprügelte den Jungen. Der alte Mann war kräftig gewesen. Keuchend, nach Luft ringend nach dem Kampf, setzte sich der Großvater aufs Bett und hielt den schluchzenden Ali in den Armen. Rustum lag bewusstlos neben ihm, alle viere von sich gestreckt.

»Wessen Schuld ist es, Opa?«, hatte Ali gefragt. Seine Frage klang zittrig und gepresst. »Wessen Schuld ist es?«

Nicht deine, mein Junge. Nicht deine.

Rustum zog das Messer aus Mariams Seite und hielt es ihr an den Hals.

Ali stürzte sich auf ihn. Klappernd fiel das Messer auf den Boden, Rustum taumelte nach hinten. Ali trat einen Schritt vor und drückte seine Hand in den Bauch des Bruders, dann schwang er sich über Rustums Kopf und verdrehte ihm das Ohr.

Rustum stürzte. Er versuchte aufzustehen. Ali hob das Messer auf und versetzte Rustum einen Tritt gegen die Brust, sodass er rücklings auf den kalten Betonboden stürzte. Dann setzte sich Ali auf ihn und rammte den Messerknauf gegen Rustums Nase. Blut spritze hervor, viel Blut, und Ali wiederholte es, diesmal waren ein feuchtes Knirschen und Rustums Aufschrei zu hören. Er schlug noch einmal zu, und Blut spritzte ihm ins Gesicht.

Sein Bruder blickte ihn aus weit aufgerissenen Augen an, seine Hände griffen nach oben, nach dem Messer, nach einem Auge, nach irgendetwas. Ali nagelte ihn am Boden fest und sah ihn wütend an, hielt seinem Blick stand. Dann bohrte Ali die Klinge tief in Rustums Hals, durchtrennte die Halsschlagader und Muskelstränge, bis Rustums Augen brachen, seine Beine nicht mehr zuckten und seine Atmung aussetzte.

Ali wälzte sich von seinem Bruder auf den Boden und setzte sich auf.

Inzwischen war Mariam still, ihr Kopf auf die Brust gesackt, Samuel rief, dass sie Hilfe brauche. Sein Stuhl brach zusammen, und er versuchte, näher an Mariam heranzurücken, indem er über den Boden schlängelte. Ali ging zum Tisch, taumelte fast dagegen. Der Amerikaner schrie und rutschte auf dem Boden auf Mariam zu, die aschfahl und stumm war.

Einer von Kanaans Männer stieß die Tür auf. Die Hände an den Kopf gelegt, ließ er den Blick über das Gemetzel schweifen. Er starrte Rustums Leiche an und fuhr sich mit den Händen übers Gesicht.

Ali zündete sich mit zittriger Hand eine Zigarette an. »Holt einen Arzt. Sofort.«

Sam näherte sich Mariam, er schrie ihr zu, wach zu bleiben, jeder Atemzug wie Glas in seiner Lunge. Obwohl er den Hals kaum bewegen konnte, als er zu Mariam hinüber rutschte, nahm er doch Rustums auf dem Boden liegende Leichnam wahr, dass Ali sein Hemd auf Mariams Wunde drückte und ein Mann irgendetwas in den Raum rollte.

Mariams Kopf hing leblos herunter. Das Licht in ihren Augen war erloschen. »Mariam! Mariam! Mariam!«, schrie er.

Jemand hob ihn auf. Er fühlte seinen Körper förmlich schreien, als er auf eine Trage gelegt wurde. Der Gefängnisraum verschwand. Er spürte Wind in seinem Gesicht, helle Lichter über sich. Er sah den Tresor, nicht geöffnet, in seinem Zimmer. Einen Augenblick sah er Mariam auf einer Trage neben sich. Jemand, weit hinter dem Horizont, schrie etwas. Mariam lag auf der Seite, die Wunde freiliegend. Die rufende Person hielt einen Beutel Flüssigkeit in die Höhe. Schläuche ragten aus ihrem Körper.

Er schaute ihr in die Augen, um etwas, irgendetwas darin zu sehen.

Dann rollte man ihn davon.

52

Ali kehrte in sein Büro zurück, geschockt und ohne sein weißes Hemd, das inzwischen als lausiger Druckverband auf Mariams Wunde diente. Der stoische Wolkow hatte tatsächlich mit offenem Mund zugeschaut, als Ali am Kommandozentrum der Russen vorbeiging. In seinem Büro wischte Ali Glasscherben von seinem Stuhl und rauchte anschließend sechs Zigaretten in rascher Folge. Als seine Hände nicht mehr zitterten, zog er ein Hemd an, das er in einer Schreibtischschublade aufbewahrte.

Er rief Layla an. »Wo bist du?«, schrie sie. »Wo bist du, Ali? Komm sofort nach Hause!« Er hörte die Zwillinge im Hintergrund weinen.

»Seid ihr in Sicherheit?«, fragte Ali.

»Ja, vorerst. Wir sind im Ankleidezimmer. Komm nach Haus.«

»Rustum ist tot.«

»Tot? Wie? Die Bomben?«

»Es ist etwas passiert. Im Büro. Er hat den Verstand verloren. Er ist tot.«

»Er hat den Verstand verloren?«

»Ich erkläre es dir später.« Sein rechtes Handgelenk zitterte. Er versuchte, eine weitere Zigarette aus der Schachtel zu ziehen, aber sie fiel zu Boden. Er hob sie auf. »Bist du in Sicherheit, Layla? Du und die Jungs?«

»Ja, aber komm nach Haus.«

»Mach ich. Aber ich muss vorher noch was erledigen.«

»Komm nach Haus«, schrie sie.

»Ich liebe dich.« Er legte auf und steckte sich die Zigarette an.

Am Filter angekommen, stand er auf, blickte aus dem zerborstenen Fenster auf die Rauchsäulen, die aus Damaskus aufstiegen, und lauschte dem Heulen der Sirenen. Was für ein Chaos! Er zog Bilanz.

Er hatte seinen Bruder umgebracht, den Kommandeur der Republikanischen Garde.

Rustums Agentin, Mariam, lag sterbend in einem provisorischen Krankenhauszimmer mehrere Stockwerke unter ihm.

Er hatte auf brutale Weise, vielleicht sogar erfolgreich, einen CIA-Mann gefoltert, um an Informationen heranzukommen. Er hielt diesen Mann nach wie vor in Gewahrsam.

In diesem Moment überrannte Basils Mob die amerikanische Botschaft.

Alis Handy summte. Kanaan.

»Was?«

»Wir sind in Atiyahs Büro. Wir haben eine Dokumententasche mit einem Geheimfach gefunden. Darin befanden sich US-Pässe mit falschen Namen, ziemlich offiziell dem Aussehen nach zu urteilen, Geldscheinbündel sowie ein technisches Gerät. Ich weiß nicht, was darauf ist, aber ich habe so etwas noch nie gesehen.«

»Was ist mit dem Computer, dem Handy.«

»Seltsame Nachrichten von amerikanischen und europäischen Nummern auf dem Handy. Wahrscheinlich Code. Das Gleiche bei seinem E-Mail-Konto.«

»Verhaften Sie ihn. Bringen Sie ihn her, und sperren Sie ihn ein. Ich rufe den Palast an.«

Ali ging nach unten. Die Russen stierten ihn an, aufmerksam, fragend. Es war ihm egal. Er hatte keine Zeit.

»Wolkow, stellen Sie Al Jazeera ein.«

Der Russe schaltete einen der Fernseher an.

Die Bilder wechselten – *Breaking News* zum amerikanischen Präsidenten, der zu Reportern vor dem Weißen Haus sprach. Er sagte, die Vereinigten Staaten hätten glaubwürdige Nachrichten erhalten, wonach die syrische Regierung plane, Chemiewaffen einzusetzen. Deswegen hätten die Vereinigten Staaten, so der Präsident, in martialischem Tonfall, Ziele in Syrien bombardiert, um den Angriff zu stoppen und eine Botschaft an den barbarischen Assad zu schicken, dass solche Grausamkeit nicht geduldet werden würde. Der Präsident sagte zudem, dass die USA glaube, sie hätten den Chemieangriff verhindert. Der Präsident ließ Fragen zu. Ein Reporter, der anmerkte, dass die Opferzahl des Bürgerkriegs mittlerweile in die Hunderttausende gehe, fragte, warum die USA interveniert hätten, um einen Sarin-Angriff zu stoppen, aber nicht das vorherige konventionelle Gemetzel. Der Präsident, hinter dem Podium, wand sich. Ali schaltete das Fernsehgerät aus.

Wolkow sah aus, als hätte er Fragen. Viele Fragen. Trotzdem drehte sich Ali abrupt um, verließ den Raum und zog sich wieder in sein Büro zurück. Er musste nach Hause. Am Schreibtisch sitzend, während der Wind durch die zerborstenen Fensterscheiben wehte und seinen Rücken umfächelte, erwog er, überzulaufen. Im Auto mit der Familie nach Jordanien zu fahren. Allerdings würden die Straßen jetzt, nach den Luftschlägen, mit Checkpoints übersät sein. Der Flughafen ebenso. Er besaß amtliche Dokumente, es könnte klappen. Oder auch nicht. Die Flucht könnte ihn wie einen Mörder aussehen lassen, der er vermutlich auch war. Der *Muchabarat* würde Laylas Eltern und ihren

Bruder festnehmen und verhören. Möglicherweise mit Gewaltanwendung drohen, um Ali zurückzulocken. Auf diese Weise fesselten sie einen an den Thron.

Er ging in den Keller, zum Aktenschrank. Er zog die oberste Schublade auf und fand die Aktenmappe mit der Aufschrift »Wasserstand im Assad-See, Berichte und Analysen 1988–1992« und entnahm ihr ein Videoband und die Fotos von zwei Leichen. Valerie Owens und ihr Spion, Marwan Ghazali. Er nahm einen Stift aus der Hosentasche, schrieb eine Nummer und einen kurzen Satz auf einen Zettel, steckte diesen in die Aktenmappe. Kurz blickte er in die leblosen Augen auf dem Foto. Während er wieder nach oben ging, rief er den Arzt an. »Ist der Amerikaner bei Bewusstsein?«

»Ja. In schlechtem Zustand, kann aber reden. Allerdings würde ich ihn nicht einem Verhör unterziehen.«

»Verstehe. Ich sehe ihn mir mal an.«

Die Ärzte eilten aus dem Raum, als Ali eintraf, damit er mit Samuel allein war. Über Hals und Wange des Amerikaners zog sich eine lange Wundnaht, der Kiefer war bandagiert, an dem zerstörten Fuß trug er einen frischen Gipsverband.

Der Amerikaner lag auf dem Rücken. Er blinzelte und fragte: »Ist Mariam tot?«

»Ich weiß es nicht. Ich bin ja hier bei Ihnen.«

Ali wollte rauchen, aber das Zimmer war klein. Fraglich, ob die Lunge des Amerikaners damit fertigwerden würde. Er strich über seine Narbe.

»Sie und ich haben jetzt eine ähnliche Narbe.« Sam schaute zur Decke, blinzelte erneut.

»Heute sind eine Reihe seltsamer Dinge geschehen, Samuel. Einen solchen Vormittag habe ich noch nie erlebt. Ich will nach

Hause zu meiner Familie. Sie bestimmt auch. Ich habe also einen Vorschlag.«

Der Amerikaner wollte den Kopf wenden, um Ali anzusehen. Er verzog das Gesicht, blickte an die Decke und hörte zu.

»Natürlich könnte ich Sie endlos hierbehalten. Warten, bis Sie wieder gesund sind, und Sie dann wieder durch den Strom schicken, um alles zu verifizieren. Unsere Freunde bei der Hisbollah haben Erfahrungen damit, Amerikaner über längere Zeit zu verhören. Die haben den Leiter Ihrer Beirut Station, William Buckley, über Jahre gefangen gehalten, nur um sicherzugehen, dass sie alles aus ihm herausbekommen hatten. Und natürlich, um eine Botschaft zu senden. Ich würde mehr erfahren, wenn wir Sie wieder unterm Messer hätten.«

Sam schwieg.

»Meine Männer sind gerade dabei, Jamil Atiyah festzunehmen.«

Wieder Stille seitens des Amerikaners.

»Heute Morgen hat Ihre Regierung Syrien bombardiert und dadurch einen mutmaßlichen Chemiewaffenangriff gestoppt. Mehrere Militärbasen wurden getroffen, sodass unser Angriff keinen Erfolg hatte.«

Vor Anstrengung nuschelnd erwiderte Sam: »Wieso sagen Sie mir das?«

»Wissen Sie, was mir mittlerweile klar geworden ist? Die Regierung ist mir egal. Aber meine Familie ist mir nicht egal. Nur sie interessiert mich. Und wissen Sie, was dieses Regime getan hat? Verstehen Sie das, und wenn auch nur ein wenig? Es nimmt Menschen wie mich und bindet sie an sich. Das Schicksal meiner Familie ist mit der Regierung verflochten. In Ihrem System können Sie sich entscheiden, wie sagen Sie das, Sie haben Handlungs ..., Handlungs ...«.

»Handlungsfreiheit.«

»Genau. Handlungsfreiheit. Sie sind seit Langem ein freier Mann. Sie halten das für selbstverständlich. Nehmen vermutlich an, dass ich hier in Syrien die gleichen Freiheiten genieße. Natürlich ist das nicht der Fall. Ich bin ein Sklave, so wie die anderen. Ein hochrangiger zwar, doch ein Sklave. Aber ich möchte nicht, dass meine Familie umkommt. Und ich will nicht, dass mich die amerikanische Regierung weiter jagt. Deshalb möchte ich Ihnen zwei Dinge anbieten.«

Ali legte die Aktenmappe aufs Bett. »Nummer eins.«

»Was ist das?«

»Es handelt sich um ein Videoband der Verhöre von Valerie Owens und ihrem Spion Marwan Ghazali. Beide, wie Sie wohl wissen, sind tot. Auf dem Band können Sie erkennen, dass ich während des Verhörs interveniert habe, um ihr das Leben zu retten. Allerdings erfolglos. Mein Bruder Rustum hat mich festgehalten, während einer seiner Männer ihr die Kopfhaut abgetrennt hat. Hinterher hat man mich gezwungen, den Bericht zu schreiben, mir irgendwelchen Unsinn auszudenken, nach dem Motto, Miss Owens hätte eine Überdosis Schmerztabletten eingenommen.«

Ali zog aus der Aktenmappe das Foto von Valerie Owens und legte es in Samuels Hände. Der warf einen wissenden Blick darauf, so, als hätte er es schon einmal gesehen.

»Woher weiß ich, dass das Video nicht gefälscht ist?«

»Das wäre doch ein ziemlich aufwendiger Plan meinerseits, nicht wahr? Am heutigen Tag ein solches Video anzufertigen und es Ihnen auszuhändigen? Ich bin mir sicher, dass Sie irgendwo in den Akten der CIA oder des Mossad Fotos haben oder abgehörte Nachrichten existieren, auf denen er spricht. Sie können damit die Echtheit dieses Videobands bestätigen und sich vergewissern, dass es der Mann ist, von dem ich spreche.«

»Name.«

»General Basil Mahkluf.«

Ali stand auf, näherte sich Samuel und beugte sich über ihn. Er legte die Hände aufs Gitter am Fußende des Betts. »Ich weiß, dass Sie nicht für Ihre Regierung sprechen, sicherlich jetzt nicht, aber ich möchte Ihre persönliche Zusicherung, dass Sie, wenn Sie zurückgehen, Ihren Vorgesetzten übermitteln, dass ich diese Information in gutem Glauben geliefert habe. Ich würde sie gerne berücksichtigt wissen, wenn zukünftige Bombenziele ausgewählt werden; oder soll ich in den letzten Tagen dieser Regierung Kontakt mit Ihnen aufnehmen und um Hilfe bitten? Verstehen wir einander?«

Samuel gab keine Antwort. »Was Ihrem Bruder zugestoßen ist – was werden Sie sagen?«

»Die Wahrheit. Er hat meine Agentin, Mariam, in das Verhör gebracht, um ein Druckmittel gegen Sie zu haben, er hat die Beherrschung verloren, und ich habe ihn umgebracht, ehe er sie ermorden konnte.«

Samuel nickte. »Zwei Dinge. Sie haben gesagt, Sie wollen mir zwei Dinge anbieten, bevor Sie mich freilassen. Das Video mit Basil ist das eine. Was ist das andere?«

53

Auf der griechischen Insel Hydra hatte ein alter Wahrsager der damals neunjährigen Artemis Aphrodite Procter ihren Tod gezeigt.

»Und der war verdammt viel gewalttätiger als das hier«, adressierte Procter das ganze Büro, während die zweite Salve aus Panzerfäusten im Verwaltungsgebäude oben einschlug. Die *Schabiba*-Busse waren eine halbe Stunde zuvor eingetroffen, Vorboten einer weiteren Demonstration, von Vandalismus und möglicherweise ein paar Unbefugten auf dem Botschaftsgelände. Doch dann hatten sie, dachte Procter, ein gottverdammtes Überfallkommando über die Mauern geschickt, mehrere Marinesoldaten am West-Eingang erschossen und das Tor mit Semtex, einer Landmine oder irgend so einem Scheiß aufgesprengt. Sie hatte es nicht gesehen, nur den weinerlichen Anruf vom Security-Typ der Botschaft erhalten, dessen Namen sie sich nie merken konnte. Dann: Invasion. Haufen von fanatischen Milizionären schwärmten wie Insekten auf dem Gelände herum.

Procter brüllte, dass die Station Zerstörungsphase 3 (Ausschleusung des Personals und Selbstverteidigung der Mitarbeiter) einleite. Sie schredderten die Unterlagen, sie lösten die Festplatten und das Kommunikationsequipment in den mit Säure verstärkten Aktenvernichtern auf. Während die Aktenvernichter alles zermalmten, rief Procter Bradley an: »Ed, wir brauchen ein gottverdammtes Regiment hier, mit Pferden und Helis und allem, diese Wahnsinnigen kommen hier rein, um uns kaltzumachen.« Sie hob das Telefon an, damit er die Schüsse und Explosionen hören konnte. Dann legte sie auf.

Procter ging zur Reihe der Monitore in der Nähe des Schreibtischs des Support Officer. Sie zeigten Bilder der Überwachungskameras auf dem Gelände. Sie sah, wie Marines auf Milizionäre auf dem Parkplatz für die Fahrbereitschaft schossen, Milizionäre durch eine aufgesprengte Tür in der Verwaltungsabteilung zum Büro des Botschafters liefen, wie eine Gruppe von Beamten des Außenministeriums und Marines zum Krähennest in den dritten Stock rannten, um sich zu verstecken und den Angriff auszusitzen. Ein Syrer in der Uniform eines Generals der Republikanischen Garde marodierte im zweiten Stock mit einer Kampfschrotflinte und einem gottverfluchten Messer. Totales Chaos.

»Wir sind am Arsch«, sagte Procter zur gesamten Station. Sie sah sich um, zählte ihre Mitarbeiter.

»Verdammt, wo ist Zelda?«, sagte Procter. Wieder traf eine Granatensalve die Botschaftsgebäude, die Wände der Station wackelten.

Jemand sagte, dass Zelda oben gewesen sei und gerade den Botschafter im Sicherheitsraum SCIF informiere.

»Scheiße«, schrie Procter. Jeder hatte eine Waffe in der Hand. Sie versammelten sich um Procter, die die Monitore beobachtete. »Warum rennt hier drin ein scheiß General der Republikanischen Garde herum«, sagte sie zu allen. Sie verfolgte, wie der Mann ein Messer aus der Scheide zog und einen Büroraum betrat. Auf den Bildschirmen sah Procter, dass zwei Milizionäre die Treppe zum Flur vor der Station hinunterstiegen.

Sie gingen langsam, hielten ihre AK-47 im Anschlag, spähten umher.

»Verdammte Scheiße.« Procter nahm ihre Mossberg-Pumpgun, öffnete die schwere Metalltür und sprang in den Flur. Sie gab zwei Schüsse auf die Männer ab und drehte sich wieder um. Sie hörte Stöhnen und schrie auf Arabisch, sie würde einen raschen Tod offerieren, wenn sie ihr den Namen ihres Vorgesetzten nannten. Wieder Stöhnen. Procter wiederholte ihr Angebot.

»General Basil Mahkluf«, lautete die Antwort. »Er hat Wache erschossen. Wir haben ... haben ... wollten nicht –« Gelalle, erneut Gestöhne, dann Stille.

»Herrgottnochmal«, sagte Procter.

»Chief, Zelda kommt auf uns zugerannt«, sagte jemand. »Sie versucht zu fliehen.«

Wieder drehte sich Procter zu den Monitoren um. Zelda lief aus dem SCIF, und da sah Procter diesen Mann, diesen Basil von der Republikanischen Garde aus dem Büro des Botschafters treten. Er feuerte mit seiner Pumpgun auf die flüchtende Analystin. Eine andere Kamera zeigte, wie Zelda eine Treppe hinunter auf den Treppenabsatz stürzte. Basil rannte auf sie zu.

Procter sah, dass Basil eine rötlich-weiße Kopfhaut in der Hand hielt. Dann erfüllte die lange zurückliegende Explosion auf der Khost Base in Afghanistan Procters ganzes Denken. Sie lud die Mossberg nach und eilte Zelda zu Hilfe. Als sie um die Ecke bog, stand ein Milizionär direkt vor ihr. Sie hob die Waffe gegen seine riesigen, scheiß Augen und blies ihm den Kopf weg, glatt, mit einem einzigen Schuss. Zelda lag mit dem Gesicht nach unten am Fuß der Treppe.

»Ich zieh dich einfach auf dem Bauch liegend, okay, Z? Sag mir, wenn du wegen der Schmerzen bewusstlos wirst.«

Wieder feuerte Procter eine Salve gegen irgendeine Gestalt oben an der Treppe, sie packte Zelda an den Schultern und zog sie über den Flur in die Station. Gleichzeitig schlugen ringsum

Stahlkügelchen in die Wände ein. Procter hörte eine irre Bassstimme erklären, dass diese Ikwhan-Frauen unzüchtig seien, ohne ihre Kopfbedeckung. Die Stimme forderte Unterstützung an. Was sollte dieser Ikwhan-Scheiß?

Procter blickte auf das blutleere Gesicht der Analystin. Ihre Beine waren ziemlich im Eimer.

»Z, bist du da?«, rief Procter. Sie hörte ein Knirschen im Flur, wirbelte herum und schoss – wodurch sie einem Mann das halbe Bein wegriss, der einen Granatwerfer auf die Station gerichtet hatte. Er fiel.

»Die holen jetzt die großen Sachen raus«, brüllte sie. Sie warf einen Blick auf Zelda. Die Analystin regte sich nicht. »Jemand muss ihr einen Druckverband anlegen oder so was.« Einer der Support Officer begann, Zeldas zerfetzte Beine zu verbinden.

»Halte durch, Zelda, halte durch.« Wieder drehte sich Procter blitzartig um und feuerte eine Salve aus der Pumpgun in einen weiteren Mann, der den Flur entlang auf sie zulief. Er stürzte unmittelbar vor der Tür, dann schaute er hoch, schreiend. Procter legte die Mossberg an seine Schläfe, drückte ab und lief zurück in die Station.

Jetzt vernahm sie wieder diese seltsame Stimme, diesen Basil, und sie ging in die Hocke und wälzte sich zurück auf den Flur, wo sie ihn sah, den Skalp in der Hand. Sie schoss; er fiel auf den Bauch, versuchte dann, sich in Richtung Treppenhaus zurückzuziehen, um Deckung zu haben. Während er zurück kroch, feuerte Procter nochmals und hörte den dumpfen Schlag, als die Kugeln in seine rechte Lende eindrangen. Er stieß einen – befriedigenden – Schrei aus; sie spürte die Hitze der Kugeln, die an ihrem Gesicht vorbeizischten. Ihr fiel ein, was der alte griechische Seher ihr über ihr Ende geweissagt hatte: den genauen Ort, die Tageszeit und das scheiß Wilde daran, und überlegte, ob sie den Flur hinaufrennen sollte, denn sie wusste, sie war in diesem Moment unbesiegbar. Aber sie konnte Zelda nicht alleinlassen.

»Ich hab ihn in den Arsch getroffen, Z«, sagte Procter, während sie sich in die Station zurückzog. »Direkt in den Hintern. Halte durch, Liebes.«

Eine Panzerbüchsengranate schlug in der zerstörten Toilette vor der Station ein. Procter wandte sich ab von der Hitze, dann richtete sie sich zu ihrer vollen Körpergröße von einem Meter fünfzig auf.

Auf Arabisch schrie sie, dass sie ihren eigenen Tod gesehen habe, er aber noch nicht gekommen sei.

Dass sie, Artemis Aphrodite Procter, der Todesengel sei.

54

Sam erinnerte nicht viel von der Fahrt zur Botschaft, außer dass Ali neben ihm auf dem Rücksitz saß und seinen Männern über Funk lauthals Befehle erteilte. Sam spürte seinen Fuß nicht mehr, und seine Sehkraft war nach wie vor gestört – Formen und Farben, versammelt zu einander umkreisenden Flecken, gelegentlich unterbrochen von flüchtigen Augenblicken der Klarheit, bald verdunkelt, wenn der Nebel wieder aufzog.

Ihm wurde klar, dass irgendetwas nicht stimmte, als sie an der Botschaft ankamen: in der Ferne Schüsse, der erstickende Qualm, Alis Ermahnung, im Wagen sitzen zu bleiben. Sam konnte sowieso nicht gehen. Wieder Geknister aus dem Funkgerät. Ali gab einen Befehl an eine Gruppe seines Kommandos außerhalb des Fahrzeugs. Im Keller des Sicherheitsamts hatte Ali erklärt, dass es sich bei seiner zweiten Demonstration guten Willens um freies Geleit zur Botschaft handeln würde. Und dass es unklug wäre, dass ihn jemand anderes als Ali begleite.

Jetzt versuchte Sam, sich aufzusetzen und aus dem Fenster in den Sonnenschein zu schauen. Welcher Eingang war das hier? Der Kreisel? Er sah Busse. Eine Menschenmenge. Er hörte das Geknatter von Maschinengewehren auf dem Botschaftsgelände. Dann einen Schuss aus einer Handfeuerwaffe. In der Nähe, im Kreisel. Wieder Rufe. Kommt so das Ende? Auseinandergenommen von einem Mob außerhalb der Botschaft. Er wollte sich aufsetzen, konnte aber seinen Fuß nicht bewegen. Wieder ein Schuss, näher diesmal.

Ali öffnete die Wagentür. Sam spürte Druck auf der Schulter, dann mehrere Hände unter den Armen, die ihn aus dem Sitz halfen. Jemand – vielleicht der Arzt, Sam roch den vertrauten Geruch von Ammoniak – stach ihm eine Injektionsnadel in die Seite. Scharf zunächst, dann angenehm und warm in den Gefäßen. Er bewegte sich, sie trugen in nach drinnen. Er konnte den Boden darunter sehen, Steine und Kies und Pflaster in Bewegung. Dann sausten Fußböden mit Holzmustern vorbei. Er streckte den Hals nach links und sah Ali. Sam hatte das Gefühl, in einen Abgrund zu stürzen, wie in einem Fiebertraum. Er wollte die warme Sonne auf seinem Gesicht spüren. Wollte, dass Mariam hier war.

Er schloss die Augen, um sich Mariam vorzustellen. Als er sie wieder aufschlug, stand über ihm eine Gestalt. Allmählich erkannte er das schwarze Krisselhaar, das nach allen Seiten abstand, die Gestalt hielt einen Knüppel, eine Waffe oder etwas Ähnliches in der Hand. Er wollte sich bewegen, konnte es aber nicht.

Die Gestalt ging in die Hocke und sprach ihn an.

»Jaggers. Wurde auch Zeit, dass du kommst.«

55

Sechs Wochen später

Langsam zoomte die Nachtsichtkamera auf den Pajero, der auf dem Gehweg parkte. Bis auf ein junges Paar, das einen Abendspaziergang machte, war die Straße menschenleer.

Der Mann hinter der Kamera hustete, wodurch das Objektiv wackelte. Er richtete es wieder auf das verschmutzte Natursteingebäude.

Vier Wachleute, beschienen von harschem Natriumlicht, lungerten an einem Wachhäuschen herum und lachten. »Ich frage mich, ob er dort übernachtet«, sagte jemand. Wieder hüstelte der Mann hinter der Kamera.

Ein Piepen. »Hier ist Gartner von der Rechtsabteilung. Warten Sie noch immer?«

»Ja. Die feiern da 'ne Pyjamaparty«, sagte Procter.

»Halt den Mund, Procter«, kommentierte Bradley.

»Wir haben grade eben noch mal MOLLY überprüft mithilfe der Videos von letzter Woche und der Foto-Bibliothek. Der Algorithmus funktioniert jetzt. Keine Ahnung, warum der vorher so störanfällig war.«

»Verstanden.«

Die Kamera zoomte auf den Eingang des Sicherheitsamts.

»Da kommt jemand raus«, sagte der Mann hinter der Kamera. Der Videofeed zoomte auf eine Gestalt, die im Eingang erschien.

Die Wochen nach der Zerstörung der US-Botschaft hatten Langley in vollen Krisen-Modus gestürzt. Der Direktor hatte eine syrische Task Force ins Leben gerufen und, wie Sam gehört hatte, zweihundert Analysten, Telefonisten, Technikspezialisten, Linguisten und Zielerfasser zusammengezogen. Der Verlust der Station in Damaskus führte zur Schaffung einer auf Syrien fokussierten CIA-Zelle in Amman, mit Procter als Leiterin. Während er nach der Fuß-OP in Deutschland genas, war Sam zu Ohren gekommen, dass Procters Team beauftragt worden war, die für das Massaker in Damaskus Verantwortlichen zu finden. Bradley lieferte Sam die grausige Todeszahl während eines knappen Telefonats. Vierzehn Amerikaner waren tot, darunter sechs Marines, der Attaché des Verteidigungsministeriums und sieben Beamte des Außenministeriums. Auch zwölf Mitarbeiter des syrischen Auswärtigen Amts waren ums Leben gekommen. Weitere sechsundzwanzig Amerikaner lagen in Kliniken in Landstuhl, darunter vier CIA-Beamte, einschließlich Zelda. Es war, wie Sam klar wurde, als er die Zahlen im Geist durchrechnete, der tödlichste Tag für Amerikas Präsenz in Übersee seit der Bombardierung der Kasernen der Marines in Beirut 1983. »Wissen wir schon, wer den Angriff geleitet hat?«, hatte Sam gefragt.

Bradley wollte, wie Sam merkte, nicht darüber reden. Sam hörte, wie Bradley den Hörer von einem Ohr zum andern wechselte. Er hüstelte. Sam ließ die Stille wirken.

»Der psychopathische Arsch, der Val umgebracht hat«, sagte Bradley schließlich. »General Basil Mahkluf. Er hat ein paar unserer Leute während der Eroberung der Botschaft skalpiert. Procter sagt, dass er auch Zelda angeschossen hat. Wir arbeiten daran, das Schwein zu finden. Alles, was ich an Informationen erhalte, bekommst du auf der Stelle.«

Bradley hustete erneut. Und da, in dieser Sekunde angespannter Stille, bevor Bradley höflich das Thema wechselte, begann Sams Hirn schließlich das tiefe Loch zu verarbeiten, in dem er sich nun befand.

Am Ende gaben sie ihm eine Woche im Krankenhaus in Landstuhl. Ehe die Attacke der Bürokraten startete. Bradley begrüßte Sam kurz nach dessen Landung und bot ihm für die kommenden Monate eine möblierte Wohnung in Tysons Corner an. Zudem erklärte er, dass Sam vom Dienst beurlaubt worden sei, alle Zugänge vorübergehend gesperrt seien. Ed war nicht wütend, nur traurig, ungefähr so, als müsste er einen geliebten Hund einschläfern, der ein Nachbarskind gebissen hatte.

Die Ermittler legten eine umfangreiche Fallakte für die Anhörung vor dem Peer Review Board an – ohne Termin, drohend bevorstehend –, auf der ein Gremium von CIA-Führungsleuten über Sams Schicksal entscheiden würden. Im besten Fall: freigesprochen von Gegenspionage-Vorwürfen und für sechs bis 24 Monate an einen Schreibtisch in Langley gefesselt. Im schlimmsten Fall: Entlassung aus dem Dienst, blaue Plakette konfisziert, Sicherheitsfreigabe eingebüßt, packen Sie Ihren Karton und bereiten Sie sich auf die niederdrückende Langweile des Zivillebens vor.

Die Wochen in Langley waren unangenehm. Er musste zu psychologischen Tests. Tägliche Besuche beim Ärzteteam des Medizinischen Dienstes. Drei körperliche Untersuchungen. Ein rauflustiges dreitägiges Verhör mit einem rotierenden Team von zunehmend fanatischen Vernehmungsbeamten, die versessen darauf waren, eine umfassende Chronologie seiner letzten Woche in Damaskus zu rekonstruieren. Er gab ihnen jedes Kommunikationsgerät, das er besaß, persönlich und beruflich. Sie fragten ihn über jede SDR aus. Sie bohrten tief in jeder Depesche und jeder Beurteilung eines Agenten, die er seit Kairo verfasst hatte.

Die Lügendetektortests waren Verlängerungen der Myriaden von »Gesprächen« und Befragungen. Sie waren aggressiv, laut, gezwungen. Doch Sam erzählte der Gruppe von betonäugigen internen Ermittlern stets die gleiche Geschichte: die Wahrheit. Die Leute der Lügendetektortests formulierten jede Frage so, dass er mit einem einfachen Ja oder Nein antworten konnte. Sie fragten nach intimen, expliziten, chronologischen Details hinsichtlich seiner Beziehung zu Mariam. Er erzählte ihnen alles. »*Haben Sie eine sexuelle Beziehung zu Ihrer Agentin, Mariam Haddad, unterhalten, in Frankreich, Damaskus und Italien?*« Sie fragten nach den Umständen aus Alis Gefangenschaft und das darauffolgende Auftauchen in der zerstörten Botschaft. (»*Haben Sie geheime Informationen an General Ali Hassan geliefert, die über bereits genannten Namen, tote Briefkästen und Safe Houses hinausgehen?*«). Sie fragten nach dem Dreifachmord. (»*Hat Mariam Haddad Ihnen gesagt, dass Sie vor der Botschaft erschien, um Ihnen Nachrichten außerhalb ihres Kanals zu Ali Hassan zu liefern?*« »*Hat Mariam Haddad die drei Milizionäre getötet?*«)

Nach zwei Wochen starb Zelda.

In Landstuhl hatte man sie an Lebenserhaltungssysteme angeschlossen. Die CIA hatte sie nach D. C. zurückgeflogen, damit sie dort beigesetzt werden konnte, und die Spionageabwehr hatte höflicherweise die bürokratischen Prügeleien eingestellt, damit Sam teilnehmen konnte. Bradley und Procter waren anwesend. Sam erinnerte sich an die Analystin, wie sie am Internationalen Flughafen in Damaskus in den Wagen der Chefin sprang, voller Energie, bereit, das Beschaffungsnetzwerk des Palasts aufzudecken. Übelkeit überkam ihn, als er an die Depesche dachte, in der er und Procter Zeldas »Vorübergehende Dienstreise« verlängert hatten. »DIE STATION ERBITTET EINE DREIMONATIGE VERLÄNGERUNG ZUR UNTERSTÜTZUNG DER LAUFENDEN, ENTSCHEIDEND WICHTIGEN NACHRICHTENDIENST-LICHEN OPERATIONEN.« Bürokratischer Nonsens. Er hatte dazu beigetragen, dass Zelda umgebracht wurde. Und Val auch.

Er versuchte, Procter nach dem Gottesdienst abzupassen, aber die Chefin war gegangen, bevor er sie zur Seite nehmen konnte.

An jenem Abend lud Bradley Sam zum Abendessen im Farmhaus ein. »Das erste Dinner zu Hause seit drei Wochen, und ich entscheide mich, es mit dir zu verbringen, wie ein Dummkopf«, sagte Bradley. Angela half ihm aus Eds Wagen und nahm ihn fest in die Arme, mit Tränen in den Augen, grillte Burger und ließ ihn und Ed mit einem 6er-Pack Coors auf der Veranda allein. Sie schauten zu, wie das spätsommerliche Licht hinter den Blue Ridge Mountains verschwand. Schweigend beendeten sie die erste Runde.

Bradley knackte seine zweite Dose und trank einen Schluck. Ed sah rund vier Jahre älter aus als vor Damaskus, fand Sam. »Dieses Gespräch hat nie stattgefunden, verstanden? Die Security wird mir gewaltig Feuer unterm Hintern machen, wenn die dahinterkommen.«

Sam trank den Rest seines ersten Biers und nickte.

»Kein Wort von ATHENA. Kein Piep seit Alis Keller. Es herrscht jedoch zunehmend Übereinstimmung, dass ATHENA uns nicht hintergangen hat, wenigstens nicht lange. Ein paar gestohlene Unterlagen bestätigen die Geschichte über ihre Cousine. Man hat sie übrigens freigelassen.«

Sam lächelte schwach, als er das hörte. Dann wandte er sich Bradley zu, dem Vater, den er enttäuscht hatte. Oder verraten. Er wusste nicht, was genau er über die Sache denken sollte, aber das war nicht wichtig. Er schämte sich. »Es tut mir leid, Ed. Das mit ihr habe ich vermasselt. Ich hoffe, du verzeihst mir.«

Bradley nickte. »Das kann ich. Ich werde dich deswegen nicht auspeitschen. Du hast dein Geständnis abgelegt. Du hast den Fehler anerkannt.«

Sam griff in die Kühltasche, um sein zweites Bier herauszuholen. Er fuhr zusammen, stöhnte kurz; er öffnete die Dose.

Wieder tranken sie schweigend, während die Sonne hinter dem Bergkamm unterging.

»Die Sache mit dem Covcom-System, das wir ATHENA geliefert haben, verwirrt uns immer noch«, sagte Bradley. »Das nationale Aufklärungsamt hat die Satellitenplattform gesäubert und etwas Seltsames gefunden, eine Art Malware. Die Details sind bruchstückhaft, aber wir haben alle Agenten auf andere Plattformen migriert und beobachten alles genau. Möglicherweise haben Ali und die iranischen Technikexperten ein paar Wochen geheimen Nachrichtenverkehr gestohlen. Die Spionageabwehr testet die Plattform, um herauszufinden, ob die in der Lage sind, die Identität unserer Leute anhand der Informationen festzustellen. Womöglich müssen wir ein paar ausschleusen, wenn wir glauben, dass sie verbrannt sind.«

»Wie viele Agenten auf der Plattform?«

»Vier. ATHENA nicht eingeschlossen.«

»Ein Schlamassel«, murmelte Sam.

»Ja. Ich wünschte, sie hätte dich in Italien eingeweiht. Wir hätten sie rausholen können.«

Sam stellte die Bierdose ab und legte den Kopf in die Hände. Bradleys Hand auf seinem Rücken. Wieder saßen sie schweigend da. Nach einigen Minuten hob Sam den Kopf und schaute hinüber zu den Bergen. Bradley umfasste seine Schulter und trank noch einen Schluck Bier.

»Die Ergebnisse des Untersuchungsausschusses dürften rund um die Ferien vorliegen. Die Lügendetektortests sind gut gelaufen, es wird aber noch weitere geben. Alles, was ich darüber sagen kann, bekommst du. Ich denke, man wird die Spionage-Vorwürfe fallenlassen. Sie glauben nicht, dass du lügst, was darauf hindeutet, dass du im Dienst bleiben kannst. Ich habe genügend Untersuchungsverfahren erlebt, um zu wissen, dass es immer positive Punkte gibt. Einerseits haben die deine Affäre mit einer Agentin und deren anschließenden Entschluss, einem feindlichen Nachrichtendienst ein Covcom-Gerät zu liefern. Andererseits haben sie ihr Geständnis, ihre darauffolgende Aufrichtigkeit und Kooperation und eure gemeinsame Aktion in Damaskus am 18. und 19. Juli.«

Bradley trank sein Bier aus und warf die Dose weg. »Ich sag dir mal, was ich glaube: Deine Handhabung des Falls ATHENA hat zu einer Operation des US-Militärs geführt, die einen vernichtenden Angriff gestoppt hat. Ihr beide habt Tausende Menschenleben gerettet. Das wird dem Untersuchungsausschuss glasklar sein. Schwarz auf weiß. Ein Edelstein in deiner Krone. Nein, die Kontroverse wird die Entscheidung betreffen, dass du dich selbst ausgeliefert hast. Und natürlich deine Beziehung mit ihr. Hat es dich und unsere Agenten *größeren Gefahren* ausgeliefert und der Spionageabwehr Kopfschmerzen bereitet, weil du dich vielleicht nicht an alles erinnerst, was du zu Ali gesagt hast?«

»Wenn ich geflohen wäre und Mariam hätte Atiyah ausgeliefert, hätte Ali ihr niemals die Geschichte über die Informationen in Bezug auf Wadi Barada abgekauft. Die hätten gebohrt und gefoltert, bis sie alles zugegeben hätte.«

Bradley nickte. »Ich verstehe dich. Ich habe allerdings keine Ahnung, wie das Ergebnis des Untersuchungsausschusses aussehen wird.«

»Aber du hast viele solcher Verfahren miterlebt? Was ist dein Bauchgefühl?«

»Zweijährige Bewährungszeit in der Zentrale. Aber ich bin fifty-fifty, was diese Frage angeht.«

»Was ist die andere Seite der Medaille?«

»Sie schmeißen dich raus.«

Sam nickte. Er trank sein Bier mit einem langen Schluck aus und merkte, dass es ihm nicht wichtig war, solange Mariam lebend aus der Sache herauskam.

»Da ist noch etwas. Warte hier.« Bradley ging ins Haus, in den Keller, in die »Box«. Er kehrte mit einem Zettel zurück und setzte sich. Öffnete noch eine weitere Dose, rieb sich über das stachelige Kinn und fing an zu sprechen; dann hörte er jäh auf, als überlegte er sich, ob es klug sei, das Folgende zu sagen. Oder überhaupt etwas zu sagen.

»Du bist freigestellt, also ist das hier nicht ganz koscher«, sagte er. »Aber was soll's. Ich brauche deine Hilfe.« Er streckte die Hand aus und hielt Sam den Zettel hin.

Sam nahm den Zettel, drehte ihn um und inhalierte den Geruch von Qualm und Asche. Er war an einem Tropf mit starken Beruhigungsmitteln in Alis Kellergefängnis gewesen, als er den Zettel das letzte Mal gesehen hatte. Es machte ihn schier krank, ihn wieder zu sehen.

Bradley lächelte ironisch. »Du erinnerst dich vielleicht nicht daran, aber Ali hat das hier in die Hülle des Videobands gesteckt, das er dir gab, bevor er dich in die Botschaft zurückgebracht hat. Das Video bestätigt übrigens seine Geschichte. General Basil Mahkluf hat unter den aufmerksamen Blicken des kürzlich verstorbenen Rustum Hassan, Val und Marwan Ghazali während eines Verhörs ermordet.« Bradley verzog das Gesicht und schaute auf seine Schuhe.

»Was hat Ali gemacht, während das passiert ist?«

»Das ist das Merkwürdige ... das Video ist da nicht eindeutig, aber es sieht so aus, als hätte er versucht, Basil zu stoppen. Dabei ist ihm sein Bruder Rustum in die Quere gekommen und hat Basil erlaubt, Val die Kopfhaut abzutrennen, verflucht noch mal.«

Sam nickte. »Was soll ich tun?« Er faltete das Blatt auseinander und sah die Ziffern. Eine syrische Telefonnummer. Ein auf Arabisch hingekritzelter Satz. Er faltete das Blatt zusammen.

»Wir haben noch kein letales Urteil, dürfen Basil also nicht töten, aber ich rechne damit, dass wir es noch in dieser Woche erhalten«, sagte Bradley. »Er hat Blut an den Händen. Er ist verantwortlich für den Tod von fünfzehn Amerikanern, darunter Zelda und Val. Das Problem ist nur: Ich kann ihn nicht finden.«

»Der Präsident möchte Damaskus nicht noch einmal bombardieren?«

»Basil ist untergetaucht. Keine Kommunikation, keine Besuche im Büro, hat seine Villa aufgegeben. Er ist ein Gespenst. Wir wüssten nicht einmal, wo wir bombardieren sollten.«

»Ich würde mich auch verstecken, wenn ich zwei CIA-Mitarbeiter ermordet hätte«, sagte Sam.

»Schau mal, zum jetzigen Zeitpunkt kennst du Ali besser als irgendjemand sonst in der US-Regierung.«

»Und du willst wissen, ob ich glaube, dass er uns helfen wird, Basil zu finden?«

»Ja. Was meinst du? Du hast gesagt, Ali sei ambivalent, was das Regime betrifft. Verdammt, er hat dir ein Videotape geliefert, das eine riesige Zielscheibe auf Basils Rücken platziert hat.«

Sam brummelte zustimmend. »Ali hat mir gesagt, er verlange Rücksichtnahme seitens unserer Regierung, wenn Ziele für künftige Bombardements ausgewählt werden.«

»Meinst du, dass er uns helfen würde? Wenn du ihn fragst?«

Ali. Sam warf einen Blick auf seinen lahmen Fuß, dachte an die Stromstöße, die ihn gebrutzelt hatten, als Ali ihm einem Namen abzupressen versuchte. Plötzlich fiel ihm Alis Lächeln an jenem Abend mit Zelda im Restaurant ein. Anständig, halbwegs freundlich. Sam erinnerte sich an Alis Worte über das Regime, bevor Ali ihn freiließ, den Hass in seinen Augen, als er Basil Mahklufs Namen ausgesprochen hatte. »Ali ist ein komplizierter Mann.« Mehr brachte Sam nicht heraus.

»Das ist er«, sagte Ed mit Blick auf Sams Fuß. Stechmücken umschwirrten die Terrassenlampen. Bradley wartete, dass Sam weiterredete.

»Hast du die Nummer auf dem Zettel nachverfolgt?«, fragte Sam.

»Ja. Sie gehört zu Alis Büro.«

»Was ist mit meiner Freistellung? Mein Zugang ist weg.«

»Ich möchte, dass du die Operation gemeinsam mit Procter durchführst, die Freistellung kann mich mal. Procter hat nichts dagegen. Vorübergehend natürlich. Du würdest von Langley aus starten, dann in Procters neuem Laden in Amman landen. Das heißt, vorausgesetzt, der Präsident unterzeichnet ein neues Urteil.« Bradleys Blick schweifte wieder zurück zu Sams Fuß.

»Ed, ich weiß das sehr zu schätzen, ... aber bitte, um Himmels willen, hör auf, auf diesen verdammten Fuß zu starren. Ich schaff das schon. Nichts würde ich mehr lieben, als diese Sache zu Ende zu bringen. Ich bin dabei.« Sam trank sein drittes Bier aus, zerdrückte die Dose und warf Bradley einen eisigen Blick zu. Zwar wollte er unbedingt die Operation durchführen, bezweifelte aber, ob es ihm helfen würde, Mariam zu finden. Die Frau, die er über alles liebte, war im Herzen von Damaskus verschwunden: tot, gefangen genommen oder schweigend. Zuletzt gesehen auf einer Trage mit einem Messer zwischen den Rippen. Und wie immer, wenn ihm dieses Bild vor Augen stand, folgte danach eine Leere, die ihn förmlich aus seinem Körper riss.

Er ließ es durchgehen und fragte: »Wann fange ich an?«

Sam und Procter begannen die operative Planung wie ein altes Ehepaar nach einem Streit: Sie ignorierten die Indiskretionen, nahmen ihre alten Rollen wieder ein und machten einfach weiter, erhobenen Hauptes. Sam erwähnte Mariam einmal, aber Procter, der seine zerknirschte Miene selbst während der Videokonferenz aus Amman auffiel, hatte ihre winzige gepixelte Hand in Richtung Bildschirm gehoben. Als sie die Hand senkte, bemerkte Sam den zornigen Blick und lenkte die kollektive Aufmerksamkeit zu den kürzlich empfangenen Satellitenbildern des Sicherheitsamts, wobei er darauf hinwies, dass die Zahl der geparkten Autos auf der angrenzenden Straße in den vergangenen Wochen erheblich gestiegen war. Procter nickte und biss großzügig von etwas ab, das ein Payday-Riegel zu sein schien (XXL). »Nächstes Foto«, sagte sie.

Also ließ er das Thema fallen.

Die drängendste operative Herausforderung stellte das Weiße Haus dar sowie das Insistieren des Seventh Floor, dass die CIA die Identität der Zielperson mittels MOLLY, dem Algorithmus, und Susan, der Gesichtserkennungsspezialistin authentifiziert. Die CIA hatte niemanden mehr in Damaskus. Wer sollte die Kameras bedienen? Zu dieser Frage gab es eine lebhafte Diskussion im operativen Team, die in einem regen Austausch von Depeschen mündete, bei der Procter eine Antwort auf Sams halbernsten Vorschlag in die Runde warf, dass sie die MOLLY-Software an Bord einer Überwachungsdrohne ausprobieren sollten. Procter antwortete darauf mit einem Dreizeiler, der Sams Idee als operative Hundekacke qualifizierte. Sam interpretierte die

Vulgarität als Procters verdrehte Form der Vergebung. Für ihre Feinde hatte sie nur Schweigen übrig.

Am Ende übernahm Sam das Kommando für die sauberste Vorgehensweise: den Einsatz der BANDITOs. Sie hatten sich Lügendetektortests unterzogen. Sie waren im Spiel. Sie stellen unsere einzige Möglichkeit dar, argumentierte Sam. Die Zustimmungen waren dornig, die Anwälte nervös, was ausländische Staatsbürger betraf, die unmittelbar in einer tödlichen Operation involviert waren. Doch Bradley und Procter machten sich dafür stark. Und so hielten sie bald eine Kopie des revidierten Urteils in Händen, wonach die CIA befugt war, General Basil Mahkluf gezielt zu töten. Sam schloss das Schriftstück im Tresor unter seinem Schreibtisch ein. Bis auf eine Ansammlung von leeren Dunkin'Donuts-Bechern war sein vorübergehender Arbeitsplatz im Großraumbüro in Langley leer.

Nur eines stand noch aus. Der wichtigste Schritt. Sie mussten Mahkluf finden. Zwei Nächte lang konnte Sam nicht schlafen.

An einem Mittwoch zur Mittagszeit ging's los. Sam erschien vor einem Kellerraum in Langley, beschriftet mit dem schlichten Schild: WELTWEITE TECHNOLOGIE-LÖSUNGEN. In Händen hielt er den Zettel, den Ali in Damaskus in die Aktenmappe gelegt hatte. Ein NSA-Technikexperte öffnete Sam die Tür und zeigte ihm ein abgedunkeltes Großraumbüro mit einer Reihe von Fernsehmonitoren an jeder Wand, allesamt Depeschen-Nachrichten zeigend. Der Technikexperte führte Sam in einen Nebenraum. Procters Gesicht prangte bereits auf einem Bildschirm, einer der Linguisten, Abdallah, ein gebürtiger Syrer, saß am Tisch. Vor der Wand standen ein Telefon und eine Reihe von Computern. Der Techniker setzte sich an den Rechner und machte Sam Zeichen, Platz zu nehmen.

»Wie besprochen: Wenn der iranische Geheimdienst oder die Russen oder irgendjemand versucht, diesen Anruf nachzuverfolgen, wird es aussehen, als wäre er von einem Funkmast im Vorort Mezzeh gekommen«, sagte der Techniker und zeigte auf ein Satellitenbild des westlichen Ortsrands von Damaskus. Die Funkmasten waren dabei durch blaue Punkte markiert.

»Wir sind die Sache wohl zwanzigmal durchgegangen, Jason, verflucht noch mal«, sagte Procter zu dem Techniker, der nicht Jason hieß. »Alle die gottverdammten Kopfhörer aufsetzen. Legen wir endlich los. Sam, du bist dran.«

Gemeinsam mit Abdallah ging Sam den Plan noch einmal durch. Dann faltete er den Zettel auseinander und wählte die Nummer. Es war acht Uhr morgens in Damaskus. Ali war vermutlich in seinem Büro. Das Telefon klingelte zweimal, dann nahm er ab.

»Hallo?«

»Hallo, mein Freund. Es tut mir leid, dass ich gestern Abend nicht zurückgerufen habe, aber ich wollte Sie wissen lassen, dass ich den Wein rübergeschickt habe«, sagte Abdallah in makellosem levantinischem Arabisch, wobei er von dem Zettel ablas, den Ali Sam gegeben hatte.

Eine Pause. Sam hörte Atmen, das Telefon wechselte von einem zum anderen Ohr, das Rascheln von Papier in einer Schublade.

»Vielen Dank. Wie viel schulde ich Ihnen?«

Abdallah las drei Preise vor, die zu einer Telefonnummer konstruiert werden konnten.

»Gut, vielen Dank«, sagte der Mann.

Die Leitung war unterbrochen. Sams Nacken kitzelte, die Haare sträubten sich.

Er drehte sich zu dem NSA-Techniker um. »Sie können die Spracherkennungsüberprüfungen durchführen, aber er war's. Das war Ali Hassan.« Sam wandte sich zu Procter um. Sie gab das Okay: zwei erhobene Daumen.

»Wenn er zurückruft, wird er uns helfen, Basil zu finden.«

Procter strich sich mit einem Daumen über die Kehle. Der Bildschirm erlosch.

Sam fand Iona Banks an ihrer Arbeitsbank sitzend in den Trainingsräumen der Abteilung für Technische Dienste vor, die in einem fensterlosen Raum des Gebäudes des Ursprünglichen Hauptquartiers untergebracht waren, das von Neonlicht hell erleuchtet war. Lächelnd strich sie sich an der unrasierten Seite durchs Haar und winkte ihn zum Tisch. Sie schob mehrere Bauchtaschen von Gucci zur Seite – »alle chinesischen Geheimdienstler tragen so was«, holte aus einer Schublade eine braune Aktenmappe und schob sie Sam hin.

»Ich habe so viele Fragen, die ich aber hier nicht stelle.«

»Das ist schlau.«

Sie legte die Hand auf die Mappe, zog sie ein, zwei Zentimeter zurück. »Aber eine muss ich doch stellen: Wie stehen die Chancen, dass ich gefeuert werde?«

Er beugte sich vor, legte die Unterarme auf den Tisch und blickte geistesabwesend auf das Foto auf seiner Dienstmarke. Er war so jung gewesen. »Gering.«

Sie lächelte und gab die Mappe frei. Sie krauste die Stirn, als sie seine blaue Dienstmarke sah. »Übrigens, wann verlieren Sie die?«

»Bald. Ich habe noch etwas in Amman zu erledigen. Dann fängt das Untersuchungsverfahren an.« Er öffnete die Mappe. Darin befand sich ein Kuvert mit französischen Briefmarken.

Es enthielt Prospekte von Ferienwohnungen und Hotels. Während er die Unterlagen durchsah, hielt er kurz inne, als er eine Werbebroschüre für ein Château in Èze sah.

»Woher haben Sie dieses Foto?«

Iona runzelte nur die Stirn.

»Was haben Sie den Leuten im Archiv erzählt?«

»Ich habe denen nur gesagt, sie sollen es anfertigen. Die haben keine Fragen gestellt. Die lieben solche Sachen.«

»Es wird so aussehen, dass das Kuvert aus Villefranche stammt?«

Iona grinste. »Ganz bestimmt. Tatsächlich handelt es sich um ein Werbepaket, das uns die guten Menschen vom Office de Tourisme von Villefranche zugeschickt haben, in der Hoffnung, sie dazu zu verleiten, einen weiteren Urlaub in der Region zu verbringen.«

»Perfekt.«

Schweigen. »Geht es ihr gut?« Ionas Gesichtszüge verdüsterten sich.

»Ich weiß es nicht.« Beim Anblick des Fotos vom Schloss in Èze wurde ihm eng in der Brust. Er klappte die Aktenmappe zu.

Iona nickte und schwieg.

Er las die Damaskus-Adresse auf der Vorderseite fünfmal, um sicherzugehen, dass sie korrekt war. Dann steckte er den Prospekt des Schlosses ins Kuvert zurück, reichte Iona die braune Mappe und klopfte mit den Fingerknöcheln zweimal auf den Tisch.

Ein paar Tage vor seinem Flug nach Amman hinkte Sam mit seinem schwarzen Diplomatenpass und Procters Depesche, in der seine »Vorübergehende Dienstreise« genehmigt wurde, zum Center für den weltweiten Einsatz. Das Namensschild auf dem

Tresen verkündete, dass die großmütterliche Angestellte eine gewisse Cornelia G. sei. Der Gehstock auf dem Boden und die Lesebrille deuteten auf einen Dienstantritt während der letzten Tage der Regierung Eisenhower hin. Sam lächelte und stellte sich vor. Cornelia tat das nicht. Sie stand auf, nahm mit zittriger Hand seine Unterlagen entgegen und begann, seine Mitarbeiter-Identifikationsnummer in ihren Computer einzutippen.

Nach einigen Minuten schaute sie hoch und las Procters Depesche abermals durch. »Haben Sie das gefälscht, junger Mann?«

Sam lachte. Cornelias Gesicht verzog sich zu einer Grimasse. Er löschte das Lächeln. »Nein. Sie können in der Depeschen-Datenbank nachschauen.«

Cornelia tat es. Es dauerte sehr lange, bis sie die Zahlen eingegeben hatte. Schließlich hob sie den Kopf und sagte leise: »Wie haben Sie das hinbekommen, junger Mann, wo Sie doch freigestellt sind? So etwas habe ich noch nie gesehen, und ich bin schon ziemlich lange dabei. Sie sollten eigentlich nicht im Besitz dieses Genehmigungsschreiben sein – und erst recht nicht die Erlaubnis haben, im Auftrag der Agency zu reisen.«

Cornelia deutete auf seine Dienstmarke. »Was für eine Farbe ist das überhaupt? Haben Sie die rote? Dafür benötigen Sie einen Begleiter. Einen von diesen netten Leuten hier, die Sie im Auge behalten, darauf aufpassen, dass sie keine Verschlusssachen aus dem Tresorraum klauen.« Sie deutete auf die Leute in der Schlange hinter Sam, die sich inzwischen bis auf den Flur erstreckte.

Sam hielt seine blaue Dienstmarke hoch. »Fürs Erste immer noch blau, Cornelia.«

Jetzt grinste sie. Ihr Blick verharrte auf seiner frischen Narbe. »Nun ja, junger Mann, ich würde Sie zwar gerne fragen, was für eine fürchterliche Sache Sie angestellt haben, aber ich verschone

Sie damit. Man behält einen Job nicht, indem man neugierig ist. Machen wir also Ihre Papiere fertig.« Unvermittelt las Cornelia die Klauseln der CIA-Dienstvorschrift 41–2 vor, als wäre es die Heilige Schrift. »Jede Dienstreise muss mindestens dreizehn Stunden dauern, einschließlich Zwischenlandungen, um den Erwerb eines Flugscheins oberhalb der Basic Economy Class – oder der nächsten Entsprechung – mit einer US-amerikanischen Fluggesellschaft (Delta, American, United usw.) zu gestatten.« Das undsoweiter ausgesprochen wie Amen.

Sam wusste, dass man mit der Reise-Abteilung besser nicht stritt. Also lächelte er, nickte und sagte: selbstverständlich, ein Mittelplatz im hinteren Bereich in der Nähe der Toiletten wäre ausgezeichnet. Sie buchte das Ticket und druckte die Papiere aus, die ihn als Zweiten Sekretär (Kommunikation) auswiesen, und machte sich daran, das Hotel zu buchen. »Wie Sie wissen, muss sich das Zimmer oberhalb des 4. Stocks und unter dem 10. befinden, junger Mann. Keine Ausnahmen. Über dem 4. Stock, um Sie von Autobomben fernzuhalten, unter dem 10., damit Sie die Feuerwehrleiter erreichen können. Ich kann für euch operativen Jungs kein Penthouse buchen, ob ich nun wollte oder nicht.« Sie blickte auf seine ringlose linke Hand und schnalzte mit der Zunge.

Nachdem er den Fernseher ausgeschaltet hatte, tappte Sam zum Bett in seinem Zimmer im Hotel Four Seasons in Amman zurück. Er setzte sich auf den Rand, tief unten lärmte der frühmorgendliche Verkehr. Er blickte auf den Teppich, Richtung Ankleidezimmer. Strich die Bettwäsche glatt und holte tief, schmerzvoll Luft.

Ungeschickt und unter Schmerzen kleidete er sich an. Als er viermaliges Anklopfen vernahm, ging er zur Tür. Er schaute durch den Spion, löste das Kettenschloss und zog die Tür auf. »Jaggers. Es geht los. Heute ist der große Tag.«

In der Station ging der späte Nachmittag in den Abend über. Procter erschien aus ihrem Büro. Ein Support-Mitarbeiter aus Amman brachte Essen von Bennigan's dem Operations-Team herein, das jetzt an einem runden Konferenztisch saß und in den Styropor-Behältern mit amerikanischem Restaurantketten-Essen herumstocherte: Burger, Hähnchenschenkel, Zwiebelringe und Riesenportionen Pommes. »Das letzte Bennigan's in der Welt, wie man mir sagt«, sagte Procter. »Mitten in der Wüste.«

Bradley hielt Wache in Langley. Sie hatten das auslösende Satellitentelefon im Diplomatengepäck nach Amman geschickt. Sam würde den Knopf drücken.

Jetzt lag dieses Auslöser-Telefon zwischen Susan, der Gesichtserkennungsexpertin und einem nicht angerührten Teller mit frittierter Kartoffelschale. Procter sagte zu Sam, dass sie pinkeln müsse. »Ich bin dein Aufpasser hier, also komm mit.«

Höflicherweise ließ sie ihn vor der Damentoilette warten. Als sie zurückkam, deutete sie auf eine Reihe leerer Schreibtische und nahm Platz. Er zog einen Stuhl heran, setzte sich ihr gegenüber. Sie zog ein Gummiband aus der Hosentasche und band sich die Haare hoch.

»Du wirst von mir keine Erlösung bekommen, aber Vergebung. Ist das höchste der Gefühle bei mir.«

Er wollte sie umarmen, sagte stattdessen: »Danke, Chief.«

»Und das mit ATHENA tut mir leid. Sie war unser Mädchen in Damaskus. Goldene, 1 A-Agentin. Plus, dass wir nicht wissen, was passiert ist, und der ganze Scheiß. Ich habe mal einen Mann in Kandahar geführt, der verschwand. Sich einfach in Luft aufgelöst hat. Hat mich ganz irre gemacht. Belastet mich bis heute. Und ich habe nicht mal mit dem Typ gevögelt.«

Sam kannte Procter gut genug, um das als aufrichtiges Gefühl zu interpretieren, nicht als hinterhältige Erinnerung an seine Untreue gegenüber der CIA. Das hier war Mitgefühl, Empathie.

Sam nickte. Procter schaute ihm in die Augen. »Du verstehst doch, dass du selbst dann, wenn sie auftaucht, in der Operation ungefähr so willkommen sein wirst wie ein Jude in Mekka, oder?«

»Ja, klar. Ich bitte dich, Chief.«

Procter nickte. Sie löste ihre Haare und wickelte das Gummiband um ihre Finger. »In der Nacht, in der du mir gebeichtet hast. In diesem schäbigen Safe House in Damaskus. Da hast du etwas Interessantes gesagt.«

»Ich habe viel gesagt.«

»In der Tat. Aber du hast ein faszinierendes Wort benutzt, eines, das ich weder der Führungsriege noch der Security gemeldet habe, als die mich befragt haben, nachdem du nach Landstuhl verfrachtet wurdest. Du sagtest: ›Ich bin verliebt in sie, Chief‹.« Wörtliches Zitat. Nicht: *Ich habe sie gevögelt, Chief* oder *Wir hatten Sex, Chief*. Liebe. Erinnerst du dich?«

Sam beugte sich zu Procter vor. »Bradley hat mir mal gesagt, dass man alle anlügen darf, nur nicht die CIA. Also habe ich dir die Wahrheit gesagt.«

Sie schüttelte den Kopf. »Also, was ist der Plan? Ich würde mir vorstellen, wenn es um Sex geht, wirst du weiterziehen, schließlich darüber hinwegkommen. Aber Liebe ist, wie ich aus verlässlicher Quelle weiß, ein verdammtes Gefühl, das sich nicht so leicht abschütteln lässt.«

»Es gibt keinen Plan. Ich kann nichts mehr tun.«

Procter band sich die Haare wieder hoch. »Vermutlich. Aber lass mich dir eine Frage stellen, Jaggers. Als du dich mir in Damaskus angeschlossen hast, da warst du ein draufgängerischer Case Officer auf dem Weg in eine glanzvolle Zukunft. Jetzt ...«

Sie verstummte. »... bist du ein kleines bisschen, sagen wir mal: geschwächt.« Sie lächelte matt.

»*Geschwächt* ist ein gutes Wort. Trifft es genau. Wie lautet also die Frage?«

»War Mariam es wert?«

Procters Erwähnung von ATHENAs Klarnamen, ein Verstoß gegen das Spionagehandwerk – ein bewusster, nahm er an –, erwischte Sam auf dem falschen Fuß. Aber bevor er antworten konnte, unterbrach Susans Stimme aus dem Konferenzzimmer ihr Gespräch. »Die Rechtsabteilung hat sich gerade eben zugeschaltet.« Sam und Procter gingen zurück in den Raum – und sahen, wie Elias Kassab die Videokamera auf das Gebäude des Sicherheitsamts richtete. Sam setzte sich neben Procter, verlagerte sein Gewicht auf dem Stuhl und wünschte, er hätte seine abendliche Dosis Vicodin für den Fuß nicht vergessen.

Sie sahen Ali Hassan aus dem Gebäude treten und langsam den Bürgersteig entlanggehen.

»Wo zum Teufel steckt Basil?«, fragte Procter. »Wir versuchen doch nicht mehr, diesen verfluchten Ali Hassan zu killen.«

Ali zündete sich eine Zigarette an und ging zum Wachhäuschen. Blickte dabei in den mit Wolken gesprenkelten Nachthimmel. Die vergangenen Wochen gehörten zu den schlimmsten seines Lebens. Er war seit fünfzehn Tagen nicht zu Hause gewesen. Er hatte aufgehört, in den Spiegel zu schauen. Es spielte keine Rolle mehr.

Alis Rang hatte sich nicht geändert, seine Bezahlung auch nicht, weder das eine noch das andere war ungewöhnlich für eine Beförderung in Syrien. Doch was ungewöhnlich gewesen war, das war der Umfang seines Verantwortungsbereichs. »Sie übernehmen die Position Ihres Bruders«, hatte Assad mit hartem Blick gesagt, nachdem Ali erklärt hatte, dass er Rustum getötet habe. Der Präsident hatte auf dieses Eingeständnis nicht reagiert. »Die Republikanische Garde gehört Ihnen. Tun Sie alles, was Sie müssen, um die Rebellion zu zerschlagen.« Ali vermutete, dass Assad parallel Ermittlungen gegen ihn in Gang gesetzt hatte, aber bislang hatte dieses Gespenst Abstand gewahrt.

Seitdem hatte sich Ali gesorgt, er könnte den Verstand verlieren. Mittlerweile hatte er einen wiederkehrenden Albtraum, in dem Layla erst schrie, dann in einer Feuersbrunst verschwand. Der Traum wiederholte sich, wenn er auf einer Liege in seinem Büro ruhte, meist kurz vor Sonnenaufgang.

Doch da war noch etwas, was ihn heute Abend ablenkte, ehe er an die Arbeit und zu den Albträumen zurückkehrte. Er drückte die Zigarette aus, steckte sich noch eine an und schlängelte sich zwischen den Autos auf dem Bürgersteig hindurch.

Ali ging gemächlich, inhalierte Zigarettenrauch. Dabei stellte er sich vor, wie er Rustums Kehle aufgeschlitzt hatte, und kratzte sich an der Narbe. Gleichzeitig dachte er an seinen Bruder, in der Hoffnung, dass es irgendein Gefühl heraufbeschwor. Zorn, Schuld, Verlust, Freude.

Irgendetwas.

Doch er fühlte nichts, und die Erinnerung verschwand, während er seinen Spaziergang fortsetzte.

Sam schaute sich das Videomaterial von Alis Spaziergang an und fasste sich ebenfalls an die Narbe, die von der linken Halsseite bis zur unteren Wange verlief. Er zog sie mit dem Daumen nach. Als er das Gefühl hatte, dass Procter ihn beobachtete, ließ er die Hand fallen.

»Schon was Neues, Jaggers?«, fragte Procter.

»Nein. Immer noch nichts.« Ali befand sich rund fünfzig Meter entfernt vom Pajero.

»Er kehrt um«, sagte Elias. »Sehr, sehr langsam.«

»Verflucht noch mal«, sagte Procter. »Geh wieder rein und bring mir Basil.«

Kanaan wartete in der Eingangshalle des Sicherheitsamts auf Ali. »Er hat endlich zu reden angefangen, Chef. Ich weiß, Sie haben zu tun, aber ich glaube, Sie sollten mit ihm sprechen.« Ali folgte Kanaan ins Untergeschoss, zu der Zelle, in der sie Mariam Haddads Cousine, das magere Mädchen mit der unseligen Augenklappe eingesperrt hatten. Kanaan öffnete die Tür, und Ali betrat den eiskalten Raum, gesellte sich zu dem Häftling auf dem Beton-Bett und zündete sich eine Zigarette an. Vielleicht wurde ihm ja wärmer dadurch.

»Ibrahim«, sagte Ali. »Oder sollte ich Abu Qasim sagen?« Er lächelte. »Wie ich höre, hast du gestanden, die Bombe gebaut zu haben, die den Präsidenten beinahe getötet hat.«

»Und dich«, brummelte Abu Qasim. »Beinahe hätte sie auch dich getötet.«

»Ja«, murmelte Ali.

»Und deinen Bruder.«

»Du hättest mir damit einen Gefallen erweisen können. Aber so musste ich das selbst erledigen.« Ali blies ihm den Zigarettenrauch ins Gesicht.

Abu Qasim wandte überrascht den Kopf ab, dann richtete er den Blick wieder zu Boden.

Ali schnalzte mit der Zunge. »Aber ich will nicht noch mehr Informationen über die Vergangenheit. Ich will die Zukunft kennen.«

»Wie bitte?«

»Wo ist der Schwarze Tod? Deine Frau, die Heckenschützin? Wo hält sie sich jetzt auf? Wohin geht sie?«

Abu Qasim schloss die Augen. Er keuchte. Dann lächelte er. »Das, General, ist das eine, was ich dir nicht sagen kann.«

Ali stand auf und drückte seine Zigarette auf dem Boden aus. »Du meinst, du kannst es nicht, aber du wirst es.« Er nickte Kanaan zu, der einen Eimer mit Eiswasser hereinbrachte und zur Vorbereitung einer weiteren Sitzung den Häftling begoss. Abu Qasim schrie auf, dann murmelte er: Sarya, Sarya, Sarya. Die Art und Weise, wie er ihren Namen sagte, ließ Ali an Layla denken.

Ali vernahm die unverkennbare Stimme, als er in sein Büro zurückkehrte.

»Ich bekomme noch immer nicht die Antworten, die ich von Kanaan brauche«, sagte Basil, der im Büro saß. Ali setzte sich zu ihm an den Tisch und zündete sich eine Zigarette an.

»Es wundert mich, dass Sie sitzen können, Basil, wo Sie bei diesem wahnsinnigen Überfall auf die Botschaft von dieser durchgeknallten CIA-Frau eine Schrotladung in den Hintern verpasst bekommen haben.« Ali lächelte. Basil ignorierte ihn.

»Sie tragen die Verantwortung für die Unterbrechung meiner Operation – aber abgesegneten Operation – gegen die US-Botschaft«, knurrte Basil. »Ich brauche Antworten, und ich will sie nicht von Kanaan. Sie haben mich hier in Ihr Büro gerufen. Also treffen *Sie sich mit mir*«, sagte er wütend. »Schicken Sie mich nicht zu Ihrem Untergebenen.«

»Ich versuche einen Krieg zu gewinnen, den Sie und mein Bruder beinahe verloren haben. Dadurch bin ich sehr beschäftigt.« Ali nickte in Richtung Tür. Die Aufforderung, an Basil, zu gehen. Basil spuckte auf den Boden. Er leckte sich über den Schnauzbart, steckte sich ebenfalls eine Zigarette an und blies die ersten Schwaden über den Tisch Ali ins Gesicht. Ali blieb sitzen.

»Raus, Basil.«

»Sie machen ...«

»Raus.«

Langsam stand Basil auf, drückte die Zigarette auf dem Tisch aus und wandte sich zum Gehen.

Normalerweise drohte Ali nicht. Er gab auch nicht in einem Wutanfall Geheimnisse preis. Man stieg nicht an die Spitze des *Muchabarat* auf, indem man sich über andere ausließ. Aber er hatte Rechnungen offen. »Ich habe gesehen, was Sie mit diesem Amerikaner in der Botschaft gemacht haben, Basil.« Basil, der Comanche, blieb auf dem Weg zur Tür stehen und drehte sich, die Augenbrauen vor lauter Verwirrung zusammengezogen, langsam um. »Sie haben es Valerie Owens angetan, in diesem Kellergeschoss. Sie haben es in Hama getan.«

Basil zeigte ein breites Lächeln.

»Basil«, Ali drückte seine Zigarette im Aschenbecher aus. »Ich habe Sie immer für einen kleinen Teufel, einen Dämon gehalten. Aber Sie sind bloß ein räudiger Hund, der gelobt werden will für die Karkasse, die er seinem Besitzer zurückbringt.« Er stand auf und näherte sich Basil, bis er seinen feuchten Atem roch, den speichelnassen Schnauzbart sah. Auge in Auge standen sie einander gegenüber. »Ihr Besitzer ist tot, Basil.«

Ali strich sich sanft mit einem Finger über die obere Stirnpartie.

Basil war das Lächeln vergangen. Er wandte sich um, spuckte noch einmal auf den Boden und verließ das Zimmer.

Nachdem er sich noch eine Zigarette angesteckt hatte, zog Ali eine Schreibtischschublade auf und holte einen benutzten Notizblock hervor. Er blätterte zum Ende, bis er die gesuchte Seite fand. Ein Trio von Preisen. Eine Telefonnummer.

Er tippte die Nummer in ein Handy, das er bar bezahlt hatte. Dann versendete er eine SMS.

Sams Handy piepte. Der Klingelton war gar nicht nötig; er starrte ja schon den ganzen Abend auf das verdammte Ding. Er las den arabischen Text: *Er geht*. Er zeigte ihn Procter, die nickte und sagte: »Verdammte Scheiße, tun wir's.«

Sam schaute zu, wie der Kameramann auf den Eingang des Sicherheitsamts zoomte. Basil ging am Wachhäuschen vorbei auf den Bürgersteig und schlängelte sich zwischen den geparkten Autos hindurch.

»Scharf stellen«, sagte Procter.

»Verstanden. Scharf gestellt.«

»Susan?«, sagte Procter.

»Ich bin so weit, Ma'am.« Susan folgte Elias' Livestream. Auf einem anderen Bildschirm daneben lief eine zweite Reihe von Videos. »Damaskus, könnt ihr noch etwas weiter heranzoomen?«

Elias stellte den Fokus auf das Gesicht ein.

»Danke.« Mehrere Sekunden verstrichen. »Habe soeben Beurteilung ans OGC geschickt.«

»Verstanden. Ich habe MOLLYs und Susans Resultate«, sagte Gartner. »Kann losgehen. Er ist es. Es ist Basil.«

»Straße und Gehweg nach wie vor frei«, sagte Elias.

»Ich gebe jetzt die Nummer ein«, sagte Sam.

»Er geht schneller als Ali, der mit diesem speziellen Schlendergang unterwegs war«, sagt Procter.

Sam sah Basil am Kofferraum des Pajeros vorbeigehen. Procter murmelte irgendetwas vor sich hin, es klang wie eine Anrufung.

»Val. Zelda. Im Gedenken an euch.« Sam drückte den Knopf.

Die Explosion riss die Tür des Pajeros auf und jagte einen Strom geschmolzener Plastikteile und dünner Aluminiumscherben durch Basils Kopf und Körper in die Betonmauer. Der Feed zeigte eine Rauchwolke, die sich vom Auto wegbewegte.

Elias zoomte mit der Kamera auf die Explosionszone, erfasste dadurch die blutverschmierte Mauer, einen großen schwarzen Schuh und einen buschigen Balg.

Der aussah wie die obere Hälfte von Basils Kopf.

In der Ferne glitzerte Villefranche-sur-Mer, während die Frau mit dem im Nacken hochgesteckten Haar in ein rotes Kleid schlüpfte. Die Fenster standen offen, die Vorhänge wehten im Abendwind. Von den Straßen tief unten drangen die gedämpften Geräusche von Autohupen und Sirenen herauf. Er schloss den Reißverschluss an Mariams Kleid, und sie ließ das Haar auf den Rücken fallen, während er ihr seine Lippen auf den Nacken drückte. Er wickelte einige Strähnen ihrer langen Haare um seine Hand und atmete deren Duft ein.

Vielleicht können wir so leben, wenn wir alt sind.

Als Sam erwachte, hörte er den Ruf zum Gebet. Er fühlte sich seltsam, doch erst, als er die Krücken in die Hände genommen hatte und zehn Minuten im Zimmer auf und ab gegangen war, so wie es die Ärzte in Langley empfohlen hatten, begriff er den Grund. Er hatte seinen Frieden gefunden. Zum ersten Mal nach Damaskus.

Er machte Kaffee, schaltete den Fernseher ein und sah einen Bericht über einen weiteren US-Raketenangriff auf Damaskus und eine Einblendung am unteren Bildrand: *US-Spezialkräfte operieren in ganz Syrien.* Er schaltete das Gerät aus.

Sam blieb noch einen weiteren Tag in Amman. Er schlief. Er las. Er trank Kaffee. Er fragte sich, wann er den Fuß wohl wieder spüren konnte.

Meistens dachte er an sie.

Bei Sonnenuntergang kam Procter in sein Hotelzimmer, ein gefaltetes Blatt Papier in der ausgestreckten Hand. »Ich weiß, du hast deine Zugänge und Privilegien verloren, aber ich habe hier eine besondere Lieferung aus einem toten Briefkasten in unserem früheren Revier. Die BANDITOs machen immer noch ihre Runden. Ich habe das aus der Station herausgeschmuggelt und dabei zahlreiche Regeln und Gesetze gebrochen. Aber was soll's. Die Nachricht ist schließlich an dich adressiert.«

Sam betrachtete sie argwöhnisch.

»Mütterlicher Instinkt, wenn man so will.« Sie wandte sich zum Gehen und blinzelte ihn an. Was ihr nicht ganz gelang.

Sam ging mit dem Blatt Papier auf den Balkon und faltete es auseinander, während am rötlichen Südhimmel ein Sandsturm vorbeizog.

56

Mariam stieg den Berg in einem Nebel aus Schmerz hinauf.

Sie hielt sich die rechte Seite, rang nach Luft, während sie über die verwüstete Stadt blickte. Es war ihr erster langer Spaziergang, seit die Ärzte sie aus dem Krankenhaus entlassen hatten. Sie habe Glück gehabt, hatten sie gesagt. Die Klinge hatten ihren Weg zwischen ihren Rippen gefunden und ihre Lunge durchbohrt. Aber sie hatten die Blutung schnell gestillt. Sie würde vollständig genesen. Jetzt sehnte sie sich nach frischer Luft. Ihr Arzt hatte außerdem gemeint, ein Spaziergang würde ihr guttun.

Am Morgen war Razan früh, weit vor Tagesanbruch, zu ihr ins Zimmer gekommen. Mariam, schlaflos, sah sie durch die Schatten hereinkommen. Sie trug einen alten Rucksack. »Komm mit mir, *Habibti*«, sagte Razan. Mariam hatte geahnt, dass dieser Tag kommen würde. Seit ihrer Entlassung aus Ali Hassans Gefängnis und Onkel Daouds Verschwinden während der Bombardierungen war Razan still gewesen. Aber es war nicht die trotzige, schmollende Razan der Tage nach dem Angriff durch den *Muchabarat* gewesen. Sie war fokussiert. Sie hatte sich vorbereitet. Sie war darauf gefasst, ein Flüchtling zu sein. Mariam setzte sich auf im Bett und zog ihre Cousine fest an sich. »Ich kann nicht mit dir gehen, *Habibti*. Ich wünschte, ich könnte es.« Sie weinten, und Razan strich mit den Händen über Mariams Finger.

»Die sehen besser aus, *Habibti*«, sagte Razan. Sie legten sich zusammen aufs Bett. Mariam fuhr mit den Händen durch Razans Haar, sie beide schliefen ein und wachten wieder auf, während die endlosen Stunden sich bis in die Morgenstunden hinzogen. Einmal stand Mariam auf und ging zum Ankleidezimmer. Dabei ließ sie die Tür immer offen, um den Mondschein hereinzulassen. Sie fand einen Mantel und zog ihn an. Falls Ali Kameras in ihrem Schlafzimmer installiert hatte, würde sie den Ausflug erklären können. Auf dem Boden sitzend zog sie eine mit Papieren gefüllte Box unter einem chaotischen Haufen von Kleidern hervor. Sie quoll über von alten Fotos, Briefen, Werbung, Zeitschriften, die sie nicht weggeworfen hatte. Sie fand das Kuvert, das heute Morgen eingetroffen war, das mit den französischen Briefmarken, bei dem sich ihr der Magen umgedreht hatte, als sie es sah. Sie hatte den ganzen Tag gewartet. Razan war in der Wohnung herumgelaufen, und Mariam wollte allein sein, wenn sie den Brief öffnete. Ruhig und vorsichtig trennte sie das Papier vom Klebstoff und begann, die Prospekte durchzublättern. Sie sah das Château in Èze. Sie starrte einen Augenblick darauf, bis sie merkte, dass sie nicht mehr atmete. Sie schloss die Augen und nahm einen langen, tiefen Atemzug. Sam hatte signalisiert, dass er in Sicherheit war, nicht mehr in Alis Gefängnis. Jetzt war sie an der Reihe.

Sie ging zurück ins Bett und kuschelte sich an Razan.

»Onkel Daoud hat mich besucht, bevor er verschwand«, sagte Mariam schließlich, als die Sonne aufging. Razan setzte sich auf, wirkte verwirrt.

»Er hat mir eine Liste der Stätten gegeben, die nach der Planung der Republikanischen Garde beim Chemiewaffenangriff benutzt werden sollten.«

Razan wandte ungläubig den Blick ab. Schweigend schaute sie aus dem Fenster.

»Er wollte, dass ich diese Information ein paar Freunden weiterleite.«

»Freunden?«

»Ja.«

»Er hat dich darum *gebeten*?«

»Ja. Er hat darauf bestanden. Obwohl er wusste, was das für ihn bedeuten würde.«

»Und du hast die Information an diese Leute weitergeleitet?«

»Ja.«

Für einen Moment saß Razan ruhig da. »Dann sind die Bomben gefallen«, flüsterte sie. »Und haben Papa getötet.«

Mariam legte sich wieder zurück aufs Bett und weinte. Razan kuschelte sich an sie. Schweigend lagen sie da, bis draußen auf der Straße zweimal gehupt wurde. Dann ein drittes Mal, länger. Razan zog einen Hidschab aus ihrem Rucksack und zog ihn an.

»Hast du alles?«, fragte Mariam und wischte sich die Tränen weg. »Papiere, Pass, Geld?«

»Ja, *Uhkti*. Ich habe an alles gedacht.«

Mariam bekam weiche Knie, als sie sich umarmten. Sie betrachtete ihre Cousine und versuchte, so viele Eindrücke von ihr in sich zu bewahren, wie sie nur konnte: das lange Haar, die dünnen Beine, das verschmitzte Lächeln, die feurigen Augen – und stellte sich vor, dass die Augenklappe fort wäre und Razan mit beiden Augen wieder sehen könnte. Razan löste sich aus der Umarmung und schlang sich den Rucksack über die Schulter.

»Ich liebe dich, *Uhkti*«, sagte Razan. »Und ich verstehe, warum du bleiben musst.«

»Und ich weiß, warum du gehen musst, *Uhkti*«, sagte Mariam. »Aber ich liebe dich auch.«

Razan war zur Tür gegangen. »Warte«, sagte Mariam. »Ich möchte nicht wissen, wohin du gehst, aber ich brauche etwas, an dem ich mich festhalten kann. Damit ich mir dich vorstellen kann in deinem neuen Leben, falls wir uns nicht sehen für ... für ... eine lange Zeit.« Mariam biss die Zähne zusammen, um nicht zu weinen. Auch Razans Gesichtszüge waren angespannt. »Wie wär's, wenn du mir deinen neuen Namen nennst, denjenigen, den du auf der Flucht benutzen wirst?«

Razans Miene hellte sich auf. »Umm Abiha.«

Und dann wandte sie sich um und verließ die Wohnung.

Jetzt, auf dem Berg, während sie die Abendluft auf ihrer Haut spürte, stieg Mariam zum Gipfel. Das Mädchen hat das Feuer, hatte man gesagt, nachdem sie in den unschuldigen Jugendjahren in Paris mehrere Sparringpartner besiegt hatte. Harte Schläge, engster Nahkampf, wilde Energie. Vergeltung in ihren Augen brennend. Jeder Schlag, jeder Tritt dazu geeignet, sich selbst zurückzugewinnen, den Käfig um sie herum stückweise zu zertrümmern.

Sie ging weiter, blickte über die Stadt. Syrien, hatte ihr Onkel gesagt, ist das Herz der Welt. Uraltes Blut fließe in diesem Land. Seine Städte standen seit der Schöpfung der Welt und werden stehen bis zum Ende, und hier, sagte er immer und deutete auf den Boden, hier wird die Welt enden. Sie sah die Lichter im Zentrum von Damaskus schimmern, während über den umkämpften Vororten Rauchsäulen aufstiegen.

Den kalten Glanz, den der Palast verströmte, in dem der Präsident sein Vermögen verwaltete.

In der Dunkelheit wurden in Duma die schwarzen Banner des Dschihad entrollt.

Mariam erinnerte sich an eine Demonstration, an den Schrei ihrer Cousine und spürte die Hoffnung, jetzt enttäuscht, ersetzt durch einen Krieg zwischen rivalisierenden Göttern.

Und ich werde euch beide zerstören.

Sie war jetzt fast da, schwer atmend, schwitzend, mühte sich bei jedem Schritt, um zum Gipfel zu gelangen. Sie konnte Sam einfach nicht aus ihren Gedanken verbannen. Sie waren verwandte Seelen und ihr Partner war nicht mehr da. Sie kannte den Namen dieses Gefühls und zwang sich schließlich, ihn laut zu flüstern, zum ersten Mal, während sie den Berg hinaufmarschierte.

Mariam erreichte den Gipfel, als sich die letzten Lichtstrahlen hinter dem westlichen Horizont von Damaskus zurückzogen. Sie fasste sich an die Seite. Geh weiter. Kämpfe weiter. Geh weiter. Sie setzte sich auf eine Natursteinmauer und schaute hinunter auf ihre uralte Heimat. Sie blickte um sich, um sich zu vergewissern, dass sie allein war. Sie zog den Brief aus ihrem Schuh.

Mariam sprach mit ihm, den Brief in der Hand, über all die Dinge, die sie nicht schreiben konnte.

Sie kniete sich hin und legte den Brief in die Dose. Dann erhob sie sich und begann, den Berg hinunterzusteigen.

DANK

Einen Roman zu schreiben, ist ein alleiniger Mannschaftssport. An den meisten Tagen während des Schreibens saß ich allein vor dem Computer und erschuf eine fiktionale Welt, die von fiktiven Figuren bevölkert wurde. Schreiben ist ein von Natur aus einsames Unterfangen. Doch am Ende verlangt ein Buch, dass die Familienmitglieder, Freunde und Unterstützer dazukommen, damit es real wird. Und dieser Roman hatte jede Menge davon.

Ich bin meinem Lektor bei Norton, Star Lawrence, der in mich und diese Geschichte investiert hat und dessen lebhaftes Feedback mir unschätzbare Lektionen über das Schreiben und Geschichtenerzählen erteilte, zutiefst dankbar. Danke, dass du auf mich gesetzt hast.

Mein Agent, Rafe Sagalyn, las (sehr grobe) erste Exposés und Kapitel, schärfte alles und ermutigte mich weiterzumachen. Er half, dieses Projekt durch die Wüste der ersten Entwürfe ins gelobte Land eines tatsächlichen Buchvertrags zu führen; dafür werde ich ewig dankbar sein.

Don Hepburn, mit dem ich mehrere Wochen auf dem Höhepunkt des Syrischen Bürgerkriegs durch den Nahen Osten gereist bin, diente höflicherweise als entscheidender Berater und Vertrauter während des Schreibprozesses. Er war ein unschätzbarer Quell von Fachwissen, Kriegsgeschichten und operativen Lehren, die diesen Roman durchziehen. Alle handwerklichen Fehler sind natürlich meine.

Dave Michael, Studienfreund und gelegentliches Opfer von Streichen, zeigte sich der Situation gewachsen und hat mir, während er das Buch lektorierte, außerdem beigebracht, wie man gut schreibt. Danke, dass du es dem Roman nicht leichtgemacht hast. Er ist dadurch besser geworden.

Mein Vater, selbst Autor, las mehrere Versionen des Manuskripts, liefert erkenntnisreiches Feedback und ermutigte mich bei jedem Schritt. Danke, Dad, dass du immer du warst.

Kent Woodyard, lieber Freund und mehr als durchschnittlicher Mensch, hat während der ersten Entwürfe, als das Konzept noch kaum mehr war als das Gekritzel auf einer Serviette, Rat und Ideen offeriert. Auch hatte er sich Jahre zuvor durch meinen ersten, sehr schlechten Schreibversuch gearbeitet. Danke, dass du weiter die Sachen gelesen hast, wenn ich sie dir zugeschickt habe, und gelegentlich meine Anrufe beantwortet hast.

Alex Holstein bot neben Ermutigung und Humor vorausschauendes, weitsichtiges und offenes Feedback bei jedem Schritt. Die moralische Unterstützung und Kameradschaft haben den Unterschied gemacht.

Tim Grimmett sorgte dafür, dass ich die Szenen in Damaskus nicht allzu schlimm vermasselt habe, und hat mich vor mehreren peinlichen Fehlern bewahrt.

Es ist enorm befriedigend zu verfolgen, wie sich ein Team hinter einer Geschichte bildet. Und das Team bei Norton, ICM, und Curtis Brown stellte sich auf großartige Weise hinter das Projekt. Nneoma Amadi-obi hielt alles am Laufen. Dave Cole rettete mich vor Fehlern und machte alles besser. Rory Walsh hatte die Antworten. Stephanie Thwaites und Helen Manders bei Curtis Brown haben das Buch in der ganzen Welt vertreten. José Prata von Lua de Papel in Portugal fand ungemein freundliche Worte und kaufte das Buch als Erster für einen ausländischen Verlag.

Viele weitere liebe Freunde und ehemalige Kollegen von der CIA lasen frühe Versionen des Manuskripts und boten mir ihre Hilfe an. Hunter und Mary Beth Allen, Elisabeth Jordan, Blake Panzino, Marcus Gibbons, Mike und Jenny Green, Mark Weed, Griffin Foster, Jon Flugstad, Beryl Frishtick, John Wilson, Thomas Kivney, Anna Connolly, Erin Yerger, Sarah G., Becky Friedman, Betsy und Tim Martin, Elle Varnell und Rob und Sahar Sea: Sie alle haben sich die Zeit genommen, das Manuskript zu lesen und sich aufrichtig dazu zu äußern. Jedem von euch bin ich unendlich dankbar. Bris Wells, wenn auch kein Leser, gab Nortons Art Department einen großzügigen Startvorteil, indem er eine (buchstäbliche) Servietten-Skizze des Covers zeichnete nach mehreren Ranch Waters in der Reata-Bar in Fort Worth. Am Ende hat leider sehr wenig von seinem mutigen Konzept überdauert.

Leser, die in Damaskus leben – namenlos, zum eigenen Schutz – lieferten ebenfalls unschätzbare Einsichten und Einschätzungen, jeder Fehler und jede kreative Freiheit gehen jedoch auf mich zurück. Ich habe mich bemüht, Damaskus realistisch wiederzugeben, doch eine schöpferische Freiheit darf nicht unerwähnt bleiben: Zwar gibt es tatsächlich malerische Ausblicke und ein ordentliches Restaurant auf dem Berg Quasioun, aber die Laufstrecken, die eine wichtige Rolle spielen als der Ort von Mariams totem Briefkasten, sind frei erfunden. Der Berg selbst ist stark militarisiert und würde, aus der Perspektive eines Spions, einen furchtbar schlechten toten Briefkasten ergeben.

Das Syrien in diesem Roman ist fiktiv, aber inspiriert von den realen Ereignissen, die in den ersten beiden Jahren des Aufstands, 2011–2013, stattfanden. So wurde die US-Botschaft in Damaskus beispielsweise im Juli 2011 tatsächlich von einem Pro-Assad Mob überrannt und geplündert, der zwar keine Gewalt verübte, aber doch verfaulte Früchte, obszöne Graffiti und eine defekte Klimaanlage hinterließ. Die Nachwehen des Massakers, das Abu Qasim und Sarya auf der Straße nach Damaskus beobachteten, fand wirklich statt, im Mai 2012, in Taldu, einem von mehreren Dörfern in der Gemeinde Hula in Zentralsyrien. Die Darstellungen weichen voneinander ab, doch ist es wahrscheinlich, dass über hundert Menschen ums Leben kamen, die meisten durch Hinrichtungen durch regimetreue Soldaten und Milizen. Bei über der Hälfte der Toten handelte es sich um Frauen und Kinder. Rustums fiktiver Sarin-Angriff hat leider ein allzu reales Vorbild auf dem syrischen Schlachtfeld. Während des Bürgerkriegs haben mehr als dreihundert Angriffe mit Chemiewaffen stattgefunden, die sich überwiegend vom syrischen Regime gegen die von den Aufständischen gehaltenen Städte und Dörfer richteten. Bei dem berüchtigsten, dem Sarin-Angriff im August 2013 in der Region Ghuta östlich von Damaskus – von der Duma ein Teil ist – sind möglicherweise über tausend Menschen ums Leben gekommen. Die Bombe, die Ali, Rustum und den Präsident beinahe getötet hätte, ist von einem Angriff am 18. Juli 2012 – auch hierzu gibt es voneinander abweichende Schilderungen – inspiriert, bei dem eine Rebellengruppe vermutlich eine Bombe im Hauptquartier des Nationalen Sicherheitsamts im Zentrum von Damaskus platzierte und diese während eines Treffen hochrangiger Militärs und Geheimdienstler hochgehen ließ. Zu den Toten zählten der Verteidigungsminister, der stellvertretende Verteidigungsminister – auch der Schwager des von Präsident Assad –, der Innenminister, der Leiter des Nationalen Sicherheitsamts, sowie ein Berater des Palasts und früherer Verteidigungsminister. Der Präsident war nicht anwesend während des eigentlichen Angriffs, und natürlich waren auch die fiktiven Charaktere Ali und Rustum nicht anwesend.

Dieser Roman wäre nicht möglich gewesen ohne mein früheres Leben bei der CIA. Ich habe versucht, die Agency – ihre Mitarbeiter, das Spionagehandwerk und die nachrichtendienstlichen Operationen – angesichts des bestehenden Imperativs, geheime Informationen zu schützen, so genau wie möglich und angemessen wiederzugeben. Mein Dank geht an das Publication Review Bord der CIA, das mehrere Versionen dieses Manuskripts prüfte, um sicherzustellen, dass nichts die Quellen und Methoden gefährden würde.

Die fiktive CIA dieses Romans zu erfinden, hat mir viel Freude gemacht, wie auch, die realen Details einzuschmuggeln, die das Leben in dieser geheimen Welt mitunter so bizarr machen. Doch es gibt auch weniger Ernstes: In der CIA-Zentrale in Langley findet sich (oder fand sich) ein Hot-dog-Automat, und die Uhren waren nie ganz richtig synchronisiert; außerdem konnte es tatsächlich passieren, dass man ins Hotelzimmer zurückkehrte und menschliche Exkremente auf dem Bett vorfand, und es stimmt auch, wie Sam beklagt, dass die CIA imstande ist, Terroristen auf entlegenen Bergpässen aufzuspüren und dennoch mitunter Mühe hat, grundlegenden Bürobedarf zu beschaffen.

Und doch: Trotz all ihrer Mängel und Fehler liebe und bewundere ich die CIA und hoffe, dass die Leserinnen und Leser dieses Romans am Ende ein tieferes Verständnis ihrer Mission und der Opfer haben, die ihre Mitarbeiter bringen, um Amerika und seine Lebensweise zu schützen. Die CIA bleibt eine wesentliche Institution zur Bewahrung unserer Sicherheit und der globalen Ordnung. Ihre Agentenführer, Analysten, Zielerfasser, Hilfsmitarbeiter, S&Ters, Programmierer, Linguisten, Manager (die meisten), Pförtner, Technikexperten, Sondernachrichtendienstler, Staff Operations Officer, Auftragnehmer, Paramilitärs, CMOs (Collection Management Officers, sprich: diejenigen, die

die gesammelten Informationen verwalten und aufbereiten) und viele andere Mitarbeiter machen die Welt zu einem sicheren und besseren Ort. Sie arbeiten unermüdlich und weitgehend im Verborgenen für unser großartiges Land. Wir stehen in ihrer Schuld.

Überdies möchte ich meinen beiden Jungs, Miles und Leo, danken, die mich nach jedem Tag des Schreibens als freudiges – mitunter irrwitziges – Willkommenskomitee in der realen Welt begrüßten. Ihre Energie, ihr Elan, ihr Humor und ihre bedingungslose Liebe haben dieses Buch auf zahllose Weise beeinflusst. Zwar seid ihr noch nicht alt genug, es (oder irgendetwas) zu lesen, aber ich, hoffe, dass das Buch jedem von euch eines Tages viel Freude bereitet, so wie mir das Schreiben mit euch an der Seite. Und an meine Tochter Mabel gerichtet, die gerade zur Welt gekommen ist: Ich hoffe, dass dich dieses Buch eines Tages stolz machen wird.

Und schließlich und am wichtigsten: all mein Dank und meine Liebe geht an meine Frau Abby. Sie hat die Handlungsstränge und Figuren ausgearbeitet und war die ganze Zeit die größte Fürsprecherin, Mitverschwörerin und Muse dieses Buchs. An jeder Wegscheide, als aufzuhören eine gute Idee zu sein schien, hat sie mich vorangetrieben. Ich hätte keine bessere Partnerin haben können, weder beim Schreiben noch im Leben.

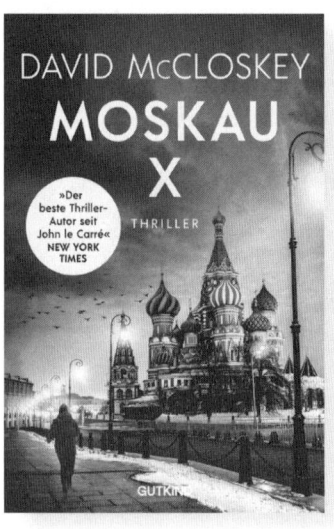

Eine gewagte CIA-Operation soll den Kreml ins Chaos stürzen.

Die so eigensinnige wie geniale Station Chief Artemis Procter übernimmt das legendäre Russland-Team »Moskau X« der CIA. Sie heckt einen riskanten Plan aus: Zwei Agenten sollen Putins Privatbankier Vadim rekrutieren. Sia, Expertin für Offshore-Vermögen, und Max, der eine Ranch als Tarnfirma für die CIA führt, geben sich als Paar aus. Rasch befreunden sie sich mit Vadim und dessen Frau Anna und tauchen ein in die von Luxus und Bandenkriminalität geprägte Welt Russlands. Doch Vadims Frau Anna spielt ihr eigenes Spiel …

Erscheint am 30.10.2025

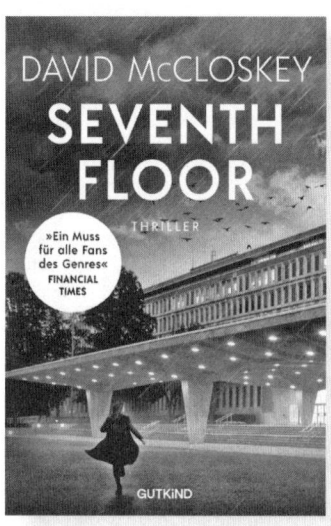

Erst bist du bei der CIA.
Und dann auf einmal nicht mehr.

CIA-Agentin Artemis Procter fällt in Ungnade, als bei einer Undercover OP ein russischer Informant stirbt und ihr Kollege Sam spurlos verschwindet. Monate später steht Sam vor ihrer Tür – mit einer schockierenden Enthüllung: Ein Maulwurf hat die Führungsriege der CIA unterwandert. Die Jagd beginnt, doch die Liste der Verdächtigen umfasst Procters ärgste Feinde – und engste Freunde. Um die Wahrheit aufzudecken, muss sie sich ihrer eigenen dunklen Vergangenheit stellen – ihr skrupelloser Gegner aber schreckt vor nichts zurück.

Erscheint am 30. 04. 2026

GUTKiND

www.gutkind-verlag.de

Die Originalausgabe ist erstmals 2022 unter dem Titel
Damascus Station bei W. W. Norton, New York erschienen.

ISBN 978-3-98941-088-6

2. Auflage, 2025
Copyright der deutschen Erstausgabe: © 2025
Gutkind Verlag GmbH, Berlin
Copyright der Originalausgabe: © 2021 by David McCloskey
Wir behalten uns die Nutzung unserer Inhalte für Text und
Data Mining im Sinne von § 44b UrhG ausdrücklich vor.

Umschlaggestaltung: Favoritbüro, München
Umschlagabbildungen: Himmel: © Sabphoto/shutterstock;
Gebäude: © Marko Stavric Photography/GettyImages;
Mann: © Mark Owen/Trevillion Images;
Vögel: © KRIT GONNGON/shutterstock;
Hubschrauber: © mffoto/shutterstock
Autorenfoto: © Claire McCormack Hogan
Gesetzt aus der Questa
Satz: LVD GmbH, Berlin
Druck und Bindung: CPI books GmbH, Leck
Bei Fragen und Anmerkungen zum Produkt wenden Sie sich bitte an:
info@gutkind-verlag.de
Gutkind Verlag GmbH · Friedrichstr. 126 · 10117 Berlin